激浪

豆蔻年华

刘鉴清　陈木娇　著

图书在版编目（CIP）数据

激浪．豆蔻年华／刘鉴清，陈木娇著．--北京：当代世界出版社，2020.9（2023.2 重印）
ISBN 978-7-5090-1548-3

Ⅰ.①激… Ⅱ.①刘… ②陈… Ⅲ.①长篇小说-中国-当代 Ⅳ.①I247.5

中国版本图书馆 CIP 数据核字（2019）第 294791 号

书　　名：激浪·豆蔻年华
出版发行：当代世界出版社
地　　址：北京市东城区地安门东大街 70-9 号
邮　　箱：ddsjchubanshe@163.com
网　　址：http://www.worldpress.org.cn
编务电话：（010）83907332
发行电话：（010）83908410（传真）
　　　　　13601274970
　　　　　18611107149
　　　　　13521909533
经　　销：全国新华书店
印　　刷：北京一鑫印务有限责任公司
开　　本：710 毫米×1000 毫米　1/16
印　　张：25.125
字　　数：410 千字
版　　次：2020 年 9 月第 1 版
印　　次：2023 年 2 月第 2 次
书　　号：978-7-5090-1548-3
定　　价：68.00 元

如发现印装质量问题，请与承印厂联系调换。

目　录

下卷

代 序

一部植根于南江文化沃土的长篇佳作

刘鉴清先生和陈木娇女士共同创作的长篇小说《激浪》出版发行了，可喜可贺！作者恳切要求我为该书作序，盛情之下，我欣然应允。

《激浪》以刘建兴、陈玉乔等农村青年的成长过程为线索，真实生动地再现了20世纪七八十年代南江流域、粤西和桂东地区广大人民群众的学习工作和生活情景，特别是当代青年艰难曲折、充满坎坷的奋斗历程，展示了一代青年锐意进取、百折不挠、乐观向上的精神风貌以及执着追求幸福美满生活的美好愿望。

作品着重描写了南江中学高中学生刘建兴、陈玉乔等人在学校和毕业之后的工作、生活以及恋爱故事，突出表现了刘建兴和陈玉乔、叶小英，陈玉乔与林石坚、于文化等人的感情纠葛和发展过程。他们虽然生活在比较贫困落后、经济相当拮据的年代，但他们大都能够坚信党的领导，依靠和服从党的领导，坚定理想信念，无私无畏，无怨无悔，执着地追求并积极争取实现自己的梦想，在社会主义建设事业中经受磨炼，茁壮成长。

作品着力并成功塑造了刘建兴、陈玉乔、林石坚、于文化等几个性格各异、生活际遇和结局各有不同的人物形象。刘建兴家贫、正直、善良、勤奋、勇敢，不计较个人得失，能文能武，积极进取，热情四射，在工作中不断成长，走向成熟；陈玉乔美丽大方，爱好文艺，能歌善舞，热爱劳动，虚心好学，动笔能力强，原本是一位有理想、有能力、有作为的好青年，但由于意志不够坚定，经不住政治前途受阻和爱情受挫的双重打击而变得颓废，一度走了弯路；林石坚年轻俊朗，器宇轩昂，是个年轻有为、前途无量的青年军官，但在追求陈玉乔过程中过于自我，操之过急，稍遇波折便见异思迁，在探亲回部队途中结识了广州青年郝艳红之后移情别恋，严重伤害了陈玉乔；于文化自幼丧父，没读几年书，但英俊潇洒，敢作敢为，头脑灵活，学会阉鸡及制作老鼠药，经常在两广走圩营生，博得广西女子夏红的信任并与之同居，后又见异思迁，死死纠缠陈玉乔，诱导陈玉乔搞偏门、逃港，并以失败而告终。他们风华正茂，敢于冒险，颇具时代烙印，是一代青年人的典型代表。

作品故事虽然平凡无奇，但却能以小见大，以情动人，寓哲理于细微毫末之中，寄情义于天地山水之间。读后不仅能够勾起广大中老年读者的共鸣，铭记过去那段不寻常的历史，不断激发新的活力，而且还有助于当代年轻人了解老辈的真实生活和精神风貌。可以说，《激浪》透视和再现了过去那段已经逐渐尘封并且日渐鲜为人知的历史，激起人们对过去那段复杂、特殊历史的反思，并将激发人民群众的正能量，使之为实现“两个一百年”奋斗目标和中华民族伟大复兴的“中国梦”而奋斗不息，冲锋不止。

作者深入生活，观察细微，厚积薄发。刻画人物形神兼备，朴实自然，景物描写细致到位，情景交融，不乏精彩之笔，通篇充满感人至深的工作生活画面和动人心魄的情景细节；语言流畅，生动活泼，喜怒哀乐，跃然纸上，具有较强的可读性和艺术感染力。例如在描写方面，对南江洪水、西江两岸景色、小河溪冬日景色，以及西江小舢板、南江运输船、打铁匠打铁、夜取马蜂窝、魔术杂技团演出、扑灭下水竹器厂大火和红岗大队山火、梧州农贸市场一条街、深圳宝安夜景描写，以及山川大地江河雨天景物的描写等，都写得很专业，使人读来有亲临其境、置身其中的感觉；在语言方面，尤其以第 22 章刘建兴押送郑穆楠去公社宣判会前的对话，第 32 章刘知新老婆何德香与其前妻田河流吵架等，都写得很真实、很贴切、很接地气，颇具粤西地区乡土语言特色风格，若作者没有深入厚重的生活积累和细致入微的观察和思考是难以写得出来的。

作品贴近实际、贴近生活、贴近群众，尤其是对农村基层干部和农民群众生活的探索实践方面相当成功。例如下水大队召开群众大会批判资本主义道路、割资本主义尾巴、在西江河边焚烧渔具，刘建兴处理并平息刘知新老婆何德香与其前妻田河流吵架等几件事情，都具有浓郁的南粤乡土特色，并且与粤西和桂东地区乃至“两广”当时的政治、经济、文化有较高度的相融性。尽管作品还有不足，如个别章节故事较为平淡，提炼的力度还不够，有的句子欠精练等，但仍不失为一部可读性较强、雅俗共赏的好作品。

作者刘鉴清，云浮市作家协会会员。毕业于郁南师范和肇庆教育学院，专修《汉语言文学》。当过农民、民办教师、大队干部、教师、县市党政干部。发表小说、散文、诗歌、戏剧、通讯、报告文学、论文等作品20多万字，为《激浪》主笔。陈木娇，高中毕业后回乡务农，参加县水利工程建设，后组建民间文艺（杂技）团体并担任主要演员，后进城务工，在大都市扎根。工作劳动之余积极进行文学创作探索，积累了大量的生活资料，为创作长篇小说《激浪》起到了重要作用。

《激浪》是两位作者第一次联手创作的长篇小说，获得2017年度广东省宣传文化发展专项资金（扶持文艺精品创作生产用途）扶持。小说成功创作出版发行，是作者多年来充满文化自信、勤奋学习、深入思考、自强不息、执着追求"中国梦"并为之努力奋斗的结果，是作者的一件大喜事，同时也是云浮市宣传文化和文学艺术界的一件喜事，值得祝贺！期待着作者有更多更好的作品问世，在云浮市、广东省乃至全国新时代社会主义文学艺术园地绽放出更加绚丽夺目的光彩！

王海鸥

2019年仲夏

激浪　豆蔻年华

(上卷)

第 1 章

1

刘建兴和陈玉乔都是南江中学 1970 级的高中学生，一个在高一（3）班，一个在高一（2）班。两个班的教室只有一墙之隔，但直到第一学期期中考试，他们俩几乎都没有互相说过话。尽管两人都知道对方，也有过对话交流的契机，但仿佛总有一层无形的隔膜，阻隔着彼此的思维和言行举止。虽然近在咫尺，却常常熟视无睹，不敢直面对方，好像两个陌路人。

高中一年级第一学期期中考试结束后，南江中学决定成立毛泽东思想文艺宣传队，学校领导考虑到高中二年级的同学很快就要毕业离校，因此在挑选宣传队员时，物色对象全部为高中一年级的学生。正好，刘建兴和陈玉乔两人都通过了初选和复试，成为了学校宣传队队员。大家一起排练节目，一起切磋，一起演出，时间长了，渐渐地彼此就有了好感，也就有了以后发生在他们两人之间和他们的身边人的故事。

学校文艺宣传队集中排练的时间安排在每周星期二和星期四下午，也是高中一年级劳动课的时间。除了突击排练和演出，平时基本上都不占用同学们的学习时间。首台节目，排练了一个由本校老师集体创作的话剧小品《蔗糖甜》、一个宣传计划生育的喜剧小品《只生一个好》、一个相声、两个舞蹈、男女声小组唱、独唱等。《蔗糖甜》讲述的是一个学校同一个班级读书的兄妹 2 人，为了使自己班的甘蔗长得比别人班的更粗壮更甜，每天都要比别人早起半个小时，挑上一担大粪给甘蔗上完肥再回到教室早读。有一天，他们因故迟到，毫不知情的老师就严肃批评了他们，兄妹 2 人最后不得不说出迟到的原因。老师了解了事情的真相之后，在班会上表扬了他们，并推荐他们为学校学农劳动的标兵。在这台节目中，刘建兴和陈玉乔除了在小品《蔗糖甜》扮演兄妹俩、共同参与两个舞蹈节目的演出之外，还分别担任男、女声小组唱和独唱的演员，成为宣传队仅有的两位全能演员。宣传队成立两个多月，已先后在本校、公社戏院以及各大队巡回演出了20多场，还与对岸德庆县香山中学艺术团进行了交流演出。他们的精彩演出，使南江中学毛泽东思想文艺宣传队的名声大振，刘建兴和陈玉乔也在其中出尽了风头，令人刮目相看。

转眼间就到了农历新年。过完春节，很快就进入了第二学期。为了适应革命形势的需要，大力普及、宣传革命样板戏，根据南江公社革命委员会分管宣传教育工作的陆雨航副主任的指示，学校领导决定宣传队排练演出由广东省粤剧团移植的革命现代粤剧《沙家浜》全剧，向党的生日献礼。星期四下午，负责指导宣传队活动的张志铭老师和蔡丽华老师向大家宣布了学校的决定，并安排了演员角色：高一（1）班周炳、邱大贵和严梅华分别扮演郭建光、刁德一和沙老太婆，2班吴红芬和3班冯新荣分别饰演阿庆嫂和胡司令。刘建兴和陈玉乔被分别安排在剧中担任刁小三和被抢包袱少女的角色。

“张老师，能不能给我换一个角色？”对于饰演刁小三的角色，刘建兴没有一点的思想准备。

“怎么啦？你要换角色？”张志铭老师以为自己听错了。

“是的，我不想演刁小三。”刘建兴提高了声音。

“为什么？”张老师又问。

“不为什么，就是不想演！”

“不想演，总得有个理由吧！”

“我讨厌刁小三这个角色。”

“讨厌？那你说说，什么角色不讨厌？郭建光？沙四龙？还是黄福根？”张老师有点不高兴了。

“我随便演个配角就行，比如新四军战士。反正，除了刁小三！”

“他想演郭建光吧！可惜矮了点，不够高大威猛！”高一（2）班的朱良泰阴阳怪气地插了一句，他扮演的是黄福根。

“你放屁！朱良泰，你也比我高不了多少，几时轮到你来五十步笑百步！”刘建兴觉得自己受了侮辱。

“高你两公分也是比你高。你别给你脸不要脸。别以为你演了几场戏，唱了几首歌，你就了不起。‘缺了张屠户，照样有肉吃！’”朱良泰也不甘示弱。

“我有什么了不起？你朱良泰才了不起！”

“我了得起了不起都不关你的事，起码我不会摆款！”

“我什么时候摆款啦？”

“你不摆款？刚才是谁向张老师提出要求换角色的？”

“要求换角色就是摆款，你这不是强词夺理吗？”

“既然你不摆款，就应该服从老师的角色安排！”

“我觉得自己不适合演这个角色，才提出调整，难道我连提个建议的权利都没有吗？”

“要是大家都像你这样，这戏还能演吗？”

“你不要扯到大家身上去，现在要求换角色的只有我一个人。”

“你一个人开了头，大家就可以有样学样，不就乱套了吗？”

“连国家法律都可以修改，一个小角色为什么就不可以调整？再说，我向老师提这么一个小小的要求，也不是什么大不了的事情，无论调整与不调整，都与你朱良泰无关，用得着你来杞人忧天、大动肝火吗？”

这时，蔡丽华老师与张志铭老师耳语了一下，就说：“好了好了，刘建兴、朱良泰，你们别争了。大家听听你们冯队长有什么意见。冯新荣，说说你的想法。”

高一（3）班宣传委员、宣传队队长冯新荣稍微思考了一下，就说：“我想，最根本的原因是刘建兴碍于面子才不想演刁小三的，说穿了，就是他不好意思去追去抢陈玉乔，怕同学们取笑他。其实，刘建兴，你这种顾虑是多余的，说不定，你要演好了刁小三，同学们还会对你大加赞赏呢。所以，你根本就用不着有什么顾虑。说句心里话，刘建兴，我是觉得你演刁小三这个角色比较合适，才向张老师和蔡老师提议安排你饰演这个角色的。不过，你要真的过不了这一关，我们两个就对换角色，你演胡司令，让我来演刁小三，好吗？”

“胡司令这个角色我更不合适，演不了。”刘建兴说。

“我觉得还是冯队长演胡司令比较好。刘建兴，你就演刁小三吧，啊！”吴红芬说。

“我支持吴红芬的意见，刘建兴和陈玉乔在剧中担任刁小三和少女的角色最合适不过了。”高一（1）班黎艳霞说。

“我也和艳霞一样想法。刘建兴同学，你扮演刁小三好啊，可以扬名全校，以后我们同学永远都会记得你和玉乔搭档演出的，你就不要推辞啦。”谭桂鸾说，她也是高一（1）班的。

“建兴表弟，你看大家都这样支持你、信任你，你就不要难为情了，我看还是按照原来的安排吧，别犹豫了，你一定会演好这个角色的。”说这话的是吴少英。她是刘建兴的疏堂表姐，又是刘建兴小学高年级、初中和高中三度同班的同学。据她的了解，刘建兴也不是个不讲道理的人，如果老师坚持不作角色调整，他一定会接受的。

“是呀，刘建兴，吴少英说得对，叫你演刁小三你就演啦，演戏嘛，又不是叫你真的去调戏人家陈玉乔，别难为情，也别跟人一般见识，好么？”高一（3）班冯炯秋说。

“冯炯秋说得在理，我看就这样定了吧。建兴老友，张老师、蔡老师和冯队长的安排是经过慎重考虑的，你听我说，接受任务，我们继续做个好拍档，齐心协力把《沙家浜》演好，就这样定了，啊！”周炳是港口街人，从小就认识刘建兴，两人关系不错，说话有分量。

这时候，刘建兴已经心动，决定接受角色，刚要开口表态，不想又有同学发话了。

“对呀，刘建兴，让你饰演刁小三多好啊，有陈玉乔这么漂亮的女同学让你追，你还在这里挑肥拣瘦，不想干，你脑子是不是有问题呀？可我邱大贵想追她，还没有这个福分呢。别三心二意了，立定心绪去追陈玉乔吧。”邱大贵用揶揄的口气说话时，还用特别的眼神瞄了陈玉乔一眼，发觉她面无表情，一副冷眼旁观的神态。

“好了，都别说了。大家的意见基本上都是倾向于按照原定的角色安排。我看这样吧，刘建兴，我还是坚持由你来出演刁小三，如果你真的不想演，那就退出宣传队，你考虑一下。”张老师果断地做了决定，“冯新荣，你把剧本发给大家。大家要尽快熟悉剧本，下星期二开始正式排练。”

张志铭老师历来讲话落地有声，说一不二，刘建兴也不好再说什么。想想也是，老师和冯队长这样安排角色，自有他们的道理，自己之所以会提出调换角色的要求，实际上正如冯新荣所言，是因为自己不好意思去追陈玉乔，怕同学们取笑而已。

发剧本的时候，冯新荣对刘建兴说："叫你扮演刁小三你就演吧，别不好意思。说心里话，你不想演，我还不想你离开宣传队呢。"

大家拿到剧本后，就忙着念台词，学唱段，抓紧准备下一轮的演出。

2

几天以后，学校饭堂里出了一件说大也不大、说小也不小的事情。高一（2）班有同学放在饭盅里蒸熟的腊鸭肉块不翼而飞。有道是"好事不出门，坏事传千里"，"腊鸭事件"一时成为南江中学的头号新闻，大家议论纷纷，有热心者甚至私下对平时比较嘴馋的同学进行末位排查，对号入座，怀疑一个，推翻一个，推翻一个，又怀疑另一个，总不得要领。

第二天晚自修时，高一（3）班班主任赖嘉荣老师来到教室，跟刘建兴说了句什么，然后就离开教室，刘建兴随后也走了出去。

刘建兴跟着赖老师走到教室后面的运动场上，绕着运动场默默转了一圈。夜凉如水，月色溶溶，虽然已是仲春夜晚，但仍然让人感觉到有些许凉意。月色之下，刘建兴分明看见赖老师今天晚上脸上的表情显得极为严肃。

沉思良久，赖老师终于首先打破了这夜的宁静："刘建兴，听黄月新说，你的父亲经常闹胃痛，现在情况怎么样了？"为了缓和谈话的气氛，赖老师先绕了个弯。

"是呀，已经是老毛病了，现在也是时好时坏，未见好转。"

"发病时间有多长了？"

"从我读小学四、五年级的时候起，他就经常喊胃痛了。"

"有没有去医院检查过？是什么原因？"

"早些年曾经去德庆县人民医院检查过，诊断结果是十二指肠溃疡。"

"当时没有做手术吗？"

"没有。医生给开了些药，吃过之后好像有些好转，就耽搁了下来，也没有坚持吃药，疼得厉害的时候，就吃两片胃舒平或者止痛片缓解一下。本来，当时医生建议，过一段时间如果没有明显好转的话，就要做手术的，但我父亲坚持不做手术。"

“为什么?”

“主要是对开刀手术不大放心，怕出意外，有点顾虑。当然也有经济拮据的问题。”

“有病还是要治疗的，这样拖下去会很麻烦的。想想办法，向亲戚朋友借点钱，如果还凑不够的话，我也可以借几十元给你，你只管向我开口。”

“谢谢赖老师的关心，过一段时间再说吧。”

最后赖老师很不情愿地把话题一转，说：“今天下午，陈校长专门向我了解情况，说有人举报昨天2班同学丢的腊鸭肉是我们3班的同学拿的。我一听就觉得这事不可思议。就我对我们班同学的了解，能做出这种丢人事情的可能性不是很大。所以，我想听听你的说法——当然，对你，我始终都是很信任的。”

其实，作为班主任，凭着赖嘉荣老师大半年来对眼前这位学生的观察和了解，他认为刘建兴是一个聪明、正直、诚实、豪爽、义气、大方之人，也是一个十分称职的班干部，绝不可能做出偷别人腊鸭肉这样失格的事情来。尽管有人匿名向学校领导举报刘建兴偷了同学的腊鸭肉，但他打心底里也不肯相信这是事实。因此，在与刘建兴谈话时，仍然在一定程度上留有回旋的余地。

刘建兴也明显地感觉到赖老师的言不由衷，他轻轻地咳嗽了一下，调整了自己的情绪，说：“赖老师，其实，从你一脸严肃地叫我出来那一刻，我就知道你要对我说什么了，因为有同学向我透露，一些同学窃窃私语，说我偷了别人的腊鸭肉。这真是无中生有！我刘建兴是个什么人，赖老师你清楚，我们班的同学清楚，甚至全校大部分师生都清楚。我家里虽然贫穷，但我是个有骨气、能吃苦的人。我以共青团员的名义和自己的人格担保，我刘建兴宁可饿死，也绝不会做出从别人嘴里抠出来吃的丑陋勾当。”

刘建兴信誓旦旦，言之凿凿。他不责怪赖老师，他知道有人要栽赃陷害他，且目的是十分显然而见的。赖老师听到刘建兴这么肯定的回答，此前一直紧绷着的心弦也开始松弛下来，他坚信自己眼前的这位学生绝对不会说谎！

赖老师说：“那就好，你这么一说，我也就放心了。这件事，以后肯定会水落石出的。今晚的谈话，请你不要放在心上，我会正确处理好的。刘建兴，请你相信我。”

刘建兴就说："赖老师放心好了，'身正不怕影斜'，我一定会放下思想包袱的。"

赖老师用力拍了拍刘建兴的肩膀。然后，又跟刘建兴说起有关学校要建设教师平房宿舍的事情。

赖老师说："下学期，学校需要增加教师，计划建设几间教师宿舍。由于学校经费比较紧张，必须尽量减少开支，所以石料方面主要是通过自力更生的办法来解决，校长的想法是希望我们高一（3）班能带个头，除了劳动课之外，尽量利用早晚课余时间去羊咩坑挑些石头回来，争取尽快把宿舍盖好，让新来的教师入住。"

刘建兴说："没问题，我会带好头的。相信我们 3 班绝不会输给别班的。"

此时，晚自习下课的钟声响过了，师生 2 人就开始往回走。

刘建兴刚回到 3 班宿舍门外，就听见同学们正在议论"腊鸭事件"，便止住脚步，静静地听大家议论。

郭炳新说："别的班级我不敢说，说偷腊鸭的人是我们 3 班的，我郭炳新绝对不相信。"

冯炯秋也说："是呀，我也不相信。"

冯新荣说："我更不相信。刘建兴是谁呀，我们班名正言顺的正人君子，他怎么会做出这等可耻之事！"

钱耀楠想得比较复杂，他说："照我看来，一定是 2 班的人在搞鬼，想诋毁我们 3 班，好让他们班拿先进。自从入学以来，2 班和我们 3 班一直就是竞争对手，无论是在学习、文体、劳动方面，还是其他方面，两个班从班主任到学生干部和同学，都在暗中拗手瓜。"

冯炯秋却不同意这个观点，他想起那天宣传队安排角色时朱良泰小题大做，对刘建兴发难一事，就说："钱耀楠，你是不是过分敏感了？一块腊鸭肉，还能上升到班与班争先进的高度？依我看，此事九成是因为个人恩怨所致，有人故意制造事端诋毁我们刘委员。"

冯炯秋说的话，正好与此时正站在门口听他们议论的刘建兴想法一致，他正要走进宿舍，就听见生活委员黄月新在说话，便止住脚步。

黄月新说："冯炯秋分析得很正确，我十分赞同他的观点。不瞒大家，刚才赖老师找刘建兴出去时，我就估计九成是了解这件事的。可能2班真的有人栽赃给刘建兴了。”

欧晓明问：“谁会这么无聊栽赃给他呀？”

钱耀楠说：“所以呀，叫你‘小弟弟’，你还不服气，就知道顶嘴驳舌。你年纪还小，就虚心学着点吧，告诉你，有人要争风吃醋了。”现在，钱耀楠也偏向了冯炯秋的观点。

欧晓明又问：“究竟是谁跟谁争风吃醋啊？”

郭炳新说：“是呀，钱耀楠，你就别在这里扮‘弯弯绕’了，说明白点，究竟是谁跟谁在争风吃醋！”

冯炯秋说：“这不明摆着吗？为了某个女同学，2班的某些人在怀疑我们刘委员是他们的情敌。听2班的同学说，包括宣传队的朱良泰在内，他们班至少有五六个同学在打陈玉乔的主意。那天宣传队分配角色的时候，朱良泰就借题发挥，和我们刘委员吵了起来，这事我和冯队长最清楚。”

钱耀楠说：“这就对了，俗话说，无风不起浪，有人就是想通过制造‘腊鸭事件’来击败刘建兴这个情敌。冯队长，你说是不是？”

冯新荣毕竟是宣传队队长，比较老成持重，说：“我没有调查研究，暂时还不宜下结论！”

欧晓明说：“大船佬，我们冯队长都说不宜下结论，你就这么肯定吗？”

钱耀楠说：“风水佬算命要看三年五载，我大船佬说的话估计很快就会得到证实。‘小弟弟’，你爱信不信！”

这时候，刘建兴再也按捺不住了，他一步跨进宿舍，说：“钱耀楠，你就别在这里吹牛了。你说谁是谁的情敌？”

冯炯秋说：“看看，我估计对了吧，果然有人不打自招，心虚了。”

钱耀楠说：“是呀，原来一直有人在偷听我们说话。刘委员，你也太不够意思了，难为我们这么落力来帮你，千方百计都想成全你和陈玉乔，但你却不领情，还在大家面前扮清高。蔡班长，你就出句声，说句公道话，我说得对不对？”

蔡国铧说：“对，太对了，我们大家都希望，2班的大美人以后能够成为我们3班同学的好嫂子！”

刘建兴说：“那就多谢班长和大家费心了。不过，请大家务必搞清楚，我跟陈玉乔根本就没有拍拖这回事。”

钱耀楠说：“刘委员，你别在这里‘死鸡撑硬脚’啦，我大船佬明人不说暗话，你刘建兴敢不敢当面对大家表态，你对陈玉乔没有半点那个意思，你不想娶陈玉乔做老婆？”

冯炯秋说：“钱耀楠说得对，刘建兴，你真要想抠到陈玉乔的话，就不妨亮出来，我们大家一定会鼎力支持你的。”

李锦标说：“是呀，现在有这样好的机会和条件让你接近我们古渡出来的大美女，是你刘建兴前世修来的福分，人家都求之不得呢，你可真的要想清楚，不要轻言放弃，切实把握好这难得的机会，鼓足勇气，乘势而上，千方百计把这朵校花摘到手，不要辜负我们 3 班同学对你的期望。”

刘建兴说：“李锦标，你这是站着说话不腰痛！你想想，我刘建兴是什么条件，人家陈玉乔是什么条件？追求陈玉乔，这不是异想天开吗？我刘建兴连做梦都不敢想！”

冯新荣听到刘建兴这样说，这时候也沉不住气了，说：“刘建兴，你也不要在这里故作清高了。尽管你说话的口气好像很硬，但我发现你一直都在回避一个实质性的问题，就是不否认自己爱陈玉乔。我客观地说一句，你和陈玉乔确实是挺登对的，不仅郎才女貌，身材相当，而且有许多共同点。比如说你们都有文艺天分，而且也都爱好文艺表演，在排练和演出中心有灵犀，非常默契。再说，论人品、论相貌、论智商，你刘建兴也是我们班甚至我们学校公认的佼佼者，你完全可以配得上她陈玉乔。

“至于家庭经济条件，这根本就不成问题。大春够穷了吧？喜儿还不是照样死心塌地地喜欢他！爱他！有一句俗语叫做‘有情饮水饱，无情食饭饥’，只要你们两情相悦，真心相爱，其他一切问题都不成问题。虽说你刘建兴的家庭经济拮据了点，但现在大家的状况又何尝不是如此？就拿我们班来说，有哪一个同学的家庭是大富大贵、衣食无忧的？尤其是我们从农村来的同学，就靠父母在生产队里挣那点工分，一天下来只换来两三毛钱的收入，有的生产队甚至只有九分钱的劳动日值，辛辛苦苦干了一年，到头来连自己家的口粮都不够兑换，还要超支，这一点你是很清楚的。

“所以我说，既然你现在有了接近她的契机，就要发挥自己所长，抓紧时机，鼓起勇气，主动地、大胆地去接近她，追求她，积极培养你们的感情。不是我说你，刘建兴，在这个问题上，你确实令我们大家失望。就说那天宣传队安排角色吧，方案是我亲手制定的，我的想法是千方百计为你创造多些接近陈玉乔的机会，张老师和蔡老师看过之后都没有提出调整，而你不但不领情，居然还装傻扮懵，提出调换角色的要求，搞到张老师都发火了。好在你最后还是接受了，否则不知道该怎样收场，按照张老师的性格，他是绝对会说到做到，让你离开宣传队的。所以，以后你在这方面的确要理智一点，凡事都要往深处去想一想，不要凭自己的意气用事。

“当然了，至于你们俩成功与否，今后有没有做夫妻的缘分，那又另当别论，起码，你已经努力过、争取过、付出过，我们班的同学也尽心尽力帮助过你，即使你追不到她，但你也对得起自己，不会留下遗憾，也不枉我们3班同学的一片苦心。我的话就说到这，听得进听不进由你。我说得对不对，大船佬?”

钱耀楠说：“冯队长，你分析得实在是太对了，简直是推心置腹，用心良苦，有情有义！刘委员，你就多跟你们冯队长学习学习吧。天时地利人和你都占了绝对的优势，我们班同学又这样热心来帮助你，支持你，现在就看你能不能够把握好机遇，趁你与陈玉乔在宣传队排练演出刁小三和少女的机会，主动去接近她。感情是培养出来的。你又聪明，又靓仔，文武双全，内因和外因都具备了，只要你肯死缠烂打，大家相处的时间长了，我就不相信陈玉乔不动情!”

黄月新说：“对，感情是靠培养的。我也觉得，冯队长和大船佬分析得在理，像陈玉乔这么标致的女同学，如果让其他班的同学捷足先登把她抠走了，我们3班岂不是脸上无光? 刘建兴，你听我说，就如冯队长和大船佬说的，你一定要想办法把陈玉乔追到手。”

郭炳新说：“对，刘建兴，‘精诚所至，金石为开’，我也鼎力支持你，一定要想办法把陈玉乔搞到手，绝对不能让其他班的人捷足先登。”

欧晓明说：“我也非常赞成各位大哥的观点和想法，刘委员，我也大力支持你。”

此时，刘建兴觉得，就在现在同学们的情绪和语言氛围之下，无论他怎么解释、怎么澄清都是多余的，于是就很夸张地把床铺弄得山响，摆出一副准备睡觉的架势，说：“大家对我的关心我心领了，但是，我还是那句话，想追求陈玉乔，无异于异想天开，自找烦恼。好了，时间不早了，我要睡觉了。”

钱耀楠见刘建兴这样的态度，便说：“人家刘委员都不上心了，我们也无为‘老鼠吾忧（心）夹子忧（心）’啦，睡觉吧！”

冯炯秋说：“钱耀楠说得对，既然是‘皇帝’都不着急，‘太监’又何必‘杞人忧天’呢？不说了，睡觉！”

大家也觉得话已经说到这个份上，再说下去也没有什么意思，就纷纷放下蚊帐睡觉去了。此后，大家一夜无语，而表面看来显得很平静的刘建兴，心情却一直没有平复下来。

3

隔壁女生宿舍，陈玉乔一夜都没有睡好。她的脑子一直在围绕刘建兴是否偷同学腊鸭肉的问题上打转。一方面，她想极力保持自己作为一名旁观者的冷静态度，不想卷入同学们的是非之争；另一方面，她坚信刘建兴不是那种贪小便宜的人，希望此事与刘建兴没有任何关系，并希望尽快弄清楚事实真相，水落石出，还他一个清白。陈玉乔就在这样的矛盾心态下反反复复地思考着、默念着，久久不能入睡。

今天下午回到教室，她听闻刘建兴偷同学腊鸭肉的传言，第一反应就是不可能。凭女孩子的直觉和敏感，凭她几个月来对刘建兴的接触了解，她觉得刘建兴是一个很大方、很正派的同学，这样的人怎么会贪小便宜偷人家的腊鸭肉呢？会不会是有人搞错了，张冠李戴，冤枉了好人？当然，也不能排除有人栽赃陷害他的可能。她知道，林树荣同学与刘建兴同一个村，从小就一起玩耍、读书，彼此也都很了解。林树荣曾经对她说过刘建兴的情况，因为父亲有胃病，弟妹又多，家里经济很困难，但他们一家人都很正直，很有骨气，从不斤斤计较自己的得失，在村里的口碑很好。因此，陈玉乔断定，刘建兴偷同学腊鸭肉的传言绝对不可信！

南江中学女学生人少，整个高中一年级的女生都集中在一个宿舍住宿。晚自习结束回到宿舍，女同学也在宿舍议论“腊鸭事件”。见陈玉乔回到宿舍，她的下铺、好友谭桂鸾就迫不及待地问：“玉乔，你说说，刘建兴偷腊鸭，有可能吗？他是这样的人吗？”

“你认为呢？”陈玉乔反问。

“我认为，绝对不可能！”谭桂鸾说。

“我的想法和你一样。”陈玉乔说。

“我也觉得不可能！刘建兴在我们班中，一直表现都很正派，做事很公道，怎么会做出偷腊鸭肉的事情来？”3 班的洪月倩说。

“我也赞成洪月倩的说法。”吴红芬说。

“想来，这事真是有点怪。据我平时的了解，刘建兴的为人是没得说的，这么老实的人，怎么会干出这种偷偷摸摸的事呢？会不会是搞错了？”2 班团支部书记唐伟容说。

“对呀，我也是这么看的，怎么就怀疑上刘建兴偷腊鸭肉呢？这件事实在是不可思议！”谭桂鸾也十分赞同唐伟容的观点。

“我想，这件事会不会是有人‘贼喊捉贼’呢？”黎艳霞说。

“是呀，‘贼喊捉贼’的可能性也不能排除！有人出于个人的目的，无中生有，栽赃陷害刘建兴。”谭桂鸾说。

“我倒不这么看，所谓知人知面不知心，有些人表面上看来很老实、很正直、很仗义，可是谁知道背后他到底干过些什么好事坏事？圣人也有可能会犯错，何况刘建兴也不是个圣人，也可能会有‘私字一闪念’的时候。尤其是当一个人嘴馋的时候，谁敢担保不会出现这种事情？”2 班的陈少雯突然说了一句与众人不同观点和见解的话，好像在刚刚烧旺的火堆里猛泼了一盆冷水，立时降了温。大家想反驳她，可是一时也想不出有力的证据来为刘建兴说话。

“敢不敢担保得看是什么人，别的人我不敢说，对刘建兴我吴少英就敢担保，偷腊鸭的人绝对不会是他！”听到陈少雯的议论，刚回到宿舍的吴少英突然间插了一句。

“他是你表弟，你当然会护着他啦。”陈少雯反驳道。

“表弟又怎么啦？帮理不帮亲，不管是我表弟还是别的什么人，都要实事求是。在事情还没有调查清楚之前，你陈少雯就下这样的结论，不觉得太早了吗？我告诉你，事实总归是事实，谎言说一千遍一万遍还是谎言。我相信，有朝一日，腊鸭的事情一定会水落石出的。”吴少英理直气壮。

“我没有下结论，我只是就事论事。”陈少雯辩解道。

“就事论事？有你这样就事论事的吗？本来就是捕风捉影的事情，经你陈少雯的嘴说出来，好像就成真的了。”吴少英语气很强硬。

“你说是捕风捉影，可我听说是有人举报的。”陈少雯还在坚持。

“好，就算是有人举报的，那么，是谁举报的？你搞清楚了吗？是匿名的吧？”吴少英步步逼近。

“少英说得对，在事情还没有调查清楚之前，我们不能先入为主，随随便便就咬定是刘建兴干的。”唐伟容说。

“我也赞同唐伟容同学的意见，不应妄下结论。”洪月倩说。

“我也鼎力支持！刘建兴同学绝不是贪小便宜之辈。”黎艳霞说。

“我也认为刘建兴不是贪小便宜的人，不可能干出这么丢人的事情。说刘建兴偷人家的腊鸭肉，打死我都不信！”谭桂鸾言之凿凿。

见大家都这么坚决地撑着刘建兴，陈少雯自觉底气不足，就不敢再吱声。一时间，整个宿舍安静了下来。

熄灯的钟声响了。陈玉乔刚刚脱了外套躺下，宿舍舍长吴少英就拉了电灯的拉线开关，顿时，宿舍里漆黑一片，于是就有人点亮了手电筒。此时就有人在唠唠叨叨地骂：“吴少英你是不是赶着去投胎了，这么快就拉熄灯，黑灯瞎火的，害得本姑娘连蚊帐都没有挂好。”

吴少英说：“刚才你干什么去了？抠男人去了吗？每天晚上都是你最拖拉，自己理亏，还骂人，你就不会动作麻利点？你不休息，别人还要休息！”

那人又说：“骂你就骂你了，怎么样？你咬我一口啊！当了个芝麻绿豆大的狗屁舍长，连弼马温都不如，就真把自己当成个领导了，还来教训我！”

吴少英也不含糊，就说：“弼马温都不如又怎么样，舍长也不是我自己要当的，是大家推选我当的，要不满意，下学期请你们另聘高明，反正，我也不稀罕当这个出力不讨好的芝麻绿豆大的狗屁舍长。”

那人仍在坚持：“另聘就另聘，‘缺了张屠户，照样有肉吃！’”

洪月倩听他们说个没完没了，就息事宁人，说：“好了好了，阿嫦，你们别再争了，等会惊动了蔡老师，又要过来批评了。”在女同学眼中，洪月倩就是他们的大姐姐，说话有分量，宿舍立时就安静下来。

此时，陈玉乔毫无睡意，人躺在床上，脑子里还在想着刚才大家议论的事情。她觉得“腊鸭事件”的发生，绝对不会是有人嘴馋偷吃别人的一块腊鸭这么简单，估计在“腊鸭事件”的后面还有其他的原因，只是在目前还没有确凿证据证实是谁干的情况下，任何的主观猜测、妄下结论都是没有意义的。她又想起下午在教室里想过的问题，本班同学栽赃陷害刘建兴的可能性究竟有多大？假如成立的话，那么，这个同学为什么要这样做？他和刘建兴之间究竟有什么利益冲突？假如有利益冲突的话，又会是什么利益？她估计，经济上纠葛的可能性几乎是零，学习上的妒忌也可以排除，只有一种可能，那就是这个同学喜欢上了自己，同时以为刘建兴也在追求自己，对他构成了威胁，就通过卑鄙的手段来贬低刘建兴，以达到离间自己和刘建兴的目的。其实，她和刘建兴两人之间，除了在演出节目中做搭档、互相交流会多些之外，根本就没有过哪怕是些许的超越同学友谊之外的任何非分想法和言行。对于这一点，陈玉乔自己很清楚也非常清醒，到目前为止，在同学中间，她还没发觉自己真心仰慕和喜爱的人。那么，离间她和刘建兴的这个人会是谁呢？她想起在排练《沙家浜》之前安排角色时朱良泰小题大做、借机会发难刘建兴的情景，陈玉乔觉得就他的嫌疑最大。平日在教室里，在课外，在集体活动中，班上总有几个缺少自知之明的男同学自命不凡，常常无事献殷勤，千方百计地讨好她，令她很心烦，她最讨厌的就是这样的人。尤其是朱良泰，平常有事无事总要往她的座位前面凑，那双贼亮的眼睛经常不怀好意地在她的胸部上面扫来扫去，看得她浑身不自在。每逢遇到这种情况，她总是不卑不亢，故意给他脸色看，让他自觉没趣，悻悻地走开。她又想到了刘建兴。在宣传队里，虽然她与刘建兴也谈得来，两人经常交流排练和演出的想法和体会，对他的聪明和人品都很赏识，但她却从来没有产生过往更深层次发展的想法，始终与刘建兴保持着一定的距离。她认为，刘建兴人虽然好，却不是自己理想中的白马王子。她觉得自己相貌标致，身材性感，智商不低，学习成绩也居班中前列，在班中甚至在学校里都是屈指可数的人，她的梦想是做一只展翅高飞并且可以随意在大城市落脚的鸿鹄、鲲鹏，而不是做一只屈居在村野丛林里平平庸庸地生活的小燕雀，她要的是像广州那样的繁华大都市的生活，而在这一点上，刘建兴恐怕在短时期甚至在将来也难以成就自己的理想。既然如此，自己又何必在与刘建兴交往的问题上授人以柄，无端地招人议论和猜测呢。因此，她认为，在“腊鸭事件”中，在有关刘建兴的事情上，她应该尽量保持冷静，凡是看不透拿不准的问题，都不要轻易表态，大加议论。

第2章

1

星期三上午，南江中学接到公社的通知，让陈厚德校长立即到公社革委会会议室参加紧急会议。

陈校长来到会议室时，镇街上几乎所有的所长、站长、院长都来了。此外，除了古渡、红岗、深坑等路途较远的大队之外，港口大队、江咀大队、下水大队、东瑶大队等几个邻近大队的支部书记也都陆续到场。见公社广播站的老吴正在调试喇叭，粮所的李所长就问老吴，这么急要大家来，有什么紧急情况。老吴也说不知道。于是，大家就窃窃私语，估计是有什么重要的事情要宣布了。

这时候，公社的几位领导也来了，当中有分管党群工作和农业工作的刘知秋副书记、革委会分管宣传教育工作的陆雨航副主任、分管工业财贸工作的余大河副主任、武装部部长谢百合以及革委会办公室主任欧吉祥等一帮公社领导和干部。大家见到几位领导，纷纷站起来打招呼。刘知秋副书记向大家摆了摆手，示意大家坐下，然后对大家说："请大家耐心等等，谭书记刚刚在县上开完会，正在赶着回来。因为事情比较紧急，所以预先叫办公室通知大家集中，估计不会让大家等太久的。"接下来，几位领导就趁此机会和大家聊天，顺便了解各大队和各单位抓革命、促生产工作以及民兵工作等情况。

大约过了十几分钟，谭大权书记就匆匆忙忙地赶到会议室，他身后还跟着县里来的两位领导。不等谭大权书记介绍，刘知秋副书记、陆雨航副主任、余大河副主任、谢百合部长以及办公室主任欧吉祥等一帮公社领导和干部就忙不迭地走上前面，跟县里来的领导打招呼、握手。

寒暄了一阵，谭书记就招呼县领导在主席台上就座，随后，公社的几位领导依次坐在县领导和谭书记两侧。

看到人已经到齐，办公室主任在谭书记耳边嘀咕了一下，谭书记客气地征求了身边县领导的意见，领导点点头，欧主任就宣布开会。

会议直接由谭书记主持，他说："同志们，今天临时召集大家来开个短会。在开会之前，首先向大家介绍县里来的两位领导——这位是县革命委员会副主任兼县武装部副政委张前进同志，这位是县革命委员会办公室副主任曾启航同志，让我们以最热烈的掌声欢迎两位领导来我们南江公社指导工作。"掌声过后，谭书记又说："县委书记、县革命委员会主任、县武装部政委刘国兴同志非常重视我们南江公社的工作，县里的会议刚刚结束，就安排张前进同志和曾启航同志来我们公社指导农业学大寨工作，并参加我们今天这个会议，这是我们公社的荣幸，也是我们大家的荣幸，充分体现了县领导对我们的亲切关怀，对推动我们南江公社农业学大寨的工作具有十分重要的意义。下面，请县革命委员会副主任、县武装部副政委张前进同志为我们作指示。"谭书记说完，就带头鼓掌，然后把拾音座咪向张前进副主任的面前挪了挪。

张前进副主任首先向大家客套了几句，接着就从全国、全省农业学大寨的大好形势和伟大成就开始，对肇庆地区农业学大寨的情况做了一番介绍。他说："当前，全国、全省和全地区农业学大寨的形势很好，正如我们伟大领袖毛主席教导我们说的，革命形势是一片大好，不是小好，形势大好的重要标志，是人民群众充分发动起来了。农业学大寨的浪潮铺天盖地，到处都是农业学大寨的壮丽画卷，到处都有农业学大寨的感人诗篇。为了深入贯彻落实伟大领袖毛主席'农业学大寨'的最高指示，加快农业学大寨的步伐，最近，肇庆地区革命委员会根据全地区的实际情况，作出了'学习罗（定）广（宁）经验，开山造田，向山要粮'的最新决定，目前这项工作正在各县全面推开。具体到我们郁南县来说，农业学大寨的浪潮也是一浪高过一浪，形势喜人，形势催人，形势逼人，形势赶人，形势不等人，快马加鞭，紧追罗定和广宁。在日前召开的地区农业学大寨会议上，我们县受到了肇庆地区革命委员会的表扬，地区首长高度赞扬了我县农业学大寨的工作有魄力有创新精神。我们县提出的'八个一，三个翻一番'的宏伟目标引起了地区革命委员会的高度重视。地区领导要求我们尽快组织实施，拿出经验，在全地区推广。下一步，我们就要真抓实干，进一步加快步伐，创造出更多的先进经验，同时，还要组织文艺轻骑队，创作一批群众喜闻乐见的革命文艺作品，开展巡回宣传演出，让农业学大寨更加深入人心，家喻户晓。”

说到这里，张前进副主任右手拿起茶杯，喝了两口茶，继续说道：“在这里，我先向大家吹吹风，具体怎么落实，等一会儿会让谭书记讲。‘八个一，三个翻一番’的内容是，我们县要在两年内实现八个一：1. 每人一亩水田；2. 每人一千斤粮食；3. 每人一头猪；4. 每人一十斤油；5. 每人一百斤糖；6. 每人一亩杉；7. 每人一天一度电；8. 每个劳动日值一元钱；三个翻一番：1. 粮食种植面积翻一番；2. 粮食总产翻一番；3. 对国家贡献翻一番。同志们，‘八个一，三个翻一番’的目标是县革命委员会根据我们县的实际情况，经过充分酝酿、讨论和广泛征求意见之后才提出来的，实现这个宏伟目标，我们有着坚实的思想基础、优越的自然环境和良好的生产条件，‘人心齐，泰山移’，只要我们紧密团结在以伟大领袖毛主席为首的党中央周围，坚持毛主席的无产阶级革命路线，发扬愚公移山精神，发扬大寨人的战天斗地精神，大干苦干加巧干，我们就一定能够实现这个振奋人心的宏伟目标，造福全县人民，为国家多作贡献。我们的目标一定要达到，我们的目标一定能够达到。同时，我也热切希望，我们南江公社在实现‘八个一，三个翻一翻’方面走在全县的前头，为早日实现大寨县做出突出贡献。好了，我就讲到这里，下面由谭书记布置工作。谢谢大家！”

谭书记带头鼓掌之后，对张前进副主任的讲话赞扬一番，然后简要传达了刚刚结束的县“抓革命，促生产”会议精神，内容跟张前进副主任讲的基本相同。随后，就南江公社如何贯彻落实作了具体部署。他说：“当务之急，首先是扩大粮食种植面积。立即把开荒造田、开山造田的工作抓起来，迅速造成声势、形成高潮，拿出实实在在的东西来。具体应该怎样做，由于时间紧迫，来不及跟大家研究，我在县城通过电话跟刘副书记商量了一下，决定如下：第一，抓好试点。决定在港口大队、江咀大队抓试点，拿出经验。第二，开好现场会。今天是星期二，一个星期后，也就是下个星期二，召开全社开荒造田、开山造田现场会，生产队队长以上的干部全部参会。办公室要尽快做好现场会的准备工作，包括会议现场的布置、会议材料的准备以及后勤工作等等。港口大队、江咀大队作为开山造田的主战场，要积极配合会议布置现场，食品站、供销社和粮站要想办法保证会议的肉食、副食品和粮食供应，不仅要让大家来到有东西可看，有样板可学、有经验可取、而且要让大家吃饱饭吃好饭。第三，组织突击队。主要参加港口大队、江咀大队的试点工作，公社机关干部和七站八所人员，除了安排人员值班、保证有人办事之外，其余人员全部参加。第四，扩大校办学农基地。分别在港口大队、江咀大队无条件划拨出一部分丘陵荒山给南江中学开荒造田，港口大队、江咀大队要尽快落实好地段。为了扩大声势，建议学校把最近几个星期的劳动课调到本周和下周来上。第五，备足工具。公社农机厂要加班加点，尽快打造一批三角锄镑，确保开山造田所需。第六，全面铺开。试点的大队要充分做好准备，公社现场会一结束，就要立即全面铺开，尽快形成规模，拿出成绩。”

谭书记一口气作了传达和部署，然后拿起茶盅，大大地喝了几口，接着又要求说：“对上面的任务和分工，我们要以‘只争朝夕’的精神把它贯彻好、落实好，不辜负县领导对我们南江公社的重托和厚望。各有关领导和负责人要雷厉风行，抓紧行动，决不能够有任何的松懈和怠慢。散会之后，分成三个小组研究具体工作，第一组由刘副书记召集，与港口大队、江咀大队研究试点工作，以及划拨山地给中学和组织现场会等事项；第二组由陆副主任与中学研究扩大学农基地，划拨山地开山造田事项；第三组由余副主任同各机关部门负责人研究组织突击队问题以及现场会的后勤保障问题。我说的就这些，其他同志有什么意见和建议请提出来。”

农机厂厂长曾小寒首先站起来问：“谭书记，我有个问题，你刚才说让农机厂尽快打造一批三角镑，确保开山造田所需。我要问的是，是无偿提供还是收回成本?”

谭书记说：“这事归余大河副主任管，请余副主任回答。”

余大河副主任说：“当然要收回成本。不过，你们一定要精打细算，尽量节省费用，把成本降到最低，不要狮子开大口。”

曾小寒说：“我知道了，请余主任放心，我会尽量以最低的价格保障供应。”

港口大队支部书记周鹏也站了起来：“我也有个问题，我想搞清楚，我们无条件划拨出去的山地，是临时性的，还是永久的?”

谭书记说：“这事归刘知秋副书记管，请刘副书记回答。”

刘知秋副书记说："此事开会之前我已跟陆副主任商量过，又在电话里请示过谭书记，按照现行的土地政策，暂时以临时性无偿划拨的方式进行，现有山上的附着物如林木竹果等归原有生产队，今后的收益归学校。以后有了新的土地政策，或者另有相关规定，可随时进行调整，或者无条件归还给生产队。"

最后，谭书记问："还有谁要提问题?"谭书记环视了一下会场，看见大家都没有反应，就宣布散会。

2

下午第二节课下课以后，陈厚德校长召开了全体老师和班干部（班长和劳动委员）会议，传达了公社会议精神和领导的指示，研究了落实措施。决定把今后几个星期的劳动课调整到本周和下周来上。初步安排是从明天开始至星期五、下周星期一到星期三，全校师生集中到新的学农基地开山造梯田。并决定：一，出发之前在操场召开一个战前动员会，由陈校长亲自作战前动员，并由高一（1）班班长刘志勇作为学生代表表决心，鼓舞士气。二，考虑到大部分学生都来自农村，路途比较远，需要赶路回家拿下星期的粮食和生活费，星期六和星期天就让大家回一趟家，好让大家休整一下。会后，由分管学农基地工作的莫定胜副校长带领后勤人员和各班班主任、班长及劳动委员到现场划分地段，明确任务。

第二天吃过早餐，全校师生集中在学校运动场召开"办好学农基地，向荒山要粮食"的誓师大会。全校 12 个班级一律以连、排为单位命名，从初中一年级到高中二年级，共分 4 个连 12 个排，其中初中一年级为 1 连、二年级为 2 连，依次分为 1 –6 排；高中一年级为 3 连、二年级为 4 连，依次分为 7 –12 排。师生们以纵队方式列队，每个队伍都有一名擎旗手举着鲜艳的红旗，其余每个人手里都拿着一件开荒的工具，个个精神抖擞、跃跃欲试。集合完毕，陈校长亲自做了战前动员，简要传达了公社紧急会议的精神。陈校长要求，全校师生员工要遵照伟大领袖毛主席'农业学大寨'的最高指示，坚决贯彻落实肇庆地区革命委员会的最新决定和郁南县"抓革命，促生产"会议精神，按照公社党委和革命委员会的部署，加快农业学大寨的步伐，打好

"开山造田，向荒山要粮"的突击战。随后，高一（1）班班长刘志勇代表全校学生表示决心，表示要坚决响应伟大领袖毛主席的号召，坚决按照公社和学校的部署要求，发扬"一步怕苦，二不怕死"的革命英雄主义精神，团结奋战，苦干巧干，坚决完成公社和学校革命委员会交给的开荒造地任务。最后，由陈玉乔指挥全校师生唱起了毛主席语录歌《世界是你们的》，然后立即出发。

南江中学学农基地选址在港口大队白坟咀至江咀大队羊咩坑之间并排着的几个小山坡上，土地范围涉及港口、江咀两个大队，海拔都在30－40米左右，依山傍水，面临南江河，背靠老虎头山。1958年大跃进，因为全民大炼钢铁，把满山的树木砍了个精光，后来就一直没有正规栽种过连片树木，整片山地仅有一百几十棵依靠飞花落地成长起来的稀稀落落的松树和零零星星分布在几个山洼里的十几棵乌榄树，像一百多位形态各异的孤独老人分布在沿江西面的几个山坡上，日夜守望着奔腾不息的南江河。

工地上，学校后勤工作人员早已在最显眼的位置拉挂好了两条醒目的红布大标语："学习罗（定）广（宁）经验，向荒山要粮食"、"办好学农基地，为实现'八个一、三个翻一番'作贡献！"学校广播站的扩音机和大喇叭也搬到了工地，正一遍又一遍地播放着农业学大寨的歌曲——学习大寨呀赶大寨，大寨红旗迎风飘……

刘建兴所在高一（3）班（3连9排）的责任地段在白坟咀至羊咩坑交界靠近羊咩坑一侧的山坡上，紧挨着高二（1）班（4连10排）的责任地段，左边与高一（2）班（3连8排）的责任地段相邻，再往左就是高一（1）班的地段。

为了使开垦出来的梯田规范整齐，公社农技站专门安排了两位农业技术员来指导。按照农业技术员的要求，各班均派出2名同学集中进行了半个小时的技术培训，并领回了4张专门用来打草坯砌田基的三角镑和几条量度平衡的麻绳。

按照刚刚学到的知识，班长蔡国铧和劳动委员刘建兴找来几个同学做搭档，依照山体的走势，把责任区划分为4个工作面，然后从山脚开始拉好第一层梯田的底基线，撒上石灰粉做标志，再以小组为单位，从第一小组开始，依次将4个小组安排到4个工作面上一字散开，正式开始了开山造梯田的劳动。

这时候，沿南江河边路面，从港口大队属地白坟咀开始，沿江上溯至江咀大队的羊咩坑为止，绵延上千米的荒山上，转眼间便呈现出一幅幅锄飞臂舞的巨幅图画。高音喇叭在不断地播放着的激越雄壮的革命歌曲，与同学们的大声吆喝喧闹和开山工具碰击石头发出的铿锵声混在一起，组合成了一曲粗犷豪放的劳动交响乐，打破了南江河畔往昔的沉寂和安宁，一下子沸腾起来了。

大约过了半个小时，看到大家工作有点乱，工作效率不高，刘建兴就跟各小组的组长商量，让组长把本组的同学分成挖草坯、垒地基和运泥填土三部分，分工合作，忙而不乱，大大提高了效率。

打草坯用的三角镑没有木槌配套，一时还派不上用场，大家只能“望镑兴叹”。刘建兴就与赖老师和蔡国铧商量，他和公社造船厂的黄师傅很熟，由他和黄月新去厂里借木锯斧头铁凿，利用开山挖起来的松树树干做几个木槌。赖老师说：“好，就照你说的办”。于是，刘建兴就和黄月新去造船厂借工具。

3

在高一（2）班责任区，班主任张志铭老师、班长刘明洋和劳动委员林树荣正在研究如何提高垒砌田基的质量和加快开山进度问题。刘明洋说：“刚才我到 3 班那边看了一下，刘建兴他们的办法很有效，我们不妨叫上几个组长去看看，学习他们的做法。”张老师也表示赞同，就叫上组长们到 3 班工地取经去了。

陈玉乔自告奋勇挖草坯。开始挖第一块草坯的时候，她先用铁镑把自己前面的莨锯（音）草地表打出一个矩形图案，然后就发力将矩形图案连草根和泥块一并挖起来，这样挖出来的草坯呈长方形，不但块头大，而且厚度比较匀匀，看起来像一块整齐的大泥砖。接下来再挖就省力多了，借助新挖出的泥口，只要挖出三条边线，就可以把一块新的草坯挖起来。负责垒砌地基的同学都喜欢用陈玉乔打出的草坯，说用她打的草坯砌地基好用，速度快，还特别整齐。

刘建兴和黄月新去造船厂借工具的时候，正好朝陈玉乔这边走来，负责搬运草坯的陈少雯用力扯了扯陈玉乔的衣衾，大大咧咧地说：“玉乔快看，你的

‘小三’哥来看你了。”

正在专心干活的陈玉乔转过身来，果然看见刘建兴正向这边走过来，脸颊霎时红了起来，就借责备陈少雯来掩饰自己，板着面孔说：“陈少雯你瞎咋呼什么?‘小三哥’、‘小三哥’地叫，少说两句，会把你当作哑巴了吗?”

陈少雯不知陈玉乔用意，便说：“玉乔，与你说句笑话嘛，用得着这么严肃吗？真是‘好心遭雷劈’!”

陈玉乔说：“我知道你这么好心了！什么时候变得这么关心人家‘小三哥’了？简直是‘狗咬耗子，多管闲事’!”

陈少雯说：“玉乔，你怎么这样说话呢？我什么时候多管闲事了?”

陈玉乔说：“你自己说过什么话，你自己清楚，还要我提醒你吗?”

陈少雯想了一下，就说：“你是说那天晚上在宿舍里说的话？是，我不加思考就发表了意见，我收回那天晚上说的话，行了吧?”

陈玉乔说：“你见过已经吐到地上的口水还能收回来吗?”

陈玉乔这样一说，使得陈少雯一脸尴尬，无言以对。

刘建兴分明听见了陈玉乔与陈少雯的对话，便假装没有听见，也不好意思跟陈玉乔打招呼，就在陈玉乔和陈少雯身边快速闪过，急急脚地离开了 2 班的作业区。

就在刘建兴走过来的时候，在离陈玉乔不远处打草坯的朱良泰听到陈少雯咋咋呼呼，便立即停下手来，想看看两人的反应，没想到刘建兴却不动声色，匆匆走了过去，陈玉乔也无动于衷，反倒与陈少雯纠缠起来，不免有点暗暗高兴。随后，他又感到一丝莫名其妙的惆怅。

这时候，张老师和刘明洋已经回到班上的工地，参照 3 班的做法，对各组人员重新做了部署。恰好高一（1）班宣传委员、负责学校业余广播站工作的严梅华也来到 2 班找张老师和刘明洋。

严梅华说：“张老师、刘班长，陈校长要求工地广播站加大宣传力度，需要增加人手宣传报道，指导老师谭伟常就说你们班的陈玉乔不但文章写得好，嗓子也不错，一专多能，是最佳人选，提议抽调她到广播站去当战地记者和播音员，来征求你们的意见。”

张老师说：“我没有意见。刘明洋，你的意思呢?”

刘明洋说：“我也没意见。”

张老师说："那好，你去叫陈玉乔过来。"

刘明洋就去工地另一头叫了陈玉乔过来。

张老师说："陈玉乔，严梅华有话跟你说。严梅华，你直接跟玉乔说吧。"

严梅华说："阿乔，广播站里缺人手，我已经跟张老师和刘班长说了，借调你去广播站当记者，现在就去，好吗？"

陈玉乔说："既然张老师和刘班长都同意了，那就去吧。"

于是，严梅华就拉上她直奔工地广播站去了。

刘建兴和黄月新去借了工具回来，叫上李锦标等几位同学，就近找了两棵树干笔直的粗壮松树，锯成两尺多长的几根木段，再用铁凿在中间的位置凿出一个四方形的小孔，又在附近砍来几根小灌木做槌柄，做成了几个有分量的木槌。木槌做好后，大家争先恐后地拿来试用，都说很好用，手工并不比专业的木工差。于是，班主任赖嘉荣老师就跟刘建兴和黄月新说，让多做几个送给别的班级。

这时，班长蔡国铧看到赖嘉荣老师满头大汗，就问："赖老师，你出汗这么厉害，是不是胃炎又发作了？"

赖老师说："无大碍。刚才搽了点药油，现在已经好多了。"

蔡国铧说："赖老师，你不舒服，就坐下休息一下吧。"

黄月新也说："是呀，别硬撑了，快休息吧。"

刘建兴也劝他："赖老师，我们这班人个个都是猛将，大家多挖几锄就能把你的工作给补上了，你在旁边休息一阵子，指点我们就行了。"

赖老师见大家坚持让他休息，他看了看手表，时候也不早了，就说："大家已经连续作战了 1 个多时辰，也很疲劳了，干脆大家一起休息 20 分钟吧。"

于是，班长蔡国铧就宣布高一（3）班休息 20 分钟。

这时，宣传委员兼学校宣传队队长冯新荣就提议唱几首歌解除疲劳。班长蔡国铧就说："别的班级还没有休息，别影响他们，干脆，冯队长你给大家讲个故事吧。"

于是大家就纷纷附和，催促冯新荣快讲故事。

冯新荣也不推辞，想了一下，清了清嗓子，就讲开了："从前，北方有一位私塾老先生在给学生讲课。正值冬天，天气非常寒冷，外面正下着鹅毛大雪。私塾老先生望着窗外，突然诗兴大发，略加思考，便得一阕绝妙好诗，于是，便朗声念与众学生分享——‘天公下雪不下水，雪到地上变成水，变成水来多麻烦，不如当初就下水’。众学生听了，不以为然，什么狗屁诗，无聊至极！但也有才思敏捷的学生很快就模仿老师的诗想出了自己的作品，要求念给大家听，得到了私塾老先生的允许后，就大声在课堂上朗诵起来——”

说到这里，冯新荣就卖了个关子，故意停了下来。大家急着知道下文，催促他快讲，冯新荣才接着说下去——

“‘先生吃饭不吃屎，饭到肚里变成屎，变成屎来多麻烦，不如当初就吃屎。’学生们听了之后忍不住捧腹大笑，私塾先生却气得吹胡子瞪眼，不住挥动教鞭制止，直呼愚子不可教也！愚子不可教也！”

冯新荣讲的故事也引来了同学们的大笑。故事虽然有点低俗，可是在一定的程度上把大家开挖梯田所带来的疲劳给消除了。

钱耀楠就说：“冯新荣，这故事是你杜撰的吧？”

冯新荣说：“我哪有这个水平，是从一本书上看到的。我的故事讲完了，抛砖引玉。下面请刘建兴讲一个。”

刘建兴也不客气，就说：“我的故事是小时候听父亲讲的，讲得不好，请大家不要见笑，多多包涵。我讲的是《金锣的故事》。话说在好多年以前，有一个叫金锣的孩子，非常聪明，可是他家里很穷，没钱供他读书，亲戚好友们就七拼八凑，凑了点钱供他读书。私塾先生欺负金锣家贫穷，常常有意刁难他。上课的时候恰好看见教室里一只昆虫在飞，先生徒手抓来，握在手中，当着众学生的面问金锣：‘金锣，你说，我手里的昆虫会生呢，还是会死呢？’。金锣没有回答私塾先生的问话，他离开座位，有模有样地走到教室门口，双腿跨在门槛上，问：‘先生，请问，我现在是要出去呢，还是要进来呢’，结果，私塾先生无言以对，却引来同学们的一阵大笑——我讲完了。请大家给点掌声鼓励！”于是，大家就鼓起掌来。

这时候，厨房工友邦哥和负责帮厨的同学已挑来了茶水，大家就争先恐后地去舀茶水喝。

陈玉乔跟着严梅华到了工地广播站。广播站就设在临时搭建的油毡纸简易工棚里，2 张课桌，3 把椅子，一部收扩音一体机，一个拾音座咪，一部留声机，还有外面挂在附近松树上的一南一北 2 只高音喇叭，就是广播站的全部家当。负责指导广播站工作的高中语文组组长谭伟常老师正在审阅即将播出的稿子。见了陈玉乔，就说："陈玉乔，提议抽调你来，主要是负责采访组的工作，有时间的话，兼一下播音。另外还有一位初中的同学小黄，他已经到工地采访去了。现在，你先帮我看看这两份稿子，如果没有发现什么问题的话，就交给严梅华播出。以后采写的稿子，包括通讯员的来稿，就由你把关，如有把握不定的，你再找我。"

陈玉乔说："多谢谭老师的信任，只怕我水平不高，出了差错，耽误工作。"

谭老师说："不要担心，在学中干，在干中学嘛，大胆干，慢慢就会上手的。好了，开始工作吧。"

陈玉乔接过谭老师修改过的稿子，认真看了起来。她小心谨慎地连续看了两遍，觉得两篇稿件都写得不错，该修改的地方谭老师都已经修改好了，没有发现需要再修改的地方，就把稿件交给严梅华播出。

4

为了全面报道上午开局的情况，陈玉乔与小黄同学分了工，小黄负责采访初中的 1—6 排，她负责采访高中的 7—12 排。陈玉乔用了半个下午的时间走遍了高中 2 个连 6 个排的工地，掌握了一批第一手材料，就在工地广播站写稿。由于采访得比较深入，了解得比较仔细，从酝酿、构思到动笔，都觉得很顺手，三篇广播稿写下来，还没到收工的时间。很快，整个工地就响彻了通过严梅华甜美嗓音播出的广播稿。

"老师们，同学们，下面播出本站记者陈玉乔采写的报道《工地快讯》第一篇《3 连 8 排师生半天开出梯田近半亩》——在热火朝天的开山造田工作中，3 连 8 排同学在班主任张志铭老师和班长刘明洋同学的带领下，发扬愚公移山精神，科学安排，分工合作，不怕苦，不怕累，开荒进度走在全校前列。梯田的质量也获得了学校质量检查组的认可。据初步丈量，今天上午，该排开成的梯田面积达到 0.5 亩，是全校开出梯田面积最多的一个排，取得了开山造田的开门红……"

在严梅华播出陈玉乔采写的《工地快讯》第一篇稿子时，3 连 9 排的同学立即就议论开了。

欧晓明说："2 班不是来我们班取经的吗？怎么倒成为他们的经验了？'科学安排，分工合作'是我们班带头实行的，为什么先报道他们了？再说，我们开出梯田的面积跟他们班的也不相上下，就差几厘碎，况且，我们位置的山体要比他们的陡，开挖的难度要比他们的大得多。"

黄月新说："欧晓明你是脑残还是迟钝啊？你不知道写稿的人是 2 班的陈玉乔吗？你要出名，就到广播站当记者去！"

黄志德说："不过是一篇广播稿而已，用得着你们这么敏感吗？"

洪月倩也说："是呀，下面肯定还有表扬我们班的稿件，耐心听下去吧。"

这时候，一首革命歌曲刚播完，严梅华的声音又响起来了："下面播出本站记者陈玉乔采写的《工地快讯》第二篇，题目是《3 连 9 排——发扬风格为兄弟班制作木槌 20 多只》——为了加快造田进度，解决造田工具不足的问题，3 连 9 排的同学积极想办法借来木工工具，自行制作木槌 20 多只，除了供自己班使用之外，还主动送给没有锤子的班级使用，使一批三角锪派上了用场，大大加快了造田的进度……"

黄志德说："还是洪月倩同学有预见。"

郭炳新说："这个陈玉乔，报道写得还可以。有侧重，有取舍，遗憾是没写上我们劳动委员的名字呀！"

欧晓明说："对呀，亏她和我们刘委员关系那么好，顺手捎带的事！"

黄志德说："欧晓明你瞎说什么呀，怎么无缘无故又扯到人家刘委员身上啦。"不知什么原因，黄志德最不愿意听到别人将陈玉乔与刘建兴的名字扯在一起。

欧晓明说："难道不是吗？功劳是我们刘委员、黄月新和李锦标的，劳累了大半天，连槌子是谁做的都不知道。"

黄志德说："你欧晓明不也劳累大半天了吗，谁来表扬你了？"

欧晓明说："我是落后分子，你别提我，我也不想被表扬。"

黄志德说："既然你自己都不想被表扬，那你干吗还'咸吃萝卜淡操心'？"

欧晓明被激怒了，说："我淡操心又关你黄志德什么事？我说陈玉乔的不是，是不是你就心疼了？”

黄志德说：“你别把我跟陈玉乔扯在一起。我不像有的人，见花就想采。”

欧晓明说：“你说清楚，谁见花就想采？”

黄志德说：“谁想采谁就是，我又不是说你。”

郭炳新说：“好了好了，你俩不要死撑了，我只不过是随便说说而已，你们就别较真了。”

这时，冯炯秋就打圆场说：“够了，你们就别再‘顶牛’了，大家再认真听听我们‘未来嫂子’采写的报道吧。”

于是大家就安静了下来，接着，果然又是陈玉乔采写的报道，这回的题目是《受伤不下火线——高一（1）班班长刘志勇该表扬》。原来，今天上午，高一（1）班班长刘志勇在与同学搭档扶三角镑打草坯时，因为拿锤子的同学操之过急，把木槌给打偏了，砸在了刘志勇的手上，造成右手腕部以上部位局部皮外伤，裂口出血，又红又肿，痛得脸色发白。劳动委员陆锦榆扶他去工地指挥部让卫生员为他敷上刀伤药、服了几片消炎药之后，又回到班上工地，老师和同学都劝他回去休息，刘志勇却说不碍事，继续参加劳动。

听完这则报道，钱耀楠就有话说了：“我就说嘛，今天早上出师动员，刘大班长就拍胸口表决心说‘一不怕苦，二不怕死’，我当时就觉得不妥，未曾出师，就苦呀死呀地喊，多不吉利，不出事那才难怪呢。”

蔡国铧说：“钱耀楠，不是我说你，现在都什么年代了，还这么封建迷信！要是说一句话就能够给大家带来祸福的话，你我今天就不用在这里这么辛苦劳动了。”

钱耀楠说：“蔡班长，你爱信不信！总之，‘好的不灵丑的灵’，1 班刘班长受伤这事不明摆着吗？”

郭炳新说：“大船佬，我想你也不是个迷信的人，只是趁机找个话题来表现一下自己而已，你就别再跟我们班长执拗啦，适可而止罢了。”

黄月新说：“其实大船佬也就是借题发挥炫耀一下自己而已。无他！”

黄志德说：“对，我赞同郭炳新和黄月新同学的意见，大船佬其实并不迷信，就是好出风头！”

钱耀楠说：“对不起，班长，既然大家这样说，我就收回刚才的话好了。多谢大家的批评提点。”

大家一时无语，埋头工作。不久，收工的哨声响了，大家便匆匆收拾好劳动工具，三步并作两步赶回学校吃午饭。

5

第三天上午，陆副主任亲自打电话给陈校长，让陈校长来一趟公社，专门就学校开山造田工作的进度情况向公社几位领导作了汇报。听完汇报后，谭大权书记对中学的工作表示满意，并当即与刘知秋副书记、陆副主任和余副主任商量，决定把中学开山造田工地作为公社开山造田现场会的分会场，要求中学一要继续抓好质量和进度，二要组织人员写一份经验材料，在会上作介绍。

陈校长回来后，立即赶往工地，找到正在工地劳动的高中语文组组长谭伟常老师，布置了写作经验材料的任务。谭老师立即放下手头的工作，来到工地广播站，叫正在修改广播稿的陈玉乔把这两天的播出稿全部拿出来，粗略看了一遍，对陈玉乔说："陈校长刚接到公社布置的紧急任务，要求学校写一份开山造田的经验材料在会上作介绍。我想初稿让你来写。"

陈玉乔说："我可没写过经验材料啊。"

谭老师说："别担心，我先告诉你思路，你再按照我说的思路去写，拿出初稿，我再修改完善。你拿笔记一下。"陈玉乔就拿出稿子和钢笔。"首先总体介绍我校的基本情况和开山造田的总体成绩；第二，主要做法和措施，包括校领导如何重视，如何抓好质量检查以及以班为单位开展劳动竞赛等；第三，提出下一步工作的设想。我刚才浏览了一下这两天的稿子，一、二部分的内容基本上都有了，你再适当调整归纳和升华一下，第三部分，主要谈谈如何贯彻落实公社现场会精神、早日完成公社革委会布置的任务问题。整个发言要紧紧围绕农业学大寨这个主题。就按照这样的思路去写，最迟明天上午把草稿交给我。"

谭老师想了一下，又补充说："还有，因为这是在现场会介绍的材料，所以不用太长，2500 字到 3000 字左右就行。"

谭老师走后，陈玉乔就按照谭老师提点的思路写出一份提纲，然后按照提纲组织材料。对第一、二部分的内容，陈玉乔就走了个捷径，在这两天的播出稿中找出要用的内容做了圈点，打上记号。而第三部分，对陈玉乔来说是个难点，她就按照自己的想法，设想公社领导会提出什么要求，学校要怎样去落实，搞来搞去，总不得要领。

中午回到学校，她匆匆吃过午饭，就跑回宿舍，在自己装衣物的小木箱中找出两个已经写满了记录又舍不得销毁的会议笔记本来认真翻阅，看看以往学校领导是怎样贯彻上级会议精神的。果然，功夫不负有心人，陈玉乔找到了几份有关传达贯彻会议精神的笔记，喜出望外，便依样画葫芦地套上了开山造田的内容。写好之后，又从头到尾看了一遍，觉得挺像那么一回事，就牺牲了中午的休息时间，一鼓作气将第一、二部分的材料整理好，与第三部分做了合并，形成了一份3000多字的初稿，赶在出发前往劳动工地之前交给了谭老师。谭老师接过稿子，大致看了一下，觉得还不错，感到十分高兴。他庆幸自己没有选错人，这个个子不高、能歌善舞的漂亮小姑娘，居然能够在这么短的时间里写出了一份她从未涉足过的现场会议经验介绍材料来，确实难能可贵。

由陈玉乔起草的经验材料经谭伟常老师和陈厚德校长稍作修改，就送到公社革委会办公室审阅把关并获得通过。

公社开山造田现场会如期召开。这天一早，人们就看到南江中学学农基地除了原先拉挂的两条醒目的红布大标语之外，还增挂了一条新的大红标语："南江公社开山造田现场会南江中学分会场"。在学农基地入口处，竖立着一块醒目的欢迎牌：热烈欢迎参加公社开山造田现场会的领导和代表！

上午9时，参加现场会的代表以及公社全体干部准时来到，陈校长和学校领导早已在路口恭候。广播站的大喇叭在一遍又一遍地轮番播放着"热烈欢迎参加公社开山造田现场会的领导和代表们"的欢迎词以及农业学大寨的歌曲。这时候，陈玉乔也以学校广播站记者的身份，抓住机会采访与会代表。

按照议程，代表们只需在现场走一趟、看一看，再回到公社会议室开会。谭大权书记亲自拿着手提喇叭，大声提醒与会代表要认真看，认真听，把真经学到手，回去尽快掀起开山造田高潮。代表们边走、边看、边听，普遍对南江中学开出的梯田质量感到满意并表示赞赏。经过高一（3）班的工作面时，许多代表都驻足不前，兴致勃勃地观看同学们垒砌田基，由衷赞叹刘建兴等人垒砌的田基平滑整齐结实，有建筑垒墙的功底，问刘建兴是不是学过建筑。刘建兴就说没学过，自己是一边干、一边学的。代表们就夸他有悟性，是个人才。刘建兴听到代表们的称赞，表面上虽然不当一回事，但心底里却是甜滋滋的。下午，广播站就播出了一条《3 连 9 排造田质量获现场会代表好评》的长消息，消息突出了现场会代表们称赞刘建兴垒砌田基又快又结实的内容。自然，又有同学把刘建兴和陈玉乔相提并论，议论一番，有赞有弹，有褒有贬，不一而足。

第3章

1

夏至过后，百年一遇的特大暴雨下了整整一天两夜。凌晨，已在办公室电话机旁值班守候了一夜的南江公社革委会办公室主任欧吉祥突然接到了来自下水、深坑、双碟等大队的救急电话，内容是多处地方山洪暴发，有的地方还出现泥石流，险情不断，危及民居，请求公社尽快组织人员前去抢险救灾。

“嘭嘭嘭……”，欧主任一阵猛跑冲到了公社干部职工宿舍楼203房门口，一边对着房门一阵猛擂，一边冲着里边大声喊：“谭书记，不好了，山洪暴发，有好几个大队出现险情，下水大队还有人被埋，打来电话请求派人支援抢险！”说完，也不等书记回话，就急匆匆地跑回办公室，又是接电话，又是做记录，忙得不可开交。

过了片刻，公社党委书记兼革委会主任谭大权打着呵欠走进了办公室，一屁股坐在电话机旁的一张老旧酸枝木太师椅子上，拿过电话记录，迅速扫了一遍，吩咐欧主任给他接通中学的电话。

南江中学教务处，电话一直没人接。欧主任几乎把电话的手遥柄摇断，还是无法找到接听的人。

“中学的人都死光了！”欧吉祥主任气急败坏，把话筒一砸，恨恨地骂了一句。

“这样吧，你也不用骂人了。”谭书记转过身去，望着窗外一片漆黑的雨夜，“现在天还没亮，干脆你亲自去一趟中学，把陈校长给我叫来。”

欧吉祥主任皱了一下眉头，本想说句什么，转念一想，又止住了，到隔壁值班房穿上雨鞋，拿上雨伞和手电筒，顷刻间便消失在黑茫茫的雨夜中。

欧吉祥主任走后，谭书记接连打了几个电话，分别通知长途汽车站包站长、卫生院的黄院长和水上大队的麦队长等人火速赶到公社办公室。

南江中学坐落在一个地名叫塘湾的两个小山坡上，隔壁是备战盐场和公社粮所。离公社所在地有10分钟左右的步行路程。欧吉祥主任走出公社大门时，四周还一片漆黑，他双手打着雨伞，把手电筒挂在脖子上，借助手电筒微弱的亮光，顶风冒雨，一步三滑地往中学赶去。突然一阵急风暴雨横扫过来把他的雨伞打翻，凉飕飕的雨水顺着他的头和脸灌进了脖子，流进了前胸和后背，湿透了衣衫，他全然不顾，急忙把雨伞翻了过来，双手紧紧把住伞柄，任凭风雨吹打，继续艰难地跋涉着。刚进中学大门，借着走廊昏暗的灯光，看见负责后勤的何老师急匆匆地往陈校长宿舍那边赶，欧吉祥主任就连忙叫住他。何老师见到欧吉祥主任，十分惊讶。

“欧主任，这天还没亮，还劳驾您摸黑亲自跑过来!”何老师的语气充满歉意。

“我不来行吗？电话打了老半天，你们都不接!”

“不好意思，真不好意思。昨天晚上和陈校长检查房子漏水情况，睡迟了——睡得死，没听到电话响。”何老师一再表示歉意。“我醒过来时，电话铃声就停止了。刚才，我向总机值班员查询过了，是公社来的电话……”

“别解释了，快去叫校长吧，谭书记还等着他研究抢险的事呢。”

说话间，两人不觉已来到校长房间门口。此时，天已经蒙蒙亮。陈校长刚好洗漱完毕。听欧主任说明情况，立即就穿上雨衣，和欧主任一起来到公社。

公社会议室，除了谭书记和刘副书记，还有分管宣传教育的革委会副主任陆雨航，分管财贸和政法工作的副主任余大河，另外还有长途汽车站的包站长、水上大队的麦队长、公社粮所的李所长、卫生院的黄院长等机关单位的负责人、一班公社干部。

谭书记看到人员已经到齐，就简单介绍了几个大队受暴雨灾害来电请求支援抢险的情况，并亲自对抢险工作做了安排：“第一，请南江中学安排高中三个班到下水大队，由刘知秋副书记和陈厚德校长指挥；安排一个班到深坑大队，由陆雨航副主任和朱国严副校长指挥；安排一个班到双碟大队，由余大河副主任和莫定胜副校长指挥；安排一个班到粮所，包括粮所职工，由李所长指挥。初中的同学暂时不动，照常上课，在校待命。第二，公社和机关干部除了值班人员之外，其余的安排去深坑大队和双碟大队，具体人员由余大河副主任安排。第三，请水上大队麦队长安排船只运送前往下水大队和双碟大队的人员；请汽车站包站长安排汽车运送前往深坑大队的人员；请卫生院安排一名外科医生和一名护士去下水大队抢救伤员。同志们，险情就是命令，时间就是生命，我们早到一分钟，就有可能将人民群众的生命财产损失减少到最低的程度，我们一定要发扬'一不怕苦，二不怕死'的革命英雄主义精神，务必打好这次抢险救灾的攻坚战，夺取抢险救灾的全面胜利。好了，今天的会议就到这里，有什么情况，及时在电话里汇报商量。散会。"谭书记向门外挥了挥手，大家就匆匆离座，分头执行任务去了。

2

雨势逐渐减弱。陈厚德校长回到学校，立即召集老师和高中的班长们传达公社抢险救灾紧急会议要求，布置抢险救灾工作。决定高中一年级的三个班全部去下水大队抢险救灾，由陈厚德校长协助刘知秋副书记指挥；高中二年级三个班分头行动，高二（1）班去深坑大队，由朱国严副校长协助陆雨航副主任指挥；高二（2）班去双碟大队，由莫定胜副校长协助余大河副主任指挥；高二（3）班去公社粮所，由教导主任黄贵川协助李所长指挥。散会后，各班立即出发。

南江流域连日暴雨，造成南江河上游大量的黄泥沙水夹带着无数的枯枝垃圾，甚至刚刚被洪水连根拔起的树木竹棵，大声呼啸着、轰鸣着倾泻而来，仿佛一条红褐色的巨龙奔腾咆哮着直指西江北岸德庆县县城东郊三元塔山下，野性十足地窜入了浩浩荡荡的西江怀抱。在南江与西江交汇处西岸河边，此时已挤满了前去下水大队抢险救灾的高中一年级学生。大家打打闹闹，大呼小叫，叽叽喳喳，像一群刚刚放飞的麻雀。

等渡船的时候，钱耀楠说是有事情要跟劳动委员说，不由分说地把刘建兴拉扯到一位头戴一顶崭新的金黄色中山篾帽、身穿淡绿色透明胶质方格图案雨衣的女同学前面，十分认真地说："玉乔，我们刘委员说了，等会抢险结束之后，请你去他家吃饭，你愿意去吗?"事先没有一点思想准备的陈玉乔冷不丁被钱耀楠开了这么个出格的大玩笑，一下子就羞得满脸通红，她本能而夸张地举起拳头，一边在钱耀楠的肩膀上狠狠地擂了一下，一边恼怒地骂道："你个死鬼钱耀楠，身痒欠打了，是吗?"钱耀楠做了一个鬼脸，嬉皮笑脸地躲开了。

钱耀楠与陈玉乔在同一个大队，是小学和初中的同学，在学校里，他总是把玉乔当作小妹妹看待。读小学时，免不了有男同学欺负女同学，钱耀楠总是充当大哥哥的角色，处处护着陈玉乔，有时还会出手教训那些欺人太甚的同学。直到在大队上初中时，还有同学称他为"护花使者"。至于大船佬这个外号，则纯属偶然。去年秋季，因为南江河进入了枯水期，古渡河段经常有运输船只遭浅搁。一天，正在河里与同学游泳的钱耀楠看见一艘罗定水运社的机帆船在古渡对开的沙滩滩头水域搁浅，几名船工拼命扛拼命推，仍然无济于事，船只纹丝不动，船员们个个急得团团转。钱耀楠见状，立即叫上一起游泳的几个同学过去帮忙，很快就把船推移到水深的水域。此举受到了船工们的热情赞扬，并了解到他们就是古渡初中的学生。后来，古渡初中就收到了一封来自罗定水运社的表扬信。此后，大船佬就成了钱耀楠的外号。上了高中以后，钱耀楠和陈玉乔两人都有意识地拉开了距离，但仍然保持着十分友好的关系，平常无事，钱耀楠也喜欢拿陈玉乔开开玩笑。可是，毕竟今天这玩笑开得有点唐突有点过分，把老实巴交的劳动委员刘建兴弄得十分尴尬，进退维谷。他本想向陈玉乔解释一下，可一时又找不到合适的话语，只好对她报以歉意一笑，然后就走开了。

这时候，水上大队麦队长已亲自调动了一只平日用于港口至德庆县城的客运交通机动木船开到西、南两江靠西江一侧岸边，与两名船工迅速搭好跳板，大声指挥大家上船。渡船不大，只能分两趟把大家运送到对岸，先是高一1班和2班一、二两个小组乘搭第一趟，然后到2班三、四两个小组和3班全体师生。当第一趟所有人都上了船，麦队长就大声要求全体师生要保持安静和稳定，不要随处乱走，尽量保持船体的平稳，并亲自掌舵驾船，直奔三元塔脚下，绕过南江洪涝龙头的锋芒，然后朝下水村所在河岸开去，形成了一个巨大的U形航线。当抢险人员离船上岸，又一个回马枪，把船开回来运送第二批人员过河。

刘知秋副书记、陈厚德校长和卫生院两名医生护士在第一趟船靠岸后，便马不停蹄，带领大家火速赶到抢险现场黄茅坪村。此时，大队党支部书记黄振明、公社驻村干部杨秀珍等几名干部正带领一群基干民兵和村民在灾情最严重的农户潘敬东家抢险救人。刘副书记听取了黄振明的简单汇报后，立即召集杨秀珍、几名大队干部、陈校长以及三个班的班主任和班长研究抢险救人方案。决定由杨秀珍和陈校长带领1班到另一个受灾村民家抢险；由刘副书记亲自带领2班和3班的同学留在受灾最严重的潘敬东家抢险救人，2班接替已经疲惫不堪的民兵和村民，继续清理潘敬东家的砖石瓦砾和山泥，抢救被困的潘敬东，3班负责清理后山的塌方。安排完毕，大家立即按照分工投入抢险。

黄茅坪村是个不足百人的自然村，独立组成一个生产队。村民的房子全都依山而建，参差错落在一个名叫黄茅坪的山坡上，黄茅坪村由此而得名。黄茅坪的山泥属红沙土，红沙土本来就比较松软，黏性差，加上连日暴雨冲刷，使得该村好几户的房子不同程度受到后山塌方的挤压而倒塌。

雨，还在时紧时慢地下着。参加抢险的同学大都披着一块四、五尺见方的白色尼龙薄膜，头戴一顶极便宜的都城桐油竹叶小帽或者手工粗糙的草帽，也有几个女同学穿着颜色鲜艳的防水雨衣，戴着造工十分精细的金黄色帽面的中山帽，在仿佛由无数条白纱线织就的雨帘中显得分外抢眼。飘飘洒洒的雨点时紧时慢地打在大家的帽子和雨衣上，发出一阵阵沙啦沙啦的响声。人人的脸上、身上，都被飞溅的黄泥水染了色，成了黄泥人。

听见被困的屋主人在砖石瓦砾和黄泥塌方底下不时痛苦地呻吟，大家心急如焚，都想尽快把人救出来。可是，由于抢险作业面狭小，人多施展不开，为了提高效率，刘副书记提议2班班主任张老师安排同学们轮番作业，大约20分钟换一趟人。因为怕伤着被困的人，大家都不敢使用铁制的工具，全靠双手去挖，去搬，用木板去刨，许多人都被破碎的砖石瓦砾和铁钉划破的了手，但大家都毫不在意，一门心思只想着尽快救人。

在临时搭建栖身的帆布帐篷里，惊魂未定的女主人带娣带着哭腔告诉正在轮休的同学，他们家的房子是一座新修建的砖石瓦房，中间是厅堂，左右两边各有两个宽达13桁（行）瓦的房间，盖好进宅还不满3年。昨天晚上，他们已经注意到后背山体可能会塌方，为预防万一，一家4口决定睡在靠前面的两个房间里，她和12岁的女儿睡在左边的房间，丈夫和7岁的儿子睡在右边的房间。当时，丈夫还开玩说，这样安排，就算塌方，也不至于“一镬熟”（一锅端）。没想到，果真是‘好的不灵丑的灵’，到底还是出事了。昨天晚上大约丑时刚过，后背山约有100多立方米的山泥塌方从房子右后侧倾泻过来，把右边两个房间全都挤垮了。

“出事的时候，我老公顾不上穿衣服，一把把睡得像死猪一样的儿子推出房门外，自己还来不及跑出来，外墙和瓦面就塌下来了，现在，人还困在里面。”带娣说着，眼泪又夺眶而出。正在轮休陪她说话的陈玉乔就安慰她，说是吉人自有天相，她老公会大步迈过的。

大约又过了半个时辰，大家终于把潘敬东救了出来。好在，出事的时候，潘敬东被先塌下来的桁条击中扑倒在床沿前，而歪斜的桁条、格仔和床架又挡住了随后倒下来的墙体和山泥，形成了一个相对安全的狭小空间，才保住了潘敬东的性命，仅造成了左胳膊骨折和身体后背局部的皮外伤。大家七手八脚把潘敬东扶到帆布帐篷里，给他穿上外套，一家人即时抱头痛哭。这时候，早已在此守候准备救人的卫生院医生就说，不要哭了，疗伤要紧。于是就和护士匆匆为他作了包扎处理，固定了胳膊。支部书记黄振明就叫来几个青年民兵，与医生护士一道把他送到公社卫生院救治。

雨，还在下着，抢险工作仍在艰难有序地进行。

3

下午，天空开始放晴，经过几次努力，太阳终于挣开了厚厚的云层，露出明媚的笑脸。师生们全部回到学校，已经是下午三点多钟。考虑到大家忙碌了大半天，又累又脏。陈校长就与副校长和几位班主任商量，说是下午不上课了，让参加抢险的师生休整一下，搞搞个人卫生。大家听到消息，喜出望外，赶紧跑回宿舍，拿上水桶和干净的衣服，洗澡去了。家在附近的同学就趁机回一趟家，或者看看家人，或者拿点咸菜、鸡蛋什么的回学校。家住下水村的劳动委员刘建兴趁救灾结束返程的机会，跟班主任赖老师打了声招呼，顺道回家一趟，看到父亲没有什么大碍，就急急忙忙赶回学校。

经过女生宿舍门口时，听见有人鼓捣铝桶的声音，刘建兴有意无意往里边望了一下，只见陈玉乔正拿着一根旧铁丝在修理铝桶，总是不得要领。刘建兴就问她在弄什么，陈玉乔说铝桶的铆钉松脱了。刘建兴说：“陈玉乔你等等，我回宿舍拿工具过来给你修理一下。”陈玉乔说：“好吧，麻烦你了。”

由于女生人数少，整个高中一年级的女同学都安排住在一个宿舍，与高一（3）班的男生宿舍相邻，中间只隔了一个 20 多平方米的房间，是高中英语老师蔡丽华的寝室。过了一会，刘建兴果然拿着铁锤和铆钉等工具过来了。此时，宿舍里静悄悄的，寂静得让这两个孤男寡女直觉得有点心虚。

陈玉乔脸红红的，看了刘建兴一眼，就说：“我们还是到门外的大石头上去修理吧，免得让人看见了说三道四。”

“好吧。我也是这么想的。”刘建兴爽快地应答，双脚就开始往门外移动。

“今天早上在渡口是怎么回事？”陈玉乔问。

“我怎么知道？钱耀楠这个‘搞搞震’人物，你跟他是老乡，又是小学和初中同学，你又不是不知道他的性格。”刘建兴抬起头看看陈玉乔，正巧陈玉乔正在专注地看着他，四目相对，仿佛几束正负两极的电流偶然相撞，瞬间便擦出了耀眼的火花，刘建兴慌忙把目光移开，“我以为他真的是找我商量什么事情。”

“是呀，这我清楚。钱耀楠就是这样的人，喜欢拿人开玩笑。其实也没什么，我只是随便问问罢了。”说这话时，陈玉乔也明显地感觉到自己的心跳在异常地加快。

话说到此，两人就不好再说下去。其实，此时两人心里都清楚，钱耀楠同学今天早上在渡口开的玩笑，虽然有点唐突和鲁莽，但从某种意义上说，钱耀楠也是出于一片好心。

过了一会儿，水桶修理好了，陈玉乔道过谢，就拿了衣服毛巾去打水洗澡。刘建兴怕同学误会，不想与玉乔同行，回到宿舍，故意拖延一下时间，才提着水桶走出宿舍。

学校总共有一方一圆两口水井，都在学校下面的水田旁边，离宿舍有百米开外。圆井是供全校师生食水用的，距离学校冲凉房比较近，通常，女同学和老师们都会在圆井取了水，然后提到冲凉房去洗澡，洗完澡再回到圆井打水洗衣服，也有些女同学嫌在圆井打水麻烦或者出于某种原因而选择去四方井洗衣服。四方井基本上是男同学的天下，一年四季大部分同学都在井边洗澡洗衣服。像刘建兴那样自小在江河边沿长大的懂水性会游泳的同学，就经常约上三五知己，到西江或者南江河去博风激浪，一年也难得有几次到四方井洗澡。这天刘建兴觉得有点累，就没有去江边，他来到井边时，同学们都已经离开了。他三下五除二，快速往身上淋了几桶水，就到更衣室换衣服。

刘建兴从更衣室走出来时，陈玉乔和高一（1）班的谭桂鸾、黎艳霞等几个后来的女同学正拿着换洗的衣服走了过来，说是那边井水很深，很难打上水来，就到这边洗衣服来了。女同学们到来，刘建兴就有了用武之地，他把自己的冲凉桶放到旁边的洗衣台上，拿过公用的打水桶，一股脑儿从井里打上来几桶水倒进了女同学的水桶，喜得大家连说好话。

谭桂鸾高兴得忘乎所以，于是就拿陈玉乔来开玩笑，说：“玉乔，我有个好建议。”

陈玉乔问：“有什么好建议？”

谭桂鸾说：“你来帮刘建兴同学洗衣服，让他专门帮我们打水。好吗？”

谭桂鸾话音刚落，大家就附和着一齐起哄：“玉乔，洗衣服，玉乔，洗衣服。”

陈玉乔不置可否，她趁谭桂鸾不注意，冷不丁起身走向洗衣台，将刘建兴冲凉桶里的衣服全部搂起来放进了谭桂鸾的水桶，还用双手往里边鼓捣挤压了几下，与桂鸾的衣服混合在一起，让水浸了个透。

谭桂鸾一下子惊叫起来：“好你个鬼马陈玉乔，跟你开个玩笑，你却来真的。”

说着就手忙脚乱地把刘建兴的衣服挑出来拿回刘建兴的冲凉桶里，又引来大家的一阵开怀大笑。

陈玉乔一本正经地说：“你不是说要帮刘建兴洗衣服吗，我就给你创造个机会啊！你为何不帮他洗呀？”

谭桂鸾说：“还是好姐妹呢，一句玩笑都说不得，好像吃了火药似的，以后我懒得理睬你。”

陈玉乔一本正经地说：“不理睬就不理睬，这样的玩笑我可承受不起！”

谭桂鸾压根就没有想到，一句笑话竟然会引起陈玉乔如此大的反应，便说：“好啊，我记住你今天说的话。今后你陈玉乔的事情，我可真的一概不理！”

黎艳霞也没有想到谭桂鸾的一句玩笑会引起陈玉乔这么大的反应，出现这样尴尬的场面，就息事宁人，说：“好了，桂鸾，你别再说了，玉乔今天心情不好，估计是‘大姨妈’来了。你就体谅体谅她吧，啊！”

刘建兴也想不明白陈玉乔为何会这样，但也不好说点什么，就匆匆忙忙洗好衣服，独自回宿舍去了。

4

星期五下午第一节课刚刚下课。一阵紧急集合的钟声过后，同学们就听到教务处主任在叫初二和高中全体师生紧急到礼堂集合。有在街上居住的同学就说西江水上涨得很快，估计要去抗洪抢收了。几乎是在同一时间，各班班主任都来到教室门口，催促大家赶快到礼堂集中。

礼堂舞台上，教务处主任黄贵川一边伸出双臂示意，一边大声要求大家立即安静下来，请陈校长作指示。因为时间紧迫，来不及安装扩音器，陈校长就放开喉咙，大声讲话："老师们、同学们，20 分钟之前，接到公社的紧急电话，由于西江上游广西大部分地区连降暴雨，洪水急剧上涨，西江都城水文站的水位已经达到 18 米，已经超出警戒水位 1 米，并且继续以每小时 20 多公分的速度快速上涨，对我社港口、江咀、下水、古渡、双碟等西江、南江沿岸一带的水稻等农作物造成严重威胁，上级要求我校立即出动支援沿江低水地区的生产队抢收水稻。下面我宣布分工安排，初中一年级留校，照常上课；初中二年级 3 个班就近帮助学校附近的港口大队收割，由黄贵川主任负责指挥；高二（1）（2）两班去古渡，由莫定胜副校长指挥；高二（3）班和高一（1）班去下水，由朱国严副校长指挥；高一（2）（3）两班去江咀，由我指挥。各班主任要认真带好队，注意安全，保证把大家安全带回学校；全体同学也要严守纪律，听从指挥，不准擅自行动，更不准到河边戏水和游泳，完成任务之后，集中点名回校。好了，请各班清点好人数，立即出发。解散。"

江咀大队的低水位水田主要集中在南江沿岸梅花塘一带，总面 1000 多亩。其中梅花 1 队和 2 队共占了 50% 以上的面积，两队的水田紧紧连接在一起，而且都在紧靠防洪大堤内的最低水位。师生们来到梅花塘，看到连片的水稻大部分都已经变黄，距离成熟期也就三五天的时间。眼下，社员们正在争分夺秒地收割稻子，欧晓明触景生情，诗兴大发，手舞足蹈地念起诗来——

"远也黄，近也黄，遍地稻穗翻金浪，社员们，排成行，手拿镰刀收割忙，一边割，一边唱，齐唱丰收喜洋洋……”

这时，钱耀楠横插了一句：“小个子，先别喜洋洋了，等会儿又累又饿，有你哭有你喊的时候呢！”

兴致正浓的欧晓明被钱耀楠奚落了一番，老大不高兴，便反唇相讥：“大船佬，别看你长得高大威猛，到时说不定还是你先哭鼻子呢。”

于是，大家一阵哄笑。

高一（2）（3）两个班被分别安排在梅花1队和2队抢收水稻。队长早已为大家准备好了割禾用的镰刀。大家拿到镰刀，立即加入到社员们的抢割行列。由于一下子增加了100多名年轻力壮的生力军，一时间，整个梅花塘都沸腾起来，脚踏打谷机的轰鸣声，混合着社员们的呼叫声、同学们的嚷嚷声和歌声笑声，形成了一曲气势磅礴的田野协奏曲。同学们的热烈情绪也感染了当地的社员，他们好像忘记了大半天连续抢收的疲劳，收割的进度明显加快。

2班和3班收割的所在的地点相隔不远，两个班的班主任还年轻，一边与同学们并肩战斗，一边鼓励大家唱歌，激励大家的斗志。同时，也不忘向兄弟班挑战，看谁割禾割得快，看谁的歌唱得响亮。3班班主任赖嘉荣老师紧挨着刘建兴，就对他说：“刘建兴，你嗓子够大，带头唱几首歌活跃活跃气氛吧。”于是，刘建兴就站起来，放开喉咙大声喊道：“3班的同学们注意了，赖老师提议，我们一边抢割，一边唱歌。就像刚才欧晓明念的诗歌一样，振奋起来，好不好？”大家齐声响应：“好！”“那我们就开始唱。第一首，《解放军进行曲》，向前向前向前，预备——唱。”“向前向前向前，我们的队伍像太阳，脚踏着祖国的大地，背负着民族的希望，我们是一支不可战胜的力量，我们是工农的子弟，我们是人民的武装……”雄壮激越的歌声越过防洪大堤，掠过堤外的江面和原野，飘向远方。

听到3班同学们的嘹亮歌声，2班的老师同学也耐不住了。一直在埋头收割的张志铭老师站起来，左右环顾了一下，看见陈玉乔就在不远处的另一块水田上收割，就大声喊过去：“陈玉乔，你过来。”听到老师在叫她，陈玉乔就急忙放下手中的稻穗，拿着镰刀走过来。她头戴一顶麦秆编织的新草帽，一件已经褪色的白底红花唐装旧衣裳紧紧地裹住她的上身，士林蓝布裤腿卷到了她的膝盖上方，浑身上下沾满了斑斑点点的黄泥巴，但丝毫也没有影响她的美丽，反而展示出一种质朴的自然美。她来到张老师面前，张老师就说：“你听听，3班的同学唱得多带劲，我们也不能落后，你来带领大家唱几首，好吗。”

“好的!”陈玉乔也不推辞，就清了清喉咙，拍了几下手掌，大声说：“哎，2班的同学，我们也来唱几首歌，和3班的比一比。首先唱第一首《三大纪律八项注意》——革命军人个个要牢记，三大纪律八项注意——唱。”于是，2班高亢、嘹亮的歌声也在田野上空蔓延开来：“革命军人个个要牢记，三大纪律八项注意，第一一切行动听指挥，步调一致才能得胜利；第二不拿群众一针线，群众对我拥护又喜欢；第三一切缴获要归公，努力减轻人民的负担……”唱完了《三大纪律，八项注意》，接着，陈玉乔又带领大家唱了几首革命歌曲，然后再唱毛主席语录歌，与3班形成了你追我赶、不甘落后的态势。响亮的歌声此起彼落，把整个梅花塘变成了歌的海洋，欢乐的海洋，把人们抗洪抢收的积极性和忘我劳动的热情调动到最大的极限，直到黄昏降临。

到了吃晚饭的时间，社员们都各自回家吃饭。而师生们的晚饭则由梅花1队和2队提供，就在田垌里吃。为了让同学们吃得好点，江咀大队支部书记还专门找到公社革委会分管财贸的余副主任特批了30块钱额度的猪肉票和30斤黄豆票，为参加抢收的师生加了点菜。这样，每个同学的碗里，除了青菜，又多了几块香喷喷的猪上肉和一小勺散发着浓郁香味的水煮黄豆。学生们虽然都很疲劳，但当他们吃上还算不错的晚餐，年轻人天生的天真活泼和浪漫本性也就暴露无遗。这时候，钱耀楠又在拿刘建兴开玩笑，“女同学大都不喜欢吃大肥猪肉，刘建兴你去向陈玉乔她们女同学讨几块大肥肉，保证不会让你空手回来。”刘建兴说：“要去你自己去，我可没你脸皮厚。”钱耀楠又说：“你看你，好心给你出个好点子，找个机会接近接近陈玉乔，你却不领情，不去拉倒!”

吃过晚饭，天已经黑了。社员们也陆续回到田里。有人就将早已准备好的沙箩竹筒插在田里，灌上煤油，再塞上几缕破布条，当照明灯使用。霎时间，梅花塘大片的稻田就星罗棋布地插满了用土办法制作出来的竹筒油灯，那摇摇曳曳的光亮在尽职尽责地为抢收稻子的人们驱赶着夜晚的黑暗。

抢收工作还在继续，脚踏打谷机依旧在不知疲倦地轰鸣，社员和同学们的情绪依然十分高涨，他们发自内心的歌声和欢乐的笑声划破了夏日宁静的夜空，一直延续到午夜。

5

中国共产党成立50周年纪念日即将到来，根据公社谭书记的意见，决定于7月1日晚上在公社戏院公演《沙家浜》。为了确保演出圆满成功，抗洪抢收工作结束后，宣传队就密锣紧鼓地加紧排练节目。6月底，宣传队按照正式演出的规格和要求在学校礼堂进行了一次彩排，公社革委会分管教育的陆雨航副主任亲临观看审查节目，彩排顺利获得通过。

7月1日傍晚，离演出还有两个小时，宣传队员们就来到了公社戏院进行化妆。

戏院没有专门的化妆间，宣传队员们就在帷幕两翼的通道和后台背景布与后墙之间的空位摆上几张桌椅，放上几面镜子，权当化妆间。宣传队也没有专门的化妆师，大家都是无师自通，边学习边实践，很快就摸出点门道来。

黎艳霞是个十分活泼大方而且心直口快的女孩，父亲是红岗大队的党支部副书记，平常接触外来人员比较多，没有一般农村女子的羞涩。正值青春年少、身材苗条、亭亭玉立的她，有着一张讨人喜欢的面孔和银铃般响亮的嗓子，也有一副助人为乐的热心肠。在今晚的演出中，她负责报幕，同时还担任群众演员的角色。她手脚麻利地化好妆后，又帮助谭桂鸾调淡了脸部的胭脂红，然后再给她扑上一点肉色的底粉，再用毛扫轻轻扫了几下，脸部的效果立即起了变化，显得自然多了。黎艳霞说，你饰演的是一名缺衣少食的普通劳动群众，脸色应该粗糙一点，稍微黄一点，不要化那么浓艳的妆。整理完毕，她又主动为大家当后勤，哪里有需要，那里就听到她的脚步声和笑声。

饰演郭建光的周炳正对着镜子检查化妆效果，偶尔用手指对妆容稍作调整。看见黎艳霞走到身边，就把黎艳霞叫住：“黎艳霞，看看我这妆化得怎么样？”

黎艳霞就止住脚步，很认真地看了看，说：“不错，你本来就很靓仔，化了妆就更英俊更像郭建光了。”

周炳笑了笑，说：“你别诓我，说具体点。”

黎艳霞说：“我怎么会诓你呢？你就是靓仔，你的妆就是化得好嘛。要说有不足的地方，就是两边颧骨部位的颜色抹得太红，好像贴上了两个红鸡蛋，可以稍微淡些，尽量保持自然。”

周炳说：“好，立即就改，谢谢你的宝贵意见。”

黎艳霞说：“谢什么，周炳，你什么时候变得这么客气了?”

周炳说：“都是一句话啫。”

黎艳霞来到刘建兴面前，看到刘建兴的样子，忍不住笑出了声：“哎哟，好一个刁小三，你用得着整得这么漂亮吗？你是想整漂亮点让玉乔看上你就让你追她吗？告诉你，这不可能，你是她的仇人、敌人！你应该尽量把脸画得丑陋些，奸险些，让人看见你就讨厌。”说着，不由分说，就拿起眉笔在他的脸上和眉毛处画了几下。刘建兴对着镜子看了一下，自己的形象果然丑陋了许多，禁不住暗暗佩服黎艳霞的巧手。

陈玉乔妆化得很仔细，她先是在自己俊俏的鹅蛋形的脸蛋上薄薄地涂了一层凡士林，再轻轻地打了一层藕色底粉，然后拿起一管大红胭脂，在左手掌心轻轻点了一下，然后放下胭脂，合上手掌摩擦一下，再把手掌往两边脸颊用力按了按，再对着镜子用右手食指进行调整，直到自己满意为止。此时，她穿着一件约莫有五成新的蓝色花布唐装女上衣，下穿一条只见过几次水的士林蓝布裤子，一副淳朴的乡村少女打扮，正是“红妆素裹”，分外娇艳和迷人。

朱良泰草草化了妆，正百无聊赖地在后场走来走去，左看看，右看看，总想找机会与陈玉乔套近乎。看见陈玉乔化好妆，便径直走过去讨好她：“哟，你这妆化得实在是太好、太美了，如果貂蝉在世，也一定比不过你。”

听到朱良泰肉麻的吹捧，陈玉乔一点也高兴不起来，反而觉得一阵恶心，她故意不理睬他，只装作没有听到他说的话，可是，朱良泰并不识趣，还在死皮赖脸地纠缠。这时，刚好黎艳霞经过，就对黎艳霞说：“黎艳霞，你看看，陈玉乔像不像一朵刚刚出水的芙蓉？或者说像一朵含苞待放、鲜艳夺目、人见人爱的红玫瑰?”

黎艳霞懒得跟他说话，就说：“演出马上就要开始了，我没空跟你在这里磨牙，你说她像什么就像什么吧。”说着，就从他身边闪开了。

此时，沙四龙的扮演者、负责道具工作的冯炯秋见状，就走过来揶揄朱良泰，说：“朱大少爷，你化好妆了吧？这么有兴致在这里‘赏花’，要是没事干，就请你去帮忙拿道具布置舞台。”

冯炯秋正直豪爽，爱打抱不平，是个眼里揉不得沙子的人，平时与刘建兴比较说得来，也最看不惯像朱良泰这种拈花惹草的“二世祖”。

朱良泰见陈玉乔不理睬他，又碰了黎艳霞的软钉子，自觉没趣，再加上冯炯秋这样一说，于是就顺势借了个台阶，悻悻地走开了。

7 时 30 分，演出准时开始。黎艳霞迈着轻盈的脚步走到台前，此前一片喧闹的戏院立即安静了下来。

面对逾千观众，黎艳霞没有丝毫的胆怯。她镇静自若地扫了观众席一眼，发现除了公社干部、本圩镇的居民和农民之外，还有一部分学生代表。公社党委、革委会的几位领导、中小学正副校长和公社七站八所的负责人，全部在 8、9、10 几行中间的座位就座。

“各位革命干部、革命群众、革命师生，大家晚上好！今天晚上，南江中学毛泽东思想文艺宣传队在这里演出移植革命样板戏——革命现代粤剧《沙家浜》。观看今晚演出的领导有我们公社党委书记、革委会主任谭大权同志，公社党委副书记刘知秋同志，公社革委会副主任陆雨航同志，革委会副主任余大河同志，公社武装部部长谢百合同志，还有公社所属各机关单位的负责人以及各界革命群众一千多人。现在有请公社革委会副主任陆雨航同志讲话，请大家鼓掌欢迎——”

在雷鸣般的掌声中，陆副主任走上了舞台，双手做了个停止鼓掌的姿势，掌声戛然而止。他说：“各位革命干部、革命群众和革命师生，大家晚上好！受公社党委书记、革委会主任谭大权同志的委托，我在这里讲几句话。今天是伟大的领袖毛主席亲手缔造的伟大、光荣、正确的中国共产党成立 50 周年纪念日，是我们党的生日。为庆祝这个节日，根据公社党委和革委会的要求，南江中学毛泽东思想文艺宣传队利用课余的时间排练了移植革命样板戏——革命现代粤剧《沙家浜》，今天晚上就要在这里公演。这是他们坚持用毛泽东思想武装头脑，坚决贯彻执行毛主席的无产阶级革命文艺路线，坚持‘百花齐放、百家争鸣’的‘双百’方针，坚持文学艺术为人民大众服务、为工农兵服务的一次伟大实践和具体行动。希望大家认真观看，自觉接受革命传统教育，继承和发扬革命传统，把无产阶级革命文艺的丰富精神营养转化为‘抓革命，促生产’和农业学大寨的巨大动力，为我们南江公社的革命生产做出新的贡献，为实现我们县‘八个一、三个翻一番’的宏伟目标作出新贡献。祝演出取得圆满成功！我讲完了。谢谢大家。”

陆雨航副主任在热烈的掌声中回到座位，演出开始。

扮演阿庆嫂的吴红芬第一个出场。她刚出场亮相，立即就吸引了一千多名观众的眼球。这时候，不知谁带头鼓起了掌，于是大家就跟着鼓掌，顿时，戏院里响起了热烈的掌声。

“敌人扫荡三天整，断壁残墙留血痕，逃难的众邻居，都回乡井，我也该打双桨，迎接亲人。”吴红芬容颜气质身材唱功俱佳，嗓音圆润甜美，风姿绰约，精神焕发，十分迷人，一个活脱脱的阿庆嫂。

随后，群众演员出场，亲热地与阿庆嫂打招呼。阿庆嫂和大家客气一番，随众人入内。

正当群众刚刚回家整理断壁残墙重建家园之际，国民党反动派和汉奸卖国贼掌握的军队进驻了沙家浜。正是“豺狼刚走，虎豹又来”。这时，狐假虎威、飞扬跋扈的刁小三在后台大喝一声“站住”，紧接着，一位少女肩挂包袱，惊慌失措地拼命奔出舞台，刁小三身穿一套半新的草绿军装，斜挂一支带皮套的20响驳壳枪紧追不舍，直至春来茶馆八仙桌旁，与少女绕着八仙桌对峙，最终强行将少女包袱抢到手。

少女怒目以对，愤恨地质问：“你为什么抢东西？”

刁小三阴险狡黠地说：“抢东西，我还要抢人呢。”说着，就上前伸手调戏少女。

眼看就要出事，少女急中生智，大声喊叫：“阿庆嫂。”

阿庆嫂应声出来，劝阻刁小三。接下来，胡传奎上场，阿庆嫂乘机以“老熟人”关系与胡传奎套近乎，巧妙地帮助被抢少女从刁小三手中拿回包袱。

第一场顺利落幕，观众们报以雷鸣般的掌声。

帷幕刚刚落下，谭大权书记便问身边的陈厚德校长：“扮演阿庆嫂的学生成熟老练，先声夺人，不错。还有扮演少女这女孩表演得也很自然很到位，样子也不错，她是哪个大队的？”

陈校长说：“是古渡大队的，父亲是个队长，还是个土改根子。”

谭书记说：“这孩子容貌姣好，天生丽质，反应快，有表演天赋，好好培养，将来前途无量。”

陈校长说："是呀，这孩子在宣传队里是个全才，能歌善舞，学习成绩也很好，是个才女，高中毕业后，如果有机会推荐她上大学，肯定会非同凡响。"

谭书记说："是呀，像她那么出众的女孩子确实很难得，毕业以后在农村里磨炼三两年，再送去大学深造几年，一定会有出色。"

陈校长说："那是，到时就看她回到农村的表现如何。古语道，'千里马常有，伯乐却不常有'，被我们谭书记这个伯乐看中的人才可不多呀。"

谭书记说："这都是老黄历了。现在时代不同了，话可不能这么说。毛主席教导我们，群众是真正的英雄。你陈校长不就是一个伯乐吗？说到培养和发现人才，你陈校长就最有权威最有资格最有话语权，我这个书记也可以给你打鼓，敲锣，摇旗，呐喊，助威。"

陈校长说："谭书记这样说，真是太谦虚了！"

谭书记说："我这都是实事求是嘛！"

正说话间，第二场戏开始了，大家接着看戏。接下来的几场戏，演出都十分顺利，没有出现任何纰漏。首次公演获得成功，在观众的掌声中，演员们集体谢幕。公社谭大权书记，刘知秋副书记、陆雨航副主任、余大河副主任、谢百合部长等领导，陈厚德校长、莫定胜副校长、朱国严副校长以及指导老师张志铭、蔡丽华等走上舞台与演员们亲切握手，表示热烈祝贺。领导的关怀，使大家感到格外兴奋。当谭书记来到陈玉乔面前与她握手时，还特意问她是哪个大队的，读几年级，父亲叫什么名字，身体怎么样，陈玉乔一一作答。回到学校，陈玉乔仍然十分兴奋，好像刚刚喝了一杯浓酽滑爽的陈茶，心情久久不能平静。

第4章

1

暑假一过，刘建兴和陈玉乔他们这一届学生就升级为高中二年级。

近段时间，陈玉乔觉得很烦恼，进入高中二年级以后，班里一直暗恋她的几个男同学对她倾注的热情远远超越了普通同学的界限，常常无事献殷勤，千方百计讨好她，无话找话与她搭讪，甚至有同学给她写纸条，约她去德庆看电影。可是陈玉乔清醒地意识到，这几个同学都不是她心目中的白马王子。因此，她始终与这些爱慕者和追求者们保持着适当的距离，有时还故意对这些同学表现出十分冷淡的态度和一副拒人于千里之外的神情，明知不会有结果的事情，自己绝不能够含糊。一是避免让人产生错觉，死缠烂打；二是力避嫌疑，以免授人以柄，造成被动；三是自己还很年轻，不应无端地耗费自己宝贵的学习时间，浪费自己精力。与此同时，3班有一个人的影子却日深一日、无法抗拒地印在了她的脑海里，挥之不去，抹之不掉。有时在课堂上，尤其是在夜深人静的时候，她常会不期然地想起他。她不能相信、不敢相信也不肯相信，自己会喜欢上一个原先一点感觉都没有的人，除了佩服他聪明睿智、老实勤奋、热情豪爽、够义气之外，她找不到喜欢刘建兴的更多理由——父亲长期患病，兄弟姊妹又多，家庭经济拮据，平日穿戴土里土气，既不潇洒倜傥，也不轩昂俊逸。再者，他的身高也达不到自己理想的标准，尽管脸孔长相还算不错。还有，有一件事情让陈玉乔至今想起来还觉得好笑，自己的父亲与刘建兴还有过一点过节呢。

在新生入学报到的时候，每人要交250斤干劈柴。当刘建兴挑着一担百十来斤的劈柴来到学校厨房过秤时，刚好陈校长把负责给新生称劈柴的何文南老师临时叫了出去。那时帮陈玉乔、洪月倩和钱耀楠3人从古渡运送干柴来的手扶拖拉机也在卸货，等着过秤。因为刘建兴是在南江中学读的初中，与何老师很熟，何老师回来，刘建兴就跟何老师说，自己还有一担劈柴放在横水渡口，还要回渡口一趟，让何老师给先过秤。那时，陈玉乔的父亲也在等着何老师为女儿称劈柴。让刘建兴捷足先登，心里老大不舒服，觉得凡事都应有个先来后到，自己是先来的，应该先称自己的，就说："老师，我们是先到的，先称我们的吧。"何老师说："不差这两分钟的时间，很快就称好了。"陈玉乔的父亲说："这不是时间的问题，而是个原则问题，先来后到，得有个顺序，先来的先过秤，天经地义，作为老师，应该为人师表，时时处处当好表率。"这时，刘建兴说："算了，何老师，你先为这位阿伯过秤吧，他们路远，还赶着回去呢。"这就是刘建兴给陈玉乔留下的第一个印象。

此后，刘建兴总是对开学称柴这件事耿耿于怀，每次见到陈玉乔，都觉得很不好意思，脸红心跳，好像自己做了什么亏心事似的。尽管他们的课室仅有一墙之隔，因为刘建兴总是尽量避免与陈玉乔正面相见，即使有事要到2班找同学，也是在教室门口喊同学出来，所以两人碰面的机会极少。而陈玉乔反倒没有把这事放在心里，很快就淡忘了。

星期日下午，陈玉乔早早就回到学校，放好行李，拿了教室的钥匙，第一个来到教室。因为近日上课精神难以集中，再加上排练节目多少也耽误了些时间，她的数学成绩有所下降，她想抓紧时间看看书、做做练习。她拿出数学课本，发现里面竟然夹着一封信，信封正面中央写着她的名字，没有邮票，右下方写着"内详"两字，没有署名。陈玉乔小心拆开，看到信是这样写的——

亲爱的玉乔同学：

您好！首先，请您原谅我十分冒昧地给您写这封信。没有办法，谁叫您长得这么漂亮呢？常言道，爱美之心，人皆有之。更何况，您不是一般的美！在我眼里，您就是出水的芙蓉，含苞的玫瑰，绽放的牡丹；您就是天上下凡的仙女，国色天香，堪比貂蝉。平时，我千方百计想接近您，您哪怕是对我说一句话，给我一个浅浅的微笑，我都会感到极大的满足。可是，您总是一点面子都不给我，不仅没有给我与您说说心里话的机会，而且还常常当着许多同学的面给我脸色，让我难堪，让我出丑。唉，您对我这样的态度，着实让我伤透了心。一段时间以来，我晚上总是失眠，白天又精神恍惚，无心学习。玉乔同学，说实话，我真的是又爱您又恨您，想来想去，我唯有下决心给您写封信，向您倾诉我对您的想法，表达我对您的爱慕之情！我想，这样做也许可以或多或少缓解我的相思之苦。真的，到了今天这个地步，我也不怕您笑话我，小看我，甚至骂我，我多么希望能够得到您的哪怕是对我施舍式的关注，多么希望您能够像对待某些幸运的同学那样来对待我，使我在某些同学面前能够直得起腰来，扬眉吐气。

玉乔同学，我知道，除了美丽，您还是一个极之聪慧的人，我想，对于高中毕业之后的人生道路，您一定也会有所考虑。当今时代，一个女子尤其是农村女子的出路，除了招工、读大学，就是嫁人。我敢说，招工、推荐读大学，对于像您这样没有一定背景和关系的农家女子，机会几乎是零。而找一个各方面条件都不错的男子，对您而言，却大有机会，甚至可以说是唾手可得。比如说我，就可以使您轻易地实现这一理想。我的父亲是公社供销社主任，每月工资48元，我的母亲是百货商店的会计，每月工资也有42元，我们家除了我，还有一个妹妹，全家吃的是国家粮，经济上虽然说不上很富裕，但是基本上不愁吃和穿，年底还有一定的“余粮”。我敢说，像我这样条件的，在我们学校高二3个班的同学中，甚至在全校同学中恐怕也没有几个。因此，我十分诚恳地请求您，认真地考虑考虑我，把我当作最好的同学和朋友，甚至是托付终身的男朋友。玉乔，请相信我，假如有朝一日，我们能够比翼双飞，喜结连理，我会给您终生幸福的！

好了，暂时写这么多。不管怎么样，请您一定对我写信的事保密。谢谢！

致

崇高的革命敬礼！

本班同学：朱良泰

9月19日

看了朱良泰的信，陈玉乔陷入了沉思。自从入学认识朱良泰以来，她与朱良泰几乎没有什么交往，尽管朱良泰一直都在找机会接近她，博取她的好感，但陈玉乔对朱良泰并没有什么好感。她常常听到同学们对朱良泰的议论评价，说他花心、轻薄、虚伪、善变、小心眼，凡事斤斤计较，患得患失，却经常在漂亮女同学前面献殷勤、扮大方，夸夸其谈，故作潇洒，被女同学戏称为“白扑仔”，而男同学则戏称他为“欧也尼·葛朗台”——一个地地道道的吝啬鬼。如果说，刘建兴是一个正人君子，那么，朱良泰便是一个得志便猖狂的小人。朱良泰的信，不仅没有唤起陈玉乔对他一年来死皮赖脸地纠缠的宽恕，增加对他的好感和信任度，反而使陈玉乔更加厌恶他。

正在陈玉乔想得出神之际，洪月倩突然出现在2班教室门口，叫她出去散步。陈玉乔急忙把信放到书本中间夹紧放好。这时，洪月倩已经走进教室，来到她的身边。

洪月倩说：“星期天还看什么书？现在书读得再好也没用，读大学靠推荐，招工凭关系，没有很硬的后台，想读大学，比上青天还难。我们出去走走吧。”

陈玉乔说：“话虽这样说，可多学点知识总会有好处，社会总是会发展的，说不定有一天，真的会恢复高考呢。”

洪月倩说：“但愿如此吧。但不知要等到何年何月！”

陈玉乔站了起来，问：“去吧，你想往哪里走？”

洪月倩说：“沿南江河边走走，好吗？”

陈玉乔说：“好啊，那边空气好点。”

于是，陈玉乔就与洪月倩一起走出教室，关好教室门，然后从后门走出学校，沿着混凝土铺成的硬底化校道走到四方井旁边，然后转上通往南江河防洪大堤的田间小路，很快就来到了防洪大堤。

六月份那场大洪水，在离堤面约30公分左右的位置徘徊了几天之后，就退却了。因为抢收及时，内涝对堤内的农作物并没有造成多大损失。洪水退却后，公社就组织机关干部、学校师生和江咀大队的农民开展了一场大规模的扩建、加固防洪堤的大会战，把南江西岸长达1公里多的堤面填高了20公分，拓宽了30多公分，有效提高了大堤的防洪能力。

秋日的金色夕阳洒在已经被新鲜的红的黄的粉的黑的山泥覆盖了的防洪大堤上，洒在南江一河两岸郁郁葱葱葱绿的稻田上，处处呈现着勃勃生机。稻田里，三三两两的农民正在水田里或除草施肥，或者喷洒农药。虽然已近中秋，可阳光还是那么炽热，就连从波光粼粼的南江河面吹来的南风也是热的。

沿着江咀防洪大堤，南江中学的两位闺密，一边欣赏着一河两岸的美丽风光，一边敞开心扉聊天。她们从自身家庭到家乡的人和事，到小学和初、高中的老师和同学，从发生在自己身上的刚开始萌芽的恋情，再到毕业以后的出路和理想，无所不谈，毫无保留地交换着自己的想法、看法和意见，憧憬着美好的未来。她们很自然地就扯到了男同学追求的话题。

陈玉乔说："说实话，有没有人给你写过信？"

洪月倩说："不瞒你，写信递纸条的总共有 4 个同学，对我表示好感、无事献殷勤的也有三几个吧。"

陈玉乔说："是吗？写信递纸条的都有谁？"

洪月倩说："这我可得保密。万一传了出去，我就没有好日子过了。"

陈玉乔说："难道连我都不相信么？我一定保密，快说吧，都有谁？"

洪月倩拗不过，就说："这事你可真的要守口如瓶，绝对不能告诉别人。否则，我们就没有好姐妹做，我永远不会原谅你。"

陈玉乔说："好了，我的好大姐，你就别'杞人忧天'了，要是连我陈玉乔你都信不过，在这个世界上，你还可以相信谁呢？"

洪月倩说："有黄志德、冯新荣、邱大贵，还有朱良泰。"

陈玉乔说："朱良泰也给你写信了？"

洪月倩说："这么说，朱良泰也给你写过信啦？"

陈玉乔说："是呀，告诉你吧，刚才在教室里，我就是看他写的信，不知道他是什么时候偷偷塞进我书本的，写得肉麻死了。说什么我是出水的芙蓉、下凡的仙女、国色天香、堪比貂蝉，不知道他是从哪里抄来的。"

洪月倩说："是吗？看来内容跟写给我的差不多。起初我还犯嘀咕，这人把看书的时间都花在追女仔上去了，怎么会有这么好的文采呢，原来他写的情信也是盗版的——至少是翻版的！"

陈玉乔说："那么，你对他是什么态度？"

洪月倩说："我有什么态度，这个人油嘴滑舌的，虚伪的很，看着就讨厌，我对他一点好感都没有。我让红芬口头转告他，拒绝他了，让他死了这份心，免得他没完没了。"

陈玉乔问："其他几个呢，都回信了吗？"

洪月倩说："我一个都没有表态。"

陈玉乔问："为什么？拿不定主意?"

洪月倩说："我也说不清楚。反正，过一段时间再说吧！"

陈玉乔说："还是及早表明态度的好，不要拖泥带水，让人家抱有幻想。"

洪月倩说："看看再说吧，不急。玉乔，别净说我了，说说你自己吧."

陈玉乔说："我跟你差不多。看来，这个朱良泰真的很花心，讨厌死了。以后，我们都不要理睬他。"

洪月倩说："是呀。玉乔，我们还这么年轻，高中还没毕业，来日方长，不用着急拍拖，更不要确定关系。"

陈玉乔说："是呀。不过，最近我的确有点烦。"

洪月倩问："你怎么啦?"

陈玉乔说："还不是这个刘建兴。"

洪月倩说："怎么样？他向你写信表白了吗?"

陈玉乔说："他倒没有给我写过信，是我自寻的烦恼。"

洪月倩说："看来你是爱上他了！"

陈玉乔说："说不上爱，只是有时候会不由自主地想起他。"

洪月倩说："那你要小心点。说不定你真的是爱上他了。"

陈玉乔说："其实，我自己心里很清楚，刘建兴并不是我要寄托终身的人。跟你说实话，我真的不想一辈子待在农村。我的理想是在大城市里生活。我想，刘建兴他不具备这个条件。"

洪月倩说："'能欺白头翁，莫欺鼻水浓（小孩）'，你可别小看他，说不定，将来会有出色呢。"

陈玉乔说："也许吧。但是，不管怎么说，刘建兴都不适合我。"

洪月倩说："你这样，岂不是自相矛盾？一方面在惦记他，另一方面又嫌他不能给你在大城市里生活的条件。"

陈玉乔说："所以，我才不知如何是好。"

两人正说着话，不知不觉来到学农基地路段，转过几个山咀，就是江咀大队梅花塘的田垌了。这时候，太阳快要下山了，陈玉乔说，我们往回走吧。于是，两人就从原路往回走。过了一会儿，洪月倩无意识地往东岸看了一眼，好像有了重大发现，立即兴奋起来。

洪月倩说："说曹操，曹操就到。玉乔，你快看，对面大路那个挑柴的，是不是刘建兴。"

陈玉乔顺着洪月倩手指的方向看去，果然看见河对岸沿山边的土路上，有人正挑着一担柴火往村里赶。那人确实是刘建兴。

洪月倩就说："我们隔岸跟他打个招呼吧。"

陈玉乔说："离天隔界远，打什么招呼，别耽误人家了。"

洪月倩也不再坚持，两人就加快了回学校的步伐。

2

对岸这个人的确就是刘建兴。趁着星期天，他到山上连续砍了两担柴火回家。

回到家，有病在家的父亲早已把晚饭做好了。

刘建兴说："你身体不舒服，就不要硬挺，等我回来再做饭也行。"

父亲说："胃病是个大话病，疼起来喊天碌地，不疼的时候，像无事人一样，做点家务细事还是可以的。"

刘建兴说："话是这样讲，还是注意点好。"

父亲就说："我会掌握分寸的，你放心好了。赶快吃饭吧，别老迟到了。"

刘建兴想再等等母亲和弟妹们回来再一起吃饭，到门口张望了两次，还没见他们的踪影，只好自己先吃饭。

刚吃过晚饭，母亲和弟妹们就陆续回来了。刘建兴把一个星期的口粮和用枇杷露旧玻璃瓶装好的一小瓶花生油，放进一个仿制的军用挎包里，就道别家人，匆匆忙忙地赶到渡口。这时，夜幕已经降临，渡船停泊在对岸，船篷挂着一盏煤油风雨灯，透出昏黄的灯光。刘建兴喊了几次过河，渡船才不紧不慢地摇回来。还没等渡船靠稳，刘建兴就轻盈地纵身一跳，稳稳当当地站立在了船头。

摇渡船的是个 50 来岁的阿婆，建兴平时就认识。她正想说他两句，叫他注意安全，见到是个熟人，话到嘴边就也打住了。

船靠岸时，刘建兴从口袋里摸出一个 2 分钱的硬币放进了渡船的小钱箱，就上了岸。这时天已经完全黑了，他就三步并作两步地往学校走去。

学校建在离圩镇500米左右的两个海拔20多米的山冈上，圩镇与学校中间是一片稻田，越过田垌，他习惯地沿着半个之字形的校道拾级而上。没有路灯，没有月亮，借助校道两旁偶尔有一两家民房和公社木器社透出的昏暗灯光，刘建兴依稀可以看到泛白的水泥混凝土路面。走到公社木器社附近，一阵浓重刺鼻的油漆味夹杂着新杉木板的味道飘了过来，他忍不住打了个响亮的喷嚏。他隐隐约约地看见前面10米开外的路边停放着一口刚刷过油漆的棺材，顿时毛骨悚然，头发都竖了起来。一种无形的恐惧使得他不由自主地停住了脚步，他本能地扭头看了看后面，后面黑茫茫一片。这时候，他多么希望木器社有个人走出来与他做伴，可是，现在正是家家户户吃晚饭的时候，别说是人，就连一只猫一只狗的影子也没有。退回去，绕道走后门回校，要多花半个小时左右，往前走，又感到害怕。

正在进退维谷之际，一个坚强的理念使他战胜了恐惧，他在心里默念着：刘建兴啊刘建兴，你个熊样！几块木板就把你吓成这样，亏你还想去参军保卫祖国，你还是男子汉吗？有种的，你就给我上！就这样，他一边鼓励自己，一边用“下定决心，不怕牺牲，排除万难，去争取胜利”的毛主席语录为自己壮胆，硬着头皮迈开大步往前走，很快就把这个“不祥之物”甩在了后面。

3

刘建兴急急忙忙回到宿舍，放好东西，就回教室自习。此时，班主任赖嘉荣老师已经站在了教室门外，好像专门等他说话。刘建兴轻轻地叫了一声老师，就等着挨批评。

赖老师一脸严肃，说：“刘建兴，我都不好意思批评你了，说实在话，我真的不想批评你。可是，不说又不行，既然学校有规定，7点钟开始晚自修，我们就必须严格遵守，准时回到教室学习。可是你就是不把自修课当作课程，老是迟到，拖全班的后腿，影响了班级的声誉。其实，你的家离学校并不远，可是差不多每个星期天回学校你都迟到。你还是个班干部，影响很不好。希望今后你能够自觉处理好家务与学习的关系，强化时间观念，带好头，不要迟到。好了，不多说了，回教室学习吧。”

刘建兴就悄悄地进入教室，开始自习。赖老师随后也走进教室，背着手在几排桌子间的通道走了几圈，然后就静静地离开了。

赖老师刚离开，就有同学不安分起来。

钱耀楠首先开玩笑：“刘委员这么晚才回来，不会是去黄榄根接陈玉乔一起回学校的吧?”

刘建兴说：“钱耀楠，你就别再出我的丑啦，无缘无故，我去黄榄根接她做什么？还是那句话，人家陈玉乔怎么会看得上我这个穷小子?”

钱耀楠说：“那就要看你有没有本事了。刘建兴我告诉你，如果你真的有心要追她，就要抓住机会，过了这个村，恐怕就没有这个店了!”

冯炯秋就问：“大船佬，此话怎讲?”

钱耀楠说：“据可靠消息，公社某领导的亲戚已经盯上了她，在打她的主意了。”

冯炯秋说：“公社领导的亲戚又怎么啦？要我说，刘建兴，你不管他领导不领导，你想追陈玉乔，就要下定决心，大胆去追她。”

黄志德说：“冯炯秋，我看你是站着说话不腰痛！你想想，刘建兴是什么家底，人家公社领导的亲戚是什么家底，根本就没法比!”

黄月新说：“黄志德，照你这样说，刘建兴就没有机会了?”

冯炯秋说：“怎么没有机会？鹿死谁手还说不定呢。不就是公社领导的亲戚吗？有什么值得大惊小怪的！就算是公社书记的儿子，也得看人家陈玉乔的态度。”

欧晓明说：“冯炯秋说得对！大船佬，你跟陈玉乔情同兄妹，你就出手帮帮我们刘委员吧。”

钱耀楠说：“我不帮他吗？你问问刘委员，我帮了他多少次？可惜我每次出手相助，人家全都不当一回事，还以为我在捉弄他，拿他开玩笑，不领我的情。”

冯炯秋说：“是吗，我说刘建兴委员，这就是你的不对了，难为我们大船佬这么热心来帮你，你还不领他的情!”

刘建兴说：“算了，钱耀楠，我领你的情好了。快打住吧，别影响大家自习。”

钱耀楠说："我说是吧，冯炯秋、欧晓明，我们这么关心他，还成影响大家自习了！真是好心没有好报！"

欧晓明说："是呀，刘委员，你这样的心态，叫我们怎么帮你呀？"

这时候，班长蔡国铧说："好了，欧晓明，你们几个别再没完没了的了，有什么事情等下了自修课回宿舍再说吧！"

班长发了话，教室立即变得鸦雀无声，安静得连翻书的声音都能听到。

4

南江中学的厕所建在学校东南侧的山坡下方，左边是一棵十多米高的乌榄树，巨大的树冠从树干往四周舒展开来，绿叶婆娑，把厕所的瓦面遮盖了三分之一，厕所右边是一排工具房，紧挨着工具房是一片菜地，面积有四五亩，菜地再往上，就是师生的冲凉房。

高二（1）班的教室离厕所最近，相隔只有几十米，但中间也要经过半个山坡，山坡的地块已经成为学校的学农基地，种满了甘蔗。已经到了接近收获甘蔗的时候，两旁粗壮的甘蔗舒展着长长的尖叶，像一排排锐利无比的长矛。据说，学校所在地过去是个乱葬岗，尽管道路安装有一排路灯，但路灯间隔太远，灯泡瓦数又低，昏黄的灯光只可依稀看得见路面。晚上，女同学一般都不敢单独去厕所解手。就在钱耀楠他们拿刘建兴开玩笑的时候，谭桂鸾感觉到下腹有点胀痛，要去方便，于是就拉上同座黎艳霞做伴匆匆赶到厕所。男女厕所中间是用木板隔开的，虽然木板钉得很严实，但隔音效果却很差。谭桂鸾她们两人刚在厕位上蹲了一会儿，就听到厕所外面有人一边说话一边走进了隔壁的男厕所。谭桂鸾、黎艳霞两位正处于青春期的女孩，自然对同样处于发育期的男孩充满了好奇，于是便有意识地听了男同学的讲话。

陈硕宁说："最近，你追求陈玉乔的事好像大家都知道了。怎么样，有没有实质性的进展？"

朱良泰说："进展个屁，她的魂魄可能已经被 3 班姓刘的那个小子给勾走了。"

陈硕宁说："照你这样说，你是没辙了？"

朱良泰说："也不能这样说，反正，事情没有到山穷水尽的地步，我是不会死心的。退一步说，即使我搞不到手，也绝不能让这个小子得着数（便宜）。"

陈硕宁说："你还有什么高招？上次嫁祸他偷腊鸭，不是也不了了之吗。"

朱良泰说："上次搞他不死，主要是他们的班主任赖嘉荣护着他。还有我们班刘明洋、林树荣、陈玉乔等人公开质疑，为这个'膊佬'（俗称，指土里土气的人）开脱。过一段时间，我计划再搞他一镬甘的（把事情搞大），到时你再帮帮我——我朱良泰就不信搞不死他!"

陈硕宁说："这次你别再搞我，上次已经害得我提心吊胆了，这事要是'穿煲'了，你我都要完蛋!"

朱良泰说："别担心，你再帮我一次。要是成功了，我亏待不了你。陈硕宁，我告诉你，'开弓没有回头箭'，事情既然已经开了头，你想干也得干，不想干也得干，决不能半途而废!"

陈硕宁说："那要是再失败了呢。"

朱良泰说："快堵住你这张乌鸦嘴，哪有自己咒自己失败的。"

陈硕宁说："看你迷信的。我只是提醒你，要是没有十足的把握，就不要轻易出手。"

朱良泰说："当然了，你当我是三岁的小孩?"

陈硕宁说："那你讲讲下一步该怎么办?"

朱良泰说："具体的我还没有想好。到时候我自然会告诉你该怎么做。"

陈硕宁说："你可不要搞得太离谱，到时候别'偷鸡不成蚀把米'，搞到我们身败名裂。"

朱良泰说："你就一百个放心好了，有什么事我朱良泰一个人扛住，连累不了你。"

陈硕宁说："总之，'小心驶得万年船'，你还是小心为好，没有十足的把握就不要轻易出手。"

朱良泰说："那当然，我也不是个笨蛋。你就给我放下心来好了。"

陈硕宁还想说点什么，见朱良泰早已站起身系好了裤子，也就赶紧撕开刚才在教室里拿来的半张旧报纸，匆匆忙忙地擦了擦屁股，一边拉起裤腰，一边跨出厕所的蹲位，与朱良泰一起回到教室。

此时，在女厕所这边，一直在平心静气地偷听朱良泰和陈硕宁说话的谭桂鸾和黎艳霞如释重负，她们都轻轻地舒了一口气。对于黎艳霞而言，她为自己终于看清楚了朱良泰和陈硕宁的“庐山真面目”而庆幸。事实证明，之前自己对朱良泰和陈硕宁的判断和戒备并没有错。而对于谭桂鸾来说，一方面，她为“腊鸭事件”的真相得以知晓而为刘建兴感到高兴；另一方面，也庆幸自己看清了朱良泰的为人和品行。自从进入高中学习认识朱良泰以来，尽管她对朱良泰的某些作为比如喜欢往女人堆里凑等坏毛病有点看不惯，但总体上对他的印象还行，甚至还有点欣赏，并不像有些人对他的看法那样糟糕，那样偏激，那样讨厌。在她看来，朱良泰虽然算不上十分英俊，但也是身材高挑，五官端正，衣着光鲜。由于父母都是国家干部职工，家里有固定的比较可观的收入，朱良泰在经济上更是农村来的同学所无法比拟的，加上他平时对女同学比较尊重，自然而然，他的身边就有了几个包括谭桂鸾在内的仰慕他甚至暗暗喜欢他的女同学。然而，这天晚上的偶然，让谭桂鸾彻底改变了之前对朱良泰和陈硕宁的认知。正所谓“踏破铁鞋无觅处，得来全不费工夫”，朱良泰与陈硕宁的言行，让谭桂鸾和黎艳霞两人得知了他们的肮脏行为，为日后让两人喝下自己酿造的苦酒提供了有力的佐证。

黎艳霞说：“原来‘腊鸭事件’是朱良泰搞的鬼，真的是冤枉刘建兴了。”

谭桂鸾说：“是呀，‘知人知面不知心，好面好皮生沙鳋。’之前，我压根就没有想到朱良泰和陈硕宁会是这样的小人。不过，今晚的事我们暂时不要说出去，以免打草惊蛇。看他们以后还会耍什么新花招。”

黎艳霞说：“对，我也是这么想的。以后，我们一定要带眼识人，对朱良泰和陈硕宁多加提防。”

谭桂鸾说：“是呀，以后我们真的要‘三思而后行’，凡事都要多动脑子想想，不要随便轻信一个人，也不要随便怀疑一个人。”

第 5 章

1

星期五下晚自修课时，黄月新来到刘建兴的座位旁打招呼，说有话要对他说，于是两人就一起走出教室。黄月新和刘建兴从小学到高中都是同班同学，又是同一个大队的，非常要好，无话不谈。

刘建兴问：“叫我出来有什么事吗?”

黄月新看看左右前后都没人，就说：“我看你家里穷得连日常开支都很困难，得想办法搞点钱来帮补一下。”

刘建兴说：“是呀，可是哪里有门路?”

黄月新说：“门路倒是有，只怕你不愿意去。”

刘建兴说：“要上刀山，下火海吗?”

黄月新说：“这倒不用，只是辛苦一点。”

刘建兴说：“那不就得了。我刘建兴什么时候怕过苦。快说吧，到底搞什么项目。”

黄月新说：“上次下暴雨崩山，五坑、六坑倒了大片松树，生产队已经把树干和枝丫锯去卖了，我们去把那些树头挖了，卖给德庆酒厂。”

刘建兴说：“好啊，问题是我们没有船只，挖起来之后怎样运去酒厂?”

黄月新说：“船只不用你操心，到时我负责借来。只是时间安排有点问题。”

刘建兴问：“时间安排有什么问题?”

黄月新说：“挖树头要一整天，装船运去酒厂要一天，需要花整整两天时间，但星期六上午还要上课，我们只有一天半的时间可以支配。”

刘建兴说："这算什么问题，向老师请半天假不就解决了吗。"

黄月新说："请假？老师会批准吗？"

刘建兴说："你说去挖柴头，老师当然不批准，我们不会找个理由吗？"

黄月新说："可是以什么理由向老师请假呢？"

刘建兴说："就说家里有事，老师准同意。"

黄月新说："老师要问是什么事呢？"

刘建兴说："我想老师不会问得这么详细的。要是真的问到了，就随便找个什么理由应付他，比如说，要去探亲戚，或者去饮喜酒。"

黄月新说："好吧，就这么定了。"

刘建兴说："趁热打铁，现在就去请假。"

于是，两人就去找赖嘉荣老师请假。可能是因为平常两人从未请过假，赖老师也不问什么理由，就准了假。回宿舍的路上，两人商定，明天早上吃了早餐就出发。

第二天早上，2 人在学校吃过早餐，就直接回刘建兴家拿了工具，带上午饭，前往五坑挖柴头。

五坑位于西江南岸，与四坑、六坑连在一起，属下水大队集体林地，夏至时节的那场特大暴雨，给五坑、六坑营造了几个面积达五六百平方米的大塌方，摧毁的松树大约有三四百棵，树干和枝丫已经被砍去，只留下一个个大大小小的树头。刘建兴和黄月新粗略估算了一下，他们能够挖掘出来的大约有三分之一左右，其余的因为积泥埋得太深，难以挖掘。按照先易后难的原则，他俩先拣已经露出树根的树头挖出来，然后再去挖难度较大的。到了中午，基本上已把露出树根的树头都挖了起来，黄月新清点了一下，总共有 40 多个。这时候，刘建兴就提议休息一下，补充点能量再干，于是两人就坐在一棵较大树冠的松树底下，有滋有味地吃着从刘建兴家带来的稀粥和豌豆馅木薯糍粑。

黄月新问："你父亲的病有没有好转？"

刘建兴说："还是老样子，时好时坏，没有根本好转。"

黄月新说："确诊过是什么病吗？"

刘建兴说："基本上都认为是胃溃疡，也有医生说是十二指肠溃疡。"

黄月新说："会不会是胃癌？"

刘建兴说："大概不是吧？"

黄月新说："很难说，我看，还是稳妥一点，找个时间送他去大医院检查治疗一下吧。"

刘建兴说："我也想啊，可是，哪来的钱？家里年年超支，几兄妹又要读书，入不敷出。"

黄月新说："向亲戚朋友借点嘛。"

刘建兴说："大家都穷过李梦正，谁有剩钱借给我？再说，长贫难顾，我们都不好意思开口。"

黄月新说："你别抹不开面子，其实，多找几个人，借个一百几十块钱还是不难的。"

刘建兴说："我真的是没有把握。"

黄月新说："给点信心自己。"

刘建兴说："这不是信心的问题，而是我们有没有能力偿还的问题。"

黄月新说："世界上没有一成不变的事情，过几年，你的弟妹们长大了，就有了本钱，还愁还不起这几个钱？"

刘建兴说："要是大家都像你想的一样，事情就好办了。"

黄月新说："这样吧，我们家最近卖了一头大猪，我回去跟老爸老妈商量一下，先借几十元给你，你再想想其他办法。"

刘建兴说："这怎么行呢，几十元，不是个小数目，你提出来，不是给你父母出难题吗？"

黄月新说："这你就不用担心，我自有办法，我父母会听我的，再说，谁叫我们是兄弟呢！我不帮你，谁帮你？"

刘建兴说："好吧，容我想想。"

黄月新说："不用想了，就这样定了，你决定什么时候带你父亲去看病，就告诉我一声，起码我可以借50元给你——我说话算数！"

刘建兴说："那我就代表全家人先感谢你！"

黄月新说："谢什么，是兄弟就不用跟我客气！"

吃过午饭，稍稍休息了一会儿，又接着干。挖松树头不仅要有好的体力，而且要有好的工具。他们刨开树头周边的泥土之后，就开始砍侧树根，然后再砍主树根。他们没有专门用于砍主树根的砍斧头，只能靠一张锈迹斑斑的旧柴刀来砍，工作的难度很大，于是他们就尽量往深处挖，力争在主树根直径较小的位置落刀。在砍主根的时候，要把腰杆弯曲到最大的限度，让前胸紧贴着下腹肚皮，尽量把砍刀的着力点压到最低，以减少工作量，降低体能消耗。他们两人轮流上阵，飞快地抡着柴刀，直把树根砍得木屑乱飞。到了黄昏，他们又挖出了大大小小 20 多个树头。加上上午挖出来的，估计有 2000 多斤。两人喜出望外，约定明天早上 7 点钟在这里会合，把树头运到对岸西湾德庆县酒厂。随后，两人把明天还要用的工具藏在草丛中，就一西一东分头回家。

刘建兴与黄月新的家相隔约一个小时的路程，分属两个自然村，中间相隔七个山洼，平常人们都习惯沿着江边按照西东走向的顺序依次叫第几坑，一坑至三坑为下水村四个生产队所在地，五坑、六坑、七坑的位置刚好位于两人所在村的中间地带，山连着沟，沟连着山，山脚一直延伸到西江河边，没有平坦的滩地，前人开辟出来的一条一米多宽的沙泥路像一条泥色的缎带横挂在西江南岸山麓的小半山腰上，把下水和中寨两个自然村连接起来，是中寨、下坑村民从陆路往来下水和公社圩镇的必经之路。按照正常的行走速度，他们几乎可以在同一时间回到家。

刘建兴与黄月新分手之后，独自一人沿着江边的小路步行回家。挖松树头是一项极为繁重的体力劳动，体力消耗很大，好在刘建兴年轻力壮，平时也经常参加体力劳动，一天下来，也不觉得太劳累。此时，他一边走，一边欣赏大自然的壮阔美丽。放眼望去，金色的夕阳照耀在粤西郁南、德庆两县连绵起伏的原野上，照耀在浩浩荡荡的深远、宽阔而明净的西江河流上，江面闪烁着渲染过夕阳红的粼粼波光。无数大大小小的机动的和手摇的，木造的、铁制的和水泥造的船只穿梭来往，偶尔有三两只木板小渔船在江面上游动，有渔民夫妻或者父子、父女、母子、母女、兄弟、兄妹、姐妹在撒网打鱼，一个在后仓打桨，一个站在船头撒网。西江南岸，郁南县罗旁公社境内雄伟的大历山与对岸德庆县城西北侧高耸的香山隔江相望，墨绿色的山体在夕阳的映照下，显得格外和煦而宁静。听老人们说，大历山山顶与香山山顶至今还保留着抗魔名将陈璘的两只脚印。据说，罗旁对面西江北岸江滨属地原有一座巨大的天然石佛，当年陈璘就是站在大历山和香山山顶用宝刀把石佛的头劈成两半的，被劈开的大一半保留在原处，名为金火石，另一小半则滚落到了西江南岸罗旁水域岸边，人称锦被石。锦被石至今还在罗旁水口（河口）西面的西江河道上，每年秋冬，就会露出水面，而到了春汛期间，水位上涨，就会被水淹没，附近河床都会聚集着大量的鞭鱼（一种近似武昌鱼的西江鱼）在那里交配产卵，繁育后代。

2

刘建兴回到家里。父亲的胃病正在发作，巨大的疼痛在无情地折磨着这位年近半百的贫苦农民。他半倚半躺在一床折叠的旧棉被上，一时捶胸顿足，高声喊叫，痛不欲生，一会儿又爬床滚席，低声呻吟，黄豆大的虚汗从他那蜡黄色的瘦削的脸上和后脖子上不断地往下流淌。母亲一脸无奈，爱莫能助，正拿着一条破毛巾给他擦汗。几个弟妹更是束手无策，不知所措，只是站在一旁，眼泪盈眶，焦虑地看着痛苦万状的父亲，恨自己无力为父亲减轻一些疼痛。这已经是刘建兴司空见惯的场面，他在房间默默地陪了父亲几分钟，就悄悄退了出来，刷锅煮饭做菜。他本想一心一意做饭，不去想父亲也不去听父亲的呻吟。可是，他无法做到，父亲的经历就像电影般从他的脑际掠过。

在刘建兴的记忆中，年轻的父亲曾经潇洒倜傥，聪敏机灵，在母亲的梳妆盒上，至今还有一张父亲年轻时在广州城里照的相片，只可惜没有好好保管，时隔已久，已经退了颜色，人像也模糊不清。刘建兴读小学的时候，父亲就是生产队的队长，父亲虽然从未上过学，斗大的字认不了几个，可是，他记性很好，为人和善，谦虚谨慎，生产经验丰富，对生产队的工作筹划安排得头头是道，科学合理，粮食平均亩产多次位居大队和公社的前列，多次得到大队和公社的表扬，并先后出席过郁南县、肇庆地区和广东省贫下中农代表大会，是县和地区的贫下中农协会会员。他身先士卒，忘我劳动，公而忘私，凡是艰险危重的工作，他都带头参与。因此，社员们都很敬佩他信任他。然而遗憾的是，由于长时间的超负荷劳作，加上营养不良，他的健康状况每况愈下，渐渐地由胃炎演变成了胃溃疡，无法参加生产劳动，也辞去了生产队队长的职务。为了减轻家里的经济负担，增加劳动力，尽快扭转家里连年超支的困难局面，还清因父亲治病欠下亲友们的一笔债务，品学兼优、曾被评为县“三好学生”的三妹初中毕业，就放弃了上高中的机会，回家参加生产队劳动。

大概是止痛片发挥了作用，到了吃晚饭的时候，父亲的疼痛有所减缓。刘建兴就跟父母及弟妹商量，过几天，由他出面借点钱，带父亲去德庆县人民医院检查治疗，必要时就做手术。父亲说："能借的亲戚都借过了，自己暂时还死不了，过一段时间再说吧。"母亲就说："如果建兴有朋友可以帮忙的话，还是要想办法治疗的，你这病拖的时间越长，越难医治。长命债，长命还，走一步，看一步吧。"刘建兴就把赖老师和黄月新愿意借钱给他的事与大家说了，弟妹们也都支持大哥和母亲的意见，但是父亲还是不松口，去医院留医做手术之事也就搁了下来。

为了让儿子早点出发运树头去酒厂，雄鸡叫过第二遍时，母亲就起床做早餐了。她先是麻利地生火煮粥，然后又洗了半篮番薯放进铁锅，生了火。等到天亮，孩子们就可以吃上早餐了。刘建兴听到母亲在厨房了里准备早饭，他不想让母亲太劳累，也起了个大早，执意要让母亲回去再睡几刻钟，由他来看火添柴，母亲拗不过他，就回房间去了。刘建兴就一边看火，一边看浩然著的多卷长篇小说《艳阳天》，等米粥和番薯都煮熟了，他就开始吃早餐。

3

刘建兴来到五坑六坑时，太阳还没有出来。他见黄月新还没到来，就动手把松树头一个一个滚动到西江河边，然后逐个清除掉树根上的泥巴。

黄月新很快就摇着一只双合桨小板船到来，靠岸之后，两人就立即把松树头搬上船。船只的装载量有 1500 斤左右，大约搬了一半多时，黄月新就说，必须分两次运载，剩下的下一轮运载吧。于是，两人就洗手上船，架好双桨，向着德庆县城出发。此时，西江江面平静如镜，波澜不惊，往来的船只很少。他们分工合作，刘建兴负责前仓的船桨，黄月新负责后仓的船桨并负责调整航向，随着两对船桨同起同落，船只很快就到达了县城西面的西湾酒厂。船靠岸边，黄月新拴好船，首先挑了一担树头到酒厂，然后走到邻近街上的商店买了一包 2 角 8 分钱的丰收牌香烟。刘建兴问他买香烟干什么，自己也不抽烟，黄月新笑了笑，说等一会儿你就知道。两人挑了 5 个来回，就把一船的松树头全部搬运到了酒厂。

过秤的时候，工作人员左看看，右看看，说："你这树头还不够干爽，要扣一点水分。"

黄月新就走过去，悄悄把丰收牌香烟塞进了工作人员的口袋，说："同志，你再认真看看，这树头都干得开裂丝了，算了吧。再说，我这朋友家里穷得都快揭不开锅了，你就体谅、通融一下，好吗？"

工作人员摸摸口袋里的香烟，低声对黄月新说："好吧，看在你是老顾客的情分上，这次就算了。"

黄月新说："等一会儿还有一船，还望您高抬贵手。"

工作人员说："老友，我算服了你了，帮朋友帮到这个份上。好吧，你有情，我也不能无义啊！不扣了，够朋友了吧？"

黄月新说："那么，我就代表我这朋友谢谢你了。"刘建兴听了他们的对话，也搭话表示感谢。过完秤，当刘建兴和黄月新把最后一只特大的树头合力搬到柴堆，工作人员已写好了一张字条——收到黄生干松树头1350斤，每百斤1.6元，将字条交到黄月新手上，说是等下一船的搬来了再结数。

时候尚早，他们就想在回程时乘机休息半个小时。于是把船摇到西江中流，然后把船桨架在船舷上，任由船只随水漂流，他们就并排仰躺在船板上，面对蓝天，谈心聊天。

已经有一个多月没有下雨了。天气晴朗得让人不得不佩服大自然的奇妙，碧空如洗，阳光灿烂，没有一丝云彩。就连今天的西江河水也显得特别明净温驯，似绿似蓝，或者介乎两种颜色之间。碧水轻舟，船底与江水互相摩擦，发出沙啦沙啦的声响，使人感到十分惬意、爽快，恨不得一头扎进水里游个痛快。

黄月新说："刘建兴，有件事我一直想问你，我们班里好多同学都在笑你和陈玉乔拍拖，尤其是大船佬、黄炳照和冯炯秋等几人，都帮你出面，究竟是真的还是假的？"

刘建兴说："没有的事。大家都是在瞎猜测。"

黄月新问："瞎猜测？总不会是空穴来风吧？"

刘建兴说："如果要说原因，恐怕与我扮演刁小三有关吧。"

黄月新说："难道你真的对陈玉乔一点意思都没有？"

刘建兴说："也不能说一点意思都没有。"说这话时，他的脸有点红。

黄月新说："那么，就是有意思啦？"

刘建兴说："你让我怎么说呢，说有意思吧，我可从来没有向她表白过，说没有意思吧，内心又确实非常喜欢她——毕竟，爱美之心，人皆有之！何况，她还是我们学校数一数二的才女，聪明、漂亮、性感、迷人。不过，这只不过是我一厢情愿罢了，也许人家对我一点意思都没有。"

黄月新问："你又没有向人家表白过想法，没有试探过人家，怎么就知道她对你一点意思都没有？"

刘建兴说："凭我的直觉吧。再说，人贵有自知之明，像我这样的条件，要钱没钱，要尺寸也不够尺寸，要说靓仔也不够靓仔。想追求陈玉乔，不是癞蛤蟆想吃天鹅肉吗？"

黄月新说："你也不必自卑，其实你也有自己的优势，比如，你正直豪爽、热情奔放，聪敏过人，将来一定会前途无量。样子嘛，也属美男子一类。总之，你是个讨人喜欢的大好人，无论男的还是女的，你都很有人缘。"

刘建兴说："你说的优点，好多人都具备啦，你本身就是一个。再说，我们学校里好人也不少，她怎么单单就看上了我呢。"

黄月新说："有缘千里来相会，无缘照面不相识。不管你怎么说。反正，我觉得你真的与陈玉乔很有缘分。也许，你们俩在学校宣传队里扮演刁小三和少女，就是老天爷的特意安排——那天晚上在学校礼堂观看你们的彩排，我就觉得你们俩真的很般配。关键就看你能不能够把握好机会，乘势而上。"

刘建兴说："有些事，并不是你想的那么简单。俗话说，女人心，海底针，是很难捉摸的。我想，陈玉乔绝对不是泛泛之辈，像她这样出类拔萃的女子，是不会甘心在农村里屈就一辈子的。"

黄月新说："既然你这样坚持，那就随缘吧。"

刘建兴说："对，随缘吧。"

这时候，船已经漂流到了德庆县城东边三元塔对开的河段，黄月新就说："我们架好桨，把船摇回五坑吧。"

刘建兴说："好吧。"说着，就一个鲤鱼打挺，起身架好船桨，与黄月新一道把船摇回去。

船靠五坑岸边，两人又三下五除二，迅速把剩余的松树头全部搬到了船上。从船体食水的位置看，第二船的重量与第一船不相上下。

黄月新说：“我们抓紧点时间，先把船摇去对面，再往上划，免得到时‘西江老虎’兴风作浪来不及靠岸。”于是，两人就加快了摇船的速度。

刘建兴清楚，黄月新说的‘西江老虎’是指广西梧州出口香港的牲口船，每天分别从梧州市和香港对开一班。船的马力相当大是普通小舢板的克星，刚投入运营时，掀起的巨浪曾掀翻了不少的小舢板。据说，后来，西江沿岸的地方政府出面与广西有关部门进行了交涉，情况才有了好转。

三元塔脚礁石凸屹矗立于西江北岸，位置十分突出，是德庆县城以下河段水流最急最险的地方，刘建兴和黄月新刚把船摇到三元塔下方的礁石附近，一条梧州牲口出口船就从上游快速驶来，船尾翻腾起一道道一米多高、泛着白色泡沫的巨浪，从西江主航道向两岸不断地翻滚推进，猛烈地拍打、撞击着岸边的岩石和泥土，发出一阵阵哗啦哗啦的声响。有着丰富划船经验的黄月新急忙吩咐刘建兴加快下桨的速度，刚好赶在出口船到来之前把船只划到礁石东面的江湾里面，让船头迎向浪峰，同时把双桨以 45 度左右的角度牢牢地斜插在江水当中，使船体保持平衡稳定，尽量减轻因巨浪连番冲击而导致的摇摆颠簸强度，增加安全系数。

牲口船驶过后，江面很快恢复了常态，刘建兴他们有惊无险。但由于船体比较陈旧，船首底板衔接部位的黏合材料桐油灰已经老化，受到巨浪的猛烈冲击之后便出现松脱渗流，船舱的积水越来越多。见此状况，黄月新当即吩咐刘建兴合力把船摇到岸边，叫刘建兴上岸挖一大块黏性比较强、干湿度和软硬度适中的泥巴回来补漏，自己就拿了一个船用水瓢，一鼓作气把水舀干。

紧急处理完毕，他们继续出发，沿着礁石的边沿逆流而上。两人齐声喊着劳动号子，一起发力，两对船桨同起同落，在船舷两旁的江面上划出了无数的漩涡。小船仿佛一只负重淌水的老牛，在激流中艰难却是一往无前地向前移动着，跃进着，一鼓作气地绕过了三元塔脚的礁石。他们将船只摇进了江水较为平缓的区域之后，便加快速度直奔酒厂。

堆场上异常清静，原先为他们秤树头的当班工作人员已经在酒厂饭堂吃过午饭，此刻正在堆场外面的空地上吞云吐雾，悠然自得地享受着丰收牌香烟。见到刘建兴两人挑着树头到来，脸上马上挤出一堆笑容，还帮助他们把柴头搬到秤台上，干脆利落地为他们过了秤，等所有的树头都过了秤，开了收购入库单，便吩咐他们去财务部领钱。

黄月新之前曾经来卖过树头，知道财务部就在酒厂办公室里头，便径直来到办公室。负责财务工作的是一名瘦削的中年妇女和一名大约 20 岁左右的俊俏女青年，大约是业务不多，两人正和办公室的两位男同事闲聊。刘建兴和黄月新到来，打扰了他们聊天的兴致，于是大家就各自回到自己的办公桌前。中年妇女从头到脚打量了刘建兴和黄月新一眼，就问两人有什么事，黄月新就说领树头钱，便把入库单交给那妇女。那妇女好像很不经意地瞄了单据一眼，就将单据交给了女青年，女青年仔细核对了入库单后，在上面签了字，再将单据交回那妇女，妇女看过单据后，才慢吞吞地打开办公桌底下的夹镘，取出一小叠钱来。

刘建兴和黄月新从财务部出来，手里就有了 42 元 5 毛钱。

黄月新说："我们 1 人拿 20 元，剩下的 2 元给船主，也是我的堂兄，就当是船的租金，另外 5 毛钱我们到东豪街饭店吃顿饭。"

刘建兴说："还要除去那包烟钱。"

黄月新说："不用，那烟是我请人家抽的，是我的人情，入我的数。"

刘建兴说："这怎么行呢？"

黄月新说："怎么不行？起码，我家的日子比你好过，再说，才 1 毛几分钱，你就别啰嗦了。"

刘建兴不好再说，将钱装进了口袋。

两人从东豪街饭店出来时，日头已经明显偏西。为了能够在晚自修前回到教室，他们顾不得逛街，抓紧时间回到江边，开锁，解缆绳，上船，架桨。很快，江面上就多了一只飞快顺流而下的舢板船。

第 6 章

1

寒假开始，陈玉乔邀请刘建兴到她家里做客，刘建兴很高兴，欣然答应。陈玉乔就约他第二天早上 6 点 30 分在南江公社汽车站候车大厅等她，两人不见不散。

早上 6 点 20 分，陈玉乔提前来到车站，晨曦已开始散去，但车站里仍然灯火通明。在候车大厅，有工作人员拿着手提喇叭，大声提醒准备登车的旅客。归心似箭，赶早班车的人们提着大包小包的行李，有的拉着小孩，匆匆走出大厅登车。同时，又有一批批旅客补充进来。陈玉乔走到售票窗口，发现刘建兴正在排队买车票，前面还有几个人在轮候，陈玉乔走上前打招呼，刘建兴就叫她在候车厅找个座位坐着等他。陈玉乔说不用坐，就这样站在一旁等他。刘建兴买到的车票是 6 点 40 的连滩班车。这时候，车站工作人员的手提喇叭刚好提醒买了 6 点 40 连滩班车的旅客登车。于是陈玉乔就领着刘建兴走出候车大厅，上了车。两人的座位刚好紧靠在一起，尽管冬天穿的衣服比较多，但此时，陈玉乔仍然感觉得到刘建兴体温的传导，热恋少女的兴奋与迷恋毫无保留地写在了她的脸上，焕发着迷人的青春的光彩。

一刻钟之后，汽车到达古渡路口，他们下了车。刚好见到有熟人上车，陈玉乔叫他三叔公，问三叔公去哪里，三叔公说去连滩捉猪苗，话还没说完，车就开走了。

刘建兴问："你的三叔公怎么这么年轻？"

陈玉乔说："是疏房的，不是最亲的。"

刘建兴说："怪不得。你三叔公上衣口袋里夹着一支水笔，看来是个读过书的人。”

陈玉乔说：“当然，当年还是个高材生呢。以后有机会介绍你认识他。”

刘建兴说：“好啊，我想我们会有机会见面的。”

陈玉乔领着刘建兴经过旧铺寨，正好看见在古渡读初中二年级的二妹二乔挑着一对柴篮迎面走过来，就问二妹去哪里。二妹说是约了一帮同学去帮供销社挑柴下船，问姐你去不去。陈玉乔说不去，她要招呼同学，并问爸妈和弟妹们在不在家。二妹说爸去了整秧田，妈去了给桑树施肥，三弟和五弟去了打球，她和四妹最后出的门，她去打猪草。说完就仔细打量刘建兴一番，然后笑眯眯地走了。

到家了，陈玉乔掏出钥匙，开了大门，就直奔厨房，看有没有吃的，正好家人已经煮熟了一锅玉米渣子大米粥，还好烫，陈玉乔就招呼刘建兴一起吃粥。随后，玉乔找了本长篇小说《小城春秋》给刘建兴看，就说自己有点累，回房间休息一会儿。

朦胧中，陈玉乔看见刘建兴蹑手蹑脚走进了自己的闺房，就说刘建兴你怎么不打招呼就进我房间来了？刘建兴也不吭声，径直来到陈玉乔的床沿，俯下身子，接着，就有一双温热的大手伸进了她的被窝，沿着她的小腿一直往膝盖上摸，把她惊出一身冷汗。她马上意识到，现在自己并非在家里，而是睡在学校宿舍的床上，刚才回家的情节只不过是自己在做梦，而现在摸着她腿的那对大手却是实实在在从窗户外面伸进来的。她很快就冷静下来，想好了对策，然后突然发力猛然掀开被子，同时一个鲤鱼打挺坐起来，快速伸出双手死死抓住那个人的手腕，那人拼尽全身的力气折腾了几下，很快就挣脱了陈玉乔的双手，随即从外面窗台上纵身一跳，双脚刚着地，就撒开双腿一溜烟似的沿着走廊往男生宿舍那边跑了。为了搞清楚摸自己的人到底是谁，陈玉乔顾不上穿外套，马上翻身下床，快速打开宿舍门，追了出去。这时候，下床的谭桂鸾和邻床的吴少英等人也惊醒了，吴少英急忙拉着了电灯的开关，她们看见陈玉乔匆匆追了出去，也急忙起床，随手抓起一件外套披在身上，紧跟着陈玉乔追了出去。

那人跑得飞快，转眼间就不见了影子，气得陈玉乔望着男生宿舍的方向直跺脚，结果踩在了一只鞋子上。她俯下身子，拾起那只鞋，是一只男式的塑料凉鞋。

回到宿舍，陈玉乔一下子瘫坐在下铺谭桂鸾的床沿上，刚才表现得很果断很勇敢的她，回想起了刚才的一幕，禁不住心头一酸，两眶眼泪马上涌了出来。此时，女生宿舍的同学全都被吵醒了。谭桂鸾、洪月倩、吴少英、吴红芬、黎艳霞等人就安慰陈玉乔。

女生宿舍的嘈杂声，也惊醒了隔壁已经熟睡的蔡丽华老师，她觉得女生宿舍好像出什么事了，就赶紧起床，穿上外套，过来问究竟。吴少英、谭桂鸾等人就把刚才发生的事情向蔡老师作了汇报，并拿出那只男装塑料凉鞋给她看。

蔡老师听了汇报，又看了看那只凉鞋，说："现在已经凌晨1点多钟了，一时半刻也破不了案，大家继续睡觉吧。明天我再向学校领导汇报，一定把事情弄清楚。但在事情还没有搞清楚之前，希望大家暂时保密，不要张扬。"停了一下，蔡老师又补充说，"我再强调一遍，今晚的事，在我们搞清楚事情真相之前，一律不准外传，除了今晚已经知道的人之外，暂时不要让别的人知道，大家记住了吗?"大家说："记住了。"

蔡老师说完，又安慰了陈玉乔几句，并向吴少英、谭桂鸾、洪月倩、吴红芬、黎艳霞等人吩咐了两句，就拿了那只凉鞋，回自己房里去了。于是，大家就各自回到自己的床铺休息，不管睡得着与睡不着，都没有人再出声。

蔡老师走后，陈玉乔想了很多。她人虽然躺在床上，内心却像一窝刚刚烧沸的开水，翻滚不定。她十分肯定，自己捡到的凉鞋，就是刘建兴的。宣传队平时排练，刘建兴经常穿的就是这双凉鞋。如果说，刚才是刘建兴作的案，是他在慌乱中把鞋子丢了，那么，打死她陈玉乔也不会相信刘建兴会干出这样的事情。可是，反过来设想，假如不是刘建兴作的案，那么，这只凉鞋又该怎样解释?而唯一可以解释的是，这个作案人是有预谋有计划行事的，醉翁之意不在酒——今晚作案的目标并不一定是她陈玉乔，而是女生宿舍里的任何一个女同学，目的是造成影响，通过此事来嫁祸给他人。看来，此次事件同"腊鸭事件"一样，其真正的目的是栽赃陷害，嫁祸给刘建兴！假如后面的设想是对的，那么，这个人很有可能与"腊鸭事件"的始作俑者是同一个人。陈玉乔觉得事情变得越来越复杂了。原先，她对"腊鸭事件"还不太放在心里，并且尽量在回避，但是，此刻她觉得事情已经到了直接侵犯她的身体、损害她尊严和声誉的地步，她不应该再沉默下去，而应该积极面对，千方百计把这个坏蛋揪出来。

她又回想起刚才梦中带着刘建兴回到家里的情景，她不知道，自己为何会做这样的梦——简直是荒唐！然而，她马上又意识到，自己之所以会做这样的梦，似乎也不是没有任何由头。常言道，日有所思，夜有所梦。一段时间以来，自己的的确确对刘建兴有了好感——至少在潜意识里，或者说在内心深处，对刘建兴的看法已经发生了变化，甚至可以说是在一定程度上喜欢上了他。事实上，她也已经感觉到，不管自己的主观想法怎么样，也不管自己肯不肯承认，她已经从最初的对刘建兴有点看不起到相互有话说，再到后来的几乎是无话不谈，甚至是在不同的时间、地点和场合，都会情不自禁地想起他来，这本身就是一个很大的变化。由此而引起了某些人对自己与刘建兴的接近产生了错误的判断，因而千方百计来搞些事，好让刘建兴知难而退，也就不足为奇了。

大概是因为周末回家在自留地里干了许多农活，比较疲倦，再加上刚才的一阵折腾，陈玉乔想着想着，不知不觉就睡着了。

2

第二天吃早餐的时候，蔡丽华老师在教师饭厅找到陈厚德校长，汇报了昨晚发生在女生宿舍的事情，陈校长听了汇报，就叫来分管保卫工作的莫定胜副校长一齐商量。陈校长征求莫副校长的意见，要不要向派出所报案。莫副校长表示，从目前的情况分析，本校学生作案的可能性很大，所以建议暂时不要惊动派出所，不要把影响扩大，造成被动。可先由学校保卫组明察暗访，相信这个案子是可以自己破的。陈校长和蔡老师都觉得莫副校长说得有道理，就决定由莫副校长具体负责指导学校保卫组调查，蔡老师全力协助。

调查就从男式塑料凉鞋开始。为了稳妥起见，吃过午饭，莫副校长和蔡老师亲自找了离女生宿舍最近的 3 班班长蔡国铧和男生宿舍舍长黄志德到莫副校长办公室了解情况，两人几乎是异口同声地说鞋是刘建兴的，但同时又十分肯定地说，昨晚骚扰陈玉乔的人绝对不是刘建兴。

莫副校长问："为什么这么肯定？"

黄志德说："我就睡在刘建兴的邻床。昨天晚上，刘建兴睡得很死，根本就没有起过床。再说，昨晚熄灯之后，我们宿舍就没有人出过宿舍门。"

蔡国铧补充说："黄志德说得对。昨晚我在被窝里打着手电筒看小说，一直到出事之前都没人开过宿舍门。大概在深夜一点钟的时候，就听见有人从女生宿舍那边咚咚咚跑过来，从我们宿舍门前的通道跑了过去，脚步很有力，速度也很快，估计是个男的，随后女生宿舍那边就传来一阵嘈杂声，大约过了十多分钟，便没有动静了。"

黄志德又说："按照常理，如果有心去搞女同学，那人一定会处心积虑，有所准备，不会狼狈到连鞋子都丢在女宿舍门口。依我看，这件事，栽赃给刘建兴的可能性很大，可谓一箭双雕。"

蔡国铧说："我也同意黄志德的分析。我觉得，这件事可能与上次的'腊鸭事件'有关联，而且矛头都是指向刘建兴。我想，这个人一定跟刘建兴有什么过节，或者在利益方面有冲突。"

蔡老师问："你们两人有什么发现没有？"

蔡国铧说："明显的迹象还没有发现，不过，在宣传队，大家都知道朱良泰与刘建兴话不投机，我也曾经风闻朱良泰曾经给陈玉乔写过一封求爱信。假设刘建兴也在追求陈玉乔，那么，刘建兴就是朱良泰的情敌。由此分析推断，朱良泰作案的嫌疑就最大。"

黄志德说："据我所知，刘建兴好像没有追求陈玉乔的心思。"

蔡国铧说："平常是没什么迹象。但是，在宣传队，他们两人先是在《蔗糖甜》里扮演兄妹俩，后来又在《沙家浜》演出对手戏，还有男女声对唱，配合得非常默契，这都足以引起陈玉乔追求者们的反感、猜疑和妒忌。"

莫副校长说："你们说得都有道理，但问题是，刘建兴的凉鞋是怎么弄出来的？"

黄志德说："我想起来了，昨晚我上自修课离开宿舍前，刘建兴好像在找凉鞋。在我们宿舍，从来都没有人丢过东西。现在看来，事前一定有人偷偷把刘建兴的鞋给拿走了。"

话说到这里，莫副校长和蔡老师都觉得可以排除刘建兴作案的嫌疑了。

莫副校长跟蔡老师交换了一下意见，就说："你们不要将今天调查的事情告诉刘建兴，以免影响他的情绪，给他造成思想负担，也不利于调查。还有，这件事暂时还应当在一定程度上和范围内保密，除了当事女生宿舍的同学和已经知道此事的同学之外，对其余同学一律保密。你们俩人发现有什么线索，可以直接向我和蔡老师反映，必要时，也可以直接去找同学调查了解，但前提是要保护好当事人的隐私。”蔡国铧和黄志德当即表示会保守秘密，注意方式方法。

蔡国铧和黄志德刚回到宿舍，就看见刘建兴在找凉鞋。因为前两天和黄月新去挖树头卖给酒厂，十分疲倦，昨晚他一觉睡到天大亮。对昨晚发生的事情他毫无知晓。这时，刚好欧晓明也踏进宿舍，刘建兴就问他们有没有看见他的凉鞋。大家都说没看见。蔡国铧和黄志德默契地交换了一下眼神。

刘建兴自言自语说：“真是奇怪了，无缘无故怎么就不见了一双凉鞋?”

蔡国铧也附和说：“是呀，凉鞋怎么就会无缘无故不见了呢!”

黄志德问：“星期六你没有穿凉鞋回家吗。”

刘建兴就在欧晓明的上铺睡，平常鞋子都放在欧晓明的床底下，他说：“没有，我是穿球鞋回家的。走的时候我看见凉鞋还在欧晓明的床底。不知道是什么时候不见的。”

黄志德又问：“再回想一下，你回家时确实没穿凉鞋回去?”

刘建兴说：“确实没有。”

蔡国铧问：“昨晚你回来洗澡不穿凉鞋吗?”

刘建兴说：“昨晚我是在家里洗的澡，刚到宿舍时，本想换上凉鞋，找了一下子，找不着，而上自修的时间又到了，就回教室里去了。”

欧晓明好像想起一件事，就说：“对了，昨天傍晚，2班的陈硕宁来过，当时，宿舍里就我一个人，我就问他来找谁，他说，不找谁，随便逛逛。说着，就在我对面的床铺坐下聊天。”

蔡国铧问：“都说些什么?”

欧晓明说：“东拉西扯的，很无聊。平时，我跟他交往不多，很少与他聊天，闲聊了十几分钟，话不投机，我就说要去洗澡，于是就到宿舍外面的晾衣场拿毛巾。回来时，他已经走出门外了。”

蔡国铧问：“难道你没有什么发现吗?”

欧晓明也说：“对了，他走的时候，好像拿着一张报纸。”

蔡国铧问：“报纸？里头有东西吗?”

欧晓明说："这，我倒是没太注意。"

刘建兴说："陈硕宁大概不会贪婪到偷一双旧凉鞋吧？"

欧晓明想了一下，也说："是呀，谁会来偷一双旧凉鞋啊。"

蔡国铧又问："他走的时候，没有跟你打招呼吗？"

欧晓明说："没有哇。"

蔡国铧问："你确实不能证实报纸里头究竟有没有其他东西？"

欧晓明说："是的，我不肯定。"

这时候，在女生宿舍，吴少英、谭桂鸾、黎艳霞、洪月倩等同学也在和陈玉乔悄悄地说着昨晚的事，希望能够尽快找到破案的线索。

吴少英说："阿乔，你仔细回忆一下昨晚的情景，说不定能揪出那个坏蛋。"

陈玉乔说："事发时，我正在做梦，那双手刚伸进被窝里，我就惊醒了。当时我十分冷静，并不感到害怕，一心只想抓住那坏家伙的手，就突然坐起来，双手死死抓住他一只手，没想到，那坏家伙的力挺大，一下子就挣脱了。我出门去追他，但那家伙跑得飞快，很快就没了踪影。"

洪月倩问："没看清他的相貌特征吗？"

陈玉乔说："黑灯瞎火的，又没有月亮，怎么看得清楚啊。"

谭桂鸾说："难道一点线索都没有？"

陈玉乔说："我的指甲很锋利，有可能划伤了他的手。但是，这只是估计，也有可能没有划伤。"

吴少英说："不管怎么样，我们都应注意一下，有没有男同学的手受伤。"

谭桂鸾说："对，不要放过任何蛛丝马迹。一旦发现线索，就报告给蔡老师知道。当然，按照蔡老师的要求，我们不要张扬，必须悄悄地进行。"

谭桂鸾口里这样说，其实从昨晚事发之后，她就有了自己的想法，将这次事件与"腊鸭事件"联系在一起，只是考虑到现在时机还不成熟，就暂时把它闷在自己的心里。

3

下午第四节课是自由活动。高二（2）班班长刘明洋和高二（3）班班长蔡国铧在上星期就已经约定，在今天下午举行一场篮球友谊赛，为元旦篮球赛热身。

2 班主力队员有刘明洋、朱良泰、林树荣、陈硕宁等，3 班主力队员有李锦标、钱耀楠、黄志德、郭炳新等。双方都是由班长担任篮球队队长。裁判员由宣传队队长冯新荣担任。大概因为高二（2）、（3）班两支篮球队是学校篮球赛冠亚军热门队的缘故，这场热身赛吸引了许多老师和同学观看，就连平时不大喜欢观看篮球比赛的高二（1）班班长刘志勇也带着本班的几个篮球主将前来观战，以便全面了解这两个劲敌球队的情况，知己知彼，制定对策，在元旦篮球赛上出奇制胜，力争取得坐三望二的战果。

临开场时，朱良泰突然说肚子疼痛，无法入场，刘明洋就叫了一名候补队员进场。朱良泰先是到学校医务室要了点虎标祛风油擦了擦小腹，另外又要了一瓶保济丸当即在医务室服用，之后又回到场外充当教练，不时对着场内大声提醒本班队员。在离朱良泰不远的右侧，陈玉乔、洪月倩、吴少英、黎艳霞、谭桂鸾等一干女同学也在观看球赛。女同学观看球赛，可谓各怀心事，有的是一心一意看赛球，有的侧重看男同学偶像的彪悍体型和潇洒形象，有的仅仅是为了凑热闹，为自己班的球队打气助威。而陈玉乔此时并无心绪看球赛，她的目的是想验证一下昨晚出轨的人究竟是不是朱良泰，因为直觉在告诉她，昨晚她的长指甲已在那个人的手腕上下留下了伤痕。但是，出乎她的意料，朱良泰竟因为肚子疼痛而没有出场参赛，他的白衬衫连衣袖都没有卷起。

比赛刚开始时，角逐十分激烈，双方的得分一直交替上升，咬得很紧。场外拉拉队的人数也势均力敌，双方每投入一球或者投球失误，都会引起拉拉队的强烈反应，或尽情鼓掌、呐喊助兴，或扼腕叹息，抱怨失误的队员，好像场上失误的队员连自己都不如似的，恨不得自己亲自上场一展球技。到上半场将近结束时，比分逐渐拉开，拉拉队的呼声掌声也开始一边倒。最后，2 班以 6 分的差距落后于 3 班。下半场，3 班加快了进攻，而 2 班因为主力队员朱良泰没有出场，比分一直落后，队员情绪开始低落，最终以 70 分比 85 分的分数结束比赛，以 15 分的差距输给了 3 班。

篮球友谊赛结束，球场内外一片欢腾，掌声笑声欢呼声响成一片，除了 2 班部分同学之外，大家都发自内心地为 3 班的胜利鼓掌。

回到宿舍，陈玉乔静静地将自己在球场的想法跟洪月倩、吴少英、黎艳霞、谭桂鸾等人说了，大家都觉得事情有点蹊跷，朱良泰是班里篮球队的主力队员，平常是逢球赛必参加，今天就突然闹肚子疼，不由得不令人产生怀疑，是不是真的像陈玉乔估计的那样，他的手可能有问题。吴少英就建议让吴红芬在教室时注意一下朱良泰的手，看看有没有被抓伤的痕迹。大家也都认为吴红芬的座位与朱良泰相邻，观察起来比较方便，而且人又可靠，信得过。鉴于吴红芬不在场，就商定由陈玉乔跟她说。同时，考虑到有迹象显示陈少雯在追求朱良泰，因此，此事绝对不能让她知道，以免节外生枝，把事情搞砸。

朱良泰没参加打篮球的情况，也引起了蔡国铧和黄志德的注意。吃晚饭的时候，蔡国铧约了黄志德把饭端到厨房外面的芭蕉树下吃，一边吃饭，一边分析朱良泰不出场打篮球的原因。

蔡国铧说：“你说，朱良泰不出场打篮球，会不会与昨晚的事情有关联呢?”

黄志德说：“是呀，这小子一向喜欢出风头、好表现，有球不打，而且还有这么多女同学当拉拉队打气，这不是他的性格。”

蔡国铧说：“所以，我觉得朱良泰今天的表现有点反常。”

黄志德说：“是呀，朱良泰的确值得怀疑，并且很有可能是在昨晚跳窗闪了腰，或者手受了伤。”

蔡国铧说：“可是，怀疑归怀疑，如果没有确凿的证据，我们也奈何不了他。”

黄志德说：“可以找 2 班的同学注意一下他的情况。”

蔡国铧说：“你说找谁比较合适呢。”

黄志德想了一下说：“ 我看可以找刘明洋和林树荣试试。”

蔡国铧说：“我跟林树荣不是很熟，对他还不太了解，他可靠吗?”

黄志德说：“刘明洋和林树荣跟刘建兴从小学到初中都是同班同学，自小就很要好，据我了解，他们人老实可靠，信得过。”

蔡国铧说：“既然这样，这事就由你来负责。不过，事先一定要请示莫副校长跟蔡老师同意。”

黄志德说：“那是当然。”

蔡国铧说：“这样吧，吃完饭我们就去找莫副校长。”

吃完饭，他们匆匆洗了饭盅，就去找莫副校长。来到莫副校长的宿舍，发现校长的爱人也在，他们也刚好吃过晚饭，两人就跟校长和师母打了招呼，校长和爱人就热情招呼2人坐下。莫副校长还兼了高二3个班的农业技术课，对他们都很熟悉，就向爱人介绍了他们。随后，莫副校长就问有何事。蔡国铧就把他们的想法跟莫副校长说了。

莫副校长想了一下，说：“第一，朱良泰是外宿生，平时没有在学校住宿，你们想一想，他在凌晨1点钟左右赶回学校摸一个女同学的可能性有多大。第二，目前，刘明洋和林树荣对这件事还不知道，我看暂时不宜让他们去参和这件事，一是尽量缩小知情者的范围，二是避免弄巧成拙，把事情弄僵弄复杂。”

蔡国铧和黄志德听莫副校长这样说，觉得有道理，此事还是应该慎重些才好，于是就说还是校长想得周到，便告辞出来。

4

就在蔡国铧和黄志德去找莫副校长的时候，陈玉乔和吴红芬也吃过了晚饭，一起走回宿舍。吴红芬对陈玉乔被人袭击之事表示了关切，叫她不要把这件事放在心里，并说，估计那人并不一定是针对你来的，有可能是瞎碰的，只不过是你碰巧就睡在那窗边的床铺罢了。陈玉乔就说自己没事，她已经不去想它了。只是有个问题想要她帮助解决。吴红芬就问是什么事情，陈玉乔就把她与洪月倩、吴少英、黎艳霞、谭桂鸾等人商量的事跟她说了。吴红芬就一口应承。

吴红芬的座位就在朱良泰的前面。第二天下午第三节自习课，吴红芬转过身来，推说老师布置的作业有两道数学题不会做，请朱良泰辅导解答。在2

班，朱良泰的数学成绩属于中上水平，一般的难题都可以应付，便热情地帮助她解答。吴红芬虽然耳朵在听朱良泰解题，双眼却盯在了他的手上，直到两道题都解答完，吴红芬也没有发现朱良泰的双手有任何伤痕，只好向朱良泰道了谢。

下了自习课，吴红芬就拉了陈玉乔的手，走到教室外面，跟她说没有什么发现。陈玉乔就说："既然没有什么发现，那就算了，也许我真的没有划伤那人的手。"

吴红芬说："玉乔，现在是自由活动的时间，干脆，我们在附近走走吧。"

陈玉乔说："也好，我们已好长时间没有聊过天了，就散散步谈谈心吧。"

于是，两人就往运动场方向走去，绕着运动场边沿兜圈。刚好见到陈校长与体育组的黄书棠老师对着运动场指指点点，好像在商量增加运动场设施器械的事情，她们就跟陈校长和黄老师打了招呼，便径直往运动场的西南方向走去。

她们先是从进入学校谈起，到参加宣传队，再到同学之间的情感纠结，彼此交换意见。

吴红芬说："我发现，自打进入高二以来，同学们似乎成熟了许多。男女同学之间的交往，目的性都很强，不像初来学校那样盲目和幼稚。"

陈玉乔说："是呀，对于大多数同学而言——尤其是对来自山坑窿（山旮旯）的同学而言，山高路远，交通不便，通讯落后，消息闭塞，毕业回家后，就意味着一辈子修理地球——与田地山林打交道，除了早结婚，早生子，别无出路。其实，这也是一种无奈，更是一种悲哀。你想想，现在连城里的知青都大批大批地下乡插队务农了，我们农村青年还能有多少机会进城做工谋生？因此，他们大都希望在有限的时间内和特定的环境里把握机会，争取早定终身大事，即使寻找不到机会，起码也是一种精神寄托。"

吴红芬说："是呀，像现在这样，读大学靠推荐，招工靠关系，当兵不分配工作，到头回来还是回家乡当农民。还不如抓住机会早日成家!"

陈玉乔问："那么，你自己是怎么想的?"

吴红芬说："我还能怎么想，我人没你漂亮，学习成绩不如你好，高中毕业以后恐怕也逃不出务农、嫁人、相夫教子，一辈子当农民的命运。"

陈玉乔说："你不漂亮？你就别在我面前扮谦虚了。那天在公社戏院演出

《沙家浜》，不知道有多少男仔让你这个阿庆嫂给迷住了，我要是个男的，肯定也会怦然心动的。”

吴红芬说：“玉乔，你就别吹了，在你这个大美人面前，没人说我丑八怪就不错了。”

陈玉乔说：“好了好了。我知道你美了。说正经的，同学中有你看上的吗?”

吴红芬想了一下，欲言又止。

陈玉乔看她这样，就好笑，说：“你看你，都十七八岁的大姑娘了，用老人们说的话，放在旧社会，早就已经嫁人当妈妈了，还害什么羞!”

吴红芬脸红红的，说：“阿乔，我可是第一个跟你说——你可别笑话我。人，我倒是看上了一个，就是不知道人家看不看得起我。”

陈玉乔问：“谁呀?”

吴红芬脸一红，说：“冯新荣。”

陈玉乔说：“冯新荣?好啊，你这个‘阿庆嫂’，平日不显山不露水的，竟然静悄悄就喜欢上‘胡司令’了，我还蒙在鼓里!”

吴红芬说：“你看你，说好了别笑话我的，过后就忘了。其实，我们能不能够成事还是个未知数。就好像戏剧的序幕，才刚刚开始。”

陈玉乔想起洪月倩曾经跟她说过冯新荣写信的话，不想扫吴红芬的兴，就说：“那就要看你们有没有缘分了。”

吴红芬说：“是呀，不瞒你说，其实，我觉得他的相貌并不是很理想，家境也不怎么样，我主要看中他的才华。”

陈玉乔说：“女子无才便是德，而男子最重要的是有才干。我敢说，在我们南江中学，冯新荣就是几个最有才华的同学之一。将来肯定大有前途。”

吴红芬问：“你这样夸他，是不是你也喜欢上了他?”

陈玉乔说：“你别傻了，我实话实说，他虽然很有才华，可我对他一点感觉都没有。你如果喜欢他，只管大胆去追他好了。”

吴红芬说：“那就谢谢你的鼓励。对了，别净说我了，你自己呢，我听说，刘建兴对你真的有意思，究竟是不是真的?”

陈玉乔说：“你别听人家瞎说！这根本不可能！我的野心是很大的，你也千万别学我。记得我跟洪月倩也说过，我真的不想一辈子待在农村，我的理想是在大城市里生活，这些，刘建兴都不可能做得到。”

吴红芬说："但我却相信你能够做得到。你不但人长得漂亮，学习成绩也很优秀，处事大胆果断，有办法，将来肯定会大有作为的。"

陈玉乔说："那就承你贵言。不过，以后会怎样发展，自己是无法预料的，唯一能够做的，就是立定决心尽量朝着自己的理想目标去努力、去拼搏、去奋斗。"

吴红芬说："我可没你那么远大的理想。也没有你这样的胆识和毅力。"

陈玉乔说："所以，你就甘心任由命运的安排——回家务农、嫁人、相夫教子，一辈子当农民。"

吴红芬说："也许吧。"

陈玉乔说："当然，人各有志！只要你认为适合自己就行了！"

5

蔡国锌和黄志德从莫副校长房里出来，并没有直接回宿舍，他们信步走到宿舍附近的一处山坡上坐下，继续聊着刚才的话题。

蔡国锌想起中午欧晓明在宿舍说的话，觉得欧晓明提供的情况不容忽视，便说："现在看来，欧晓明提供的情况可能对破案会有所帮助。"

黄志德说："是呀，应该说这也可能是一条线索。问题是欧晓明也不能够确定陈硕宁究竟有没有拿走刘建兴的凉鞋。"

蔡国锌说："所以，我觉得，陈硕宁的报纸里面一定有文章。你想想，早不出事，晚不出事，偏偏是在陈硕宁到了我们宿舍、而恰恰又是在刘建兴遗失了凉鞋的当晚出事。更可疑的是，刘建兴的凉鞋又丢在女生宿舍门口，难道你不觉得这事太巧合了吗?"

黄志德说："你的意思是说陈硕宁作案的可能性很大?"

蔡国锌说："对，我觉得陈硕宁就是一个突破口。"

黄志德说："有道理，不过，应该怎样去突破呢?"

蔡国锌说："首先，你负责在 2 班找一个信得过的同学，弄清楚 2 班男同学谁跟陈硕宁是邻铺，然后我们再找与他相邻的两位同学了解一下，昨晚半夜陈硕宁有没有出去解过手。如果有的话，那么，其作案的可能性就很大。其次，如果搞不清楚当晚他有没有出去过，我再找机会约几个包括陈硕宁在内的家在江边的同学，到西江河洗澡游泳，如果他不肯去，就有可能他身有屎，如果他去了，又另当别论。”

黄志德说：“那么，就按照你说的办吧。”

蔡国铧又说：“另外，我再单独找欧晓明详细了解一下，陈硕宁去我们宿舍的时候有没有拿着报纸。”

此时，夜幕开始降临，山下镇街的楼舍和农家已陆陆续续亮起了电灯，偶尔有一两家的收音机在大声播放着移植革命样板戏——现代革命粤剧《沙家浜》的选段，由著名粤剧艺术家容剑平饰演的郭建光唱段《毛主席党中央指引方向》，隐隐约约地从夜空中飘送过来，晚自修的时间快到了，他们就起身走回教室。

事情的进展出乎意料地顺利。第二天下午，黄志德通过2班一个同大队的同学了解到，与陈硕宁邻铺的两位同学都证实，当晚深夜陈硕宁确实是出去解手过，出去的时候静鸡鸡的（静悄悄），而回来的时候却走得很急，上床的动作也很快，把他们都惊动了。另外，蔡国铧再次找欧晓明了解情况时，欧晓明分析，他之所以没有看到陈硕宁进宿舍时拿着报纸，很可能是因为陈硕宁不想让宿舍里的人知道他拿着报纸进来，等欧晓明去了晒衣场拿毛巾，陈硕宁就趁机匆匆离开3班宿舍，并且胳肢窝里还夹着报纸，里头肯定大有文章。他俩几乎可以肯定，刘建兴的凉鞋是陈硕宁用报纸包着偷偷拿走的。吃过晚饭之后，他们立即将情况报告到莫副校长那里，莫副校长与蔡老师商量后，决定将这一情况汇报到陈校长那里。

几乎是在蔡国铧和黄志德来到莫副校长宿舍的时间，谭桂莺和黎艳霞也来找陈校长反映情况。

陈玉乔被骚扰的事件发生后，谭桂莺和黎艳霞第一时间就想到了朱良泰和陈硕宁。吃早餐的时候，谭桂莺悄悄地对陈玉乔和黎艳霞说：“我估计，昨晚发生的事一定与朱良泰和陈硕宁有关。”

黎艳霞说：“我想也是。”

陈玉乔说：“你们这么肯定，难道发现有什么线索了吗？”

谭桂莺就简要把推断的原因说给陈玉乔听。陈玉乔听后恍然大悟，说：

“有道理，昨晚这事十有八九就是他们搞来的，起码也是他们当中 1 人干的。”

黎艳霞说：“我们直接去向陈校长汇报情况吧。”

谭桂鸾说：“为慎重起见，我认为还是先看看情况再说，学校这么多同学，万一真的另有其人，岂不冤枉了他们？玉乔，你怎么看？”

陈玉乔就说：“我赞成桂鸾的意见，此事急不来，看看再说。”

黎艳霞说：“那就依你们的意见，看看再说吧。”

隔天中午放了学，陈玉乔和谭桂鸾、黎艳霞 3 人又聚在一起吃饭，由此又联想到“腊鸭事件”和她们之前曾经在如厕时听到朱良泰和陈硕宁说过的话。

谭桂鸾说：“已经两天了，还没听说事情有什么进展，直觉在告诉我，朱良泰和陈硕宁就是骚扰玉乔的人。我们还是早点跟校长汇报吧。这样可能会主动些，加快破案的进程。”

黎艳霞说：“好吧，今天晚饭后，我们去找陈校长，也许，我们提供的情况对破案会起到关键的作用。”

陈玉乔说：“这样也好，既然‘腊鸭事件’你们俩已经掌握了他们的证据，起码可以把这个旧案解决了。此事你们是知情人，你们俩去就行了，我就不去掺和了，好吗？”

谭桂鸾说：“好的。就这样定了。”

好不容易等到下午下了课，谭桂鸾和黎艳霞抓紧时间吃了晚饭，就直奔陈校长的住房，向校长汇报了朱良泰和陈硕宁说过的话，并对两件事情的发生阐述了自己的想法。谭桂鸾和黎艳霞汇报完毕正想离开，莫副校长与蔡老师也来汇报情况，听完他们的汇报后，陈校长当即决定，今晚自修课时间，由 2 班班主任张志铭老师通知陈硕宁和朱良泰分别到校长室问话，由蔡丽华老师负责记录。并决定问话先从陈硕宁入手。

陈硕宁随着张志铭老师来到校长室时，看见陈校长、莫定胜副校长、教务处主任黄贵川、负责后勤保卫工作的何文南老师以及负责学校共青团和妇女工作的蔡丽华老师都在场，神情十分严肃，心里不禁咯噔一下，就像一盆凉水兜头倒下来，心都凉了半截。俗话说做贼心虚，陈硕宁的心理防线一下子就垮下来了，但是，进门以后，他还是故作镇定，逐一与校长和老师打了招呼。

陈校长叫陈硕宁坐在一边，面对着校长和老师，就开始问话：“你叫什么名字？几班的？”

“我叫陈硕宁，高二（2）班的。”

“知道我们为什么叫你来吗？”

“不知道。”

“你告诉我，前天晚上——也就是星期天晚上，凌晨1点钟左右的时间，你有没有出过宿舍门？”

“有。”

“出去做什么.”

“我去了趟厕所。”

“有谁能够证明你去的是厕所？”

“没有。”

“去了多长时间？”

“大约10多分钟。”

“带手电筒了吗？”

“带了。”

“你再想想，带没带手电筒？”

“带了。”

“你讲大话，那晚你根本就没有带手电筒。”陈校长提高了嗓音。

“我确实带手电筒了。”陈硕宁也不服软。

“谁能证明。”陈校长语气更重。

“半夜三更，我哪里去找证人？”陈硕宁还嘴硬。

“好，既然没有人能够证明你带了手电筒。但我却有人能够证明你是摸黑出的宿舍，又是摸黑进的宿舍，摸黑上的床，而且还可以证明你带了一双凉鞋出去。”

“谁？”陈硕宁一怔，脸色突然发白。

“你别管他们是谁，你只要说是还是不是？你考虑清楚，抵赖顽抗只会加重对你的处罚！”

“……”

“怎么样？想好了没有？”

“……”

“看来你是执迷不悟了。把你的手伸出来让大家看看。何老师，你去看看他的手有没有划伤的痕迹。”

在陈校长犀利的目光之下，陈硕宁很不情愿地伸出了双手，何文南老师走过去认真看了看，说：“陈硕宁的右手腕处有一道明显的划伤痕迹。”

立刻，陈硕宁就像一只泄了气的皮球，软了下来。

于是，陈硕宁交代，事情是朱良泰指使他做的。

“那天晚上，我和朱良泰去厕所，朱良泰对我说，上次‘腊鸭事件’没有搞死那个姓刘的，是因为赖老师护着他，下次我们再搞他一镬甘的，到时让我再帮他。当时我就说不想干，可是他软硬兼施，说是‘腊鸭事件’已经打湿了头，干也得干，不干也得干，绝不能半途而废，还说事成之后，绝对不会亏待我。”

“他向你许诺过什么？”

“当时没有。上星期四下了晚自修，他让我随他走到教室外面，硬塞给我 20 块钱，并对我说，要争取在这几天行动，如果成功了，再给我 20 块钱作为奖励。”

“要是不成功呢？”

“他没说。”

“给你 20 块钱你就干，你不知道调戏女同学是违法犯罪的吗？”

“朱良泰叫我只要在窗户外面外扯开她的蚊帐被子，造成影响就行。”

“那你为什么摸了人家，还被抓伤了手？”

“我一时忍不住，控制不住自己，心想，就摸一下小腿，大概不会有事的，一时性起，就摸了她的腿。”

“你知道你摸的同学是谁吗？”

“原先不知道，是后来才知到的。陈校长，各位老师，是我鬼迷心窍。请你们宽恕我，不要送我去派出所。”

“亏你还想得到老师和派出所，南江中学的脸都让你给丢尽了。还有，你拿了刘建兴的凉鞋去干什么？”

“朱良泰叫我放一只在女宿舍外面的通道，嫁祸给刘建兴。”

“另一只呢？”

“我丢弃在宿舍外面的芭蕉林里去了。”

“等会带何老师去找回来。另外，回去写一份悔过书，一并交给何老师。至于怎样处置你，要看你以后悔改的态度和现实表现。”

“是，我一定痛改错误。”

“好了，就问这些，陈硕宁，等蔡老师把笔录写好了，你在每页和结尾签上名字再去找凉鞋。”

“是，是。”

说话间，蔡老师已经把记录写好了，让陈硕宁看一遍再签字，陈硕宁说不用看了，拿过笔录就签字，签完字，就带着何文南老师去找凉鞋。

陈硕宁走后，陈校长对张老师说，要趁热打铁，立即找朱良泰来问话。于是，张老师就去叫朱良泰。

陈硕宁突然被一脸严肃的张老师叫出去之后，朱良泰立即就有一种不祥的预感，再也没有心思看书，随后又想溜出去了解一下情况，但是又怕弄巧成拙，于是就强忍住了。没想到，这边厢陈硕宁还没回来，那边厢张老师又来到教室把他带到了校长室。看到校长和老师们一改常态的威严，就知道陈硕宁已经招供了，心想即使自己再狡辩抵赖，也是无济于事，反而会让学校加重对自己的处罚，于是，就对自己妒忌刘建兴与陈玉乔接近，主谋和指使陈硕宁制造“腊鸭事件”、夜晚到女生宿舍调戏女同学并栽赃陷害刘建兴之事供认不讳，和盘倒出，表示愿意接受学校的处分。听完了朱良泰的供述之后，陈校长对朱良泰作了一番严肃的批评教育，除了让他在询问笔录上签字之外，还让他回去写一份悔过书，并要他通知家长明天下午放学之前务必来学校一趟，否则，后果自负。

第7章

1

晚自修开始还不到一刻钟，陈玉乔正在复习数学，看见张老师神情十分严肃地走进课室，从她身边的通道经过，走到陈硕宁的座位前停下，低声跟陈硕宁说了两句，陈硕宁就立即起身跟随张老师走了出去。后来，从陈硕宁垂头丧气地走进教室并一反常态地不敢拿眼睛正视同学的神态来看，陈玉乔意识到陈硕宁被叫走，可能与她那天晚上被滋扰的事情有关。她甚至猜测，调查已经有了结果，而非礼她的人很有可能与陈硕宁有关。这时，同坐的唐伟容好像也看出了点什么，便把凳子往陈玉乔身边挪了挪。

她悄悄地附在陈玉乔耳边问："陈硕宁今晚是怎么啦？张老师叫他出去这么长时间，回来就无精打采的。无独有偶，后来朱良泰也被张老师叫出去了，我感觉好像出了什么事！"

陈玉乔也偏过头去，轻轻地回答："谁知道，估计绝对不会是什么好事。"

唐伟容说："我也是这样想的。"

陈玉乔说："陈硕宁这人一副色相，说话酸溜溜的，就连看人的眼光也透露出邪念，讨厌死了。"

唐伟容说："你也这样看他。我早就看出这人很好色，不老实，看见标致的女人就迈不动腿，双眼贼的很，总是死死地盯人家女人的胸脯。"

陈玉乔说："何止是这样。高一的时候，有一次几个同学去戏院看电影《卖花姑娘》，由于人实在太多，不少人买到的都是企位（站票），电影开始之后，我发现，他根本就无心看电影，总要找机会往女人堆里钻。有好几次还用手肘去碰人家大姑娘的乳房，十足一个无赖。自打那以后，知道他这人这么贱格，我就不理睬他了。”

唐伟容说：“还有朱良泰这个人，你别看他在众人面前表现出一副谦谦君子的样子，可骨子里就是一条咸虫、一肚子坏水。平常单独和他相处，你都不知道他会打什么坏主意。”

陈玉乔说：“所以，对陈硕宁和朱良泰这两个人，你最好离他们远点，不要被他的花言巧语迷惑。”

唐伟容说：“这还用你提醒吗？我看陈硕宁脸青唇白，没一点血气，一副肾亏的样子，没准是手淫，自慰过度掏空了身子呢。”

陈玉乔说：“你也真是的，越说越离谱了。一个女孩子，这种话你也说得出口，还是团支部书记呢。”

唐伟容说：“团支部书记怎么啦？团支部书记也是人！你别不高兴，我猜呀，前天晚上，说不定就是他去骚扰你的。”

陈玉乔脸一红，说：“你呀，还真是哪壶不开提哪壶了。”

唐伟容说：“别让我说中了你，这话，没准你还蛮喜欢听呢，我说对了吗？”

陈玉乔说：“是呀，你这话我蛮喜欢听，得了吧？真是以小人之心度君子之腹！”

陈玉乔说完，就用力在唐伟容的胳膊上拧了一把，疼得唐伟容差点没喊出声来。

2

朱良泰走后，陈校长继续留下大家研究近期学校的工作，讨论对朱良泰和陈硕宁的处分问题。

陈校长说：“‘无产阶级文化大革命’开展已经6年了，当前，革命形势一片大好。在毛主席的教育方针指引下，在全校师生的共同努力下，我们学校的形势也是一片大好。教育改革取得突破性进展，教育与生产劳动相结合，校办学农基地取得丰硕成果，教育秩序良好，学习氛围很浓。尤其是在抗洪抢险、抢收、开山造田等艰难险重的突击工作中，师生们表现出了顽强的革命英雄主义精神，出色地完成了各项任务，受到了公社主要领导的表扬和公社革委会的多次表彰。这些，大家都是有目共睹的，我就不多说了。”

陈校长抬手看了看手表，继续说：“晚自修就要下课了。下面，我简要布置几项工作：第一，开山造田工作已告一段落，下一步要抓紧时间积肥备耕，准备种农作物，如豌豆、马铃薯、冬小麦等。莫副校长，你负责安排种植计划，与公社粮所李所长联系，争取粮所支持一些种子，尽快分配到各班级；第二，针对近期个别学生出现的思想作风问题，下星期由教务处组织一次思想教育大会，由黄贵川主任负责；第三，学校宣传队要排练一台新节目，争取在春节期间到各大队巡回演出，由张志铭和蔡丽华老师负责，还有，朱良泰就不安排演出了，让他退出宣传队；最后一项，大家讨论一下，怎样处分朱良泰和陈硕宁。”

陈校长说完，就停了下来，让大家发言。也许是对此类问题处分标准的不明确，也不好把握，大家竟一时无语，你看看我，我看看你，然后又把目光投向陈厚德校长。陈校长就说：“看来，‘广东佬最怕拉头缆’这话真的没有错，既然大家都不想先开口，那就这样吧，先由莫定胜副校长和朱国严副校长发表意见，然后到黄贵川主任，再到何文南和蔡丽华老师，最后是张志铭老师。请大家畅所欲言，尽量发表意见。”

莫定胜副校长轻轻咳嗽一下，清了清嗓子，正要发表意见，只见赖嘉荣老师快步走了进来，说是公社来了电话，指定要陈校长亲自接听。陈校长叫大家稍等一下，就接听电话去了。

朱良泰从校长办公室出来，距离下晚自修时间还有半个多小时，可他并没有往教室的方向走，他先是在学校门口徘徊了一阵，然后决定直接回家。他十分懊恼，甚至丧气，满以为做得天衣无缝、十拿九稳的离间、中伤刘建兴的两项计划、行动，均以失败而告终，不但搞不臭刘建兴这个情敌，还把自己推进了身败名裂的泥潭。

按照惯例，学校历来不安排家住圩镇的同学住宿。朱良泰的家就在供销社和百货职工宿舍楼上，与公社大院仅一墙之隔。从学校回供销社宿舍，有两条路可走，一条从学校正门出来，沿着水泥校道往下走，经过公社木器社，再经过一片水稻田，走出公社大院右边的巷道，再往左拐，就到了公社门口。这条路，也就是刘建兴回家经常走的路。另一条路，穿过学校运动场，沿泥路绕过中学与小学之间的半边山坡，沿着小学门口的斜坡路走到沿江街道上，再从西往东走，直达供销社宿舍。后者要比前者多花将近一倍的时间。如果在平时，朱良泰会毫无疑问地选择从学校正门走，可是今晚，他却有点犹疑不决，因为回校上晚自修的时候，他看见木器社的工人正在校道边沿油漆一口刚刚做好的杉木板棺材，本来自己就已经够晦气的了，现在再从那里经过，看见这不吉祥的东西，岂不更晦气！再说，大白天看见这东西倒也没有什么感觉，但是到了晚上，即使他胆子再大，多多少少还是会有一种不寒而栗的感觉。于是，朱良泰就选择了从运动场那边的泥路回去。

走出运动场，转上通往小学那段路，在拐弯处，在朦胧的月色之中，朱良泰依稀看见两个热恋的青年男女正抱作一团。心情极坏的朱良泰无心去看他们的表演，只是恨恨地向路边吐了一口唾沫，就快速闪身走了过去，那对男女也不吱声，依旧在热烈而专注地拥抱着。

3

公社革委会副主任余大河的家就在公社对面的家属宿舍楼里，宿舍楼为混凝土结构，每层2套房子，共6层12套，每套面积80多平方米，是很实用的小三房。余副主任住第一层左边的那套。吃过晚饭，他正想和爱人到沿江路走一走，散散步，透透气，刚出门口，公社驻村干部杨秀珍和下水大队党支部书记黄振明不期而至，说是有事情要请示他。都是熟人，余副主任夫妇就十分客气把他们让进屋里，在客厅落座。看见振明还拿来两三斤鸡蛋，余副主任就批评："你看你看，来坐坐嘛，干吗还拿东西来。振明，你跟我也客气起来了。秀珍也是，我也要批评你，振明嫂子好不容易攒下几个鸡蛋，自己都舍不得吃，你在场也不制止他，你们不是要陷我余某于不义吗？"

黄振明说："余主任，这是我家内子的一点小心意。她说刘大姐身体一向不好，非要我拿几个鸡蛋给补补身子不可。这不，她还利用工余时间在地头路边挖了一大包五月艾头（根），说是给刘大姐煲鸡蛋水喝，很管用的。"

杨秀珍也说："对呀，我下乡到他家，嫂子也经常煲给我喝的，感觉的确好，对女人很有好处，这事连我都拗不过她，振明也没办法。”

余副主任就说：“既然这样，那就下不为例，否则，不准进我家门。”

黄振明就说：“好，下不为例。”

这时，刘大姐已经沏好了茶，余主任就叫大家喝茶。还问振明来有什么事情要帮忙解决，吃过晚饭没有，如果还没吃，叫刘大姐下个面条。杨秀珍就说在公社饭堂吃过了。听杨秀珍这样说，刘大姐就退到一边去了。

黄振明就说：“余主任，我听秀珍透露，县里最近安排了一批永久和凤凰牌自行车给我们公社。我想能不能够安排 1 至 2 辆指标给我们大队。你知道，我们大队有 17 个生产队，下乡检查工作和跑资料非常麻烦。”

余副主任就说：“1 辆肯定没有问题，我就可以做主。至于 2 辆指标，就要请示一下书记。跟你透个底，我初步计划了一下，包括秀珍在内的几位还没有配备自行车的下乡干部以及通了公路的 7 个大队，加上个别常要下乡的机关部门，总共就要 30 多辆，剩下的几辆作为机动，就要看谭书记等几位领导有没有提出要指标的要求，如果拿得出，我首先考虑你们下水。这样安排，怎么样?”

黄振明就说：“好，余主任安排得很周到。”

杨秀珍也说：“那我在此谢谢余主任了。”

余副主任就说：“谢什么，大家都是为了革命工作，分工不同而已！振明，你还有什么事吗?”

黄振明就说：“余主任，我和秀珍商量过了，想在后天开个冬种现场会，生产队队长和全体大队干部都参加，20 多人，想请您批点猪肉，让大家闻闻肉味。”

余副主任说：“好吧，批你 10 块钱的指标。够大方了吧?”

黄振明连忙说：“够大方了，谢谢余主任。谢谢!”

余副主任就叫屋里的刘大姐拿来公社的便笺和铱金笔，当即写了批条给黄振明。

黄振明道过谢，就和杨秀珍一起告辞。此时，夜幕早已降临。余副主任和爱人随后也走出家门，在沿江路走了一个来回。刚回到家，大姐和姐夫就找上门来了。

陈校长拿起听筒，对方就问是不是陈厚德校长，陈校长说是，对方就说，我是余大河，有件事想跟你单独谈谈，电话旁边有没有其他人。陈校长一边说没有，一边打手势示意还在教务处备课的赖嘉荣老师和另外几名高二的任课老师离开。

电话里又传来了余大河副主任的声音。他说："陈校长，有个事我本来想直接到学校跟你商量一下，但是明天一早我就要去县里参加一个财贸工作会议，只好先在电话里跟你沟通一下。"

陈校长说："余主任，有什么事，你只管吩咐吧。"

余副主任说："就是我那外甥朱良泰惹祸的事。"

陈校长打了个突屹，问："什么，朱良泰是你的外甥？"

余副主任说："是呀。刚才，他父母领着他来到我这里，原原本本地把事情经过跟我说了，这小子真该揍！不值得可怜！但是，既然我那大姐和姐夫都找上门来了，我也没有办法——我这辈子就两姐弟，父母死得早，我是靠姐姐带大的——既然都找上门来了，只好厚着脸皮跟你说说。我姐和姐夫的意思是，念在阿泰还年少，又是初犯，希望学校从轻发落，以批评教育为主，比如记个过什么的，都没有问题，底线就是不要开除。当然，最好不要在学校大会上公开宣布处分决定，尽量缩小知晓范围。这样，对他今后的人生道路有好处，同时，对那个女学生也是一种保护。当然，具体怎样处置，最后还是你们学校班子研究决定。我余大河表明态度，无论你们做出什么样的决定，我都尊重你们学校的决定。还有，朱良泰的父亲老朱本来是要到学校负荆请罪的，因为明天也要去县里参加会议，就不去你那里了。没问题吧？"

陈校长立即说："没问题，没问题！"陈校长迟疑了一下，又补充道："只是，这件事，陆副主任那边我还没有向他汇报过，不知道我是否跟他打声招呼。"

余副主任说："陆副主任那里你就不用操心了，我亲自跟他交换一下意见，你就放心好了。"

陈校长说："那就有劳余主任了。"

陈校长说完，正想放下电话，电话那头又传来余副主任的声音。他说："陈校长，差点忘了件事，刚才我跟我姐夫商量了一下，冬至很快就到了，冬至大过年，明天财贸工作会议，我们会充分利用我们公社天时、地利、人和等优势，极力争取县里多安排一些副食品指标给我们公社，到时，我跟他商量一下，尽可能在分配计划之外再安排一点机动指标给你们学校，慰劳一下我们的老师。当然这事你们自己知道就行了，毕竟，僧多粥少嘛。”

陈校长高兴地说：“我知道，我知道，余主任，您就放心好了。请您告诉朱主任，我代表全体老师感谢他，当然也要感谢您一贯以来对我们的关心！”

余副主任说：“那倒不用，区区小事，何足挂齿。就这样吧，挂电话了。”

陈校长回到校长室，对大家说了刚才余主任在电话里说话的大概内容，就提出分别给朱良泰和陈硕宁记一个大过、以班会的形式在当事人所在班宣布处分决定的想法，问大家有没有意见，大家都说没有意见，他们原先就想提出给朱良泰和陈硕宁记大过的建议，正好和校长的想法一致，事情就这样决定下来了。

4

第二天早上，朱良泰起床起得很晚，他匆匆忙忙刷牙洗脸，母亲早已做好了大半搪瓷汤碗挂面放在桌子上，朱良泰囫囵吞枣地吃了一半，就放下了筷子。

母亲看不过眼，说：“还剩下一大半，就不吃了？”

朱良泰说：“不吃了，味如嚼蜡，难吃死了！”

母亲说：“味如嚼蜡！有本事你自己做早餐，没用的东西，白白糟蹋粮食。”

朱良泰说：“你就是做得不好吃嘛，还非要人家吃完不可！”

母亲说：“过去也一样做法，就今天的不好吃。你心情不好，可也不能胡说八道。”

朱良泰说：“我胡说八道？妈，你讲讲理好吗？”

母亲说：“我什么时候不讲理了？大清早就冲我发脾气！”

朱良泰说：“是，你态度很好，你也讲理。都是我不好，老让你操心，行了吧。”

朱良泰看看墙上的挂钟，快要到早读的时间了，就不想跟母亲理论。他把昨晚熬夜赶写出来的检讨书折好塞进了右后面的裤袋里，就三步并作两步地赶回学校，去找班主任张志铭老师递交检讨书。走到教师宿舍区，刚好与吃完早餐从教师宿舍外面校道路过的陈硕宁打了个照面。就在昨天晚修之前，这两个比亲兄弟还要好的同学还有说有笑，亲密无间，可是，仅仅只是相隔了一夜，他们就成为了陌生人。陈硕宁本想避开朱良泰，可是已经来不及了，朱良泰已经抢先挡在了他的前面。陈硕宁只好硬着头皮跟朱良泰打招呼。

朱良泰显出一副十分蔑视的神态，说："别叫我良泰，你这个叛徒，软骨头！"

陈硕宁说："你别误会，其实，昨晚即使我不说，他们也有了证据。"

朱良泰说："你还好意思说什么证据，你这个屎坑老鼠，又贪色（吃），又怕死。叫你不要摸人，只要掀开被子就行，你就是不听。现在好了，连性质都改变了——侮辱女同学。你得了便宜，我却要跟你孭镬（背黑窝）。"

陈硕宁说："其实，这事也不能全怪我，本来我是不想干的。"

朱良泰说："好，有骨气！早知这样，我不如拿 20 块钱去打水漂。过过手瘾。"

陈硕宁说："你放心，这钱我会还你的！"

朱良泰恶毒地说："这钱我不会再要回来的，你拿去买药吧。"

朱良泰的话，极大地伤了陈硕宁的心，他气得脸色铁青，十分悔恨自己当初还把他当大哥看待，对他百依百顺、言听计从。现在镬头耳烧热了，他立马就撒手，还翻脸不认人，把责任全推到自己身上，于是愤愤地说："朱良泰，你这个小人，我真看错了你。以前人家说你虚伪、说你小气、说你反复无常，我还不信，还极力为你辩护，没想到你的心还这么狠毒。以后我就当没有你这个朋友、同学！"说完，就头也不回地走开了。

朱良泰没想到平日对自己温温顺顺、唯唯诺诺、唯命是从的陈硕宁发起脾气来也会这么凶，气不打一处来，朝着陈硕宁的背影恨恨地吐了一大口口水，大声骂道："好，那我就当你陈硕宁呱咗老趁（死了）！"

2 班班会在当周星期六第四节课进行。按照课程安排，当节课本来是机电（物理）课，陈校长与机电任课老师赖嘉荣及班主任张志铭老师商量后，决定把下星期一的班会课调整到本周星期六来上。陈校长、莫副校长、朱副校长、蔡丽华老师以及班主任张志铭老师都以老师的身份列席班会。陈校长的想法是尽快解决好这件对于学校来说并不光彩的事情，好让大家全身心投入学校农场冬种工作和教学工作，同时，让当事人尽快走出事件的阴影，放下包袱，轻装上阵，尽量减少负面影响。

班会开始之前，张志铭老师叫人在讲坛两边各放了几张凳子。陈校长和莫副校长、朱副校长坐在靠里面的位置，蔡丽华老师和张志铭老师坐在靠门口的位置，与班里的同学面对面。按照陈校长的提议，高二（3）班刘建兴作为受害者，也被邀请参加了旁听，他就坐在教室门口内，后脊梁紧挨着门插（框）。

大概许多同学已经知道了班会的主题和内容，今天高二（2）班教室的气氛显得特别严肃和凝重，同学们都无心吵闹，都在静静地等待着，猜想着会给予朱良泰和陈硕宁怎样的处分。

班会由班长刘明洋主持："各位同学，由于情况有点特殊，我们把下周的班会提前到现在来开。首先，让我们以热烈的掌声欢迎陈校长、莫副校长、朱副校长、蔡丽华老师以及班主任张志铭老师来参加我们的班会。"掌声过后，刘明洋继续说，"前段时间，我们学校里——准确地说是我们班里有个别同学思想出现了偏差，制造了两件不光彩的事件，也就是'腊鸭事件'和'掀被风波'，在全校造成了很坏的影响，扰乱了人心，破坏了团结，现在已经真相大白。下面，就由当事人朱良泰和陈硕宁两位同学作深刻检讨。先由朱良泰同学讲。"

朱良泰拿着自己写好的检讨书离开座位，走到讲坛前，向老师和同学们鞠了躬，然后就站在讲坛下方，毫无表情地通读了一遍检讨书。然后是陈硕宁。两人的检讨写得还算深刻，从事情经过到思想根源分析，再对今后要如何痛改前非表了态，并对被滋扰的当事人陈玉乔和刘建兴表示了歉意，请求他们原谅。

两人检讨完毕，刘明洋没有做任何评价，就请张老师讲话。

张老师就站起来，先是对在自己负责的班里出现了这种丢人的事件，表示了深深的歉意。随后，话锋一转，严厉地批评了朱良泰和陈硕宁目无组织纪律，资产阶级腐朽思想严重，干出了十分低级下流的勾当，败坏了班里的声誉，给学校抹了黑，也伤害了自己的同学，造成了极坏的影响，应该给予严肃的处分；并要求他们悬崖勒马，痛改前非，以实际行动来换取学校、老师和同学们的重新信任，以实际行动和良好的表现挽回学校、班级以及个人的声誉。

最后，刘明洋邀请陈校长作指示，并带头鼓掌。

掌声过后，陈校长首先代表学校革命委员会宣布了对朱良泰和陈硕宁各记一个大过的处分决定，然后做了极有针对性、鼓动性的发言。他说："在当前革命形势一片大好的历史大背景下，在全国全省全县教育革命不断取得新成就、我校教育革命取得节节胜利的凯歌声中，近期在我们学校里出现了两件极不光彩的事情——有同学因爱生恨，先是制造'腊鸭事件'，嫁祸同学，继而发展到三更半夜去女生宿舍爬窗侮辱女同学，严重违反了学校的纪律和规章制度，破坏了正常的教育秩序和安定团结的大好形势，严重伤害了同学们的感情和身心健康，造成了极其恶劣的影响。这与我们无产阶级的教育方针是背道而驰的，也是在我们无产阶级革命摇篮里绝对不允许出现的卑劣行为。这两起事件的发生，充分说明对人的思想教育工作的重要性，并且是一个很漫长很复杂很艰难的过程。俗话说，'十年树木，百年树人'，在教书育人问题上，特别是在人的思想素质和道德品质的培养教育方面，无论教师也好，学生也好，都不能毕其功于一役，必须立足于长期作战、艰苦奋斗的思想，自觉在灵魂深处爆发革命，不断斗私批修，不断深挖资产阶级思想根源，不断清除掉黏附在我们身上的资本主义和资产阶级的尘埃污垢。大家应该记得，我曾经多次在全校师生大会上强调，按照上级有关规定，我们学校严格禁止学生在学期间谈恋爱，禁止老师与学生谈恋爱。但是，我们有极个别的同学就是充耳不闻，明知故犯，我行我素，向往金钱美女，羡慕腐朽糜烂的资产阶级生活方式，想方设法招惹女同学，自己无心向学，也严重干扰了同学们尤其是女同学的学习，在学校内外造成了极坏的影响。朱良泰、陈硕宁就是这样的人。为了严肃校纪，扶正祛邪，学校决定给予他们两人各记一个大过的处分。在此，我以校长的身份再次重申，我们学校严禁学生在校期间谈恋爱，也严禁老师与学生谈恋爱，否者，一经发现，严惩不贷，屡教不改者，开除学籍，如果是教师与学生谈恋爱，对老师上报县教育局作行政处理。对当事学生，除了批评教育之外，还要向家长通报。因此，希望今后大家要以此为镜，认真吸取朱良泰和陈硕宁所犯错误的深刻教训，彻底改造头脑中的非无产阶级思想，坚决抵制资产阶级腐朽思想的入侵，努力学习毛主席著作，自觉用毛泽东思想武装头脑，努力做一个高尚的人、一个纯粹的人、一个有道德的人、一个脱离了低级趣味的人、一个有益于人民的人，将来出到社会上成为国家的栋梁之材，为党和人民做出应有的贡献。最后，我还要多说两句，希望今后大家要自尊、自爱、自重，尊重、关心和爱护受滋扰的同学，保护好当事人的隐私和利益，做到内外有别，不要扩大知晓范围，更不能将此事作为话柄取笑，否则，一经发现，学校将严肃处理！同学们，我说的，大家都听明白了吗？”

“听明白了！”全班同学大声应答。

“我要求的大家都能做到吗？”

“能做到！”

“好！下面，就让我们以毛主席语录歌《我们都是来自五湖四海》来结束今天的班会。陈玉乔，你上来领唱。”

陈玉乔刚刚合起笔记本，忽然听见陈校长点名让她领唱，虽受宠若惊，但也落落大方地走到教坛前，举起双手，做出指挥的姿势，然后起音领唱。顿时，校园里就飘荡起雄壮嘹亮的歌声：“我们都是来自五湖四海，为了一个共同的革命目标走到一起来了。我们的干部要关心每一个战士，一切革命队伍的人，都要互相关心互相爱护互相帮助。”

班会结束后，陈校长还专门留下陈玉乔和刘建兴谈了一番话，鼓励他们放下思想包袱，勇敢面对现实，尽快消除干扰和不良影响，恢复正常的学习。最后还要求他们在思想作风、生活作风和学习（工作）作风上做好榜样，既要防止小人，也要当好君子，经得起各种考验。

陈玉乔就说：“请校长放心，我已经把这件事淡忘下来了，不会影响我学习的。”

刘建兴也说：“请校长相信，我一定经得起考验。”

校长连声说：“那就好，那就好。你们能这样想，我就放心了。”

第8章

1

1972年元旦，县教育局和县文化局联合印发了《关于举行1972年郁南县中小学文艺汇演的通知》。通知说，为了纪念毛主席《在延安文艺座谈会上的讲话》发表30周年，检验全县中小学贯彻执行毛主席革命文艺路线的成果，挖掘和培养革命文艺新人，丰富校园文化活动，决定于今年5月份在县城举行全县中小学文艺汇演，汇演的节目以戏剧、音乐、曲艺、舞蹈、相声、快板为主，每个代表队必须自行创作演出一台节目，包括1个戏剧（小品）、1个舞蹈，另加3到4个其他节目，总时间控制在一个半小时以内。同时规定参加演出的演员必须全部由在校学生和老师担任。学校接到通知以后，陈厚德校长同莫、朱两位副校长以及张志铭、蔡丽华等几位老师商量了一下，大家的意见是先去小学与公社教育组组长周锦俊沟通，然后再去公社请示分管教育工作的陆雨航副主任。

陈校长来到小学，周锦俊组长正好在办公室，陈校长说明来意，周组长就打电话到陆副主任办公室，电话摇了几次，都没有回音。

周组长说："陆副主任可能下乡去了，没人接听。这样吧，老陈，你也难得来一趟，干脆忙里偷闲，坐下来沏壶茶，吹吹牛皮。汇演的事先别管他，再说，我们也做不了主。"

陈校长说："好吧，我们虽然近在咫尺，但平常大家都忙忙碌碌，除了开会，难得见见面，聊聊天。"

周组长一边沏茶，一边问："最近在忙些什么？"

陈校长说："还有什么好忙，还不是'抓抓思想、搞搞农场、学学工厂、组织下乡、树树榜样'？政治第一，劳动第二，文化（课）第三嘛。"

周组长说："但我始终都持这样的观点，作为教书育人的学校，无论在任何时候、任何情况下，文化课都不能放松。"

陈校长说："我又何尝不是这样想？搞教育出身的，有几个会心甘情愿把精力消耗在那些与教育关系不大或者说是与教育风马牛不相及的事情上？"

周组长说："跟你透露一下，最近听省教育厅的老同学吹风，北京方面传来消息，今年，最迟明年极有可能会恢复全国高考。所以，劳动的事，我建议你们能松则松，能缓则缓，集中精力和时间，抓一抓文化课。"

陈校长说："文化课我是一直都在努力抓。问题是，我们中学与你们小学的情况有所不同，现在我们的学生都成了农业学大寨的主力军了。开山造田刚刚结束，接下来就是冬种。除了规定每个星期两个下午的劳动课之外，平时早、晚还要见缝插针去淋菜、给农作物施肥。另外，还要组织学生轮流去工厂学工，学农，突击参加一些额外的如抢险、抢收、修筑防洪堤，甚至开展春耕生产和夏收工作，等等。还有在学制方面，小学、初中、高中三个阶段分别缩短了一年，你想想，学生们还能有多少时间学习？"

周组长说："是呀。我们都是身不由己。现在当校长，不但要具备政治家的敏锐、思想家的深邃、哲学家的逻辑、科学家的渊博、教育家的远见、文学家的杂学，还要具备工程师的头脑、农艺师的本事，拥有工人和农民一样健康的体魄，甚至还要有点阿Q精神。否则，你永远也无法当一名合格的校长。"

陈校长说："老周，你真是个才子啊，出口成章，厉害！"

周组长说："我只不过是深有体会和感触而已。真的，我觉得现在当个校长，比当一个公社书记还要难，责任还要大。辛苦了不说，还要时刻为学生的安全担忧，尤其是在江河汛期期间，学生安全的风险无处不在。老实说，我坐在现在这个位置，最怕就是学生溺水出事。"

陈校长说："是呀，像我们学校，近千名学生，每年夏秋季节，几乎有一半的学生都是到西江、南江去洗澡游泳的，谁也不敢保证不出事，还有，劳动安全事故也是潜在威胁。"

周组长说："我们这边的学生年龄少，出事的可能性更大。"

陈校长说："是呀，各有各的难处！不说这话题了。老周，你再打一次电话到陆副主任办公室，看看他回来没有。"于是，周组长又摇了几次了电话，还是无人接听。这时候，隔壁教务处有老师出门打响了下午第三节课的下课钟。

陈校长就说："看来，陆副主任真的是下乡去了，我也该回去了，改日再去找他吧。"说完，便端起刚刚喝剩的半杯茶水吞下了肚。正准备告辞。忽然听见外面有老师在跟陆副主任打招呼，陈校长就走出门口看究竟，果然看见陆雨航副主任戴着一顶半新的麦秆编织的草帽在教务处门外与不期而遇的老师握手，于是就走上前与他打招呼、握手。

陈校长说："陆副主任，我在这里等你半个时辰了。"

陆副主任说："等我？你知道我要来？"

陈校长说："我有预感。"

陆副主任说："你有预感？你是刘伯温？能预知未来事？"

陈校长说："不是，因为我们俩的心是相通的呀！"

陆副主任说："两心相通？好呀，还好你不是女的，否则，我都不知道如何去面对我老婆了！"

陈校长笑着说："下决心跟她离婚！"

陆副主任说："这样做我岂不是变成了陈世美了，不行！"

陈校长说："不行就拉倒，我不跟你好了，你去找周组长吧。"

两人开着玩笑并肩走进了周组长的办公室。

周组长问："今天是什么风，把陆副主任也吹到我这里来了！我正想和陈校长去找你呢，想不到你却跑我这里来了，为你省了两杯龙井茶。"

陆副主任说："你别把我想的这么小气，几杯龙井茶我还是出得起的。不过，你还别说，我这龙井还真是贵价货，我一个月工资也买不了几斤，是农学院一个老同学送的，怎么样，现在就去品尝？"

周组长说："算了，既然你都来了，就在我这里品尝一下郁南宝珠的社前茶吧，你的龙井我们改日再去品尝好了。你说呢，老陈？"

陈校长说："我没意见。"

陆副主任说："那就随你们的便吧。"说着，就在周组长办公桌旁边的靠背椅上坐下，陈校长也紧挨着陆副主任的座位落座，与周组长面对面。

陆副主任坐下之后，便问 2 人有什么事。陈校长就问公社对中小学文艺汇演的事是怎样考虑的。

陆副主任说："我也是昨天才看到文件的，还没来得及请示谭书记。你们呢，有什么计划吗?"

周组长说："我们小学是配角，我主要是听陆主任和陈校长的。"

陈校长说："我们中学还没有具体的计划，先听听陆主任有何指示再说。"

陆副主任说："我有个初步设想，由中学和小学联合组队演出，中学出 1 个戏剧，1 个舞蹈和 1 个独唱或者小组唱，小学出 2 - 3 个其他节目。这样安排，既可以照顾全面，也突出了重点，在排练上也有相对的独立性，操作起来又比较方便，又有利于发挥中学和小学两边的积极性和我们的人才优势。"

周组长说："陆副主任想得很周到，我十分赞成。"

陈校长说："我也十分赞成。"

陆副主任又说："这件事我会尽快请示谭书记，如果没有其他意见，就立即通知你们落实。"

陈校长和周组长异口同声地说："好，我们就等您和谭书记的指示。"

接着，3 人又研究了一些有关如何处理好文化课与学农基地关系，做到学习和校办农场工作两不误等问题。临结束时，陆副主任提议等汇演获了奖，找个时间去买条黑狗，再找余大河副主任批点猪肉和副食品，聚聚餐，慰劳慰劳我们的宣传队员，不过，钱在你们农场的收入里支出。陈校长和周组长都赞成。

2

第二天，陆雨航副主任请示了谭书记，汇演的事情就按照陆副主任设定的方案确定了下来，并通知了中小学。为了尽快创作排练好汇演节目，南江中学革委会决定停止原定于春节期间在全公社巡回演出节目的排练，立即转上创作新节目。为了充分发挥大家的积极性和创作才能，陈校长亲自点将，召集高二语文组组长谭伟常老师、高一语文组组长陈开霖老师以及张志铭老师、蔡丽华老师和宣传队全体人员开会，研究确定节目创作问题。首先讨论戏剧。陈校长提议谭伟常老师和陈开霖老师先发表意见，谭伟常老师就提议创作一个话剧，理由是话剧容易排练，只要背熟台词就行，而且容易看得明白，老少皆宜，以后还可以巡回演出；而陈开霖老师则提议创作一个粤剧，理由是估计县里能够创作和表演粤剧的代表队不多，是个冷门，参加汇演获奖的可能性也相对较大一些，并且粤剧也是粤西地区群众喜欢观赏的剧种，以后也可以作为巡回演出的节目。两位语文组长的意见各有千秋，都有各自的理由和见解，一时争持不下。陈校长就提议张志铭老师和蔡丽华老师发表意见。

张志铭老师就说："客观地说，两位老师的意见都很好，都有独到的见解和理由。但是，要我表态的话，我倾向于谭伟常老师的意见。原因有三个：第一，在剧本创作上，粤剧的难度相对要比话剧高一些。的确，表面上看来，粤剧剧本的文字会相对短小一些，但是粤剧在词曲的韵律方面要求比较严格，写作起来限制较多。第二，在表演方面，自从'文化大革命'以来，传统的粤剧已经停止演出了好几年，而我们的演员都是青年学生，基本上都没有接触过粤剧，虽然前段我们也成功演出了《沙家浜》，但基本上是依样画葫芦——照搬人家的，甚至对白和曲谱都是跟着录音机（带）学的。所以，如果创作粤剧，在排练方面，难度也会很大。第三，我们的头架和乐器担纲还处于半桶水的水平，掌板、伴奏起来将会很吃力。另外，还有一个重要因素，我们的蔡丽华老师在师范大学读书时，就是学校话剧团的骨干，对话剧编导和表演都有非常丰富的经验，所以，我主张创作话剧。"

蔡丽华老师也发表了自己的意见："完全赞同张老师的意见，我主张搞话剧。"

陈校长又征求了冯新荣、刘建兴、陈玉乔、周炳、吴红芬和邱大贵等人的意见，几位同学都主张创作话剧。陈开霖老师就说，既然大家都主张搞话剧，我也没有意见。接下来，又讨论了话剧的题材和主题内容，并决定由谭伟常老师执笔创作一部反映当地农业学大寨或者抗洪救灾题材的话剧，蔡丽华老师和陈开霖老师全力配合，争取在下学期开学时定稿并开始排练。另外，还决定由冯新荣和刘建兴负责创作歌曲，陈玉乔和吴红芬负责创作舞蹈，分别由张志铭老师、蔡丽华老师负责指导。

3

临近放寒假，许多工作都挤在一起。一方面是文化课，由于上半学期开山造田占用了一部分文化课的时间，把文化课进度拉了下来，要抓紧补上，同时，还要准备期末复习考试。另一方面是农场工作，虽然校本部农场的甘蔗已经收获完毕，但开山造田新辟的学农基地，马铃薯、豌豆、冬小麦都需要在放假之前加紧施肥越冬。星期天上晚修的时候，班主任赖嘉荣老师找了班长蔡国铧和劳动委员刘建兴到课室外面的小广场商量，说是离放寒假已经不足三周的时间，提议全班同学突击几天，利用每天早读和下午自由活动的时间，到学校厕所挑一担大粪到学农基地，为冬种作物全面上一次肥，蔡国铧和刘建兴表示赞成。

回到教室，蔡国铧立即把赖老师的提议和大家说了，钱耀楠第一个提出意见："班长，挑大粪不是不可以，只是那么早就去挑大粪，把衣服弄脏了，臭熏熏的，回来怎么上课？"

刘建兴说："大船佬，你也不是广州来的，衣服弄脏了不会洗干净吗？"

平常，刘建兴极少会在公众场合叫钱耀楠的外号，而且是在教室大家都在晚修学习这样的场合，这让钱耀楠颇感意外，就连刘建兴自己也觉得不可思议。但是钱耀楠却并不介意，大船佬这个外号，对他来讲已经是司空见惯了。

钱耀楠说："刘委员，你离家近，随时可以回家拿衣服替换，说话当然口响啦。再说，你最好把衣服弄脏了，好找机会让黄榄根那位靓女来帮你洗。"

大家一阵大笑。

刘建兴脸红了，说："钱耀楠，你可别乱说，我长这么大，除了我母亲，还从来未有别的靓女给我洗过衣服。"

钱耀楠说："你讲大话，我听说在四方井就有女同学给你洗过衣服，你对我们说老实话，这是不是真的？"

刘建兴急了，说："钱耀楠，你可别听人家胡说八道，那次是几个女同学在开玩笑，你也当真了，根本就没有这回事！"

郭炳新说："大船佬，你眼红人家刘委员，自己也找一个靓女帮你洗嘛！"

黄志德也调侃说："对呀，大船佬，自己找一个。"

钱耀楠说："可惜我没有刘委员那样的艳福，桃花运未到，想也是白想。"

蔡国铧说："那就先别想，先让我把话说完。大家继续听我说——我想，如果大家都在同一时间去挑的话，进厕所装粪水的时间会比较长，我想把时间错开，从明天开始，早读时间1、2组去，下午自由活动3、4组去，后天又倒过来，3、4组早上去，1、2组下午去。由各组组长具体组织，班干部随组行动。刘建兴负责准备好工具，如果不够，明早找别的班借几对粪桶。其他班委有什么意见？"

班委们均表示没有意见。刘建兴就要连夜去工具室检查工具，蔡国铧就说陪他一起去，刘建兴说自己去就行，蔡国铧也就不坚持。

刘建兴拿着手电筒出了教室，经过2班的教室，他下意识地向里面扫了一眼陈玉乔的座位，没有看见陈玉乔，便快步向学校工具室走去。

陈玉乔没有在教室，原来是唐伟容拉上她和吴红芬上了厕所。自打在班会上对朱良泰和陈硕宁宣布了处分决定以后，朱良泰和陈硕宁两人视同陌路，成了冤家，不敢也没有心情再纠缠陈玉乔，另外几个想打她主意的男同学，也都知难而退，不再胡思乱想，使陈玉乔得以静下心来学习文化课，对于期末考试，她充满了信心。课余，她还忙里偷闲地抽出时间和吴红芬创作参加汇演的舞蹈，设计了题名为《大寨红花遍地开》的群体舞蹈方案，并得到了蔡丽华老师的肯定。

唐伟容她们3人从女厕所走出来，正沿校道往回走，刚走出20来步，就见前面一支手电筒的光柱从校道折往工具房的方向。唐伟容就用电筒扫了扫那人，问："前面那人是谁？"

刘建兴听得出是2班团支部书记，就停下了下来，说："我是刘建兴，唐书记，有事吗？"

唐伟容喜欢开玩笑，就快步走上前去，说："我没有事，是陈玉乔有事要找你。玉乔，你不是有话要对刘建兴同学说吗？"

陈玉乔没想到唐伟容会在刘建兴面前开她的玩笑，脸颊立时绯红，就出手打了唐伟容一下，说："你别听她乱说，她是吃饱了没事干——撑的。"

唐伟容说："你别不认账。上星期五半夜，我分明听见你说梦话，还叫了刘建兴的名字，你要不信，回去问问你下床的谭桂鸾，她可以作证。”

陈玉乔说：“证你的头，无中生有。我还听见你叫刘明洋的名字呢，不信，你问问吴红芬。”

唐伟容说：“红芬，你跟我说实话，我没有叫刘明洋的名字，是吧？”

吴红芬笑而不答。

刘建兴说：“没有事我可去工具房了。”

唐伟容说：“急什么，真没出息，给个机会你跟陈玉乔说说心里话，你却装傻扮懵。”

刘建兴说：“我没有装傻扮懵，你的好意我知道。”

唐伟容说：“那么，黑茫茫，你急着去工具房做什么？”

刘建兴说：“暂时保密。”

吴红芬说：“还保什么密呀，劳动委员连夜去工具房，八成是明天要加班劳动，检查工具，对吧？”

刘建兴说：“算你猜对了。”

吴红芬说：“这么晚，就你一个人，你不怕鬼吗？”

刘建兴说：“哪里有什么鬼？其实是人自己吓自己罢了。”

唐伟容说：“还是找个伴好，玉乔，你说是吗？”

陈玉乔说：“好啊，那你就留在这里跟他做伴吧，我和红芬先回去了。”

陈玉乔说完，就拉着吴红芬一起走。唐伟容其实也是想戏弄一下陈玉乔和刘建兴而已，于是见好就收，嘴里却说：“真是狗咬吕洞宾，不识好人心，有心帮你们，你们却不领情。”说着，就急忙追了上去。

刘建兴快步来到他们班的工具房前，掏出钥匙打开工具房门，借助手电筒的光亮清点了一下粪桶，没有损坏的，够两组同学使用，就回教室去了。

4

第二天一早，刘建兴第一个起了床，来到工具房拿工具，看见赖嘉荣老师已经在等着大家。

刘建兴问：“赖老师，你这么早来干什么？”

赖老师说："我来挑大粪呀。怎么，不欢迎？"

刘建兴说："赖老师，你是老师，又有胃病，怎么能干这么重的活呢。再说，任务都是分到各个组的，我们班组干部负责就行了，你不必参加啦。"

赖老师说："我这胃炎，只不过是小毛病，挑担粪水是没有问题的。"

这时，1 组、2 组的同学已陆续来到工具房，也都劝赖老师不要去。

钱耀楠说："赖老师，你是不是信不过我们？你放心，我们虽然嘴上会说几句怪话，可真正干起活来是不会偷懒更不会输给别人的。"

黄月新也说："是呀，赖老师你就放心好了，我保证我们班的作物不比别的班差。"

赖老师还是执意要去，就说："我知道，你们是怕我累着。我说过，我年纪比你们大不了几岁，挑担粪水还是可以的，你们就不要劝我了。"

同学们见赖老师态度这么坚决，只好由他去了。

厕所粪池是半封闭式的，周围有半人高的围墙，围墙中间有一道用粗木方条做的栏栓门，平时都用铁锁锁着，一是为了防止小孩玩耍跌进粪池溺水出事，二是防止附近居民来偷大粪。刘建兴拿了一只长柄大粪勺子，来到厕所下方，向着厕所上面大声喊话："上面有没有人在方便？我们来挑粪水了。"连叫了几声，无人应答，于是打开门栏，进入粪池边沿。为了保证粪水的质量，他把粪勺子伸进几乎溢出的粪池里使劲地鼓捣搅拌，顷刻间，经过长期积累的墨汁般乌黑的粪渣从粪池底部翻滚上来，卷起无数的气泡，同时腾升起一阵阵的恶臭和酸腐气味，有同学闻不惯这臭味，慌忙拿出小手帕来捂住鼻子。

刘建兴说："捂什么，难道你不呼吸吗？慢慢就会习惯的。来，谁挑第一担，把粪桶拿过来。"

赖老师说："我第一个来。"说着，就首先挑着粪桶进入围墙门内，走到粪池边缘，双手分别握住两只粪桶的桶梁，让扁担压住肩膀，然后俯下身子，左右开弓，将两只粪桶向粪池里斜压下去，干脆利落地打起了满满两桶粪水，然后挺起腰杆，挑起粪水，走出围墙，迈开大步向学农基地走去。

同学们见赖老师带了头，也就纷纷效仿。

黄月新紧随着郭炳新进入粪池边沿，无意中将一条三四指宽的粉红色胶皮月经带打捞上来，半浮半沉地在粪水中漂浮着，钱耀楠看见了，又有了开玩笑的话题："黄月新，这回你中头彩了，女人的东西都被你捞着了，恭喜恭喜！"

黄月新把粪桶挑到厕所外面放下，随手在地面捡起一条树枝把桶里的东西挑出来，笑着对钱耀楠说："大船佬，你要是喜欢，就拿回去用吧。"说着，就把那东西丢到钱耀楠的脚下。

钱耀楠连忙用脚拨弄着那东西，说："君子不夺人之所爱，你捞到的宝贝，还是留着你自己用吧。"

吴少英觉得钱耀楠玩笑开得有点过分，就说："钱耀楠，你今早是不是没有漱口，这张嘴怎么有点臭啊？"

钱耀楠说："是吗，吴大姐，你的鼻子真灵，连我嘴臭你都闻得到！"

欧晓明说："不但吴大姐闻到你的嘴臭，连我都闻到你的嘴臭呢！"

郭炳新也说："对呀，我们都闻到你的嘴臭！"

钱耀楠说："哈，今天是什么日子，大清早就有人演出'双簧'了。"

吴少英就说："钱耀楠，别在这里贫嘴了，我们快点走吧，赖老师都快到半路了。"

于是，大家就立即挑起粪水，你追我赶地追赶赖老师去了。

大家一鼓作气追上赖老师的时候，已经到了高二（3）班的责任地段附近。

刘建兴对赖老师说："赖老师，山路难走，你先休息一下，待会我再帮你挑上去。"

赖老师说："我还是自己挑吧。我还行。"

刘建兴说："我们年轻人力出力在，你就别硬撑了，你又有病，待会闪了腰，叫我们怎样向师母交代？"

吴少英也说："赖老师，叫你放下你就放下吧。"

钱耀楠也说："是呀，赖老师，你就休息一下，我们后生仔是累不着的。"

赖老师拗不过大家，就说："好吧，既然大家都这么关心我，我就休息一下。"说着，就放下粪水挑子，跟在同学们的后面，徒手向山地走去。

自从种下农作物之后，高二（3）班除了刘建兴和赖老师来过查看过种苗出土的情况之外，大部分同学都没有再来过白坟咀和羊咩坑的学农基地。由于播种时基肥施得足，尤其是按照刘建兴的建议，把烧出来的草皮泥用粪水混合堆积发酵了一段时间，大大提高了肥料的质量，加上入冬以后又下过两场中雨，他们的各种农作物都长势良好，小麦已经有半尺高了，娇嫩翠绿的叶尖顶着一颗颗晶莹的露珠，豌豆已开始扯蔓，马铃薯的幼苗也拔地而起，有的已经开始舒枝展叶。看到自己亲手开荒、亲手种下的农作物绿油油、水灵灵的，大家都很兴奋，到了地头，放下挑子，就迫不及待地去看农作物，先看了本组的，再看别组的，然后是兄弟班的，总觉得自己班的要比兄弟班的作物要好得多。

刘建兴放下挑子后，就要回头挑赖老师的担子，钱耀楠也要争着去挑，刘建兴说："还是我去挑吧，挑粪水我比你在行。"钱耀楠说："好吧，你是劳动委员，我不跟你争了。"

欧晓明虽然是个小不点，但腿脚功夫也十分了得，他放下担子之后，就上蹿下跳地在本班和附近班级的责任地里走了一圈，回来就对大家说："同学们，我告诉大家一个好消息，大家愿不愿意听?"

郭炳新说："小个子，别卖关子了，有屁你就快放，有话你就快说，我们还要赶回去早读、吃早餐呢，没时间在这里跟你磨牙!"

欧晓明说："郭炳新，天还早着呢，你急什么?"

吴少英也说："欧晓明，有什么好消息，你快说吧。"

欧晓明说："刚才我去看了附近几个班的农作物，就数我们班的长势最好。有打油诗为证——同学们，快来看，南江河畔又变样。层层梯田换新颜，麦苗豌豆竞相长。要问哪班最争光，当数我们二（3）班！二——3——班!"

钱耀楠说："哎哟，还作起诗来了，这算什么好消息呀？我还以为是天上无缘无故掉下来许多馅饼呢!"

欧晓明说："大船佬，你别急，馅饼会有的，不过，前提是你今晚必须发（做）一个黄粱美梦!"

大家一阵哄笑。

赖老师说："钱耀楠，你还别说，欧晓明的打油诗还真的有点水平!"

刘建兴也说："是呀，我也觉得不错。有点小聪明，急才!"

这时，大家都已经把粪水淋完，赖老师就催促大家赶快下山，回去吃早餐，准备上课。

5

宣传队创作会议结束以后，冯新荣就与刘建兴商量，对创作歌曲的任务进行了分工，由刘建兴负责写歌词和演唱，冯新荣负责谱曲。并确定歌曲为颂歌类型，以赞美家乡和农业学大寨为主题内容。经过几天的酝酿，刘建兴已经基本形成了腹稿。

下午第四节自由活动时间，除了 3 组、4 组的同学去挑粪水给作物施肥之外，其余同学全都出去活动。教室里只剩下刘建兴一个人，他就充分利用这难得的闲暇机会，拿出铱金笔和一叠方格稿子，将腹稿写了下来，形成了初稿。歌词分两段——

“朋友哎，请到我的家乡来，朋友哎，请到我的家乡来。我的家乡多么美，山清水秀好风光，好风光。大寨红花遍地开，荒山变粮仓，山溪变成河，幸福生活天天过，男女老少笑呵呵。朋友哎，请到我的家乡来，请到我的家乡来！”

“朋友哎，请到我的家乡来，朋友哎，请到我的家乡来。我的家乡多么美，好山好水好风光，好风光。座座青山绿油油，牛羊满山坡，鱼虾满江河，幸福生活天天过，男女老少笑呵呵。朋友哎，请到我的家乡来，请到我的家乡来！”

写好了歌词，歌名还没有确定。想了一下，便在页眉写上两个歌名，决定先听听张老师的意见再作决定。

刘建兴来到高二级组办公室，正好张老师在批改作业，就问刘建兴有什么事。刘建兴就把歌词给张老师看，张老师看了稿子，连声说：“不错不错，基础很好，稍作修改就可以了。”说着，就用改作业的红色笔在原稿上改了一下，说：“把第二段的‘幸福生活天天过’改成‘幸福生活年年过’，还有把‘笑呵呵’改成‘乐呵呵’吧，不要重第一段的。”

刘建兴说：“改得好，我怎会没有想到。”

张老师说：“这叫旁观者清，当局者迷。”

刘建兴又说：“题目是用《请到我的家乡来》还是用《我的家乡多么美》好呢?”

张老师想了一下子，说：“就用《请到我的家乡来》来吧，这样让人感到更亲切、更诚恳。”

刘建兴离开高二级组办公室时，不禁暗暗佩服张老师的才干，作为数学老师，张老师的文字功底并不比语文老师差，问题看得很准，点子好。

第9章

1

元旦一转眼就过去了，期末考试已经结束，老师们加班加点批改试卷，成绩很快就出来了。高中二年级成绩最好的是3班，其次是2班，1班垫底。这种结果也应验了高二同学的共通戏言——1班“白扑仔”多，2班规矩多，3班鬼才多。同学中，3班总成绩最好的是冯新荣，第二名是蔡国铧，刘建兴排第三位。陈玉乔所在的2班，成绩最好的是班长刘明洋，第二名是团支部书记唐伟容，和刘建兴一样，陈玉乔的分数在班里也是排第三位。1班班长刘志勇的成绩也在班中名列榜首。大概是因为刘建兴和陈玉乔两人在学校宣传队里多次出演对手戏的特殊关系，加上个别同学对他们两人之间的关系出于善意的或者恶作剧的，甚至是恶意中伤的猜测和议论因素产生了反响，他们的分数在各自班里均名列第三的巧合排名，一时成为高二级同学的热门话题。

根据县教育局通知，学校从星期六开始放寒假。为了激励先进，鼓舞士气，促进学生德、智、体全面发展，学校革命委员会决定在星期五召开全校表彰大会，要求各班在放假前三天选举并上报获奖学生名单到教务处。

星期三早读课，各班均召开班会选举“五好学生”“活学活用毛主席著作积极分子”和“农业学大寨——学农积极分子”。按照学校分配的名额，每班选举“五好学生”5名、“活学活用毛主席著作积极分子”1名，“农业学大寨——学农积极分子”3名，并且规定学生可以重复获奖。

在高二（3）班，赖嘉荣老师亲自坐镇选举。为了确保选举公平公正和所选人选实至名归，赖嘉荣老师事先召集班委干部开了个短会，确定选举办法，建议将期末文化考试总成绩在班里的排名必须在前10名作为“五好学生”的必要条件之一，“活学活用毛主席著作积极分子”和“农业学大寨——学农积极分子”可以不论文化成绩，重在思想品德表现和学农劳动（包括建设教室宿舍、勤工俭学等劳动）的实绩。赖老师的建议得到了全体班干部的一致赞同。

选举开始，班长蔡国铧主持选举，他首先向全班同学宣布了班委委会一致通过的选举办法和建议，然后开始提名候选人，“五好学生”的候选人直接从期末文化考试总成绩在前 10 名的同学中产生，“活学活用毛主席著作积极分子”和“农业学大寨——学农积极分子”由各小组分别提名 1 名和 2 名候选人，然后分别以投票的方式表决，各奖项均以得票最多的同学当选。

蔡国铧讲完，就要求各小组组长主持推选本组积极分子候选人，自己则拿了粉笔在黑板上写下成绩在班里排前 10 名同学的名字。蔡国铧刚板书完毕，各小组推荐的积极分子候选人名单也出来了，蔡国铧便依次写在黑板上。写毕，蔡国铧见到自己的名字出现了两次，就问大家对候选人名单有没有异议，大家都没有做声。蔡国铧又问赖老师还有什么意见，赖老师就说，没有意见了。蔡国铧就叫宣传委员把预先准备好的三种规格的小纸条分到各小组，再由组长发给大家。首先选举“五好学生”，蔡国铧叫大家先在小纸条上填写“五好学生”的名字，并提醒大家，每个人填写的候选人名字只能等于或者少于应选的人数，超出应选人数的选票作废。结果，总成绩排在最前面的冯新荣、蔡国铧、刘建兴、吴少英、洪月倩等 5 名“五好学生”候选人全部当选，选举十分顺利。接下来选举“活学活用毛主席著作积极分子”，4 名候选人中，蔡国铧的得票比郭炳新多了 2 票，蔡国铧和郭炳新都没有投自己的票，结果蔡国铧再次入选。“农业学大寨——学农积极分子”的选举基本上毫无悬念，由黄月新、黄炳照等 3 名同学以绝对优势的票数入选。选出的各项人选大家都口服心服。

高二 1 班和 2 班的选举也比较顺利。1 班班长刘志勇和严梅华、周炳、邱大贵、谭桂鸾等 5 人当选为“五好学生”；2 班班长刘明洋、团支部书记唐伟容和陈玉乔等 5 人获选“五好学生”，陈玉乔还以较高的票数获得了“农业学大寨——学农积极分子”称号。

2

表彰会在星期五下午举行，下午两点二十分，全校同学已经提前10分钟拿着斗凳来到学校礼堂里集中，说说笑笑，非常热闹。舞台上方杉木梁架底下，悬挂着一条醒目的大红横标："南江中学1971—1972学年度第一学期表彰大会"，舞台两边的墙上，分别挂着两条竖标，大红布底，金黄色的宋体美术字格外醒目，左边是："领导我们事业的核心力量是中国共产党"，右边是："指导我们思想的理论基础是马克思列宁主义"。舞台上一溜摆开几张课桌作为主席台，全部用鲜艳的红布覆盖，中间放着一只有线咪头，两只高音喇叭分别放在舞台两侧的专用木架上。这时，教导主任黄贵川带着几个同学捧来几叠还散发着油墨芳香的荣誉证书，放在咪头左右两边。礼堂内，全校师生按照从低年级到高年级的顺序，以纵队队列的阵容落座，班主任一律坐在前面，班长随后，末尾是副班长和科任老师。陈校长和莫、朱两位副校长到礼堂看了一下会场准备情况，就到学校门口迎接公社革委会分管宣传教育的陆雨航副主任。

离原定开会时间还有一刻钟，为了活跃会场气氛，张志铭老师要求陈玉乔指挥同学们唱几首歌曲，陈玉乔就提议全体合唱一首之后，由各班自由发挥。张老师说，随你安排。陈玉乔就大大方方走到主席台下方，面对全体同学，说了唱歌的规矩，然后问蔡国铧："蔡班长，大合唱之后，你们班带头唱怎么样?"蔡国铧说："没问题!""好，等会你们3班拉头缆，然后到高二2班接棒，再到1班，一直接力唱下去，不要停顿。请各班做好准备。下面由我领唱毛主席语录歌《我们的教育方针》，请全体师生一起唱。"

随着陈玉乔的歌声响起，礼堂里立即腾起一阵阵歌的浪潮。

集体合唱——我们的教育方针，应该使受教育者在德育、智育、体育几方面都得到发展，成为有社会主义觉悟的有文化的劳动者。

高二（3）班——世界是你们的，也是我们的，但是归根结底是你们的（重）。你们青年人朝气蓬勃，正在兴旺时期，好像早晨八九点钟的太阳，希望寄托在你们身上。

高二（2）班——因为我们是为人民服务的，所以我们如果有缺点，就不怕别人批评指出，不管是什么人，谁向我们指出都行，只要你说得对，我们就改正，你说的办法对人民有好处，我们就照你的办。

高二（1）班——政策和策略，是党的生命，各级领导同志务必充分注意，万万不可粗心大意（重）。

高一（3）班——我们的文学艺术，都是为人民大众的，首先是为工农兵的（重），为工农兵而创作，为工农兵所利用的（重）。

高一（2）班——我们的同志在困难的时候，要看到成绩，要看到光明，要提高我们的勇气（重）。

高一（1）班——下定决心，不怕牺牲，排除万难去争取胜利（重）。

高一（1）班同学刚开始唱时，教务处主任黄贵川就走过来对陈玉乔说，会议马上就要开始了，等高一1班的同学唱完就告一段落。待会陈校长等领导陪同公社革委会陆雨航副主任进入会场时，就带头鼓掌欢迎。于是，陈玉乔就去跟初中的班长们转达黄主任的意见。

高一（1）班同学的歌声刚落，陈校长和莫副校长、朱副校长等已陪同陆副主任来到礼堂门口，陈玉乔说："领导来到了，我们热烈鼓掌欢迎。"

在同学们热烈的掌声中，陆副主任走进了礼堂，走上了舞台，站在主席台中间，高兴地向大家挥手致意。按照以往规矩，公社有领导来，正副校长、教导主任以及年级组长等领导老师都在主席台上就座，陈校长、莫副校长、朱副校长以及黄主任分别坐在陆副主任左右，年级组长依次坐在两边。

领导坐定之后，黄贵川主任宣布："南江中学1971—1972学年度第一学期表彰大会开始。首先，请全体起立，齐唱《东方红》。"

一曲《东方红》之后，黄贵川主任又请大家坐下，说："老师们，同学们，今天，公社革委会副主任陆雨航同志在百忙中拨冗前来参加我校的表彰大会，说明了公社革委会对我校工作的高度重视和公社领导对我们学校师生的热情关怀，也说明了我们这次会议的重要，请大家用心听，认真做好笔记，会后要认真学习贯彻。下面，让我们再次以热烈的掌声欢迎陆副主任的光临，并请陆副主任作重要讲话。"

随即，掌声响起，陆副主任站起来，用手势示意大家停止了鼓掌，就开始讲话，他说："受陈校长热情邀请并受谭书记的委托，我非常荣幸能够参加南江中学的表彰大会。衷心感谢陈校长、莫副校长、朱副校长和全体师生对我的信任和对我工作的大力支持。近年来，南江中学认真贯彻执行毛主席的无产阶级革命路线，坚持德、智、体全面发展的教育方针，真抓实干，多有建树，在活学活用毛主席著作，学工、学农、学军、勤俭办学、抢险救灾等方面成绩非常突出，多次受到县教育局的表彰，特别是在你们学校成立了毛泽东思想文艺宣传队之后，在文艺创作表演宣传方面，很有特色，水平很高，在全县教育战线都很有影响力，也引起了县文化局的关注。这是全校师生在学校革委会的坚强领导下，认真学习毛主席著作，用毛泽东思想武装头脑，自觉接受工人和贫下中农再教育，努力学习、勤奋工作、坚持德、智、体全面发展所取得的成果。在此，我谨代表南江公社革委会对你们表示热烈的祝贺和衷心的感谢！”说到这里，陆副主任带头鼓起了掌。

掌声过后，陆副主任把话题转到学习文化知识方面，他说：“伟大领袖毛主席谆谆教导我们，‘没有文化的军队是愚蠢的军队，而愚蠢的军队是不能战胜敌人的’。刚才大家唱歌也都唱到了，‘我们的教育方针，应该使受教育者在德育、智育、体育几方面都得到发展，成为有社会主义觉悟的、有文化的劳动者’。可见，文化知识对于我们，尤其是年轻一代来说，是非常重要的。如果说，‘身体是革命的本钱’，那么，打好扎实的文化科学知识基础就是我们干好革命工作的必要前提和重要条件。希望大家深刻理解好毛主席的这些话，走又红又专的革命道路，注重品德修养，加强劳动和体育锻炼，抓紧学习文化知识，争取在有限的时间里学到更多的文化科学知识，将来成为社会主义革命和社会主义建设事业的栋梁。”

说到这里，陆副主任拿起茶杯，十分斯文地抿了两下，继续说下去：“在这里，我大胆向大家透露，最近，我从非官方渠道获悉，快的话在今年，最迟在明年，极有可能会恢复全国高考。对此，我们应有所准备，大力抓好文化课学习，打牢知识基础，接受祖国的挑选，争取为国家输送更多的优秀人才。当然，我在这里讲的有关恢复高考的话题，只是我个人的意见，私下在这里吹吹风，不代表革委会。大家知道就好了。今天就讲这么多，讲得不对的，请大家批评指出。谢谢！”

陆副主任的讲话，博得了全校师生经久不息的掌声。

会议进入第二项议程——颁奖。黄贵川主任代表学校宣读了表彰决定和获奖名单，同时还宣布了颁奖领导，其中“五好学生”60名，“活学活用毛主席著作积极分子”12名，“农业学大寨——学农积极分子”36名。宣读完毕，就请获奖的同学分批上主席台领奖。两只高音喇叭开始播放《运动员进行曲》，在轻松愉悦、雄壮而富有节奏的乐曲声中，首先颁发“五好学生”奖，获得“五好学生”奖的同学分为高中和初中两批走上主席台领奖，分别由陆雨航副主任和陈厚德校长颁奖。颁发完“五好学生”奖之后，接着颁发“活学活用毛主席著作积极分子”奖和“农业学大寨——学农积极分子”两个单项奖，分别由莫定胜副校长和朱国严副校长颁奖。

颁奖典礼结束后，陈厚德校长做了简短的总结讲话，他首先代表全校师生感谢公社革委会和陆副主任一直以来对南江中学工作的关心、支持和帮助。接着就简要总结了本学期工作的主要成绩，特别是在宣传毛泽东思想、活学活用毛主席著作、农业学大寨、开办学农基地、勤工俭学等方面取得了极为丰硕的成果，在抗洪抢险救灾中也屡立战功，得到了县教育局、县文化局和公社革委会的表彰奖励，也受到了全公社革命群众的欢迎和好评。并且勉励全校师生再接再厉，坚持德、智、体全面发展的教育方针，以‘只争朝夕’的精神抓好文化课的教与学，不要辜负陆副主任对我们的殷切期望。最后，陈校长祝大家一路顺风，度过一个平安愉快的寒假和革命化的新春佳节！

表彰大会在全体师生合唱的《大海航行靠舵手》的歌声中圆满结束。

3

表彰大会结束时，已经是下午4点多钟了，除了附近几个大队的学生即时步行回家之外，水陆路较远的古渡、红岗、深坑等地的学生，已经没有班车经过他们家乡，只好搭明天早上班车回去。刘建兴回到宿舍时，大部分同学已收拾好了被褥衣物，陆续走出宿舍。黄月新本想与刘建兴一起走，刘建兴说还有点事，叫他先回去，黄月新就拿上行李出去了。刘建兴正想去隔壁女生宿舍找陈玉乔打个招呼，道个别再回家，却见钱耀楠和黄炳照等人回到宿舍，就邀请他们去他家玩耍，钱耀楠和黄炳照就愉快地答应了，钱耀楠还提议叫上陈玉乔和洪月倩两个本大队的同学一起去，刘建兴就说，不知道她们会不会去。黄炳照就自告奋勇，说他去叫她们，说着就走出去了。黄炳照是班里的数学尖子，期末考试数学成绩在全校排第一，但总分在班里排第6名，“五好学生”没评上，可他一点也不计较。

黄炳照很快就回来了，刘建兴就问：“她们去不去。”

黄炳照说：“没见着陈玉乔，洪月倩说想去，但要等一阵子，陈玉乔去厕所还没回来。”

钱耀楠就说：“那就等等吧。”

大约过了一刻钟，洪月倩走过来了，对刘建兴说：“陈玉乔有点不舒服，她说不去了，以后再去吧。”

刘建兴再问：“那你去不去？”

洪月倩说：“我也不去了，等会我可能要帮玉乔打晚饭。”

刘建兴说：“那就算了，必要时，你在这里照顾照顾她也好。钱耀楠，你和黄炳照去吧？”

钱耀楠想了一下，就打退堂鼓，说：“我看这样吧，刘委员，现在日子短，天很快就黑了，我们在饭堂也蒸了饭，干脆下学期我们再抽时间去你家，反正来日方长。黄炳照，你说怎么样？”

黄炳照说：“随便吧，听你的。”

洪月倩说：“既然这样，我就先回宿舍去了。”

刘建兴说：“好吧，我也随你过去，看看我表姐走了没有，顺便跟陈玉乔打声招呼再走。”

刘建兴随着洪月倩来到隔壁女生宿舍，几个远路的女同学赶不及回家，正坐在宿舍下铺闲聊，堂表姐吴少英左肩挂着一只花布缝制的女式挂包，正在跟陈玉乔等人道别，刘建兴到来，就问刘建兴什么时候去看外婆，刘建兴回答大概要等到春节后，吴少英就说她先回家了，到时再见。刘建兴就叫代他向外婆和舅舅及舅母们问好。吴少英说好，我一定转达，然后就走出宿舍。刘建兴就问陈玉乔感觉怎么样，陈玉乔说不碍事，就是有点疲倦，你回去吧，我没事的。刘建兴便说，没事就好，你保重，我先回去了。随后，又对宿舍里的女同学说再见，祝大家假期愉快，然后就离开了。

刘建兴离开后，陈少雯就说：“玉乔，你看人家多关心你，临走还来看看你，真是有情有义。”

自从朱良泰和陈硕宁的丑行曝光以后，陈少雯知到自己过去误会了刘建兴，还说了一些过头的话语，令陈玉乔和吴少英等人对她有了看法，于是就极力想在陈玉乔面前讲上几句刘建兴的好话，以挽回一点面子。

陈玉乔却不领情："你以前不是怀疑人家偷腊鸭的吗？怎么现在替他说好话了？"

陈少雯脸红了，好不自在，便自我解嘲道："以前是我瞎了眼，有眼无珠，玉乔，你大人有大量，请原谅我无知。"

洪月倩说："是呀，以后真的要带眼识人，仔细分辨谁是好人，谁是衰人。"

洪月倩知道，朱良泰出事之前，陈少雯一直在暗恋着朱良泰，只是朱良泰压根就看不上她。听到陈玉乔在奚落她，也不客气地补了一句。

刘建兴回到宿舍时，钱耀楠、黄炳照和欧晓明等人正在很投入地唱着一首几年前风靡全国的颂歌，于是就邀刘建兴一起唱几首歌再回去，正好刘建兴的歌瘾也上来了，就和大家一起唱了起来——

"哎你说，什么东西它最亮？自古俗语说得好，火红的太阳它最亮，哎哟哟你说的不对了，为什么？过去的黄历怎能用？火红的太阳怎能比得上哟毛主席的光辉亮！对，对，对了！火红的太阳怎能比得上哟毛主席的光辉亮！

"哎你说，什么东西它最高？自古俗语说得好，无顶的蓝天它最高，哎哟哟你说的不对了，为什么？过去的黄历怎能用？无顶的蓝天怎能比得上哟毛主席的威信高！对，对，对了，无顶的蓝天怎能比得上哟毛主席的威信高！

"哎你说，什么东西它最深？自古俗语说得好，无底的大海它最深……"

一曲唱完，接下来又连续唱了《颂歌献给毛主席》《毛主席的书我最爱读》《毛主席的战士最听党的话》等几首革命歌曲，过足了歌瘾之后。刘建兴说："时候不早了，我该回家了，大家假期愉快，下学期再见。"随后就拿了两套衣服塞进挂包，走出宿舍，大步流星地赶回家去。

第 10 章

1

刘建兴离开宿舍以后，钱耀楠、黄炳照、李锦标正要去四方井洗澡，欧晓明说："今天天气这么冷，等会洗洗脸冲冲脚就行了，今晚饭堂提前半个小时开饭，我们先去吃晚饭吧。"于是，大家就去了饭堂。吃完饭回到宿舍，时候尚早，大家在宿舍里待着没事可干，也不想看书，钱耀楠就提议玩扑克牌打发时间。

黄炳照说："扑克牌都成封资修的东西了，谁还敢收藏呀？不怕挨斗游街吗？不如下象棋吧！"

钱耀楠说："下棋好啊，可是谁有象棋呢？"

欧晓明说："一班的同学有，我去找他们借。"

钱耀楠就催促他快去借回来，欧晓明就立即走了出去，可是很快就回来了。

欧晓明说："一班的宿舍门关着，里面空无一人。"

黄炳照说："他们班几个路远的同学并没有回去，他们会去哪里呢？"

李锦标说："就江咀那几尺街巷，他们早就走厌烦了，他们不在学校，会不会去了德庆县城看电影？"

钱耀楠不假思索就说："很有可能。"

欧晓明却说："现在是什么时候了？去德庆县城看电影？即使有渡船渡过西江河，可晚上回来怎么办？几个穷学生，难道还包条船去看电影不成？他们八成是去了西江河冬泳。"

大家都认为欧晓明的分析在理。于是，黄炳照就提议大家去西江河边洗澡游泳，李锦标和欧晓明立即附和，但钱耀楠不想去，欧晓明就使出激将法。

欧晓明说："我们这帮同学，最高大最威猛的是你，但最怕冷、最怕死、最窝囊的也是你，还号称大船佬呢，干脆叫你'大羊咩'算了。"

钱耀楠说："哎呀，你这个'小弟弟'，老是跟我作对，我踩着你的尾巴了么?"

欧晓明说："难道我说的不对吗？有种的就跟我们去西江河比一比。"

钱耀楠说："比就比，难道我会怕输给你这个'小弟弟'吗?"

欧晓明说："好，大船佬，你有种，拿什么来赌?"

钱耀楠说："你输了，明天帮我挑行李回家。"

欧晓明说："那就一言为定。但是如果你输了，明天也得帮我挑行李回家，不准反悔。黄炳照、李锦标，你们为我作证，不挑的是乌龟!"

黄炳照和李锦标异口同声地说愿意作证。于是，大家就拿了毛巾、衣服和水桶，吵吵嚷嚷地出发去西江河游水。

公社自来水厂抽水站位于小镇西北角江边，上下游几十米范围内，全部是山脚石壁延伸出来的礁石，春讯期间大部分都被洪水淹没，平常很少人到来，到了秋冬季节，水位下降，礁石裸露，就成了南江中学学生们的天然浴场。欧晓明他们几个人到了河边，三下五除二，把衣服脱得只剩下一条短裤，简单做了热身运动，就纵身跃进了冰冷凛冽的西江河里。钱耀楠做完热身运动后，并没有立即下水，蹲在江边不停地把水往胸口和两只臂膀上抹。欧晓明他们已经游出去10多米远，扭头望见钱耀楠还在岸边磨磨蹭蹭不肯下水，就大声喊话，叫他信守诺言，赶快比试。钱耀楠临阵退缩，就推说自己身体突然不舒服，畏寒，不比试了。大家哪里肯放过他，纷纷游了回来，一齐上岸围追堵截，连推带拖地把钱耀楠拉进水里戏弄了一番，直冻得钱耀楠浑身起鸡皮疙瘩，连喊服输，甘愿为欧晓明挑行李，大家才放过他。

过了10多分钟，夜幕降临，大家也觉得实在太冷，于是纷纷上岸，拿毛巾擦干了身上的水珠，然后用毛巾围住下体，穿好衣服，顶着夜幕，一路揶揄着钱耀楠回到学校。经过女生宿舍的时候，女同学们听到外面吵吵嚷嚷，有人就走出来看究竟，看见大家都在拿钱耀楠开玩笑，就问欧晓明究竟发生了什么事，欧晓明就说："我们3班出了个逃兵，大船佬变成见水就怕的'大羊咩'了。"

2

刘建兴的家在下水大队下水村，位于西江与南江交汇处下方的夹角地带，与港口大队仅一江之隔。往来下水村与港口大队两地交通全凭水上大队的几条小木船驳接。在下水码头顶端，一棵雄伟挺拔的木棉树雄踞村口，树干底部需要五六个成年人才能合抱，树冠覆盖的范围达四、五亩地，树下已经盖满了房子。每当春夏之交，满树硕大的鲜红花朵挂满枝头，远远望去，宛如一把巨大无比的大红花伞挺立在两江岸边，分外璀璨夺目。而此时正值深冬，那棵巨大挺拔的木棉树现在只剩下了无数光秃秃的枝丫，几十颗干枯发黑、但仍然顽强地依恋着母体的蕉型果实零零星星地悬挂在树枝上，不断地随风摇摆，仿佛在宣示着冬天的冷酷无情，展示着木棉树生命力的顽强。也有几只爆裂松开口的果实，不时随风飘扬起一缕一缕洁白的棉絮，借助风力把种子撒播到各地去繁衍。木棉树下放着一条废弃多年的已经变得黑不溜秋的土法榨油大木槽，仿佛在向人们诉说着岁月的沧桑。旁边还放着几块已经磨得极为光滑的形象各异的黄蜡石。平常，人们在劳动之余都会不约而同地聚集在这里开“大话馆”，一面聊天，一面观看近山远黛和在两江游弋往来的船帆。

下水村是一个大自然村，由 4 个小村落组成，每个村落为 1 个生产队，共设立 4 个生产队。全村总人口不足千人，大都是农业户口，也有几户吃商品粮的居民。村中以刘姓为大姓，此外还有曾、黎、林、陈、黄、谢、彭、潘、梁、郑等姓氏，村里的房子大部分都是依江而建，村街呈曲尺形状，以木棉树为转折点，沿两江河岸依次排列。依西江而建的两排房子门面相对，形成了一条 10 多米宽、800 余米长的小街，大多为下水 1 队和 2 队的农户，并零零星星居住着几户居民人家，小街的尽头是国营西水林场场部，再往东面延伸就是十行（地名），栽满沙田柚和蜜柚，株距与行距相等，排列得相当整齐，果树属下水 1 队和 2 队所有。十行以东就是下水 3 队地界，20 多户农家分散在沙田柚和蜜柚果树林里，中间是下水小学，除了满足下水村本地的孩子们上学之外，还担负着中寨片、下坑片和高台大队高年级学生的教学任务。离学校不远，一颗高大雄伟、绿叶婆娑的细叶榕树遮天盖地，与下水村口那棵木棉树昂首相望，树干粗细与木棉树不相上下，但树荫遮盖的范围比木棉树还要广。木棉树和细叶榕树都是下水村闻名遐迩、最具雄风的两大地标性大树。据老人们说，木棉树和细叶榕树都是最早在这里落脚谋生的先人们栽种的，估计已经有五六百年的树龄。大榕树东面是连片的稻田，稻田一分为二，一半归下水 3 队，一半归下水 4 队。下水 4 队 20 多户人家大多数农舍都坐落在水母坑两边的山咀上，基本上不占用良田沃地。

沿南江岸边建设的房子共有 3 排，全部为下水 1 队和 2 队农户，最靠河岸的一排全部坐西向东，背靠南江，第二排则坐东向西，中间是一块长方形的空地，曾经是下水小学的运动场，村里的大小会议和活动乃至物资交流大会都在这里举行，现在变成了菜地和牛棚。第三排门前是一片自留地和宅基地，紧挨着第二排民居的后墙。刘建兴的家在第三排，是先辈们早年建造的瓦房，青砖砌柱，石头垒墙，故称为石头屋。

刘建兴离开宿舍走到学校门口，刚好有同大队读初中一年级的同学正吃力地拿着一大包行李回家，刘建兴就问他是哪个村的，同学说是下水大队杉树村的，刘建兴就问他认不认识黄月新，同学就说不但认识，黄月新还是他疏堂大哥。刘建兴就问为什么不同黄月新一起结伴回去，同学就说自己父亲摇船去了德庆趁圩（粤语，赶集），还要等一阵子才回来，月新大哥不等，先回去了，自己还要到渡口码头等父亲回来再搭乘父亲的船回去。于是，刘建兴就帮他把行李拿到码头，同学道过谢，刘建兴就上了横水渡船。

过了河上了岸，刘建兴一溜小跑走到木棉树下，看见本族老哥月辉正与本村有名的闲人肥婆四并排坐在榨油木槽上天南地北地闲聊，就跟他们打了招呼。

月辉老哥问："学校这么早就放假了吗？"

刘建兴说："放了，从明天开始，一直放到正月初十。"

肥婆四说："听说今年的寒假比往年早一个星期，小学从前天起就已经放假了。"

刘建兴说："本来我们也应该在前天放假的，因为学校农场工作延迟了两天。"

月辉老哥说："你们学校开了那么多山地，除了劳动，还有多少时间读书？"

刘建兴说："是呀，劳动时间太多了，除了每周 2 个下午劳动之外，还要利用早上和下午自由活动时间穿插去淋菜，给农作物上肥。剥甘蔗叶子，摘菜，算下来每周至少有 2 天的时间劳动。"

月辉老哥说："这样读书，读不读都罢了，还不如早点回来参加劳动，挣点工分，减轻家里的负担。"

肥婆四说："对呀，现在读大学都靠推荐，书读得再多也没用。连广州市、肇庆和都城的知青都要来林场插队，农村孩子还有什么出路?"

刘建兴说："那倒是，不过，不管怎样说，有书读总比没书读要好，有文化总比文盲强。"说着，就回家去了。

晚上，刘建兴一家人刚吃过饭，队长邱惠莲就到来了。大家相互客气了几句，邱惠莲就说退伍军人刘军泉今天从公社红岗水力发电站建设工地回来，已经辗好了两担大米，准备明天搭乘前往古渡装载稻草的顺风船送去工地。现在能够安排的人都到工地去了，村里只剩下老弱病残，实在安排不出人手来，问刘建兴能不能够随刘军泉送米去工地，并留在那里参加水利劳动，春节前回来。刘建兴说没问题，事情就定了下来。

队长走后，母亲就连夜帮儿子收拾行李，尽量把冬天的衣服塞进行李袋。刘建兴说："总共才去 20 来天，带两套内、外衣替换和一张独睡棉被就行了。"母亲说："天气这么冷，旧衣服也要多带两件才行。"

第二天清早，刘建兴带上行李，与族兄刘军泉一起找到队里的保管员，开了粮仓，称了 200 斤大米，办了出仓手续，每人一担，挑到昨天傍晚卸完了稻草后停泊在西江河边的木船上。

木船是梧州市造纸厂的合约运输船，装载量在 2.5 万斤左右。船主是广西贺县八步镇人，姓谢，叫谢天九，40 多岁的样子，长得五大三粗，国字脸，虽然年龄不算很大，但岁月的风霜已经在他那古铜色的脸庞烙下了不少的皱纹，可给人的第一感觉仍然很壮硕很和善。船上一共 4 人，船主夫妇和他们的一对儿女。刘建兴与刘军泉的到来，船主一家人都非常高兴，立即为他们腾出休息的地方，就张罗开船。

开船后，船家一家 4 口分工合作，母亲和女儿负责在船尾摇橹，女儿把橹，母亲拽绳，一推一拉，配合得相当默契；父亲和儿子分别在左右两边船舷

用竹篙撑船，他们从船头下篙，然后俯低身子，使身体与船舷形成 45 度的夹角，再用肩膀顶住竹篙尾，一步一步地向船尾移动，到了船尾，拔出竹篙，又走回船头，重复着原来的动作，这样来来回回，周而复始地劳作。刘建兴与刘军泉见闲着无聊，要拿竹篙帮忙撑船，船主连忙制止，叫他们不要客气，坐着休息就行。

刘建兴见帮不上忙，就与刘军泉在船尾与女主人及其女儿聊天，得知儿子叫春生、女儿叫春花，女主人叫陈如珠。

春花 18 岁，人长得极像其母亲，高挑的身材，很标致的鹅蛋形脸庞，一排刘海很自然地垂挂在眉毛的上方。虽然已是寒冬腊月初十天气，但她衣服却穿得很少，外面穿一件八成新的淡蓝底色白花图案的传统花布女上衣，下穿一条稍旧的纯蓝色裤子，双脚穿着白袜子，黑色女装攀带胶底布鞋，一条主体颜色与裤子一样、前幅辍着一方淡雅花布的封闭式布围巾紧紧地束着她的腰际，一头乌黑浓密的头发一分为二，编织成两条粗大的辫子，一前一后地很随意地垂附在她的前胸和后背，散发着无穷的青春魅力。春生 21 岁，和妹妹都是在公社初中毕业后就到船上帮父母撑船挣钱。

正值冬旱时节，此时的南江河清澈得几乎可以见底，宛如一条浅绿色的玉带，由南向北，从连绵起伏的群山间隙辗转穿过，蜿蜒伸向远方，最后投入西江怀抱。

舟轻水缓，波澜不惊，不到一个时辰，木船就开到离古渡不远的石狗湾，古渡圩已经遥遥在望。刘军泉就提议船主休息一阵，抽支烟，船主谢天九欣然答允，就叫儿子和妻女把船靠到岸边，船停稳后，谢天九把竹篙插进船头的栓船洞，直插到河床，把船固定。刘军泉就拿出一包大前门牌带过滤嘴的香烟，撕开封纸，右手中指在烟盒底部弹了两下，顶出一长一短两支烟头，双手恭敬地呈送给船主，船主客气地用右手食指把那支较为突出的香烟按回烟盒内，抽出较短的那支烟，刘军泉就把打火机打着火，帮船主把烟点燃，船主就说谢谢。然后，刘军泉自己也拿出一支烟抽上，两人就坐在船头天南地北地聊了起来。

春生不会抽烟，他回到船尾与刘建兴和母亲妹妹坐在一起。刘建兴问春生为什么不上高中，春生说自己不是读书的料，也不想读书，加上爷爷年事已高，不能再在船里干重活，于是，初中刚毕业就顶替爷爷到船里干活。在刘建兴面前，春花开始有点害羞，见哥哥和他谈得十分投契，后来也主动搭话。年轻人聚在一起很容易就会找到共同关心的话题。刘建兴与他们聊学校的学习生活，聊“文化大革命”大串联，聊对北京天安门、大前门、故宫、天坛公园、北海公园、颐和园、长城的感观，聊去清华大学、北京大学、北京航空学院等大学院校抄大字报的执着和专注，聊伟大领袖毛主席在天安门第七次接见红卫兵场面的恢宏壮观以及在观礼台西红五台挥动“宝书”的激动心情，不知不觉就过了半个多小时。又该开船了。

3

刘建兴和刘军泉搭乘的广西稻草船很快就到达古渡渡口。船抵达古渡时，才上午9点多钟。这时，已有古渡的农民将堆放在南江河边码头附近的稻草搬到先来的船只。都是梧州造纸厂雇佣的广西船，船主都互相认识，彼此热情打招呼。

刘建兴和刘军泉与谢天九一家道谢、道别之后，就挑起大米和行李上了岸。春生兄妹与他们相识仅仅才几个小时，就已经熟络得难舍难分。直到刘建兴和刘军泉的背影在春生、春花的视野中消失，春生和春花才开始做装载稻草的准备。

上了古渡码头，迎面就是古渡圩的一排小街，街道两旁房子的主人大部分是古渡大队古渡生产队的农民，一色的青砖瓦房，沿小街依次排列，一直延伸到江（咀）罗（定）公路的边沿，偶尔有三两间风格不同的房屋，基本上都是公房。

古渡圩是南江流域最北段一处较为重要的水陆交通咽喉。罗定籍爱国名将、抗日民族英雄，以指挥“一·二八”淞沪抗战驰名中外的国民党第十九路军军长蔡廷锴将军早年从军时，曾经在这里驻扎过。

古渡圩逢新历每月3、6、9号为圩期。今天是古渡的圩日，也许是秋收冬种早已结束，田地功夫基本完成的缘故，刘建兴和刘军泉挑着大米进入街道的时候，来自附近红岗、双垌、河坦几个大队以及坝东公社岩咀大队等地趁圩的人已经陆陆续续进入小街。街窄人多，熙熙攘攘，高呼低叫，非常热闹。人们有的在摆地摊出售农副产品，有的在摆卖竹木藤制品，还有一两个在大声吆喝着推销罗浮山百草油，偶尔也可以听到街边打铁铺传来的打造铁制农具的金属撞击声，叮叮当当，很有节奏。刘建兴和刘军泉顾不得欣赏小街的热闹场景，在一位中年妇女的菜挑前停下，问了价钱，也不讲价，买了十来斤芥菜，分作两份放在刘军泉的箩筐，又到附近的供销社门店买了几斤咸水驰鱼和咸带鱼干、30 双劳动手套，放进箩筐，又挑起沉甸甸的担子在人群中穿插前进。走出街口，越过公路，来到与公路相隔百十米远的旧铺寨村口，刘建兴看见前面路边有几棵高大茂盛的龙眼树，就提议在树下休息一下，刘军泉也觉得有点累，就说："好，休息一会儿吧。" 于是两人就放下担子。

刘建兴是第一次去红岗，就问旧铺寨离红岗水电站工地还有多远的路程，刘军泉说："实际上我们队挖掘引水渠的地点在龙颈村附近，前面不远就是黄榄根村，过了黄榄根再走半个小时左右就到了。" 正说着，突然，头顶上滴滴答答降下了一阵小雨点，差点落在装米的箩筐。两人抬起头往上看，哪里是下雨！原来是树上面一名五六岁的小男孩站在树杈上对着他们撒尿。刘军泉就扬手叫这小男孩下来，说要给他 2 角钱去买糖果吃。孩童做了坏事，不仅不挨骂，反而有钱奖赏，就飞快地从树干上滑溜下来。刘军泉果真从衣兜里摸出来一张 2 角钱的纸币给了那孩童，孩童拿了钱，满心欢喜地跑向古渡街买糖果去了。

刘建兴感到纳闷，问："刚才那小坏蛋做了坏事，你不惩罚他也就算了，为什么还给他钱?"

刘军泉说："这你就不懂了，那小孩树爬的这么高，你要吓唬他，万一他一惊咋，摔了下来怎么办?"

刘建兴说："那也用不着给钱啊!"

刘军泉说："既然承诺了，就要兑现，不然以后我们大人说话，小孩就不会相信了。"

4

早上，学校饭堂已经停膳，陈玉乔和洪月倩等来自古渡和红岗的同学决定搭早上6: 40的连滩班车回家。农村出来的孩子，不吃早餐是家常便饭。6: 00刚过，他们就匆匆起床，洗刷完毕，把被铺捆绑好，堆放在宿舍中间的床位，锁上门，就饿着肚子赶去车站。走到宿舍门外，欧晓明就叫钱耀楠帮他拿行李，钱耀楠装聋作哑，故意不理睬欧晓明。

欧晓明就说："钱耀楠你不守信用。明明昨晚打赌输了，现在却要赖，不肯帮人拿行李。"

黄炳照也说："是呀，大船佬，你不要以大欺小，昨天傍晚游泳说好了，谁如果输了，今天就要帮人家挑行李回家的。"

钱耀楠说："黄炳照你别多管闲事，这是我跟欧晓明两人之间的事情，几时轮到你来做老大?"

黄炳照说："我不是做老大，我是与你说道理。"

欧晓明说："对！钱耀楠，你不要打横来了，是谁说'你输了，明天帮我挑行李回家'的，做人要讲口齿。"

李锦标也说："对呀，昨天我也是做了证的。再说，欧晓明的行李也不多，大船佬，你就做做样子好了。要不然，等一会儿在车上，欧晓明当着女同学的面数落你，你更没面子。"

钱耀楠终究拗不过大家，只好极不情愿地拿了欧晓明的行李。

车站里，上连滩班车的人不多，除了几个直达连滩的旅客之外，其余大部分都是南江中学的学生。车厢立即就热闹起来。

坐定之后，陈玉乔就拿出平日忙里偷闲抄写出来的软皮抄歌曲簿，与洪月倩一起轻声哼了起来——

"在祖国温暖怀抱里，奔流的南江，在战火弥漫的年代，英雄的战士，冒着枪林弹雨，日夜守卫着你。你永远光芒，你的功绩，无比辉煌！啊……南江，故乡的江，啊……南江，胜利的江！"

一曲唱完，钱耀楠就连声说唱得好，提议两人放开喉咙再唱一次，让大家欣赏欣赏。黄炳照和欧晓明首先附和，李锦标、黄志德、黎艳霞、吴红芬、陈少雯以及高中一年级的几名同学都跟着鼓掌鼓励，其他旅客也加入了要求陈玉乔和洪月倩继续唱歌的阵营。陈玉乔和洪月倩低声商量了一下，两人就大大方方地站立起来，转过身来，手扶座椅靠背，面对后面的旅客。陈玉乔说："既然大家都想听歌，我们俩就在这里献献丑，唱一首大家都很熟识的歌曲——电影《英雄儿女》的插曲《英雄赞歌》，好不好？"

"好！"大家异口同声地说。

陈玉乔小声开了头，洪月倩就紧接上一齐开了腔——

"烽烟滚滚唱英雄，四面青山侧耳听，侧耳听，晴天响雷敲金鼓，大海扬波作和声，人民战士驱虎豹，舍生忘死保和平。

"英雄猛跳出战壕，倒海翻江天地崩，天地崩，双手紧握爆破筒，怒目喷火热血涌，两脚熊熊趟烈火，浑身闪闪披彩虹。

"一声呼叫炮声隆，一道电光裂长空，裂长空，地陷进去独身当，天塌下来双手擎，敌人腐烂变泥土，勇士辉煌化金星。

"为什么战旗美如画？英雄的鲜血染红了它，为什么大地春常在？英雄的生命开鲜花！"

……

优美动听的歌声深深打动了车上的每一个人，大家仿佛置身在专业团队演出的大歌剧院里，最后一段歌词结束，直呼精彩，掌声也响起来了。有人又提议再来一首，陈玉乔看了看车窗外面的原野，十分熟悉的田园和村庄扑面而来。就说："就要到古渡了，下次再唱吧。"于是，就有人开玩笑说，司机车开得太快，靓女的歌还没听够。

说话间，汽车已经到了古渡上落站，大家纷纷拿了行李下车。钱耀楠、黄炳照和李锦标的家在前面莲池村，还有几分钟的车程。洪月倩、陈少雯的家都在旧铺寨，走到旧铺寨村口，洪月倩说："时间尚早，请大家去我家里吃点东西再回去，好吗？"陈少雯也朗声附和，邀大家去她们家休息一阵子再出发。家住黄榄根村的陈玉乔说："我很快就要到家了，改日吧，反正有的是机会。"听到陈玉乔这样说，黄志德、欧晓明、吴红芬、黎艳霞几个同学就说："归心似箭，我们还是趁早回家吧。早点回去，天气也凉爽些。"于是，大家就在旧铺寨村口分手。

目送那调皮的小男孩越过了公路，刘建兴与刘军泉就离开旧铺寨，继续出发。肩挑重担，为了减轻肩膀的压力，他们的步子迈得很快，两条久经考验的、蜡黄色的竹扁担在他们的肩膀上很有节奏地律动着，发出咿呀咿呀的响声。这让刘建兴不由自主地想起了小学时候学过的课本《朱德的扁担》那课书。大约过了一刻钟，他们就来到古渡大队离龙颈村最近的村庄黄榄根村。刘军泉说他有个战友就在这个村，提议顺路到他战友家休息一下，喝口茶。刘建兴就说应该，他也想认识他的战友。其实，刘建兴还有一个心思，趁两位战友在聊天的时候，找机会到村里转一圈，希望能在村中见到陈玉乔，看看她的家向东还是向西。照他估计，这时候陈玉乔他们应该已经到家了。不巧的是，刘军泉放下担子去到战友家的时候，战友家的大门紧闭，在他家周边转了一圈也不见人影。探战友、见同学的想法只好作罢。

刘建兴和刘军泉 11 点钟左右就到了龙颈村。他们队的人借住在该村彭姓的一座旧房子里。房屋为清末民初时代建筑，坐东向西，建筑面积约有 400 平方米，青砖瓦木结构，博古龙船脊，硬山顶，灰沙墙脚，主屋前面有门楼和围墙，中间为灰沙晒地，两边推车手书房已改为厨房和杂物房，主屋中间为大厅，后墙架设有神楼棚，香炉和神主牌荡然无存。据房屋的主人说，这些东西早已在“文革”初期被红卫兵当作迷信品和封资修的东西打烂销毁，大厅两边各有两个房间，分别铺有木板楼棚，现在分男左女右安排了下水 2 队的社员在楼棚住宿。刘军泉招呼刘建兴把行李拿到左边房间的楼棚放好，就到厨房去帮厨。

从工地提前回来做午饭的林树汉正在烧开水、淘米，见刘建兴到来，非常高兴。平时假日回队里参加劳动，刘建兴既能干，又十分卖力，深得林树汉的赞赏，经常与他搭档做工。刘建兴喝了几口开水，就帮忙洗青菜。林树汉说：“你们赶了半天路，也累了，先休息一下吧。”刘建兴说：“洗青菜是轻松活，不费力，等于休息。”林树汉说：“随你中意吧。”就拿了借来的斧头去劈木柴。

中午 12 点，大家收工回来，见到刘建兴和刘军泉，自然又高兴热闹一番，大家都在迫不及待地问家里和队里的事情，从儿女父母、柴米油盐，到队里是不是已经开始帮助梧州市造纸厂搬运中转的稻草，西水林场小河木场是不是还由我们队去搬运木头和大米，刘建兴和刘军泉就把知道的向大家说了。然后吃饭，20 多个人分作 3 席，尽管只有咸鱼和青菜下饭，大家仍然胃口很好，吃得很开心。

午饭后，休息了一个小时，开工时间也到了，刘军泉就把上午在古渡供销社买来的劳动手套发给大家。

从宿舍到工地大约只需十几分钟。大家走出村外，沿着新开挖的水渠雏形步行，沿途各队的掘进进度参差不齐，进度快的已经把山坡表土整体削开，形成了大约 100 多度的扇形缺口立面，接下来就在水平面的地坪上沿着山体走向开挖水渠，进度慢的才刚刚撕开了表层地皮。下水 2 队的责任地段位于一个名叫虾狗山接近尾部的山脚，作业面宽度为 70 米长，左边是下水 1 队，右边是下水 3 队和 4 队，4 个队作业面的宽度都相差不多，地质结构大都是黄泥黏土。公社划分责任地段的原则，是将计划开挖的引水渠的长度，按照全公社劳动力的人数来等份划分。为公平起见，划分的次序由各大队党支部书记集中抽签，地段分到大队之后，再按照各生产队上报的年终统计报表排列的顺序和人口数划分到各生产队。经过 20 多人一个多月的奋战，下水 2 队责任地段的泥土已基本挖掘到引水渠平面的位置，但在与下水 1 队交界的地方，约有 20 多米的作业面刨开了表土之后，下面全部是坚硬的青光石，严重影响了挖掘的进度。唯一的办法是使用钢钎打出炮眼，然后请公社爆破专业队用炸药爆破。据刘军泉了解，估计炸掉这些石块要近百斤炸药，而 1 斤炸药要 5 角钱，1 捆导火索要 2 块，好在，炸药和导火索都不用生产队出钱，否则就亏大了！

为了加快进度，争取赶在春节前完工。几天前，生产队不惜重本，派人到古渡圩定造了 5 条长达 4 米的六菱钢钎回来打炮眼。钢钎的价格不菲，平常普通建筑钢材只需 6、7 角钱 1 斤，但定造这钢钎却要 1 块钱 1 斤，总共花了几十块钱。大家轮流作业，一口气打出了 15 个近 2 米深的炮眼。今天中午收工时，公社爆破专业队已经来放了一轮炮，把突出地面的岩石炸松了一层，估计有十多万斤。下午，大家就集中清理炸松的石块。

在清理之前，工程兵班长出身的刘军泉告诉大家清理石块的要领和注意事项，并进行了示范，然后将大家分成 5 个工作小组，每个小组安排一根钢钎，一把锄头，由 2 名青壮男人使用，负责撬起松动的石块，干累了再换人，小组其余人员负责搬运石块。最后，刘军泉说："这样分组，可以有效发挥各人所长，避免相互妨碍，最大限度地提高工作效率。"

分组的时候，林树汉主动提出和刘建兴在一组，负责撬石块，刘建兴就拿了钢钎，与林树汉搭档。其余的人随意组合。同刘建兴一组的还有本家兄弟木火、日荣以及谢银梅等人。

林树汉一边用锄头撬石头，一边拿谢银梅开玩笑："谢银梅，你怎么不到刘军泉那组去，跟军泉哥搭档?"

谢银梅平常都是军泉哥长军泉哥短地叫刘军泉的，现在林树汉这样说，她反倒不好意思起来，脸红红地说："汉叔，你别老拿我开玩笑，你要有心做媒人公，就叫金丽到我们组里来。"

林树汉说："叫金丽到我们组跟谁搭档啊?是跟木火、日荣，还是建兴啊?"

谢银梅说："跟谁搭档你都不知道，亏你还想当媒人公!"

林树汉说："我可真的不知道。"

谢银梅说："不知道就别说了，以后再告诉你，专心干活吧。"说着，就把一块六七十斤重的石块翻滚到已经被厚厚的黄泥覆盖的山坡脚下。

其实，别的人也许不知道，但刘建兴心里却十分清楚，谢银梅所指的人是谁。

刘军泉教给大家的办法果然很奏效，不但工作秩序井然，而且进度很快，到下午收工时，已经基本把炸松的石块清理完毕。

收工回来，吃过晚饭，大家就在屋里闲聊，有的抓紧时间烧水洗澡，洗衣服。刘建兴的到来，让队里一班精力旺盛的年轻人变得活跃起来，他们聚集在一起唱歌跳舞，先是《北京的金山上》，然后是《万岁！毛主席》《毛主席的光辉》《敬祝毛主席万寿无疆》《草原红卫兵见到了毛主席》，等等，无拘无束，随心所欲，热热闹闹的。刚才正在眉飞色舞地讲述自己青年时代威风史的五叔公被吵得心烦，就大声呵斥。但年轻人哪里听得进耳朵，依然我行我素，舞蹈不止，歌声不停，直气得五叔公吹胡子瞪眼，倚老卖老一招失灵了。

晚上，刘建兴睡在左边房间的楼棚上，加上他一共 12 个男人，也许是已经习惯了在这里住宿，也许是连日来撬石块搬石头的超负荷体力劳动、人们过于疲劳的缘故，其他人很快就睡着了。唯独刘建兴躺在已有大半个世纪的陈旧的古老杉木板楼棚上，闻着古屋里散发出的浓重的腐霉气味，翻来覆去无法入睡。他在想象着这间房子那些早已作古的主人，男的或者英俊潇洒、气宇非凡，女的也许风姿绰约、靓丽迷人，有过令同代人羡慕、崇拜的辉煌经历；又或者，他们都是相貌平平，终生过着日出而作、日入而息、劳劳碌碌、平平淡淡的日子。然而，时过境迁，那些早已回归大自然的先人们，无论如何都不会料想到，在 20 世纪 70 年代初的今天，在他们的故乡，会有这么一班根本与他们毫不相干的后来人来到他们的故居借宿，兴修水利，建设水电站，改变他们故乡的面貌。刘建兴就在这样似睡非睡、朦朦胧胧的状态中度过了他来到水利工地后的第一个夜晚。

5

黄榄根村是前往红岗的必经之地，陈玉乔的家就在村中路边。到了家门口，陈玉乔叫大家去她家休息一下再走，吴红芬就顺水推舟，说："既然都到玉乔家门口了，我们就进去坐一会儿吧。"于是，大家就进了陈玉乔的家门。

家里只有读小学的小弟浩武在做寒假作业。小弟跟大姐打过招呼，继续埋头写作业。

陈玉乔问："家里人都到哪里去了？"

浩武说："爸和二姐去了电站工地挖大圳，妈去生产队挖木薯。"

陈玉乔又问："你浩文哥和你四姐呢？"

浩武回答："三哥和四姐吃了早餐就出去了，不知道去了哪里。"

陈玉乔就招呼大家在厅堂里坐下，自己到厨房舀来一瓦盆玉米渣子大米粥，从橱柜里拿出碗筷，给每人盛上一碗，又拿出一大海碗自家腌制的酸藠头，叫大家吃，大家也不客气，拿起来就吃。

欧晓明一口气吃了几个酸藠头，也不吃粥。

吴红芬说："欧晓明，你不会是拿玉乔家的酸藠头当饭吃吧？"

欧晓明一边嚼着藠头，一边说："这酸藠头味道真好，又酸又甜，酸甜适中，个头又大，我从来没有吃过这么好吃的酸藠头。"

黄志德说："我也是。可惜我母亲从来不种藠头。"

黎艳霞说："你母亲不种，你想吃，你就常来玉乔家吃好了。"

陈玉乔说："我可没空招待他。"

黎艳霞说："你没空招待他，那就让他自己种！"

黄志德说："我哪里会种？"

黎艳霞说："不会种可以学嘛。"

黄志德说："你不知道，我母亲很霸道的，她说不种就不种的，她说藠头湿气很重，对身体没有益处。"

吴红芬说："看各人的身体情况吧，我们家也年年种、年年吃，身体也没怎么样。单单是我不太喜欢吃。"

欧晓明问："这么好吃的东西你都不吃，为什么？"

吴红芬说："我闻不惯这味道，怪怪的。"

欧晓明说："真是奇了怪了，藠头这么好吃的东西居然有人不吃。"

黄志德说："这就叫'鸡点酱油鸭点醋，各有所好'。"

说话间，儿人已经把大半瓦盆的玉米渣子大米粥吃完，一大碗酸藠头也被吃了一大半。陈玉乔还要回厨房去添加米粥，大家都说不用了，已经吃得很饱了。

陈玉乔就说："你们不要客气，儿碗稀粥我家还是招待得起的。"

吴红芬说："都老同学了，我们要是客气，也不会打搅你了。"

陈玉乔就说："既然是这样，那我也不客气了。大家休息一下再赶路吧。"

于是，大家又休息了一会。欧晓明看了看厅堂上的古老八卦钟，指针已经指向 9 点钟的位置，就提议动身回家。

陈玉乔就开他的玩笑说："晓明这么心急回去，该不是赶着回家让妈给你喂奶吃吧？"

大家一阵大笑，连正趴在桌子上做作业的小弟也忍俊不禁笑了起来。

欧晓明的脸霎时红起来，说："玉乔，平常看你是个好大姐的样子，没想到你也不正经。"

陈玉乔就说："我不正经？我是看你心急火燎地要赶回家的样子，拿你开开玩笑而已！"

欧晓明说："玩笑都开到我妈身上了，叫人多难为情。"

陈玉乔说："你妈也不在这，有什么难为情的。"

吴红芬说："好了，这回我说正经的，我们真该回去了。"

于是，大家就动手拿行李，谢过陈玉乔，便急急脚赶路去了。

走出黄榄根村不远，迎面是一个开岔路口，分成左右两条路，左边通往黄志德的家乡——一个名叫狮子山的自然村，狮子山是古渡的一个自然村，右边通往红岗大队，从黄榄根村前往红岗大队，路经的第一个自然村就是龙颈村。黄志德就在岔路口与红岗的同学分手。

同学们走后，陈玉乔手脚麻利地收拾好碗筷，磨了镰刀，就扛上挑草专用的扁担，上山割草（打柴火）去了。

6

刘建兴到了工地之后，很快就过了一个星期，责任区的青光岩石地段，经公社爆破专业队放了几次排炮之后，已差不多削平到水渠平面的位置，剩下的工作是在这坚硬的石头上开凿一条面宽 2.8 米、底宽 2.5 米、深 2 米的水渠。按照公社爆破专业队技术人员的意见，为了保证水渠质量，以后爆破作业只能采取小批量炸药爆破的办法进行。按照他们的估计，如果进展顺利的话，大概在腊月底就可以完工，赶在除夕之前回家过年。下午收工之前，队委兼财务陈冬英召集刘军泉和林树汉等人商量了几件事：一是考虑到作业面缩小，人多了不好操作，从明天起，安排几个孩子比较年幼的妇女先行回家；二是还要派人回去运送 100 斤大米来；三是几支钢钎已经磨秃，另有几张锄头已经损坏，需要拿到古渡打铁铺修理。林树汉就提出让他回去运米，顺便看看老母亲，并建议让刘建兴拿工具去古渡修理，他有同学在那里，联系个人也方便。大家都赞同林树汉的建议，事情就定下来了。

第二天早上，天气突然转冷，刘建兴起床后觉得有点凉，就在行李袋中找出那件穿了多年的厚绒卫生衣穿上。刚刚洗漱完毕，就听见五叔公在大声叫大家吃早餐。

吃过早餐，刘建兴和林树汉以及提前回家的 4 名妇女就出发启程。

红岗是位于南江公社西南部最边远的一个大队，也是南江公社连拖拉机路都没有开通的两个大队之一。村民外出推销农产品，全靠肩挑背扛，沿着九曲十三湾的羊肠小道艰难跋涉，直到黄榄根村，才有拖拉机路通往古渡。

刘建兴和林树汉两人分工合作，刘建兴托钢钎，林树汉挑着装有几把锄头的箩筐，4名妇女背着自己的行李，在坎坷不平的山路上一边走，一边东家长、西家短地聊天，走得倒也轻松。

林树汉忽然想起那天谢银梅叫金丽到自己组搭档的事，就问刘建兴："那天谢银梅说要叫金丽到我们组搭档，是跟木火、日荣，还是跟你搭档啊？"

刘建兴说："你问我，我问谁啊？我一直在学校里，怎么知道她指的是谁啊？"虽然刘建兴明明知道那天谢银梅所指的人是谁，但是此时唯有装糊涂。

三嫂木凤说："我知道，你怎么不问我？"

林树汉说："你知道，怎么不早说？"

木凤说："我告诉了你，有人要骂我搬弄是非的，你扛得住啊？"

林树汉说："有什么事，我负责搞定，说吧。"

木凤就说："你想想，在我们生产队，平时金丽的母亲跟谁最要好？"

林树汉想了一下，恍然大悟："啊，我想起来了。真是远在天边，近在眼前！"

刘建兴只是静静地听着他们的议论，始终保持着局外人的姿态。

不知不觉，他们走到了黄榄根村。刘建兴故意放慢了脚步，希望能在村子里见到陈玉乔，可是直到走出村口，也没有看到她，心头不禁掠过一丝淡淡的惆怅。林树汉看见刘建兴放慢了脚步，以为他累了，就要替换他托钢钎，刘建兴就说不用，这点分量算不了什么。

到了古渡街口公路边长途班车上落站，大家就在那里等过往车。刘建兴要赶时间去修理工具，就先到古渡圩打铁铺去了。

今天不逢圩，街上有点冷清，仅有的几家小店几乎没什么客人，而在街上玩耍的人大部分都是放了假无所事事的小学生，有几个已到耄耋之年的老人正坐在自家门前晒太阳，偶尔也有一两只家狗在街上游荡，随处拉稀。刘建兴向一位晒太阳的老大爷打听清楚了打铁铺的位置，说声谢谢后，就直奔打铁铺。

打铁铺内却是另一番景象，两位铁匠正在紧张工作。两位铁匠一老一少，老的上身穿一件白色的已经汗迹斑斑的破旧文化衫，年轻人则穿一件红色的新背心，两人下身都穿着一条"孖烟囱"（牛头短裤），脚上穿着拖鞋，胸前都挂着一片水草席子做的围裙，一直延伸到膝盖下面，以防止打铁时飞溅出来的高温铁屑灼伤。随着那位老者左手在反复地推拉风箱的拉手，那只挑水桶般粗大的手动风箱便把满炉燃烧着的木炭呼吸得哔剥作响，炉膛炽热的艳红的火苗便时高时低地不住往上喷发，火星四溅，热气腾腾。炉台旁边地面放着一小堆损坏的铁制工具，一看就知道是从公社电站建设工地送来修理的。

先后放置在炉膛里的 2 张旧锄头和 2 根钢钎已经烧得通红，这时候，老者左手放开风箱拉手，转而拿了一把铁钳伸进炉膛，紧紧夹住一把烧得通红的锄头，抽出来放在铁砧上面，右手拿一只较小的铁锤，年轻人则双手举起一只大铁锤，你一锤我一锤地轮番敲打那张锄头的刃口，霎时间锤飞臂舞，叮叮当当，很有节奏。

进入打铁铺后，刘建兴很有礼貌地向两人打了招呼，并向他们说明了来意。老者就把那锄头放回炉里，问他是从哪里来的，什么时候来拿货。刘建兴就说是在龙颈工地过来的，因为工程要赶进度，最好能够在今天下午三点钟之前修理好。老者就检查了工具，沉吟了一下，说尽量吧，只是要先付工钱。刘建兴问总共多少钱。老者说，6 把锄头每把 5 角，5 根钢钎每条 3 角，总共是 4 元 5 角，见你这么有礼貌、这么好人士，就优惠你，收你 4 块钱。刘建兴连声道谢，就掏出陈冬英交给他的拾元人民币，抽出一张 5 元的交给老者。老者收了钱，叫年轻人写了一张收据，连同找回的 1 元钱交给刘建兴。刘建兴就问师傅贵姓，老者说免贵姓陈，本地人，并向刘建兴介绍了他的搭档，也就是他的儿子。

离开打铁铺，刘建兴也无心逛街，对于如何打发等待修理工具的几个小时，他的目的很明确，去同学家。他首先想到陈玉乔。虽然只是几天不见，但总觉得好像已经分别了好长时间似的。他觉得与陈玉乔聊天是件最开心不过的事，哪怕是见见面也好。在学校时，虽然几乎天天相见，但碍于学校里人多口杂，他只能尽量克制自己，最大限度地控制自己的感情：一是因为怕只是自己一厢情愿、自作多情，无端的给陈玉乔造成精神压力，影响她学习；二是他已从“腊鸭事件”和陈玉乔被摸的风波得到启发和警示，在男女同学关系方面，自己已经成为了老师和同学们关注的焦点，再往深处想，自己已经站在了风口浪尖上，一不小心就会被狂风巨浪卷走。为防止在男男女女的问题上造成负面影响，不让同学们拿他和陈玉乔说三道四，他不得不以最大的决心和毅力努力克制自己，将自己初恋的萌芽强压在心底深处。然而，现在，学校已经放假了，老天爷也安排了这么好的机会，他觉得如果不抓住这个机会和陈玉乔见见

面、聊聊天，加深彼此的了解，摸清其真实想法，他将极有可能会错失良机，遗憾终生。

决心立定，想去就去。这时，刘建兴正好从古渡供销社门前经过，他下意识地摸了摸口袋，想起来龙颈时自己带了5元钱在身，一直都舍不得花，想到陈玉乔有弟妹在家，无论如何都要买点礼物带去，双腿就不由自主地迈进了供销社。左看看右看看，发觉里面的食品除了饼干就是水果糖，大都是四五毛钱左右1斤，用面粉和大米做的饼干大部分都要票证，可是他身上没带粮票，用木薯淀粉做的杂粮饼又硬得足以让人咬掉牙齿，既不好吃，卖相也差。核桃是2角5分钱1斤，但自己从来没有吃过，不知道味道咋样，况且个头大，买1斤2斤去，邻居们孩子多，1人1只恐怕也不够分，再说吃起来也不方便。想来想去，就叫服务员称了1斤水果糖，付了5角3分钱，刘建兴拿了糖，就去黄榄根村。

黄榄根村是一个只有20多户人家的自然村，也是一个以自然村为单位的生产队。从古渡街到黄榄根村，刘建兴只用了不到20分钟。来到村里，看见一家村民房前的小围墙内，几个老人正围着一堆篝火在取暖，有两个年纪稍大的妇人背后还背着个小孩。

刘建兴上前打过招呼，就自行打开围墙小门，来到老人们身边打听陈玉乔住在哪里。大家便不约而同地打量着他，随后又把目光投向最靠近刘建兴身边的那位背着小孩的老妇人。

有一位热心的老人就微微抬了抬头，向着那位背小孩的老妇人方向蠕动了一下嘴唇，说："你问她伯娘吧，她知道。"

那位背小孩的老人仔细打量了一下刘建兴，见这年轻人个子不太高，满头黑发，脸膛皮肤稍微有点黑，五官端正，面相和善，样子也讨人喜欢，估计是个诚实人。就问："你是什么人？来找玉乔有什么事情？"

刘建兴回答："我是玉乔的同学，来龙颈挖水渠。其实也没有什么要紧的事，只是在这里路过，顺便看看同学。"

老人说："哦，原来你是来建设水电站的。你来得不巧，她不在家。"

刘建兴问："伯娘，你知道她去了哪儿、几时回来？"

老人说："听说她外婆病了，去看望外婆，估计今天不会回来了。"

刘建兴有点失落，说："真是来得不巧！"

老人说："是呀，早不来，迟不来，偏偏她不在家时你就来。要不你过两天再来吧，反正，龙颈村离这里也不远。"

刘建兴说："好吧，那我就改日再来。谢谢伯娘，谢谢各位阿伯、阿婆。"

刘建兴说着，就把那包水果糖拆开，分给在场的各位老人每人一小把，剩下的全给了玉乔的伯娘，然后就离开黄榄根村。

7

离开黄榄根村后，刘建兴满腹惆怅，非常失望，正是乘兴而来，失落而归。走到旧铺寨村口，刘建兴犹豫了一下，他知道洪月倩就在住这个寨子里，要不要去找她聊聊天呢？去吧，此刻他又毫无去同学家的心情和念头。一来，满心欢喜来到了陈玉乔的家门口，本来可以见到自己一直在迷恋的心上人，结果扑了个空，即使现在有人请他吃龙肉，他都会觉得索然无味；二是现在已到了吃午饭的时间，自己与洪月倩只是普通同学，这时候去她家，大有蹭饭吃的感觉，况且，还会打搅人家，影响人家的工作。但是，他继而又想，自己大老远来到，已经到了她的家门口，近在咫尺，不去看看，即使从普通同学的角度来说，似乎也说不过去。刘建兴在村口徘徊了一阵子，最后，还是决定不去打搅她，直接从村边的拖拉机路赶回古渡街。

在山里待了几天，每天都是开门见山，已经有一个星期没有看见江河了，刘建兴就想去河边看看。到了街上，就径直往南江走去。来到古渡渡口，刘建兴来时堆放在码头两边的几大堆干稻草已全部搬运走。码头水边只有两艘小舢板停靠在那里，其中一艘是连接一河两岸的交通船，船尾盖着用竹叶做的简陋雨棚，另一艘大概是街村某居民的渔船，船头挂着一张尼龙线编织的"矮子网"，一位看上去年纪比自己大好几年的男子大概刚刚打鱼回来，正用一把小网兜把生水仓里的鱼捞到装鱼专用的竹篓里。

刘建兴上前打招呼，那男子就客气地回敬，问有何贵干。刘建兴说想看看他的鱼，男子就叫上船，刘建兴轻轻一跳就站在了船头上。男子说，看来你也是在江边长大的，刘建兴就自报家门，男子也爽快地说自己叫黎梓勇。这时，生水仓里的鱼已经全部捞了上来，刘建兴拿过来认真看了看，大部分都是三四个手指宽的鲮鱼、红眼鳟鱼，还有几条笋壳鱼和缆刀鱼，此外，还有一条两斤重左右的白河鳝，估计总共有八九斤。

黎梓勇问："刘兄弟是不是想买鱼？"

刘建兴想到大家几天都是咸鱼青菜下饭，想改善一下伙食，就问："多少钱1斤？"

黎梓勇说："你要的话，连同这条河鳝，算你6角钱一斤。"

刘建兴就说："全部买下，5角钱5分钱1斤怎么样。"

黎梓勇不假思索，爽快地说："好，见你这么有诚意，我们就交个朋友，成交。"说着，就从船头仓拿出一把杆秤把鱼称了。

黎梓勇说："带鱼篓总共9斤6两，扣除半斤鱼篓，刚好9斤1两，就按照9斤来计算吧，应该是4元9角5分，就收你4元9角，怎么样，够朋友了吧？"

刘建兴一边付钱，一边说："够朋友了，谢谢您！勇哥。对了，你给我拿什么来装。"

黎梓勇说："用不着装，用竹篾穿鱼头便可。"

刘建兴说："这样穿不好，等我拿回工地，鱼头都掉了。"

黎梓勇说："那就回我家，找个东西给你装上。"

于是，刘建兴就随黎梓勇到了街上，原来，黎梓勇的家就在打铁铺附近，只相隔几间房子。

黎梓勇家里，有一年轻妇女正在前厅靠门口的位置斩榄核，见到丈夫带着刘建兴到来，就客气地打招呼，并张罗着斟茶。

黎梓勇介绍说："这是我老婆，这是小刘，来买鱼的。"说着，就把鱼篓放在地上。刘建兴也有礼貌地说："嫂子好。"妇人也很有礼貌地做了回应。

黎梓勇进了里面找装鱼的器皿，刘建兴就和女主人闲聊，谈话得知，黎梓勇是古渡街的居民，父亲是古渡邮电所的职工，前年退休后，已经和老夫人回南海老家大儿子那里安度晚年。黎梓勇是老二，在连滩中学高中毕业那年，刚好遇上"文化大革命"，大学停止了招生，就在家待了几年。父亲退休后，顶了老父亲的职出来工作。由于自幼跟父母在一起生活，早已习惯了这里的生活，加上妻子是本地人，黎梓勇也不想回南海，就在这里落籍。打渔是他的业余爱好，同时也可以帮补点家用，刚好今天休息，他一早就出去打渔。

黎梓勇从里屋出来，手里拿着 1 只旧纸皮箱，把鱼装进去，又拿来一条小麻绳把纸箱捆绑好。刘建兴就说要走。

黎梓勇说："急什么，看你样子还没有吃午饭，我老婆刚煮熟了一锅番薯，如果不嫌弃，请吃了番薯再回去。"说着，就叫妻子去厨房端番薯出来。

刘建兴说："这怎么好意思呢，现在已经打搅你了。"

黎梓勇说："你别不好意思，假如我到了你家，你都会叫我吃吧。"

刘建兴说："那倒是。"

黎梓勇说："这不就对了吗，一回生，两回熟嘛！别客气了。"

刘建兴说："那就恭敬不如从命。"

这时，黎梓勇妻子已从厨房端着番薯出来了，3 人就一起用餐。

临走的时候，刘建兴还不忘叫黎梓勇手写了一张收据，并热情邀请黎梓勇夫妇以后有空去下水，到他家做客，黎梓勇夫妇表示感谢，说有机会一定去。

第 11 章

1

刘建兴离开黎梓勇家，才 12 点刚过，就到打铁铺看看工具是否已经修理好。打铁师傅父子两人正好吃午饭。师傅就说，工具修好了，可以拿回去了。刘建兴把还留有余热的钢钎、铁锄连同装鱼的纸箱一并捆绑好，谢过师傅父子，就踏上了归途。

到了旧铺寨那天与刘军泉休息的地方，恰逢陈少雯领着一个小孩从村里走出来，刘建兴认得出，就是那天在树上向他们撒尿的孩子。陈少雯见到刘建兴，既有点意外，也有点奋兴。

陈少雯问："刘建兴，怎么会在这里见到你?"

刘建兴只知道陈少雯是古渡的人，并不知道她家就在旧铺寨，就问："少雯同学，你家是在旧铺寨的吗?"

陈少雯说："是呀，就在后面不远，进了村之后往左边走，第 3 座房子就是我家。呢，这是我弟弟。小强，这是姐的同学，快叫兴哥。"小强也不怕羞，就叫了兴哥。

刘建兴就说："我是来红岗水电站挖水渠的，已经一个星期了，今天是拿损坏的工具去古渡街修理的，现在正要回工地去。你现在要去哪里?"

陈少雯说："我带弟弟去古渡卫生院拿点药。这只调皮鬼老爬树，昨天从树上跌了下来。"

刘建兴做梦都没有想到，那天刘军泉给钱买糖果的小孩，居然就是自己同学的弟弟。就问那小孩："小强，告诉大哥哥，现在还疼不疼?"

小强顽强地说："不疼!"

陈少雯说：“还不疼呢，昨天刚跌下来时，哭了老半天。”

刘建兴说：“有没有伤着筋骨?”

陈少雯说：“好在没伤着筋骨，只是右胳膊有点淤血肿胀。医生给开了一瓶跌打酒让他擦，还说，为了保险起见，必须吃几天药化解积血，消消肿。”

刘建兴说：“没有伤着筋骨就好。小强，记着，以后要听话，不要爬树，爬树很危险的，明白吗?”

小强乖乖地点点头。

刘建兴说：“陈少雯，你带小强去看医生吧，我先回工地去了。”

陈少雯说：“急什么！先去我家吃了午饭再回去也不迟。”

刘建兴说：“不影响你带弟弟去看医生了。”

陈少雯说：“我弟弟迟点去看医生也没事的。再说，洪月倩已经收工回家了，顺便也去他们那里打个招呼，转一转。”

刘建兴说：“可是，社员们还等着我拿工具回去做工呢。”

陈少雯就说：“做工也不差这点时间呀。”

刘建兴说：“眼看就要过年了，还是抓紧时间，早点回去好。下次吧，这回我真的不去打搅你们了。”

话已至此，陈少雯就不勉强，说：“既然这样，那就算了。”

接着，陈少雯又问刘建兴有没有见过陈玉乔，刘建兴说，没见过。陈少雯说，既然来到这里这么近，找个机会去看看她吧。刘建兴说，好的，谢谢你！

就这样，刘建兴匆匆和陈少雯分了手。

其实，陈少雯真的很想刘建兴能够到她家里去坐一会，喝杯茶，聊聊天，叙叙同学情，这样，至少在自己心灵的天平上，多多少少可以弥补自己过去误会刘建兴的过错。可惜，刘建兴对此却懵然不知，以至于辜负了陈少雯的一片心意，让陈少雯觉得有些遗憾。

就在刘建兴去了古渡的当天，刘军泉建议把作业队人员分成两部分，青壮男劳力清理石块，女人和年纪较大的男人在以泥土为主那边的责任区开挖水渠。接近中午，昨天炸松的石块已经清理完毕，大家也疲劳不堪，就提前收工回去吃午饭。

刘建兴回到龙颈村时，大家已经吃过午饭，刚刚休息过，正要出发去工地。看到刘建兴回来，就放下工具。

陈冬英说：“刘建兴带工具回来了，大家稍等一下再出发吧。”

谢银梅见到刘建兴还带了一个纸箱，就问：“里面装的是什么东西？”

刘建兴就卖了个关子：“你猜猜。”

谢银梅故作恼怒，出其不意的在他的肩膀上擂了一拳：“猜什么猜，要开工了，快打开看看吧。”

刘建兴说：“你自己打开吧，我要去方便。”

谢银梅就说：“真是懒人多屎尿！金丽，你快过来帮忙。”金丽不肯过来，谢银梅就过去拉她，金丽脸红红地走了过来。

李金丽说：“你自己打开不就行了，干吗还要拉上我？”

谢银梅说：“我叫你看看建兴哥带回来什么好东西。”于是谢银梅就和金丽打开纸箱。

谢银梅大声告诉大家：“好消息，今晚我们有鱼吃了。”

刘军泉说：“吃鱼好啊，我们已经好久没有吃过新鲜鱼了。”

刘日荣说：“还是建兴想得周到，买回来这么多鱼，今晚大家有口福了。”

刘建兴说：“不是想得周到，而是碰得巧。我把工具交给打铁铺的师傅以后，觉得闲着没事干，就到河边溜达看风景，刚好看见有艘渔船靠岸，就下去问有没有鱼买。”

陈冬英就说：“五叔公，下午你就不要去工地了，煎鱼费工夫，就在家做饭吧。”

五叔公说：“好吧，免得我跑来跑去。”

原先，作业队是安排林树汉做饭的，原则上是下午先到工地做工，4 点钟回来做饭的。今天林树汉回去运米，就由五叔公顶替做饭。

趁大家还没有出发，刘建兴就把修理工具及买鱼的收据和剩下的钱交还给陈冬英。

刘建兴说：“冬英姐，买鱼的事我是先斩后奏，你不会有意见吧？”

陈冬英就说：“买鱼好啊，有什么意见！大家这么辛苦，加点菜，让大家增加点营养，高兴高兴，我们还得感谢你呢。再说，按照规定的标准，我们的伙食费还有结余，你放心好了。”

刘建兴说：“要是这样，我就放心了！”

2

刘建兴回来后并没有休息，随即又和大家一起去了工地。刘建兴看到，昨天下午炸开的石块清理完毕之后，已经平了水渠平面的位置，泥土一段已经挖出了水渠的雏形。为了尽快打通岩石段的渠道，作业队把主要劳动力投了进去，青壮男劳力两人使用一支钢钎打炮眼，轮流操作，加快进度。根据公社爆破专业队技术人员的意见，他们决定采取浅炮眼与小批量炸药爆破相结合的办法进行。

为了做到既确保工程的进度，又确保水渠的质量，将爆破效果发挥到最好，刘军泉全面衡量了工作面岩石地段的长度和计划开凿水渠的宽度，综合考虑需要开凿的面积和岩石的硬软度等因素，确定一轮爆破需要打多少个炮眼，然后找了一小块黄颜色的粉石，在岩石上面一一画上了打凿炮眼的具体位置。

画完了炮眼的记号之后，刘军泉告诉大家："刚才，我已经画上了打凿炮眼的具体位置，各组按照炮眼的记号下钢钎，深度在 8 公分至 1 米的幅度即可，太深了，炸药太少，起不了作用，太浅了，又容易把石头炸飞，不但危险，还浪费炸药；打炮眼是一项技术性和劳动强度要求都比较高的工作，大家既要细心，也要耐心，要有毅力，不能操之过急，同时，也要讲究方法。往日，有的伙计不太讲究方法，全凭一股牛劲蛮干，结果不仅效果不理想，还容易损坏钢钎。"

谢银梅就问："怎样讲究方法？"

刘军泉从刘建兴手上拿过钢钎，一边做示范，一边说："正确的方法是，下钢钎时，用力要均匀，要用臂力，冲一下，拉起来，稍微转一下，让钢钎的刃口换一个角位，再冲，再转，不要让钢钎的刃口老在一个地方，另外，还要适当灌点水，这样，不仅能够使钢钎发挥出最大的效能，还可以给钢钎降温，延长寿命。大家明白了吗？"

大家说："明白了。"

刘军泉说："明白了就开工。"

接下来，5 组 10 个人就分散开来进行工作，刘建兴与刘军泉搭档。这时候，下水 1 队的队长九叔走了过来，他们的责任地段与 2 队的交界，也有近 20 米的岩石层，但进度却远远落在了 2 队的后面。九叔过来是邀请刘军泉过去指导他们打凿炮眼的工作，刘军泉欣然答应，就随九叔去了1队。于是，刘建兴就邀请谢银梅与自己搭档。众人按照刘军泉教授的方法操作，果然得心应手。待刘军泉指导了1队的人之后回来，各组已经打进了一根手指深的炮眼。

连续工作了大概两个小时，大家都有点累了。陈冬英就提议大家休息，大家纷纷聚集在青光石作业面那边。男男女女集中在一起，免不了讲讲笑话，讲些有趣味的故事，或者老一辈的经历。作业队里德高望重的要算谢朝恩了，是谢银梅的晚叔，讲话头头是道，讲故事也好听，就是带点“咸味”，平常日荣最喜欢听他讲故事。

日荣说：“我有个好提议，请朝恩叔讲个故事，大家说好不好?”

大家都一齐回应：“好!”

朝恩叔也不推辞，就习惯性地干咳嗽了两下，意味着故事就要开讲——

“从前，有一个惯偷，习惯半夜作案。他偷的东西很杂，从钱币、首饰、金银珠宝、粮食，到值钱的家什，都有可能成为他的囊中之物。有一天晚上，小偷光顾的是一对年轻的夫妇家，他徒手攀上了厨房屋顶，小心翼翼地揭开了瓦面，双手撑住桁条格子，先把下身探进了里面，然后整个人都溜下了灶台。此时，惯偷正思量着该从何处下手偷东西，忽然，听到屋里有男人在叫‘射啦，射啦，快射啦!’的声音。那小偷做贼心虚，听到有人叫射，心想，糟了，让人给发现了，一定是要拿弓箭射自己。三十六计，走为上计。于是顺手在灶台上拿了一口铁锅护着后背，迅速离开厨房，打开大门，飞快地往外边跑去。小偷一边跑，一边还听到箭头撞击铁锅发出的声音，叮叮当当。心想，幸亏自己急中生智，顺手拿了个铁锅护身，不然恐怕就乱箭穿身、性命难保了。其实，那惯偷只是虚惊一场，自己吓坏自己罢了。他万万没有想到，那金属声竟是自己身上挂着那串钥匙晃动碰撞铁锅发出的声音，那男人叫快射，原来是那对夫妇正在‘耍花枪’。碰巧那晚女主人尿急向老公诈（撒）娇，要老公抱她小便，时间长了便催促老婆快点尿尿。正所谓歪打正着，那对夫妇的一次调情，竟无意间吓退了这个惯偷，既加深了夫妻的恩爱之情，又免受了家庭财产损失，可谓一举两得。大家说，那个丈夫出点力抱老婆尿尿，值得不值得?”

“值得!”日荣等人大声回答，也有几个人拍手称快。

这故事刘建兴小的时候也听父亲讲过，觉得故事还不错，只是有点低级趣味。于是提议谢银梅唱首歌给大家听。谢银梅就打蛇跟棍上，要刘建兴和金丽两人合唱一首。金丽没想到谢银梅又拿她开玩笑，满脸绯红，就捶了她一下："想唱你就跟他唱，别扯上我，我不会唱。"说着，就用双手捂住那张涨红得要发烧的脸蛋。

陈冬英就坐在谢银梅的旁边，为了帮金丽解围，就提议谢银梅先唱，然后再由刘建兴唱。

谢银梅于是站起说："我为大家送上电影《我们村里的年轻人》插曲《幸福不会从天降》，希望大家喜欢——'樱桃好吃树难栽，不下功夫花不开，幸福不会从天降，社会主义等不来。莫说我们的家乡苦，夜明宝珠土里埋，只要汗水勤灌溉，幸福的花儿遍地开。只要汗水勤灌溉，幸福的花儿遍地开。'"

谢银梅的歌声虽然不算优美，但却中气十足，在这荒山深沟里尤其响亮，吸引了附近生产队的人也过来凑热闹。

唱完了电影插曲，谢银梅就催促刘建兴唱。

刘建兴说："歌我就不唱了，也讲个故事让大家开开心吧。在场的人可能大部分都听人说过，称呼那些糊里糊涂的人是'二百五'，甚至刚才还有人说日荣是个'二百五'，大家有没有人知道'二百五'的由来？没有吧。那我就给大家讲讲。传说战国时期，有一个非常聪明的人叫苏秦，他身挂 6 国相印，还是几朝元老。后来，不知道苏秦得罪了什么人，惨遭杀身之祸。齐王知道消息后，非常震怒，决心要严惩凶手。他想出了一条妙计，公开寻找杀害苏秦的凶手。他吩咐手下割下苏秦的头颅悬挂在齐国的城墙上，并张贴皇榜，宣称苏秦是齐国的大内奸，其罪当诛杀。壮士杀了他是为齐国除了一大害，立了大功，现在皇上决定对诛杀苏秦的壮士重赏黄金一千两，请壮士前来领赏。很快就有 4 个人前来声称自己是诛杀苏秦的人，要求赐赏。齐王亲自召见了这 4 个人。齐王问：'你们 4 个人真的是诛杀苏秦的勇士吗？' 4 个人异口同声地回答：'是的，王上！'齐王大笑，说：'好，够勇敢！现在我就赏一千两黄金给你们分，每人应该分得多少？''每人二百五。' 4 个人齐声答道。齐王就叫这 4 人走上前领赏，4 个人不知个中就里，欢天喜地，兴奋不已，一齐走到齐王面前领赏。谁知道齐王突然脸色大变，拍案怒喝：'你们 4 个混蛋就是杀害苏秦的凶手，你们的死期到了。来人，给我把这 4 个人拿下，推出去斩首，为苏秦偿命'，顷刻间，这四个人就成了刀下鬼。后来，人们就把那些傻头傻脑、糊里糊涂的人称之为‘二百五’了。”

故事讲毕，大家就议论了一阵，说不知道那几个人是不是真凶，糊里糊涂就丧了命。正是应了“人为财死，鸟为食亡”那句老话，贪念就是最大的祸害。这时，陈冬英估计休息的时间也差不多了，就宣布继续开工，大家就各就各位，继续劳作。

3

当天收工的时候，刘木火跟刘军泉和刘建兴说，刚才去大解，发现工地上方山咀那棵大乌榄树上，有一窝特大的马蜂，足有一个小箩筐那么大。

刘军泉说：“现在冬天了，按理，马蜂应该离巢越冬了，怎么还会有马蜂呢？不会是空巢吧？”木火说：“不是空巢，我看得清清楚楚，有好多马蜂进出。”

谢银梅说：“也许会有例外呢，那地方向阳，比较温暖，适合他们越冬。”

刘军泉说：“那就去看看。”

男人们听说发现了一窝大马蜂，都想去看个究竟，他们把工具交给了女人们带回去，就跟随木火来到山咀，也就是虾狗山山咀最突出的地段，那里有大大小小十几颗乌榄树。果然，在那棵树干像杉桠菜篮子（用杉树枝编织的篮子）般粗大的乌榄树上，一个椭圆形的泥色马蜂窝挂在主干中上部附近的树杈上，估计有三四十斤重。从主树干附近往上看，外出觅食的马蜂飞进飞出，一片繁忙，但从树冠外面看，如果不是很细心，就很难发现其中的秘密。

刘军泉仔细观察了马蜂窝及周边的环境，说：“现在是月黑天，正值蜂蛹将要变幼蜂的时段，这么大的蜂窝，又有这么多母蜂外出觅食，估计至少也有六七斤蜂蛹，我们今晚就来端了它。现在立即回去准备。”

于是，大家就立即下山。

途中，刘建兴问：“军泉哥，我们用什么办法端它，用烟火攻还是用开水烫？”

刘军泉说：“不用烟火，也不用开水，用被袋。”

刘建兴又问：“用被袋？行吗？”

刘军泉回答：“行不行，今晚你就知道。”

回到住地，夜幕将要降临。女人们还在等着他们吃饭。

大家囫囵吞枣地吃过晚饭，就准备行当。刘军泉吩咐刘建兴找几条麻绳和一根长竹竿，然后爬上楼棚，把装有衣物的草绿色被袋腾了出来，又拿了当兵时用的背包绳，一把小刀，下来之后，顺手把供上下楼棚的木梯拿了出来，又问谁有三节电池的手电筒，刘日荣说他有。刘军泉又说，有手电筒的多带两支去。一切准备妥当，刘军泉就给大家分了工。

刘军泉说："为了确保行动顺利，下面我给大家分分工：我本人负责摘马蜂窝，刘建兴当我的助手，配合摘马蜂窝；刘木火负责在第一层大树杈上接应，刘日荣在地面负责稳住竹竿，以防出现意外遭到马蜂袭击时，我和刘建兴能够迅速从竹竿上下滑撤退。"

谢银梅和金丽没有听到刘军泉给她俩分工，就问："我们做什么?"

刘军泉说："你们女孩子就不要去了。"

谢银梅说："我们女孩子怎么啦? 女孩子也能够帮上忙。"

李金丽也说："是呀，让我们去看看也好。"

刘军泉说："既然你们一定要去，那就帮忙扶梯子吧。"

谢银梅和金丽就说："好的，多谢军泉哥!"

出发前，陈冬英对大家说："夜茫茫的，又要爬上这么高的树，你们一定要注意安全，能够摘到最好，如果难度确实太大，就不要勉强。"

刘军泉说："放心吧，我保证，今晚一定会马到功成!"

这时候，天渐渐暗了下来了，刘军泉就叫大家出发。

走到半路，天已经完全黑了，大家便打着手电筒，沿着白天走过的路径来到了乌榄树下，架好木梯，搭好竹竿。刘军泉就叫大家把手电筒关掉，不要大声嚷嚷，并吩咐刘建兴等他割离马蜂窝的时候，立即拉住棉被袋口的绳子，收紧袋口，以防马蜂跑出来。说完，就用一块用红布包住手电筒的玻璃片，拿上棉被袋，第一个爬上了乌榄树，刘建兴随后，两人直攀到了马蜂窝旁边，在一条饭碗粗的树丫上站稳。刘木火就在木梯顶部旁边的大树杈上接应，刘日荣、谢银梅和金丽等人就在树下负责扶稳梯子和竹竿。此时，四周一片漆黑，伸手不见五指，马蜂已经全部归巢。树上树下的人都在等待着激动人心时刻的到来。刘军泉用背包带圈住身边一根粗壮的树枝，然后用另一头将自己的身体绑住，打了一个活结，稳住自己的身体，小声对刘建兴说开始，然后就用嘴吧咬住手电筒尾部，双手由下而上迅速将被袋套住马蜂窝，紧接着就从口袋里掏出一把锋利的小刀，一边在树枝与蜂窝粘连处左右开弓用力划了两刀，一边叫刘建兴快速收紧袋口，自己就用力抓住袋子，干脆利落地把蜂窝拿下。然后叫刘建兴先退到第二层的树杈上，自己解开了背包带，把被袋口牢牢捆住，再慢慢地将蜂窝下放到第二层的树杈，刘建兴接过蜂窝，又把它下放给木火，木火最后把蜂窝放到地面。刘日荣、谢银梅和李金丽就打开手电筒，迎接刘军泉他们下来。大家喜不自胜，纷纷掂量马蜂窝究竟有多重，估计有多少蜂蛹。热闹了一阵，刘军泉就叫大家收拾好家伙回住地。

“捉蜂队”得胜归来，大家兴高采烈，没去现场的人便问长问短。

五叔公走过来，掂了掂那蜂窝，说：“这么重的蜂窝，估计至少有 6 斤以上的蜂蛹。”

林树汉问：“有没有人被黄（马）蜂蜇过?”

刘军泉说：“所有人都毫发无损。事情办得干脆利落。”

朝恩叔也啧啧称赞：“军泉当过几年兵就是不一样。胆大心细，有办法，能吃苦，是个人才。”

等到大家该问的都问了，该说的也都说了，刘军泉就叫刘建兴拿了一张尼龙薄膜将装着蜂窝的棉被袋密封好并挂在房屋桁条的铁挂钩上，说是要把那些成年马蜂闷死，明早才好取蜂蛹，同时防备夜里老鼠偷吃蜂蛹。

4

不经不觉就已经到了农历腊月二十二，也就是公元 1972 年 2 月 6 日上午，下水 2 队责任区开挖的水渠全面完工，经过水电站技术验收小组检验，工程完全符合标准，顺利通过了验收，并办好了完工手续。明天就能够回到家里过小年夜，全体社员都显得格外兴奋。

吃过午饭，陈冬英叫来林树汉、刘军泉和谢银梅几个人，把一个多月来开支的账目进行了核算，结果，按照公社统一规定的每人每天 3 角钱菜金的伙食标准（大米由生产队提供），总共还有将近 15 元的伙食结余。大家决定晚上加菜庆祝。同时决定，预留了晚上和明天早餐的大米之后，将剩余近 30 斤大米，送给彭姓旧屋的至亲作为借宿的报答。

下午无事，年纪较大的社员就在住地休息，整理自己的行李，五叔公、朝恩叔就在屋里下棋，陈冬英叫上林树汉和另外一位社员到村子里买鸡鸭和青菜，准备晚上加菜；刘军泉、刘建兴、刘木火、刘日荣、谢银梅、李金丽、李月芳等一班精力旺盛的年轻人，大部分都没有去过红岗，就相约到红岗游玩，顺便看看山里的自然风光，彻底放松一下。

刘军泉他们离开村子以后，就踏上了古渡通往红岗村的羊肠小路。从龙颈村到红岗大队全部都是山间小路，大部分路段都是沿着红岗河边走，他们就朝着逆水方向行进。

久旱无雨，天高云淡，河溪水流量明显减少，大部分河床只剩一线小溪，溪水清澈，可以看得见一两群一两只手指宽的山鲩鱼和体型跟缝衣针般大小的白眼鱼仔在自由自在地游动；一群生蛋母鸭在一只公鸭的带领下，正悠闲地沿着河溪觅食；大大小小的以浅黄或者泥色为主色调的鹅卵石以及亚金色的河沙在冬日和煦的阳光照耀下，变得格外耀眼；溪流两岸，杂草丛生，偶尔有几棵撑着繁茂枝叶的葡芦树或者水瓮树，尽管被溪水冲刷得根茎裸露，却也生机勃勃，历经山洪磨难仍在不屈不挠地坚守着保护河岸的神圣职责。在葡芦树旁边，等距树立着一排用杂树原木和竹竿搭架起来的 5 个标语牌，上面用大红油漆书写着“农业学大寨”5 个宋体美术字，每个字都有 3 平方米见方，显得分外醒目。

离村不远，一条小河坝挡住了红岗河，形成了一段宽十七八米的平缓河床。据村民们讲，该坝是 50 年代后期大跃进时期建设的，坝体用青光石和红毛泥（水泥）浆砌而成，坝宽约 1 米，上游河床水面离河坝顶部约 1.5 米，是古代城墙城垛式结构，总共 9 个石垛，中间空隙为导水位，8 条 1 米宽的小瀑布倾斜而下，在下河床飞溅起无数的浪花。对岸，一条羊肠小路斜挂在河坝与远处不高的两个山峰的低洼处。

刘军泉说：“从对岸小路翻过山咀，再走半个小时山路就到神洞村。当兵之前，我和朋友曾经去过那村庄。神洞实际上是红岗大队辖区位于群山之中的一个小盆地，村里大概有 30 来户人家，有百多亩田地，林木资源丰富，山清水秀，可谓人间仙境。”

刘建兴说：“我有个高中同学是神洞村人，姓陈。”

李金丽问："那你为什么不去神洞村看看同学？"

刘建兴说："大家分开才几天，何必呢！"

谢银梅一本正经地说："我有个好提议。"

李月芳问："什么好提议？"

谢银梅说："我们分作两路，金丽陪建兴去神洞看同学，其余人的去红岗村，好不好？"

刘军泉、刘木火、刘日荣和李月芳都说好，李金丽却表示反对："我不去，要去你陪他去。"

谢银梅说："刚才你不是问刘建兴为什么不去神洞村看同学么？"

李金丽说："我是问他为什么不去，但是并不代表我就想去。"

刘建兴说："谢银梅是想陪军泉哥，支开我们吧？不如倒过来，谢银梅陪军泉哥去神洞村，其余的人去红岗村。"

李金丽表示支持："对，就这样。"

刘军泉说："无缘无故，怎么又扯到了我的头上？"

谢银梅说："是呀，建兴。人家有心帮你，你却倒打一耙。再说，山长水远，一场来到，探探同学也应该呀。"

李金丽说："人家都不想去，你操什么心？"

刘建兴说："这叫'黄帝不急太监急'。谢银梅，我说得对吗？"

谢银梅说："好吧，既然你们都不想去，那就算我枉做好人。我们大家一起走吧。"

于是，大家就按照预定目标，加快了脚步去红岗村。

谢银梅和刘建兴自小就很要好，又是小学和初中的同学。自小学高年级起到初中毕业，每逢星期天，他俩常常一起去山里摘野果、打柴割草，一起读小说，一起讨论小说的故事和人物，一齐为小说中人物的不同际遇和命运喜怒哀乐，或扼腕叹息，或拍手称快，可谓志趣相同，无所不谈，以至于村里有人还以为他们两人在拍拖。初中毕业后，谢银梅没能考上高中，回生产队参加劳动。其实，谢银梅自己心里也很清楚，她和刘建兴只能作为很要好的知心朋友，绝不可能成为生活中的伴侣，而金丽和刘建兴才是匹配的一对，郎才女貌，有夫妻相。所以，只要当她与刘建兴和金丽在一起，她都要找机会拉近两人的关系。对于这一点，刘建兴和金丽心里也很清楚，但刘建兴和金丽的心境却各有不同。金丽在内心上虽然喜欢刘建兴，但在外表上却往往表现出一副拒之门外的状态。刘建兴虽然觉得金丽人也很不错，但和陈玉乔相比，一个小学毕业生，一个高中将要毕业的高材生，无论从相貌仪态气质性格还是智慧学识体魄方面，陈玉乔都要比金丽强。尤其是自进入高中二年级以来，从外表看来，心绪似乎还十分平静的他，其实内心早已被对陈玉乔的单相思折磨得苦不堪言。好在，刘建兴是属于自我控制能力比较强的人，才不至于陷入爱情的泥潭里不能自拔、走火入魔。

他们谈笑风生，一边走，一边天南地北地闲聊。

谢银梅是个不甘寂寞的女子，开过了玩笑，又把话题扯到了她最近看过的长篇小说《艳阳天》上来，说肖长春的正派，说焦淑红的聪敏，说他们两人都是她心目中的偶像，理应成为理想的革命伴侣，在建设社会主义新农村中发挥更大的作用。

谢银梅说："听说《艳阳天》的作者只有小学文化程度，是靠勤奋自学成才的农民作家。能够写出这么高水平的长篇小说真是不简单。"

刘建兴说："这部小说我也看过，作品通过京郊东山坞农业生产合作社麦收前后发生的一系列矛盾冲突，全景式描绘出我国农业合作化时期蓬勃壮阔的农村生活画卷，成功塑造了一批农村各阶层人物的形象，尤其是农民的群像，深刻地刻画了他们的精神面貌和思想品格，坚信'只有社会主义才能够救中国'，坚信社会主义永远是中国广大人民群众的'艳阳天'，对我们的党和社会主义进行了热情的讴歌和由衷的赞美。正如一些文学评论家所评价的那样，《艳阳天》不失为一部反映社会主义建设时期北京郊区农民生活的长篇巨著，也是描写中国当代农村题材的最成功的长篇小说之一，是政治与文学、理想与现实、艺术真实与生活真实高度融合的优秀文学作品。我个人还认为，《艳阳天》是当代中国农村题材文学作品的光辉典范，《艳阳天》的创作出版，在当代中国文学史上具有里程碑的意义，并将载入中国文学的永久史册。作者浩然原本只有小学文化，完全靠自学成才，凭着对农村生活的深入观察和丰富的生活积累，以及对文学的执着追求，一发而不可收，洋洋洒洒地写出了长达100多万字的长篇巨著，可见作者才气横溢，对文字驾驭能力和构思作品能力的超常，政治思想的异常活跃和政治触觉的异常敏锐，其写作过程又是何等的艰难、坚毅和执着，真是无法想象！"

谢银梅说："听你评价作品头头是道，对作者也很了解。那么，对作品中的主要人物你有何评价？"

刘建兴说："我以对比的方法与你说吧。如果将小说中的人物与我们村的人对号入座的话，刘军泉就是肖长春，你谢银梅就是焦淑红。"

谢银梅问："何以见得？"

刘建兴说："从经历来讲，刘军泉和肖长春都是经过部队锻炼的复退军人，共产党员，有胆识，有能力，有远见，足智多谋，办事公正，在群众中很有威信，有号召力，是当代农民的杰出代表；你和焦淑红呢，是回村务农的小知识分子，性格活泼开朗，聪明能干，善解人意，善于做群众工作，人也漂亮，是农民信赖的农村青年代表。"

谢银梅问："那，你呢？你是谁？你是马立本吗？"

刘建兴说："我怎么会是马立本呢？"

谢银梅又问："你自己说说，你是谁？"

刘建兴说："让我说我自己，我也说不清楚。"

谢银梅说："这就奇了怪了，有嘴品评人家，却不会评价自己，这不是你刘建兴的水平。"

刘建兴说："随你怎么说吧，反正我不会评价自己。"

这时，轮到金丽有话题说了："你们两个只顾自己说话，把我们都当木头。要这样的话，你们俩应该去神洞才合适。"

谢银梅说："怎么样？刚才让我说对了吧，我和刘建兴多说了几句话，就有人要妒忌了。"

李金丽说："现在是谁妒忌谁呀？我是说，你只顾和人说话，就不怕把你军泉哥冷落了吗？"

谢银梅说："真想不到，我们的金丽小姐竟然也越来越会说话了。"

刘军泉说："是呀，我也觉得，自从刘建兴来到工地之后，金丽越来越喜欢说话了。"

这次，李金丽不再脸红了，她说："现在，连军泉哥都在帮着谢银梅说话了。难怪刘建兴说，刘军泉就是肖长春，你谢银梅就是焦淑红。"

刘军泉说："什么肖长春，焦淑红，小说的东西你也信？谢银梅也是，你以为现实生活中真的有肖长春和焦淑红吗？"

李金丽说："军泉哥说的对，只有你们才会相信小说里写的事情。"

刘建兴说："这你就不懂了，流水账与文学作品的区别，就是流水账是有什么就写什么，不加取舍，保持原貌，而文学作品则源于生活，高于生活，作者按照自己的意图，将众多的生活原型和生活素材提炼加工，概括升华，创作出更为理想的人物和故事来教育人、感化人、鼓舞人。"

谢银梅说："对，建兴说的在理。"

李金丽说："说来说去，还不是子虚乌有、生编硬造出来的东西！"

刘建兴说："既然你坚持这样认为，那也没有办法。不说这话题了，说了也是白说！"

众人一时无语，只顾低头走路。大约走了将近一个钟头，他们就来到了红岗村。

红岗村虽说是红岗大队部所在地，但由于地处偏僻，交通不便，人口不多，几乎跟普通的自然村差不多，除了大队部、一间供销社和一间小学之外，其余都是普通农民的泥砖瓦房。刘建兴他们在那里转了一圈，没有见到一个熟人，成年人都到水利工地或者参加生产队劳动去了，村里只剩下丧失了劳动能力的老人和孩子。大家在供销社的两张排椅上坐了一会，刘军泉出钱请每人喝了一瓶沙士汽水，又买了一瓶五加皮烧酒，觉得没有什么特别之处，也不想在这里多逗留，就打道赶回龙颈村去了。

刘军泉他们回到龙颈村时，林树汉、五叔公、朝恩叔、陈冬英等人正在厨房忙忙碌碌地张罗，离开饭还有一段时间，刘军泉便留在厨房帮忙。刘建兴就拿了笔记本和钢笔，独自来到门外一颗绿叶婆娑的大榕树下，坐在一条突出地面的粗大树根上写笔记，把参加电站建设的经历和感受记下来。他想，有朝一日，这些笔记可能会派上用场，帮助他实现"作家梦"。

谢银梅回到房间，爬上楼棚，收拾好衣服杂物，然后从楼棚下来，左看看，右看看，没有看到刘建兴的踪影，估计不在厨房里，就在附近的大榕树下看书，于是就约金丽在附近走走，金丽很爽快，随着谢银梅出了门楼，径直往附近那棵大榕树走去。

谢银梅、李金丽和刘建兴都是在 1953 年出生，与 1952 年实行土地改革分田地无缘，谢银梅在年初出生，比刘建兴大几个月，金丽是年底出生，比刘建兴小几个月。3 人同时读的小学，孩提时代，金丽总是以建兴哥、银梅姐称呼 2 人，到小学高年级就改为直呼其名。小学毕业后，金丽没能考上初中，就在村里参加生产劳动，3 年后，谢银梅和刘建兴初中毕业，也回到村里劳动。1 年后，公社高中公开招考，谢银梅落选，刘建兴升学。

谢银梅说："金丽，跟你说说心里话，你也是 19 岁的人了，也是拍拖的时候了。你老实对我说，你对刘建兴感觉怎么样？"

李金丽说："人很好啊！"

谢银梅说："既然人很好，有没有想过要跟他相好？"

李金丽脸颊微微泛红，说："这事我倒没有认真想过。"

谢银梅说："现在想想再回答我。"

李金丽说："临时临急，你叫我怎么回答你？莫非你想嫁给他？"

谢银梅说："你别会错意，我跟他是不可能的，他是不会看上我的。"

李金丽说："你这么肯定？莫非你已经问过他？"

谢银梅说："这还用问吗，自己就感觉到了。"

李金丽说："你们平常有那么多话说，怎么会不可能？"

谢银梅说："多话说并不代表就中意，反过来，像你这样，少话说，也并不代表就不中意。"

李金丽说："我可没有说过我中意他。"

谢银梅说："这么说，就是你有意思，但现在还下不了决心。"

李金丽说："就算是我有意思，人家也不一定能看得上我。"

谢银梅说："那，我知道了。"

李金丽说："你知道什么？"

谢银梅说："只要刘建兴愿意，你就没问题。"

李金丽说："你可不要对他乱说，到时表错了情，弄得大家不好意思。"

谢银梅说："你放心，我自有分寸。"

两人说着，不觉已来到大榕树下，见刘建兴写东西正写得入迷。

李金丽说："不打搅人家写文章了，我们往回走吧。"

谢银梅说："叫上他一起回去吧，马上就要开饭了。"

两人就上前打招呼。谢银梅说："在写些什么呀，这么投入？"

刘建兴说："没什么，随便写点笔记。"

谢银梅说："能让我们看看吗？"

刘建兴合起笔记本站了起来说："当然，你们如果喜欢看的话。"说着，就要把笔记本递给谢银梅。

谢银梅却说："我还是不看了，免得看到你写给金丽的悄悄话不好意思，金丽，你拿去看吧。"

李金丽说："我不看。"

刘建兴说："哪有什么悄悄话！都是记录一些劳动和生活的情况，还有天气环境之类的内容。"

谢银梅说："你是准备写小说吗？"

刘建兴说："也许吧，不知道有没有这样的毅力和才气。"

谢银梅说："我看你能成。"

刘建兴说："你这样高看我，那就承你贵言了，希望以后你们都能够看到我写的小说。"

李金丽说："那要等到什么时候？"

刘建兴说："那可说不定，十年八年没定，二三十年没定，也有可能连屁都放不出一个。不说这些了，我们往回走吧，可能要吃饭了。"

于是，3 人就开始往回走，回到屋里，大家正准备吃饭。

因为提前完成了任务，大家能够赶在明天回家过小年夜，又加菜，几个酒友还有刘军泉买的五加皮烧酒助兴，大家都吃得非常开心，一边吃饭，一边聊工地上的事情，大家众口一词地说，陈冬英善于听取大家的意见，分工合理，大家就齐心，积极性就高，刘军泉施工打炮眼撬石头有经验，指导有方，尽管我们队里有石头的作业面比 1 队的宽得多，进度却比他们的快许多，估计他们至少要到春节前两三天才能够完成任务。

第二天早上，归家心切，大家匆匆吃过早饭就兴高采烈地踏上了归途。快到黄榄根村时，刘建兴故意磨蹭了一会儿，特意绕道从陈玉乔家门前经过，想借此机会见一面陈玉乔，想不到她家大门紧闭，一把黑色的大号弹子锁在告诉他，这家的主人不在，看望陈玉乔的机会再次落空。也许是因为在这里劳动了 20 多天，竟没有机会与陈玉乔见上一面的缘故，此时，刘建兴的鼻子竟然酸酸的，心底油然升腾起一股强烈的难以言状的不舍和惋惜之情！

第12章

1

寒假很快就过去了，学生们正月初八回校，初九（星期三）正式上课。高二的同学进入了高中在校的最后一个学期。

开学第一天，张志铭老师就和谭伟常、蔡丽华以及陈开霖老师商量，争取在下周内召开一次汇演作品讨论会，以便听取大家的意见后对作品再作修改。谭伟常老师提出，由于话剧字数比较多，建议张老师在宣传队里找3名字写得比较好的同学刻写蜡笔字，1人刻写一部分，提前印发到参会人员手上，先让大家看看，让大家发言心中有数。张老师将此事向陈厚德校长汇报后，得到了校长的支持，将汇演作品研讨会的时间定在下周星期三晚上。

第二周星期三晚上，陈校长亲自在学校会议室主持了汇演作品讨论会："老师们、同学们，为了准备参加全县中小学文艺汇演节目，谭伟常老师执笔创作了多幕话剧《战洪涛》、刘建兴和冯新荣同学创作了歌曲《请到我的家乡来》、陈玉乔和吴红芬同学创作了舞蹈《大寨红花遍地开》，作品初稿已经印发给大家了，相信大家也认真看过并深入思考过了，今天晚上的作品讨论会，希望大家踊跃发言，敢于挑刺，大胆对作品提出修改意见，尽力帮助作者把作品修改到最好，争取在汇演中拿到好名次。"

陈校长作了开场白后，陈开霖老师第一个发言，他说："我重点讲讲话剧。《战洪涛》抗洪主题鲜明突出，内容很丰富，成功塑造了基层干部和农民群众的典型人物形象，充分展现了经过'无产阶级文化大革命'洗礼的革命干部和贫下中农战天斗地、敢于与洪水搏斗、不顾个人安危、竭尽全力保护人民生命财产安全的大无畏精神和革命英雄主义精神，情节紧凑，语言精练，地方特色鲜明，总体上可以说是一部很成功的作品。提两点不太成熟的建议：第一，应该更加突出党支部书记这个人物。作品重点写了两个要人物——公社书记和党支部书记，从整个作品来看，两个人的戏份都差不多，我的意见是适当减少公社书记的分量，增加支部书记的戏份，突出支部书记这个典型人物，让他有更多的表演空间来塑造农村基层干部的优秀典型形象。第二，增加细节表演的分量。更多的细节表演可以使得人物形象更加丰满，有血有肉，增加戏剧的可信度和观赏性，增强感染力，提高宣传效果。”

蔡丽华老师说：“我赞同陈开霖老师的建议。一部 60 分钟左右的话剧作品，应该集中精力来表演支部书记这个主要人物，使人物形象更加突出。”

张志铭老师也说：“我也赞成。”

谭伟常老师说：“陈开霖老师的两个建议都很好，应该改。”

谭伟常老师表态之后，大家一时无语，出现了冷场。陈校长就鼓励大家：“各位同学有什么建议、有什么想法都可以说出来，俗话说‘人多主意好，柴多火焰高’嘛，不要怕讲错。”

刘建兴想了一下，说：“我讲讲吧，优点就不讲了。首先我十分赞成陈开霖老师的建议。其次，我也提两个建议：一是可以增加和强化支部书记与妻子的矛盾冲突，把一般的由家庭琐事所衍生的小问题小矛盾提升为比较大的矛盾，比如在抗洪斗争的关键时刻，支书在家里与妻子商量，要把家里准备建房子的沙石运去大堤堵渗漏，夫妻 2 人由此产生矛盾以及解决矛盾冲突的过程，直接把矛盾冲突的现场放到堤坝上，而不是放在家里。第二点就是《战洪涛》反映的是一个大队的抗洪工作，名字有点大，给人以高大全的印象，改为《激浪》是不是更为贴切？”

听到自己的学生能够大胆对老师的作品提建议，而且提得很有见地，谭伟常老师深感欣慰，但他并不急于表态，想先听听其他人的意见。

这时，陈开霖老师又说：“刘建兴同学提的建议很有见地，我看，我们不妨考虑采纳。”

张志铭老师也说：“我也觉得刘建兴同学的建议有道理，建议予以采纳。”

蔡丽华老师说：“建议很好，应该采纳。”

冯新荣说：“我也同意几位老师的意见，刘建兴同学提的建议值得考虑。”

陈校长想听听谭伟常老师本人的意见，就问：“老谭，你怎么看？”

谭伟常老师听见陈校长直接点将，就说："我非常欣慰，刘建兴同学的建议提到了点子上。我的意见是两个建议都采纳。"

陈校长听了谭伟常老师的表态，也正合他的心意。就问其他同学对剧本还有没有其他建议，大家都说没有新的意见和建议。陈校长就说："既然没有新的意见，那我也在这里表个态，我赞成陈开霖老师和刘建兴的意见。接下来，我们讨论歌曲《请到我的家乡来》。为了节省时间，建议大家对歌词和简谱一并议论。"

张志铭老师首先发言，他说："对于歌词，上学期结束的时候，刘建兴同学已经征求过我的意见，我看过之后，感觉还可以；对于简谱，总的感觉是比较流畅，可听性还可以。"

谭伟常老师说："《请到我的家乡来》，总体上对歌词的感觉比较好，歌词简练，字里行间充满对家乡的赞美之情，能够引起共鸣，美中不足的是地域特色不够明显，建议在地域特色方面再下功夫强化一下，其曲子也有一定的艺术性，节奏轻快，有感染力。总的来讲是一首成功的歌曲。"

蔡丽华老师说："我觉得张志铭老师和谭伟常老师都说到了点子上。我再提一点建议，就是结尾部分可以采取重复颂唱的方法，加强对主题的渲染，同时可以起到加深听众印象的效果。"

陈校长见三位老师都发表了意见，就征求陈开霖老师的意见："陈开霖老师，你还有什么意见？"

陈开霖老师："我没有其他意见，同意几位老师的高见。"

最后，讨论舞蹈《大寨红花遍地开》的设计方案，大家都说对舞蹈不大了解，推举蔡丽华老师作代表发言。蔡丽华老师就说："好吧，我就具体说说吧。舞蹈《大寨红花遍地开》具有鲜明的时代特色，反映了当前农业学大寨的重大主题，热情奔放，有气势，有表演细节，舞蹈语汇非常丰富，演员在舞台的分布、组合和各个环节的衔接比较合理自然，建议在排练时注意把握好每个节点的转换，力求自然流畅、一气呵成。"

最后，陈校长要求大家抓紧时间修改作品，力争在两周之后全面投入排练。

2

开学已经一个多星期，刘建兴总找不到与陈玉乔说话的机会。散会走出会议室后，就找了个借口与陈玉乔走在一起。

学校大门外的矩形地坪上，刚刚下了晚修的学生陆续离开教室，许多同学并不想立即回宿舍，正三三两两地聚在一起，或者讨论学习上的问题，或者在嬉笑打闹，尽显青年学子无拘无束的活泼好动本性。

俗话说“十五的月亮十六圆”。城里人兴过元宵节，在粤西农村则有农历十六过节的习惯，俗称“落灯”，无论有钱无钱，都要想方设法庆祝一番。刘建兴与陈玉乔并肩走出校门，但见东边天空一轮明月正挂在河对岸家乡那棵高大的木棉树的树梢上，虽然月光皎洁，但在光秃秃的木棉树枝丫的反衬下，却显得十分的清冷，更增添了几分寒意。但此时此地，此情此景，对正处于青春勃发、血气方刚的刘建兴来说，因为有陈玉乔这样一位年少貌美、楚楚动人的校花在身边陪伴，他感到全身的热血都在沸腾，没有感到丝毫的寒意。

刘建兴说：“今晚的月亮特别光亮，也特别圆。”

陈玉乔说：“是呀，可惜天气有点冷。”

刘建兴说：“现在已经下了晚修课了，我们去运动场散散步吧。”

陈玉乔并不想去，便问：“有什么事吗？”

刘建兴说：“没有事就不能聊聊天吗？”

陈玉乔说：“让人看见要说闲话的。”

刘建兴抬头看了看正被薄薄的云层遮掩的月亮，说：“怕什么，身正不怕影斜。再说，我们不就是散散步吗？也没干什么见不得人的事情。”

陈玉乔说：“看你说的！那么我们就在附近走走吧。”

这时候，朱良泰刚好走出学校正门，打算从正门校道回家，看见刘建兴与陈玉乔并肩走在前面，嫉妒使他忘却了曾经在班会上检讨错误的忏悔和承诺，他的心中随即升腾起一种复仇的火焰，他不由自主地加快了脚步，从刘建兴与陈玉乔身边经过时，还狠狠地干咳两下，往地下吐了一口唾沫，并抛下一句话“好狗不挡道”。

刘建兴和陈玉乔并不想招惹他，就假装没听见。当朱良泰走出几步远，刘建兴就说：“假期在龙颈挖水渠，我三次经过你家门，都大门紧闭。大禹治水有‘三过家门而不入’的义举，可我就是‘三过偶像家门而见不到美人。”

陈玉乔说：“谁叫你哪壶不开揭那壶？你来找我那天，碰巧我去了外婆家。”

刘建兴说：“可不是！就好像老天爷要故意整蛊我似的，偏偏等我找到机会去看你时，你却外出不在家。你不知道，那天我有多么的失望，多么的沮丧，多么的懊恼，多么的伤心！当时我想，也许我们真的没有缘分。”

陈玉乔说：“你别傻啦，同学之间互相见见面，还讲什么缘分不缘分。”

刘建兴说：“你不知道，有些事情也许就是冥冥中注定的。”

陈玉乔说：“既然是这样，那就让冥冥中来注定吧。你又何必那么在意、那么紧张？”

刘建兴说：“听说你外婆病了，后来怎么样？”

陈玉乔说：“不碍事，主要是天气冷，着凉得了重感冒。你听谁说的？”

刘建兴说：“听你伯娘说的，她没告诉你我去找过你吗？”

陈玉乔说：“我回来以后她告诉过我，说有一后生子来找过我。但我没有想到是你，还以为是我们大队的同学。”

刘建兴说：“我也估计不到。放假那天晚上，队长来到我家，说队里去公社水电站工地的人手不够，问我去不去。我想，这不是天大的好事嘛，不假思索就答应了。”

陈玉乔说：“天大的好事，有这么夸张吗？”

刘建兴说：“我想，这不是上天要给我机会去见你吗？”

陈玉乔说：“我们才分别了几天！”

刘建兴说：“有道是‘一日不见，如隔三秋’嘛。古人尚且如此，何况我们现代人！”

陈玉乔说：“你没听说过希望越大，失望就越大吗？”

刘建兴说：“深有体会，那天趁修理工具的间隙，满怀激情去你家，没想到却扑了个空，吃了‘闭门羹’，那种失落感真是无法用语言来表达。”

陈玉乔说：“好了，我知道你有心了。我们讲点正经的吧。”

刘建兴说：“好吧，那就请你讲讲我们创作的歌曲吧。”

陈玉乔说:“歌曲,刚才大家不是已经提过建议了吗?”

刘建兴说:“可是我还没有听到你的建议!”

陈玉乔说:“不就是让你在强化地域特色方面再下功夫吗?”

刘建兴说:“问题就是怎样去突出地域特色?”

陈玉乔说:“你们班同学叫你‘文胆’,我看叫你‘大文豪’更合适,总会有办法的。”

刘建兴说:“‘大文豪’?你就别恭维我了。其实,到底怎么去改,到现在为止,我心中还没有数。”

陈玉乔说:“仔细琢磨琢磨,总会想到办法的。”

刘建兴说:“所以我才找你商量。”

陈玉乔说:“你可别指望我,就语文水平,你可以当我的老师。”

刘建兴说:“你别谦虚了,谁不知道你是我们学校里的才女?你写的学大寨开山造田经验材料,连公社谭书记和陈校长都很赞赏。还有,你那舞蹈的方案,图文结合很简练,文字表述很有条理,放在我身上,我还真的弄不出来。说真的,帮我出出点子吧。”

陈玉乔说:“既然你一定要赶鸭子上架,我就试试看。”

刘建兴说:“有你出马,相信不会令我失望。”

陈玉乔说:“你对我的期望值不要过高,主要还是靠你自己。如果我两天内还想不出点子,那你就要自己‘执生’。”

刘建兴说:“好吧,一言为定!”

这时候,刚好冯新荣与吴红芬两人迎面走了过来。

陈玉乔说:“你们两个也没回宿舍?”

冯新荣说:“散了会,我们趁热打铁,在讨论创作的问题。说准确一点,就是本‘司令’向‘阿庆嫂’讨教怎么样改这首歌的歌谱。你们呢?”

刘建兴说:“我们也在商量那首歌歌词应该怎么修改。”说着,抬头望了望东南方天空那轮已经完全跳出了云层的月亮,“当然,也不能辜负这么美妙的月色,顺便晒晒月光吧。”

吴红芬说:“文人就是文人,说起话来都是文绉绉的,好像念诗一样。”

陈玉乔说:“是呀,刚才叫我出点子,我说你这个‘大文豪’,总会有办法的。”

冯新荣说："玉乔说得对，刘建兴真的是我们班——不对，应该是我们学校的'文胆'，出口成章的。"

刘建兴说："你们就别说我了，在多才多艺的冯队长面前，我不过是小巫见大巫罢了。"

冯新荣说："好了，我领教过你这个小巫的本领了。估计快要熄灯了，我们回宿舍去吧。"

于是，大家就转头往回走。

3

回到宿舍大概十来分钟，学校的熄灯钟就响了。人虽然静静地躺在硬邦邦的松木板床铺上，但刘建兴的心情却久久不能平静。通过今晚与陈玉乔的交谈，刘建兴对陈玉乔的想法有了更深的了解。他从头到尾把自己与陈玉乔的交往过程梳理了一遍：在宣传队排练《沙家浜》时，因为角色安排，他与朱良泰产生矛盾，发生争执，陈玉乔表现出的是一副"事不关己，高高挂起"的态度；在朱良泰和陈硕宁制造的"腊鸭事件"中，她又显得特别冷静，尽管有不少同学包括谭桂鸾、唐伟容、吴少英、洪月倩等女同学在内，都旗帜鲜明地站在他一边，而陈玉乔却始终不做正面回答和表态；在抗洪救灾之后，他热心帮助她修理水桶，但她却担心招来同学们的议论，提议到宿舍门外的石头上去修理，后来他为女同学们打井水洗衣服，谭桂鸾开玩笑，叫她帮助他洗衣服，但她却把他的衣服抓来放进了谭桂鸾的水桶；上学期放寒假之前，他本想约几个同学去自己家里玩，她又突然"月事"来临而未能如愿；还有今晚散会后约她出来散步，她又有所顾虑，特别是"你没听过希望越大，失望就越大吗?"这句话，似乎也是故意对他说的，好像在暗示他不要对她抱有太多的幻想，并且随后她又很自然地把话题叉开……种种迹象表明，陈玉乔一直都在刻意与他保持着一定的距离，尽管在表面上，陈玉乔还算比较热情，似乎对他也有好感，但实际上只不过是比较要好的同学而已，至少在短时间内他们还不可能有真正意义上的"拍拖"，或者说他们两人"拍拖"的时机还不成熟！此外，刘建兴又想到假期在龙颈村工地劳动的情形，谢银梅对他热情有加，只要当自己和金丽在一起，她都要找机会故意拉近他们两人的关系。刘建兴虽然未有明确表示过什么，也从未正面做过回应，但他知道，谢银梅所作的种种努力，也许都是徒劳无功的。他甚至觉得，谢银梅的所有举动和所作的种种努力，在某种意义上，是在通过另一种方式来表达她对自己的爱慕罢了。刘建兴这样想着，不知不觉就进入了梦乡。

以谈创作为由，在月下交心倾情，有生以来第一次单独和一位智慧与美貌双全的妙龄女子共享夜晚美好柔和的月色，令冯新荣这位情窦初开的学校宣传队队长心情激动不已，往事就像电影般在眼前闪现。

冯新荣对吴红芬的特别关注，要追溯到《沙家浜》公演的那天晚上。当天晚上，吴红芬刚刚化好妆，款款来到冯新荣身边征求意见，冯新荣正拿着一面镜子检查自己的化妆效果，听见有人叫他，一转身，但见吴红芬一袭少妇打扮：头挽发髻，髻穿银簪，脸施红粉，容光焕发，双目炯炯，楚楚动人，禁不住怦然心动。

吴红芬问："冯队长，你看我这妆化得怎么样？像不像阿庆嫂？"

冯新荣虽然内心已经十分震撼，但却表现出很矜持的样子，绕着她转了一圈，很认真地欣赏了一回，然后故意卖了个关子，问："一定要我评价吗？"

吴红芬说："一定要，你是队长嘛。"

冯新荣说："那我可要说真话了——吴红芬，你不像阿庆嫂！"

冯新荣的回答，令刚才还是艳阳天般表情的吴红芬，一下子变成了阴间多云，急着问："真的？哪里不像？"

冯新荣说："你自己想想。"

吴红芬说："我自己要知道，就不用问你冯队长了，你快说吧，到底哪里不像？"

冯新荣说："吴红芬你别焦急，我是说你不像阿庆嫂，但你就是一个地地道道的活脱脱的'阿庆嫂'。"

吴红芬的表情立即宽松起来，不由自主地举起拳头轻轻地擂了一下冯新荣的肩膀："你这'胡司令'，人家跟你说正经的，你却开玩笑。"

冯新荣说："怎么样，我说错了吗？"

吴红芬说："你没有说错，就是有点不太正经。"

冯新荣说："我要是太正经了，还能试探出你能不能经受得起考验吗？"

吴红芬说："开玩笑也不拣个时候，现在都快要演出了。"

冯新荣说："我队长都不急，你急什么？放心吧，有你演出的时候。"

吴红芬说："好了，别说了，你自己究竟化好妆没有？"

冯新荣说："你刚才过来的时候，没看见我在自我陶醉吗？"

这时，扮演郭建光的周炳穿着一身崭新的新四军军装走了过来，饶有兴致地说："'胡司令''阿庆嫂'，你们两个怎么有空在这里打牙较？"

吴红芬自我解嘲，说："我在请冯队长给提提意见，看我化妆化得怎么样？'郭建光'你来得正好，来，也给我提提意见。"吴红芬说着，就往周炳面前挪了挪身子，并且很轻盈地转了个360°，"怎么样？还行吗？"

周炳一语双关地说："我觉得可以，漂亮极了，不知道冯队长怎么看？"

冯新荣说："那还用说吗？要我说，那是湿水棉花——无得弹！"

这时候，张志铭老师匆匆走了过来，说："公社领导已经进场了，你们抓紧点，保证准时演出。"

冯新荣说："没问题，我们都准备好了，随时可以开始。"

听见宣传队长这样说，张老师就转身离开了。冯新荣就对周炳和吴红芬说："你们两个分头仔细检查一下大家的准备工作情况，看看有没有遗留的地方，包括该用的道具有没有遗漏，男的周炳负责，女的吴红芬负责，乐队我负责，确保演出万无一失，一炮成功！"

周炳和吴红芬异口同声地说："好。"

于是，大家就分头检查准备工作情况。

演出准时开始。

成功演出之后，大家回到学校饭堂吃夜宵。定人定量，每人一个搪瓷汤碗的鸡粥。

吴红芬捧着鸡粥走到冯新荣跟前，轻声叫冯新荣走到一旁，说："冯队长，我吃不了那么多，匀一些粥给你吧。"

冯新荣说："我也基本够了，你留着自己吃吧。"

吴红芬说："我真是吃不了那么多，吃剩了倒掉太可惜。"说着，就用汤匙把全部的鸡肉挑拣到冯新荣的搪瓷汤碗里，冯新荣说："好了，你自己留着点。"

吴红芬说："你不用客气，其实，我是不喜欢吃鸡粥的。"

冯新荣说："哪有连鸡粥都不喜欢吃的?"

吴红芬说："我没有骗你，我真的是不喜欢吃鸡粥的，从小到现在。"

冯新荣说："孔老二说'唯小人与女子难养也'，看来，你父母养你并不难呀!"

吴红芬说："你可别夸我，其实，我吃东西是很挑剔的，我父母都说我很难养，五九年经济困难闹饥荒那阵子，我差点就饿死了!"

冯新荣说："大难不死，必有后福，看来，你是有福之人。"

吴红芬说："承你贵言，但愿是吧。"

打那以后，冯新荣明显地感觉到吴红芬对他似乎是情有独钟，总爱找机会在他面前出现，而冯新荣自己，对于吴红芬的主动接近，也是求之不得。至于此前自己给洪月倩写的信，至今还得不到任何回音，他也一直找不到合适的机会与她当面谈谈。现在他觉得，如果物色对象，相比洪月倩而言，吴红芬可能会更加适合自己。

此时，在高二（3）班的男宿舍里，也有一个人因为相思而彻夜未眠，他就是男生宿舍舍长黄志德。

自从放寒假以来，黄志德在古渡小学附设初中时的两位同学兼好友、也是自己的两位梦中情人，常常会不期然地交替浮现在他的眼前，让他饱受了有生以来最难以排解的感情交错纠葛的折磨。

他首先想到洪月倩。在他的印象中甚至潜意识中，觉得洪月倩对他一直都比较关注、关心。放寒假那天经过旧铺寨时，洪月倩热情地邀请他和陈玉乔等几名同学去家里煮点东西吃了再回家，黄志德的第一反应就是洪月倩的话是冲着他说的，而陈玉乔却快言快语说地表态谢绝，当时确实让他感觉到陈玉乔有点不太近人情，甚至在心里埋怨她。但是，后来到了黄榄根村，当陈玉乔邀请他与红岗大队的几位同学到家里吃粥的时候，黄志德心灵的天平似乎又得到了平衡。其实，在黄志德的心底深处，洪月倩与陈玉乔都是他所欣赏的同学，如果一定要将洪月倩和陈玉乔分个高低的话，黄志德自己也确实难以抉择。因为她们两人都是那么优秀，那么靓丽，那么讨人喜欢，不相伯仲，各有春秋。从身材相貌上比，洪月倩苗条但并不单薄，且几乎接近他黄志德自己的高度，标准的南方女子身材，恰到好处地显示出了迷人的曲线，白皙的皮肤，古代仕女般标致的脸型，就像那首歌里说的，人们走过她的帐房（身旁）都要回头留恋地张望；而陈玉乔身材虽然比不上洪月倩苗条，但却比洪月倩更加丰满性感，鹅蛋形的脸庞十分俊俏，五官的布局和比例端正得无可挑剔，因为经常参加生产队里和家里的劳动，受太阳紫外线的作用，她那原本粉红色的皮肤介乎于粉红与黝黑之间，浑身上下无处不透露出温馨的令人陶醉的青春气息，使人无法不胡思乱想。在性格和气质上比，洪月倩落落大方，热情健谈，时尚与朴实并存，颇有城镇少女的风度；陈玉乔诚实聪敏，胆大心细，说话轻声细语，村姑淑女气质更为明显，可谓“进得厨房，出得厅堂”。然而，直觉却在告诉黄志德，洪月倩对待他的态度似乎远比陈玉乔对待他的态度要好，显得更在乎更热情更关心，并且在日常学习、劳动和生活接触中会或多或少地对他释放出一种只可意会不可言传的信号来。尽管这样，黄志德还是感觉到追求洪月倩还存在着一定的难度，要想博得洪月倩这个美人的青睐和芳心，估计情场上的竞争也会相当的激烈。

对于追求陈玉乔的可能性，黄志德自己的估计更不乐观。放寒假回家那天，当他和红岗大队几个同学在陈玉乔家歇脚吃粥时，黎艳霞的一句笑话就招来了陈玉乔“我可没空招待他”的回答，着实让黄志德颇感意外。是“言者无意，听者有心”，还是两者皆有之，他搞不清楚。他又联想起开山造田的时候，欧晓明“我操淡心又关你什么事？我说陈玉乔的不是，是不是你就心疼了？”一句话，当时就极大地触动了他内心的痛处，成为他那埋藏在心底的对陈玉乔的相思之火的触燃点。后来，他多次想找机会当面向陈玉乔表明自己的想法，可是命运之神似乎并不想眷顾他，有好几次，眼看有机会与陈玉乔单独相处，可是试探性的话还没有说出口，不是有同学有事叫陈玉乔，就是陈玉乔有事走开。他也想过静悄悄地写封信给她，但又摸不透她的心思，担心陈玉乔不喜欢他，会贸然把信交给老师或者告知与她要好的同学，弄巧成拙，成为笑柄。同时，他还有个顾虑，在班里，包括钱耀楠、黄月新、欧晓明、冯新荣、郭炳新、黄炳照、吴少英、洪月倩等一干人，早已经先入为主，把陈玉乔与刘建兴的关系定位在情侣的位置上，甚至连朱良泰和陈硕宁等人都把刘建兴视为情敌，如果此时自己再从中插上一杠，岂不是把自己陷于不仁不义之地，既得罪了刘建兴，又极有可能引来同学们的非议，说他挖同学的墙角，弄不好，还会伤害到洪月倩。另外，他还风闻，在高二（1）班，也有三五个具有一定竞争实力的同学在暗恋着陈玉乔。唉，想追求陈玉乔，无异于火中取栗，不仅难度极大，而且绝无胜算的把握。

4

参加汇演的作品按照预定计划修改完毕并进行排练。张志铭老师征求了蔡丽华老师以及宣传队队长冯新荣同学的意见后，对话剧的角色进行了分工安排，并要求大家尽快熟悉剧本。本来张老师提议话剧由冯新荣和吴红芬出演支部书记与妻子的角色，周炳出演公社书记，但冯新荣却提出由周炳扮演支部书记比较合适，自己扮演公社书记，张老师采纳了冯新荣的建议，同时还安排了高中一年级的几名同学作为主要演员的 B 角，一起参加排练，以便高二的同学毕业之后能够尽快将宣传队的工作接替下来。舞蹈由陈玉乔负责领舞，歌曲由刘建兴独唱，两人同时还兼任话剧的群众演员。

4 月下旬，县文化局和教育局发出补充通知，确定全县中小学生文艺汇演的时间在 5 月 20 日至 23 日 4 天，地点在中共郁南县委党校，19 日（星期五）下午为各代表队报到时间。

为了确保演出水平，力争实现公社革委会陆雨航副主任提出的争取在全县排位达到中上位置的目标，学校宣传队的所有人都不敢有丝毫怠懈，除了正常的文化课之外，他们把劳动课和课外活动的时间都用到了排练上来。

转眼就到了星期五，中午 12 点正，由张志铭、蔡丽华以及南江中心小学的谢亦军老师带队的南江公社文艺汇演代表队乘搭南江至都城的江都轮船前往县城参加汇演。20 世纪 70 年代初，南江公社、连滩公社和坝东公社大部分地区的群众前往县城，基本上都是依靠南江至都城的小型客轮交通，核定载客 100 多人的客船，一下子拥进了汇演代表队，船舱顷刻间变得拥挤和热闹。文艺汇演代表队的船票号码相连，全部是三等舱床位，张老师就宣布大家可以在号码范围内自由组合休息。南江中心小学的谢老师是刘建兴小学时的老师，刘建兴就与谢老师坐在一起。

在旅客们闹哄哄的嘈杂声和轰隆隆的轮机声中，江都客轮缓缓离开码头，开始了南江至县城的航程。这时候，船上的广播喇叭播放了一首革命歌曲，随后就响起了一个好听的女声："各位旅客，欢迎大家乘搭江都客轮，我们的航程大约需要4个半小时。为了保证大家的安全，请大家自觉遵守船上的规定，爱护船上物品，不要大声喧哗，不要随便到船舷上走动。下面，由我们的船员为大家讲解、示范穿救生衣的方法，请大家认真听、认真看。旅客们，伟大领袖毛主席教导我们'我们都是来自五湖四海，为了一个共同的革命目标，走到一起来了，我们的干部要关心每一个战士，一切革命队伍的人都要互相关心，互相爱护，互相帮助'。让我们团结起来，共同度过一个平安愉快的航程，祝旅客旅途愉快。"播音员刚讲完，就有一位年轻漂亮的女服务员拿着一件黄色的救生衣，站在通道上向旅客介绍救生衣的使用方法。

大约过了半个小时，客船驶进了郁南县与德庆县区域西江河段最有名的峡谷——猪仔峡，峡谷虽然不是很长，但很狭窄，河道两面都是陡峭的石壁，而且几乎都是从山顶一直延伸到江边。近段时间广西连续降了大暴雨，西江水位上升，混浊的江水漂浮着一堆堆像用黄糖做成的松糕般的水泡急泻而下。客船沿着河道南面的岸边行驶，前进的速度很慢。如果在秋冬季节，客船左边床位的旅客可以看见在猪仔峡中段南岸，有一个巨大的竹壳型的岩洞，从河边一直延伸到上半山腰，现在，由于江水上涨，岩洞根部已经被江水淹没，形成了一个巨大的漩涡，连客船都要绕道而行，将航线斜插对岸。

谢老师说："'小满江河满'，估计今年的'龙舟水'不会比去年的小。"

刘建兴说："是呀，如果今年也像去年一样再来一轮暴雨，引发大水，农民的损失就大了。去年我们还去梅花塘抢割呢，不知不觉快要一年了。很快我们就要高中毕业了。"

谢老师说："'人生苦短'，一年又过一年，不知不觉，我就要30岁了。中国人有'三十而立'之说，可我至今还是一事无成。高中毕业正准备高考，来了'文化大革命'，大学停止招生，回来当个小学民办教师，现在虽然转为公办教师，但事业没什么进步，想找个理想的伴侣也难，高不成、低不就。人一辈子很快就过去了。所以，你们应该趁年轻抓紧时间学习一点东西，以后总会有用得着的时候。"

刘建兴说："我何尝不是这样想！可是，我名义上读了三年初中，实际上，断断续续只学完了一册代数，基础实在太差了。要想自学都很难。再说，现在能够用于学习的时间实在是有限。学制缩短了不说，每个星期两个下午的劳动，还有平时早晚去淋菜、给农作物施肥、剥甘蔗叶子以及其他活动这些占用了大量的学习时间，搞得大家筋疲力尽，那里还有心思去学习?”

谢老师说：“那也是。”过了一会，谢老师望着船外滔滔江水，问刘建兴：“你听说过猪仔峡洞与龙岩洞是相通的吗?”

刘建兴说：“没听说过，你知道吗?”

谢老师说：“我也是听老人们说的。说是解放以前，有一年西江流域发大水——南江一带当然也不例外，连滩西坝溃堤，变成了一片汪洋，在龙岩洞附近有一装稻谷的民船翻船，不少秕谷浮在水面，被洪水卷进龙岩洞，结果在猪仔峡洞口浮了出来。据此推测，猪仔峡与龙岩洞是相通的。”

刘建兴说：“照这样说，两洞相通的可能性比较大。可是我有一点弄不明白，龙岩洞的岩石是石灰岩，而猪仔峡的岩石是堆积岩，属于两种不同的地质结构，怎么有可能会相连呢?”

谢老师说：“是呀，你说的有道理，不过，你提的问题我可真没有想过。”

这时候，开饭的时间到了，船员们除了驾驶员和轮机手，其余全部出动，为买了饭票的旅客端饭送菜，在夸张地吆喝，故意挑起人们的食欲。

谢老师小声对刘建兴说：“你看他们那么勤快，据了解内情的人透露，为旅客做饭是船员们赚外快的特权，推销的饭菜越多，赚的外快就越多，而且是‘立竿见影’，天天结算。有人计算过，一个月下来，他们的外快比工资还要多。”

刘建兴说：“看来，‘为人民服务’也有讲报酬的行业。”

谢老师说：“这叫‘同遮（伞）不同柄，同人不同命。唉，不说这些了，免得自找麻烦。到都城还有 3 个多小时，休息一下吧。”

刘建兴说：“我没有睡意，你休息吧。我看一看沿途的风景。”说着，就挪了挪身体，面对窗外，观看江岸的景色。

谢亦军老师很快就睡着了，发出了很响的鼻鼾声。像谢老师一样，船上许多人都在闭目养神，抓紧时间休息。

陈玉乔和谭桂鸾、吴红芬、黎艳霞、吴少英、洪月倩、严梅华等一帮女同学集中坐在一起。她们当中除了严梅华之外，其他同学都是第一次去县城，所以得特别兴奋。大家坐在窗边，兴致勃勃地观看江岸的景色，一边叽叽喳喳地议论个不停。

大约过了 1 个时辰，船上一位穿着九成新衣服的中年妇女从陈玉乔她们的床位前面经过，看着陈玉乔有点面熟，就停下脚步，试探地问："请问，你是中学的陈同学吗？"

陈玉乔仔细打量了这位穿着蓝衫黑裤的妇女，很快就认出这人就是下水大队潘敬东的妻子，高兴地说："是呀，我就是阿乔啊！去年曾经到过你家抢险的，你是潘嫂子带娣吧？"

带娣说："是呀，我是带娣。真没有想到，会在船上见到你们。"

陈玉乔说："是呀，我也没有想到。一年没见，潘大哥还好吧？"

带娣说："托你们的福，还好。自从那次塌方受伤以后，疗养了 3 个多月。养好伤以后，先是在队里做了几个月的轻松功夫，现在都能够担抬托了。身体恢复得很好。说起来，我还得感谢大家呢。"

陈玉乔说："这都是我们应该做的，不用谢。"

带娣说："话虽这样说，可我打心里还是非常感激你们。以后有机会，请大家到我家做客。"

陈玉乔说："好的，有机会一定去。"

带娣问："你们这么人齐（集中），是去哪儿？"

陈玉乔说："我们去都城参加全县中小学文艺汇演。请问你呢？"

带娣说："我去江滨探外家。"

陈玉乔问："你外家是德庆江滨的？"

带娣说："是呀，我外家就是江滨圩的，离码头不远。"

陈玉乔问："你父母还健在吗？"

带娣说："托共产党、毛主席的福，我父母还健在，还能参加生产队的劳动。两个弟弟也已成家立室，一个在德庆县城里当老师，一个在村里务农。"

陈玉乔说："你真有福气！"

带娣说："也许吧。总之，我觉得，一个家庭，夫妻恩爱，家庭和睦，无病无痛，健康长寿，有口饭吃，就知足了。"

陈玉乔说："难怪你这么乐观！"

带娣说："可不是吗？常言道，知足者常乐，人活在世上，就要开开心心。”带娣说着，向外看了看江边，“哎呀，只顾和你们说话，船就要到江滨了，我该上岸了，以后有空再聊，再见。”说完，就走回自己的床位取行李准备上岸。

刘建兴看了一会儿船外沿江的风景，想起临出发之前到公社书店买的一本新书《金光大道》，就拿出来阅读，打发时间。

《金光大道》和《艳阳天》一样，都是农民作家浩然的长篇小说，都是通过描写社会主义建设早期北方农村走向农业合作化之后农民生活的场景、在社会主义新农村建设过程中新旧思想的交锋和矛盾冲突，展现广大农民对社会主义美好生活的向往和期待以及为之奋斗不息的艰难和曲折的历程。渐渐地，刘建兴就不知不觉地进入了《金光大道》所描绘的社会主义新农村的广阔天地里。

轮船航行到罗旁公社所在地，在罗旁码头停靠了几分钟上落客人，然后又继续航行。此时航线已经改向北面，斜插对岸江滨码头，这时，船上有人大声惊呼：“和尚头！和尚头！大家快看，看见和尚头了。”于是，大家便朝着那人所指的方向望去，果然看到前面几公里开外西江北岸有一座巨大的石山，形象极像一个和尚，故当地人称之为“和尚头”，也有人称之为“金火石”。“金火石”坐北朝南，在夏日灿烂明媚的阳光照耀下，宛若一尊巨大的墨绿色的玉佛端坐于西江河岸，与都城镇隔江相望。随着轮船越来越靠近江滨，“金火石”就越像一位和尚的头颅，居高临下地俯瞰着西江南岸。

人们闹闹嚷嚷，把熟睡的人全都吵醒了。

谢老师坐了起来，用手揉了揉双眼，抹了抹脸，望了望窗外，对刘健兴说：“已经到江滨了，再过 10 来分钟就到都城镇了。”

刘建兴说：“时间过得真快，不知不觉就过了 4 个小时。”

谢老师看见刘建兴手中拿着一本书，就说：“是呀，我睡了个好觉，你却看了几十页书。各有所得。”谢老师说着，就起身离开船舱位，到轮船后舱去洗手。

下午 5 时许，客船驶进了都城港。船还未停稳，就有许多旅客提着行李拉着孩子拥挤在船舱出口。一个男水手十分轻巧稳准地跳上了停泊在码头边的趸排，把小孩子手臂般粗细的缆绳牢牢地拴在将军柱上。这时，早已守候在靠码头一侧船舷的女船员及时拉开了活动铁栏栅，大家就蜂拥而上。旅客们前脚刚刚踏上趸排，就有几个挑夫拿着扁担过来招揽生意。一个年纪大约30出头的高个子男子，在不断地纠缠着一位漂亮的少妇，要求为她挑行李。那少妇的行李本来就不多，根本就用不着别人帮忙，再者那男子不修边幅，邋邋遢遢，少妇死活不让他挑。那男子就开始耍赖，动手拖拉人家的行李，吓得那妇女脸色煞白，不知所措。在码头负责维持秩序的客运站工作人员见状，就大声呵斥那男子："傻牛，你耍什么赖，人家用不着你挑，你还死缠着人家干什么？"

傻牛受到责骂，不敢再放肆，就悻悻地离开了那妇女，去找别的旅客拉生意。

岸上，有一些心急的旅客不在客运站候船，早早就来到码头，等着乘搭都省（都城至广州的客船）和肇都（肇庆至都城）客船。

到了码头第一个拜（平）台，张老师就叫大家稍稍停留，等等后面的同学。待全部同学都到齐之后，就说党校地址在附城公社白木大队，离码头有近2公里的路程，大家等会到了街上，不要逗留，沿着河堤西路一直往前走，先到县委党校报到，以后再安排时间让大家逛街买东西。

大家提着简单的行李，沿着码头拾级而上。到了河堤路，迎面就看见港务所新建的6层大楼，米黄色的粉刷外墙分外醒目，8条突出的水泥柱和每层楼房之间延伸出来的连贯的水泥挡雨篷把外墙分隔成若干个矩形方格，使得整座楼房层次分明，立体感十分强烈；在它的东边，是国营光明大酒店，西边是邮电大楼，几座建筑都是在近年建成，形状各异，成为这个在70年代以前称之为"小广州"的粤西小县城的重要地标，在无时无刻地散发着现代小城镇的气息。而河堤路的外沿却没有任何的建筑物，栽满了许多洋紫荆和玉兰树。此时，还未到下班时间，河堤路不算热闹，偶尔有些老人和小孩子在蹓跶、玩耍。许多人都是第一次来到县城，对县城感到既陌生，又亲切。

周炳天生活泼开朗，一边走，一边咿咿呀呀地唱个不停。

谢亦军也是周炳的文艺启蒙老师，见他那么开心，就说："周炳，今天兴致很高呀。"

周炳说："是呀，谢老师，我今天真的很开心。"

谢老师说："怎么样，是不是县粤剧团确定要吸收你了？"

周炳说："还没有正式通知，不过，前几天，师傅写信来向我透露，估计进文艺轻骑队没有问题。"

谢老师知道，周炳所说的师傅就是县粤剧团的副团长、团里著名的文武生马双飞，上个月在全县物色粤剧团后备人才时，到过南江中心小学和南江中学主持面试，对周炳的印象很好，估计入选的机会比较大。就说："那就好，不管是去粤剧团还是进轻骑队，只要能到县城工作，就是好事，可喜可贺！"

周炳说："希望如此吧。到时，我还得好好感谢谢老师你。"

谢老师说："感谢倒不用。学生有出息，老师就心满意足了。再说，以后我有机会到都城出差开会，能在你那里讨杯茶喝就行了。"

周炳说："我一定加倍努力，不辜负老师的期望。"

陈玉乔与吴红芬走在一起，她见吴红芬左顾右盼，满脸喜色，就说："阿芬，看你这样子，八成是想在这里落地生根了。"

吴红芬说："别傻了，这怎么有可能？我的心事你也不是不知道。再说，我哪有这样的本事，能够来到县城工作生活？"

听吴红芬这样说，陈玉乔就想起了她和吴红芬散步时曾经说过的心里话，就说："世界上并没有一成不变的事情。谁说农村人就没有可能到城镇来生活？情况是在不断变化的。"

吴红芬说："可是我想，像我这样的人，无论怎样变化，都不可能把我变到都城来吧？"

陈玉乔说："俗话说，'宁欺白头翁，莫欺鼻水脓'，讲不定将来你真的进了城，当了个阔太太，到时，我来找你，你可别装作不认识人！"

吴红芬说："这话应该由我说才对。说句心里话，阿乔，记得你曾经跟我说过，你的理想是在大城里生活，我也对你说过，你各方面条件都比我优秀，进城的机会也比我大得多，我看呐，你才是阔太太的料。"

陈玉乔说："好了好了，你再吹，我就要找个地洞钻下去了。"

这时候，正好冯新荣快步赶了上来，问："陈玉乔，好端端的，你钻地洞干什么？"

陈玉乔说："没事，我跟红芬开个玩笑而已。"

陈玉乔说着，就紧走几步，跟在了谢老师和周炳后面，让机会给吴红芬和冯新荣单独说话。

吴红芬看见冯新荣走了上来，就无话找话说："冯队长，你是第一次来都城吗?"

冯新荣说："你怎么这样小看我呢? 告诉你，在我们宣传队，到县城的次数我认了第二，可能没有人敢认第一。"

吴红芬说："哇，这么自负！何以见得?"

冯新荣说："因为我有个姑妈就在都城，小时候，我经常到姑妈家玩耍。"

吴红芬说："原来是这样。"想了一下，又壮着胆子问，"什么时候能带我去你姑妈家玩耍?"

冯新荣说："如果汇演那边没有活动安排，就今天晚上也行，到时我来找你。"

吴红芬说："好吧，我等你。"

党校外面是一大片瓜菜地，有几位菜农正在菜地劳作。菜地里，各种青菜绿油油、水灵灵的。靠大路右边的一棚大青冬瓜格外惹眼，满棚的大青冬瓜几乎把瓜棚压垮，一对夫妇样子的瓜农戴着麦秆编织的廉价草帽，正在加固瓜棚。

吴红芬从未看到过这么多这么大的冬瓜，就问："这里的冬瓜怎么种植得这么密，每一棵的间隔还不到一米，而且还结了这么多这么大的瓜。不像我们家里，好大一个瓜棚就只种一棵瓜秧?"

冯新荣说："这你就有所不知了，密植就是为了多挂瓜——当然，水肥一定要施足。你看这一溜瓜棚，两边各种一排，少说也有百十来棵，一棵长 2 到 3 个瓜，1 百棵就有 2 百多个。估计到收获，这棚瓜至少有四五千斤。"

吴红芬说："那就要好好学习他们的经验，以后我们也像他们一样栽种。"

冯新荣说："好啊，以后我来教你。"

吴红芬听到冯新荣这样说，脸颊霎时红了起来。

在吴红芬、冯新荣他们后面，平时一直很少与刘建兴单独交谈的谭桂鸾，现在却主动找了个机会与刘建兴走在一起，并且与陈玉乔和冯新荣他们拉开一小段距离，避免说话互相干扰，目的是想趁这个机会探探刘建兴的口风，了解一下他对陈玉乔的内心想法。

谭桂鸾问："刘建兴，我和陈玉乔的关系怎样我想你应该清楚，我知道你非常喜欢陈玉乔，那你有没有知道陈玉乔对你追求她的真实想法?"

刘建兴说："我也试探过她，但她一直都在回避，从来没有正面回答过我。我想，她一直都是把我当作好友来看待。"

谭桂鸾问："那你估计你们成功的可能性有几成?"

刘建兴说"估计我们是不会有结果的。"

谭桂鸾说："这样看来，正如你自己说的，你们可能真的走不到一起。"

刘建兴问："你说的理由呢?"

谭桂鸾说："因为据我对她的了解，陈玉乔的心是很大的，以她这样的人才，不可能会也不甘心一辈子待在农村里当农民，她的理想是在大城市里工作生活，这么高的条件，我估计你不可能提供给她——至少在今后一段时间内你做不到。"

刘建兴说："其实，她的这一想法也有意无意地向我透露过，只是我不甘心就此放手，我实在是放不开她。"

谭桂鸾说："刘建兴，相信你也非常明白，相爱是两情相悦的事情，既然两人生活的目标要求都不太相同，纵使你现在不肯放手，到头来该怎么样还得怎么样。我的意思是，长痛不如短痛，该放手时就放手，不要耽误自己。"

刘建兴说："谭桂鸾，你的心意和善意我心领了，但我还是想再争取争取。自己尽了努力，到时无论成功与否，我都无怨无悔。"

谭桂鸾说："既然你这样有信心，又有这样的心态，其他的我就不多说了，一句话，我希望你能够成功。"

刘建兴说："谭桂鸾，你和陈玉乔这么好的朋友，以后要是有机会帮我说话的时候，希望你能伸出援手。总之，无论结果怎么样，我都会非常感激你。"

谭桂鸾说："当然，我和你也是好同学好朋友，今后有用的着我的地方，我一定会尽力帮你，请不用客气。"

刘建兴说："好吧，一言为定，谢谢你!"

谭桂鸾说："区区小事，不足挂齿!"

其实，在谭桂鸾的心目中，对刘建兴并不仅仅止步于同学和好友的关系。由于在宣传队同事的关系，刘建兴的为人处世和学识才干，也曾经深深打动了她，她觉得刘建兴这个人是一个正人君子，诚实可靠，是可以托付终身的。同样，因为自己与陈玉乔的想法相一致，也不想一辈子留在农村工作生活，立志"嫁人就要嫁城里人"，从而使得她对刘建兴不敢过分接近，以免越陷越深，到头来自寻烦恼。

到了县委党校接待处，负责接待的是县教育局股长陈雨萍、办事员林木鑫、县文化馆副馆长马云英以及县委党校办公室主任江敬业。

陈雨萍与张、蔡、谢3位老师早就认识，她热情地向3位老师介绍了马云英副馆长和江主任，并说，先安排大家住下，让大家稍事休息，洗把脸，然后到饭堂吃饭。晚上8点，各代表队的领队集中党校会议室开个短会，统一思想，明确具体要求，并抽签确定演出的顺序。接着，林木鑫就把汇演资料发给张老师，随后，江敬业主任就带领大家去安排住宿、吃饭。

按照张老师的要求，晚上南江代表队全体人员均没有外出。领队会议结束后，张老师立即集中大家传达了领队会议的精神，对汇演的事项及要求作了说明，并强调了汇演期间的纪律，包括在演出期间不能迟到、不能单独到西江河游泳、夜里不能单独外出、结伴外出时间不能超过晚上10点钟等。

5

第二天上午，参加汇演的全体师生提前在县委党校大礼堂集中，参加开幕典礼。

会场内，主席台上方悬挂着一条鲜红的大横标：郁南县1972年中小学文艺汇演。

主席台上，摆着一行桌子，后面坐着县委宣传部、县教育局和县文化局的几位领导。

按照县里开会的惯例，各公社代表队从都城镇开始排列就座，接着是附城，最后是南江公社，共19个代表队，带队老师一律坐在最前面的位置。

早上8点整，文艺汇演开幕典礼开始。大会主持人、县文化馆副馆长马云英——一个面容姣好、亭亭玉立的高挑女子款款走向讲台，宣布：“郁南县1972年中小学文艺汇演开幕，全体起立，齐唱《东方红》。”

随着主持人全体起立的口令，台上台下的人们齐刷刷站了起来，在马云英副馆长的指挥下，跟着场内高音喇叭播放的《东方红》乐曲放声高歌——

“东方红，太阳升，中国出了个毛泽东，他为人民谋幸福，呼儿嘿哟，他是人民大救星！……”

唱毕《东方红》，马云英便逐个介绍在主席台上就座的领导，每位被介绍到的领导都站起来向大家点点头，大家也都随之报以热烈的掌声。介绍完领导，马云英提高了嗓音：“接下来，让我们以最最热烈的掌声请县委宣传部部长禤永恒同志为我们作重要指示。”

马云英副馆长的话音刚落，会场上立即响起了一阵掌声。禤永恒部长立即站起来向大家致意，示意大家停止鼓掌，紧接着，会场上就响起了禤永恒部长洪亮的声音：

“老师们、同学们，你们好！欢迎大家来参加汇演，我也很高兴能够参加今天的开幕典礼，等一会儿还要在这里举行第一场演出。受县委刘书记委托，我在这里代表县委作一个发言。

“这次汇演，是‘无产阶级文化大革命’开始以来我县首次举行的全县中小学文艺汇演，是我县纪念伟大领袖毛主席在延安文艺座谈会上的讲话发表30周年的一项重要活动，也是我县文化和教育战线的一件盛事。汇演共有19个代表队参加，演员人数460多人，演出节目一百多个，节目形式包括戏剧（小品）、音乐、舞蹈、曲艺、相声，还有魔术，所有节目都是由学校师生们自己创作的，基本上涵盖了当前我县文艺表演的体裁和形式，全面展现了我们县中小学文化艺术的概貌和成就。值此机会，我谨代表县委以及县委宣传部向大家表示亲切的问候和热烈的祝贺！

“今年5月，是我们伟大领袖毛主席在延安文艺座谈会上发表重要讲话30周年。抚今思昔，我们心潮澎湃，热血沸腾，心情格外激动。30年前，为了解决中国无产阶级文艺发展道路上遇到的理论和实践问题，主要是党的文艺工作和党的整个工作的关系问题、文艺为什么人的问题、普及和提高的问题、内容和形式的统一问题、歌颂与暴露等问题，党中央在延安举行了隆重的文艺座谈会，专门研究讨论文艺工作。这次座谈会是在我们党经济条件极为艰难、政治环境比较复杂的情况下召开的，充分说明我们党对文艺工作的高度重视，也说明了文艺工作在我们党工作中的重要地位。在这次座谈会上，毛主席旗帜鲜明地提出并很好地解决了文艺领域一系列带有根本性的理论问题和政策问题，明确提出了文艺为工农兵服务的方针，强调文艺工作者必须到群众中去、到火热的革命斗争中去，熟悉工农兵，为工农兵服务，为人民大众服务，为当时和未来的革命文艺道路指明了前进的方向，为繁荣社会主义革命文艺做出了巨大的贡献。毛主席在延安文艺座谈会上的讲话，具有十分重要的现实意义和历史意义，标志着我国文学艺术与工农兵群众相结合的文艺新时期的开始。30年来，许多文艺工作者在毛主席革命文艺思想的正确指引下，在反映伟大的社会主义革命和社会主义建设以及塑造工农兵形象方面取得了显著的成就，并且在文化艺术民族化、群众化上取得了重大的突破，为发展和繁荣革命文艺、丰富人民群众的文化娱乐生活作出了贡献。今后，我们要坚定不移地坚决执行毛主席的无产阶级革命文艺路线，自觉捍卫毛主席的无产阶级革命文艺路线，努力学习，积极工作，勇于实践，多出文艺精品，为发展和繁荣我县的革命文艺作出新的贡献！

“老师们，同学们，这次中小学文艺汇演，是经过‘无产阶级文化大革命’洗礼之后对我们全县中小学革命文艺队伍的一次盛大检阅，是各代表队互相交流和观摩学习的大好机会，也是我县培养革命文艺后备人才的重要举措，对于进一步提高我县革命文艺创作水平，繁荣革命文艺创作具有十分重要的意义。县委和县革命委员会对这次汇演予以高度的重视，县委书记、县武装部政委、县革命委员会主任刘国兴同志亲自过问汇演的准备情况，指示县有关部门大力配合，在县财政资金较为紧张的情况下，拨出专款予以支持，县财贸部门以县三级干部会议的规格为大家提供伙食标准，县委党校、都城影剧院在住宿、演出场地等方面做好了周密的安排，为这次汇演创造了良好的条件。为此，我衷心希望，在汇演期间，大家一定要珍惜这次难得的机会，团结友爱，同心协力，遵守纪律，倾情演出，保证汇演达到预期目的，不要辜负县委领导对我们的期待和希望，以优异的汇演成绩向全县革命人民汇报！

“最后，预祝汇演取得圆满成功！”

禤永恒部长讲话之后，县教育局局长和文化局局长分别根据各自职能作了简要的发言，提出了要求和希望。最后，县文化馆副馆长马云英宣布演出正式开始。

开幕典礼的节目由罗旁公社代表队演出，他们演出的节目是粤剧《枣乡儿女》。

6

从下午开始，汇演在党校大礼堂和都城影剧院同时进行。北部片代表队在影剧院演出，有都城镇、附城、平台、桂圩、罗顺、建城、罗旁、通门、宝珠9 个代表队，南部片代表队在党校大礼堂演出，有大方、大全、千官、大湾、河口、宋桂、坝东、连滩、历洞、南江 10 个代表队。第一轮演出戏剧小品，第二轮演出音乐、舞蹈，第三轮演出曲艺和其他节目。评委工作由县文化局和教育局负责。按照领队会议抽签结果，南江公社代表队的演出顺序排在南部片第三位，在宋桂公社代表队和连滩公社代表队之后，座位也是根据抽签的顺序安排在连滩公社代表队之后。按照要求，所有参加汇演的师生必须全部集中观摩，南部片 10 个代表队全部集中在党校大礼堂观看演出。

负责党校大礼堂（南部片代表队）舞美的是县文化馆的职员叶晓丹。叶晓丹看上去年龄在 25 岁左右，高高瘦瘦的。他的上身穿一件白衬衫，衬衫下半部分裹进西装长裤的腰际里面，走路的时候脊梁微微向前倾斜，脸庞较为瘦削，不大突出的鼻梁上架着一副深棕色边框的近视眼镜。看得出，在明亮的镜片后面是一对充满智慧之光的眼睛，给人以精神奕奕、精干睿智和风度翩翩的感觉。演出之前，他径自来到领队座位前面，要求各代表队提前把背景幻灯片交给他，以便在演出时及时把背景打到布景幕上。

洪月倩正坐在第七行中间的座位上，禁不住被这年轻人的翩翩风度所吸引，她听出这个年轻人的口音是连滩地方的口音，在一段时间里竟忘情地目不斜视地盯着他。这一切，都被坐在她旁边的陈玉乔看在眼里，陈玉乔心想，一定要找个机会取笑取笑她。

演出准时开始。继宋桂、连滩公社代表队演出之后，南江公社代表队就拉开了话剧《激浪》的序幕。

舞台帷幕徐徐拉开，舞台后面的布景幕，由南江公社幻灯队绘制的一幅近乎写实的幻灯布景画面映入了观众的眼帘，这是以南江公社某大队的抗洪斗争事迹为题材的背景画，一道雄伟的防洪大堤蜿蜒伸向远方，前面是滔滔江水，后面是大片水稻和农作物，最后面是灰蒙蒙的远山，山脚下是参差不齐的农村房舍，整个画面气势磅礴，色彩厚重，充满生机。

舞台上，一部反映西江儿女抗击西江特大洪水英雄事迹的多幕话剧正在紧张上演，跌宕起伏的剧情和学生演员们精彩的演出，深深吸引了在场的观众。礼堂内，除了演员们的对白之外，几乎没有任何的杂音——

支部书记："大家别管她，听我的，统统给我搬走。"

书记妻子大声阻拦："不能搬，谁动手搬，我就跟谁急，跟谁要钱。"

社员甲："嫂子，你这样子叫我们很难做呀?"

社员乙："是呀，书记带着我们来搬运沙石，你却在这里阻拦，耽误我们的时间，现在大堤又等着沙石加固，我们等不起呀!"

书记妻子："我没有叫你在这里等，你们爱上哪里搬就到那里去搬。这些沙石全部是我一分钱一分钱地筹集起来、买回来的，我的东西谁都不能动。"

支部书记："我说老婆子，你别这样'死牛一面颈'好不好，我老实跟你说，这沙石今天是非运走不可！现在大坑冲那段堤围，渗流的情况越来越严重，急需用沙石堵塞加固，大家在这里多耽误一分钟时间，堤围就多一分危险，现在堤围真的是等着沙石急用啊!"

书记妻子："急用你到别的地方找去。"

书记女儿："妈，你就别固执了。阿爸说得对，西江洪水来得非常凶猛，再耽误可就来不及了，人命关天啊!"

书记妻子："你这不中用的死丫头，手指拗出不拗入，你不但不帮我，还帮着你爸说话。"

书记女儿："我阿爸就是说得对嘛!"

支部书记："女儿说得对！这样吧，阿容，今天我说话算话，等到秋天我们家盖房子的时候，无论如何，我都会把沙石给买回来。好吗?"

书记妻子："你的话我听得耳朵都起茧子了。你自己当着大家的面说说，你对我许诺过的话，有多少兑现了?"

支部书记："这都是因为我们大队底子薄，经济上不去的缘故。请你再相信我一次，要是把大堤保住了，两年内，如果我们大队的面貌没有根本的改观，经济不能翻身，我们大队借的债务还不清，我自己引咎辞职。"

书记妻子："你就是现在辞职我也不管你。人家当官都有'着数捞'，你上任当了近十年‘芝麻官’，不但钱没挣着，反倒要自己倒贴了许多钱，还连累我和孩子跟着你受苦受累。”

支部书记：“我这不都是为人民服务吗？”

书记妻子：“你是为人民服务了，可是人民为你服务了吗？你日夜为他们操劳，他们有感激过你吗？想想吧，早几年搞批斗，打‘走资派’，他们写你的大字报还少吗？还记得你被人家吆三喝四、戴了高帽押着去游街吗？”

书记女儿：“妈，都什么时候了，你就别岔开话题了，人家都快要急死了，快让我们搬东西吧。”

支部书记：“阿容，我跟你说过多少次了，什么事情都不能够斤斤计较。再说，为人民服务是我们共产党的根本宗旨，我是一名共产党员，是党的支部书记，我个人受点委屈算得了什么！现在，全大队的干部和社员都在看着我，在事关全大队人民群众生命财产生死存亡的关键时刻，我这个支部书记不带头作贡献，叫谁来带头作贡献？”

书记妻子：“有你这样做贡献的吗？大队开干部会，没有米，你从自己家里往外拿，没有青菜，你在咱家菜园里摘；近两年开干部会议、招待上级来检查工作的领导，前前后后杀了我 20 几只鸡，还有几只鹅、鸭，每次你都说先记账，直到现在，一分钱也没有兑现回来给我；最近这几年，我好不容易凑足了几十根桁条，准备今年建房子，去年抗洪，你叫人拿去打了木桩，至今还打着白条；现在，你又来打我这几十万（斤）沙石的主意——年年你都要把自家的东西往外面搬，你还说，我这辈子嫁了给你，是我的福气。可是，你想想，你究竟给了我多少幸福，给我过了多少舒心的日子！现在，就连女儿也帮着你。既然这个家你们都不顾了，我还操什么心！你们要怎么样做就怎么样做吧，我不管了。”书记妻子说着，先是激动、再到愤怒、到最后禁不住悲从中来，泪水纵横，放声大哭，双手在不住地捶打支部书记，最后干脆扑倒在书记的身上。

女儿和众社员见状，立即上前扶持，劝解，安慰。

支部书记：“阿容，你别这样。请你相信我，今年保住了大堤，明年我们就一定能够把欠你的——不对，应该是欠我们的统统给还上。现在加固大堤，许多社员都已经拿出了自己的物资，有的甚至把家里的门板都卸了下来拿去抗洪，我们当干部的当然也不能落后。建房的沙石虽然暂时没有了，但保住了大提，保住了水稻和经济作物，保住了全村人民的生命财产，以后发展了生产，增加了收入，我们就有本钱再买。”

众社员齐声说：“支书说的对，只要保住了大提，保住了水稻和经济作物，保住了全村人民的生命财产，我们就有本钱再买回来。请你相信我们吧，我们保证不欠你的。”

书记妻子停止了哭泣，缓缓回过神来，恢复了常态，对大家说：“各位乡亲父老，各位亲人，对不起，刚才我是有点过分，请大家不要介意，我也是没有办法才这样。其实，我也知道‘嫁鸡随鸡、嫁狗随狗’的道理，我更知道保不住大堤，我们就会一无所有，可我就是一时吞不下这口气，一下子转不过弯来。现在我明白了，这就是命，是我上辈子欠了他的，我认了，大家该怎样做，就怎样做吧，我不管了。”

支部书记：“好！这才是咱村的好社员，我黄振明的好老婆！阿容，谢谢你——我代表党支部和全大队的父老乡亲感谢你！”

众社员也齐声说：“对，嫂子，我们大家都十分感谢你！”

支部书记：“社员们，时间就是生命，我们赶快运沙石去大坑冲，争分夺秒加固堤围！”

众社员：“对，我们赶快运沙石加固堤围去！”

众人造型，舞台帷幕急下。观众席上随即响起了经久不息的掌声。

《激浪》演出获得了巨大的成功。几个评委的评分都接近满分。按照原定计划，3 天时间的汇演结束了。三轮演出下来，南江公社代表队的总成绩排在全县前三甲，全部参演节目均获奖。话剧《激浪》和舞蹈《大寨红花遍地开》获得一等奖，歌曲《请到我的家乡来》和相声《沙地头趣事》获得二等奖，女声小组唱《赞赞我们的好支书》获得三等奖。

第四天是培训学习时间，分为文学创作、歌舞和曲艺三项内容。刘建兴、邱大贵参加了文学创作班，冯新荣、周炳参加了曲艺班，陈玉乔、洪月倩、吴红芬、黎艳霞等大部分人参加了歌舞班。

文学创作班的老师是县文化馆馆长、省著名作家、曲艺家田文长。上午培训的课程是小说、散文创作，下午培训的课程是剧本（小品）创作。

上午，田馆长重点针对当前全县文学创作的实际，对文学的功能、创作基本原则和步骤以及应当注意的事项，进行了深入浅出的辅导，有理论、有自身创作的实践体会，其中还穿插介绍了世界和国内文学大师的经典名著，深深吸引了许多初涉文坛的青年学生。田馆长注意到，坐在前排中间座位上一名个头不高的学生，听得特别认真，还全程做了详细的笔记。课间休息时，还专门向他了解《郁南文艺》的投稿事项。

田馆长问："你叫什么名字，是哪个代表队的？"

刘建兴答："我是南江公社代表队的，名字叫刘建兴。"

田馆长问："写过文学作品吗？比如小说、散文、戏剧。"

刘建兴答："没有。都是小打小闹的，从未在刊物上发表过作品——除了学校出的墙报。"

田馆长问："那么，在创作方面，你有什么想法？"

刘建兴答："小说、散文、戏剧我都想写，就是不知如何入手。"

田馆长说："还挺有抱负的。这样吧，回去以后，你先写一两个短篇小说和小品寄来县文化馆，让我先看看。我看了你的作品，再具体跟你谈谈，好吗？"

刘建兴说："好的，谢谢田馆长！"

田馆长说："不用谢，以后多联系。"

休息过后继续上课，田馆长首先热情赞扬了刘建兴，说年轻人有志于文学创作是件好事，值得鼓励，县文化馆会尽力支持和帮助。继而又说当代文学青年应该有理想，有抱负，有志气，有远大目标，刻苦学习，积极写作，大胆投稿，不怕失败，辛勤耕耘，努力在我们伟大祖国的文学艺术园地栽培出一批批文学艺术的奇葩；希望在不久的将来，在我们这个文学创作培训班里，出几个在全省乃至全国都有较高知名度的作家。

大家以热烈的掌声回报田馆长的鼓励。

第 13 章

1

汇演结束后，陈校长、周组长专门向公社革委会陆雨航副主任汇报了汇演的情况。获知南江公社代表队在全县中小学文艺汇演中获得优异成绩的消息后，陆副主任非常高兴，他没有忘记自己曾经向陈、周两位校长许过的诺言，当即决定在中学饭堂为参加汇演的师生举行庆功晚宴，以示鼓励。时间定在星期五的晚上。随后，陆副主任亲自找分管财贸工作的余大河副主任批了 20 元猪肉票以及腐竹等一些副食品指标，要求陈校长回去具体抓落实。

庆功晚宴在中学教师饭厅进行。除了参加编创和汇演的师生之外，还有南江中学和南江中心小学的领导参加，经陆雨航副主任提议和陈、周两位校长热情邀请，南江公社党委书记、革委会主任谭大权同志也前来参加聚餐庆功。

下午 6 时，谭大权书记和陆雨航副主任光临，陈校长宣布庆功晚宴开始，第一项，请张志铭老师汇报南江公社代表队参加全县中小学文艺汇演的情况。

张志铭老师简要汇报了全县汇演的总体情况后，接着详细汇报了本公社参演节目的情况。

张老师说："全县共有 120 个汇演节目，获奖的只有 60% 左右。我们公社代表队这次参演的 5 个节目全部获奖，其中一等奖 2 个，二等奖 2 个，三等奖 1 个。获一等奖的有中学创作演出的 5 幕话剧《激浪》和舞蹈《大寨红花遍地开》，获二等奖的有中学创作演出的歌曲《请到我的家乡来》和小学创作演出的相声《沙地头趣事》，获三等奖的有小学创作演出的女声小组唱《赞赞我们的好支书》。尤其是话剧《激浪》，政治水平和艺术水平都比较高，成功塑造了农村基层党支部书记公而忘私、英勇抗洪的典型形象，反响热烈，演出结束后获得全场喝彩。据了解，5个评委中有4个人对我们的《激浪》打出了9.98的高分，成为这次汇演同类作品中获得分数最高的一个作品。另外，我们的总分也进了前3名，仅次于都城镇和连滩公社的代表队。还有一点，就是参加汇演的同学都能够严格遵守汇演纪律，作风严谨，全力以赴演出节目，真正发挥出了我们的实力和水平，受到县教育局和文化局的表扬，作为领队，我十分满意。”

庆功晚宴第二项，请陆雨航副主任讲话。

陆雨航副主任说：“本来谭书记在场，应该由书记作指示的，但书记说，文化教育都是我分管的，我说几句就行了。那就恭敬不如从命。刚才，张志铭老师已经把汇演的情况作了汇报，具体情况我也不多说了，美食当前，为了不耽误大家用餐，我只讲3句话。第一句话，就是领导高度重视。这次汇演取得了优异的成绩，首先应当归功于公社党委和革委会的高度重视和正确领导，谭书记在百忙中，先后几次过问汇演节目的准备情况，并提出了要求。第二句话，就是未雨绸缪。记得当时县里的文件刚刚下达，南江中学和小学两位校长就找我商量，提出了初步的设想，并且在人员安排和经费方面做好分工协调和落实。做到团结一致，同心同德，密切配合，全力以赴。第三句话，就是全体编创和演出人员具有高度的政治敏锐性和较高的文学艺术修养，精心创作，刻苦排练，力求完美。特别是谭伟常老师，为了写好这个剧本，牺牲了整整一个寒假的休息时间，拿出了初稿之后，能够虚心听取大家的意见，反复斟酌，反复修改，精益求精。为此，我提议，为了这次汇演所作出的艰苦努力和取得的丰硕成果，请大家一起举杯，干杯！”

陆雨航副主任讲话后，进行庆功晚宴第三项内容——聚餐。菜谱是炆全狗、腐竹炆猪肉，清蒸西江鱼和白灼西江虾，以及一些青菜和配菜。另外还有几斤本地酿造的米酒助兴。

在领导席就餐的有谭书记、陆副主任、两位校长、带队老师以及主要编创人员和主要演员。

席间，谭书记问哪几位同学在《激浪》中扮演支书夫妇和女儿？

张老师就分别介绍了周炳、吴红芬和黎艳霞，她们3人便恭恭敬敬地站起来问书记好。书记就说，不要客气，快坐下。接着，张老师又分别介绍了冯新荣、刘建兴和陈玉乔。书记就问陈玉乔是不是上次在戏院演出《沙家浜》被刁小三抢包袱的少女，陈玉乔就大大方方地说是。谭书记就说，不错，你们这帮年轻人英俊潇洒，靓丽聪明，才艺双全，是我们南江公社的精英，前途无量。你们很快就要高中毕业了，大家好好学习，毕业之后积极参加生产劳动，自觉接受贫下中农再教育，在农村的广阔天地里摸爬滚打，刻苦锻炼，相信以后会大有作为的。陈玉乔就回答，那就有赖领导的关怀和厚爱。谭书记就当面吩咐陆雨航副主任，对近年高中毕业的拔尖人才，包括综合素质比较高的，在文艺和体育方面有特长的佼佼者，要注意物色一批作为后备干部重点培养，可以先安排到公社林场、企业或者大队班子进行锻炼，今后在条件允许的情况下，根据需要遴选一些后备干部补充到公社各部门工作，特别优秀的予以提拔使用。陆雨航副主任连说照办。陈、周两位校长也当即表示，谭书记有远见，有眼光，重用我们的毕业生，是对我们学校工作的充分肯定和最有力的支持。陈校长提议，为感谢公社领导的关怀和支持，我们全体师生敬谭书记和陆副主任一杯。于是，大家便大声附和，频频举杯，原先滴酒不沾的陈玉乔、吴红芬、洪月倩、黎艳霞等女同学，也纷纷举起了酒杯。

庆功晚宴一直进行到晚上 7 点半钟。谭书记和陆副主任说要参加晚上八点召开的全县电话会议，于是，两位校长就陪同谭书记和陆副主任回公社大院，大家随后也纷纷走出了饭堂。这时，外面的世界已是暮色苍茫，原先叽叽喳喳叫个不停的归巢小鸟也停止了喧闹，躲到散落于校园各处的高大的乌榄树和繁花竞放的凤凰树枝丫上栖息去了；错落有致地布局于校园各处的教室已透射出缕缕明亮的灯光，同学们早已回到教室自习，整个校园静悄悄的，显得异常的静谧祥和。

2

俗话说：酒不醉人人自醉。今晚，冯新荣确实有点醉了，一来是因为获奖，他当宣传队队长心里高兴，加上大家热情向他劝酒，有气氛，讲情义，就多喝了一点；二来是因为在都城汇演期间，找机会向吴红芬表白了爱慕的心声，两个人的想法一致，初步明确了恋人的关系，并且一起到了姑妈家做客，得到了姑妈的赏识。暮色中，在回宿舍的路上，冯新荣明显地感觉到脚步有点飘浮。这时一直在关注着他的吴红芬自己不好意思扶他，就叫来刘建兴帮忙，拉着冯新荣的手。刘建兴本来与陈玉乔走在一起，听到吴红芬叫自己，虽然有点不舍，但还是赶快走了过去。

带着几分酒兴和些微的醉意，冯新荣却不肯领情甚至拒绝帮助：“拉什么拉？刘建兴，你给我走开，哪里凉快上哪里去。”

刘建兴说：“不是我要拉你，是吴红芬叫我过来拉你的！”

冯新荣说：“吴红芬？吴红芬叫的又怎么样？有胆的叫她过来。吴红芬，你过来。”

一直跟在后面的吴红芬向前紧走了两步，说：“冯队长，你喝多了，让刘建兴扶着你稳当点。”

冯新荣却说：“什么稳当点？啊？刘建兴扶我就稳当，你来扶我就不稳当了？是吗？真是的！”

吴红芬说：“我不是这个意思，我是说让刘建兴扶着你比较合适。”

冯新荣说：“什么刘建兴比较合适？我说你合适就你合适。吴红芬，我知道你在想什么，不就是怕人家笑话我们两个吗？这有什么可怕的？我不怕！我冯新荣还要感谢他们成全我们俩的好事！”

吴红芬说：“冯新荣，你醉了。”

冯新荣说：“笑话，你当我真的醉了？我没有醉。我跟你说，我冯新荣喝酒，从来就没有醉过，你不要‘老鼠不忧夹子忧’，真是‘杞人忧天’，自讨烦恼！”

吴红芬说：“好，你没有醉，那就让刘建兴陪你一起走吧！”

冯新荣说：“我说吴红芬，你怎么老是要让刘建兴来陪我？刘建兴算什么东西，不就是唱个歌得了二等奖吗？我们演的《激浪》还得了一等奖呢。我不要他，我要你来陪我。”

吴红芬说：“好了，我知道你了不起了。你别说了，快点回宿舍去吧。”

冯新荣说：“对，我们回宿舍去。快走，我们回宿舍！”

刘建兴和吴红芬陪着冯新荣回到宿舍，冯新荣一下子就卧倒在床上，喃喃自语了一阵子，然后就睡着了。考虑到冯新荣醉酒，等会可能需要人照顾，吴红芬在男生宿舍里也不太方便，就自己留在宿舍看书，让她回去了。

快下晚修的时候，黄炳照带着一个女孩子回到宿舍，见到刘建兴，就说是自己的表妹，叫他帮忙找女同学商量，在女生宿舍借宿一晚。刘建兴察言观色，见黄炳照有点言不由衷，唯唯诺诺，又看那女的显得很羞涩，就问黄炳照，那女的真的是你的表妹？黄炳照于是说了实话，说是春节期间父母在家里给介绍的对象，今天她来趁圩，误了搭班车的时间，她就找到学校来了。由于时间太晚，过了饭堂吃饭的时间，黄炳照就和她去街上的饭店吃饭，才刚刚回到宿舍，他也不知道该怎么办才好。刘建兴就叫她去旅店住，她说由于出来没开到大队证明，不能登记住宿。刘建兴就和他们去女宿舍找女同学商量，正好宣传队的几个女同学都在，舍长吴少英就说刚好女生宿舍有个同学今天有事回家去了，让黄炳照的“表妹”在那个同学的床上睡。

3

时间到了6月下旬，星期一早读，在高二（3）班，不知是谁开的头，同学们都在以电影《战友》为由头，拿洪月倩开玩笑。

“喂，昨天晚上你们有谁看到‘战友’了？”

“昨晚我们不是在教室自修吗？看哪门子的战友？”

“无中生有，谁去看‘战友’了？”

“是呀，我们都不知道什么‘战友’。”

“一头雾水，钱耀楠，你到底想说什么？”

“我听1班的同学说，昨天晚上，他们班有几个同学去看电影《战友》，没想到，《战友》下面还有1班和我们3班的两个‘战友’。”

“什么《战友》下面还有‘战友’？你不说我倒明白，你越说我却越糊涂了。”

“是呀，大船佬，有什么事情不妨明说，别在这里卖关子。”

“这事问问洪月倩同学就知道了，昨晚自修就她缺席！”

于是，大家就把目光投向洪月倩。

“哟哟，你坐在前面角落，后面女同学缺席你也知道？是不是你特别关注她！”

“开玩笑！无端端的我关注她做什么？人家一朵班花校花，虽说不上是国色天香，但也是艳丽夺目，婀娜多姿，青睐她的人多的是，会看上我这个名不见经传的穷小子吗？”

“嘿！你还别说，‘中意’两个字，谁能说得清楚？说不定鲜花真的会插在牛粪上呢！”

“你这小子，是不是皮肤痒了，想让我揍你了，谁是牛粪？”

“别别别！我打错比方了，应该是插在花瓶上！”

……

洪月倩压根没有想到，自己去看了一场电影竟会招来这么多同学的议论，而且话说得越来越过分，觉得十分的冤枉和委屈，满脸涨得通红。本来，她并不想理睬那几个无事生非的好事者，但既然有同学已经指名道姓地提到自己，她就再也不能保持沉默。

于是，她就大大方方地站起来，拍了一下手掌，说：“各位同学，你们别在这里瞎猜了。我可以明确地告诉大家，昨天晚上是我和一班的同学去看电影了，就是你们说的《战友》。我的座位和文勇男同学的座位相邻，这事纯属巧合。事情是这样的，昨天下午我从家里回到宿舍的时候，谭桂鸾对我说，镇上电影院放电影，他们班有几个同学买了今晚的电影票，邀她一起去看电影，但她临时有事没能去看，就把电影票让给了我。老实说，我们一起同学就快两年了，也即将毕业了，大部分同学可能至今还不大了解我，但吴少英了解我，我们班的女同学也都了解我，我洪月倩为人做事，从来是行得正、做得正，开诚布公，从未遮遮掩掩。我现在可以坦白地告诉大家，文勇男同学也算是个美男子，但他并不适合我，不是我喜欢的类型，无论过去、现在或者以后，我都不会和他拍拖。我再多说一句，到目前为止，我还没有和谁拍过拖——至少在毕业之前，我都不会和谁拍拖。我这样说，大家满意了吧？”

洪月倩话音刚落，就有人鼓掌。也有人觉得像一盆冷水兜头淋在了身上，最难受的是黄志德，原本他以为在毕业之前，洪月倩对他会有所表示，他们两人的关系会有进一步的发展，可是，并没有得到他想要的如期效果。此时，冯新荣也顿开茅塞，原先他写给洪月倩那份迟迟收不到回音的爱情倾诉，已经在她的公开表白中找到了答案。洪月倩的这番话，反而令他感到安慰，他庆幸自己早些时候及时接住了吴红芬大胆抛过来的红绣球！平心而论，在他的心目中，洪月倩和吴红芬可以说是不相伯仲，两个同学都一样优秀，但是从娶妻子的角度考虑，吴红芬可能会更适合自己！

此后，大家一时无语，就连原来议论得最起劲的几个同学，也中规中矩地念起书来。

没有人知道赖老师是什么时候来到教室外面的。洪月倩讲完之后，赖老师便悄然无声地从教室后门进入教室，从1、2组之间的通道走到讲台，刚才他所看见和听到的一幕，使他觉得有必要在同学们毕业离开学校之前以长者的身份与同学们作一次推心置腹的谈话。

赖老师站在讲坛后面，神情严肃地扫了大家一眼，然后开腔说话："同学们，听了洪月倩同学讲的心里话，作为过来人，我也想趁机谈谈我个人的想法。在讲话之前，我也不客气，对于洪月倩同学昨晚未经请假不参加晚修擅自去看电影一事，在全班进行公开批评。希望大家引以为戒，好头好尾，一如既往地保持好我们班纪律严明、作风优良的良好班风和勤奋好学、团结进取的形象。同时，我也要批评个别喜欢捕风捉影的同学，开玩笑要有个度，不要单凭一时之兴和一些表面现象去取笑别人，人云亦云，这样不仅会伤害大家的感情，而且对于感情脆弱的人，可能还会出现一些难以想象的后果。所以，希望大家务必注意，凡事都要多动脑筋思考一下。下面我接着洪月倩同学的话题讲讲我个人的看法。俗话说'男大当婚，女大当嫁'，结婚生孩子，这是人类社会得以繁衍生息和发展的必然规律和正常现象。在我们国家，只要符合要求，具备条件，任何一个公民都可以自由恋爱，选择自己喜欢的对象，一起走进婚姻的殿堂，组建自己的家庭，过上幸福美满的生活。当然，这应该以大家毕业之后回到社会上工作、符合《婚姻法》规定的条件为前提，在高中学习阶段，学校禁止谈恋爱，这一点，大家必须遵守。再讲长远一点，再过三五七年，如果有朝一日我们的国家恢复了高考——我想我的这一希望绝对不会是黄粱美梦——我也希望在座的同学们积极去参加，争取我们的同学有尽可能多的幸运儿进入高校深造。因此，我希望大家高中毕业之后，或者到高校深造之后，都能够树立正确的恋爱观和婚姻观，以平常心对待恋爱结婚，不要把恋爱结婚视作见不得人的事情，更不要耻笑别人。恋爱结婚是人生的头等大事，是一件十分严肃的事情，它需要真诚和坦白，需要精心呵护和培养，当然也需要大家的祝福而不是讽刺。同时，我还要告诉大家，在恋爱结婚问题上，大家一定要真诚，来不得半点的虚伪和儿戏，否则，吃苦果的将会是自己，会令我们同学、老师失望。最后，我想再强调一下，在大家毕业离校之前，在高中学习阶段的最后冲刺时刻，应该抛弃一切私心杂念，把全部的精力放在学习上，抓紧复习，强化训练，巩固学过的知识，争取以最优异的成绩走向社会，回报社会，并且通过自己的努力打拼，用坚实的文化知识基础为自己今后的人生，当然也包括婚姻生活铺就一条锦绣之路、幸福之路！我说的就这些，说得不对的，请大家批评指正，谢谢大家！”

赖老师在同学们热烈的掌声中走下讲台。

4

陈玉乔怎么也没有想到，在临近毕业的最后一周，原本以为已经结束的“掀被风波”还有续闻。

星期三上午考完了毕业试，下午全体同学参加学农基地劳动，到南江边学农基地挖掘落花生。

开工之前，班主任张志铭老师向高二（2）班同学宣布了学校的规定，在挖掘花生期间一律不准偷吃花生果实，并指定由刘明洋班长、劳动委员以及各小组组长为监督人员，发现违规者，一律在班上公开点名批评。

中间休息时，吴红芬悄悄把陈玉乔拉到一边，塞给她一封信，说是今天早上朱良泰叫她转交的，叫陈玉乔务必要认真看看。陈玉乔就借故出去，把信粗略看了一遍。在信中，朱良泰首先对自己以前所做的行为和种种幼稚想法表示忏悔，请求陈玉乔原谅。接着，又旧调重弹，说了一大堆自己家庭的优越条件之类的话，说如果陈玉乔跟了他，保证她以后的生活无忧无虑。最后信誓旦旦地表达了自己对她的爱慕，说是海可枯、石可烂，他朱良泰对陈玉乔的爱心永远不会变！请陈玉乔一定要好好考虑考虑，切莫错过了这绝好的机会。

陈玉乔看完了朱良泰的信，并没有被朱良泰的一番甜言蜜语所感动。

平心而论，作为同班同学，两年来，陈玉乔对朱良泰一直都没有什么感觉，更说不上喜欢他。朱良泰虚伪、耍滑、自命不凡的缺点，尤其是自他导演了“腊鸭事件”和“掀被风波”之后，陈玉乔对他更加反感和鄙视。看完了朱良泰的信，她就毫不犹豫地将它撕得粉碎，然后随手一扬，将那封足足花费了朱良泰整整一个星期天的求爱信，连同两年来她对朱良泰的所有记忆，全部抛在了脑后，并且在心里默默地告诫自己——从今以后，永远不要和朱良泰这个伪君子扯上任何关系。

陈玉乔铁青着脸回到工地，吴红芬不用问就知道了结果。但她还是悄声问：“玉乔，你怎么啦？”

陈玉乔说：“没什么，就是心里有点不舒服。”

吴红芬问：“朱良泰又在纠缠你？”

陈玉乔说：“别说他，我不想再提这个人。”

吴红芬问：“那，这封信，怎么办。回不回？”

陈玉乔说：“不回，你告诉他，这封信我已经撕了，让他别再白日做梦！”

吴红芬迟疑了一下，说：“你当面跟他讲清楚不更好吗？”

陈玉乔反问：“我为什么要当面跟他讲清楚？红芬，别说我说你，对这个人你是知道我想法的，还狗咬耗子——多管闲事，你本就不应拿他的信。你自己揽回来的活，你自己去摆平他。”

吴红芬有点不好意思，说：“玉乔，我真不知道会这样，我只是好心。既然如此，我就去告诉他，叫他不要自作多情。”

陈玉乔说：“别拖泥带水的，决断点，叫他死了这份心。”

吴红芬说：“我知道了，一定让他死心，放心吧！”

5

刘建兴没有想到，在毕业前夕，陈玉乔会主动来找自己。

学校星期六举行毕业典礼，星期五吃晚饭时，陈玉乔端着饭盅找到刘建兴，说是晚饭后一起到外面走走，叫他在运动场篮球架后面的大乌榄树下等她。说完，就离开了。

陈玉乔刚走开，黄月新就走了过来，问刚才陈玉乔过来说些什么。刘建兴就实话实说。黄月新说：“佳人有约，兄弟，你这次有机会了。”刘建兴却说：“但愿如此吧，但是，我觉得事情可能并没有你估计的那么乐观。”

刘建兴说的并不是没有根据。自从参加汇演庆功晚宴以来，陈玉乔就很少与他见面，有时见了面，也是打个招呼就走开了。

吃过晚饭，刘建兴就立即到了乌榄树下。大约过了一刻钟，才见陈玉乔款款走了过来。

陈玉乔说："对不起，回宿舍换了件衣服，让你久等了。"其实，陈玉乔这话只说了一半，另一半却没有道出来。刚才在宿舍换好衣服之后，她的双腿一直迈不出宿舍，她不知道见了刘建兴之后该如何开口，并且设想刘建兴听了她的决定之后会做出何种反应，自己又应该如何应对。

刘建兴说："没关系，是我心急，提前走过来了。"

陈玉乔问："你打算往哪边走?"

刘建兴说："你说呢？我听你的。"

陈玉乔说："那就沿南江河堤走一转，那边有南风吹，空气会好点，好吗?"

刘建兴说："好吧，就往南江边走。"

两人走出校门，走上河堤，不觉已经来到学农基地的路段。放眼对岸，刘建兴看到，天边最后一抹夕阳已经跃上了家乡的一个名叫亲子顶的山梁，太阳马上就要落山了。

刘建兴感慨地说："时间过得真快，一转眼，两年就过去了。"

陈玉乔说："是呀，想当初入学时，我们素不相识，因为称柴，我父亲还和你产生了点小误会。"

刘建兴说："那时是我不对，担心渡口那挑柴会被人家拿走，所以急着叫老师过秤。"

陈玉乔说： "事情已经过去了，你也不必记在心上。还是说说以后的事吧。"

刘建兴问："好啊！以后的事。你有什么想法?"

陈玉乔迟疑了一下，终于鼓起勇气，说："刘建兴，有点情况我必须向你讲清楚，就是我们之间，还是保持同学和好朋友这样的关系吧。"

刘建兴感到突然，问："为什么?"

陈玉乔说："情况有了点变化，我的父母希望我能够嫁给一个以后可以吃'皇粮'的人。"

刘建兴问："吃'皇粮'的人？什么意思?"

陈玉乔说："有一个老同学在追求我，并且，我的家人包括我外婆都很喜欢他。”

刘建兴问：“这个人是谁？我认识的吗？”

陈玉乔说：“这人你不认识，他是坝东公社岩咀大队的人。”

刘建兴问：“你们早就认识？”

陈玉乔说：“我们从小就认识，他是我小学的校友，比我高三级（届）。在连滩中学读初中时，他被挑选到空军滑翔学校学习，明年就要毕业分配下部队了。其实，这人跟我还有点拐弯亲戚，是我外婆的姨表姐的外重孙子。”

刘建兴说：“以前你好像从未提过这个人。”

陈玉乔说：“因为以前我还拿不准，不方便对你说。汇演回来之后，我回家一趟，母亲又跟我说起此事，要我表态，好回复人家，我没有办法，就答应先与他通信联系，等到他分配工作以后大家相处一段时间，如果性格志趣相同，大家合得来，就确定关系。对了，寒假期间你在红岗水电站出来找我的时候，碰巧我外婆病了，我去了外婆家，刚好他也随母亲去看我外婆。”

刘建兴说：“‘醉翁之意不在酒’，怕是你母亲和外婆想出的苦肉计，专门约你出来相睇的吧？”

陈玉乔说：“当时我并没有想那么多，现在看来，极有可能。因为，我们已经有好多年没有见过面了。”

刘建兴问：“你是冲着他就读滑翔学校的名堂答应的？”

陈玉乔说：“有这个因素，但也不完全是。平心而论，论才干，他可以说是个佼佼者，论仪表，他也是潇洒倜傥，一表人才。”

刘建兴鼻子酸酸的，说：“这么说，我是没有机会了？”

陈玉乔说：“我想应该是的。我们俩在一起的机会很微。但是，话又说回来，世事难料，以后，就让时间和命运来决定我们的未来吧！”

刘建兴说：“那么，我就祝你顺利当上一名军官太太。”刘建兴的声音已经有点哽咽。停了一下，又说，“玉乔，明天就要分手了，我们相处了这么长一段时间，无论如何，我都舍不得你离开，但是，既然事情已经无可挽回，我也无可奈何，只有一个最后的请求，希望你能够满足我。”

陈玉乔一怔，问：“什么请求？”

刘建兴左右顾盼了一下，路上没有行人，便果断地说：“让我拥抱一下你。”

没等陈玉乔答应，刘建兴已经无法控制住自己，他突然张开双臂，两只手紧紧地搂住陈玉乔，嘴巴也紧贴着陈玉乔的脸颊和发际，一边用力狂吻，一边喃喃自语："玉乔，我舍不得你。我真的好舍不得你，求求你，不要离开我，好吗?"

尽管被挤压得好生疼痛，但陈玉乔还是没有立即挣脱刘建兴，心里只想满足他两年来对自己的唯一的也是最后的一个要求，就让他尽情地拥抱一下自己，好了结他的心愿。过了一会儿，她又担心有路人经过，被人看见，影响不好，只得硬起心肠，不无内疚地说："刘建兴，求求你，别这样，让别人看见了不好，快松开手吧。"说着，见刘建兴还没有松手的意思，便用力挣脱了刘建兴，继续说，"我们以后还是好同学，好朋友，是吗? 以后你一定会找到一个比我更好更优秀更温柔更懂得关心人的女朋友，到时候，你就会觉得其实我陈玉乔并不是那么好，并不那么适合你的。真的，请你相信我，一定会的。刘建兴，天就要黑了，我们这就回去吧。"

虽然陈玉乔这样安慰刘建兴，但她的泪珠却也已经溢出了眼眶。为了不让刘建兴看到她流眼泪，她极力忍住泪水，急急忙忙转过身去，快速整理了一下被整乱了的衣裳和头发，然后果断地撇下刘建兴，头也不回，大步流星地向学校走去。

刘建兴脑子里一片空白，他像傻子一样呆呆地望着陈玉乔渐渐远去的背影，直到她消失在浓浓的暮色之中。同时，两只眼睛极不争气地涌出了两行泪水。直到过了许久，刘建兴才意识到自己的失态，于是本能地迈开双脚，无精打采地向学校走去。

6

刘建兴一个人悻悻地回到宿舍时，大部分同学外出还没回来。正在专心整理行李的郭炳新并没有注意到刘建兴的表情，就问他刚才到哪里去了，刘建兴就说在外面逛了一阵子。郭炳新就告诉他，刚才吴少英和洪月倩来过，聊了10 多分钟就回去了，吴少英好像有事要找你。

刘建兴便转身走出门口，正要去女生宿舍找吴少英，却见赖嘉荣老师和班长蔡国铧从女生宿舍那边走了过来，便在门口等着。

刘建兴提起精神和赖老师打了声招呼，就陪老师进入宿舍。宿舍里，有的同学在整理行李，有的在聊天，还有的在看小说，见到老师走进来，都慌忙放下手头的事情，恭恭敬敬地站起来与老师打招呼。蔡国铧招呼赖老师坐下，就跟大家说："刚才去到赖老师那里，赖老师正好要来看望大家，我就陪着过来了。"

这时候，吴少英、洪月倩等女同学也来了。随后，外出的男同学也陆陆续续地回到宿舍。

见人都集中得差不多了，班长蔡国铧就对赖老师说："除了 2 个男同学外出未归之外，其余同学都回来了，女同学全部到齐。"

赖老师就说："那就不等了，免得耽误大家的时间。各位同学，明天大家就要离开学校，各奔前程了。趁晚上有点时间，来和大家聊聊。今天下午，我已经把大家的家庭报告书全部写好了，明天就可以发给大家。顺便告诉大家，我们班这个学期的成绩，在高中 3 个毕业班中平均分是最高的，没有人不合格。还有，经学校领导班子研究、提议并经全体教师表决通过，我们高二（3）班获得了'德智体全面发展标兵班'的称号，今晚大家可以睡个安稳觉，明天开开心心回家去，开始全新的生活。

"从你们这一届新生入学开始，我就担任大家的班主任，朝夕相处整整两年了，以前都是以老师的身份跟大家讲话，现在大家也毕业了，以后我和大家除了师生的关系之外，还多了层益友的关系。在来之前，我在心里不停地问自己，跟大家讲些什么呢？想来想去，觉得还是最后一次以老师的身份和大家谈谈心，交流一下感情比较恰当。

"首先，我由衷地感谢全班同学尤其是以蔡国铧为代表的班委会两年来对我工作的大力支持、全力配合以及对我身体健康的关心爱护。无论在学习、劳动、文体、生活乃至组织纪律方面，对我这个班主任都是积极协助，配合默契，使我能够腾出更多的时间和精力投入文化知识的教学，竭尽全力把更多文化知识传授给大家。其次就是你们积极进取，多有建树。全班同学始终能够保持团结严谨的学习和生活作风，团结、紧张、严肃、活泼，有很强的集体主义精神和进取意识，德智体全面发展，在学校各个领域包括学农基地的生产和文艺宣传工作都获得了累累硕果，多次得到学校的嘉奖和表扬。令全校师生对我们班刮目相看，我这个班主任的脸上也感到光彩。第三，就是你们朝气蓬勃，充满乐观主义精神。笑对困难，乐观阔达，展现了经过‘无产阶级文化大革命’洗礼的一代革命青年的崭新思想境界和精神风貌，给我们的校园增添了活力。正如有的老师对我说过的那样，哪里有高二（3）班，哪里就有歌声和欢笑声。例如去年在梅花塘抗洪抢收，在我们班的带头下，大家一边抢收水稻，一边大唱革命歌曲，把整个梅花塘抗洪抢收现场变成了歌的海洋和劳动竞赛的竞技场，把全体抗洪抢收人员的积极性和忘我劳动的热情调动到最佳的状态，大大提高了劳动效率，圆满完成了抗洪抢收的艰巨任务，给当地农民群众留下了非常美好的印象，受到学校和公社的表彰。

“总之，经过两年来的刻苦学习，大家不负党和人民的重托，已经圆满完成了高中阶段的学习任务，你们已经从刚入学时的青涩朦胧小青年变成了基本成熟并且马上就要走向社会，奔赴工作岗位的建设者，在社会主义革命和社会主义事业建设中建功立业。我衷心祝愿大家在各自的工作岗位上，自觉接受工人阶级和贫下中农的再教育，刻苦锤炼，勤奋工作，不断夺取事业建设的新成就。同时祝愿大家身体健康，工作顺利，家庭幸福，生活美满！最后，我还有一个希望，就是今后我们师生之间、同学之间，要加强交流，常来常往，互相帮助，共度时艰，共创辉煌！”

赖老师的话语，深深地打动了全班同学，宿舍里弥漫着浓浓的离别情绪，许多同学鼻子酸酸的，喉咙发痒，有几个多愁善感的同学眼眶里还溢出了泪花。

赖老师说完，蔡国铧班长就接着说：“感谢赖老师的表扬和鼓励。同学们，让我们再次以最热烈的掌声衷心感谢老师们两年来对我们的辛勤栽培与厚爱，多谢我们的恩师！”

掌声过后，钱耀楠说：“我来说两句，赖老师，我要向您检讨，在我们班，我是最不争气的一个，老给您添麻烦，还有经常开同学的玩笑，有时还有意无意地伤害了同学的感情，学习成绩也不够好，拖了全班的后腿。对不起，学生给您添麻烦了！”

蔡国铧说：“钱耀楠，你不争气就不用说了，这些赖老师都知道得清清楚楚，现在既然已经毕业了，你就别说这种扫兴的话了。”

冯炯秋说：“对，无轮孰对孰错，既然毕业了，就已经成了过去，大船佬，我们说点开心的。”

赖老师说："是呀，大家都毕业了，过去那些芝麻绿豆的东西就不要放在心上了。况且你钱耀楠也有许多优点，比如说正直豪爽，敢说真话，热心助人，是个劳动积极分子等等。说实话，在我的眼里，你们大家都是我的好学生，以后还会是我的好朋友。真的，近段时间以来，我常常想，能够担任你们的班主任，是我赖嘉荣今生的荣幸，在你们的身上，我也学习到了许多东西，比如说，你们团结一致，有很强的集体主义精神和乐观主义精神，崇尚豁达，豪爽大方，不斤斤计较个人利益和得失，敢于担当，光明磊落，乐于助人，有侠义心肠等等，这些都是值得我学习的。钱耀楠，你认为我说的对吗？"

钱耀楠说："对，不过，说到学习，倒是我们应该向赖老师学习，您处处为人师表，言出必行，教导有方，不愧是教师队伍里的精英楷模，是我们的良师益友！"

黄志德说："大船佬，你行呀，出口成章，你就这话最中听！"

冯新荣说："何止中听，大船佬还当上了我们同学的红娘呢！"

赖老师说："是真的吗？我怎么没有听说过？"

欧晓明说："您是老师，大家对您保密，您当然蒙在鼓里啦！"

钱耀楠说："红娘说不上，就是老拿刘建兴和陈玉乔开玩笑。刘委员，对不起，以前我的玩笑开得是有点过火，请你谅解。不过，如果以后你们真能请吃喜糖，可别忘了我这个为你们牵线搭桥、推波助澜的大船佬啊！"

刘建兴并没有料到这时候还会有同学哪壶不开揭那壶，一下子显得尴尬起来，就说："行了，钱耀楠，你们就别老拿我说事了，其实事情都已经过去了，就别提它（她）了。"

黄月新听到刘建兴这样说，想起刚才吃晚饭时刘建兴被陈玉乔约出去之后，回到宿舍便闷闷不乐的样子，估计情况已经有了变化，便打圆场说："刘建兴说得对，事情已经过去了，我们就别提她了。"

听话听声，锣鼓听音。赖老师从刘建兴和黄月新的语气中仿佛听出了点什么，又注意了一下刘建兴的表情，就收回了本想再说点什么的想法，便看了看手表，觉得时间也差不多了，于是就站起来告辞："好了，我该回去了。今晚就谈到这里，明天大家还要赶路回家，大家早点休息。希望以后大家能够经常回母校走走，与老师聊聊天、谈谈心，我随时欢迎大家回来！"

在众同学的纷纷应答声中，赖老师走出了宿舍。接着，女同学们也要告辞。吴少英走到刘建兴身边，悄悄对刘建兴说了句什么，刘建兴就随她走了出去。

来到女生宿舍门外，吴少英向宿舍里叫了一声谭桂鸾，谭桂鸾就应声出来，一起向操场边沿那棵高大的玉兰树走去，3 人在玉兰树附近停下，吴少英抬头望了望那面已经满盈的月亮，说："今晚的月色真好，云彩也不多，可惜就是我们这帮同学很快就要分手了。"

刘建兴说："真是'逝者如斯夫'啊！两年的高中学习生活转眼间就过去了，从明天开始，大家就要各奔前程了。真有点舍不得。对了，听郭炳新说，晚饭后你和谭桂鸾来宿舍找过我?"

吴少英说："是呀。我们俩去找你，一来是想找你道别，临别之前说说心里话，二来是有件事要告诉你，让你有个思想准备。没想到，陈玉乔却事先约你出去了。"

刘建兴说："是什么事?"

吴少英说："建兴表弟，听谭桂鸾说陈玉乔已经有了男朋友，我们刚才去找你就是为了跟你说这件事的。说实话，你和陈玉乔两人的关系究竟怎么样啦?"

刘建兴心里酸溜溜的，说："还能怎么样，我们没有缘分吧！吃过晚饭之后，她约我出去跟我摊牌了，说是有一个远房的亲戚在苦苦追求她。据说那人是坝东公社的，是陈玉乔外婆的姨表姐的外孙子，在空军某滑翔学校学习。以后，人家可就是军官太太了，我这穷光蛋，根本就没法跟人家相比。谭桂鸾同学，你以前估计的不错，陈玉乔的理想是在大城市里工作和生活，这么高的条件，我刘建兴确实不可能提供给她，甚至永远都达不到她要求的条件。她的选择没有错，那位未来军官将来完全可以满足她的要求。"

谭桂鸾说："那就顺其自然吧。俗话说，男人大丈夫何患无妻? 你这么靓仔，又这么有才华，性格也好，以后肯定能够找到一个才貌双全爱人的。想开点吧!"

吴少英说："是呀，以你这样的优秀人才，品行又那么好，以后一定会夫荣妻贵的，好女子多的是。"

刘建兴说："你们都不用劝我，我早就已经想开了。再说，从一开始我就不敢抱有太大的希望，这一点，谭桂鸾同学也知道。"刘建兴嘴里虽然这样说，其实他心里仍然一点也放不开，在他的心底深处，陈玉乔就是自己这辈子除了母亲以外，最最放不下的朝思暮想的女人。

吴少英说："你能这样想就好。好了，夜已经深了，我们回去吧。"

回到宿舍，许多同学还没有睡觉，黄月新见到刘建兴回来，就悄悄问他："吴少英找你出去说什么了？"

刘建兴轻声回答："她说陈玉乔已经有了男朋友，叫我想开点。事情已经这样，我能不想开吗？"

黄月新说："这就对了，'落地三声命注定'。两个人有没有缘分，其实都是命运的安排。她若是你的就一定是你的，她若不是你的，无论你怎么努力都是白费劲。好了，别说了，兄弟，睡觉吧。"

这一晚，刘建兴失眠了。他人虽然躺在床上，但脑子里却在不停地回忆着自从与陈玉乔相识以来的种种往事，直到起床的钟声响起。

第二天，历史的脚步迈进了1972年7月15日的上午，南江中学1970级的全体高中学生即将举行毕业典礼。离愁别绪就像冬天的浓雾一样笼罩着整座校园。礼堂内，与往日学校大会的热烈气氛相比，今天的氛围变得格外清静和郁闷。谁也没有去想也不愿意去想是否应该唱几首革命歌曲来活跃活跃会场的气氛。而刚刚经受了初恋失恋打击的刘建兴更是无精打采，只觉得一片空虚和寂寥，尽管他的座位离主席台很近，可眼前只有主席台上公社革委会副主任陆雨航和陈厚德校长、莫定胜副校长、朱国严副校长等领导的身影在晃动，至于领导在台上都讲了些什么，他连一句话都听不进耳朵，直到毕业典礼进入最后一项议程——领导给"五好学生"颁发奖状，黄炳照在旁边催促他上台领奖时，他才如梦初醒，急急忙忙走上主席台。

毕业典礼结束后，刘建兴没有去饭堂吃饭，径自回宿舍拿了行李，静悄悄地离开了曾经学习生活了5个学年的母校。

激浪　豆蔻年华

（下卷）

第 14 章

1

刘建兴做梦都没有想到，1973 年 7 月进行的全国高等（中专）学校统一招生文化考试，就因为辽宁省出了一个“白卷英雄”张铁生而夭折，让他和数百万踌躇满志地参加了高考的青年学子们做了一场黄粱美梦！这次考试，刘建兴自我感觉良好，除了觉得数学有点难度之外，政治、语文、历史、地理几个科目都考得比较顺手。像许多天分不错而且一直都在坚持业余时间看书学习的考生一样，刘建兴原本以为自己可以在这次高考中大展身手，然后到大学里深造几年，为自己铺就一条辉煌的人生道路。然而，命运之神却与他和同时代的骄子们开了一个天大的玩笑，他的大学梦就如肥皂泡一样破灭得无影无踪，当年大学中专招收的全部都是通过推荐读书的“工农兵学员”。知道消息之后，刘建兴气得差点没把那些曾经陪伴过他无数宝贵光阴的中学课本和高考复习资料丢进灶膛里付诸一炬。“别了，我的理想中的大学校园，别了，我的大学梦！也许我刘建兴这辈子真的只有在农村里摸爬滚打修理地球的命！”

但是，正所谓“祸兮福之所倚，福兮祸之所伏”，就在他大学梦破灭、郁郁不得志的时候，却有人在他人生的十字路口上用力推上一把，让他走上了从教之路——在自己的小学母校当一名民办教师。

8 月下旬的一天中午，刘建兴从队里收工回到家，吃过中午饭，习惯性地午休半个小时。刚刚躺下床，下水大队党支委、妇女主任李兆芳和小学校长黄喜明就来到他家。

刘建兴的父母见到李兆芳主任和黄喜明校长到来，热情地招呼他们落座。

父亲问：“今天吹的是什么风，把李主任和黄校长吹到寒舍里来了？”

黄校长接过刘建兴母亲端过来的黄牛梨蕊茶水，说：“无事不登三宝殿，有件好事与你们商量。具体由李主任跟你们说吧。”

李主任问：“刘建兴不在家吗？”

父亲说：“在家。刚回房间里休息——在学校里生活习惯了，每天中午放工回来都要睡一会儿。”

父亲与李主任和黄校长说话时，刘建兴已从房间里走了出来，与李主任和黄校长打了招呼。

李主任说：“下学期开始，学校要增加一名民办教师，昨天大队党支（部）委（员）开会研究，决定在近年毕业的优秀高中毕业生中物色，我跟黄校长就提名你们建兴担任，大家都一致赞成，如果你们没有意见的话，事情就可以确定下来。不知你们的意下如何？”

父亲说：“这是好事啊。大队和学校这么看得起我们建兴，我没有意见，就是不知道建兴怎么想。”

刘建兴说：“读小学的时候，我就特别羡慕老师，也有过当老师的理想。问题是，就我这水平，又没有读过师范学校，不知道能不能够胜任教学工作。”

黄校长说：“我跟你们中学的陈校长很熟，陈校长对你印象很深，他说，在1966年10月，他还带领你们红卫兵代表进北京接受伟大领袖毛主席的接见。我了解过了，你们这一届毕业生中，无论从文化成绩来讲，还是从综合素质来看，总体上都很好，尤其是你，在整个学校里都堪称是佼佼者。还有，听说，在上个月高考，在全公社考生中，你的成绩排前几名，这方面，你就不用谦虚了。”

李主任说：“是呀，建兴是我从小看着长大的，自小就很乖、挺听话的，聪明伶俐，人缘又好，高中毕业回队里也劳动锻炼一年了，还当记分员和保管员，群众都很信任，很满意，在生产队甚至全大队都有较高的威信，当个民办教师绝对不成问题，相信你完全能够胜任。”

刘建兴说：“李主任过奖了。既然你和校长都这么信任我，那就去试试看。”

黄校长说：“既然你没有意见，那就决定下来。回头你就去跟你们队长说这件事，找人接替你的记分员和保管员工作。过几天，也就是本月28号，公社教育组要组织全公社的教师进行政治思想和教学业务培训，并布置工作，时间 3 天，到时你直接去中学参加，我就不再另行通知了。李主任，你还有什么指示？”

李主任说：“说不上指示。我想在待遇方面你也跟他说说吧。”

黄校长说：“对了，我还差点忘了。第一年，每月工资是 22 元，第二年是 23 元，以后就根据实际情况进行调整。这样，你应该没有意见吧？”

刘建兴说：“我没有意见。感谢领导的关怀和厚爱。”

李主任说：“说不上关怀厚爱，工作需要而已。我只希望你好好工作，充分发挥你的聪明才干，努力为我们下水培养出更多德才兼备的人才。”

刘建兴说：“我一定努力工作，尽力而为，不辜负大队领导和黄校长的期望。”

随后，两人又坐了一会儿，聊了聊家常，就要告辞。刘建兴父亲就叫刘建兴送送他们。刚出了门口，李主任就说：“你不用送了，回去休息一下吧。”

刘建兴说：“反正都睡不着了，我陪你们走走吧。”李主任说：“那就随你吧。”于是，刘建兴就陪同他们走到村口木棉树下，折向了临江的小街，方与他们道别。

刘建兴往回走时，特意绕道队长邱惠莲家门口，正式告诉她自己要去当民办教师的事。队长正在自家屋前一侧的猪舍喂猪，刘建兴就走过去打招呼。

邱惠莲说：“平常难得见你来我这里一趟，今天怎么有空出来串门？”

刘建兴说：“这叫我怎么说呢，高中毕业回来，白天参加队里劳动，回家又要干家务，有时还要照顾父亲，晚上又要为大家记工分，还要抽点时间看看书，哪里有空去串门？”

邱惠莲说：“跟你说说笑的，你别认真。”

刘建兴说：“我知道，不过，说句实在话，自打高中毕业以来，我真的是很少出去串门。”

邱惠莲说：“你家的情况我知道，大家左邻右舍，有什么事情我不清楚？其实，都是你父亲的病痛给拖累的。”

刘建兴说：“那倒是，真是 1 人有病，全家遭殃，不单经济上负担沉重，精神上的压力更大。对此，我深有体会。”

邱惠莲说：“谁说不是！不过，现在好了，你高中毕业回来一年，情况就有了很大的改变，家里增加了一个主要劳动力，估计你们家今年再也不会超支了。”

刘建兴说：“但愿如此吧。惠莲嫂子，你的猪养得这么肥（胖），个头也大，每头恐怕有400斤吧。是什么猪种？”

邱惠莲说：“叫约克猪，是近两年从外地引进的良种猪，我这也是第一次喂养。这种猪骨架比较大，通常大家养的桂圩种一般都不会超过200斤，但这种猪如果饲料充足的话，可以养到五六百斤，甚至更大。”

刘建兴说：“很快就可以出栏了吧？”

邱惠莲说：“我想再养个把月就把它们卖掉。”

刘建兴说：“我常听队里的人说，你养猪的手头（运气）很好，在村里属数一数二，不知道有没有什么秘方？”

邱惠莲笑了笑，说：“哪有什么秘方？不外是勤喂养、多喂些精饲料罢了。还有，捉猪苗的时候，要挑那些健壮的，个头大的，不要吝惜本钱，我去捉猪苗，从来都不挑猪孬的。俗话说，本大利才大，有舍才有得。养猪跟种粮食一样的道理，你舍不得投入，怎么会有好的收成呢。”

刘建兴说：“有道理！怪不得你的猪这么快就长膘，出栏也快。”

邱惠莲说：“这只是我自己的做法和体会，不一定对。”

刘建兴说：“经验之谈，很有启发。对了，队长，我有件事要跟你说说。”

邱惠莲问：“什么事情？”

刘建兴说：“我不能担任队里的保管员和记分员了。”

邱惠莲说：“为什么？”

刘建兴就把刚才李主任和黄校长来找他的事情跟队长说了。

邱惠莲说：“这是好事呀，建兴，恭喜你！你就放心去教学吧。”

刘建兴说：“那就谢谢你了。”

“谢什么，你有这样的本事，应分去教学。我早就说过，你刘建兴是一条大鱼，迟早都会离开我们生产队这个小池塘的，只是我没有想到会这么快。”邱惠莲说着，又接连给两头大肥猪添了几勺猪食。

刘建兴说：“不就是当个民办教师吗？我始终都是生产队里的人，以后还靠你多多帮助。”

邱惠莲说：“这也倒是。不过，万事都有个开头。说不定以后还会转为公办教师呢。还有，你说，这个记分员和保管员找谁来顶替你好呢?”

刘建兴说：“不是有现成的人选吗。”

邱惠莲问：“现成的，谁呀?”

刘建兴说：“谢银梅，初中毕业生!”

邱惠莲说：“谢银梅倒是合适。不过，一个大姑娘家，已经 20 岁了，很快就要嫁人的。刚当上一两年就要换人，还是找个男的比较好。”

刘建兴说：“要不，就让刘木火接替吧，虽然是小学毕业生，但人不愚蠢，记个工分、当个保管员还是胜任的，最主要的是他人老实本分，平常也热心为人。”

邱惠莲说：“对呀，我怎么没想到呢。只是，不知道他愿不愿意干。”

刘建兴说：“下午开工，我和你一起跟他说说，应该会答应的。”

邱惠莲说：“好吧，就这样定了。不过，我可有话在先，开头一段时间，你一定要帮帮他。”

刘建兴说：“我会的，你就一百个放心好了。”说完，就与队长告辞，兴冲冲地回家去了。

2

下水小学是一所完全小学，还附设了初中班。学校依山傍水，坐南向北，前面是篮球场，紧挨着篮球场是学校正门，正门两边分别是两面围墙，分别连接着两排教室和教师宿舍，东面一排坐东向西，全部为教室，西面一排坐西向东，靠北端为教室，靠南端为教师宿舍，在教师宿舍与教室之间，是一个与教室一样规格的办公室亦即校务处。中间是一个面积达 2000 多平方米的运动场所，运动场后面东侧是教师和寄宿生饭堂，中间是一个“纪念雷锋花塔”，西侧是后门，直通学校的菜地和厕所。学校周围都是有着二三十年树龄的沙田柚和蜜柚果园，终年弥漫着浓郁的柚子树叶、花朵和果实的芳香味，空气清新怡人，沁人肺腑。少年时代，刘健兴在这里度过了整整 6 个春秋，至今他还清楚记得当年六年级班主任温洪樵老师提议并带领毕业班同学建设“纪念雷锋花塔”的情景。刘建兴小学毕业升上中学以后，每逢节假日，还经常回母校走走，看看自己亲手参与建设的“纪念雷锋花塔”，与老师们打个招呼、聊聊天。只是没有想到过，有朝一日自己会堂而皇之地回到母校，成为母校的教师，与自己的老师共事。

新学年伊始，学校照例要在教务处集中全体教师开个会，分分工，布置具体工作。由于刘建兴是新来学校的，自然又增加了一项内容，欢迎新老师的到来。

黄喜明校长首先作了开场白，他说：“由于教学工作的需要，本学期我们学校增加了一名民办教师，他就是我们大家都非常熟悉的刘建兴。让我们以热烈的掌声欢迎刘建兴加入我校的教师队伍。”掌声过后，黄校长继续说道，“刘建兴在下水小学毕业后，先后完成了初中、高中的学业，是南江中学品学兼优的学生干部，高中两年都被评为学校的‘五好学生’，还是学校宣传队的文艺骨干，高中毕业回农村接受贫下中农再教育，在村里的表现也很突出，颇受乡亲父老的好评。这次大队党支部推荐他回母校教学，是实至名归。希望刘建兴老师在今后的教学工作中，虚心向在座各位老师学习，取长补短，不断提升自己，充分发挥自己的聪明才智，为推动我校各项工作作出积极的贡献。下面，请刘建兴老师讲几句话，大家欢迎。”

在大家欢迎的掌声中，刘建兴很有礼貌地站起来向大家鞠了个躬，说：“非常荣幸，得到大队领导和学校领导以及在座老师们的关爱，建议、推荐我回母校任教，我感到由衷的高兴。说实话，能够与在座各位老师一起教书育人，为党的教育事业作贡献，是我多年来的一个夙愿。从现在起，在教师队伍里，我就是一个名副其实的新兵，因为没有在教师的摇篮——师范院校学习过、培训过，缺乏当一名教师应有的业务知识和技能，唯有在今后的教学工作实践中不断探索，不断积累经验，尽快提高自己的教学业务水平。希望大家今后对我的工作多多支持，多多指导，不吝赐教，我一定虚心向大家学习，共同为培养更多的人才献出我的绵薄之力。感谢校长，感谢各位老师！”

刘建兴发言后，又有杨冬元、陈耀东、刘梓晟、曾彩虹、黄云芳等几个老师相继发言，表示对新同事的欢迎。随后，黄校长就新学年的工作分了工。

刘建兴清楚记得，1966 年自己小学毕业之前，郁南全县只有 5 间中学，其中只有西江中学和连滩中学两间完全中学，建城中学、千官中学和南江中学都是初级中学。小学毕业时，全班 48 个同学，能够考上初中读书的还不到三分之一。1968 年，轰轰烈烈的“无产阶级文化大革命”进入了第三年，喧嚣一时并且曾经一度波及社会各界乃至家庭内部的“派别斗争”、甚至“武斗”所导致的混乱局面已经得到控制，“复课闹革命”基本奏效，学校秩序得以恢复。按照伟大领袖毛主席“学制要缩短，教育要革命”的“最高指示”，全国的教育体制全面实行改革，小学学制从 6 年改为 5 年，初中、高中的学制分别从 3 年改为 2 年，同时推行大队办初中、公社办高中的办学体制，一夜之间，小学附设初中班、独立初中、独立高中、完全中学遍地开花，最大限度地挖掘和利用了有限的教育资源、惠及广大农民子弟就近入读中学。尽管也带来了因师资不足而导致的教育质量不高、文化知识薄弱等问题，但在教育资源严重不足的情况下，这一举措确实给广大农民子弟特别是边远地区的小学和初中毕业生创造了到高一级学校学习深造的机会，基本改变了大部分农民子弟被拒之于中学大门之外的命运，同时也在较短的时间内有效改善了中国最广大、最底层民众群体的文化知识结构。如今，自己能够回到母校当教师，不能不说是教育改革给了他机会，尽管自己的初中阶段是在“大批斗”和“大串联”的非常时期度过的，基本上是虚度了三年，学不到什么知识，文化基础十分薄弱。好在，在“复课闹革命”之后全面恢复文化知识学习的高中阶段，他们班的同学在谭伟常、赖嘉荣、蔡丽华等一班德高望重、知识渊博的资深老师的严格要求、监督和苦心教导下，短短两年时间，不仅补上了初中的一些最基本的文化知识，而且还增加了现有高中课本里缺少的一些内容，为他们这班同学打下了比较牢固的文化知识基础。因此，当他参加公社举办的教师业务培训时，黄校长把他安排到初中组去，说回去之后就让他担任初中班级的教学任务，刘建兴一口应允并且还充满信心。

刘建兴被安排担任初中一年级的班主任，负责教语文和政治两门课程。该班的生源大部分为下水小学的毕业生，另外公社教育组还从江咀大队横山村的小学毕业生中调剂了 5 名学生过来就读，因为路途比较远，5 名学生均在学校住宿。

教师会议结束后，刘建兴首先来到寄宿生宿舍看望横山村来的同学，一一了解了几位同学的情况，同时也向大家介绍了自己，并要求大家在未来两年时间的学习过程中充分利用寄宿生学习时间相对充裕、精神可以高度集中等优势，团结友爱，奋发努力，打牢政治和文化科学知识基础，争取顺利升到高中学习。大家也都表示，一定要好好学习，决不辜负老师的期望。

开学第一节课是安排座位，选举班委会，发放新课本，召开第一次班委会。

在安排座位时，刘建兴碰到了一个差点让他这个班主任下不了台的小问题。原来，该班50名学生中，有男生31人，女生19人，男女生均为单数。按照刘建兴的安排，横山来的女生陆少英和男生刘京生同桌，出乎意料的是，无论刘建兴怎样做工作，刘京生就是死活不肯与陆少英同桌。无奈之下，刘建兴只好临时调整，将横山村来的一名男生安排与陆少英同桌。

选举班委会的工作还算顺利。为有利于今后工作的开展，刘建兴建议，在选举班委成员时，最好选举1名横山来的同学当班委成员，选举结果，刘建兴的建议得到落实。

接下来是发放新课本。由于包装问题，最外面的几本都难免会变形，为避免有人挑三拣四，刘建兴建议新当选的学习委员陆少英把新课本全部搬到讲台上，再把那几本变了形的随意插入中间，然后让全体同学按照座位的顺序，依次出来领取。

剩下的时间，刘建兴以班主任的身份亲自召集并指导了第一次班会。借此机会对全班同学提出了今后学习和生活的要求，希望全班同学在同学们自己选出的班委会的组织和带领下，积极协助学校领导和老师做好工作，互相关心，互相爱护，互相帮助，团结奋进，刻苦学习，积极参加文体活动和学校小农场的劳动，自觉接受贫下中农的再教育，做德智体全面发展的“五好学生”。最后，由刘建兴提议，班委5个成员对全班同学进行表态，表示要积极协助老师开展工作，服从班委分工安排，尽职尽责为全班同学服务，当一名称职的班干部。班干部表态完毕，离下课还有一点时间，刘建兴就提议大家先看看新课本，等下课的钟声响了再走出教室，自己就回教务处去了。

3

毕业回家，陈玉乔每天都在生产队里劳动挣工分，并穿插做些家务，尽量减轻父母的负担，没有必要也没有心情外出，日子过得平平淡淡。偶尔，她也会收到同学的来信，除了唐伟容、谭桂鸾等几个最要好的女同学之外，其余的都懒得回信。就这样，不知不觉就过了一年，又到了弟妹们放暑假的时候。这天吃中午饭时，父亲召集全家人在一起，说是就要放暑假了，为了减轻父母和大姐的压力，要求玉乔的几个弟妹趁放暑假，早睡早起，抓紧时间将自留地和五边地的黄豆、黑豆还有落花生收获回来，间种的木薯等作物要及时除草、施肥，同时要穿插上山打些柴草，以备过冬。父亲刚布置完家里的工作，就见古渡邮电所职工黎梓勇骑着一辆绿色的邮政专用自行车送来一封挂号信，叫陈玉乔签收。饭后，陈玉乔跟母亲说要午睡一阵子，开工时叫醒她，就回到自己的房间。

陈玉乔的家是一座三间的青砖瓦房，中间是一个大客厅，两边厢房分别用青砖十八墙在中间间隔开来，共分为四个房间。左边的两个房间，里间由父母住，外间由三弟和五弟住，爷爷在 1960 年自然灾害、经济困难、闹饥荒时生水肿病去世了，右边靠外面的房间就由奶奶和四妹住，里间是陈玉乔和二妹的闺房，有两张床，开的是丁字铺，靠里墙的一张是属于她自己的，靠房间门口的一张是属于她二妹的，临窗户的墙边摆放着一张日字办公桌，左边的抽屉放置着她初中以前的私人物品，右边的抽屉由两人共用。紧挨着办公桌，是一个用杉木方条做的三层承物架，承物架最上面放着陈玉乔读高中时装衣物的木箱。木箱是父亲在她上高中之前亲手为她做的，用桐油刷过两遍，由于陈玉乔保管得好，至今还有八九成新。二妹没有午睡的习惯，午睡时间，房间实际上就成为她一个人独立拥有的天地。陈玉乔回到房间，并没有立即睡觉，她拆开黎梓勇专程送来的那封挂号信来看。信是由陈玉乔具有校友、亲戚和恋人等多重身份的远房姨表哥写来的，字体刚劲有力，笔画很重，有几处明显扎破信笺的痕迹——

我最最亲爱的玉乔表妹：

你好！今天是星期天，同宿舍的同学们都外出去了，我就一个人在宿舍里给你写信。自从前年寒假期间与你见面，匆匆一别，不知不觉已有一年多的时间。在这期间，我先后给你写过两封信（用平信寄送），但都没有收到你的回信，不知道你收到信没有？说句心里话，自从你我见面以来，我对你的思念是与日具（别字，应为俱）增，欲罢不能。真的，可谓‘女大十大变’，几年不见，当年在古渡小学，我眼里那个扎着两条小羊角辫子的黄毛小丫头，已经长成了亭亭玉立的大姑娘，而且变得越来越成熟，越来越迷人，我为有你这样一位才貌出众、谈吐不凡的亲戚、校友和女朋友而自豪。不怕你笑话，自从前年寒假你我再度在你外婆（也是我的表姨婆）家重逢以来，我就认定了你就是我在茫茫人海中寻觅了多时的理想伴侣。

前些日子，我妈来信告诉我，说表姨婆已经告诉我外婆，你已经表示同意确立我们两人的恋爱关系。那么，等我正式分配到了部队，你就可以来部队小住一段时间（据说我们毕业分配到了部队即享受排级干部待遇），以便进一步加深相互的了解。我想，如无特别的原因，我们携手走进婚姻殿堂的日子将为期不远。

玉乔，过几天我就要毕业离校去部队了，作为一名军人，服从命令是我的天职。但是，无论我分配到了哪里，无论是在北疆边陲，还是在天涯海角，我们的心都是紧密连在一起的！对于今后，也许我无法对你做出更多更具体更实在的承诺，但请你相信我，假如我们能够结合在一起，我将会以我的全部奉献给我的最最心爱的女人以及由我们共同组建起来的美好家庭！

好了，临近毕业，事情特别多，暂时写到这里。

祝

工作顺利！

表哥：林石坚

1973年8月12日

看完了林石坚的来信，陈玉乔只觉得一阵疏懒立即渗透遍了全身，便很随意地将那封信放在桌面上，也懒得脱掉外套，就和衣躺到床上。但脑子却一直在高速运转，万千思绪像无数的野马在无边无际的天地间游荡奔腾。

自从高中毕业回家参加生产队劳动以来，陈玉乔的情绪一度处于失落的状态。繁重的体力劳动导致的巨大的体能消耗和一种来自自身的和外部的精神压力，使她真切感受到从未有过的疲倦和压抑。毕业前夕，她下了很大的决心才约了刘建兴出来摊牌，果断地做出了她有生以来对自己人生道路的第一次选择。但是她却万万没有想到，平时在女同学面前表现得十分规矩老实而且不失风度的刘建兴当时的反应会是那么强烈，那么冲动，那么放任甚至近乎疯狂地紧紧拥抱着她，令她处于非常被动和慌乱的境地。最初，在她的潜意识里，确实不忍心立即挣脱刘建兴的狂热熊抱，甚至在一定程度上还做出了让步，了却了他的心愿，或多或少地缓解了他内心的痛楚和伤悲。然而，在当时的情况下，她又不得不果断做出决断的反应。她十分清楚‘人言可畏’的道理，她曾经听同学说过洪月倩因与一班的同学一起去看电影《战友》而遭到同学们在班里公开议论和嘲笑的事。她不想也不能让两个人一时的冲动和任性，在毕业离校的前夕将自己推向流言蜚语的黑色旋涡里，给自己今后的人生旅途留下黑点。但是，现实的情况是，回家以后，她陈玉乔一直都对自己在那样的时刻以那样的方式来拒绝刘建兴而十分介怀，并始终怀着一种深深的内疚和歉意，以至于对林石坚此前寄来的两封求爱信都束之高阁，没有回信。直到现在，看了林石坚再次寄来的信，她仍然无法确定当时约刘建兴出来散步并当面拒绝他究竟是对还是错。也许，她应该为自己和刘建兴留下一点回旋的余地，不应该急于当面把话说得那么明白、那么果断、那么决绝，而应该留给时间逐渐淡化它，顺其自然地结束他们的初恋。因此，现在林石坚的再次来信，并没有给她带来特别的惊喜和强烈的反应，相反，信中的恳切表白，却隐隐约约增加了她心头的负担。

正当陈玉乔迷迷糊糊入睡之际，感觉好像有一个人轻轻推开了虚掩着的房门，蹑手蹑脚地走进了房间，随后就是一阵窸窸窣窣的翻弄信笺的声音。陈玉乔睁开眼睛，是读四年级的四妹在偷看她的信，就故意翻了翻身，好让四妹知趣出去。但四妹却不知大姐的用意，还在看信，陈玉乔只好假装刚刚睡醒，伸了伸懒腰，打了个呵欠，坐了起来，故作恼怒地说：“好啊，你这小鬼头，竟敢偷看大姐的信，看我敢不敢把你的眼睛挖出来喂鸡?”

四妹慌忙把信放回原处，解释道：“大姐，我不是故意偷看的。”

陈玉乔说："不是故意偷看的，为什么还看得这么认真？"

四妹说："因为有好多字我都不认识，在那里瞎猜。"

陈玉乔莞尔一笑，说："大姐是跟你开玩笑的，就你这点文化水平，谅你也看不懂。出去吧，不要告诉别人。嗯？"

四妹说："知道了，我不会说出去的，谢谢大姐！"说完，就一溜烟似的跑了出去。

4

白露过后，'双夏'（夏收夏种）工作已经结束，生产队的工作主要以耘田和除草为主。耘田采取多劳者多得、按面积计算工分的办法计酬，大都以家庭为单位，或者自由组合，三五人不等。谢银梅、李金丽和李月芳3个知心朋友就自行组成一个小组，选择了一块比较边远的稻田，一边耘田，一边说些知心话，话题很自然就扯到了刘建兴身上。像往常一样，话题总是由谢银梅首先提起。趁李金丽在给禾苗施肥离开的机会，谢银梅问李金丽的妹妹："李月芳，我发觉，刘建兴最近好像经常主动接近你姐，是吗？"

李月芳说："你问我，我怎么知道？"

谢银梅说："你是她的妹妹，怎么会不知道？刘建兴不是常来你们家吗？"

李月芳说："那是他教学之后，顺路从我家门前经过，偶尔也会进我家坐坐，他好像并没有专程来过我们家。"

谢银梅说："那你知不知道，你姐对刘建兴是什么态度？"

李月芳说："这叫我怎么说呢？你知道，我姐这人是很内向的，我虽然是她的亲妹，她都很少跟我说心里话。说实话，我都不知道她是怎么想的。"

谢银梅说："他们有出去约会吗？比如，在晚饭之后有没有出去拍拖？"

李月芳说："他们好像也没有什么特别的举动。银梅姐，你问得这么仔细，是不是听到有人说他们两人的闲话啦？"

谢银梅说："没有哇，我只不过是关心她。随便问问罢了。"

李月芳说："你和我姐是老友，等会她施完肥回来，直接问问她不就行了？"

谢银梅说："我当然可以问她，但从你的嘴里说出来，不是更加客观、更加真实吗？"

李月芳说："那倒是。"

谢银梅说："照你估计，你姐会中意刘建兴吗？"

李月芳说："你这问题还是让我姐来回答吧。"

谢银梅说："那么，作为妹妹，你又是怎么看的？"

李月芳说："刘建兴人很不错，挺聪明的，又勤劳，人家不一定能看得上我姐。"

谢银梅说："假如刘建兴真的看上了你姐？"

李月芳说："好啊，以后，我姐一定会很幸福的！就不知道我姐有没有这样的福分。"

说话间，李金丽已经给禾苗施过了肥，从水田的那头走了回来，听见谢银梅和李月芳在嘀嘀咕咕地说话，就问："你们两人在说什么事情，这么开心？"

谢银梅说："我们在说你。"

李金丽说："说我？我有什么好说的！"

李月芳说："姐，银梅姐问我，你是不是在和建兴哥拍拖。"

李金丽故作恼怒，说："谢银梅，你怎么老是抓住我和他不放。除了建兴哥，难道你就没有别的事情可说了吗？"

谢银梅说："人家是关心你。李金丽，跟我说实话，你有没有想过要嫁给刘建兴？"

李金丽一下子脸红起来，说："以前我告诉过你的，这事我没有认真考虑过。"

谢银梅说："你还要拖下去？别说我不提醒你，如果你是真有心绪的话，就应该抓住机会。俗话说，'易求无价宝，难得有情郎'，别到时让人捷足先登，你再后悔。"

李金丽说："现在我也无心绪拍拖。再说了，世间也不止他一个好男人。好了，我们别说他了，专心耘田吧。"

谢银梅说："你别岔开话题，最近，我发觉建兴哥好像特别在乎你。"

李金丽说："何止在乎我？建兴哥跟你不也是老友吗？"

谢银梅说："这不一样。我跟他虽然是无话不谈，但也是好朋友的关系，我跟他完全没有‘那个’意思。你就不同，他喜欢的是你。”

李金丽说：“难道他喜欢我，我就一定要嫁给他吗？再说，我跟你讲实话，就算他人很好，我也不想在这鬼地方生活一辈子。山穷水恶，不是旱，就是涝，一辈子都难有发达之日。”

谢银梅说：“那么，他要是再来找你呢，你会不会当面跟他说清楚？”

李金丽说：“他来找我再说吧。”停了一下，李金丽又补充说，“不管怎么样，我总不能赶人家出去吧？”

谢银梅说：“我建议你还是认真考虑考虑建兴哥，否则，以后你会后悔一辈子的。”

李金丽说：“好了，知道你关心我了，我应该感谢你。得了吧！”

5

刘明洋毕业后，已经退居二线、军人出身的原西水林场党委书记希望儿子去当兵。然而，刘明洋在家里休息了几个星期之后，觉得自己这样在家里待着吃闲饭也不是个事，吃午饭的时候就跟母亲说，现在城镇知青都要上山下乡插队（场）劳动，当知青上山下乡是迟早的事情，当兵要等到冬季，而且还不一定能够去成，不如早点下工区劳动锻炼，这样既可以减轻家里的经济压力，也可以早点为国家林业事业作贡献，再说，到了冬季，自己在工区里也可以报名。刘明洋见担任林场妇联主任的母亲也同意他的说法，就说：“既然父亲不想亲自出面，不如您去找场革委会主任黄敬麟说说，我想问题不大。”

下午上班时，杨秀莲来到黄敬麟办公室，说是她家明洋已经高中毕业一段时间了，想到工区去劳动锻炼，接受工人阶级再教育。黄敬麟问：“打算什么时候下去？”母亲就说尽快吧。黄敬麟说：“好吧，容我和老莫商量一下，应该没有问题。老莫原本就是刘书记和杨主任从一线工人提拔起来的年轻干部，原先在工区担任一把手，是个德才兼备、在工人群众中有口皆碑的中层干部，成立西水林场革命委员会时被任命为革委会副主任。”

第三天上午，场革委会正式批准刘明洋以知识青年的身份到小河工区茅竹作业队插队，从事林业生产工作。

下班回到家里，母亲将场革命委员会已经批准明洋到小河工区茅竹作业队的事跟全家人说了。父亲说：“去工区劳动也好，明天就出发吧。”保姆婆婆说：“急什么，再忙也不差这一两天，我看明天晚上加点菜，大家吃顿团圆饭，后天再出发吧。婆婆已经在刘明洋家里当了 10 多年的保姆，因为刘明洋父母都是领导干部，经常要下队上山，家里没有人照顾孩子，就请了婆婆来帮忙。婆婆心地善良，能吃苦耐劳，明洋 4 兄妹都是她一手拉扯长大的，全家人对她就像亲奶奶一样看待，下水许多不知情的村民，甚至西水林场的一些干部职工都以为他们是刘书记的亲生母亲，婆婆的建议自然得到了刘书记一家人的赞同。

到了出发那天，婆婆很早就起床，提前做好了全家人的早餐。刘明洋起床洗漱完毕，婆婆就把馒头和稀饭端了上来，催促他快吃，然后又去检查昨天早就已经收拾好了的行李。

刘明洋一边吃早餐，一边对婆婆说：“婆婆，行李你都检查过几次了，不用检查了，你也一起吃早餐吧。”

婆婆说：“我不饿，不急，你先吃。稀饭还很烫，你慢慢吃，不要烫着。”

刘明洋分明看到，婆婆在说这话时，眼眶里闪出了几点浑浊的泪花，好像要离别出门的是她自己的小孙子，这让刘明洋的鼻子也酸酸的。

西水林场场部离小河工区只有 13 公里，没有沿江公路，走羊肠小路要 3 个多小时，平时，人员往来和货物运输全靠林场自己的机帆木船运输，每天早上 8 点 20 分开出，上午 10 点钟之后返程，忙的时候下午加开一趟。

临出发时，父亲对儿子说：“山里不比场部，条件很艰苦，要有去吃苦的思想准备，要虚心向工人们学习，要与广州、肇庆以及县城来的知青们搞好关系，遇事要冷静，不要冲动，凡事不要斤斤计较，要严于律己，宽厚待人，要用行动来证明自己是一个能够经得起考验的真正的革命后代、无产阶级革命事业的接班人。”母亲说：“好了好了，明洋也不是三岁的小孩子，他会知道自己该怎样做的，再啰嗦，船就要开了。”

出了门，婆婆和弟妹都争着帮明洋拿行李，明洋不让，大家只好作罢。婆婆一边走，一边絮絮叨叨地不断吩咐：“出门在外，凡事都要小心；山里蛇虫鼠蚁多，走路要提防；砍（锯）树木的时候，自己要站在树的上方；劳动出了汗，回到宿舍要及时换上干爽的衣服；深山里风凉水冷，早晚要多穿件衣服，夜晚要盖好被子……”

刘明洋就说：“婆婆，我都快18岁了，我这也不是第一次出门，我会照顾好自己的，您老放心吧。”

母亲也说：“是呀，婆婆不用操心，明洋会照顾好自己的。况且，茅竹作业队那里也不远，回来带件衣服什么的也挺方便。”

母亲话虽这样说，可刘明洋也听出母亲的腔调也充满了不舍之情。

也许是年轻人天生就缺少多愁善感的触角，三个弟妹的脸上始终荡漾着春天般的气息。

到了码头跳板跟前，刘明洋就叫大家止步，临时又想起一件事，就说：“我去插队当知青的事情，刘建兴还不知道，如果他来找我，就告诉他，以后我回来再去拜访他。”

家人都知道，自打小学起，明洋和刘建兴就是很要好的同学，平常经常来家里玩。大家就说：“知道了，我们会告诉他的。”

来到船上，船长召广叔就要帮刘明洋把行李拿到船头员工休息室，叫他在里面休息，刘明洋说：“不用了，随便与大家聊聊天，很快就到了。”召广叔说：“那你就自便吧，我要开船了！”说完，就走上驾驶台，准备起航。当船员坤叔收好跳板，起好船锚时，船尾机舱的柴油机早已经发出突突突突的轰鸣声。

刘明洋走到船头，船已经徐徐离开码头，在河道绕了半个圈，带出了一行行半圆形的泛着白色泡沫的浪花，然后顺着流水，迎着朝阳，向着小河工区方向驶去。刘明洋站在船头甲板上，面向码头方向，向仍在场部办公大楼前面凭栏遥望送行的亲友们挥了挥手，万千思绪涌上心头——

再见了，我的有过无数不着边际梦想的童年和充满许多难以回首的酸楚往事的少年时代；再见了，我的自孩童时代起就一直形影不离的下水村和场部大院里的挚友和同学、老师和家人！从登上机帆木船的这一刻起，就意味着我的生活之路转上了一个新的里程碑，尽管不知道前面的道路如何，但可以肯定，纵使前路充满坎坷、长满荆棘，困难重重，都不能够阻挡一个经过“无产阶级文化大革命”的烘烘烈火考验的有着光荣革命传统的新一代革命青年的前进步伐！

尽管刘明洋不是第一次搭乘林场的机帆木船去小河工区，但今天的心情却与以往不同。今天西江两岸的景色也显得特别的迷人和令人留恋。金阳初照的葱茏青绿的田野，绿树掩映的村庄，有着茂密树林和果树的近山，连绵起伏的深黛色和灰蒙蒙的远山，甚至连天上飘着的朵朵白云和自由自在地在天空中飞翔的小鸟，都是那么亲切，那么使人留恋不舍。

顺风顺水，不到一个小时，机帆船就到了小河工区码头。小河工区所在地是西水林场东北部的林木和林产品集散地，距离茅竹作业队有七八公里的路程。刘明洋上了岸，早有小河工区和茅竹作业队的人在迎接他。

在小河工区办公室，工区党支部书记阮志佳和前来迎接他的茅竹作业队职工、炊事员陈佳荣分别简要介绍了工区以及茅竹作业队的情况，然后一起到饭堂吃了午饭，就由佳荣陪同明洋搭乘运输木头的大卡车前往茅竹作业队。

因为有新人加入作业队，队长张明星特意吩咐陈佳荣加了野猪肉炆笋干和黑木耳炒津粉两道菜，另外，还有队里自己酿造的木薯白酒。晚上，该队十几名老职工和十几位新近来工区插场的知青以特有的朴素而又十分热烈的聚餐方式迎接刘明洋的到来。开席前，队长作了简要的讲话，对刘明洋到来表示热烈欢迎，并要求大家以后要从思想上工作上生活上多多关心新职工，同时勉励刘明洋要虚心向老工人学习，自觉接受工人阶级的再教育，扎根林区干革命。随后，刘明洋也向大家表示，一定要努力向老工人学习，刻苦改造世界观，发扬‘一不怕苦，二不怕死’的革命英雄主义精神，积极参加林业生产劳动，为发展祖国的林业事业贡献青春。

吃过晚饭，没有文娱活动，老职工们在队部会议室兼职工文娱活动室里聊了一阵子，就各自回宿舍睡觉。有个男知青就提议打文娱片（扑克牌），于是就有几个活跃分子积极响应，搬来一张桌子，大家围坐成一圈，刘明洋不喜欢玩，站着看了一会儿，就回宿舍看书。

作业队的用电都是由队里自行设计和建设的微型水力发电站提供的，总功率只有 10 千瓦，基本可以满足全队职工的照明。因为溪水充足，用不着蓄水发电，照明没有时间限制，宿舍外面通道的电灯都是长明灯，晚上从来不关。

夜里，看着从宿舍窗户外面透进来的 25 瓦灯泡的亮光，听着宿舍外面潺潺的溪流水声，不时在茂密的丛林中发出的野猪的嚎叫声，还有不知是什么鸟发出的鸣叫声，刘明洋久久未能入眠，许多往事犹如宿舍外面流动的溪水一样，不停地从他记忆的深处流淌过来。

刘明洋出身于革命干部家庭，祖籍湖北，父亲是中国人民解放军南下干部，参加过渡江战役和广东地方剿匪的战斗。转业地方工作后担任粤中地区某县县委副书记，后调任西水林场党委书记，足迹踏遍郁南、云浮两县辖地林区，为西水林场的崛起和发展壮大立下汗马功劳，深得林场广大干部职工和当地人民群众的拥戴。“文化大革命”开始不久，父亲被打成“走资派”，先挨造反派批斗，后被夺权停止工作，“靠边站”。中国共产党“九大”召开以后，恢复工作，但却被排除在场革命委员会领导班子之外，不久即被安排到地区“五七干校”学习，从干校回来后，因为年龄的问题，没有安排进林场领导班子，只保留处级干部政治和生活医疗待遇，在家休养。母亲是大学毕业的革命知识分子，参加过土改工作，在地方党政部门从事文秘工作，后随丈夫调到西水林场，先后担任共青团西水林场团委书记、西水林场政工科科长和妇女联合会主任等职。因为家庭有海外关系，母亲被冠以“海外派遣特务”等莫须有的罪名，让林场的“造反派”剪了“十字头 ”游街示众，后因上级有关部门查无实据，获平反恢复工作和职务。

在父母遭受批斗受难的日子，刘明洋的家几乎塌了下来，好在家里的保姆婆婆不离不弃，像祖母一样悉心照顾他们四兄妹，不顾个人安危竭尽全力保护好他们几个“走资本主义道路当权派”和“ 海外派遣特务”的子女，最大限度地给他们以心灵的慰籍、生活上的照顾和家的温暖，使他们兄妹度过了最严峻的政治危机时期，健康成长。

想到这里，刘明洋这位有着特殊年代锻造出来的勇敢坚毅性格的青年此刻也显露出了温情脆弱善感的一面，禁不住潸然泪下。他想起了白天婆婆三番五次的不厌其烦的叮嘱，在心里默念着：放心吧，我最敬爱的婆婆，我一定不辜负您老人家的期望，不做出好成绩，绝不离开茅竹作业队。

茅竹作业队所在地位于云浮县与郁南县交界处云浮县境内，属云浮县大金山西北面外围山脉，是小河坑发源地，作业面积达数千亩。山高林密，地势十分险峻。建场早期，大部分杉树都是雇请当地和附近的农民人工栽植的；后来，随着林业事业的不断发展和经济发展的需要，还有计划地新增了一批经济林。

天刚蒙蒙亮，刘明洋就起了床。他简单洗漱完毕，便来到厨房，问炊事员陈佳荣有没有事情需要帮忙，陈佳荣说："厨房里的功夫不多，已经做得差不多了，时候尚早，你还是回宿舍再休息一会儿吧。"刘明洋说："习惯了早起，睡不着了。"陈佳荣说："睡不着你就在周边走走，熟识一下这里的环境。"刘明洋看了看厨房里确实没有什么要帮忙的事情，便信步走了出来。

作业队队部设在小河坑东岸一个较为宽阔的小山凹里，距离小河坑 30 米左右，三面环山，面临小河坑溪流。临小河坑溪流岸边载满了果树，靠山盖一排两层砖瓦木宿舍，宿舍左边为队部，右面为厨房、饭堂和冲凉房，中间是篮球场。

刘明洋走到篮球场，迎面跑来一名身穿红背心、蓝色运动短裤的广州知识青年，在昨天晚上聚餐时刘明洋与他同席而且邻座，互相作过介绍，知道他的名字叫于京昌，来这里插场（队）已经 3 个多月。刘明洋与他打过招呼后，就与他一起在球场并肩跑步，偶尔还就共同关心的话题聊上几句。

他们围绕着篮球场跑了十几圈，才看见老职工们和知青们陆续从宿舍里走出来，到厨房前面的水槽边刷牙洗脸，刘明洋一一与他所熟悉的老职工们打招呼。因为老职工们经常到场部开会、学习、办事，刘明洋的父母是场里的领导干部，平易近人，好多老职工都去他们家里聊过天，就这样一来二去，不少老职工刘明洋都认识。

吃过早餐，负责后勤和劳保工作的陈佳荣叫刘明洋到仓库里签名领回了两套工作服、两副手套和两双解放鞋，还有铁锄、柴刀、镰刀、行军水壶、雨衣等劳动工具和劳保用品。随后，全队员工出发前往队部附近的后山抚育桂树。平时劳动，全队一般都会分为三个工作组，队长张明星安排刘明洋在第一组劳动，并吩咐组长负责指导刘明洋工作。

桂树林地面积有 500 多亩。林地已经杂草丛生，其中还夹杂着许多长着十分锋利的尖叶的芒草。桂树是前年栽种的，现在大都长成一人高。按照老职工们的说法。新种的桂树至少要连续抚育 3 年，包括每年除一次草、松一次土、上一次肥，五六年之后便可以开桂皮。

开工之前，负责指导的老工人告诉刘明洋使用锄头劳动的要领："身体要成前弓后箭姿势，双手握好锄把，保持一定的力度，但也不要握得太紧。太紧了手掌容易磨出水泡，还累；太宽松了锄头的落点就不准，除草、松土的效果就不够理想，还容易伤着桂苗。"老工人一边说，一边示范。刘明洋虽然在中学也参加过校办农场的劳动，有过劳动的体验，但还是很认真地听他讲述。随后，老工人还告诉刘明洋除草和松土的要领以及注意事项，还有注意安全等等。刘明洋都一一记住了。

虽然已是初秋时节，但阳光依然如盛夏一样强烈。开工不到两个小时，大家已经汗流浃背，和大多数工人一样，刘明洋一身崭新的工作服也湿了个半透。队长看了看即将正南的太阳，就宣布全体休息 20 分钟。

休息的时候，刘明洋拿了行军壶，一口气往肚子里灌了半壶水。队长张明星走了过来，在刘明洋旁边蹲下，问："明洋，第一次参加场里的劳动，感觉怎么样，辛苦不辛苦?"

刘明洋说："感觉还可以，就是有点累。"

张队长就说："刚开始劳动都是这样子，每个人都会有个过程。开头先悠着点干，不要太心急，等慢慢适应了、习惯了，就好办了。我虽然是农村出身，刚来林场工作时也不太适应，经过一段时间的磨炼，慢慢就好起来了，关键是要坚持下去，像于京昌他们几个广州来的知青，刚来的时候很不适应，干了几天就累得趴下来，但是经过几个月的锻炼，现在全部已经能够独立工作，而且跟老工人有得比了。"

刘明洋说："请张队长放心，有学校农场劳动打下的基础，我很快就会适应的。"

张队长说："我相信你能够做到。"说着，用手拍了拍刘明洋的肩膀，然后去找组长们商量事情去了。

休息过后继续劳动，直到中午 12 点正，队长宣布收工，大家就收拾好工具，回队部饭堂吃午饭。

第 15 章

1

自从在红岗水电站建设工地回来，刘建兴和李金丽的关系便成为了村里人们关注的焦点，都说他们是天生的一对，经常在许多场合拿他们来开玩笑，刻意拉近他们的距离。刘建兴回村参加农业生产劳动后，队长邱惠莲安排队里的工作时，也都有意无意地把他们安排在同一工种或者同一工作小组，试图给他俩创造更多接近的机会，使他们俩有更多的时间在一起培养感情。双方家长更是心照不宣，频繁来往，你送一把青菜、我给一篮杂粮地互相套近乎。

原先对李金丽并不太在意的刘建兴，在经受了初恋挫折的沉重打击、经过了一个多月的痛苦煎熬之后，重新审视了他与谢银梅和李金丽 3 人之间的关系，将寻找对象的范围锁定在本村的女孩子们身上。在刘建兴看来，他和谢银梅结合的可能性几乎是等于零，即使谢银梅对他心存爱念，即使排除刘军泉追求谢银梅的可能性，谢银梅也不是他所喜欢的类型。而对于李金丽，刘建兴的看法和态度则有了明显的变化。刘建兴在高中读书时，因为有陈玉乔这么一个在各方面都无懈可击、无可挑剔的第一偶像的对比和参照，李金丽这个小学毕业的村姑就显得相去甚远，尽管在相貌和身材方面，李金丽也是出落得如花似玉，标准的苗条淑女，在下水村里也是许多青年男子追求的目标。现在，追求陈玉乔既然无望，刘建兴也就不得不重新调整自己的择偶标准，将目标锁定在李金丽的身上，因而也就常常有意无意地找机会去接近李金丽。每天开工，刘建兴都希望能够和李金丽在一起，哪怕是与她见见面、打声招呼，心理便得到平衡，否则便会感到失落。而李金丽呢，虽然文化程度并不高，但却是个心思非常缜密的女子，尽管在内心上对刘建兴爱慕有加，但对于他的拮据家庭境况，又多了一层顾虑。因此，她不得不认真考虑自己的选择。李金丽的思维是，爱情与面包一样重要，理想的婚姻应该是爱情加面包，物质生活如果不能如意，感情生活也就谈不上美满。在她的心底深处，始终坚守着自己的择偶底线，因而在与刘建兴相处时，一直都显得相当矜持，有一种若即若离的感觉，从不轻易抛出自己的一片真情。正是基于李金丽的这种态度，刘建兴常常处于一种迷茫、无奈和苦闷的状态。

当上民办教师之后，刘建兴便全身心投入到全新的教学工作中，通过忘我工作来缓解他内心的苦闷，各项工作有条不紊地开展并且很快走上了正轨。

星期六下午，全体教师集中学习。黄喜明校长简要地回顾了开学两个月来的教学工作情况，并充分肯定了刘建兴的教学工作成绩。剩下的时间就由大家自行掌握，学习教学业务。随后，校长便把刘建兴叫到了自己的办公室，招呼他坐下，跟他谈了共产党的宗旨、奋斗目标以及当一名党员的先进性和要求，问他有没有想过申请加入中国共产党。刘建兴说："想是想，就是不知道自己够不够条件。"校长说："只要你想加入党组织，条件是可以创造的，并且我和大队妇女主任可以当你的入党介绍人。"刘建兴说："那就感谢黄校长和李主任的栽培。"校长说："不用感谢，我也是为了党的工作，为了我们的教育事业。这样吧，我这里有几本有关党组织建设和党员工作的资料，你拿回去看看，加深认识，觉得差不多了，你再向党支部写入党申请书。"

刘建兴从校长室出来，便回到校务处备课。他拉开抽屉，拿出一本《初中一年级语文教学参考资料》，参考里面的内容书写下周的教案。一会儿，负责初中一、二年级数学教学的陈耀东老师走了过来，问刘建兴愿不愿意教数学。刘建兴说："我读书时就对数学不感兴趣，没有数学细胞，数学的成绩也很一般，哪敢教数学?"陈耀东老师说："其实，初中的数学都很简单，并不难，一个高中毕业生完全可以胜任，还有我来帮助你，从初中一年级教起，边学边教绝对没有问题，如果你不反对的话，我可以向校长提议，从下个学期开始调整课程。"刘建兴还是说没有把握，向校长提议就不必了。陈老师只好作罢，回到自己的办公桌前坐下，继续备课。

大约过了 1 个小时，老师们陆陆续续走了出去。陈耀东老师也回宿舍去了，刘梓晟老师便走过来对刘建兴说："兄弟，你以为陈耀东真的是有心帮助你提高教学业务水平，让你成为多面手吗？其实他这是为了自己准备后路，从他与黄老师对调回来的那一天起，他就想着如何想办法调回县城，把我们这里当做跳板了。现在我们学校缺数学老师，让你上了手，以后他就有理由申请调离。”

刘建兴说：“有这种想法也不奇怪啊，他的家在都城，回家团聚，过天伦之乐的日子，谁不想啊。再说，能够让我多掌握一门教学课程，未尝不是好事，只不过是我本人不争气，没有那个心思，也不想那么辛苦去钻研数学罢了，你说呢?”

刘梓晟说：“是是是，你说到点子上了，‘人不为己，天诛地灭’，假如我是他，也会这样考虑的。”

刘梓晟老师说完就离开教室回家去了。刘建兴看了看墙上的挂钟，已经是下午 4 点多钟了，也无心再看书，便回到宿舍。坐在窗前的书桌旁，他望着窗外几棵因为累累果实压弯了枝头的沙田柚和蜜柚出神，静静地想着心事。

对于入党的问题，他之前并没有很认真去想过。他觉得这事一时也急不来，还是等以后学习一下党的资料再说。他进而想到李金丽，李金丽对他若即若离、不卑又不亢的态度，使他陷入了苦恼。多少次他从李金丽家的门前经过，都会不由自主地放慢脚步，扭头向金丽门口那边张望，但大都未能如愿看到佳人。有几次，明明远远地看见了她，可还没当他走近，她又闪身进了屋内，似乎有意要躲开他。想到这里，刘建兴又很自然地联想到读小学五年级的时候经历的一件往事。

那是一个硕果累累的深秋，队里的沙田柚和蜜柚丰收在即，金灿灿的果实早已散发出令人垂涎的诱人气息。星期六下午放学以后，刘建兴照例去水母塘边打猪草，当他背着满满的一篮子猪草往回走时，正好看到李金丽的奶奶正在一棵低矮的沙田柚树下徘徊，伺机偷摘队里的沙田柚。她四处张望了一下，然后快速伸手摘了一个特大的果子，急忙往菜篮子里塞。没想到，刘建兴正从后面走了过来，见状，出于正义和本能，便心直口快地大声喊：“有人偷队里的沙田柚啦。”这一叫喊，一下子把李金丽的奶奶吓得脸色煞白。她定了定神，见只有刘建兴一个孩子，就用哀求的口吻对刘建兴说：“建兴哥仔，你不要喊，我们家里粮食不够吃，我只摘了一个，让我拿回去给金丽和月芳小妹妹解解馋，填填肚子，好吗?”刘建兴和李金丽是同班同学，还是经常一起玩耍的好朋友，听到金丽奶奶这样说，刘建兴一下子就心软了，还不好意思起来，他环视了一下四周，见没有别的人，就说："好吧，就当我没看见，你赶快离开这里吧。"说着，就匆匆走开了，好像理亏的是自己。直到后来很长一段时间，每次见到李金丽的奶奶，刘建兴仍然觉得很不好意思。

现在，刘建兴决定趁周末学习后的空闲时间，写一封信给李金丽，正式表明自己爱慕她的态度。他从抽屉里拿出一沓信笺，拧开青年牌黑杆铱金笔帽，便在信笺上飞笔疾书，很快就写出了一封饱含激情的甚至有点肉麻的情信，署上日期后，又小声通读了一遍——

亲爱的金丽：

你好！本来很早就想给你写信了，但一直下不了决心。一是觉得我们两人都是同一个村同一个生产队里的人，又是小学6年的同学，有什么话找个机会当面说说就行了，写信反而显得拘束和见外；二是无法确定你对我的想法，贸贸然给你写封信，不知道你能不能够接受，把话说得太明白了，会引起你的反感。另外，我也想通过谢银梅试探你对我的态度，但她也说不清楚你究竟对我有没有意思。衡量再三，我还是决定写封信给你。如有不妥，万望包涵、见谅！

金丽，说句实在话，打从寒假到红岗水电站工地劳动时起，我发现你是越来越漂亮，越来越能干，越来越成熟，也越来越迷人了，也是从那时起，一个美好的形象时常在我的眼前浮动。是的，我不否认，那时我已经开始悄悄地爱上了你——我爱你那头浓密披肩的发梢带着些许金黄颜色的黑色长发，我爱你那对十分对称的细细的弯弯的恰到好处地挂在眼眶上方的峨眉，我爱你那双明媚的水汪汪的好像会说话的眼睛，我爱你那只不高不低的对你那俊俏的脸庞起着极其重要平衡作用的鼻子，我爱你那只不太爱说话的小嘴，尤其是那两片滋润的红唇，我爱你苗条的线条十分优美的无处不显示出青春活力的美好身材，我也爱你那双走起路来姿态十分优美的双腿……总之，我爱你身上所有的一切！你那美好的身姿和音容笑貌，让我无时无刻不在牵挂，甚至不能自拔！自到学校里当民办教师以后，我每天都要从你家门前经过，我最大的愿望就是能够看上你一眼，听一听你说话的声音。但十分遗憾的是，即使这样一个小小的愿望，都经常会落空！

金丽，我知道自己的家庭经济条件并不是那么好，个人也有不少缺点，但是，请你相信，家庭经济条件是可以通过努力去改变的，人的缺点也是可以改正的。如果你能够选择我为今后与你共同生活的终身伴侣，是我三生有幸，我将十分珍惜我们的现在和将来，并尽一切可能让我们尽快过上幸福美满的日子。假如我不是你的理想中人，我也希望你能够给我一个明确的答复，让我们永远做个好朋友，好吗？谢谢！

祝你

快乐！

刘建兴

1973 年 10 月 27 日

刘建兴刚刚读完了自己写的信，就听到有人在敲他的房门，刘建兴赶快把信放到抽屉里，就去开门，原来是住在隔壁房的曾彩虹老师，刘建兴就邀她进里边坐，曾老师也不推辞，大大方方走了进去，刘建兴就让房门敞开着，回到房间，让曾老师坐在了房里唯一的一张木质靠背椅上，自己则坐在了床沿上。

刘建兴说："真不好意思，连茶叶都没有，要不要喝杯开水？"

曾老师说："隔离宿舍，不用客气，我刚喝过了。再说，同事之间，彼此就不必多礼了。"

刘建兴问："那就算了。曾老师，找我有什么事吗？"

曾老师说："没什么事，我听见你好像在念诗，以为你在写什么大作，就走过来了。"

刘建兴说："我哪有什么大作？连豆腐块那样的小文章都没有发表过。"

曾老师说："你别小看自己，能整天把'书包'挂在嘴上的有几个人？以你这样的天分，说不定，以后能成为个大作家呢。"

刘建兴说："我一无才气，二无毅力。当作家，我连想都不敢想。"

曾老师说："你不要自卑，我看你挺有天分的。就连我们的杨老教头都很欣赏你，只要你肯下决心，将来一定能够成功。"

刘建兴知道，曾老师所指的杨老教头就是学校里最德高望重的杨冬元老师，曾担任过刘建兴小学的班主任，对刘建兴十分了解。在他的心目中，刘建兴也算是他的得意门生，因而对刘建兴寄予厚望。这次刘建兴之所以能回母校任教，与杨冬元老师的积极建议也不无关系，他曾经多次向校长提出过让刘建兴回母校任教的建议。

刘建兴说："那就承你贵言了。好了，牛皮吹大了也会破的。你备好下星期的课了吗?"

曾老师说："备好了。就二年级那点东西，已经教了几年，倒过来都能够背出来了。不过，教案还得年年重新写，否则，撇开校长这一关不说，要是教育组的人下来抽查，发现你不写教案，留下了案底，以后就永远别想出头，什么推荐上大学啦、转正啦，想都不用想了。"

刘建兴说："那也是。但是，不管怎么样，我是个新手，许多东西都是第一次接触，需要多下点功夫!"

曾老师说："你教初中语文，难度自然会大些。不过，对于你这个'书包'来讲，应该不成问题。刚才校长不是表扬你了吗?"

刘建兴说："话虽说是表扬，但实际上是在鞭策我、激励我。其实，自己究竟有多少分量，我心里很清楚，比起你们这些经验丰富的老师，还有很大的差距。"

曾老师说："你就不用太谦虚了，其实，我觉得校长今天的讲话还是很实在、很客观的。我觉得，黄校长总体上还是一个称职的小学校长。只是在处理爱人的工作方面做法有点欠妥，有个别老师颇有微词。"

刘建兴知道，曾老师所指的是学校办学前班物色临时教师，黄喜明校长在事先没有和全体老师打招呼的情况下，自行决定把爱人安排来学校一事，便说："那倒是。不过，依我看，让一个'文革'前初师毕业的人来教小学学前班，其能力还是绰绰有余的。俗话说'人无完人，金无足赤'，其实，校长这个人还是挺有领导艺术的，尤其是在组织教学和调动老师积极性方面有一套。"

曾老师说："谁说不是！所以，正如毛主席他老人家教导说的，我们应该要'一分为二'看问题。"

刘建兴忽然想起一件事，就问："你和男朋友的关系现在究竟怎么样了?怎么最近不见他来看你?"

曾老师稍微迟疑了一下，说："别提了，已经吹了。"

刘建兴感到意外，问："为什么？你们可是郎才女貌——天生的一对呀!"

曾老师淡淡地说："我们没有做夫妻的缘分吧！"说完，失恋的迷茫和不甘心迅速取代了刚才还满脸春风的神态。

作为局外人，刘建兴唯有替她感到惋惜。据说，她的男朋友是一位转业军人，前两年从部队转业安排在县城工作，他来学校看望曾老师时刘建兴曾经见过。现在，面对这位同事好友，他竟然一时拿不出合适的话语来安慰她。他头一次很认真很专注地也是第一次这么近距离地甚至是很大胆地打量着眼前这位成熟的漂亮女同事：她的上身穿着一件薄薄的浅湖水底色淡蓝色菊花图案的的确良布衫，依稀看得出里面是一件淡粉色的圆领绸布内衣，恰到好处地显示出了她的丰满身材的许多优点和迷人之处；她有着一张鹅蛋形的但又稍微偏圆的脸庞，皮肤白里透红，两道细细的弯弯的峨眉下面是一对清澈迷人的眼睛，两条乌黑油亮的粗大辫子紧挨着两边的耳朵，在脖子两边自然垂挂下来，最后落脚在她那高高隆起的胸脯上，更使得她那对令男人们充满幻想的乳房显得健美和充满魅力，那辫梢上用粉红色的薄片胶带打成的蝴蝶结也格外引人注目。刘建兴想不明白，自己眼前这么漂亮的一位令许多青年男子梦寐以求的妙龄女仔，她的男朋友居然会抛弃她，真是不可思议！他又很自然地将她与陈玉乔相比，尽管在相貌上她要比陈玉乔稍微逊色，但在身材与气质上与陈玉乔却是不相伯仲。此时此地此情此景，一种希望得到漂亮女性爱抚的渴望与对标致性感女人的占有欲迅速在刘建兴的体内膨胀。而此时的曾老师也已经从失恋的迷茫状态中清醒过来，正在专注地看着刘建兴，好像在急切地期待着什么，又好像害怕会有什么不该发生的事情发生。就这样，时间似乎在两人的沉默与胡思乱想之中停顿了一会。

美丽异性不可抗拒的吸引力与无法压制的情感冲动驱使刘建兴从床沿上猛然站了起来，正当他刚想张开臂膀把眼前的美人揽进自己怀抱的时候，曾老师也突然站了起来，果断地说："我该回去了，趁下午还有点时间，帮我母亲把河边的自留地锄一遍，准备种些冬种作物。"说着，就匆匆走了出去。

目送着曾老师走出了房门，刘建兴深深地叹了口气，像一只原本打足了空气绷得紧紧的皮球突然射进了一根钉子，一下子泄光了气，颓然地瘫坐在自己的床铺上。随后，他不停地在内心责骂自己：刘建兴啊刘建兴，你怎么会变得这么下流贱格，竟然想吃人家曾老师的豆腐，你也不去撒泡尿照照自己，就你这样子，要风度没风度，要高度没高度，你配得上她吗？真不知天高地厚！

尽管刘建兴在心里这样不断地责骂着自己，但正值血气方刚、精力旺盛的他，此时无论怎样下决心去警醒自己、克制自己，但是都无法在短时间内将刚刚升腾起来的对曾彩虹这位艳若桃花、性感迷人女同事的爱慕与渴望之火掐灭。当听见曾老师关上房门的声音和渐渐离去的脚步声，他竟不由自主地立马起身，快速走到房门口，望着她的背影出神，直到曾老师走出了学校的大门口，他才悻悻地转身回到自己的房间。

2

这天适逢古渡圩日，中午收了工，陈玉乔回家匆匆忙忙喝了两碗稀粥，就来到旧铺寨，邀洪月倩一起去古渡街趁圩。自从高中毕业之后，两人就很少见面，时间长了，陈玉乔就想与洪月倩逛逛街，聊聊天。到了洪月倩家，只有洪月倩一人在家。洪月倩就张罗沏茶，陈玉乔说刚吃过稀粥，不用了，免得在街上上厕所，洪月倩就作罢。临出门时，洪月倩想叫上陈少雯一起去，陈玉乔就说："叫她干吗，讲话牛头不搭马嘴的，不叫!"

出了村口，两人手拉着手，亲热得好像亲姐妹，一边走，一边谈着心事。

洪月倩问："阿乔，你那林哥哥什么时候回来?"

陈玉乔说："什么林哥哥？叫得多肉麻！叫他名字不就成了?"

洪月倩说："都是一句嘛。你又何必较真!"

陈玉乔说："我要不较真，从你的嘴里说出来，就好像我是他的人似的。"

洪月倩说："你不要嘴硬，说不定，你的心都已经飞到他身边了。"

陈玉乔松开一直拉着的洪月倩的右手，打了一下洪月倩的肩膀，说："我没你那么姣，八字还没有一撇，'心就已经飞到人家身边了'！坦白吧，你和县文化馆那个白面书生进展得怎么样了。"

洪月倩说："哪来的白面书生？我都不知道你在说谁?"

陈玉乔说："你别以为我不知道，早在中小学生文艺汇演时，有人就'十月芥菜——起芯了'。"

洪月倩说："简直是无中生有！亏你跟我还是情同手足的好姐妹!"

陈玉乔说："你就别'死鸡撑硬脚'了，要不要去县剧团找周炳来对证?"

洪月倩听到陈玉乔这样说，脸霎时红了，只好自我解嘲：“玉乔你别误会，我是叫周炳带过两首诗稿给文化馆的叶老师，请他帮忙修改，没有别的意思。”

陈玉乔说：“以前从来没见你写过什么狗屁诗稿，怎么突然有兴致写诗了？不是找机会接近人家连滩仔，我敢把自己的头颅割下来给你当凳子坐！”

洪月倩说：“随便你怎么说吧。反正我是‘身正不怕影斜’，只怕到时候你不敢把头颅割下来。”

陈玉乔说：“好一个‘身正不怕影斜’，那我就拭目以待。”

两人说着，不知不觉已经来到街上，街上早已人来人往，甚是热闹。

陈玉乔本想到书店去逛逛，经过一间国营小食店门前，闻到里面飘出来的诱人香味，洪月倩说：“好久没有吃过沙河粉了，我们到店里炒碟沙河粉吃。”陈玉乔没有带粮票，但洪月倩带了，于是，两人就走进了小食店。

小食店客人不多，买饭牌不用排队，洪月倩掏出钱和粮票买了两份肉片炒沙河粉，陈玉乔已经找好座位斟好茶，二人面对面坐下，一边喝茶聊天，一边等服务员端沙河粉上来。两份沙河粉很快就端到了陈玉乔和洪月倩面前，两人也不客气，拿起筷子就开始吃。

吃过沙河粉，两人又回到街上闲逛。来到邮电所门外，洪月倩说：“玉乔，我们进去看看有没有你林哥哥的来信。”

陈玉乔说：“也好，顺便看看有没有县文化馆的来信。”

洪月倩轻轻捶了一下玉乔，两人就转身往邮电所走去。刚到门口，就看到有邮电所职工黎梓勇在招手叫陈玉乔。

陈玉乔走进邮电所，问：“勇哥，叫我有什么事？”

正在整理邮件的黎梓勇放下手头的工作，说：“你来得正好，免得我跑一趟。有份电报请你签收。”说着，就叫陈玉乔在邮件签收登记簿上签了名，拿钥匙打开装电报的专用抽屉，拿出一份电报交给陈玉乔。玉乔拿过电报，只见电报上写着一行字：

XX 日上午 X 时到达南江客运站，盼接船。石坚。

看了林石坚的电报，洪月倩趁机戏弄玉乔一下：“我说对了吧？叫你那位作林哥哥，你还假矜持，扮清高。这不，都发电报来要你去接船了。”

陈玉乔脸红了一阵子，试探着说：“月倩姐，到时候你陪我去接他，好吗？”

洪月倩说：“我没有听错吧？让我陪你去接男朋友？”

陈玉乔说：“你没有听错，到时真的请你和我做个伴。”

洪月倩说：“让我当电灯泡？我不去！再说，你就不怕我会抢走你的林哥哥？”

陈玉乔说：“求你了，我的好大姐，看在多年老友的情分上，你就帮帮我吧。再说，你要是想抢他，你就放心去抢好了。”

洪月倩说：“好吧，见你这么有诚意，我就考虑一下。”

陈玉乔说：“还考虑什么，你就答应了吧，别到时候又反悔。”

洪月倩说：“好吧。那就陪你去吧！”

陈玉乔说：“一言为定！XX 早上 X 点正在古渡汽车上落站等连滩班车。”

洪月倩说：“一言为定。放心吧！保证不耽误你接心上人！”

3

一个星期后，林石坚电报约定的那天早上，天还没亮，陈玉乔就起了床，先是生火煮上一锅玉米渣子粥，随后又洗干净半小篮红薯放到铁镬里，架上柴火，生火。然后刷牙洗脸梳头。梳洗完毕，回到房里，打开自己专用的小木箱，翻出一件蓝色的确良外套穿上，然后拿了小钱包放进外套口袋，走出客厅，看看墙上的八卦时钟。然后又回到厨房，顾不上吃玉米渣子粥，揭开煮红薯的铁镬镬盖，拿了几条刚刚煮熟的红薯，用旧报纸包着，就匆匆走出家门。

来到古渡汽车上落站，洪月倩已经在那里等着。时候尚早，在上落站等车的只有洪月倩和陈玉乔两个人，估计连滩班车还要十多分钟才到达，陈玉乔就叫洪月倩一起吃红薯，洪月倩就说已经吃了昨晚剩下的炒饭。

客车很快就到了古渡。陈玉乔和洪月倩上了车，车上人并不多，大概有三分之一的座位还空着，她们走到靠后的座位坐了下来，大概 10 来分钟便到了南江港口。

下了车，她们径直往南江客运站方向走去。候船大厅里人很多，吵吵嚷嚷。她们在大厅里转了一圈，见不到林石坚人，就转身折向码头。陈玉乔就问在码头排队等着乘船的人，省（城）梧（州）船来了没有，等候乘船的人就说："要是省梧船来了，我就不用在这里排队了。"

听到那人这样说，陈玉乔和洪月倩便随意在码头台阶找了个干净的地方席地而坐，一面聊天，一面看江面上来来往往的船只。

南江港是西江中下游客运和货物吞吐量最大的一个内河港口，是罗定、高州、信宜乃至茂名等地重要的货物中转站和集散地，在陆上交通相对落后的20 世纪 70 年代，十分繁盛。逢年过节，进出港口的客人远远超出这个临江小镇的接待能力，船票常常出现一票难求的情况，经常有许多未能及时搭上车、船的旅客滞留在港口，在码头台阶上过夜。为搞到一张车船票，就有人想尽办法巴结车站、码头的工作人员，有的甚至不择手段，实施欺骗。

两年的高中学习生活，两人不仅对港口的情况有了比较深刻的了解，同时也结识了一批港口街的同学和朋友。也许是父亲当大队支部书记，平常家里经常有下乡干部做客的缘故，对港口的社会贤达名人、各阶层人员以及老同学的情况，洪月倩都要比陈玉乔知道得多，知道得早。比如，朱良泰被安排到公社电影队放电影，周炳刚刚毕业就被县文工团招收去当演员，冯新荣毕业后留在中学教了一年学，最近和黄志德被抽调去搞路线教育，刘建兴在当地的小学当了民办教师，黄书棠老师调到了县体委工作，赖嘉荣老师调回了家乡的云浮中学任教，等等。

闲着无聊，洪月倩就说："阿乔，我给你讲个故事，愿不愿意听?"

陈玉乔说："好啊，反正船还没见踪影，讲个故事开开心，打发一下时间。"

洪月倩说，这故事我也是听来的，但绝对是一个真实的故事——

据传，早两年，有一个去高州的客人到港口车站售票窗口买票，当天开往高州的车票已经售罄，为了搞到一张去高州的车票，他要了点小聪明，想办法打听到车站站长的姓名和办公室，然后拿了两张旧报纸，来到车站附近农村的牛棚里转了一圈。从牛棚里出来的时候，那人的手里就提着一包东西，然后大大方方地走进了站长的办公室。客人见了站长，打过招呼，并不忙提车票的事情，而是将那包东西放在一个显眼的位置，然后彬彬有礼地掏出一包大前门牌香烟，抽出一根递到站长的手上，毕恭毕敬地给站长把烟点上，又很随意地将那包香烟和火柴放在了站长的办公桌上。站长抽了一口，把烟吞进肚里，然后张开嘴，让烟雾慢慢地从口中释放出来，吐出了一连串白色的烟圈，随后拿眼扫了一下那包东西，问：“哪来的贵客，怎么找到本办公室来了？”

客人说：“站长，您一定是贵人多忘事了吧。前年我还与我的老表拜访过您呢？承蒙您开恩，给我们解决了两张车票。”

站长说：“是吗？我怎么一点印象都没有？”

客人说：“您日理万机，接触的人又多，怎么会记得我这个匆匆过客？再说，我那老表去年已经去了马克思那里报到了。”

站长说：“原来是这样。怎么样，今天来找我，不是又要我给你弄车票吧？”

客人说：“站长真是聪明。一猜就中。真的，我今天来您这里，一来呢，是带来两斤上等的乌龙茶，感谢您当年的慷慨支持和热心帮助。二来呢，确实想请您再次帮我解决一张今天到高州的车票。”

站长不假思索地说：“今天到高州的车票早就卖完了。”

客人说：“怎么这么巧？站长，您能不能想想办法，比如加个位子什么的，特事特办一下？”

站长想了一下，买了关子，说：“这样吧，现在时间也差不多了，我打个电话到售票窗口，问问售票窗口那里还有没有机动票，如果有，你再去买票上车。”

客人说：“那就承蒙站长您关照了。再次衷心感谢您！这两斤‘茶叶’请您笑纳。”

站长拿过‘茶叶’，满脸欢喜，说：“既然这样，我就不客气了。”说完，就打电话到售票窗口，说是有个亲戚要到高州去，想办法弄张机动票给他。

站长打过电话，就对客人说：“我已经同售票窗口那里说好了，你立即去买票上车吧。”

客人再次道过谢，就匆匆忙忙奔售票窗口去了。

过了10多分钟，站长就想品味一下客人刚刚送来的上等乌龙茶。他满心欢喜地拆开那包捆绑得严严实实的‘茶叶’，一股干牛粪的骚臭气味扑面而来，看着一大包还依稀可见得到青草纤维的黑不溜秋的东西，站长气得差点没跳起来。他立即拨通了调度室的电话，问开往高州的班车开出去没有，电话那头回答，车已经开出去 5 分钟时间了！站长气得把话筒狠狠地甩回电话机上，咬牙切齿地骂了一句："妈的，没家教的败类！竟敢拿包干牛粪来骗老子！"

故事讲完了，逗得陈玉乔捧腹大笑了一顿，但随后又怀疑故事的真实性。

洪月倩说："这绝对是真人真事。是一个在我家里搭伙食的公社下乡干部讲的。"

陈玉乔又把话题转到了他要接的人身上，问洪月倩："月倩姐，林石坚这人你也认识，你跟我说真心话，我到底该不该接受他？"

洪月倩说："现在你都来接他船了，还用得着问该不该接受他吗？难道你还想跟刘建兴藕断丝连么？"

陈玉乔说："其实，毕业回家之后我经常想，刘建兴这个人也挺老实、挺聪明的，我这样无情无义地拒绝他，是不是有点过分了。"

洪月倩想了一下，很认真地说："不是有点过分了，而是太过分了！玉乔，别说我现在还泼你冷水，其实，刘建兴和你郎才女貌，真的是很匹配的一对。在学校时我看见你们两人走在一起，就觉得你们要是能够结合在一起，以后的日子一定会很幸福的。"

陈玉乔说："既然你在学校就觉得他那么好，为什么当初你不去追求他。"

洪月倩说："我？你怎么扯到我身上来啦。我和刘建兴是不可能的，他不适合我。第一，论个头，我和他差不多一样高，而我的要求是男朋友要比我高出半个头以上。第二，在性格上，我们缺乏互补的东西，刘建兴和我的性格一样直。第三，他家的经济条件太差，我接受不了。再退一步说，即使我有意，刘建兴对我也未必有心！"

陈玉乔问："何以见得？"

洪月倩说："凭直觉吧。"

陈玉乔说："那你又何以判定他的性格会适合我？我跟他的性格真的合得来？"

洪月倩说："就凭两年来我对你们两人的观察。我认为，你们的身材相貌性格都非常般配，既有许多共同之处，又有一些通过互补才能显示出最大优势的潜在因素，比如刘建兴的正直大方健谈和你的温柔善良文雅，都可以通过互补来形成最大的合力和优势。因此，假如你们能够结合在一起，可以说是天作之合。当然，林石坚这人的确也很优秀，嫁给他，估计几年之后，你就可以跳出农村当随军家属，运气好的话，还有机会到大城市里落户，过着衣食无忧的生活。”

陈玉乔说：“就怕以后我会成为他的附属品，任何事情都要听从他摆布。”

洪月倩说：“这就很难说了。按理，你也是个很聪明很有才干的人，女中豪杰，前途无量。但一旦当了随军家属，在政治上你就难有出头之日，可能在经济上你也没有话语权，相夫教子是你一辈子的责任和义务。一向很有棱角、不甘寂寞的你，就会变成终生围着锅台转的家庭主妇，默默无闻地生活一辈子。”

陈玉乔说：“月倩姐你说得有道理。我真不知道该怎么办了。”

洪月倩说：“不知道怎么办了？到现在为止，你并没有欠他什么，你也不必太在乎太在意！等会，你是人照接，话照讲。至于以后，有道是‘船到桥头自然直’，就见一步行一步吧。”

陈玉乔说：“好吧，月倩姐，就听你的。”

洪月倩说：“本来，现在这种情况，我是不应该对你说这些的，但是，既然我和你是无话不谈的好友，我也不想隐瞒我的观点。可话又说回来，我的意见也不一定对，仅供你参考。主意还得你自己拿。”

陈玉乔说：“好的，我知道分寸了。”

4

从广州开往梧州的跨省客船终于露面了，远远地，陈玉乔就看见了刚刚从下水大队辖区一个地名叫曾子湾的山嘴里冒了出来、正不紧不慢地沿着既定航线开来的客船，过了一会儿，汽笛鸣响，示意客船就要进港。

船还没停靠码头，正在焦急地等待乘船的旅客队伍一阵骚动。其中有买不到船票的人也想碰碰运气，趁机往前面挤。在码头负责维持秩序的港务所职工老布拿着一只铁皮做的简易喊话筒，操着沙哑的嗓音，大声批评不守秩序的旅客，并且不厌其烦地要求大家要让离船的旅客先上岸，同时还提醒大家注意安全，要小心跳板与码头之间的空隙，以防发生意外。

上岸的旅客大概有三四十人，陈玉乔和洪月倩一眼就认出了走在中间的唯一一名高挑英俊的军人。

军人提着两只装得鼓鼓胀胀的草绿色提包从人群中跻身出来，陈玉乔和洪月倩就来到了他的前面。

一见面，陈玉乔就满脸绯红，本想叫他石坚哥，可话到嘴边又临时改变了主意，大大方方地叫了一声表哥。

林石坚放下提包，伸出右手，分别与陈玉乔和洪月倩握了手，说："玉乔、月倩，感谢你们来接我。"

洪月倩说："好多年没见面了，你还记得我？"

林石坚说："怎么不记得，小学我只比你们高三届，那时你是学校里最出名的得理不让人的黄毛小丫头，个子高挑，人很漂亮，尤其是那两条长长的小辫子，发梢有点偏黄，给我留下了很深刻的印象。"

洪月倩说："石坚哥，你过奖了。要说漂亮，我怎比得上你的玉乔表妹。"

林石坚说："当然，玉乔表妹也是十分的漂亮。要不然，我怎么会看上她呢？"

洪月倩说："表妹嫁给表哥，亲上加亲，好啊！"

林石坚说："虽然我和玉乔是表亲关系，其实，用我们家乡的话来说，就是像牛栏框一样疏的了，告诉你吧，我外婆的母亲和玉乔外婆的母亲才是姨表姐妹。"

陈玉乔说："好了，别净顾说话了，我们抓紧时间去车站乘车吧。"说着，就拿了林石坚的一只手提包，走在林石坚和洪月倩前面。

林石坚说："对呀，你看我，净顾着说话。我们一边走一边聊吧。"

洪月倩也要帮林石坚拿提包，林石坚就说："哪有让女人提行李，大男人却空着手的道理？不要争了，这提包还是我自己拿吧。"说着，便紧紧抓住提包的手环不放。

3 人徒步来到车站，上了连滩班车，一会儿，车就开了。车到古渡，3 人下了车，洪月倩就说要回家，林石坚邀请她一起过河到他家去作客。

陈玉乔也说："是呀，'为人为到底，送佛送到西'，大家一起出来接人，岂有中途自己先回家的道理？"

洪月倩说："难道你们不嫌我当'电灯泡'吗？"

陈玉乔说："什么'电灯泡'，你不也是石坚的同学——校友吗？这么多年没见，大家叙叙旧，聊聊天，等会我们一齐回来，好吗？"

听得陈玉乔这样说，洪月倩再也不好推辞，只好一同前往。

林石坚的家在古渡墟斜对面岩咀大队，离渡口大约有3公里多。岩咀大队是一个人口不足千人的自然村，属坝东公社管辖，也是离坝东公社最远、人口数量最少的大队。

岩咀村地处南江东岸，由于地理位置特殊，加上南江南岸大都是陡峭的石山，仅有的一条临江小路经常受塌方阻隔，交通极不方便，而且非常危险，平常村民到公社办事，都要绕道古渡，在古渡乘搭过往班车到连滩，再从连滩渡口搭船过河，方能到达公社所在地大坪。岩咀大队人口不多，小学只开到3年级，其中一二年级还是复式班。4年级以上，都要就近到古渡小学借读，林石坚就是在古渡小学完成了小学最后3年的学业，拿的是古渡小学的毕业证书。也就是从4年级到古渡小学读书时起，林石坚才知道有陈玉乔这样一个远房姨表妹也在古渡小学读书。

他们来到渡头时，刚好渡船送客人去了对岸，3人就随意在散石铺就的简易码头上站着，等摆渡人把船摇回来。

此时站在陈玉乔面前的林石坚除了着装有了些许改变之外，与她在外婆家看到的几乎没有什么变化，1米7左右的个头，壮实的身材，黝黑的国字形脸庞，双目炯炯有神，上身是一件崭新的草绿色的带4个衣兜的军装，下身是一条天蓝色的裤子，军帽上缀着一枚鲜红的五角星帽徽，左胸前面"为人民服务"字样的条形徽章与毛泽东主席头像像章结合而成的组合胸章，分外引人注目，一看就知道是人民解放军空军的一名年轻军官。

洪月倩问："石坚哥，听说你是从滑翔学校毕业的，你一定会开飞机吧？"

林石坚没想到洪月倩会问这样的问题，一时又想不出更好的答案，就反过来问她："你从哪里听说读滑翔学校的就一定会开飞机？"

洪月倩说："我就是不知道才问你的呀！"

林石坚说："那么，跟你说实话，我不会开真正意义的飞机，但是我会驾驶滑翔机。"

洪月倩说："这就奇了怪了，读滑翔学校毕业的不会开飞机，这不跟读农业大学的不会种田一样吗？"

林石坚说："滑翔学校的主要任务是为了培养人民空军的后备力量。一般来讲，每年大概会安排7到8个月的时间学习政治和科学文化知识，3到4个月的时间进行滑翔训练，1个月的时间休假。当然，具体安排要看每学年的实际情况而定。像我们这一届，入学不久就开始'文化大革命'了，学习政治的和参加批判大会的时间就多了很多。学员从滑翔学校毕业时，还必须经过再挑选，择优参加航空院校的专门飞行训练，符合当飞行员条件的，才会被安排到部队里担任飞行员，其他的则安排在地面担任地勤等工作。"

洪月倩说："我听说，滑翔学校在招收学生时要求很严格，政治素质和身体素质都要过硬，祖宗三代的历史也要清白，主要社会关系和亲戚都没有政治问题。既然有许多人都飞不上天，为什么滑翔学校在招收学生时还要求这么严格。"

林石坚说："这你就有所不知了，在我们空军，飞行员的工作固然重要，但地勤工作也一样十分重要。从地面指挥，到技术保障和后勤供给，离开哪个环节都不行，无论个哪环节出了问题，部队都无法完成作训任务。"

这时候，摆渡人已经把船摇了回来。还是那条小木船，船后舱依旧用四根木柱支撑着一张三四平方米的黑不溜秋的挡雨蓬，摆渡的还是当年的人。在古渡读小学的3年，除了星期天、寒暑假和洪涝爆发，林石坚几乎每天都乘坐他的小木船过渡，往返学校和家里。

林石坚说："船靠岸了，我们上船吧。"说着，就挽着提包，一个小跳，轻盈地落到了船头上，随后又转过身来，伸手把陈玉乔和洪月倩拉到了船上。

3人刚刚在船上坐稳，林石坚就主动与摆渡人打招呼。老人只觉得这位军人有点面熟，但一时却记不起他的名字。林石坚就说："水松叔，我就是岩咀大队的坚仔，在古渡读小学时几乎天天坐您的船。"

水松叔就说："哦，记起来了，你就是当年那个又黑又瘦的林石坚。是少先队的中队长，白臂章上有两条红杠的。有一次放学，碰巧下雨，你没有带雨具，我还借过雨伞给你回家，记得吧？"

林石坚说："记得记得。水松叔，您记性真好！"

水松叔说："一般般吧。要看是什么事情——有些事情印象深刻，能记一辈子。"

陈玉乔说："水松叔不仅记性好，心地也很好，乡亲们有什么急事、难事找到他，只要他能做到的，绝不会推搪！”

水松叔说：“大家都是乡里乡亲，低头不见抬头见，能帮就帮吧。好了，开船了，请大家坐稳。”

水松叔一边说，一边将木浆的把手提升起来，用力把那对木浆往水里扎，然后双手同时往后发力，让船退离岸边，再用一只手出力拨水，让船转了 180 度，再将船体顺正，然后稳稳当当地向对岸摇去。

深秋的南江，清澈平缓，河水干净得令人直想伸手掬几捧往嘴里灌，偶尔有几尾缆刀鱼毫无顾忌地浮出水面觅食，使河面徒增了不少生机。

船靠岸时，林石坚从衣兜里掏出两个五分钱的硬币，对水松叔说：“水松叔，不用找了，还有 4 分钱是玉乔和月倩回来时过渡的费用。”

水松叔说：“好吧。”然后，用双桨在水中稳住船身，让他们平稳上岸。

5

林石坚从部队回来探家还带了女朋友的消息不胫而走，很快全村的人都知道了。林石坚和父母打了招呼，介绍了陈玉乔和洪月倩，刚聊了几句话，就有隔壁的叔公伯母、三姑六婆陆陆续续前来拜访。沾亲带故的，就名正言顺地来拉家常，喝茶，了解一下部队的生活，自己脸上也就沾了几分光；没有什么亲戚关系的，也找个理由来看看林石坚和她的女朋友，凑凑热闹，聊聊天，说上几句好听的话，满足一下好奇的心理。

亲友邻里到来，林石坚就连忙应酬，一边掏烟点火，一边斟茶递水，尽可能地回答乡里们提出的各种各样问题。还让陈玉乔和洪月倩帮忙，从提包里拿出几斤糖果饼干招呼来客。直到中午 12 点多，林石坚父母已经做好午饭，邀请大家一起吃午饭时，乡邻们才客客气气地陆续散去，林石坚坚持挽留林姓家族里辈分最高、年纪最大的二叔公和二叔婆一起吃饭。

林石坚的父亲忠厚老实，性格比较内向，言语不多，讲一句是一句，平时喜欢喝两杯小酒，但一般不会超过二两，二叔公年纪虽大，但见多识广，非常健谈，还能喝酒，是村里有名的“酒坛”，林石坚的酒量与父亲差不多，浅尝即止，只象征性地陪着二叔公和父亲喝一点。林母则是个很得体、很和善的人，两片薄嘴唇总有说不完的话题，加上之前已在陈玉乔的外婆家见过玉乔的面，又是姨表亲关系，内心对这个未来儿媳妇很满意，吃饭时便频频给玉乔夹菜，同时也不忘适当照应洪月倩，反复要求两人以后常来家玩耍。陈玉乔和洪月倩便连声表示感谢，说是有空一定多来。

吃过午饭，陈玉乔和洪月倩要帮忙收拾碗筷，林石坚母亲就连忙阻止，说是农村习俗，第一次来做客的人是不用洗碗的，寓意洗干洗净，下次来就没得吃。林石坚也说，不用劳驾你们，有母亲和大妹呢，你们陪我二叔公、二叔婆和父亲说说话吧。陈玉乔和洪月倩就不再坚持，在客厅聊天。

过了一会儿，二叔公和二叔婆要走，林石坚就送他们俩出到门外，复又回到门口，招手让陈玉乔出来。

陈玉乔便对洪月倩说，你在这里陪表姨丈稍坐，聊聊天，我去去就来。

洪月倩知道林石坚的用意，便对陈玉乔说："你去吧，不用理我。"

林石坚和陈玉乔并排在村道上向村外走去，偶尔有一两个熟识的人与他们擦身而过，石坚便与之打招呼，那些人口里应着，眼睛却盯在了陈玉乔身上，令她觉得好不自在。

林石坚说："你不要在意，边远农村，平时难得见几个外来人，更何况，你长得这么漂亮，人家多看几眼，就更不奇怪了。"

陈玉乔说："你别说，我真的是有点不太适应人家这样看我。"

林石坚说："毕竟你是第一次来嘛，有点不太适应也很正常。其实，能够跟你这位大美人走在一起，我也觉得挺自豪的。"

陈玉乔说："你快别这样说，这个世界上，美女有的是，就看有没有这样的缘分。"

林石坚说："你这话我赞同。今天我们能够走在一起，就是缘分。要是再往上追溯的话，我能够在古渡小学读书，与你朝夕相处，也许就是一种缘分。"

这时候，他们已经来到村外山脚下，前面就是一片阔叶树林，到了树林边缘，陈玉乔脚步有点迟疑，林石坚看在眼里，估计她不想再往前走，便停下脚步，很认真地看着陈玉乔，说："玉乔，在家里人多不好说话，叫你出来，是想单独和你谈谈，听听你的想法，包括你对我本人和我的家庭的看法以及你家人的态度。"

陈玉乔想了一下，说："你人很好，聪明能干，体魄强健，善解人意，又是部队干部，吃的是国家粮，各方面条件都比我好，家庭条件也不错。我一个农村女子，只怕配不上你。至于我家人的态度，你是知道的，主要还是听我的意见。”

林石坚说：“你不要说配不上我。其实，以你的品行相貌，如果能够娶到你为妻，就是我林某三生有幸——天大的福气了。再说，我只在乎你对我的态度，只要你觉得我林石坚是一个可以让你信任、值得你托付终身的人，那么，其他的一切都不重要了。因此我想，如果你同意的话，我打算在这次假期就把我们两人的关系确定下来，过一段时间再结婚。”

陈玉乔说：“但有一样你必须考虑清楚，你在部队是个干部，短时间内也不会转业，而我这农村户口也不可能转到部队里去，长时间两地分居，以后生活会很艰难、很麻烦的。”

林石坚说：“这种情况我清楚，甚至比你更了解。但是，事情并不是一成不变的。虽然我现在只是个排级干部，可是以我的聪明才干，估计不出几年——大概六七年，就可以晋升为营级干部。到时，你就能名正言顺地随军了。同时，我也相信，随军以后，以你的资质，在部队驻地找份工作绝对没有问题。玉乔，请你信我。”

陈玉乔说：“既然你这样有信心，先把关系确定下来我也没有什么意见。不过，我想，我们两人现在还年轻，我并不想这么快就结婚，你说呢?”

林石坚说：“当然，确定关系，并不一定就要马上结婚，我可以等一两年。我只是担心到时会有什么变化。”

陈玉乔说：“会有什么变化?我向你保证。我陈玉乔应承得你，就绝不会三心二意，见异思迁。”

林石坚说：“既然你这样说，我也没有什么好说的了。就让时间来考验我们的决心、定力和忠诚吧。”

陈玉乔说：“好，我们一言为定。”

林石坚也说：“一言为定。”说着，便倏地伸出他那只有力的大手，不由分说地紧紧握住了陈玉乔粉嫩柔软的右手。

陈玉乔也不回避，只是心里止不住一阵砰砰乱跳，过了一会儿才说：“好了，你把我的手都握疼了，快回家吧。”

在回家的路上，林石坚对陈玉乔说：“我的假期总共只有半个月时间，在路上来回就要四五天，明后天还要去探望亲戚，无法安排时间专程去你家，我想，今晚你就在我家住宿一晚，明天再回家，好吗?”

陈玉乔说：“以后再说吧，我是和洪月倩一起出来的，我自己住下了，洪月倩怎么办?”

林石坚说：“可以让她自己先回去，反正路程也不远，我送她到渡口不就行了。”

陈玉乔就说：“这样不好吧，毕竟是我邀她一起来的，岂有让她自己一个人先回去的道理?”

林石坚就退一步，说：“要不，你们两人都在我这里住宿一晚，明天再一同回去。”

陈玉乔说：“天气这么热，我们两人都没有带衣服来，等会我们还是一起回去吧。”

林石坚知道自己无法说服陈玉乔留下，便叹了一口气，说：“算了，那你们就今天回去吧。真想不到你这人会这么固执!”

陈玉乔没有想到林石坚会突然说出这样一句话，竟一时无语，心头不由自主地掠过一丝淡淡的惆怅。

本来，林石坚从部队回到广州时，专门到南方大厦买了一只金戒子。按照林石坚原先的想法，如果陈玉乔愿意在家里住宿一晚的话，他就把金戒子作为定情礼物亲手给陈玉乔戴上；而现在，看到陈玉乔犹豫不定的态度，加上中间又夹着个洪月倩，林石坚就打消了送戒子的念头。

回到林石坚家里，陈玉乔与林石坚的家人又说了一阵子话，看看太阳已经偏西，就要回去。于是，两人就与林家的人告辞。林石坚父母一再挽留她们住宿一晚，明天再回去，无奈陈玉乔和洪月倩主意已定，执意要走，林石坚母亲只好叫林石坚送送她们。

出了村外，陈玉乔就说：“石坚哥，你不用送了，回家去吧。”林石坚却说不差这点时间，坚持把她们送到了渡口。

第 16 章

1

吴红芬高中毕业回村务农不久，上级分配了几个广州知识青年到南江公社上山下乡，插队落户，其中刘宁恒被安排到红岗大队红岗 1 队与社员们“三同”（同吃同住同劳动），接受贫下中农的再教育。考虑到一个从省城来的年轻人，吃住在社员家里多有不便，吴红芬的父亲、红岗 1 队队长吴家良便向大队党支部书记欧穆俊建议，安排刘宁恒住在大队部楼上，吃饭问题就在供销社搭食解决。欧穆俊书记采纳了吴家良的意见。刘宁恒高中毕业，20 岁出头，国字形的脸庞稍微偏瘦，头发乌黑浓密，眼耳口鼻布局恰到好处，身材高挑，经常穿一件洗得十分干净的白衬衫和一条蓝黑色的西装长裤，两条裤腿的边线压叠得十分明显，给人的印象是一个仪表堂堂、潇洒文雅、彬彬有礼、乐观风趣、讨人喜欢的年轻人。

刘宁恒喜欢文学艺术，坚持每天早上起床洗漱后就压压双腿，扭扭腰杆，练练嗓子，然后打开自己带来的收录机，和着收录机播放歌曲的节拍唱上几首歌，然后才去供销社吃早餐、上工。中午放工回来，吃过午饭，就捧着一本长篇小说在大队会议室里倚窗阅读，一直到生产队长吴家良叫大家开工。在共同的农业生产劳动中，他与吴红芬相识并结下了革命友谊，很快便熟络得如同一对老朋友，经常聚在一起探讨文学艺术问题，也谈理想和未来。逐渐地，刘宁恒对吴红芬有了好感，经常去吴红芬家串门。然而，吴红芬却一直坚守着她与冯新荣在学校里的承诺，没有见异思迁的想法。

寒来暑往，一年一度的暑假即将来临。毕业一年整，吴红芬一直都等不到冯新荣的来信。期间，不乏青年男子追求她，其中大部分都是热心亲戚和邻居们通过她的父母为她介绍的，有吴红芬小学、初中和高中的同学，还有下乡驻队的公社和县里的干部，但都被她一一婉拒。在吴红芬的心里，依然只装着一个人，南江中学文艺宣传队队长冯新荣——一名德才兼备的高材生，她的芳心只属于他！后来，吴红芬听到消息，说在毕业前夕，陈厚德校长亲自找冯新荣谈了话，让他留校当教师，冯新荣当即就答应了，毕业离校时连行李都没有带回家。但是吴红芬并不相信这种说法，因为她清楚记得，在高中毕业离校前夕，晚饭之后冯新荣约她外出散步，两人在学校对面南江加油站的那段沙泥公路上留下了无数的脚印。他们谈毕业后的打算，谈理想，也谈牛郎织女，甚至还谈到将来如何组建小家庭，共同编织幸福美满的安乐窝。期间，冯新荣只字未提学校打算让他留校任教一事。等到夜幕降临，夜色迷茫之时，两人还不约而同地想到了一块，双双投入了对方的怀抱，完成了他们俩的第一次也是最后一次的热烈拥抱和纯洁热吻！

近日，吴红芬意外收到了冯新荣的来信，来信只有一张信笺，寥寥数语。冯新荣在信中告知吴红芬，自己毕业之后就留在母校任教。由于在校读书期间思想幼稚，不够成熟，考虑问题简单化，过早拍拖谈恋爱。现在发觉两人无论是性格、爱好还是志向等方面，都有很大的差异，假如勉强结合在一起，今后是不会有好果子吃的。为了避免今后给两人的生活带来痛苦，长痛不如短痛，决定当机立断，终止恋爱关系，以后就以同学和好友的关系相处。非常抱歉！望老同学珍重，勿念！

看了冯新荣的绝情信，吴红芬苦不堪言，偷偷在家里痛哭了一场，以泪水了断了自己之前非冯新荣不嫁的想法，很快就振作起来，快刀斩乱麻，在收到信的第三天，就给冯新荣回了一封信，信笺上只有 8 个字——无须愧疚，好自为之！并把他在高中毕业时送的两张个人相片随信寄回给他。

几天以后，刘宁恒对吴红芬说，他有个想法，希望由她出面向大队领导提议成立一支毛泽东思想文艺宣传队，他本人可以作为导演参加，帮助红岗大队培养一批文艺人才。吴红芬十分赞同，就找书记说道说道，结果大队党支部很快就同意成立红岗大队毛泽东思想文艺宣传队，并决定由新近入党的欧晓明担任宣传队队长，吴红芬担任副队长，刘宁恒担任导演，宣传队人数不超过 26 人。考虑到队员们居住比较分散，有几个远路的从家里到大队部要走半个小时，为确保排练的时间和质量，经大队党支部研究同意，决定除了利用晚上的时间排练之外，每逢星期天还脱产集中辅导排练半天，由队员所在生产队按照出勤标准记工分。

这天早上，红岗大队毛泽东思想文艺宣传队成立暨第一次全体会议在大队部会议室进行，大队党支部委员、团支部书记、民兵营长苏大维代表党支部祝贺红岗大队毛泽东思想文艺宣传队成立，并对宣传队提出“团结合作，认真排演，精益求精，服务大众”的要求。宣传队队长欧晓明代表宣传队发言，对党支部的关心支持表示衷心感谢，并且表示要切实担负起队长的职责，坚持毛主席的无产阶级革命文艺路线，带领好宣传队一班人，团结协作，积极投入创作、排练，尽快把优秀的革命文艺节目送到广大人民群众中去，为大力宣传毛泽东思想、丰富人民群众的精神文化生活，为促进红岗大队的革命生产做出成绩，贡献力量。接下来就是集体研究选定排练演出的节目。毫无疑问，演出剧目自然要以革命样板戏为首选，而8个革命样板戏当中，只有《沙家浜》、《杜鹃山》和《海港》3个移植革命现代粤剧适合他们宣传队演出，有人主张排演革命现代粤剧《沙家浜》，也有的人提出排演《杜鹃山》。但是大多数队员包括刘宁恒和吴红芬都是倾向于排演《沙家浜》，理由是《沙家浜》故事性强，剧情跌宕起伏，主要人物形象高大丰满，反衬人物的性格特征也比较鲜明，唱段唱腔自然流畅，好听易记，富有感染力，虽然人物众多，但排练起来却相对容易，也易于为广大人民群众接受并引起共鸣。还有一个有利条件，副队长吴红芬在中学宣传队里就是《沙家浜》的主演，对全剧熟练到倒背如流的地步。还有，刘宁恒从广州带来了一部收录机，有《沙家浜》全剧的录音带，便于大家模仿学习和排练。经过讨论，欧晓明与吴红芬和刘宁恒也交换了意见，最终决定排演广东粤剧团演出版的革命现代粤剧《沙家浜》。

宣传队散会以后，欧晓明留下吴红芬、刘宁恒和队员黎艳霞、莫阿葵几个人研究刻印剧本问题。吴红芬说：“我和黎艳霞还保留着中学宣传队里发的剧本，大队部有现成的蜡版蜡纸，阿葵的蜡版字不错，争取在这几天抓紧时间刻写出来，印刷的时候我和黎艳霞来帮忙。”刘宁恒便说：“莫阿葵一个人刻工作量太大了，我去学校借一套工具，与莫阿葵一人刻写一半，刻写好了，再叫你们来印就行了，这样也可以节省时间，尽快投入排练。”欧晓明觉得这主意好，就确定下来。

一个星期后，剧本印刷好了。吴红芬和刘宁恒商量后，就在电话里告知了欧晓明，欧晓明当即决定星期天上午集中全体队员安排角色，开始排练，并叫刘宁恒用电话通知有关生产队的队长，由各队长通知宣传队队员按时集中到大队部会议室参加排练。

星期天上午 8 时，宣传队队员已经全部集中在大队部会议室。欧晓明首先做了简单的“战前动员”，然后就由吴红芬和刘宁恒负责安排角色。宣传队组成人员大部分都是近几年的初、高中毕业生，是吴红芬的同学、校友，由于对各人的性格特长比较了解，吴红芬事前又和刘宁恒以及黎艳霞做了充分的准备工作，所以角色安排得比较顺利，没有人提出换角色的要求。接下来，刘宁恒就以导演和主演（郭建光）的身份，对排练提出了要求，要求大家尽快熟记各自负责的台词，力争在三个星期后正式合成排练。同时还提醒大家在排练过程中要注意的一些事项。为了让大家尽快熟识剧本，掌握对白和演唱的技巧，接着就和吴红芬以及黎艳霞带领大家按照角色念（唱）了两遍剧本。

2

欧晓明与吴红芬分属两个自然村，吴红芬的家就在大队部附近，红岗村红岗 1 队，而欧晓明的家却在一个地名叫桃子的自然村，离大队部所在地红岗村 4 公里左右。两人从小学到初中都是同班同学，初中毕业后，又双双上了公社高中，虽然没有分在同一个班，但每逢周末，都结伴同行，往返于乡下与南江中学之间。因为欧晓明的年龄要比吴红芬小半年，欧晓明就叫吴红芬为红芬姐。两人平时无话不谈，亲如姐弟。在高中学习期间，对于男女同学之间的爱恋问题，欧晓明一向都不太上心，更没有对吴红芬产生过爱慕的想法，哪怕是一丁点朦胧的爱情。当他听到冯新荣在追求吴红芬时，也曾经特别关注过，但是经过一段时间的观察，却又未曾发现他们俩有什么特别的举动和交往，久而久之，也就没有再把这件事情放在心上。而对于吴红芬来说，对欧晓明这个人，也仅仅是一位姐姐对弟弟和同学之间的感情——论身材相貌，欧晓明长得并不出众，身高 1 米 60 出头，个头看上去比自己还要矮一点，在班中排队常常站在队伍的后头；论学习成绩，他也不是很优秀，考试成绩经常在班中位居中上游；唯一值得赏识的是，他脑瓜子灵活，反应很快，还有一张永远不服输的巧嘴，不但善辩，得理不饶人，而且还出口成章，是班里甚至是在年级里为数不多的打油诗高手。

临近高中毕业，欧晓明开始关注起异性来。高中毕业回村那一天，他突然发现一直被自己称为姐姐的吴红芬原来是那么美丽那么吸引人的一个女子。

那是一个阳光灿烂的日子，天气特别炎热。吴红芬和红岗大队的几个同学在古渡下了车之后，就各自挑着行李步行回红岗。像往常一样，欧晓明和吴红芬一直走在众人的后面。当天吴红芬穿着一件极薄的淡黄色的纯色的确良上衣，里面穿着一件白色的针织背心小内衣。走路的时间长了，吴红芬大汗淋漓，被汗水浸透了的衣衫紧紧地贴住了她丰腴的身体，将她的形体曲线充分显露在欧晓明的面前，她那十分养眼的肌肤透过汗湿的衣衫若隐若现。欧晓明不看犹可，一看就完全被吴红芬充满诱惑的身体和极其标致的外貌给迷住了。他从头看到脚，又从脚看到头，吴红芬身上的任何地方，都让他看不够。此后，吴红芬的性感体态就牢固地刻印在了他的脑海里，抹之不去，挥之不掉。欧晓明知道自己已经爱上了吴红芬，于是就渐渐地注意起自己的形象来，除了在穿衣打扮方面变得越来越讲究外，内在方面也更加注意充实自己，努力提高自己的品位和涵养。为了能够与吴红芬有更多更好的交流，他还充分利用业余时间钻研文艺知识，积极尝试写作诗歌、歌曲和小戏，还向《郁南文艺》和《西江文艺》甚至《作品》投过十几次稿，可惜每次收到的回信，都是作品已经收到，望今后继续积极向我刊投稿之类的答复。

当大家对完了两次剧本离开大队部之后，欧晓明就对吴红芬说还有些事情要与她商量。

吴红芬皱了皱眉头，问："还有什么问题要商量啊?"

欧晓明说："其实也没有什么重要事情要商量的，只是我已经好久没有去过你家了，就想去你家看看。"

吴红芬又问："怎么突然就想起去我家了?"

欧晓明说："想去你家坐坐，难道也要什么理由么?就是想看看你们家变得怎么样了?"

吴红芬说："还能怎么样?老样子呗！其实也没有什么好看的。"

欧晓明说："怎么?你这样说，意思是不欢迎我去做客?"

吴红芬勉强笑了一下，说："瞎说什么呢?欧队长，你是我的老同学，我怎么会不欢迎呢？只要你不嫌弃我家邋遢就行！”

吴红芬的家就在学校附近，小学和初中时，欧晓明经常去她家玩耍，对于她家里的情况，自然十分熟悉。

吴红芬家大门紧闭，弟妹们都去了上学，父母去开工还没回来。吴红芬从女包里掏出钥匙开了大门，让欧晓明进了屋，就说自己有点急事要处理一下，叫欧晓明自便，就匆匆回房间拿了点东西，去冲凉房处理女人的事情。

欧晓明在客厅饭桌旁边坐了一会儿，看见墙壁上的镜框相架摆满了照片，就很认真地端详起来。相架内，除了吴红芬一家人的一张五寸黑白照片之外，其余的大都是吴红芬和弟妹们的照片，其中又以吴红芬的毕业照以及与同学的合照居多，也有十几张男、女同学送的个人相片。而最吸引欧晓明眼球的是在中学大门口和运动场旁边大乌榄树下拍摄的几张宣传队的6×6黑白合影照片，每张照片吴红芬都与冯新荣站在一起，显得特别亲密，这让欧晓明想起了读书时候有同学提到过吴红芬与冯新荣在拍拖一事，现在看来，还真的像有那么一回事！这让欧晓明多少感到有点不太舒服，一阵妒忌冯新荣的意念不由自主地在他的脑际闪过，心里头也莫名升腾起一阵酸溜溜的味道。

大约过了一刻钟左右，吴红芬从冲凉房里走出来，欧晓明分明看见了一个全新的格外迷人的吴红芬。现在的吴红芬穿着一件半新半旧的传统花布大衾衫，一条士林蓝布西裤，一对长长的松松的乌黑的大辫子，一前一后地依附在她的线条非常优美的胸前和后背上，一个人见人爱的大美人，就这样步履轻盈地款款向着他走来。

欧晓明呆呆地、如痴如醉地看着吴红芬来到自己前面，浑然不知自己的失态。平常伶牙俐齿的他，此时却变哑巴了，一时竟不知道说什么才好。

吴红芬看见欧晓明这样看自己，只觉得有点好笑，就想开开他的玩笑，可是话到嘴边，却变了样：“晓明，不好意思，今天一大早挑了几担水，出了一身汗，我去洗了个澡，让你久等了！”

欧晓明这时候已经恢复了常态，就说：“没关系，我正好细心欣赏你的美照。红芬姐，以前我怎么就没有发现，你照起相来会这么上镜！真是太美了！简直是出水芙蓉——不，比出水芙蓉还要美！”

吴红芬说：“美什么美？现在人老了，没人要了！”

欧晓明说：“你现在才几岁？还不到20岁，就说自己老了，没人要了，是你自己看不上人家吧?”

吴红芬脸上霎时闪过一阵愁云，说：“你怎么知道我看不上人家？自作聪明!”

欧晓明说：“难道不是吗？依我看，像你这样的大美女，只要你出句声，在我们中学，起码也有一大半的男生拜倒在你的石榴裙下!”

吴红芬的脸立即宽容起来，莞尔一笑，说：“看你说的，蒙我喜欢的吧?”

欧晓明说：“哪里？我说的可是大实话!”

吴红芬说：“大实话？何以见得?”

欧晓明说：“红芬姐，我说了，你可不许笑话我。”

吴红芬说：“我不笑话你，你说吧。”

欧晓明说：“自从你们宣传队在学校礼堂彩排《沙家浜》之后，有好几次，我无意之间听见男同学们聚在一起议论你们女同学!”

吴红芬问：“议论我们女同学什么啦?”

欧晓明说：“说你们谁最漂亮。”

吴红芬问：“那结果呢?”

欧晓明说：“我说了，你可别不高兴!”

吴红芬说：“我干吗不高兴？再说，我是那么小气的人么？你说吧。”

欧晓明说：“说全校最漂亮的女同学是陈玉乔。”

吴红芬问：“还有呢?”

欧晓明说：“第二是洪月倩。”

吴红芬问：“还有呢?”

欧晓明说：“你排第三位!”

吴红芬问：“我第三？不错啦。那你的观点呢，谁排第一?”

欧晓明迟疑了一下，说：“我的看法略有不同。”

吴红芬问：“怎么个不同法?”

欧晓明说：“你排第一。”

吴红芬噗嗤一笑：“你诓我呀？讨我欢喜?”

欧晓明说：“我没有诓你！‘深山出格木’，你排第一，实至名归!”

吴红芬说：“还‘深山出格木’呢。这和深山有什么关系?”

欧晓明说：“怎么没有关系！关系可大了。难道你没有听说过‘一方水土养一方人’吗？我们红岗大队山清水秀，空气清新，养育出来的儿女都是特别靓丽的。”

吴红芬说：“你说的是什么歪理啊，就是同一父母的兄弟姐妹都有很大的差异啦。”

欧晓明说：“那是表面现象，但本质上都是一样美的！”

吴红芬说：“好了，我说不过你，在你嘴里，咸鱼都可以说到它会返生的。”

欧晓明说：“红芬姐，你这话就不讲理了！”

吴红芬说：“是吗？可我怎么老觉得是你不讲理呢？”

欧晓明说：“我说了这么多，无非都是在赞美你，你又何必那么较真！其实，审美这个东西，每个人都有自己的审美标准，我说你靓，你说她美，谁说得清楚？”

吴红芬说：“难道不是吗？就连我们女同学都公认陈玉乔是全校最漂亮的。”

欧晓明说：“我刚才说了，他（她）们是他（她）们，我是我。我就觉得你最美丽——至少在我眼里，你就是我们学校里最漂亮的女同学！当然，平心而论，陈玉乔是很美，但我总觉得，你就是比她美。”

这回，吴红芬服了气了，欧晓明是在千方百计讨好自己，就说：“我说欧晓明，你就别在我面前买口乖了，我还经得起考验！”

欧晓明说：“我就是实事求是，你就是最美的，你爱信不信！”

吴红芬又问：“好的，我信。多谢你这样看得起我！还有呢？他们还说什么了？”

欧晓明说：“我都不好意思说了。”

吴红芬笑了一下，说：“都老同学了，难道我还不知道你的性格吗？还不好意思说！”

欧晓明说：“你真的要我说？”

吴红芬说：“快说吧，别像个大姑娘似的！”

欧晓明说：“那我就说了——你可别说我不正经。”

吴红芬问：“我不说，你快说吧。”

欧晓明说：“他们还猜测你们女同学谁的奶子最丰满、最挺拔、最性感、最吸引人?”

吴红芬一阵脸红，说：“好啊，欧晓明，你们都是一帮下流胚子!”

欧晓明说：“红芬姐，这可是你叫我说的。我没有参加议论，我只是无意中听见他们议论而已，真的，我不骗你!”

吴红芬说：“算了，这回不怪你。”

过了一会儿，欧晓明鼓起勇气，眼睛盯着吴红芬，从上到下扫了她全身一遍，最后眼光聚焦到了她的脸上，说：“红芬姐，我还有个想法，这个想法不说出来，憋在心里很难受。”

吴红芬问：“你还有什么想法啊?”

欧晓明说：“红芬姐，我喜欢你，我爱你！从我们高中毕业结伴回家那一天起，我就有感觉，以后我要娶的就是像你这样的女子。红芬姐，请你做我的女朋友，好吗?”

这时候，一点思想准备都没有的吴红芬万万没有想到，欧晓明会这样直率地对自己表白心声，一时竟然答不上话来，脸上出现了一种亦欢喜、亦尴尬、亦害羞的复杂表情。

时间好像已经凝固了，厅堂里异常安静，只有墙壁上那只555牌圆挂钟在忠实地不知疲倦地履行着自己的职责，发出滴答滴答的声音，仿佛提醒在场的两人，时间还在继续，光阴正在流淌。

过了好大一会儿，吴红芬终于稳定了自己的情绪，冷静地说：“欧晓明，你不会是一时冲动吧？你的想法和要求太突然、太出乎我的意料了，我从来都没有往这方面去想过。”

吴红芬这样说，欧晓明并不觉得自卑，他的眼睛紧盯着吴红芬，一本正经地说：“红芬姐，以前没有想过，就从现在开始你就认真考虑考虑我，好吗?”

吴红芬说：“晓明，我的意思是说，其实我觉得，我们可以做同学，做知心朋友甚至做姐弟，却不适合做夫妻。说白了，就是你并不适合我，反过来说，我也不一定会适合你，”

欧晓明说：“红芬姐，一直以来，从小学到现在，我们不是相处得很好么，有了这么多年的交往和感情积累，以后我们如果能够结合在一起工作和生活，我想我们一定会非常幸福、非常美满的。”

吴红芬说：“晓明，如果说以前我们的相处是有感情的话，那也仅仅是同学和姐弟的感情，与爱情完全是两回事。你必须明白——我想你也应该明白，一直以来，我都是把你当作亲弟弟来看待的，直到现在我仍然是把你当作自己的亲弟弟来看待。如今你提出这事情，我一点思想准备都没有，恕我直言，今天这事，我实在是难以答复你。”

欧晓明说：“红芬姐，我欧晓明不是一时冲动才向你表白心声的，我是经过了很长时间的深思熟虑和苦苦挣扎之后，今天才斗胆来向你提出的。我欧晓明保证，我对你完全是真心实意的，如果你选择了我，我会永远对你好、永远爱你的，请你不要拒绝我，好吗？”

吴红芬说：“欧晓明同学，我再说一遍，我觉得你并不适合我，而且我也不一定适合你，请你冷静下来想一想，不要这么冲动。再说，我现在也没有心情去想这些事情。今天我们就不谈这些了，以后慢慢再说吧，好吗？”

吴红芬话已至此，欧晓明也不好再说什么。他想，人贵有自知之明，今天自己也许提得太突然了，吴红芬连一点思想准备都没有，并一再强调她与自己是姐弟的关系，可见，对于这类敏感问题，吴红芬还在保持着应有的警惕和矜持。显然，让吴红芬在短时间内改变对自己的看法，是不现实的。今天自己来这里的目的就是找机会向她表白心声，释放自高中毕业一年来一直压在心头的感情重负，既然现在已经表白了，让她知道了自己的想法，就该适可而止，不要强人所难，令她为难和反感。于是，欧晓明便要告辞。

吴红芬说：“茶都没有喝一杯，这样就要回去了？喝杯茶再走吧。”

欧晓明说：“不用了，刚才在大队部喝得太多了。以后吧。”欧晓明说着，双脚就开始往大门口移动。

吴红芬说：“那就随你的便，我就不客气了。”

吴红芬陪着欧晓明走出大门口，欧晓明便说：“红芬姐，不用送了，你止步吧。”说着，就迈开大步，头也不回，走上了吴红芬家门外的村道。

望着欧晓明渐行渐远的背影，吴红芬的心里头不禁涌起一阵阵难以言状的惆怅情绪。

3

欧晓明离开吴红芬家之后，就直接往自己家里赶去。一般人从红岗村去桃子村要走半个小时。但欧晓明走路的速度很快，只走20多分钟就到家了。这时候，父母亲已经吃过午饭，在家里休息。父亲欧穆俊戴着一副老花眼镜，半卧半坐地躺在一张活动休闲躺椅（当地人称之为‘蛇吞拐’）上翻阅《南方日报》，母亲则坐在饭桌旁边听收音机节目。

母亲问："晓明，你吃过午饭没有？"

欧晓明说："你问我爸爸吧。"

母亲不解："你吃不吃饭，又关你爸爸什么事？"

欧晓明说："他是党支部书记，我们宣传队有没有饭吃，他怎么会不知道？"

父亲听见儿子的话里有话，就放下报纸，摘下老花眼镜，瞪了一眼儿子，说："听你的语气，就是埋怨我没有利用职权让你们宣传队在大队开大锅饭了？"

欧晓明说："难道不是吗？我这宣传队队长是你们任命的，可是我以宣传队队长的身份要求你批准我们在宣传队成立那天吃一顿工作餐庆贺一下——就一顿工作餐，可你坚决不答应！"

父亲说："你以为我们大队的钱粮是从天上掉下来的吗？动不动就想吃大镬饭。"

欧晓明说："那我问你，你们大队干部和生产队队长开会，为什么每次都集中开饭？"

父亲说："这事你管不着。"

欧晓明说："我是管不着，但是对不公平的事情，我总有提出意见的权利吧。"

父亲说："什么是公平？你有份吃饭就是公平，你没有份吃饭就是不公平？你也知道，他们是队长，我们的粮食和工资都要靠他们出力统筹！他们辛辛苦苦，一年到头为群众奔波劳碌，工分跟大家一样来领，你十分，他们也是十分，图个什么？出来开会吃顿干饭，总不为过吧？”

欧晓明说：“照你的说法，队长和干部就是人，我们就不是人？”

母亲听着心烦，就说：“你看你们父子俩，碰在一起就抬杠，还没完没了，坏脾气总是改不了。儿子，别与你爸这头老黄牛怄气了，快吃午饭吧，现在都到下午了。”

欧晓明这时候也感觉到自己肚子饿了，就回厨房里舀了一大碗木薯粥，端到厅饭桌上吃。

身为红岗大队党支部书记和革命委员会主任的欧穆俊，对于儿子刚才的责怪并没有放在心里。其实，儿子的性格就和自己年轻的时候一样，眼里藏不得一粒沙子，遇到不公平的事情，就六亲不认。在让不让宣传队吃工作餐这个问题上，自己确实做得有点过分。其实，在红岗大队，成立毛泽东思想文艺宣传队是件大事，作为宣传队队长，提出来让大家吃一顿工作餐完全在情在理，就因为欧晓明是自己的儿子，就轻易给否定了，这事使得儿子感到很没面子，因而，儿子刚才趁机发难，也就情有可原。而作为儿子，欧晓明一边吃粥，也一边作自我反省，既然事情都已经过去了，自己还在家里对父亲发牢骚，也有不妥。父亲是一名土改老干部，老党员，20 几年来勤勤恳恳，无私奉献，从来没有干过损公肥私、投机巧取等行为，全心全意为红岗人民服务了大半辈子，对自己的家属、亲属更是严格要求，从来没有额外照顾过，因而也就没有给人授之以柄的机会，深得红岗大队广大党员群众和父老乡亲们的欢迎和好评。想到这样，欧晓明的心就软了下来，心绪也就平静了下来。

待儿子吃饱了粥，母亲关掉了收音机，看了丈夫一眼，就说有事情要和儿子商量。

欧晓明问：“有什么事呀？看你神神秘秘的样子。”

母亲说：“昨天你姨妈打电话过来跟我讲，想介绍神洞村一名女子与你相识，听说那女子人长得很不错，入得厨房，出得厅堂，人品也很好，如果你不反对，姨妈就在近日带人来相睇（相亲）。”

欧晓明张口就说：“现在不考虑这个问题，等以后再说吧，你回复姨妈，叫人家不要等，以免耽误人家。”

母亲说：“现在不考虑，那要等到什么时候？你都 20 岁了，大家相识之后，等过了一年半载，结婚正合适。”

欧晓明说：“什么正合适，我说了不考虑就不考虑。你不要为我瞎操心了。”

母亲说：“怎么？我处处为你着想，还成瞎操心了？”

父亲就插话：“老婆子，你究竟听见了没有啊？儿子叫你不用为他操心，你还啰嗦什么！真是吃饱了撑的。”

母亲不高兴了，说：“是呀，我就是吃饱了撑的！可你呢？你躺在这里不也是因为吃饱了么？看来我在这里就是个多余的人！好了，你们的事我不管了！你们自己看着办吧。”

母亲很不开心，就到隔壁串门去了。欧晓明拿了一叠方格稿纸和一支铱金笔，开始构思他的新作，着手写一对回乡知识青年响应伟大领袖毛主席的号召，扎根农村，滚一身泥巴，磨一手老茧，结成了革命伴侣，同心携手在农村干一辈子革命的小品（戏剧）。小品以“农业学大寨”为主题，以建设红岗水电站为背景，以自己和吴红芬等本大队青年为生活原型，从侧面反映新一代青年经过“无产阶级文化大革命”的锻炼和考验，政治思想觉悟不断提高，在农村“三大革命”斗争中不断建功立业的火热斗争生活。

4

星期天上午，宣传队照例集中排练，到了中午，大家都回家吃午饭去了。吴红芬觉得有点疲倦，也想回家睡个午觉。不想欧晓明却叫住了她，说：“红芬姐，你就不要回家了，午饭去我那里吃，然后我们一起去戽鱼。好吗？”

吴红芬说：“不时不候的，戽什么鱼？”

欧晓明说：“劳逸结合嘛！昨天我去山里劳动，回来的时候，经过夹水河（溪），看见有好几个小水屯（潭）都有好多鱼在那里游动，大的估计有三四两重，当时我就想，等哪天我有空来这里戽鱼，收获一定不少。再说，重要的并不是鱼的多少，而是重温我们少年时代的美梦和童趣。”

欧晓明这样一说，吴红芬就想起了读小学时她和小伙伴们去小溪里捉鱼的情景，就有点心动，只是考虑到时间问题，就说：“现在已是中午，时间还来得及吗？”

欧晓明说："怎么来不及？队里起码要下午 4 点多钟才开工，完全来得及。再说，如果确实耽误了时间，我负责向你爸解释，就说你下午要编排排练方案，请假半天，问题不就解决了？"

吴红芬还是有点担心，就说："你就不怕村里的人告状、说你和我一起去戽鱼吗？"

欧晓明说："关他们什么事？不会的，你就放心好了。好了，抓紧时间，快走吧。"

经不住欧晓明的劝说鼓动，吴红芬就半推半就地跟他去了桃子村。欧晓明的家人都出去了，欧晓明到厨房看了看，铁锅里有几个糍粑，还温热，铁煲里还有大米粥，足够他们两人吃。两人吃饱喝足，就带上工具，立即出发去夹水河。

夹水河是位于红岗河上游桃子村的一条分支溪流，他们出了村，就朝着夹水河的方向前进，很快就到了夹水河边。河溪两岸，到处绿荫，空气清新，沁人肺腑，凉爽舒适；溪水清澈，游鱼无数，戏水追逐，自由自在。吴红芬心情愉悦，喜形于色，大加赞赏。欧晓明说："红芬姐你先别高兴，这里才是下游，还要往上面走，上面的河段更精彩。"

约莫过了半个小时，在一处溪流比较狭窄的地方，欧晓明放下工具，对吴红芬说："我们就在这里筑堤坝，把水堵住，然后就抓鱼。你负责打草坯，尽量将草根连泥一齐挖起来，我负责筑坝。"说着，就把裤腿卷到膝盖上方的位置，然后拿起大口锄（一种铁镑），在小溪旁边的草地上奋力挖出来几件块头又大又厚又重的长方形草坯，然后把大口锄交给吴红芬，自己就赤脚下到小溪里，开始筑堤坝。他先把块头最大的草坯分别垒在小溪两边底下，打好基础，然后留出溪流中间位置，让溪水继续往外流，接着就把紧靠两岸的泥坝垒到与岸边一样的高度，然后自己又上了岸，打了几块特大的草坯，复又回到溪流中，让吴红芬协助，快速把草坯填入到溪流中间的空位，把溪水隔断。此时，溪流下游的河床已经断流，欧晓明就叫吴红芬赶快拿竹篓来装鱼，自己就开始向下游寻找、抓获藏匿在枯枝腐草和泥巴、石块底下的"倒霉者"。十来分钟工夫，就收获了大大小小二三斤各式鱼类。

在离堤坝 30 多米远的地方，溪流趋于平缓，形成一个面积大约七八平方米水深 1 米左右的小水屯，来不及游走的鱼儿们聚集在这里急得团团转，有的干脆就潜伏在水底泥浆深处。由于水太深，欧晓明就叫吴红芬拿戽斗戽水。吴红芬拿起戽斗，担心弄脏衣裳，就卷起裤腿，小心翼翼地蹚到小水屯前沿，开始一点一点地把水戽到下游去。欧晓明见状，就大声说："红芬姐，你要用点力，水才能戽得出去！像拿绣花针似的，等你把水戽干了，恐怕堤坝也崩溃了，还抓什么鱼?"

吴红芬于是加快了进度，也顾不得衣裳脏不脏，把全身的力气都用在了戽水上面，混浊的泥水不时地溅在她的身上甚至脸上，她也顾不上去擦，小水屯的水位在急剧下降，她看见好多小鱼儿在水面上乱跳。这时，她忽然感到左小腿有点痒，就抬起来看，不看尤可，一看吓了一大跳。原来，一条差不多有小手指般粗细的黄褐色大蚂蟥正紧紧地贴在她的小腿上。她慌张得大声叫欧晓明快来帮助她捉蚂蟥。可欧晓明只顾在抓鱼，没有理睬她，吴红芬急哭了，就连蹦带跳地逃回岸上，硬着头皮伸手去抓那蚂蟥，可是，腿上什么都没有——这时她才发现，自己还在床上躺着呢！

常言道：日有所思，夜有所梦。吴红芬醒来后觉得，自己刚才做的美梦，恐怕与欧晓明的求爱有关。

欧晓明离开之后，吴红芬并没有多想，就开始做午饭。她从米缸里舀出半米筒大米，然后又舀了一米筒玉米渣子放进铁锅里，之后就洗米，加水，架柴火，等柴火燃烧旺盛，就拿出剧本《沙家浜》来重温。这时候，读初中的弟弟和小学五年级的妹妹放学回来了，家里立刻热闹起来。弟弟很懂事，主动接替大姐看柴火煲粥，让大姐专心温习剧本。吴红芬就吩咐弟弟要认真看着点，粥水开了就要及时打开锅盖，然后减少柴火，慢慢熬，把玉米渣子熬开熬透。

按照今天早上的分工安排，她在剧中仍然担任阿庆嫂的角色。同时，她还兼任副导演，与刘宁恒共同辅导排练。吴红芬的记性很好，再加上离开学校宣传队的时间也不长，对《沙家浜》整部粤剧的对白和唱段，她仍然可以背诵和演唱出来，尽管这样，她还是很认真地读对白，练唱段，琢磨如何进一步改进。

不久，父母亲也放工回来了，吴红芬问候过爸爸妈妈，就放好剧本，准备就餐。

吃过午饭，吴红芬稍事休息，就参加了队里的劳动。劳动的强度不大，大部分社员的任务都是铲地边草。整个下午，刘宁恒都和吴红芬靠得很近，并且偶尔交流一下辅导排练节目的想法和体会。

晚上，吴红芬又熬过了一个不眠之夜。自从收到了冯新荣的绝情信以后，她已经有好几个晚上睡不安枕。虽然说，她对失恋一事已经放了下来，但对于在南江中学读书那段往事，至今仍记忆犹新。从内心上讲，欧晓明并不是她心目中的白马王子，即使上了高中，也都没有把他视作普通的男同学，而是把他当作自己的亲弟弟一样来看待，更不会把他当作今后的伴侣人选来考虑。现在的吴红芬，正处在两难的地步，冯新荣的离弃，最初让她大有痛不欲生之感，一年多的岁月，她可以说是一心一意把冯新荣作为自己托付终身的依靠，在精神上已经倾尽所有，毫无保留，甚至付出了自己最纯洁、最无私、最慷慨的第一个拥抱和初吻。为了他，她至少拒绝了初中、高中 10 个以上同学的追求，甚至还有两三个死缠烂打、不达目的誓不罢休的角色。平心而论，冯新荣的相貌并不出众，个头与欧晓明不相上下，吴红芬看中的，只是他的才华和人品，是他未来的发展潜能，她与他是在共同学习、排练演出期间摩擦出的爱的火花——直到现在，她还是这样认为。对于冯新荣的变心，吴红芬是这样理解的：爱情的力量是伟大的、高尚的，但爱情本身又是自私的、狭隘的，它的目的性、占有欲和获得感特别强，当一方的审美观、价值观、道德观出现问题，就不惜离心离德，背信弃义，翻脸不认人，自然，爱情也就无法挽回。就像一面明亮完整的玻璃镜子，一旦出现裂缝，哪怕再高超的技术都无法修复到天衣无缝的程度一样！一位伟人曾经说过：天要下雨，娘要嫁人，就由他去吧！既然冯新荣去意已决，自己又何必硬拖着不放，延误时日？吴红芬想通了，想明白了，心情也就轻松了。

不迟不早，这边厢吴红芬刚刚与冯新荣分手，那厢又半路杀出个程咬金！今天，欧晓明大胆向她释放出了求爱的信号，尽管欧晓明并不是她吴红芬择偶的理想人选，但既然丘比特之箭已经射了出来，自己总得要去面对，是接还是不接，接了怎么办，不接又该怎么办，都需要尽快想清楚。

就这样，吴红芬似睡似醒，朦朦胧胧，双眼便开始迷糊起来，于是，就出现了与欧晓明去垦鱼的美梦！

5

供销社的职工吃饭比较早，每天傍晚，刘宁恒从队里收工回来，立即就可以吃晚饭。吃过晚饭，时间尚早，刘宁恒就出来散步，他信步来到吴红芬的家门口，吴红芬和家人刚好开始吃饭，刘宁恒见状就要离开，吴红芬和父母亲却热情邀请他进屋里坐。刘宁恒就进了屋，吴红芬和父母亲都叫刘宁恒坐下吃饭，刘宁恒说："已经吃过了，你们不要客气，我在这里坐坐就回大队部去，等一会儿宣传队还要集中排练。"

刘建兴他们当年参与建设的红岗水电站已经建成发电，红岗大队的大部分村民都是受益者，除了用上电灯之外，大部分家庭都用上了电饭煲、电风扇等电器。吴红芬家里厅堂用的是25瓦的灯泡照明，墙壁又是近期用石灰水重新刷过的，显得格外明亮。刘宁恒不吃饭，就站在吴红芬家的玻璃相架跟前仔细欣赏照片，还不时与吴家的人搭讪。

在红岗村村民的眼里，吴红芬和刘宁恒就是天生的一对，许多人都以为他们在拍拖。就连吴红芬的父母也希望刘宁恒能够成为自己的女婿，并且千方百计为女儿接触刘宁恒创造条件。

吴红芬母亲问："宁恒，中秋节打算回广州休息吗？"

刘宁恒回答："现在还说不准，估计到那时我们宣传队要演出，恐怕走不了。"

吴红芬母亲说："这也确实是个问题，你这个主角不在场，这戏还怎么演？按理说，中秋节应该回去与家人团聚，家里父母盼你回去，恐怕望到颈都长了。"

刘宁恒说："那也是实情，我们家里小孩不多，就我两兄妹，妹妹还在读初中，父母亲想我，那是自然的。"

吴红芬母亲说："是呀是呀，人心都是肉做的，都希望能够团团圆圆平平安安过个中秋节。你要是回去的话，就在我们家里抓两只大公鸡回去，孝敬孝敬你父母。"

刘宁恒说："谢谢！到时候再说吧。"

吴红芬母亲说："你千万不要客气，你从广州大城市来到我们山区参加农业生产，也不容易，真是难为你了，我们也是表示一点点心意。"

刘宁恒说："我知道，你们的心意我领了。以后有时间，请你们去广州到我家做客。"

吴红芬母亲说："好啊，说实话，我这个山婆嬷还真的没有去过广州呢，有机会，让我也去大城市见识见识。"

刘宁恒说："好啊，伯母，就这样说定了，到时候，你们全家都来，我热烈欢迎。"

随后吴红芬父亲吴家良说话了："小刘，你们宣传队的戏排练了大概有一个月了吧，排练得怎么样啦？"

刘宁恒说："对，已经排练一个多月了，总体上还可以吧。"

吴家良又问："那你们计划在什么时候演出？"

刘宁恒说："按照原计划，打算在国庆节首次公演。红芬你是副队长，照你看，按计划公演应该没有问题吧？"

这时候，吴红芬已经吃饱了饭，刚好斟了一杯热茶送到刘宁恒的手上。就说："我想，应该没有问题。初步打算是在宣传队成立两个月时进行彩排。如无其他情况出现，我们在国庆节演出应该没有问题。"

吴家良说："好啊，到时就可以热热闹闹过一个国庆节了。再说我们村的群众也已经很长时间没有看过戏了。"

待吴红芬一家人吃饱饭后，刘宁恒又和大家说了一阵子话，然后就说时间差不多了，该回去排练节目了，便与吴红芬一起回大队部排练节目。

6

时间又过去了一个月，对于欧晓明的追求，吴红芬一直没有做出任何表示。每次集中排练，吴红芬都是一副公事公办的样子，只字不提她们两人的私事，这令欧晓明十分苦恼。

国庆节说到就到。为庆祝国庆，宣传队决定在国庆节期间巡回演出。由于演出在即，刘宁恒没有请假回广州。

在演出定点问题上，队长欧晓明与副队长吴红芬产生分歧。毫无疑问，第一场演出就定在红岗大队所在地红岗村。红岗村作为全大队的中心，共有2个生产队，人口将近五百人，连同周边半个小时以内路程的3个生产队，人口在千人左右，占了全大队人口的二分之一以上。欧晓明认为，第一场演出，观众除了红岗村本身，还应包括周边半个小时以内路程的3个生产队。理由是，过去无论是外来文艺团体来演出，还是放电影，都是这样安排的，这是惯例。但吴红芬却认为，惯例可以打破，我们这么辛苦把戏排出来了，就要争取尽最大的努力把戏送到群众中去，让那些老弱病残、行动不便的人在自家门口都能够看到演出。这样做，虽然我们会辛苦一点，但是，值得。刘宁恒作为导演，与吴红芬的观点一致。欧晓明就把这个问题摆到宣传队全体会议上，征求大家的意见，结果，大家的意见一边倒，绝大部分队员都赞同吴红芬和刘宁恒的观点。这一意见也得到了大队党支部的支持，最后决定在红岗及周边自然村演出4场，在神洞、金子、龙颈等几个较大的自然村各演出一场，计划演出8场，之后还可以去周边的大队作友谊演出，扩大影响，加深与兄弟大队的友谊。

国庆节晚上，宣传队的演出在红岗村拉开了序幕，大获成功！尤其是扮演郭建光的刘宁恒，扮演阿庆嫂的吴红芬，扮演沙老太婆的黎艳霞等主要演员，许多观众都赞不绝口。接下来，宣传队又一鼓作气，先后演出了几场，每场演出都获得了村民的广泛好评。有的戏迷甚至追着宣传队连续观看了两三场。

在本大队的最后一场演出是龙颈村。演出开头进行得十分顺利，群众的观看热情很高。演出到一半，意外发生了。当扮演阿庆嫂的吴红芬为了吸引敌人的注意，故意把一只茶壶投进阳澄湖，场内演员大喊“有人跳水”之时，突然发现对面的山坡上燃起了一拨山火，吴红芬顾不得自己正在演出，果断地离开角色，伸手指着对面的山头，大声喊叫：“着火了，对面的山头着火了，大家赶快去扑火！”众人最初还反应不过来，先是一愣，然后顺着吴红芬手指的方向看去，只见对面半山腰上的山火火势越来越大，火焰越升越高，飘忽不定的赤色火舌，窜上了茫茫夜空，个个顿时大惊失色，纷纷大声喊叫救火。一时间场内秩序大乱。欧晓明见状，立即跑到舞台前面，拿起麦克风，大声宣布停止演出，并要求大家不要惊慌，不要乱跑，不要互相踩踏，老人和小孩先原地不动，让青壮年先行离场回家，带上灭火工具立即上山扑火，然后其余的人再慢慢离开。宣布完毕，又叫龙颈村生产队队长立即回家打电话向值班的大队干部报告，动员附近各队社员前来参与扑灭山火的战斗。最后，又指定宣传队两名年纪较大的乐队人员留下收拾道具和布景，然后就与吴红芬、刘宁恒带领宣传队队员们直扑对面山火现场。

宣传队队员们和几个家住舞台附近的青壮年社员第一批来到火场。这时候，欧晓明看到，火场就在山头的下半山腰位置，过火山林面积大概已有三四十亩，火场底下已经烧空，被一片栽种木薯的梯地隔离，火口正从左右两侧和山体上方迅速向外绵延，欧晓明估计山火就是从梯地上方的草皮泥堆开始燃烧起来的，而风向又是由西南往东北的出坑风，大火短时间还不会燃烧到山顶，于是就要求大家先不要理会火舌上方的火口，集中力量扑灭两侧的山火，等大部队人马来了，再集中力量控制上方的火势。他把现场的人分作两组，一组由自己带领，另一组由吴红芬带领，分别在两侧控制火势，并吩咐大家要随时注意风向的变化，注意安全，保护好自己。吩咐完毕，大家就马上投入灭火战斗。

宣传队的人都没有扑火工具，先到的社员就用镰刀砍了一些树枝分给大家当做扑火工具，在火口边沿奋力扑打灭火。从来没见过山火的刘宁恒虽然是第一次参与灭火，却也毫无惧色，一马当先，奋不顾身地冲在了最前面，哪里火势最大，他就冲向哪里，全然不顾自己的安危，双手扬起树枝就是一阵猛打，直打得跟前的火口灰飞烟灭。接着，又马上转移到另一处火势较大的火口，继续挥臂猛打。吴红芬见状，立即大声提醒他要注意安全，不要站在下风口，避免灼伤。吴红芬话刚说完，一阵旋转风卷了过来，霎时间就将火龙带到了刘宁恒的面前，直往他的身上扑去，灼热的火舌随即疯狂地舔上了他的脸庞和身躯。刘宁恒只觉得眼前一片漆黑，面部和双手一阵火烧火燎的疼痛，就本能地打了几个滚，离开了火口。吴红芬见状，叫上身边的莫阿葵，急忙赶过去，把刘宁恒扶起来，架到木薯地里，让他坐下休息。

吴红芬着急地问：“刘宁恒，你伤着哪里没有?”

刘宁恒说：“让火舌给烫了一下脸庞和双手，有点火辣辣地疼，但无大碍，你们继续去灭火吧，我休息一阵子就好了。”

莫阿葵说：“那哪里行呢！烧伤这事可不能够儿戏，必须尽快治理，如果治理不及时，很容易会出问题的。我看这样，红芬，你先在这里照顾一下宁恒，我去找社员借支手电筒来看看他的伤势怎么样，好及时作出处理。”

不大一会儿，莫阿葵就把手电筒借来了，认真查看了刘宁恒的烧伤情况。

莫阿葵说："还好，由于宁恒今晚穿的是用棉布仿制的新四军军装，而且还戴着军帽，质地好，厚实，身躯和双腿并无大碍，受伤部位主要是右脸部和右手，而且还起了泡，情况有点严重。吴红芬，我建议你现在就陪同他下山做一下应急处置，到龙颈村找一户人家用白酒冲洗烧伤的部位，以防伤口感染。"

吴红芬说："阿葵哥，我觉得还是你陪他去比较好，天黑麻麻的，我一个女的不太方便。"

吴红芬这样一说，莫阿葵也觉得在理，就不再推让，带刘宁恒下山。

很快，龙颈村和附近村的社员们带着镰刀、火柴等灭火工具陆续上来了。不久，民兵营长苏大维也带着红岗和周边的群众赶了上来，扑火队伍一下子增加到了三四百人。苏大维就和欧晓明及在场的队长们商量，决定兵分3路，视火势的进展情况分别在火场左右两边适当位置和山顶沿山脊线开辟一条15米宽的隔火（离）带，阻止山火蔓延。然后，大家就分头行动，与山火抢时间争速度。一时间，怒吼声、喊叫声与提醒别人注意安全的警示声混合在一起，展现出红岗人民决心与山火搏斗，誓死战胜烈火、保卫集体财产安全的大无畏精神和一往无前的革命英雄主义精神。

经过1个多小时的连续奋战，隔火（离）带成功开辟出来，山火得到了控制，在防火隔离带面前收敛了肆无忌惮的嚣张气焰，最后慢慢地自行熄灭下来，只有燃烧未尽的树桩（头）和树枝树桠仍然在冒着烟。欧晓明便向苏大维提议，让龙颈村的队长安排几个基干民兵在现场值守，防止死灰复燃，其余人员抓紧时间回家休息。

7

红岗村参加扑火的人们回到村里，已经是凌晨时分。为了帮助刘宁恒治疗烧伤，有几个人立即回家拿来止痛消炎药水和烧伤膏来帮助他搽敷疗伤，然后散去。

在大队部办公室镇守指挥的大队党支部书记兼大队革命委员会主任欧穆俊

和副书记兼大队革委会副主任黎米，详细向众人了解了火灾发生和救火的情况。欧书记当即表扬了刘宁恒奋勇灭火的英勇行为，并认真查看了他的伤情，然后就留下黎米、苏大维、欧晓明、吴红芬及其父亲吴家良等人商量刘宁恒的治疗问题。

欧穆俊说："今天晚上的火灾，应该是龙颈村有社员在五边地烧草坯泥导致的。因为事发突然，今晚来不及召开支委会研究，这件事情就由我先提出处理意见，日后再在支委会上确认。一、由黎米副书记牵头，与治保主任负责调查清楚今天晚上火灾的原因，提出对涉案人员的初步处理意见，经大队党支部和革委会研究后，上报公社决定。二、对于刘宁恒的因公受伤问题：一是鉴于他的右脸和右手烧伤比较严重的情况，为稳妥起见，决定明天早上由民兵营长苏大维开手扶拖拉机送他去古渡，再转车去公社卫生院住院治疗，暂时由大队垫支经费，以后在大队合作医疗费中报销。在刘宁恒治疗期间，由红岗 1 队安排一名社员前去照顾。二是由宣传队队长欧晓明负责写一份先进事迹材料，经过大队党支部审阅通过后上报公社，同时还要写一篇新闻报道稿件送公社广播站和郁南县人民广播站播出，作为下乡知识青年的先进典型人物进行推广宣传。"

黎米副书记表示："我完全同意欧书记的意见。"

红岗 1 队队长吴家良也即时提出："我也完全同意欧书记的意见，如果红芬没有意见的话，我想就由她随行前去照顾刘宁恒。"

吴红芬当即表示没有意见。欧晓明心里虽然有点酸酸的，但从嘴里说出来的却是没有意见，坚决照办。事情就这样定了下来。

第二天早上，吃过早餐后，苏大维在大队支取了 200 元现金和 20 斤粮票交给吴红芬，然后就载上刘宁恒和吴红芬开车出发。

从红岗到古渡的路程有 8 公里多，原来是一条弯曲不平的泥路，上坡下坡，凹凸不平，步行通常需要将近两个小时。公社水电站建成以后，为了改善交通条件，公社以建设机耕路的名义，对古渡大队至水电站红岗河蓄水河坝 6 公里路段进行了全程改造，扩建为拖拉机路，路面还铺上了沙子。河坝以上的最后 2 公里就由红岗大队发动群众出资出力，把拖拉机路修到了大队部门口。考虑到红岗大队远离公社圩镇的特殊情况，为了解决红岗大队革委会的交通运输工具，公社革委会分管工贸工作的余大河副主任向谭大权书记提议，在县农机局下达南江公社的5台农用拖拉机指标中安排1台给红岗大队，作为红岗到古渡两地人货两用的运输工具。大队就安排民兵营长苏大维到县农机学校学习拖拉机驾驶技术，回来后就兼任大队的拖拉机手。

苏大维在前面开车，车身挡板后面摆放着一张固定的木排椅子，坐着刘宁恒和吴红芬两人，这是自他们认识以来第一次这样肩并肩地近距离坐在一起。这时候吴红芬的内心却一点也激动不起来，她真的不知道刘宁恒会不会破相，好端端的一个美男子变成一个丑八怪；而刘宁恒呢，尽管昨天晚上社员们送来的药水和药膏在一定的程度上缓解了他的痛楚，但烧伤的部位疼痛得仍然让他感到非常难受，而令他更为担忧的是，自己的脸上和双手会不会留下疤痕。

拖拉机路正好从黄榄根村陈玉乔家的门前过，快来到她家门口的时候，吴红芬就叫苏大维减慢车速，好与陈玉乔聊上两句，当看见她家大门紧闭，就打消了这个念头。很快，他们就来到了古渡街圩公路边，拖拉机就停靠在班车上落站点旁边的路肩上，3人也没有下车，继续坐在手扶拖拉机上等待从连滩、罗定开出的过往班车。

很快就有一趟罗定早班车开过来了，苏大维立即站到路边扬手叫停，汽车司机扫了他一眼，摇了摇头，表示车已经满座，呼一声就从他的身边开过去了。

苏大维看了看手表，时间已经接近9点钟了。就说："像这样等下去，不知道何时才上得了车，还有11公里的路程，不如我直接开车出去算了，免得在这里干等耽误时间。"

刘宁恒就说："现在时间不是问题，我这伤也不用急救，柴油过于金贵，能够节约一点是一点，还是再等等吧。"

吴红芬也说："刘宁恒说的在理，还是再等等吧。"

刘宁恒又说："不如这样，苏营长，您就先回去，我和吴红芬在这里等车就行了。"

苏大维却说："这怎么行呢？你们没有搭上车，我放心不下，还是再等等吧，等你们上了车我再回去，反正也没有什么急事要赶回去处理。"

半个小时过去了，吴红芬和刘宁恒终于搭上了从连滩开往南江的班车。他们一下车，就直奔公社卫生院。到达卫生院时，已经是上午10点。卫生院里病人很多，一片繁忙，医生护士个个步履匆匆，表情严肃，打针室和病房里不时传来幼儿恐惧打针的尖叫声和凄厉的哭喊声。

吴红芬对公社卫生院并不陌生，读高中时，来看过几次感冒发烧之类的小病，也来这里看望过因病住院的亲友。她把刘宁恒带到了卫生院的候诊室里，让他坐下休息，看着行李，自己就去排队挂号。办理住院手续，入住病房，诊断，输液，取药服药，一切都是按部就班，一切都有条不紊。病房的病友和陪伴家属们都以为他们是一对夫妇，吴红芬就作了解释。让刘宁恒和吴红芬感到安慰和释怀的是，负责主治的刘锦珍医生诊断后说，刘宁恒的烧伤总面积在5%以下，属于轻度烧伤，再加上昨晚处理得及时妥当，情况比较乐观，估计一个星期左右就可以出院。

第 17 章

1

日子像水一样流逝，眼看 1974 年的元旦就要来临。队里粮食入库，作物归仓。肥婆四带了李金丽和另外 3 名下水村的青年女子去南海找婆家。据知情人士说，4 名女子基本上都在南海那里落实了对象。肥婆四原本就是南海人，年幼时，因为随父母逃避日本侵略者，沿西江溯江而上逃难，中途与家人失散，流浪到了南江公社一带，被下水村从事水运生意的郑姓人家收养，以后便在下水村与一黄姓男子结婚生子，落地生根。解放以后，她的家人四处打听寻找，终于知道了肥婆四的下落。此后，肥婆四每年都会回娘家一两趟，偶尔也会介绍一两个本地女青年嫁到南（海）番（禺）顺（德）农村。而同样被郑姓人家收养的李金丽母亲郑流妹就没有肥婆四那么幸运，解放以后，她一直找不到娘家的人。

本来，在李金丽母亲郑流妹的心目中，刘建兴早已是自己未来女婿的最佳人选。不料在上星期，肥婆四以三寸不烂之舌，劝说了下水大队包括李金丽在内的几名妙龄女子去了南海寻找金龟婿，并与男方家人见了面，达成了婚姻意向。在此之前，郑流妹竟然完全被蒙在鼓里，直到昨天李金丽回来，才将此事告知母亲。知道了事情的真相后，郑流妹气不打一处来，连夜来到肥婆四家质问，与她的同门大姐肥婆四闹翻了脸，大有老死不相往来的架势。

郑流妹刚进屋，肥婆四就知道自己养妹是来兴师问罪的，便处处陪着小心，让座、斟茶："流妹，这么晚来四姐家，有什么事情吗?"

郑流妹说："我尊敬你才叫你一声四姐，可是，你这个人值得我叫你四姐吗?"

肥婆四问：“流妹何故出此言，我做错什么事啦?”

郑流妹说：“你还好意思问我，你别装傻扮懵了，我问你，这几天你带我家金丽去了什么地方?”

肥婆四问：“去了什么地方？李金丽回来没跟你说吗?”

郑流妹说：“就是因为李金丽跟我说了，我才来找你。我问你，为什么带我家金丽去找婆家，事前也不跟我商量?”

肥婆四说：“去南海之前，我曾向金丽说过，叫她跟你说一声，你自己的女儿不跟你说，这事就不能怪我。”

郑流妹说：“不怪你怪谁？你不叫她去，她就不会自己去。金丽是我的女儿，带我的女儿去找婆家，这么大的事情，居然都不跟我吱一声，你当我郑流妹死了吗?”

肥婆四说：“不错，金丽是你的女儿，但她已不是小孩，她有腿，也有自己的想法、主张和选择。何况，我也是为了她好，让她将来有个好归宿。”

郑流妹说：“好归宿？别以为我不知道你脑子里在想什么，你脑子里想的就是钱！为了钱，你这人什么事情都能够做得出来。”

肥婆四说：“郑流妹，你这话就冤枉我了。在你女儿身上，我可是一分钱都没有赚到。”

郑流妹说：“你会有这么好？蚀本的生意你会做？除非太阳从西边出来。”

肥婆四说：“你要不相信我也无可奈何。反正我对得起天地良心，对得起你们母女。我可以对天发誓，我要是从金丽身上赚了 1 分钱，我就不得好死！你满意了吧?”

郑流妹说：“你好不好死我不管。但我有言在先，从今以后你别再管我女儿的事情，否则，我们姐妹都没得做。”

郑流妹说完，一口茶都没喝，就气冲冲地走出了肥婆四的家门。

肥婆四对着郑流妹的后背，说：“别管就别管，你以为我好想理你们家的屁事！你不来烦我，就谢天谢地了！再说，既然你不把我这个四姐放在眼里，我也权当没你这个妹。”

郑流妹回到家里，仍然怒气未消，看见李金丽正在家里摆弄着从南海带回来的咸菜和鱼干，一手抢过那几斤咸菜和鲮鱼干，冲出门外，全部扔在了门外的街道上。嘴里在大声责骂着：“我叫你吃咸菜，我叫你吃鱼干，谁稀罕你的咸湿烂臭东西！不知羞耻！”说着，又匆匆返回屋里，出其不意地揪住李金丽的右臂，拿了一根大拇指般粗细的烧火棍，对着李金丽的腿就是一阵猛抽：“人家叫你去发姣，叫你去‘勾佬’，你就跟着人家去，人家把你卖了身我都不知道，你眼里还有没有我这个母亲？今天不打断你的腿我就不姓郑！”

毫无准备的李金丽突然遭遇母亲的发难，也不敢还手，只在那里哭爹叫娘，跪地求饶。看着似乎失去理智的母亲将姐姐往死里打，妹妹李月芳从房间里冲了出来，一边大声制止母亲的行为，一边从背后死死地抱住了母亲。郑流妹动不了手，可嘴里仍然在不停地骂着：“李月芳你放开手，不要阻拦我，让我打死这不争气的丫头！”这时，李金丽趁机挣脱了母亲，哭着喊着逃出了门外，径直往谢银梅家跑去。

2

李金丽被母亲打的消息传到刘建兴的耳朵时，已经是一个星期后的事。那天刚好是星期天，刘建兴在家休息，谢银梅到刘建兴家附近的菜地里摘蔬菜，顺便把这事告诉了刘建兴，并感慨了一番。

谢银梅说：“金丽挨打，是我意料中的事情。其实你们两家父母早就默认了这头婚事。谁知道，半路又杀出个‘程咬金’，把这事给搞黄了。都怪肥婆四不好，明明知道你们在拍拖，还当什么‘鸡仔媒人’。”

刘建兴却说：“这也不能全怪肥婆四，李金丽要是意志坚定的话，就算十个肥婆四也劝不走她。”

谢银梅说：“你还帮她说话？”

刘建兴说：“我不是帮她说话，事实就是如此。你不是当事人，不知道个中就里。”

谢银梅说：“我不知道个中就里？金丽挨打那晚，她跑到我家里和我同床睡了一晚。她跟我说，你是一个很好的人，她本来是想留在你家的，可是看见你的父亲病成这样，弟妹又多，家里连年超支，不知道到哪个时候才能熬出个头。后来，肥婆四又以大姨的身份来劝她去南海，她也不好意思拒绝，才动了嫁到外地的心思。”

刘建兴说："不管怎么样，李金丽本身才是最主要的因素，有句话说得好，'牛如果不想饮水，你按着牛头都没有用'。"

谢银梅说："这也有一定的道理。可我也听说过，'不因为这条草，就不会跌死这头牛'。依我看，对肥婆四这个人，你最好永远都不要理睬她。"

3

刘建兴的《入党申请书》和《入党志愿书》送到大队党支部之后，党支部很快就进行了讨论，全体党员一致通过决议吸收他为中国共产党党员，并获得了公社党委的批复。按照当时规定，新党员无需经过预备期，入了党就是正式党员。

春节过后，因为年龄问题，下水大队老民兵营长叶大军和会计曾艺昌将相继退位，经大队党支部研究决定并报公社党委批准，由刘建兴接替他们两人的工作，同时兼任大队团支部书记。刘建兴在学校的工作，由林树荣接替。

按照黄校长的意见，为了不影响教学工作进度，刘建兴在学校的工作在春季开学前完成交接。交接完学校的工作之后，在清理收拾自己个人物品时，刘建兴在办公桌抽屉里翻出封信来。这是他写给李金丽的信，一直没有找到合适的机会送到她的手上，便放在抽屉里，随着李金丽的南海之行，最终变成了一封送不出去的信。时隔一年，当时写信的情景还记忆犹新，刘建兴从头认真看了一遍，觉得这封信写得还可以，情真意切，自己是动了感情的。只是对于李金丽的小学文化水平而言，就有点舞文弄墨之嫌。尽管有点不舍，但想到李金丽已经移情别向，即将远嫁他乡，既然人心都不在自己这里，自己留着这封信已没有任何意义，于是断然把信笺撕碎扔到字纸篓里。

本来，在刘建兴看来，他与李金丽应该是很有希望的一对恋人，成功结合的机会很大，没想到却鬼使神差地让肥婆四给搞砸了，这再次给他的心灵造成了伤害。然而，李金丽毕竟只是个小学毕业生，无论从哪个方面哪个角度来看，她都无法与陈玉乔相比，自己既然连陈玉乔都能够放得下来，对于李金丽，也就没有任何理由放不下来。因此，在经过了短暂的伤痛之后，刘建兴很快就把李金丽给淡忘了，有时两人碰面，刘建兴也都很大方地首先与她招呼。

送旧迎新，晚上全体老师都在学校饭堂聚餐。

刘建兴把自己的物品整理得差不多时，曾彩虹老师就带着林树荣走了进来，刘建兴连忙让座。

曾老师说："不用了，很快就要吃饭了，顺便过来看看你要不要帮忙。"

刘建兴说："其实并没有多少东西，就几件衣服，还有一些书本，我已经收拾好了。被、帐明天再拆洗，晒干了就直接搬到大队部去。明天我就可以走人，同时，你就可以搬进来。"

林树荣说："刘老师，看你说的，好像有人要赶你走似的。"

曾老师说："你还叫刘老师，以后我们应该叫他刘营长或者刘书记了。"

林树荣就说："是呀是呀，今后要改口叫刘营长和刘书记了。"

刘建兴说："你们就别客气了。其实，叫什么都是一句称呼。我觉得，还是叫老师比较好。平心而论，我真的好喜欢当老师的。"

曾老师说："你才教了几个学期？可能还没有我这样的危机感。之前我不是跟你说过嘛，有机会还是要走出去的。当个民办教师，能有什么出息？像我这样，都干了五六年了，一个月工资24元，只有公办教师工资的一半。正是要钱没有钱，要地位没有地位，早、晚两造到生产队里称粮食，还要看人家的脸色，好像要靠人家施舍似的。不知道什么时候才有出头之日。"

林树荣说："曾老师说得对呀，以你这样的才干，还是在大队当干部的好，有了政治资本，以后招工、读大学，机会一定会比当个民办教师多。再说，你要不走的话，我就连个小小的民办教师也当不成。"

刘建兴笑了笑，说："假如我不走的话，也许大队会物色你当大队干部。"

林树荣说："你这样讲，我就要借用某县武装部政委对民兵讲的话'每人发一杆枪——这是不可能的'。你知道，我林树荣根本就不是当官的料，大队怎会物色我当大队干部呢？"

刘建兴说："世事无绝对，难保10年后，你就成了我和曾老师的领导呢。"

曾老师说："刘建兴说得也有道理。眼下不是有句很时髦的话么，'说你行，不行也行，说你不行，行也不行'。在现实生活中，有好多事情——包括推荐上大学，都是某些主要领导一句话的事情——不由你不信。"

刘建兴说："这也是事实。大家想想，这几年我们公社推荐上大学、读中专的，还有招工、当干部，一夜之间吃上‘皇粮’的都是哪些人，就知道了。对于他们的大多数人，我敢说一句，都是平庸之辈。当然，也不能排除当中有不少各行各业的青年精英，但是这种人在工农兵学员中的比例确实是太小了。”

林树荣说：“俗话说‘生死有命，富贵在天’，有些事情，你不服也不行。但愿老天爷会眷顾我们，让我们早日跳出‘农门’进龙门。”

刘建兴说：“对于这一点，我想，我们 3 个人都应该充满信心。”

林树荣忽然想起一件事，便问：“刘老师，听说你和李金丽分手了，是不是真的?”

刘建兴说：“其实，我和李金丽根本就没有拍拖，不存在分手不分手的问题。说真的，我是有过那么一点意思，包括她的母亲都有这个意思，问题是，像我们这样的贫困人家，人家怎会看得上我?”

林树荣说：“那是她不识货。以你这样的人才娶了她，她也是高攀了。”

刘建兴说：“话也不能这样说，人与人之间，大家都是平等的，只要真心相爱，就不存在高攀不高攀的问题。不过，话又说回来，当初我想与她相好，是觉得她相貌不错，心地也好，与我还是般配的。至于文化素质，我想，农村的工作就是修理地球，对于文化水平要求并不高，只要她不嫌弃自己，过得去也就算了。”

曾老师说：“你看人家刘老师多大度、多宽容。这时候了，还在为她说话。”

刘建兴说：“客观事实就是如此。”

曾老师想了一下，说：“刘老师，这样吧，你要不嫌人家文化水平低，我给你介绍一个女仔，是本大队下坑片人，人样可以，性格也好，估计见面之后你会喜欢。”

刘建兴说：“那就先感谢你了。不过，现在我刚好换了工作岗位，事情比较多，应该先把精力放在工作上，其他的容后再说吧。”

曾老师说：“那就随你，只是，你什么时候想见她，就跟我说一声，我给你引见引见。”

刘建兴说：“那就一言为定，过一段时间我找你牵线带路。”

这时候，外面有老师在呼唤大家去饭堂吃饭，3 人就走出宿舍，向饭堂走去。

4

新学期星期一才正式上课，聚餐结束后，包括校长在内，有家室的老师都回家看老婆孩子去了。学校本来有几个单身青年教师，有两个也因家里有事情要处理，不在学校。

教师宿舍是一排简易的砖瓦平房，曾彩虹和刘建兴的宿舍在最中间的位置。因为自小在同一个村里生活，也是在同一间小学读书，朝夕相见，俩人的关系一直很好，只是曾彩虹比刘建兴的年龄大些，她一直都把刘建兴当作挚友来看待。况且，当时她还有一个在部队服役的心上人让她无时无刻地牵挂着，所以，即使当刘建兴进入了青年时代，各方面表现都比较优秀，她也从未有过打破之前的关系刻意往恋人方向发展的想法。然而，命运往往会在一个人春风得意的时候向他（她）当头泼出一瓢冷水。突然有一天，曾彩虹收到了男朋友的来信，提出与她分手，当时，曾彩虹头顶上的蓝天似乎都要坍塌下来了。然而，痛定思痛，理智的曾彩虹很快就走出了失恋的阴影。就在失恋后的那个周末，在刘建兴的宿舍里，曾彩虹第一个向刘建兴透露了自己失恋的情况，并且第一次从与以往截然不同的角度审视了这个与自己的房间仅有一墙之隔的年轻同事，当她与刘建兴面对面，孤男寡女独处一室，突然有了一种新的感觉——一种可以信赖、可以托付终身于眼前人的感觉。可是当这种感觉刚刚冒头的时候，她的心头又掠过一丝莫名的忧伤和惆怅——嫁给刘建兴，绝对不可能！首先在年龄上就不太合适，虽说是农村里有‘女大三，抱金砖’的说法，但在现实生活中，在许多待婚青年男子及其家长的心目中，都希望找一个相对年轻的女子做老婆或者当儿媳妇。其次，刘建兴也只是个民办教师，根底还是农民，前景并不明朗，假如以后永无出头之日，在农村里蜗居一辈子，嫁给他岂不连累自己一生！所以，当她明显地感觉到刘建兴内心的冲动时，就立刻找了个理由离开，避免了一次极有可能因为双方一时冲动而发生不该发生的事情以及由此而造成的不良后果。对于刘建兴而言，一直以来，他都认为追求曾彩虹是不可思议也是不可能的事，‘自家塘水浅，养不了大鱼’，成为了他一直不敢对曾彩虹抱有非分想法的理由。另外，曾彩虹人虽然很漂亮，气质也相当好，但直觉在告诉他，从结婚过日子的角度看，自己与她并不是最理想的搭配。因此，一直以来，对于曾彩虹，在感情的尺度上，刘建兴还是把握得比较好的。

刘建兴比曾彩虹稍迟一点回到宿舍。看见曾彩虹的房门开着，亮着灯，就想趁此机会与她单独聊聊天。虽然大家同事近两年，宿舍也只有一墙之隔，但出于各种原因，当然也不排除追求李金丽的因素，刘建兴从未踏进过曾彩虹的宿舍半步。

曾彩虹的宿舍面积只有 15 平方米左右，中间用 3 分厚的杉木板隔开，木板没有刨过，很粗糙，已经有点发黄，中间贴着一幅人民美术出版社出版的名为《夸愚公》的年画，据说是县文化馆一位刘姓画家的作品，靠床头和南面墙壁那边开一个小门，以一张花布门帘代替间隔门，将房间一分为二，里面为卧室，外面是客厅，客厅里摆放着一张书桌和两张椅子。

听闻刘建兴的声音，曾彩虹从卧室里走了出来。

曾彩虹问："刘老师，你还没有回家去么？"

刘建兴说："回哪门子家呀？我的床铺还在这里。今晚不走了，在这里住最后一晚。你没意见吧？"

曾彩虹说："我能有什么意见！有你在学校与我做伴，我高兴还来不及呢。"

刘建兴说："那就好。等明天晚上林树荣搬了进来，你就不会孤单了。"

曾彩虹说："当然。明天晚上，老师们也都回来了，自然就热闹了。"

聚餐的时候，因为高兴，校长和老师们频频劝酒。尤其是他的启蒙老师，大家尊称他杨教头的杨冬元老师，不止一次地称刘建兴是自己的得意门生，还说现在到大队当民兵营长，以后就有机会到公社、到县里工作，将来一定会大有作为，前途无量，这么好的机会，无论如何都要喝两杯。刘建兴本来是滴酒不沾的，但是为了尊重自己的老师，不让大家扫兴，他就破例喝了两小杯米酒，酒气很快就升上了头。刘建兴脸红红的，有点兴奋。来到曾彩虹宿舍，看到眼前的美人，不禁感慨万分，说："曾老师，我就想不明白，你这样的人才，都有人要'飞'你，那人是不是脑子进水了？"

曾彩虹说："这不明摆着吗，人家在部队里就已经是排级干部，有了'铁饭碗'，就嫌我没有'粮簿'了。可话又说回来，假如我有了'粮簿'，还不一定看得上他呢!"

刘建兴说:"你这话也有道理。真的,以你的美貌和气质,如果有一本'粮簿'在手,不说远的,就在我们南江公社,追求你的人起码有一个营的人。"

曾彩虹说:"这也未必。有道是'情人眼里出西施'。其实,美不美,都是各花入各眼嘛。"

刘建兴说:"我承认,一万个人有一万个人的审美观。但那只是个性差异问题。总体上,还是离不开共通的审美观和审美标准的。美艳就是美艳,丑陋就是丑陋,客观事实总归是客观事实,是不会因人的主观意志改变的。就拿我的同学陈玉乔来说吧,全校同学都公认她是学校里最漂亮的一朵鲜花——当然也不排除有人吹毛求疵、百般挑剔的可能,但这绝对改变不了陈玉乔作为最美丽的一朵校花的事实。"

曾彩虹说:"看来你对这朵校花是情有独钟,还念念不忘。说实话,你有没有想过去摘她?"

刘建兴说:"想,当然想,不想才怪呢!跟你说实话,这朵花还差点让我给摘了。唉,别提她了,都已经过去了。我们也是有缘无分。"说着,显然流露出一脸的惆怅。

曾彩虹问:"此话怎讲?"

刘建兴说:"我们曾经做过一段时间的'拖友',临近毕业时才分了手。"

曾彩虹说:"为什么?"

刘建兴说:"不为什么,本人配不上人家吧。"

曾彩虹说:"那多可惜!"

刘建兴说:"其实,仔细想来,分手也是必然的。俗话说'多深的塘水养多大的鱼',我们家的情况你是知道的,连李金丽都留不住,更何况是陈玉乔这样一朵人人都想据为己有的鲜花。"

曾彩虹说:"这么说,你是有'自知之明'了。"

刘建兴说:"要不然,又能怎么样?不过,我还是非常感激她。起码给我留下了一段十分美好温馨的中学学习生活记忆——这段记忆将会陪伴和激励我勇敢走向人生的终点。"

曾彩虹说:"刘老师你别说得这么悬,才刚刚开始参加工作,就说什么走向人生的终点。”

刘建兴说：“唯物主义者，没什么可顾忌的！”

经过一番感慨之后，刘建兴就往门外瞧了瞧，说外面月色很美，我们不如到外面走走，别辜负了这大好月光！曾彩虹便说好。于是，就关了房门，走出学校，沿着防洪河堤一路向东走去。

河堤上几乎没有行人，清风吹拂，两旁茂密的柚子树叶散发出的阵阵清香扑面而来，沁人肺腑，令人心旷神怡。他们并肩缓缓前行，有好几次，刘建兴的手和肩膀都有意无意地触及曾彩虹，曾彩虹似乎也没有刻意回避，让刘建兴觉得她也在非常默契地配合他的试探性的举动，这使得刘建兴打心底里感到一丝丝的甜蜜和快慰。

走到二坑涌溢洪通道水泥桥面，曾彩虹就说：“时间尚早，我们在这里坐一会吧 。”

刘建兴说：“好吧。难得有今晚这样的好机会，夜色和美色俱佳，就尽情享受一下月光吧。”

曾彩虹就说：“我知道你读了许多小说，就我们两人，你就别在这里‘抛书包’啦。”

刘建兴说：“我哪里是‘抛书包’？我只不过是表达自己的愉悦情感而已。”

曾彩虹说：“好了，我知道你心情好了，‘书包’！”

刘建兴说：“承蒙你的抬举，‘书包’我是不敢当的。”

曾彩虹说：“不当就算了，快坐下吧。”

刘建兴听曾彩虹这样说，就紧挨着她的身边坐了下来。

初春天气，晚上仍然冷飕飕的，尤其是坐在溢洪通道的水泥桥面上，好像坐在冰块上一样，冰凉的感觉很快就传导到了两人的身上，好在他们两人都是年轻人，尽管衣服穿得并不多，但也不觉得太冷。

宁静的江滨夜晚，月色溶溶，两公里外西江上游南江公社所在地港口街街灯和房屋里透出来的灯光倒影在宽阔的西江江面上，与停泊在港口河道的大大小小的船只的灯光融合在一起，流光溢彩，令人产生许多奇妙的遐想。此时此地，此情此景，两个人的头脑里都非常清楚他们的关系和举动只能到此为止，无法也不敢有太大的超越男女同事和好友关系举动的奢望。有好几次，刘建兴都想不顾一切地张开双手把曾彩虹揽进自己的怀抱里温存一番，但每次冲动的想法都让理智给制止在萌芽状态。而曾彩虹似乎也感觉到刘建兴在想什么，她的内心也十分矛盾，一方面她从心底里希望接下来两人会有点什么事情发生，过后就像擦粉笔字一样把它擦掉，另一方面又害怕刘建兴会无法控制自己的感情，一时冲动，做出令自己无法拒绝的出格事情来，给以后的工作、生活带来麻烦。然而值得庆幸的是，最后的结果是什么事情都没有发生，他们就这样心猿意马地坐着，不着边际地闲聊着，话题从目前的工作，到今后前途和对未来的憧憬。

曾彩虹说："刘建兴，以后你就是大队领导班子的红人，以后支部书记的位置非你莫属。如果有机会推荐上大学、中专，你一定要帮我说说话。"

刘建兴说："其实，当支部书记并不是我的目标。我一直希望自己能够外出工作，哪怕是到县文化馆里当一名小小的编辑、专职作者或者到剧团里当一名演员——当然，这只是我的理想。如果到时我在大队里真的有说话的机会，我绝对不会忘了你，这点请你放心。不过，据我所知，推荐读大学、中专的事情，都是由公社领导拍板，大队根本就没有发言权。你还记得去年全国大中专招生入学考试吗？我们考得再好又怎么样？一个'反击右倾翻案风'运动就扼杀了。成绩好的反倒上不了大学，最后成为工农兵学员的，特别是那些名牌大学的学员，大多还是那些位高权重有头有面的子弟！跟你说心里话，靠推荐去读中专大学，我是不抱什么希望的。"

曾彩虹说："你也不用这么悲观，有机会还是要争取的。我知道，最后的决定权是在公社，但最初的推荐工作还得从大队一级做起。"

刘建兴说："那也只不过是走走过场而已。你别看有些人整天将毛主席《群众是真正的英雄》这段语录挂在嘴皮上，'斗私批修'的语录也背得滚瓜烂熟，其实呀，一到关键时候，就把群众当成'阿斗'，'私字一闪念'也就出来了。但是，不管怎么样，按照你的才干和出色表现，你去读师范学校的概率还是比较高的，假如今年不行，明年、后年还可能有机会。总之，只要是你的事情，如果能够帮得上忙，我肯定会倾尽全力来帮你。"

曾彩虹说："那就承蒙你以后多多关照了。"

刘建兴说："说什么关照，难道你我还用得着客气么？"

曾彩虹说："那是，再客气，就见外了。"

这时候，月亮已经明显地偏向了西边。曾彩虹说："夜深了，我们回去休息吧。"于是两人就起身向学校走去。过了一会儿，刘建兴看看前后都没有行人，就鼓起勇气，大胆地伸出右手紧紧拉住了曾彩虹的左手，一股暖流立即传导到了两人的身上。曾彩虹的心先是震动了一下，但是很快就平静了下来。随后，两人就心照不宣地手拉着手，感受着对方的温暖。走到一家紧靠堤边的农户附近时，曾彩虹便把手脱离开，说："别再拉手了，让人看见了不好，惹人议论。"此后，两人都没有说话，默默地回到学校，互相道过晚安，就开了各自房门，回房间休息。

这一晚，刘建兴和曾彩虹都失眠了。

第 18 章

1

古渡大队会议室，正在召开党支委会议。会议由古渡大队党支部书记兼革命委员会主任洪申主持。主要议题有 3 项：一、推荐今年上中专（师范）和大学的人选 2 人。二、物色 2 个高中毕业生，统一由公社安排到镇机关部门和大队当政治学徒，锻炼、培养公社和各部门的后备干部。三、安排 5 个基干民兵参加县里的重点水利工程——向阳水库建设，文化程度要求初中毕业以上。

洪申首先作了开场白："各位同仁，今天集中大家开一个重要会议，因为牵涉到一些人的前途和命运，我在这里特别要求，参会人员一定要严格遵守党的纪律和会议纪律，出于公心，把我们大队最优秀、最有潜质、最有发展前途的优秀青年推荐给上级考察、挑选。大家知道，自从 1970 年 7 月从工农兵和知识青年中推荐上大学的制度实行以来，我们大队共推荐了 4 名农民子弟上了中专大学。这在全公社来讲是最多的。去年高考，是我国开展'无产阶级文化大革命'之后进行的第一个全面进行文化知识考核的高考，因为辽宁省兴城县白塔公社枣山大队考生张铁生交了白卷，大学招生工作未能按照原定的计划进行，我们村首次出现了空白。今年的招生，实行推荐与考试相结合，重在政治表现。公社安排我们大队的推荐名额 2 个，大家在考虑人选的时候，应当充分考虑推荐对象的政治条件、回乡工作的表现和文化素质等综合素质，让优秀人才从我们大队脱颖而出。讨论的顺序是，先讨论推荐今年上中专、大学的人选，再讨论政治学徒人选，最后讨论参加向阳水库建设的人选。请大家认真提出推荐意见。"

洪申书记讲过之后，一时间谁都没有出声，大家都不想第一个发言。原因很简单，因为支委们心里都清楚，今年全大队符合推荐条件的高中毕业生有10 多人，除了洪申书记的女儿，还有治保主任的儿子和民兵营长的女儿都符合推荐对象的条件，另外还有三四个人是生产队队长的儿女，而推荐上中专、大学的名额只有 2 个，无论推荐了谁，都肯定会得罪一个同事，还有几个生产队的队长。此外，广东民间普遍流传“广东人最怕拉头缆”的俗语，谁首先发言，谁就有可能给人以“先入为主”的嫌疑。

见大家都不想第一个发表意见，洪申书记就说：“既然大家都不想‘拉头缆’，那就采取点名的办法。我的意见是，除了我这个书记最后表态之外，其余的按照支委平时排位的先后顺序轮流发言，由治保主任文亭贵先说，后面的就不用我催了。冯志基，你这个文书要做好记录，特别是对每个支委推荐谁一定要写清楚，等一会儿，按照上级安排的名额，获得推荐票数最多者入选。另外，还有三点要讲清讲楚，第一，要一碗水端平，公平公正评价每一个符合推荐条件的高中毕业生，真正把我们大队最优秀的青年推荐到公社。第二，举贤不避亲。包括本人在内，在座有儿女符合条件的，也可以毛遂自荐。当然，大家一定要正确对待，要有落选的思想准备。第三，今天的推荐会议内容一律保密，有什么意见或者建议就在会上说，会后不准私下议论或者泄露会议的情况，更不能够对符合推荐条件的人员和家属透露，违反者要追究责任，严肃处理。好吧，就说这些，其他的我就不多说了，亭贵，你发言吧。”

治保主任文亭贵首先发言。他说：“非常感谢公社党委和革委会对我们古渡大队的关照，今年中专、大学招生安排了我们大队两个推荐指标，这也是我们洪申书记努力争取的结果。据我所知，周边几个大队都是安排一个推荐指标，所以我觉得我们应该好好珍惜这次机会，把最优秀的最有竞争力的回乡青年推荐上去。正如刚才洪书记所说的，让我们大队的优秀人才脱颖而出。为此，我的意见是首先推荐我们洪申书记的女儿洪月倩。洪月倩在学校就是学校文艺宣传队的骨干，能歌善舞，才华出众，是南江中学的高材生。高中毕业回到农村后，能够虚心接受贫下中农的再教育，刻苦锻炼，能够将书本上的知识应用到农业生产劳动实践中，成绩特别显著，在群众中很有威信。”

说到这里，文亭贵停了一下，喝了一口茶，清了清嗓子，拿眼迅速扫了支委们一遍，又接着说，“另一个名额，我推荐我的儿子文勇男。推荐理由，一是政治思想表现好，是生产队里的学习毛主席著作的辅导员。二是文化知识水平比较高，去年参加全国大中专院校招生入学文化考查考试，他获得了比较好的成绩，据说在全公社考生中排在前30名。后来因为张铁生交白卷，改变招生录取办法而落选。三是他回到农村之后，能够安心农村工作，积极参加农业生产劳动，每个月都是满勤，社员们对他的评价很高。我的意见，恳请洪书记和各位支委予以考虑。”

接着是民兵营长陈铁球发言。陈铁球除了推荐洪书记的女儿洪月倩之外，另外还推荐了自己的女儿陈少雯。

接下来发言的4个支委，均口径一致地推荐了洪月倩。而另外一个名额，有一名支委推荐了文勇男，两名支委推荐了陈玉乔。出乎大家意料的是，最后发言的1个支委推荐了其他人选。结果，党支部书记洪申的女儿洪月倩毫无悬念地入选推荐名单，而文勇男和陈玉乔两人均得2票，谁能入选，关键是看洪申书记的一票。此时，大家都在期待着洪申书记的最后表态。

这种局面的出现确实让治保主任文亭贵出了一身冷汗，他想，关系到自己儿子前途命运的第一关能否顺利闯过去，在很大的程度上将取决于自己在洪申书记心中的砝码究竟有多重。而对于党支部书记洪申而言，平心而论，假如与陈玉乔同一票数的对象不是与自己在大队一起拍档工作十几年的治保主任文亭贵的儿子，而是别的人的子女，洪申便会毫不犹豫地将自己具有决定性意义的一票投给陈玉乔。但是，目前的情况却让这位一向作风干脆利落的老书记犯了难，在他眼里，无论是从综合素质来看还是从他们回乡务农的表现以及影响力来看，陈玉乔无疑要比文勇男胜出一筹，但从调动班子成员工作积极性、有利于大队今后开展工作的角度来看，推荐文亭贵的儿子文勇男也无可厚非。为了缓和一下气氛，也给自己一点思考的时间，反复斟酌，他拿起茶杯，离开座位，走到摆放暖水瓶和茶壶的茶水台前，将杯子斟满茶水，又回到座位，让自己的嘴唇轻轻地碰了两次茶杯，然后宣布，他决定把自己这一票投给自己的老拍档文亭贵的儿子文勇男。洪申书记的话音刚落，治保主任文亭贵终于如释重负，从一开始开会就一直紧揪着的心一下子便松弛下来。而民兵营长陈铁球因为没有一个同事推荐他的女儿，情绪明显变得十分低落和懊恼。

接下来的两项议程，推荐政治学徒人选和参加向阳水库建设的人选，很快就定了下来。本来，有支委提议推荐陈玉乔作为政治学徒人选，但有人担心，陈玉乔相貌太出众，到了公社很快就会被领导物色为儿媳妇，或者撮合嫁给领导的什么亲戚，成了‘飞鸽牌’，倒不如先让她去向阳水库锻炼一年，如果表现好的话，就吸收她入党，培养她当大队妇女主任。洪申书记也支持这种想法，最后，事情就这样决定下来了。

会议结束时，洪申书记再次提醒大家：“刚才我已经强调过了，现在我再罗嗦两句。我们都是共产党员，是战斗堡垒的核心人物，我们要以党性保证，除了需要公开公布的结果之外，散会之后一律不准私下议论或者泄露今天会议讨论的情况，包括对自己的家人也决不能透露。不要犯自由主义。大家记住了吗?”

众人回答：“记住了。”

洪申书记说：“记住了就好，散会。”

2

根据县委和县革命委员会的通知，为了加快全县农业学大寨重点工程向阳水库和电站的建设步伐，决定在下半年组织全县青年民兵参加向阳水库和向阳电站建设大会战，各公社务必按照县里分配的名额组织民兵于 7 月 1 日前到向阳水库指挥部报到。

按照南江公社办公室的通知要求，各大队民兵营长负责于 6 月 30 日上午 10 点钟之前，将本大队参加向阳水库建设的基干民兵带到公社集中，召开出征动员大会，吃过午饭后，统一乘车前往向阳水库工地。

各大队的民兵们已陆续来到公社大院。刘建兴带着本大队几名民兵来到公社时，已有港口、江咀、高台、河坦、深坑、古渡、红岗、双碟等几个大队的民兵们先行到来。刘建兴让刘军泉照应一下本大队的几位民兵，就与兄弟大队民兵营长吴旭明、陈铁球、苏大维、杨飞翔、谢青松等人聊天，讨教有关民兵训练和民兵整组之类的问题。过了一会儿，刘建兴无意间向门口看了一眼，正好看见陈玉乔独自 1 人背着背包，提着一个行李袋从公社大院门口往这边走来，便快步走过去与她打招呼。

毕业之后，陈玉乔还是第一次见到刘建兴。看见刘建兴朝自己走过来，陈玉乔开始觉得有点不好意思，但很快就恢复了常态，主动与刘建兴握了手，刘建兴就趁机帮她拿了行李袋，两人便不由自主地放慢了脚步。

刘建兴问：“陈玉乔，你们陈营长都来了，怎么掉队了？”

陈玉乔说：“不要说掉队那么难听。我在街上看见了两个老同学，与他们聊了几句，所以没有同陈营长他们一起到来。刘建兴，你也去向阳吗？”

刘建兴说：“我是想去啊，但是大队领导没有安排我去，我是带领民兵到公社来报到的。”

陈玉乔问：“带民兵来报到？你不当民办教师了吗？”

刘建兴说：“过了春节我就换了岗位到大队工作了，分管民兵和青年工作。对了，还是你们班的林树荣接替了我在学校的工作。”

陈玉乔说：“那就要祝贺你了——刘营长，祝你前途无量。”

刘建兴说：“老同学，你就别客套了。其实，我有几斤几两，我自己心里清楚，你心里也清楚。我刘建兴并不是当官的料！”

陈玉乔说：“你不是当官的料，谁是当官的料？现在你都当上营长了！”

刘建兴说：“什么狗屁营长！说起来倒好听，在大队里其实就是个跑腿的角色。要是在部队里当个营长还差不多。”话说到这，刘建兴好像想起了什么，便问：“玉乔，恕我多嘴，你和那位军官对象，现在进展得怎么样了？快结婚了吧？”

陈玉乔犹豫了一下，说：“结婚？早着呢！还停留在写信联系阶段。你呢，谈了女朋友没有？”

刘建兴说：“还没有。就我这条件，哪有人中意？”

陈玉乔说：“你没有人中意？是你眼光高吧！不过，话又说回来，你还年轻，不用焦急，慢慢来吧——‘面包会有的’，爱人也会有的。”

刘建兴说：“那就承你贵言，多谢了！”

这时候，公社武装部部长谢百合已站在一楼会议室门口，大声要求各位民兵把行李放到会议室后面的空位去，会议马上就要开始了，等开完会吃过午饭再回来取。

刘建兴就说：“谢部长叫把行李放到会议室，我们直接去会议室吧。”随后就和陈玉乔一起折向会议室后门。

刘建兴帮助陈玉乔把行李放好，走出会议室，看见师兄杨志忠正在陪同阿珠拿着行李走过来，便与玉乔走上前去打招呼。

阿珠是水上大队的居民，家住下水村，距离刘建兴家不远，他们自幼就相识，论辈分，刘建兴还应该叫阿珠的母亲做大姑。对于阿珠与杨志忠拍拖之事，刘建兴早有所闻。只是此时他有意要开开他们俩的玩笑，便假装不知道他们的关系，说："看不出来啊，我的杨大师兄，你什么时候成了我阿珠表姐的护花使者啦?"

杨志忠说："什么护花使者，我只不过是看见阿珠行李多，帮助她把行李拿过来而已。你呢，刚才不也是帮助这位靓女拿行李吗?"

阿珠也帮腔说："是呀，建兴表弟，你有口说我们，无嘴讲自己，照你这样说来，你不也是个护花使者吗?"

杨志忠说："阿珠说的对，刘老弟，你也介绍介绍这位靓女给我们认识，她是你的什么人?"

听见杨志忠这样问，刘建兴就以同学名义把陈玉乔介绍给他和阿珠相识。

大家寒暄了几句之后，杨志忠抬起左手看了看手表，就说："我马上要和余大河副主任下乡去古渡了，多余的话就不说了，我希望阿珠和陈玉乔到了向阳水库之后，互相关心，互相爱护，互相帮助，服从指挥，努力工作，多作贡献，同时也要保重好身体，注意安全，安然无恙，毫发无损地凯旋。"

杨志忠说完之后，就与大家握手，然后离开。刘建兴他们 3 人继续在会议室门外站着聊天，等待开会。

陈玉乔问："阿珠，杨志忠是你的男朋友吧?"

阿珠说："还说不上是男朋友，相互都有点意思吧。你呢，是不是我建兴表弟的女朋友?"

陈玉乔说："我们只是同学关系。"

刘建兴说："阿珠你就不用问了，我这位同学已经名花有主了!"

阿珠说："玉乔，对不起，我还以为你和我表哥在拍拖呢。"

陈玉乔说："没事！不知不怪，我不会介意的。"

阿珠说："玉乔，难得你这样开明!"

上午 10 点钟，动员大会准时在公社会议室举行。主席台正中央坐着公社党委副书记刘知秋，左手边是公社武装部部长谢百合，右手边是公社武装部申明汉副部长。民兵营长们全部坐在第一排的座位。人到齐了后谢部长就宣布南江公社民兵参加向阳水库建设动员大会开始。刘知秋副书记首先简要介绍了县委对向阳水库建设工作的近期部署和要求以及本公社和各大队的落实情况，勉励全体民兵要胸怀祖国，放眼全球，自觉用毛泽东思想武装头脑，坚持用无产阶级政治挂帅，服从上级组织领导和安排，充分发挥我们民兵组织‘召之即来，来之能战，战之能胜’的光荣革命传统，大力发扬刻苦耐劳和团结友爱精神，积极参加向阳水库和电站建设，为县水利电力事业做出应有的贡献，为南江公社民兵争光，为全公社人民争光！

刘知秋副书记动员讲话后，即代表公社党委和革委会任命公社武装部部长谢百合为民兵连党支部书记兼连长，任命下水大队复员军人、共产党员刘军泉为副连长，还任命了一批连排班干部。全连分为 3 个排 10 个班，其中有 1 个炊事班，陈玉乔为炊事班班长，成员有陈学宁、彭珠、吴三呀。随后，刘知秋副书记亲自为民兵连授旗，谢百合部长代表民兵连接了旗。最后，谢百合部长宣布了车辆安排和注意事项。

上午 11 时，动员大会结束，公社饭堂已经为全体参会人员准备好了午餐。吃过午饭，大家立即到会议室拿了行李，到公社大院门口分乘两辆专车前往向阳水库。

3

从南江公社到向阳水库工地全程达 60 公里。汽车先是沿江（咀）罗（定）公路由北往南，途经连滩公社、河口公社，进入大湾公社境内之后，从水口村村口的岔道，右折向西北方向进发，到达建城公社后，再转上新开辟的专用公路前往向阳水库。

时值小暑前夕，艳阳高照，风不动，树不摇，热浪迫人，尽管专车的车窗已经全部打开，大家仍然觉得闷热难耐。连续 10 多天干旱无雨，弯弯曲曲的沙泥公路异常干燥，路面的沙子白花花一片，每当汽车经过，立即腾起一行灰黄绵延的沙尘，公路两边的行人避之不及，忙不迭抬起手拿衣袖掩住鼻子，也有穿传统服式的中老年妇女本能地撩起大前襟遮挡。尽管每天都有道班工人对公路进行保养，但沿途仍有不少路段的路面高低不平，坑坑洼洼，被旅客戏称为“排骨路”，每当客车经过，便将车内的人颠簸得前俯后仰，东倒西歪，有夸张的女子便发出阵阵尖叫，也有调皮的男孩浑水摸鱼，乘机将身体往邻座漂亮女人的身边蹭。

古渡大队本批参加向阳水库建设的民兵共有 5 人，3 男 2 女。全部坐在 2 号车上。陈玉乔和邻村一位名叫陈月桂的女子坐在右边靠后的位置。她们自幼就认识，又是古渡小学的同班同学，由于陈月桂比陈玉乔大几个月，陈月桂就一直以姐姐自称。初中毕业以后，陈玉乔上了高中，陈月桂回乡务农，还一直保持着密切联系。两人一见面，就有聊不完的话题。她们一边看窗外的田野村庄和树林，一边说着悄悄话。对于林石坚，陈月桂在古渡小学读书的时候就认识，所以对于陈玉乔和林石坚谈恋爱的事情也一直在关注着。

陈月桂问：“玉乔妹妹，拍拖一年多了，你与河对岸那个林学兄的关系究竟发展得怎么样了？”

陈玉乔说：“还是老样子。隔一段时间写一封信，互相说些鼓励的话而已。”

陈月桂问：“你们的关系还没有确定下来？”

陈玉乔说：“心急吃不了热豆腐，着什么急？”

陈月桂问：“你们见面有没有搂抱过？”

陈玉乔一脸严肃，说：“开什么玩笑？我陈玉乔是那么随便让人搂抱的么？”

陈月桂脸色微微发红，说：“不好意思。这话算我没有说过。不过，玉乔，姐姐还是要提醒你，这事你可得抓紧点，要不然，让别人挖了墙角，你会后悔莫及的。”

陈玉乔问：“怎么啦，你听到有什么不对路的消息吗？”

陈月桂说：“暂时还没有听说，不过，像林石坚这样条件优越的男子，打着灯笼也找不出几个，估计附近农村青睐他的女子不少于‘一打’，难保以后不会发生变化。”

陈玉乔说：“那就随他去吧。俗话说，‘强扭的瓜不甜’，既然他的心都不在我这里，我再紧张也没有用。”陈玉乔嘴上虽然这样说，可是真想到与林石坚分手，还是挺不情愿的。

陈月桂说：“那倒是！只是，我觉得，在我们古渡一带地方，就你陈玉乔跟林石坚最般配。你不嫁给他，我都替你惋惜。”

陈玉乔说：“你也不要说得这么绝对。所谓‘有福依然在，无福弭席袋’，一切随缘吧。”停了一下，陈玉乔似乎若有所思，继续说，“月桂姐，别净只顾说我了，说说你自己吧！”

陈月桂说：“我？我有什么好说的，一撇烂泥，已经糊不上壁了！”

陈玉乔说：“月桂姐，你何时变得这样自卑的？”

陈月桂说：“你知道的，我能不自卑吗？在一些人的眼光里，我陈月桂已经是被人欺骗过、玩弄过的残花败柳，是一个地地道道的坏女人了。”

陈玉乔说：“虽说你过去谈恋爱遇到过小小的挫折，但是非曲直大部分人还是分得清的。你这么漂亮，身材又好，好比一朵娇艳无比的鲜花，想采你这朵花的大有人在，就怕你看不上人家！”

陈月桂说：“玉乔，你就不要赞我了，我自己知道自己，鲜花即使再美丽，被人抚弄过就不值钱了。”

因为男朋友变心，陈月桂在感情上遭受了很大的打击，并且还引来一些人的非议。话说到这个份上，陈玉乔觉得再说下去只会令陈月桂更灰心，于是，就以知心朋友的口气安慰了陈月桂几句。

南江公社民兵连乘坐的专车经过将近两个小时的颠簸，安全到达了向阳水库工地。他们刚下车，工地指挥部就有一男一女的两名工作人员走了过来，问：“你们是哪个公社的，谁是领队？”

谢百合部长说：“我们是南江公社民兵连的，我是领队谢百合。请问你们是——？”

两位工作人员连忙向前，先后与谢部长握了手。男的工作人员自我介绍说：“我叫余大汉，这位是小叶——叶小倩，是指挥部办公室的。欢迎你们的到来。谢部长，恕我们有失远迎，请多多包涵。”

谢部长说：“不要客气，以后还望你多多关照我们公社的民兵呢。”

余大汉说：“谢部长快别这样说。其实，我也是刚来这里不久，是个跑腿的。以后，还承蒙部长您对我和小倩多多关照和包涵。”

谢部长问：“我们的宿舍怎样安排？”

余大汉指着身后的木板房说：“宿舍都以公社为单位安排，这两座油毡纸木板房子就是你们南江公社民兵连的宿舍，男左女右，中间隔一条通道。基本上是按照县里分配给你们公社的人数安排的，现在就可以搬进去。”

谢部长问：“吃饭问题怎么解决？”

余大汉说：“各公社各自开火煮饭，女宿舍旁边的小房子就是厨房，厨具和柴火都已经为你们准备好了。粮食、副食品和肉菜按人头供应，等一会儿你们可以派人到后勤部领取。”

谢部长问：“后勤部由谁负责，物资由谁发放？”

余大汉说：“负责后勤保障工作的是覃孝严副总指挥，也就是我们县的革委会副主任。这样吧，谢部长，你们先把行李拿到宿舍里去，放好行李后，就派几名同志随小倩去后勤部领取领粮油物资，我陪您去指挥部见张副总指挥，也是我们县武装部的张前进副政委。”

谢部长就吩咐副连长刘军泉，由他负责安排宿舍和带领炊事班领取物资，准备晚饭，然后便跟随余大汉前往水库工地指挥部。

谢部长走后，刘军泉就对大家说：“各人将行李拿到宿舍，原则上按照连队名册的先后次序安排床位。1 排 1 班在先，3 排 3 班最后，单数在下床，双数在上床，无特殊情况者不要调换，由各排排长具体落实。女民兵的床位由陈玉乔负责安排，彭珠协助。大家都安顿下来以后，炊事班的人就去后勤部领取粮油等物资，准备做晚饭，其他人员自由活动，在周边熟悉一下环境。”

4

建设向阳水库和向阳电站，是郁南县革命委员会根据全国、全省和全地区农业学大寨的新形势新要求，在 1973 年秋做出的重大决策。县委书记、县革命委员会主任兼县武装部政委刘国兴亲自点将，决定由县委副书记丁胜贺担任工程建设总指挥，县革命委员会副主任覃孝严和县武装部副政委张前进担任副总指挥，组建成立向阳水库（电站）建设工程指挥部，拉开了向阳水库（电站）建设的序幕。最初参加工地建设的是县有关部门的领导、工程技术人员以及部分民工和知青。经过 3 个多月的勘测、选址和筹备工作，1974 年春节后正式投入规模建设。随着参加向阳水库（电站）建设的人员不断增加，张前进副总指挥提议，对参加建设的民兵以部队建制实施管理，共设 17 个连，1

连为县机关连，由县直机关和县属国营厂场的民兵组成；2 连为都城镇连，3 到 17 连依次为附城公社连、平台公社连、桂圩公社连、罗顺公社连 ，通门公社连，建城公社连、罗旁公社连、宝珠公社连、大方公社连、大全公社连、千官公社连、大湾公社连、河口公社连、连滩公社连、宋桂公社连、坝东公社连、历洞公社连和南江公社连。连长由指挥部直接任命，原则上都是由各公社武装部部长担任，副连以下干部由各公社任命并报指挥部备案。

向阳水库工地宿舍区，全部是清一色的用油毡纸和杉树木皮搭建的，在新开辟的专用公路边依次排列，依山傍水，蔚为壮观。宿舍门前是一条河水清冽的清水河，河水清澈见底，河床宽度不过 30 米。河流发源地在广西，进入广东境内之后，从西北方向蜿蜒延伸到郁南县境内，途径通门、千官、建城、罗旁公社，最后从西江南岸注入西江。南江公社民兵连被安排在紧靠水库工地的宿舍，而向阳水库工程指挥部则设在距离宿舍 100 多米的水库大坝施工现场附近。

在指挥部办公室，向阳水库建设工程副总指挥、县武装部副政委张前进热情接待了谢百合部长，亲自为谢部长沏茶。

张前进说："老战友，你们可是第一支来报到的队伍啊。"

谢百合说："有你张副政委这位老领导在这里坐镇，我这老部下岂敢怠慢?"

张前进问："吃过午饭了吗？住宿都安排好了吗?"

谢百合说："午饭我们在公社饭堂吃过了。住宿也都安排好了。老领导，时间这么紧，你们指挥部人手这么少，准备工作却做得那么充分，接待工作又做得这么仔细周到，真是太感谢了!"

张前进说："'兵马未动，粮草先行。'老战友，客气话就不用多说了。有什么想法和要求你尽管说，请不要客气。"

谢百合说："张政委，你是我的老上级老战友，说话就不转弯抹角了。按照县里的通知，我们公社来了 80 多人 ，全部都是在编在册的基干民兵，是各大队的优秀青年。我在这里向您表个态，在水库建设上，我们一定会竭尽全力，做到最好，绝不会拖县里的后腿。可在生活上，我希望张副政委对我们予以更多的关心。比如，在肉类和副食品分配方面，如果有机动的指标，希望能够网开一面，适当照顾照顾我们。"

张前进说："关于这一点，我也给你交个底，在肉类和副食品指标的分配方面，包括我们指挥部在内，全部都是按照统一的标准分配，基本上没有机动指标。另外，因为负责后勤保障工作的是由另一位副总指挥负责，所以，我只能在这里给你表个态，只要有我张前进吃的，就绝不会让你们南江公社的民兵饿着，请老战友放心。"

谢百合说："既然老领导都已经把话说到这个份上，我也不好再提什么要求了。我就代表南江公社的民兵感谢张副政委——张副总指挥。"

谢百合的话刚说完，指挥部办公室的电话就响起来了。余大汉接了电话，随后又捂住受话器，说是覃孝严副总指挥打来的，随后就把听筒交给张副总指挥。张前进刚接过电话，对方就直呼其名："张前进吗？我是覃孝严，碰巧家里有点事，今天我就不赶回工地了——估计最快也要到后天上午才能回去，那边的事情就有劳你了。"

张前进说："没事，你就放心处理家事吧。"

张前进放下电话，便对谢百合说："这个老覃，前天下午就回去了，工地那么多事情需要处理，还要再拖一两天再回来，真是的。"

对于覃孝严副总指挥，谢百合虽然认识，但从未正式与他打过交道，对于他的情况并不是很了解，只知道他原先是县财贸局的局长，成立县革命委员会时进了县革命委员会班子，是一名专职副主任，分管工业和财贸战线的工作。由于资历较深，手中又掌握着全县工业和财贸物资的分配和调配大权，平常讲话处事常给人一种居高临下的感觉。

谢百合说："依我看他就是有点倚老卖老！所以我说老战友，在这个世界上，没有谁都行，地球还是照常转。今天覃副总指挥不回来，工地上的工作还不是照样运转？"

张前进说："是呀，有句口头禅不是说'缺了张屠户，照样有肉吃'吗，只不过是我张某辛苦一点罢了。好了，我们别说他了。老谢，趁各地的民兵还没到来，你陪我去看看你的部下吧。余大汉，我出去一阵子，小倩还没回来，你就在办公室值班吧，有要紧的事情就通知我。"

5

谢百合部长陪同张前进副总指挥来到南江公社民兵连的宿舍时，大家正在打开行李，铺床铺挂蚊帐。谢百合部长拍了一下手掌，让大家停下手头的工作，朗声告诉大家，县武装部副政委、向阳水库建设工程副总指挥张前进来看望大家，请大家以热烈的掌声欢迎首长的到来，于是大家热烈鼓掌。接着，谢部长向张副总指挥逐个介绍了连排班的干部，张副总指挥便一一与他们握手，勉励大家发扬民兵的光荣革命传统，好好干，争取早日建成水库和电站，为改变郁南县的落后面貌做出新贡献。

从男宿舍出来后，谢百合部长领着张副总指挥来到隔壁的女民兵宿舍。宿舍里，女民兵们也在整理自己的行李。陈玉乔刚刚为大家安排完床位，还没来得及打开背包行李，便看见谢百合部长陪同一位一身戎装的中年人走了进来，就立即招呼正在忙碌的女民兵们停下手头的工作，毕恭毕敬地迎接首长的到来。

张前进问："你们一共来了多少个女同志？"

谢百合回答："总共28个。"

张前进又问："文化程度怎么样？"

谢百合回答："大部分都是近两年离校的高中毕业生，只有几个是初中毕业的。"

张前进说："好啊，这些女孩子有文化，又年轻，好好干，将来一定大有作为的。"

谢百合说："那就有赖张副总指挥的提携了。"

张前进说："话可不能这么说，关键还是靠她们自己的努力，借用一句时髦的话——是金子，无论放在哪里都会发光的。"

谢百合说："金子也得有人挖掘、发现、挑选——我说的是心里话。张副总指挥，说真的，我们南江民兵连可是人才济济，如果组织需要，只要是您张副总指挥这位'伯乐'相中的，我们保证无条件输送。"

张前进说："你这话我可记在心里了，以后倘若指挥部有需要，我首先来你这里要人，到时候你可别说不放人。”

谢百合说：“男人大丈夫说话一言九鼎，决不食言！”

张前进说：“好，就这样定了。”

这时候，张前进的目光被眼前一位身材丰满的标致女子所吸引，便问：“这位姑娘叫什么名字？”

陈玉乔没有想到首长会首先注意到她并直接问她话，略带羞涩的脸庞一下子红了起来，她稍微抬了抬头，拿眼望着首长，轻声答道：“报告首长，我姓陈，名玉乔，玉石的玉，去掉木字旁的乔。”

张前进笑了，说：“好一个去掉木字旁的乔！看来小姑娘肚里还真有点墨水！名字漂亮，人也漂亮，真是人如其名，天生丽质！不过，你来这里可要有吃苦的思想准备。”

陈玉乔说：“谢谢首长的夸奖。我是在农村里长大的，从来不怕吃苦。”

张前进又问：“不怕吃苦就好！有志气！是高中毕业生吗？”

陈玉乔回答：“是的。已经毕业回农村劳动锻炼两年了。”

张前进再问：“你一个女孩子，离乡别井来这里参加水库建设，你父母放心吗？”

陈玉乔回答：“革命青年志在四方！再说，在这里有首长和大家照顾，没有什么不放心的！”

张前进说：“放心就好，好好在这里锻炼，积极工作，争取做出优异成绩，以后一定会有出色有作为的。”

陈玉乔说：“谢谢首长的鼓励，我会努力的。”

张前进说：“好！有志气。青年民兵就该这样，艰苦奋斗，不怕吃苦，自觉在大风大浪里锻炼成长。”

张前进副总指挥说着，又将目光投向了站在陈玉乔旁边的阿珠。阿珠中等身材，穿着朴素，容颜俏丽，一眼看去，给人第一印象是朴实自然，美丽动人。

张前进副总指挥问：“这位姑娘怎么称呼？是哪个大队的？”

阿珠说：“我姓彭，叫阿珠，是水上大队的。”

张前进又问：“阿珠？是珠宝的珠吧？”

阿珠说：“是，珠宝的珠！也是宝珠的珠。”

张前进说："好一个宝珠的珠！阿珠，从今天起，你就是我们向阳的宝珠了！希望你这颗来自西江和南江之滨的宝珠今后在我们向阳水库工地光彩夺目、熠熠生辉。"

阿珠说："是，张副总指挥，我一定努力工作，不辜负您的希望！"

张前进说："好，我相信你！"

接着，张前进对谢百合说："谢部长，这些女孩子还很年轻，离乡别井来这里参加水库建设不容易，劳动强度大，工作要求很高，生活条件也很艰苦，以后在工作上学习上和生活上我们都要注意，好好关心她们，不能让她们有什么闪失。"

谢百合说："多谢张副总指挥的关爱，我会注意的。请您放心。"

离开女宿舍，张前进就回指挥部去了。

6

同男民兵一样，女民兵宿舍也是进了门口就是一条通道，通道两旁分别是双层通铺松木板床，木床全部用 7 分厚的松木板铺搭而成，散发出浓重的松脂和木板的芳香。作为炊事班长，考虑到每天都要写个东西记个账什么的，刚才在安排床位的时候，陈玉乔就和大家商量，为便于记账，自己挑选一个临近窗户的床位，大家都说没有意见，而陈月桂和阿珠就在玉乔邻近的床位。

张前进走后，陈玉乔就和陈月桂搭档挂蚊帐、铺床，两人合作默契，很快就把床铺弄好了。陈玉乔便对陈月桂说："等一会儿我要带领炊事班的人去后勤部领取物资，为大家准备晚饭。"

陈月桂便说："你就去吧，这里有我照应呢。"

陈玉乔又说："其实，按照自己的初衷，我并不想当炊事员，只是领导已经安排了，也不好意思推辞。"

陈月桂就说："俗话说，'近官得力，近厨得食'，领导照顾你才让你干这个差事，人家羡慕还来不及，你倒嫌轻松，放着美差不想干？"

陈玉乔说："什么美差！不就是当个炊事员吗，有什么好羡慕的！我觉得到战斗第一线去锻炼会更加适合我。"

陈月桂说："得了，别在这里'卖口乖'了，你以为第一线的工作是那么好干的吗？又苦又累不说，还有危险，还是安心当你的炊事班长吧，到时记得关照关照我这个'大食妹'就行了。"

陈玉乔却一本正经地问："别开玩笑了，我一个做饭的，怎么关照你？"

陈月桂说："'画公仔还用画出肠'吗？你掌勺分饭的时候给我多弄两块大肥肉，多打点饭菜呗！"

陈玉乔说："月桂姐，这话亏你说得出口，你以为连队饭堂是我陈玉乔开的吗？"

陈月桂说："老友鬼鬼，悄悄给我多添两口饭菜总不至于为难你吧？"

陈玉乔说："正因为是老友我才这样说你！大家都是一样的伙食标准，多分给你，别的人就少了，你好意思吗？再说，吃饭时候大家都在排队打饭，众目睽睽，叫我怎么弄？"

陈月桂听到陈玉乔说的这样严肃，立即改了口，说："玉乔，姐跟你开个玩笑，你就当真了？"

陈玉乔说："我也是实话实说，月桂姐，你可别介意。"

陈月桂说："我是谁啊，我陈月桂是那么小气的吗？"

陈玉乔说："好了，月桂姐，我不跟你在这里闲扯了。阿珠，我们去厨房准备晚饭吧。"

陈月桂说："好啊，你们快手点，我现在都感觉肚子有点饿了。"

陈玉乔说："要快你就来帮忙。"说完，就和阿珠一起走出宿舍。

7

上午在公社开动员大会的时候，陈硕宁就坐在陈玉乔后面两排的位置，因为当年在学校里的过错，陈硕宁一直都不好意思与陈玉乔打招呼，而陈玉乔也假装没有看见他。只是令陈硕宁压根没有想到的是，在谢部长宣布连队分工的时候，陈玉乔竟然被任命为炊事班班长，成为自己的顶头上司，而陈玉乔也根本没有料到，在炊事班 4 个人当中，有 1 人竟然就是她最不想见到的高中同学。

自从陈硕宁受朱良泰指使制造了一出“掀被风波”戏弄了陈玉乔，受到学校记大过处分，并在班会上当众检讨之后，陈硕宁一直在老师和同学们面前抬不起头来，即使在教室里上课，也不敢拿正眼瞧一下陈玉乔，直到高中毕业，陈硕宁都未与陈玉乔说过一句话。毕业以后，二人不在一个大队，见面机会本来好少，更没说过话。这次来向阳水库劳动，组织上鬼使神差地将陈硕宁安排在炊事班与陈玉乔共事，这使两人都感到十分的尴尬。

陈玉乔和阿珠刚走出宿舍门口，正好副连长刘军泉已经带着陈硕宁和另一名男子来到女宿舍门前。见到陈玉乔和阿珠，刘军泉就说：“真是心有灵犀，我们正要来找你们，你们就出来了。陈班长，你们的内务都搞好了吗？”

陈玉乔就说：“床位已经安排好了，床铺蚊帐也已经弄好了，随时可以出发。”

刘军泉说：“既然这样，我们现在就出发。先去领粮食、青菜和副食品，然后抓紧时间做晚饭。炊事班几个人你都认识了吗？”

陈玉乔分别用手指着站得稍后的陈硕宁和刘军泉身边的男子说：“这位是我高中的同学——化了灰我都认得，这位靓仔是——”

刘军泉说：“他叫吴三呀，高台大队的。其父亲是我们南江酒店赫赫有名的厨师，他也在父亲那里学到了不少‘真经’，做饭煮菜是他的看家本领。”

听了刘军泉这样说，陈玉乔就大方地与吴三呀握了手，说：“吴三呀，以后我们就是拍档了，希望我们合作愉快，共同完成上级领导交给我们光荣而艰巨的任务！”

吴三呀说：“一定。以后有什么事情或者光荣而艰巨的任务，陈班长只管吩咐，三呀我保证坚决完成任务。”

陈玉乔说：“别客气，别叫陈班长了，怪别扭的，就叫我陈玉乔吧。”

吴三呀说：“班长就是班长嘛，习惯就会成自然！况且能够在这么精明漂亮的陈班长手下工作，我吴三呀是荣幸之至，求之不得！”

刘军泉说：“好了，吴三呀，别老在美女面前卖乖了。我们抓紧时间，一边走一边聊吧。”说完，就迈开稳健的步伐，带着炊事班前往后勤部。

陈玉乔和吴三呀说话时，站在一旁的陈硕宁一直没有出声，他的脸上红一阵白一阵，心里好像打翻了一堆五味酱油，酸甜苦辣一起涌了出来。

第 19 章

1

下水大队辖区位于西江南岸，西江与南江夹角的下方位置，分为下水、中寨、下坑 3 个人口相对集中的大自然村，17 个生产队，沿西江分布，与云浮县六都公社大河大队接壤。按照惯例，5 个大队干部（均为党支部委员），日常工作分工，按照就近负责的原则，实行分片管理，除重大事项集中研究处理外，一般事务实行大队干部分片包干处理，下水片由妇女主任李兆芳和民兵营长刘建兴负责，中寨片由支部书记黄振明和治保主任黄西昌负责，下坑片由支部副书记叶文荣负责。同时实行轮流值班制度，星期一到星期五每人在大队部轮流值班一天，星期六和星期天由李兆芳和刘建兴就近轮流负责。此外，刘建兴还负责在大队部晚上值班，隔天晚上向公社革委会办公室电话汇报一次生产进度。

赴向阳水库建设民兵动员大会结束后，刘建兴直接从公社回到大队部值班。这时早已有一干社员在门口等着他写证明办事。有要求为新生婴儿入户的，有要求写证明外出探亲的，也有要求写证明用干玉米、小麦或者干豌豆去公社粮管所换大米的，还有要求报销合作医疗药费的。按照他们自报的先来后到顺序，刘建兴一一为他们进行了办理。

正当阿兰拿着一叠药费单要求报销时，忽然听得街上传来一阵阵的嘈杂声，随后，便见队长邱惠莲匆匆忙忙跑了进来，说是街上有人吵架，很凶，快要打起来了，她一个女人家无法调解，叫刘建兴快去处理。刘建兴便对正等待报销药费的阿兰说：“阿兰，请你稍等一下，我去处理一下就回来，好不好？”阿兰面有难色，说：“建兴哥，等你回来不知道要等多久。我这单据不多，耽误不了你多少时间，你就先帮我报销了药费再去吧。”听见阿兰这样说，刘建兴想想也有道理，于是就三下五除二地为阿兰计算了药费，按照大队合作医疗的规定报销了八成药费，然后和邱惠莲急急忙忙赶到街上。

吵架的地点在距离大队部约两百米的地方，位于木棉树下的一段街道，里三层外三层地围了一大堆看热闹的人，把一条小小的街道挤得水泄不通。刘建兴到来后，客气地要求大家让让路，和邱惠莲挤了进去。

争吵的主角是刘建兴族兄刘月辉的女婿申木生和对面邻居曾大昌，争吵的焦点是一支电工胶钳。刘建兴到场之后，首先把双方的情绪稳定下来，然后决定先听听双方申述拥有这只电工胶钳的理由。刘建兴说：“曾大昌，你先所说，你凭什么说这只电工胶钳是你的?”

曾大昌高高举起手中的电工胶钳，说：“凭什么？就凭这个胶钳跟了我整整5年的时间，就凭我是这个胶钳的主人！邻居们都知道，我曾大昌平时就喜欢摆弄电器，帮助邻居们修理个收音机小喇叭和拉挂电灯线什么的，除了收回买零件的钱，我曾大昌分文不多取。我一直认为，钱财乃身外之物，一个人最重要的是讲义气、讲信用。在自己的有生之年发挥自己的特长和本领为乡亲们服务，是我曾大昌最大的快乐。不像有些外来人，千方百计跑来与我们争食，还想尽办法占人家的便宜。伟大领袖毛主席教导我们要‘全心全意为人民服务’，全心全意为人民服务也是我曾大昌做人的宗旨，而我手中的这个电工胶钳，就是我为人民服务的工具。现在，申木生硬说我手中的电工胶钳是他的，其目的就是要剥夺我发挥自己才能去为人民服务的权利，大家说，我能答应吗?”

“不能，绝对不能。”在围观的人群中，稀稀落落有几个人在应和着。

曾大昌听见有人附和，情绪更加激动，继续大声说：“好，我曾大昌衷心感谢乡亲们对我的深切关怀和鼎力支持，同时，我也恳切希望我们的父母官能够秉公办事，还我公道，把电工胶钳判归我曾大昌，让这个胶钳物归原主。谢谢大家!”

曾大昌讲完，刘建兴便示意申木生申述理由。

申木生先是环视了围观的群众一眼，然后用极为温和的声音对大家说：“各位父老乡亲，刘营长，今天因为一点小事烦劳大家，真的不好意思。首先，我要澄清刚才曾大昌所说的话，我申木生并没有千方百计跑来与下水的乡亲们争食，更没有想尽办法占大家的便宜。我和我的爱人是经人介绍相识并且是自由恋爱结婚的。几年前，作为下水村刘姓人家的女婿，我有幸结识了大家，虽然我的工作岗位在县城，但每当休假，我都会回来看看我的岳父岳母，一来二往，包括曾大昌在内，我与大家的关系一直保持良好，大家也知道我的为人如何。对于这一点，相信在场的乡亲父老都十分清楚，就用不着我多说了。回到正题，就是关于现在曾大昌手中拿着的胶钳，不说大家不知道，那是我在部队里用自己的津贴购买的，一直使用到现在。在部队里，我在海军舰艇上干了近 10 年的轮机兵，复员到县航仪厂之后，先是干技术工作，后来转行搞政工，我就把胶钳放在我岳父那里。几年来，只要我休假回来，我都会为乡亲们做点力所能及的事情，就如曾大昌刚才所说的，主动帮助邻居们修理个收音机、小喇叭和拉挂电灯线什么的。至于这个胶钳现在为什么会在曾大昌手里，事情是这样的。我昨晚从都城搭船回来，今天上午，隔壁阿全刚刚放工，知道我回来了，就走过来串门，临走时他对我说，他家电灯的线路坏了，不知道是不是让老鼠给咬断了，让我帮忙跟一跟（检查一下）线路。随即，我就拿着胶钳跟着阿全去了他家。我正在忙活，曾大昌就从对面走了过来，看见我的胶钳，就说这胶钳就是他前段时间丢失的那把，要物归原主。不由分说，就拿走了。我走过去跟他论理，他还强词夺理，说是年初的时候我岳父向他借的，使用以后一直没有归还，拒绝把胶钳还给我。其实，我岳父家里就有一套电工工具，包括大小两只绝缘胶钳和电笔等，都是我为了方便乡亲们专门带来放在这里的，根本用不着去借。再说，我申木生堂堂一名共产党员、复员军人，参加过‘八·六’海战，连自己的生命都置之度外，我还会在乎区区一只一元几毛钱的电工胶钳？如果你曾大昌真的买不起，让我送给你，你开了口，我会很乐意地送给你，但如果你要不择手段来谋取，对不起，没门！”

曾大昌说：“申木生，别看你当了几年兵，在我们下水村做了上门女婿，就在这里‘也文也武’，我告诉你，在我们下水村，还轮不到你这个外江佬话事（讲话）。”

申木生说“上门女婿怎么啦？上门女婿也是人！有理就能走遍天下！曾大昌，想我申木生几十年人生，走南闯北，见的人多了，还从未见过像你这样无赖的。”

曾大昌听见申木生说他无赖，气不打一处来，右手举起电工胶钳，指着申木生，恨恨地说："谁是无赖，你说清楚点，你敢再说一句无赖，看我敢不敢收拾你!"

这时，一直在旁边关注事态发展的队长邱惠莲就说："大昌，你别这样，大家有理说理，不要冲动。"

申木生说："谁是无赖？这不明摆着，还用得着我多说吗?"

刘建兴说："好了，动粗解决不了问题。月辉大哥。你也出来说说，你究竟有没有借过曾大昌的胶钳?"

刘月辉说："刚才我女婿说过了，我家里就有大小两把胶钳，是我女婿放在我这里的，我用得着跟他曾大昌借吗？简直是无中生有!"

刘建兴一眼看见自己的小学同学好友曾阿全也挤在人群里，就指名道姓地说："曾阿全，你出来说说，刚才在你家你究竟是怎样一回事?"

曾阿全立即从人群中走出来，先是干咳了两声，然后不紧不慢地说："各位乡亲，我来说几句公道话。月辉叔和大昌哥，都是我的好邻居、好兄弟，这么多年来，我们低头不见抬头见，和睦共处，互相帮助，有事无事都会互相串串门，一直相处得都很好。说句心里话，月辉叔和大昌哥两家人我都不想得罪。不过，既然刘营长都已经开了口，指名道姓地要我出来说说，我再推搪，不但不仗义、不近人情，而且也不道德。再说这个事情多多少少与我都有点关系，也可以说是因我而起，因此，我只能选择帮理不帮亲。我的态度是倾向于申木生和刘月辉的说法。另外，我看这个胶钳的陈旧油迹很多，证明它曾经经常与机器打交道，并且已经有一定的年月，这也符合申木生所说的在海军舰艇当了几年轮机兵的说法。也就是说，这个胶钳的主人应该是申木生。大昌哥应该把它归还给申木生。对不起，大昌哥，今天我在这里只能实话实说，得罪了。"

曾大昌没想到阿全作为自己的同宗兄弟，在关键时候会帮着外人讲话，气不打一处来，大声斥责阿全："阿全你这个反骨仔，在这里胡言乱语，帮着外人欺负我，你还是我的兄弟吗?"

曾阿全说："这件事情跟兄弟无关。再说，是兄弟又怎么样？总不能要我颠倒黑白，胡说八道吧？大昌哥，你知道的，讲假话，不是我曾阿全的性格。"

曾阿全说完之后，刘建兴心中已经有数，为稳重起见，他又分别征询了朝恩叔、五叔公、林树汉、陈冬英、肥婆四、谢银梅等几个在现场围观的并且在村里较有名望和威信的社员，大都认为这个胶钳属于申木生的可能性比较大。最后，刘建兴又把自己的想法与队长邱惠莲交换了意见，邱惠莲也赞成大多数人的判断，于是当众宣布："各位乡亲父老，我们伟大领袖毛主席谆谆教导我们，'要斗私批修'，我们要牢记毛主席他老人家的话，坚决防止和纠正'私字一闪念'，自觉用无产阶级革命思想武装头脑，大公无私，关心他人，努力做一个有道德的人、一个有益于人民的人。根据刚才几位当事人的陈述，并且听取了了几位乡亲父老的意见，经过综合分析，结论就是：曾大昌手上的这把电工胶钳，应该是属于申木生的。现在，请曾大昌把胶钳交还给申木生。"

刘建兴刚说完，大部分围观的群众都自发鼓起掌来。曾大昌理屈辞穷，自知理亏，狠狠把电工胶钳往地上一掷，右手指着刘建兴，大声指责说："刘建兴你这样判断不公平，你偏心，处处帮着你们刘姓人讲话，我不服，我要告到公社去！"曾大昌的妻子谢少萍也当众耍起泼赖，又哭又闹，说刘姓人以人多欺负人少，没有天理！刘建兴也不跟他们计较和理论，他俯身拾起那把胶钳交给申木生，然后对大家说："今天的事情到此为止，大家回去吧。"说着，便离开现场，快步赶回大队部。

2

刘建兴前脚刚回到大队部，妇女主任李兆芳后脚就到。她问刘建兴吃过午饭没有，刘建兴说在公社吃过了，李兆芳说："吃过了就好，我们马上出发去中寨村。"刘建兴问什么事情这样急，李兆芳说："刚才黄喜明校长匆匆忙忙来到我家，说治保主任黄西昌打电话来，大队部无人接，就直接把电话打到学校，告知中寨小学一名姓吴的小学生在西江耍水，溺水身亡，家长及亲属到学校闹事，要求我们立即前去处理。"刘建兴问黄书记在不在家，李兆芳就说书记外出还没回来。

中寨小学所处中寨村中间位置，沿江只有一条一米多宽的泥路连接两地，除了水路，从下水村前往中寨需要步行一个小时的路程。李兆芳本想在村里借条小船从水路前往，但一时又找不到小船，大家只好步行前往。3 人赶到中寨小学时，已经是下午 2 点多钟。中寨小学是一间初小，只开到 4 年级，连同校长和民办教师在内，仅有4名老师，因为出了学生溺水的事故，下午全校已经停课，几名老师全部参加溺水事故的善后处理。

出事地点在学校后面东边的地名叫塘仔湾的西江河边，学生的尸体刚刚被打捞上来，停放在距离西江河边30多米的一棵沙田柚树底下，用一张破雨篷布遮盖着。支部副书记叶文荣、治保主任黄西昌和中寨小学校长黄志祥等人已经到场，正积极想办法缓解家属们的激动情绪。李兆芳3人到达现场后，家属们的情绪越发激动起来。

死者吴小强的大哥吴新强情绪一度失控，他双手抓住校长黄志祥的衣领，要他赔自己弟弟，反复声称他弟弟的死是由学校造成的，要学校负责。父亲吴江洪是一名参加过土改工作的党员骨干，面对突如其来的失去爱子的家庭变故，他努力让自己冷静下来，尽最大的努力去克制自己内心的巨大悲痛，尽量控制自己的情绪。母亲唐桂英已经哭得肝肠断裂，她瘫坐在儿子的尸体旁边，还大声叫骂："我的儿呀，你小小年纪就这样走了，你叫妈以后怎么活下去呀。不让你去西江河边玩耍游水，你就是不听阿妈的话！都怪那该死的校长，他不应该把你的衣服拿走，害得你上不了岸，活活淹死了。我的小强呀，你快醒来吧，醒来就跟妈回家去，妈给你做最好吃的新鲜豌豆糍粑。还有，妈应承过你，要给你买一把铁皮做的小手枪，可以连发的，你醒来，妈立即就去百货店给你买。小强呀，只要你醒来，妈什么事情都应承你。"过度的伤心让她几度昏厥，但是，无论别人怎样劝她，她就是不肯离开儿子。唐桂英的嗓音已经沙哑，仍然在不停地哭泣、干号。

李兆芳是个从事农村妇女工作20多年的干部，深得当地群众的信任，她建议先做通吴江洪的思想工作，让他动员妻子先回家，然后与吴江洪共同做其大儿子吴新强的工作，稳定他的情绪，防止出现过激的行为。随后就提议叶文荣召集几名大队干部、黄喜明校长等人，在学校办公室向中寨小学的教师们了解了事发的经过。

原来，今天上午一名教师因为患重感冒发烧无法上课，2年级第三节课改为自习课，由于没有老师看管，校长黄志祥就决定让2年级同学提前放学回家自己看书，并要求大家不要在外面逗留，更不能到西江河玩水。但在回家的路上，有几个学生没有把老师的话记在心上，偷偷去了西江河游水。到了放学的时间，就有其他年级的学生来报，2年级有几个同学在西江河游水。他顾不上吃饭，急急忙忙赶去制止，可当他来到河边时，学生们都已经上岸离开了。也是他考虑不周，看到河边还留下一套衣服，而河里已经没有人，不假思索便把这套衣服拿回了学校。现在，家长就抓住校长拿走了自己儿子的衣服使孩子不敢上岸而导致淹死来追究责任，提出赔偿要求。

了解到这一情况以后，刘建兴首先说："眼下，问题的关键是黄志祥校长在什么时候拿走了学生的衣服，是在小强溺水之前，还是在小强溺水之后，这个问题不弄清楚，下面的事情就不好处理。为此，我建议中寨小学的老师们立即去找来上午与死者一同游水的几名同学进行问话，弄清情况，再决定下一步的工作。"大家都认为刘建兴说得在理，就按照他说的方法行事。

很快，与小强一起游水的几名同学都找来了。开头，大家面面相觑，不敢说话。经过开导，消除了大家的顾虑，几个学生放下思想包袱，说了当时的情况。当时他们只顾戏水，没发现小强溺水，后来发现小强不见了，大家就慌了神，急急忙忙回到岸上，穿上衣服就分头走了，没有看见校长来拿衣服。

事情已经清楚，是吴小强溺水在前，黄志祥校长到河边拿衣服在后。据此，大家一致认为，对于吴小强溺水，主要责任应由死者本人和家长承担，学校并没有直接的责任。考虑到学校采用了提前放学的办法来解决教师人手不够的问题，间接导致了吴小强在学校正常上课的时间到西江河游水而溺水身亡，对此，学校应负次要的责任。接着，叶文荣副书记就提议说："现在，事情已经弄清楚了。当务之急就是立即着手善后工作，我建议成立事故善后处理小组，负责处理善后工作。鉴于黄振明书记外出，就由我来担任组长，全体大队干部、黄喜明校长和中寨小学全体教师以及中寨生产队队长为成员，大家分工合作，无论如何要在今天天黑之前将事情处理完毕。具体事项和分工如下：一、由我、黄西昌和黄志祥校长以及学校全体老师协助家长处理小强的安葬事宜，务必要在今天太阳下山之前下葬。二、由李兆芳和中寨队队长吴建安负责安抚死者家属的工作。三、刘建兴和黄喜明负责进一步深入了解这次事故的情况以及善后工作情况，准备好书面材料，尽快向公社革委会陆雨航副主任和公社教育组汇报。对于此次事故的费用，我的意见是分别负担，由中寨小学负责请土工的费用，由大队採育场安排一名木工师傅打造一口小棺材，杉板由大队採育场无偿提供，由大队拿出 20 元慰问金慰问安抚死者家属，另外再争取公社民政拨一点救济款。这样安排，不知大家有没有意见?"大家异口同声地说没有意见。叶文荣副书记又说："既然大家都没有意见，下面就抓紧时间分头行动。过程中有什么问题，及时提出来商量。"

会后，大家各司其职，分头落实，事情进展得很顺利。只是在吴小强出殡的时候，母亲唐桂英死活要出门去送儿子最后一程，好在经过李兆芳和叔伯婶母们的苦苦相劝，最终没有让白头人送黑头人的撕心裂肺场面出现。

处理完吴小强的后事，已经是暮色苍茫。叶文荣副书记便对刘建兴说："夜路难走，给远路的几位干部每人购买一支手电筒照明吧，钱由大队开支。"于是，刘建兴就到学校附近的代销点买了几支大号电池手电筒分给大家，然后各自踏上归途。

刘建兴回到家时，家人早已吃过晚饭，弟妹们除了三妹在家温习功课外，其余的都出去玩耍了。母亲便要给儿子温热饭菜，刘建兴就说用不着，已经在中寨吃过了，说完，就到房间拿了衣服毛巾去冲凉房洗澡。

3

西江公社、坝东公社、宋桂公社位于南江河北段东岸沿江一带，历史上均属云浮县（原东安县）管辖。20 世纪 60 年代初，广东各地调整行政区域，大搞并县运动。并县后，由于各地的地域特点、文化底蕴和群众的风俗习惯都不同，增加了管理工作的难度，也给各地群众的生产生活造成了极大的不便，干部群众意见很大，纷纷要求恢复原来的行政区域及管理体制。两年后，各地行政区域陆续恢复并县前的状态，原属云浮县管辖的西江公社、坝东公社、宋桂公社这 3 个公社划归郁南县管辖。

西江公社建社时，行政中心定址下水大队下水村。下水村一下子从大队部所在地变成了西江公社的政治、经济、文化和交通运输中心，当地人民群众尽管为此付出了包括土地、房产、现金乃至大量的义务劳动等代价，但大家部分群众还是认为，从长远的利益考虑，这些投入还是值得的，尤其是对于他们的子孙后代将会受益良多，只是谁也没有料到，西江公社建立后还不到 3 年，上级的一纸文件就将好不容易建立起来的西江公社并归了南江公社。一夜之间，下水村又从一个公社的中心降格为一个普通的村落，公社机关撤走了，粮油管理所、食品站、卫生院、邮政所、综合厂、搬运站、百货商店、供销社等也都没有了，偌大一个公社机关，只留下了几栋空置的砖瓦木混合结构的半新楼房和一笔不知到何年何月才能偿还给下水村的欠账单。一时间，撤社导致的不便与失落就像一道无形的藩篱围拢在下水村的周围，使下水村的男女老幼真切地体会到脸上无光的滋味。虽说下水村与南江两地只有一江（河）之隔，过渡费来回一趟 4 分钱，但对于下水村的民众而言，他们失去的却远远不止每次过河趁圩、出售农产品、买点生活用品、探亲访友和到公社办事都要多开支 4 分钱那么简单！

西江公社并归南江公社以后的 10 多年间，南江公社已经更换了 3 任书记和社长、革命委员会主任，分管财政工作的知情领导也已经易人，偿还下水村债务一事早就已经被南江公社那些领导遗忘了。而此事却成为了土改根子出身的大队妇女主任李兆芳和下水片几位知情队长们的一块心病。当年，正是李兆芳和几位队长们的大力支持，走家串户做通了群众的思想工作，才使得征地拆迁工作如期完成，保证了西江公社筹建工作的顺利进行。

俗话说：初生牛犊不怕虎。向公社追债这样棘手的难题和重任，自然而然地就历史地落到了刚出道不久的年轻人刘建兴的肩上。

星期六上午，刘建兴早早就回到大队部值班，约莫过了半个小时，妇女主任李兆芳也步履匆匆地赶了回来，刘建兴就问主任这么早回来干什么，李兆芳就说有件事情要和你商量，随后就把西江公社建社期间欠下水村债务的事情详详细细地告知了刘建兴。

李兆芳说："这笔钱是我们下水片 4 个联队的，4 个队的队长都清楚。这些年来，我也多次找过公社的几任主要领导，希望他们能够逐年偿还一点，但都是无功而返。现在，建设公社电站和向阳水库，还有我们自己的西江堤围建设，方方面面都需要出人出钱出粮，而队里面又无副业可搞，几年来都是坐吃山空，入不敷出，社员们的意见很大，我和几个队长商量过，唯有再次向公社反映我们的困难，争取公社先还一点钱给我们，以解决当前的困难。"

李兆芳还说："此事与中寨和下坑两个片的生产队无关，今天我跟你讲的事情你不用跟黄振明书记和其他支委说，追债的具体工作就由我们两人来做——当然，跑腿的事情主要还是靠你。"

刘建兴说："没关系，我一个年轻人力出力在，你只管交代给我好了！"

李兆芳说："那就好。近期上级对计划生育工作抓得很紧，今天下午1点钟我就要搭肇都船去县里参加全县计划生育工作会议，我不在家这几天，你先找公社领导探探口风，摸摸底。"

刘建兴说："请主任放心，我知道该怎样做的！"

李兆芳走后，刘建兴立即放下手头的工作，找到放置下水村几个联队60年代初的旧账簿和南江公社的欠条，认认真真地研究了一番，弄清了这批债务的来龙去脉，打算第二天一早去找公社分管财政工作的余副主任探探口气，以便决定下一步如何采取行动。

4

公社革委会余大河副主任的办公室，刘建兴并不陌生，自从当上大队民兵营长和会计后，每逢大队召开干部会议需要集中开饭，大都由他找余副主任给批点肉票和副食品票，为参会人员加点菜。对于刘建兴的到来，余副主任几乎是有求必应，尽管批出的指标并不是十分理想，但在刘建兴看来，余副主任已经是很给自己面子了。据他了解，有的单位和大队来人曾经出现过无功而返的尴尬现象。然而，今天还没进入余副主任的办公室，刘建兴就已经显得彷徨和不安，他的内心感到从未有过的压力。

刘建兴来的并不是时候，他刚踏进门口，余副主任就让他先到公社办公室待一会，说他正与粮所李所长商量征购公粮和余粮的事情。

约莫过了一刻钟，李所长便来到公社办公室，说余副主任正在办公室等他，叫刘建兴过去。

余副主任热情地招呼刘建兴在他办公台对面的椅子落座，并熟练地为他沏了一杯热茶。刘建兴急忙站起来连声道谢，恭恭敬敬地用双手接过茶杯，随后又对着那杯热茶轻轻地吹了一口气，并且小心翼翼的啜了一小口，接着又仿佛很不经意地用嘴唇舔了舔茶杯边缘留下的茶迹，然后将茶杯放到台面上。

余副主任问："小刘，这么早到来，不会是又让我给你批猪肉和副食品的条子吧？"

刘建兴连忙回答："不是的，余主任，我今天是为钱的事来的。"

余副主任一怔，问："什么？为钱？"

刘建兴回答："是的，为钱！"说着，刘建兴从随身携带的仿军用挎包中掏出一个旧信封，小心翼翼地抽出一张欠条递给余副主任。

余副主任接过那张已经泛黄的显然不是他第一次看见的欠条，原本还是十分和蔼宽松阳光的脸庞立即变成了"晴转多云"，他眉头紧锁，眼睛盯着那张欠条足足有几分钟。

把欠条还给刘建兴之后，余副主任极力抑制着自己内心的不悦，尽量用平缓的语气对刘建兴解释："小刘啊，是这样的，这个事情之前你们李主任也跟我和谭书记说过。你们这个账我们历届领导班子都是认可的，特别是我们这一届班子一直都在惦记着这个事情，并专门研究过这个问题，力争在经济条件允许的情况下予以解决。但是呢，目前我们公社的经济状况也是捉襟见肘，比你们大队的情况好不了多少。这，你应该是清楚的。"

刘建兴说："公社的情况我知道，但我和李主任的想法是公社能否先还一部分给我们应急，比如说 1 千块——说实话，余主任，近几年一年到头都在抓农业生产，想安排些人外出搞副业也不允许，加上我们的自然条件又差，山林田地都不多，想发展经济作物又不具备条件，基本没有经济收入来源，还有，县里和公社的水利建设又要出人出粮出钱，公社再不还这笔钱，下水片几个生产队就难以运作下去了。"

余副主任说："小刘，我在南江公社工作近 10 年，你们的情况我何尝不知道？但是公社情况也是捉襟见肘，我明确告诉你，别说 1 千块，就算是三四百元我现在也拿不出来给你。你不知道，上个月召开的公社三级干部会议，会议费都是我东挪西挪才勉强解决的，再说，这个月我们公社干部的工资还没着落呢！"

刘建兴问："这么说，公社真的是一点办法都没有？"

余副主任说："真的是一点办法都没有！小刘，我看你们这件事暂时就这样处理吧，先搁下，等以后我们公社的经济条件改善了，再逐步加以解决。你喝过这杯茶就回去，李主任要是问起你，你就解释一下。等一会我还有个会要开，我就不留你了。"

话已到此，刘建兴只好站起来告辞。

余副主任送刘建兴到门口，右手拍了拍他的肩膀，说："小刘啊，你别怪我，其实，我们当领导的也有当领导的难处，还望你多多体谅、多多包涵。以后你们大队开会需要肉食和副食品票，你就尽管来找我，我会尽我的能力尽量帮你们解决，好吗?”

刘建兴表示感谢，然后快步走出公社大院。

5

据可靠消息，近期县里安排了一批永久牌和凤凰牌自行车指标到各公社，消息传到支部书记黄振明那里，就问公社驻村干部杨秀珍，杨秀珍也不清楚具体情况，黄振明就委托杨秀珍回公社的时候顺便了解一下，情况如果属实，就帮忙争取一两个指标。杨秀珍说：“‘执输行头惨过败家’，反正今天下午也没有特别要紧的任务，我们不如一起去公社找余大河副主任说道说道，如果真有指标的话，争取‘一笔水到田’。”黄振明觉得这样也好，于是就决定和杨秀珍去一趟公社，找余大河副主任通融通融。

公社革委会副主任余大河的家就在公社对面的家属宿舍楼里，一层两套房子，共6层12套，每套面积不足70平方米，是很实用的小三房。余副主任住第一层左边的一套。吃过晚饭，他正想和爱人到沿江路走一走，散散步，透透气，刚出门口，杨秀珍和黄振明不期而至，说是有事情要请示他。都是老熟人，余副主任夫妇就十分客气把他们让进屋里。看见黄振明还拿来二三斤鸡蛋，余副主任就批评：“你看你看，来坐坐，干吗还拿东西来？振明，你跟我也客气起来了。秀珍也是，我也要批评你，振明嫂子好不容易攒下几个鸡蛋，自己都舍不得吃，你在场也不制止他，你们不是要陷我余某于不义吗?”

黄振明说：“余主任，这是我家内子的一点小心意。她说，每次来趁圩办事到你们家，你们都当自家人一样招待，我们也没有什么东西报答你们。又听说刘大姐身体一向不好，非要我拿几个鸡蛋给她补补身子不可。这不，她还利用工余时间在地头路边挖了一大包五月艾头（根），说给刘大姐煲鸡蛋水喝，很管用的。”

杨秀珍也说：“对呀，我下乡到他家，嫂子也经常煲给我喝的，感觉的确好。对女人很有好处，我都拗不过她，黄振明也没办法。”

余副主任就说："既然这样，那就下不为例，否则，不准踏进我家门。"

黄振明就说："好，那就下不为例。"

这时，刘大姐已经沏好了茶，余主任就叫大家喝茶，还问黄振明来有什么事情要帮忙解决，吃过晚饭没有，如果还没吃，叫刘大姐下个面条。杨秀珍就说在饭堂吃过了，听秀珍这样说，刘大姐就退到一边去了。

寒暄过后，黄振明就开门见山："听说县里最近安排了一批名牌单车指标下来，不知余主任能不能够调剂两辆指标给我们大队？"

余副主任说："消息够灵通啊！真是什么事情都瞒不过你们！"

杨秀珍说："余主任你大概不知道，黄振明书记有个堂侄女婿在县委农村部工作呢。听说这批名牌车指标就是农村部积极协调县计委争取拨下来的。"

余副主任说："噢，难怪你消息这么灵通！"余副主任一边说，一边下意识地用右手挠了挠他那几乎掉光了头发的天灵盖，"黄振明，不瞒你说，县里是拨了 50 辆自行车指标给我们，永久牌和凤凰牌各一半，至于怎样分配，我初步做了个方案，还没来得及请示谭书记。"

黄振明说："那你这个方案有没有考虑分给我们大队？"

余副主任说："那是当然的！我跟你说，我的方案保证每个大队有一辆指标，其余的，首先考虑下乡驻队的干部。"

黄振明说："如果是这样，我希望余主任您对我们格外开恩，多给一辆指标给我们。"

余副主任问："格外开恩？理由呢？"

黄振明说："余主任，您知道，我们生产队的数量在全公社是数一数二的，平常我们用'11 号'车到 17 个生产队走一趟就是一整天，再说我们到公社开会办事也挺不方便。如果有了两辆自行车，情况就大不相同了，我们可以安排一辆在大队部，由文书掌握，安排一辆在我那里，由我掌握，平时由支委和大队干部根据工作需要借用，这样就可以大大提高我们的工作效率和节省走路的时间。"

余副主任："你的想法是好的，也不过分。但此事你说了不算，我说了也不算。这样吧，待我请示过谭书记之后，我再答复你，好吗？"

黄振明说："太好了，余主任，谢谢您！"

余主任："不用谢，都是为了工作。"

要讲的话都讲了，目的已经基本达到，黄振明不想打扰余副主任太多时间，就要告辞。余副主任就跟黄振明说起刘建兴上午来追债的事情，叫黄振明帮忙协调解释一下，黄振明就说因为这是下水片几个联队的历史账务问题，他不便过多干预，但可以跟李主任和几个队长通通气，让他们缓一缓再说。

走出门口，太阳已经下山，眼看夜幕就要降临。余副主任说："不如今晚就在公社招待所住一晚，明早再回去。"杨秀珍也说："天太晚了，回中寨的路也不太好走，还是明天早上再回去吧"。黄振明却说："龙床不如狗窦，时间尚早，回家还来得及"。杨秀珍见他执意要回去，就回宿舍拿一支手电筒来给他照明。

第 20 章

1

参加向阳水库建设已经一个多星期，炊事班的工作逐步走上正轨。他们的主要任务是做好全连 80 多号人一日三餐的饭菜，中午送一趟午饭和茶水到工地。

一天中午，陈玉乔带领炊事班人员送完午饭回来，途经桂圩公社民兵连的作业面时，桂圩公社民兵们刚刚吃过午饭，正坐在工地一处乱石堆上休息，看见陈玉乔等人挑着已经清空的担子有说有笑地走过来，立即被陈玉乔的美貌和气质给迷住了。陈玉乔的上身穿着一件仅见过几次水的淡粉色的确良上衣，隐隐约约看得出里面穿着的是一件十分时兴的绿绸圆领无袖内衣，下身穿一条八成新的士林蓝布西装长裤，她那标致的微微泛红的脸庞两边是一对乌黑油亮的粗大辫子，两条辫梢很自然地垂挂在她那丰满的胸部两边，分外惹人注目。此时，距离炊事班最近的是一个五短身材、其貌不扬的大头民兵，看见陈玉乔这样活脱脱一个大美人正向自己这边走来，好像癞蛤蟆遇见了白天鹅，他全身的神经都处于高度亢奋的状态。他眯缝着双眼，死命地往陈玉乔的脸上和胸部盯，心里却在想着怎样才能找到机会挑逗一下她，哪怕是与她搭讪几句也好，但在工地众多民兵面前他又不敢过于放肆。当他看见走在陈玉乔后面边的陈硕宁眼眶上架着一副金边眼镜，身子比较单薄，一副斯文样子，立即找到了挑逗的突破口，便大声对他身边的一个民兵说："李勇，你有没有看见那位靓女后面的'火头军'，连'鸠头'都装了两块玻璃上去，不知是真斯文还是假斯文。"

对于桂圩仔的挑逗，陈硕宁只装作没有听见，继续埋头走他的路。

大头炳见陈硕宁不理睬他，又得寸进尺，说："喂，'四眼仔'，我说你不要在这里‘扮晒嘢（装蒜）’啦，不就当个‘薛仁贵’吗——谅你也没读过几年书！戴副眼镜来装什么知识分子？还在这里扮清高！”

吴三呀紧跟在陈硕宁的后面，他看不惯大头炳那粗野蛮横的样子，见陈硕宁没有吱声，便停下脚步，大声回应大头炳：“大头仔，你嚣张什么？人家戴眼镜碍你什么事啦？用得着你在这里单单打打吗？再说，你怎么知道人家没读过几年书？告诉你，人家可是高中毕业生！”

大头炳说：“我是说‘四眼仔’，又没有说你，要你来多管闲事，你算什么东西？”

吴三呀说：“我不算什么东西，可你又是什么东西？在这里‘衙文衙武’（狐假虎威），口出狂言，像只疯狗一样乱吠，你以为自己很了不起吗？头大无脑的东西，蠢货！”

大头炳说：“你个南江仔。你胆敢骂我蠢货！欠揍吗？”

吴三呀说：“是呀，我骂你蠢货了，怎么样！你敢打我啊？”

大头炳顺手从身边拿起一条钢钎，说：“难道打你还要拣日子吗？我就打你个‘冚家铲’让大家看看。”大头炳一边说，一边双手握住钢钎，气势汹汹地冲着吴三呀奔过来。吴三呀也不示弱，放下担子，准备迎战。

眼看就要出事，陈玉乔急忙迎着大头炳走上去，顺势将肩上的扁担一横，用装满碗碟的箩筐挡在吴三呀前面，对大头炳说：“这位大哥，请你冷静一点，大家都是来参加水库建设的民兵，开开玩笑没关系，何必要动手、伤和气呢？”

大头炳虚张声势搞事的初衷就是想引起南江这位美女注意自己，打架并不是他的目的，没想到这时候美女会这么仗义挺身而出来帮助同事，并且还敢这样近距离挡在自己的前面，立即就软了下来，但口气仍然很硬：“靓女你快闪开，这不关你的事。”

陈玉乔说：“怎么不关我的事呢，我是炊事班长，他是我的兵，你无缘无故要打他，我就要来阻止你。”

大头炳已经头脑发热，说：“我不管你是什么狗屁班长，你赶快给我闪开，否则，我连你一起打。”

陈玉乔并不示弱，她把心一横说：“好啊，你如果下得了手，你就拿这条钢钎打死我吧。”

大头炳见陈玉乔毫无惧色，便装模作样地举起钢钎，说："你当我不敢打你，识相的就快点'拦开'（滚开）。"

这时候，吴三呀已经放下了挑开水的空桶，右手拿着扁担，左手扯住陈玉乔的担子，把她拉到一边，说："陈班长，这事你不要管，你让开，看他能把我怎么样！"

眼看一场恶斗即将开始，这时候，原先与大头炳一唱一和的桂圩民兵李勇看到情况不对路，立即飞奔过来，一把抓住大头炳的左右胳膊，说："李乙炳，你别乱来，大家开句玩笑开开心，何必要动粗呢，赶快回工地去。"说着，就连拖带拽地将大头炳推向一边去。

此时，死要面子的大头炳哪里肯就此善罢甘休，仍在奋力挣扎，无奈又有民兵帮忙，一直把他拽到离吴三呀等人一丈开外的地方才松开手。

这时候，坐在工地另一边休息的桂圩民兵连副连长李志坤也赶了过来，他厉声斥责大头炳无缘无故在这里惹是生非，破坏与兄弟连的团结，损坏民兵队伍的良好形象，给桂圩民兵抹黑，然后就亲自向陈玉乔和吴三呀等人道了歉。回到工地后，他集中全连民兵开了个短会，公开批评了大头炳。

2

桂圩民兵连把李乙炳带头搞事、挑动争斗、影响团结的情况反映到指挥部，张前进副总指挥极为重视，亲自调查，找当事人了解情况，弄清事实真相后，以向阳水库工程指挥部的名义对李乙炳进行了通报批评，并将有关情况通报给桂圩公社革命委员会。同时对在这次冲突事件中以大局为重、处事冷静、临危不惧，为化解冲突危机、避免集体斗殴事件的发生发挥了重要作用的陈玉乔进行了表扬。

为了增进团结，激发广大民兵建设水库的积极性和创造性，在水库工地形成讲团结、讲贡献、学先进、赶先进、争当先进模范的精神氛围，作为向阳水库工程的常务副总指挥，张前进副主任对近期和今后的工作做了一些新的思考和探讨，趁回县城参加全县"抓革命、促生产、加快实现大寨县工作会议"的机会，他专门去了趟丁胜贺副书记的办公室。

丁副书记刚从省里参加了为期两个月的县级革命干部学习班，回来这几天又忙于组织全县农业学大寨会议，还没来得及了解向阳水库的建设情况，张前进的到来，正中其下怀。他亲自为张前进沏了一壶宝珠大社出产的社前茶，斟了一杯递到张前进的手上，说是早几天去宝珠公社选择学大寨现场会议地点时，公社的苏大路书记专门去大社大队找茶农为他买了两斤茶谷，茶的味道特香，喝过之后回味无穷。

张前进接过茶水，接连喝了两口，一股茶叶的浓醇清香立即透过鼻腔和咽喉渗进他的肺腑，回味无穷，禁不住连声称赞好茶。接下来，他向丁副书记汇报了近期水库建设的工作情况，同时提出自己对几项工作的设想：第一，在参加向阳水库工程建设的青年民兵中物色培养一批干部苗子，人数在60人左右。工程完成后，对符合条件的苗子，直接留几名在向阳水库作为骨干使用，其余的安排到县直机关部门和各公社当干部，待条件成熟时再提拔充实到县直各机关部门和公社的领导班子，以激发全体民兵的劳动热情和工作积极性，同时也有利于促进干部队伍的稳定和发展。第二，计划增设夜班工作。采取轮班作业方法，人停工不停，进一步提高工作效率，加快工程进度。所以，指挥部电工班须增加两名电工，专门负责工地的移动供电工作。第三，进一步加大工程宣传力度。一是扩大广播站的规模，增加两名记者兼播音员，延长播音时间；二是筹备出版《向阳战报》，记者、编辑由工地广播站人员兼任，另外在县广播站借调一名专职编辑把关，计划一周出版一期；三是成立向阳水库业余文艺宣传队，创作排练一批短小精悍的节目在工地和周边地区演出，同时准备参加全县农业学大寨文艺汇演。另外，张前进还特别提到，由于全省民兵整组和基干民兵训练等工作即将开始，时间紧，任务重，各公社武装部部长纷纷提出，让副连长代替他们在向阳水库的领队工作，请丁副书记予以考虑。

丁胜贺副书记听完后大加赞赏，尤其是张前进关于培养一批干部苗子的想法，有超前意识，有创意，可行、可操作，而且很有必要，对促进水库建设和加强全县干部队伍建设具有极大的推动作用和重要的意义。至于让副连长代替武装部长在向阳水库领队的问题，必须请示刘书记同意才能做决定。于是当即和张前进一起来到县委书记、县革命委员会主任、县武装部政委刘国兴的办公室，当面请示刘书记，得到了刘书记的大力支持，当即决定培养干部苗子工作由丁胜贺同志挂帅，张前进同志具体抓落实，尽快拿出一个切实可行的方案报县委和县革命委员会审批，干部苗子人数控制在50人以内。对于由副连长代替武装部长在向阳水库领队工作的问题以及成立业余文艺宣传队、出版《向阳战报》等事项，刘书记也表示大力支持，指示具体操作也由张前进负责。

从刘国兴书记办公室出来，两人就径直往丁副书记办公室走去。

进了办公室，丁副书记便告诉张前进："昨天接到省里的通知，明天要和刘书记到广州参加全省农业学大寨工作会议，听说国务院副总理陈永贵同志也可能会到广东来，并有可能会在大会上作重要指示，会后，省里和地区一定会有大的动作，对此我们应该要有充分的思想准备。向阳水库和电站是我们县的重点工程，在省里和地区都挂了号，受到全县人民的高度关注，能不能如期甚至提前把它拿下来，尽快发挥效益，在很大的程度上将是检验我们县农业学大寨的决心、信心、态度和干劲问题。作为这个工程的主要负责人，我们肩上的责任非常重大，也有很大的压力，但是，无论如何，我们一定要把它搞好，绝对不能也绝不容许我们有任何的过错和闪失。要千方百计确保水库大坝质量和安全，经得起历史和自然灾害的考验，惠及子孙后代，让全县人民放心。"

说到这里，丁副书记好像意识到了什么，便停顿了一下，问："张副主任，下一阶段的工作目标任务已经明确，在执行中有什么困难，你只管提出来，我们一起商量解决。"

张前进望了丁副书记一眼，他明显得看到丁胜贺副书记那张古铜色的饱经风霜的脸上分明写着信任与厚爱几个字，于是毫不保留地把最近两个月工地出现的一些影响工程质量和安全生产的苗头性问题说了出来。例如，在丁副书记到省里学习期间，覃副主任经常往县城里跑，有时三四天都不见人影。尤其是在开凿输水隧洞工作中，为了加快进度，他向负责技术质量工作的有关负责人建议，采取两边同时掘进的办法开凿输水隧洞，加快进度，覃副主任也没有采纳。另外，他经常督促有关人员加强隧洞方位的测量监控，确保不出现误差，但有关负责人却不以为然，认为他老是在那里指指点点，专门挑刺，心里老不舒服，并当面顶撞他，说他是本本主义、教条主义，还背地里向覃副主任告状，说他管过界，导致覃副主任有时候也有意无意地给他脸色看。在施工过程中，有个别公社的施工人员安全意识淡薄，马虎对待，违规操作，出现了较大面积的塌方事故，伤了几个人，幸好没有人员死亡。在事故处理和善后工作中，大事化小，轻描淡写，只作为一般的生产事故上报给县委和县革命委员会等。

听了张前进的反映，丁副书记的表情变得严肃起来。他说：“这件事，主管技术和安全工作的覃副主任并没有向我汇报过。这样吧，等省里的会议结束后，我再找他认真谈谈，认真分析思想根源，深入查找事故原因，提出切实有效的整改措施，务必要彻底消除一切隐患，确保施工安全。但在我回来之前，你也要主动和覃副主任多沟通，一是尽量减少他对你的误会，尤其是对一些较为重大的问题，要主动与他沟通商量，达成共识；二是对于事关工程质量和安全的问题，一定要坚持原则，防止出现新问题。”

张前进马上向丁副书记表明自己的态度：“请丁副书记放心，我张前进以一名革命军人的名义保证，既然组织上这样信任我，让我来当您的副手，无论如何，我都要无条件坚决履行好常务副指挥的职责，设法保质保量将这项工程搞好，绝不会让全县的老百姓戳我们的脊梁骨，也绝不会让老领导丢脸。”

丁胜贺的脸上掠过一丝欣慰的笑容。作为一名在郁南县工作了 20 多年的土改老干部，丁胜贺对于眼前这位 30 来岁的副手寄予了很高的期望。至少他认为，这位来自叶剑英元帅家乡的年轻干部不仅有过硬的军事技术本领，还能写一手好字好文章，有冲劲、有胆识，敢作敢为，在部队和地方都多有建树，曾在《解放军报》《战士报》发表过几十篇新闻报道和论文，是个难得的人才。如果说还有不足的话，那就是与地方干部的融合和处理地方事务及问题方面还欠缺一定的经验。

丁副书记语重心长地说：“小张啊，地方工作不比部队，即使是一些看似很简单的问题，都会牵涉到方方面面的人际关系。尤其是像在向阳水库培养干部苗子这样一件重大事情，极为敏感。能不能真真正正地把我们向阳水库最优秀、最有发展潜质的民兵给挑选出来，培养成才，关键是我们能不能坚持公平公正的立场和用人唯贤的原则。届时，免不了会出现一些不同的意见和看法，在这方面我们思想上一定要足够重视，要时刻保持清醒的头脑，深入调查研究，了解情况，做到心中有数。为慎重起见，你回去就先和覃副主任商量一下，统一思想，然后由你草拟一个具体的工作方案——当然，这个方案应该包括选拔的标准、条件、操作程序以及亲属回避等要求，再集中领队们研究，征求意见，由他们提出初选名单，经过从下而上、从上而下的这样一个程序，然后再交由指挥部全体领导成员讨论确定。另外，结合这次会议和省里会议的精神，我打算在近期召开一次水库班以上干部会议，传达省和县的会议精神，部署下一阶段的工作。会议精神由我来传达，下一阶段的工作部署由你和覃副主任来布置，你回去以后抓紧准备一下材料，晚上加加班。”

张前进说：“丁副书记，下一阶段的工作还是由你亲自布置比较好，讲话材料我来写。”

丁胜贺说：“具体工作还是你来布置吧，我只提几点方向性的要求，讲稿也不用你写。”

张前进说：“好吧！那就谢谢领导的照顾了。”

丁胜贺副书记说：“不要说照顾。向阳水库工作那么紧张，覃副主任又经常要回来处理财经方面的事情，指挥部的工作大部分都压在你的肩膀上，我只是想尽可能减轻一下你这个常务副总指挥的压力。好了，事情就这样定下来吧。你就先赶回向阳水库那边去，回头我再跟覃副主任打个招呼，当面跟他交代一下。待省里的会议一结束，我马上就赶过去。”

丁胜贺说完，用力握了握张前进的手。

张前进离开丁副书记办公室之后，又去了一趟县革命委员会办公室，找到曾启航副主任，把自己预先准备的一份有关向阳水库建设的资料交给他，吩咐他协助丁副书记准备一下在向阳水库干部会议的讲话稿。

张前进回到县武装部，先在门口值班室给司机打了电话，然后才回自己宿舍。看见当医生的妻子正准备去县人民医院上班，便跟妻子说：“等会就要回向阳去，今晚不必做我的晚饭。”

妻子一怔，有点不悦，说：“不是说好明天再回去吗？”

张前进说：“情况有了变化，有紧急任务，必须立即赶回去。”

妻子说：“又不是在野战部队，哪来那么多紧急任务？”

张前进说：“你不了解情况就不要瞎嚷嚷。你以为现在在地方就可以游手好闲、吃闲饭吗？地方上的事情远比部队复杂得多、麻烦得多。”

妻子说：“就你积极！都是副总指挥，你看人家覃副主任，隔三差五就往家里跑，哪像你，把水库当成了家，孩子都不顾了。”

张前进说：“孩子不是有外婆带吗？况且，我有我的工作，我总不能整天待在家看孩子吧？好了，不跟你说了，司机正在门口等我呢。”说完，就回卧室衣柜里拿了两件替换的衣服，与妻子一起走出了家门。

3

七月流火，为本来就热气腾腾的向阳水库工地增添了更大的热能量。

刚从县城回到向阳，张前进便首先来到水库大坝工地检查工程质量和进度情况。张前进每到一处，认识他的人都会亲热地与他打招呼。他在工地走走停停，或者提醒施工人员要注意施工安全，保证工程质量，或者与连队负责人聊上几句，询问一下他离开几天的工作情况，听听他们对工作的建议和要求。置身于正在热火朝天建设水库大坝的工地上，张前进感到无比的光荣和自豪。他想，按照计划，不出 3 年，由他亲手指挥建设起来的全县第一座准中型水库和水力发电站将会竣工，储水发电，从根本上解决郁南县因电力严重不足制约工业发展的瓶颈难题以及全县城乡人民的生活用电问题。同时，他更深深感到自己肩上责任的重大。从这座水库动工建设之日起，他对这道长达 600 多米、底宽 380 米、高程将达 80 多米的水库堤坝的施工要求非常高，检查尤为严格，尤其是堤坝隔水层，在宽达 160 多米的隔水层底部，为了保证水库大堤质量，防止水库储水以后渗水，张前进对其中的每一块石头都要求用毛刷认真刷洗干净，再选用当地黏性极好的纯净黄泥将其捣实。在建设初期，他在检查中发现附城公社有几个民兵对此思想认识不足，马虎对待，石头洗得不干净，张前进当即在工地现场召开会议，把有关人员当成反面典型进行批评教育，分析思想原因，并对全体施工人员提出要求，要千方百计确保大堤安全，千方百计确保大堤经得起历史和自然灾害的考验，让全县人民放心，让子孙后代放心。

月亮刚刚爬上东面那座无名大山的山脊线，银白色的光亮早已将向阳的夜空辉映得格外明亮。

水库宿舍区的夜晚出奇闷热，用油毡纸搭建的临时宿舍里活像一个个大蒸笼。刚刚吃过晚饭，民兵们或三三两两地走出饭堂、宿舍去散步，或和三五知己、老乡聚在一起聊天，开大话馆，信口开河，海阔天空。这时候，也是业余歌手们发挥特长的最佳时机，偶尔有粗犷的近乎呐喊的男声或者清脆细腻甜美悦耳的女声在衷情歌唱，歌声从小路边宿舍里或者冲凉房里飘出来，给闷热的夜空带来些许让人惬意和欢乐的氛围，在不知不觉中消除着一整天的繁重劳动累积下来的疲劳。

张前进在指挥部饭堂用过晚餐后，立即回到自己的单人宿舍准备班以上干部会议的发言材料。他依然穿着白天在工地现场穿的那套领口袖口已经磨掉了些许纱线的旧军装，借着一支25瓦的灯泡发出的昏黄亮光，俯身在宿舍里唯一的一张旧书桌上奋笔疾书。从中学时代开始，他已经习惯了在闹哄哄的环境中静下心来读书写作，现在丝毫也不受外面喧嚣的干扰。

张前进在中学里就是一个小有名气的“作家”，偶尔有诗歌和散文作品刊登在当地报刊上，1959年高中毕业考上广州某大学，入学3个月，由于全国性的经济困难，大学、中专陆续停办，张前进就读的大学也在停办之列，张前进唯有心灰意冷地拿着行李回到家乡。一年过去了，大学恢复重办的时间仍然遥遥无期，适逢1960年冬季征兵，他就报名当兵，投笔从戎。

由于文武双全，张前进在部队里仕途十分顺利，仅仅几年时间，就从一名普通士兵成长为副连长，任职副连长刚不久，全国各地陆陆续续出现武力冲击军队和党政机关的过激甚至暴力行为，中共中央果断发布“七三”、“七二四”布告，张前进随所在部队奉命进驻南宁市，动员学生复课、组织工人和农民“抓革命、促生产”，成绩显著。一年后，上级一纸任命，他调任郁南县人民武装部当作战参谋，不久升任武装部副政委，进入武装部领导班子，同时兼任县革命委员会副主任，分管青年民兵工作。

夏日之夜，向阳水库一带的蚊虫特别多，当地人称“大花蚊”，人被它叮过，十分难受，甚至有的人还会过敏，需要打针吃药消炎。几只讨厌的蚊虫不时在张前进的身边飞来飞去，伺机吸血，干扰他写材料。他不得不一边执笔写字，一边拿一把大葵扇不停地驱赶蚊虫。由于电力不足，房间里的灯光太暗，不到一个时辰，张前进双眼就有点酸涩，便想到外边去走走，透透气。于是他放下铱金笔，走出宿舍，一边散步一边思考组织材料。这时候，不时有散步的青年民兵与他擦肩而过，有认得他的，与他打招呼，他便礼貌地驻足回敬，热情地问那人是哪个连队的，在这里工作习惯不习惯等等。来到南江公社民兵宿舍附近，他忽然想起近日广播站播出的稿件中，有两篇稿子写得不错，有较好的文字功底，署名是南江公社民兵连的陈玉乔——她刚来报到时就认识的标致女子，便想见见她，顺便了解一下她的近况，如果合适，就把她安排在指挥部工作，协助写些资料。

宿舍外面，南江公社民兵连副连长刘军泉刚刚洗完澡，正在晾挂衣服，看见张前进副总指挥向自己走过来，急忙把手中的衣服放回铁桶，双手在上衣襟上擦了两下，快步走过去与张前进握手。

张前进问："刘副连长，你们南江公社的民兵精神状态怎么样？有没有不习惯在这里、打退堂鼓的？"

刘军泉回答："报告张副总指挥，我们连的民兵精神很好，情绪很高涨，没有打退堂鼓的。"

张前进问："工作进度怎么样？"

刘军泉回答："进度还可以，每天挖的土方量平均每人 3 立方米以上，我了解了一下，在全县 18 个连队中，我们连经常位居五六名的位置。"

张前进说："成绩不错嘛。况且，你们连队作业面的泥土属于散石沙坭混合性质，施工难度比较大，如果是纯黄泥，你们的进度还可以快一点。"

刘军泉说："您了解得很细致，我们连作业面的土质的确是比较复杂，碎石散石比较多，挖起来不用力不行，力出得太大也不行，但不管怎么样，我们都会力保进度在前四至六名左右的位置。"

张前进说："那就好，我代表指挥部感谢你们。另外，我想了解一下，你们连有个小姑娘，好像姓陈。"

刘军泉说；"你是说我们连的炊事班长陈玉乔？"

张前进说："对，是陈玉乔——如果我没有记错的话，就是你们来报到那天，我来看你们，我跟她聊过几句那个女民兵，个子不高，梳着两条大辫子。她写过几篇广播稿，被工地广播站采用播出，我看报道写得还可以，有点文字基本功。"

刘军泉说："首长有事要找她？"

张前进说： "是的，如果方便的话我想见见她，不知道她在不在宿舍里头？"

刘军泉说："应该在吧，我带你去找她。"

张前进说："那好，你先把衣服先晾上，不用着急。"

刘军泉说： "好吧，那就有劳首长稍等一下。" 刘军泉说完，很快就把衣服晾好了，把铁桶拿回宿舍，然后陪同张前进到女民兵宿舍。

女宿舍门开着，里面亮着灯，就陈玉乔一个人坐在床沿看书。她看得那么专注，浑然不知道有人到宿舍来。

刘军泉用力敲了敲宿舍门，说：“陈玉乔，张副总指挥看你来了，我们方便进去吗?”

听见刘军泉在叫她，陈玉乔抬头看了门口一眼，看见副连长和张前进正站在宿舍门口，受宠若惊，忙不迭溜下床，穿上拖鞋，扯了扯衣服，急急忙忙走出来迎接，嘴里却在讷讷地说：“对不起，真对不起，首长，不知道你们要来，失礼了。”

张前进说：“不要客气，再说，我们是不速之客，你怎会知道我们要来呢?”

陈玉乔心情很快恢复了平静，说：“那倒也是。不知道首长有何吩咐?”

陈玉乔把二人引进了宿舍，因为宿舍里没有凳子，她只好邀他们坐在下层通铺的床沿上。

张前进坐下后，说;“其实也没有什么特别的事情，就想找你们女孩子聊聊天。怎么样，会打搅你么?”

陈玉乔说：“首长客气了，不要说打扰。我还巴不得首长多多来指教呢。”

张前进说：“好，那我就倚老卖老了。玉乔，我听过广播也看过你写的报道，稿件写得还可以，就想了解一下你的情况。”

张前进说着，顺手拿起陈玉乔刚才看的书翻了翻，是时下最著名作家浩然的《金光大道》，就说：“大家都出去散步玩耍，你却在这里看小说，有定力啊!”

陈玉乔说：“不怕首长见笑，我是个小说迷，打小学起就喜欢看小说——可惜现在没有多少小说可以看——其实在读书的时候我就喜欢文科。”

张前进说：“噢，难怪你的报道写得这么好。不知道你的字写得怎么样?”

刘军泉插了一句：“玉乔的字也写得不错啊，玉乔，你拿笔纸来写几个字给张副政委看看。”

张前进说;“不用写了，拿你的笔记本给我看看就行了——当然，假如你的笔记本没有什么秘密的话。”

陈玉乔的脸色微微泛红，尽量显得轻松地说：“首长别说笑了，我哪有什么秘密，您只管看啦!”

陈玉乔说着，就从手提包里拿出一个红色塑料封皮的上海笔记本递给张前进。张前进翻开扉页，上面写着几行刚劲有力的蓝黑墨水钢笔字：

——热爱人民，胸怀祖国，放眼全球，眼望北京心向党；脚踏实地，艰苦奋斗，一往无前，建设向阳立新功！亲爱的党啊，我要永远跟您走，积极争取入党，一辈子当您的忠诚战士！

陈玉乔

一九七五年七月一日

张前进快速翻看了几页，里面记的主要内容都是参加向水库建设以来的情况，然后合上笔记本，还给陈玉乔，说："年轻人，有志气，有理想，有抱负，字也写得不错。好好干，做出成绩，争取早日加入党组织，做一名优秀的共产党员。"

陈玉乔说："谢谢首长，我会努力的。"

张前进说："除了喜欢文学、写文章，还有什么是你喜欢的？"

陈玉乔说："搞技术。"

张前进说："搞技术？没想到啊！一个女孩子，居然会喜欢搞技术。"

陈玉乔说："是呀，连我自己都觉得不可思议，平常在村里，邻居们拉个灯线、装个开关、换条保险丝之类的，都要找我帮忙。"

张前进说："电线杆也敢爬上去吗？"

陈玉乔说："电线杆算什么？在生产队里，打乌榄，摘荔枝、龙眼，再高的树我都敢上去。"

张前进说："真的？"

陈玉乔说："首长不信？要不我现在就出去宿舍外面爬一次桐油树给您看看！"

张前进连忙摆手阻拦，说："不用了，我相信。"停了一下，又问，"在炊事班工作习惯吗？"

陈玉乔说："刚开始时有点不太适应，老想参加第一线劳动，不过，现在已经习惯了。"

张前进说："假如以后有机会调整你的工作岗位，你愿意吗？"

陈玉乔稍微思考了一下，说：“我无条件服从首长的安排。就像电影里潘冬子说的，我是党的人，党要我干什么，我就干什么。”

张前进说：“好，爽快！现在我就当着你们刘副连长的面表个态，好好干，以后你会有机会的。”

陈玉乔说：“感谢首长，我一定努力做好工作，不辜负领导的期望。”

张前进说：“那就好！玉乔，我期待着你今后有更出色的表现。你的情况我会向其他领导介绍的。还有，阿珠呢，去了哪里？”

陈玉乔说：“她和陈月桂散步去了，刚出去不久。怎么，你找她有事？”

张前进说：“也不是什么大事。早几天，我看见她穿的上衣肩膀处打了补丁，手工很不错，就想了解一下是不是她本人缝补的。”

陈玉乔说：“不用问了，我知道，衣服是她自己缝补的。”

张前进问：“何以见得？”

陈玉乔说：“她亲口对我说的。她说在家的时候，邻居有一对老夫妇，儿女都不在家，她常去串门，有空就摆弄一下他们家那部旧衣车，帮老人补补衣服，或者做点家务什么的，人很热心的。”

张前进说：“热心就好，我们指挥部正要物色一位肯热心为群众服务的后勤人员。我看阿珠正合适。这样吧，我就不在这里等她了，待她回来了，你就告诉她，说我有事找她商量，让她明天找个时间到指挥部找我。”

陈玉乔就说：“好的，我一定转达！”

第二天吃完早餐后，阿珠来到张前进办公室，张前进对她说：“指挥部决定增加一名后勤人员专门为工地的民工缝补衣服，衣车已经买回来了，就放在隔壁文娱室。我了解过了，你有这方面的特长，而且手工很好，今后就借调你到指挥部后勤组工作，主要职责是为有需要的民工和干部缝补衣服被帐。你的第一个任务就是帮我补蚊帐，因为今晚要用，你现在就随我去宿舍，帮我拆洗蚊帐，晾晒干后，就把被老鼠咬破的地方给补上，有没有问题？”

阿珠大声说：“没问题！”

3 天之后，阿珠就离开炊事班，到指挥部后勤组工作，她的炊事员工作由高台大队的吴巧莲顶替。

4

向阳水库（电站）建设工程指挥部会议室，民兵班长以上干部会议正在这里举行，传达省和县的会议精神，部署下一阶段的工作。陈玉乔以炊事班长的身份参加了会议。她选择在会议室后面的一个不太显眼的位置落座。她十分珍惜这次参会的机会，从会议开始到结束都在一丝不苟地做着笔记。

会议由张前进主持。县委副书记、向阳水库（电站）建设工程总指挥丁胜贺作了题为“抓革命，促生产，加快推进向阳水库（电站）工程建设”的主题报告，县革命委员会副主任、县武装部副政委、向阳水库工程建设常务副总指挥张前进，县革命委员会副主任、向阳水库工程副总指挥覃孝严分别在会上讲了话。另外，会议还安排了都城、宋桂、南江三个连的连长介绍了他们的先进工作经验。

丁胜贺总指挥首先简要传达了全省、全县农业学大寨工作会议的精神，以及县委书记、县革命委员会主任、县武装部政委刘国兴同志关于全面深入贯彻落实全省农业学大寨工作会议精神，加快向阳水库（电站）工程建设的重要指示和要求，接着回顾了上半年水库（电站）建设的工作情况，并对下半年的工作作了总体部署。张前进副总指挥就如何加强民兵政治思想工作、把向阳水库（电站）工程作为锻炼和培养青年干部的学校、加强文艺宣传思想工作等方面的工作作了部署：一、组织开展劳动竞赛，设置流动红旗，对排以上优胜单位给予奖励。二、培养青年干部苗子。挑选50个优秀青年民兵骨干作为干部苗子进行重点培养，待水库电站竣工之后，向县委推荐到县直各部门工作，或者充实各公社的力量。三、物色一批特约通讯员，成立《向阳战报》编辑部，定期出版战报，同时扩大向阳广播站的规模，延长播音时间。四、组织向阳水库业余文艺宣传队，物色挑选20人左右的文艺骨干，创作排练节目，准备参加全县农业学大寨文艺汇演。张前进副总指挥讲话后，覃孝严副总指挥就安全生产、提高技术质量和后勤工作提出了要求。随后，都城、宋桂、南江三个连的民兵连副连长分别在会上介绍了工作经验。

最后，丁胜贺总指挥作了总结发言。他强调：“刚才张前进、覃孝严两位副总指挥代表指挥部部署的几项具体工作，都是经过指挥部领导班子深入调查研究并当面请示了刘国兴书记同意之后才决定做的，都城、宋桂、南江三个民兵连也分别介绍了他们的宝贵经验，他们的经验都有一个共同的特点，就是十分注重加强民兵队伍的思想政治工作，以思想政治工作统揽全局，以过硬的思想政治工作来保证水库建设的顺利进行。同时，三个连的经验也各有特点各有侧重，如宋桂公社连在突出政治、靠政治挂帅攻克隧洞挖进工作难题，都城镇连在加强部门协调沟通、全面提升水坝基础质量，南江公社连在充分发挥人的积极因素、提高整体工作效率方面积极探索，取得了显著的成绩和宝贵的经验，可供大家借鉴、学习。希望大家会后结合贯彻落实全省、全县农业学大寨工作会议精神和本次会议精神以及刘国兴书记的重要指示和要求，一件一件抓好落实，保证向阳水库工程如期竣工，按期储水、发电。同志们，战斗正未有穷期，让我们高举毛泽东思想伟大旗帜，紧密团结在以毛泽东同志为首的党中央周围，以只争朝夕的精神，抓革命，促生产，团结奋进，为早日把我县建成大寨县做出新的更大的贡献！同志们，今天我讲的就这些，希望大家抓好落实。谢谢大家！”

丁胜贺讲完，张前进紧接着提了几条贯彻要求，然后宣布散会。

开会的人陆续走出会议室，走在后面的陈玉乔刚走到门外，张前进就在后面叫住了她。

陈玉乔停住脚步，问：“张副总指挥你好，找我有事吗？”

张前进说：“是的，有事找你商量，我们到指挥部办公室去聊吧。”

陈玉乔就跟随着张前进来到了指挥部办公室，张前进示意陈玉乔在他办公桌对面一张靠背椅坐下来。

张前进说：“我之前跟你说过考虑调整你的工作岗位，现在已经落实了。经请示丁副书记同意，指挥部要增加两名电工，一个主要做烧焊接线，要男的，另一个男女均可，主要工作是外线线工，另外，还要兼任广播站的通信员。平常工作是白天当通信员，上午去工地采访，下午在指挥部写报道稿，表扬好人好事，批评不良现象，傍晚去工地拉电线，为夜班人员拉挂电灯照明。你不是会爬树会安装电灯，还喜欢写作吗？我就向丁副书记——也就是我们的总指挥推荐了你，过两天你就可以来指挥部上班，没意见吧？”

张前进慧眼识英才，让她到指挥部工作，陈玉乔自然感激万分，她极力掩饰住内心的惊喜，由衷地说：“感谢张副总指挥，我还是那句话，党要我干什么我就干什么。我没有意见。”

张前进说：“没意见就好，你现在回连队，抓紧做好炊事班的交接工作，后天来这里上班。”

陈玉乔问：“连队那边我怎么说？”

张前进说：“刚才，在开会之前，我已经跟你们刘副连长说了，他非常支持。你回去跟他打个招呼就行。”

陈玉乔说：“那就再次感谢张政委，我争取后天来上班。”

陈玉乔离开指挥部办公室，便撒开腿丫子奔回连队。

陈玉乔刚回到宿舍，副连长刘军泉就来到女宿舍门口，刘军泉问：“抽调你去指挥部工作的事你都知道了吧？”

陈玉乔说：“知道了，散会的时候张副总指挥就跟我说了，叫我后天去上班。”

刘军泉说：“知道了就不用我说了，不过，我想让你推荐一名女同志接替你的工作，你说谁比较合适呢？”

陈玉乔问：“要担任炊事班长这个职务吗？”

刘军泉说：“当然，最好能够胜任。”

陈玉乔认真想了一会儿，就说：“让陈月桂接替吧，我觉得她比较合适。”

刘军泉问：“怎么个合适法？”

陈玉乔说：“这人头脑灵活，有力气，能吃苦，有一定的组织才能。总之，我敢肯定，让她当一个炊事班长绰绰有余。”

刘军泉说：“好吧，就这样定了，等她回来，你先和她说说，她要是同意，你就和她来找我，我给她分配任务。应该没问题吧？”

陈玉乔说：“肯定没问题。你就放心好了。”

刘军泉说：“那我就等你们的消息。”

5

第二天，陈玉乔起得很早，今天是她最后一次在饭堂做早餐，心情格外激动。晨曦初露，凉风习习，刚走出宿舍门口，她就明显地感到了丝丝凉意，才意识到自己衣服穿少了，但她并不想回宿舍添衣服。此时，对于青春靓丽的陈玉乔来说，纵使天气再冷一些也没关系，这样反而让她的头脑更加清醒。一想到从明天起，自己就要到指挥部去工作，不再跟厨房里那些锅碗瓢盆打交道，欢悦之情自然也就溢于言表。昨天晚上，她和陈月桂说了自己要调到指挥部去工作，并推荐月桂接替自己在炊事班工作一事，陈月桂一口应承，两人就一起去找刘军泉，刘军泉就要求他们明天做好交接工作。在陈玉乔看来，指挥部才是她真正发挥聪明才干的地方，在那里她可以大显身手，大有作为，可以真真正正地展示她的人生价值，实现她的人生理想。

想到这里，她竟不由自主地哼起了刚从电影《春苗》学来的电影插曲："翠竹青青哟，披霞光，春苗出土哟，迎朝阳，迎着风雨长，挺拔更坚强，千家万户留脚印，阳光哺育村苗壮……"也许是陈玉乔唱得太投入了，全然不知道后面还有个人在尾随着她走来。当她来到厨房，打开大门，屋子里还是黑乎乎的，只有从门口透进来的微弱晨光让她依稀看得见那条电灯开关线。她走进屋里，刚想伸手去拉灯线开关，突然有一个人出其不意地从背后袭击了她，两只冷冰冰的手同时从她胳肢窝底下粗鲁地伸了过去，用力在她的胸部不停地抚摸抓捏，那张还没有洗漱的充满酸臭口气的嘴巴也蛮横地顶在了她的后脑勺上，十分贪婪地狂吻着她的头发，好像要将她的头发一口吞进肚里。陈玉乔被这突如其来的意外吓了一大跳，她极力地反抗挣脱，她本想大声喊救命，但理智却告诉她，不到万不得已，就不应该把事情闹大，事情一旦公开，虽然坏人会得到惩罚，但自己的名声也受影响。于是，她立即冷静下来，一边挣扎，一边设法往灶台那边挪动，然后从灶台上拿起一只长柄铁制汤勺，使劲地往上一扬，汤勺不偏不倚，刚好打在了后面那人的额头上，那人痛得大喊一声，松开了手，陈玉乔趁机挣脱闪开，知道是个熟人，更气不打一处来，她十分严厉地斥责："陈硕宁，又是你，你这个畜生、咸虫、败类，死性不改，还敢对我耍流氓，你想找死吗？我拿菜刀剁了你！"陈硕宁急忙跪地求饶："阿乔，不，班长，刚才是我一时冲动，就犯了傻，冒犯你了。当我知道你要到指挥部去工作，就想以后没有机会接近你了，于是就想抱一抱你。求求你，原谅我，别把这事说出去，以后我再也不敢乱来了。"陈玉乔哪肯轻易就放过他，又使劲用汤勺敲了几下陈硕宁的胳膊，觉得还不解恨，右脚又狠狠地踢在了他的屁股上，愤怒地说："狗杂种，快滚出去，再有下次，我绝不会放过你!"陈硕宁就忙不迭地起身溜出门外，跑回宿舍去了。过了一会儿，吴三呀和阿莲也回来了，看到陈玉乔心神不宁的样子，问出了什么事？陈玉乔说："没事，刚才有一只大老鼠跑出来，吓了我一跳。"此后，大家一时无语，分头做自己的工作。过了不久，吴三呀就自言自语地抱怨："陈硕宁这个衰仔，迟到这么长时间，到现在还不见踪影，不会是睡过头了吧。"刚到炊事班工作不久的吴巧莲想到自己与玉乔一起工作的时间虽然不长，但好得就像亲姐妹一样，现在说分开就要分开，不免有点难过，一边做工，一边对陈玉乔说了许多舍不得的话。其实陈玉乔也是舍不得阿莲的，可嘴上却在开导她："傻妹子，以后我虽然不和你一起工作，但我们还是同住一个宿舍，朝见口晚见面，别自找烦恼了。"

陈硕宁忍着疼痛跑回宿舍躲在床上，伸出右手往手心里吐了两口唾液，使劲搓了几下被陈玉乔打起了肉包的额头，又躺下想继续睡一会儿，哪里还睡得着！脑海里总是浮现出陈玉乔恶狠狠地教训他的情景，于是就从床上爬起来，盘腿坐了一阵子，又觉得不妥，干脆就跑到大坝工地，装作晨运的样子溜达了一圈。这时候，天已经大亮了。当他远远看见有人走出宿舍去吃早餐时，才一溜小跑奔回厨房，忙着给大家分发早餐，好像刚才什么事情也没有发生过似的。

第21章

1

“双夏”工作基本结束，农忙季节即将告一段落。星期一上午，按照公社的部署，下水大队召开了一次队长以上干部会议，重点研究部署了几项工作。一，在中寨召开一次以批判资本主义道路为主题的全体社员大会，下水、中寨和下坑各抓一个反面典型在会上公开批判。二，组织基干民兵进行一次军事训练，实弹射击。三，大力开展夏季积肥运动，大量积集绿肥、土杂肥，力争在完成第二趟耘田之前对禾苗全面施上一趟有机肥。

在研究民兵训练问题时，刘建兴简要传达了公社民兵营长会议精神，宣读了公社武装部的通知，要求各大队民兵营必须在8月底以前组织全体基干民兵进行不少于1个星期时间的集中军事训练。对于训练计划和具体时间安排，刘建兴建议：鉴于本大队交通不便、各排民兵居住地较为分散以及武器不足等因素，为了减少民兵集中往返路程的时间，确保有比较充分的时间集中训练，提高训练的成效和质量，拟采取以排为单位集中训练为主、全连集中训练为辅的办法，即第一天全连民兵集中进行开班动员、军事知识培训和队列训练，第二天至第五天以排、班为单位组织瞄准、刺杀和投弹练习，第六天全连集中中寨进行综合训练，第七天安排在中寨进行实弹射击考核和总结。全连集中地点在中寨，各排训练地点则在各自的自然村。

支委和队长们普遍认为，刘建兴提出的训练方案切实可行，易操作，而且节省了往返时间，事情就这样确定下来了。黄振明书记要求刘建兴要切实担负起民兵营长的职责，积极发挥复员退伍军人的骨干带头作用，精心组织，科学安排，严格要求，严格训练，确保安全。要达到三个确保，一要确保全大队基干民兵百分之百全程参加训练；二要确保百分之百的安全；三要确保95%以上的参训民兵达到合格以上的成绩。同时要求各队队长要大力支持和配合好这次训练，民兵集中军训期间，一律不准安排民兵参加生产队的劳动。

为了解决训练武器不足问题，公社武装部决定将有武装民兵建制的几个大队民兵营的枪支调剂给没有武装民兵的大队使用。按照公社武装部的安排，没有武装民兵建制的下水大队民兵营，训练枪支由邻近的东瑶大队民兵营提供。

大队会议结束后，刘建兴立即打电话与东瑶大队民兵营长陈小溪联系，商定第二天上午去借枪。刘建兴在回家途中，经过同宗兄弟刘木火家的门口，刚好看到木火正推着一辆自行车出来，就问他要去哪里？木火说："车子脚踏的滚珠坏了，推去叫曾大昌修理一下。"刘建兴问："明天有没有特别的事情要做?"刘木火说："还不是在队里开工！现在连探亲都要向队长请假，我还能去哪里?"刘建兴又问："明天请你和我一起去东瑶大队借枪，行吗?"木火不假思索就说："行啊，不过，我得向惠莲队长请假。"刘建兴说："下午开工时我来跟她说，用不着你请假。明天我叫你，你在家等我。"

2

支部书记黄振明并没有食言，公社给了下水大队两个购买自行车的指标，两辆自行车，一辆永久牌车留在大队部，由刘建兴负责保管使用，另一辆凤凰牌车放在中寨黄振明自己家中，由黄振明掌握使用。

东瑶大队民兵营办公地点就坐落在西江南岸东瑶村口一座小山坡上，原本是东瑶石油站的一座职工宿舍。"文化大革命"初期，为应对日益紧张的国际安全形势，尤其是中苏关系日益恶化，面临"苏修"的强大军事威胁，伟大领袖毛主席发出"深挖洞，广积粮""备战备荒为人民"的最高指示，上级有关部门在东瑶大队濒临西江的一条山沟里建设了一座战备石油油库，油库建设竣工后，部分工人撤走，只留下一部分职工和新招聘的复员退伍军人值守，空出了部分宿舍。原先，东瑶大队一直都是借用村里一座张姓宗祠办公，长期使用，张姓族人颇有意见。为了解决大队部办公用房问题，支部书记张源泉亲自找到油库领导，请求借用油库空置的职工宿舍办公，油库方面出于与地方搞好关系、共同维护油库安全的目的，同意将一座空置的房子无偿提供给东瑶大队使用。

刘建兴和刘木火到来时，陈小溪已经在民兵营办公室等候他们。

刘建兴说："溪哥，真不好意思，让你久等了。"

陈小溪一边张罗给两人斟茶，一边说："自己人嘛，不要客气。再说，本周是我在大队部值班，无论你什么时候来都没有关系。请问这位是——?"

刘建兴说："他是我的同宗兄弟，叫木火——这位是东瑶大队民兵营的陈营长——我想借的枪支比较多，就叫他来帮忙。对了，你们是怎样安排值班的?"

陈小溪说："原则上，我们五个支委——也就是五个大队干部，每人值一个星期班，周而复始。如遇重大事情或者重要任务则灵活处理。"

刘建兴说："每人值一个星期好啊，这样个人自由支配自己时间的弹性就比较大，外出活动的时间也比较集中。不像我们，每个星期都得值一两天的班，假如探个亲戚朋友什么的，时间长些就要调班。"

陈小溪说："那也是实情。但我认为，无论怎样轮值，个人分管的工作还是要靠自己去做，假如工作忙起来，即使不是自己值班也要回来!"

刘建兴说："那当然，特别是像我这样的新手，更不能对工作时间过于计较。"

陈小溪说："是呀，年轻人力出力在，多干点是应该的。建兴兄弟，我这里有30多条枪，就你们俩个人来驮，行吗?"

刘建兴说："溪哥，你就放心好了，一个人驮十几杆枪完全没问题！何况，我这辆车还是全新的，载个一两百斤完全没问题!"

陈小溪说："没问题就好。"隔了一会儿，又问，"建兴兄弟，听说你阿姨就住在东瑶口，离这里不远，现在时间尚早，你不去阿姨姨丈那里看看他们吗?"

刘建兴说："不去了，工作要紧，今天我想早点回去，明天就要训练了，我还得准备准备，另外大队还有一大堆事情等着我去处理。再说你的工作也很忙，我就不再打搅了。"

陈小溪说："这样也好，早点回去准备一下。"说着，他从办公桌的抽屉里拿出一串钥匙，招呼刘建兴和刘木火两人走进侧面的一个房间，打开靠墙的一个木制高柜，对刘建兴说：“我这里总共有 36 杆枪，其中半自动步枪 20 支，全自动步枪 10 支，还有 6 支七九式步枪，你打算借多少?”

刘建兴想了一下，说：“就要半自动步枪和全自动步枪吧，七九式步枪已经落后了，再说，实弹射击也用不着它。”

陈小溪也说好，就帮刘建兴和刘木火把枪拿到门口，用车轮橡胶皮带牢牢地捆绑在自行车的尾架上。

办妥了借枪手续，陈小溪送他们走出门外，反复叮嘱刘建兴要小心蹬车，不要太快，千万别把自己和枪给摔坏了，同时叮嘱刘木火跟在刘建兴后面看着点。刘建兴走在前头，用力把住车头，乘势将左脚踩在左边的脚踏上，带着车子溜出十多米后，才倏地提起右腿，跨过自行车横杠，稳稳地坐到了车座上，随即左右脚均衡发力，用力蹬了几下脚踏，使自行车轮子快速转动，同时右手拇指按了几下挂在右把手上面的车铃，将一串清脆的铃声留在了身后。

3

下水大队民兵营共设 4 个民兵连，包括 1 个基干民兵连和 3 个普通民兵连，各连又分设 3 个排 9 个班。除非有重大突发事件发生，平时一般不组织普通民兵参加军事训练。为便于组织开展活动，原则上以 3 大自然村和各生产队青壮年社员为连排班建制的人员基础，基干民兵连 3 个排的班、排长主要由政治素质和军事素质较高的复员退伍军人担任。

在复员退伍军人的积极协助下，经过 6 天紧张有序的训练，全体基干民兵基本掌握了队列、刺杀、瞄准射击和投弹的基本要领，经请示公社武装部领导同意，集训最后一天在中寨塘仔坑进行实弹射击考核。

在公社武装部领取子弹的时候，刚从向阳水库回来的谢百合部长一再嘱咐，一定要注意安全，切实保管好这些子弹，认真做好使用登记，实弹射击时要由专人负责发放，即使出现臭弹也不能随便丢弃，要拿回武装部核销，绝对不能流入社会，否则要追究责任。

早上 7 时许，中寨小学校园沐浴在一片金色的阳光下，显得格外祥和，各排民兵在排长的带领下陆续到达操场，准备参加实弹射击考核。

刘建兴叫各排长检查人数，汇报说除了在塘仔坑做准备工作的人员之外，其余的已全部到齐。于是刘建兴便大声宣布全体集合，同时右手握拳在自己身体的正前方举起，示意大家以纵队形式列队，准备出发前往塘仔坑。民兵们面对刘建兴站立，从左至右依次为1排，2排，3排。集合完毕，刘建兴首先宣布，这次实弹射击由曾经在野战部队当兵5年任了3年班长的2排排长吴大安同志负责射击现场总指导，协助营长组织指挥实弹射击工作。接着进行了战前动员，强调大家要严格遵守组织纪律，服从指挥，注意安全，争取打出好成绩。随后带领队伍前往目的地塘仔坑。

队伍行进过程中，为活跃气氛，刘建兴提议1排1班班长谢银梅指挥大家唱几首革命歌曲，振奋振奋精神，谢银梅带领大家唱了一首《解放军进行曲》之后，就提议以排为单位轮流来唱。民兵们精神抖擞，神采飞扬，歌声嘹亮，招引来沿途不少看热闹的村民，队伍后头还尾随着一群装模作样学着民兵们行进的孩子。

4

塘仔坑三面环山，山上林木扶疏，山下是一大片水田和旱地，坑口附近是一片高大雄伟、枝叶茂盛的乌榄树，绿树成荫，绿草如茵，地势平缓，是民兵开展军事训练活动的理想场地。为了确保群众安全，从六点钟开始，吴大安已安排民兵对进入塘仔坑的通道进行了封路。队伍来到塘仔坑时，几名复员退伍军人早已经把10个胸环靶树立在塘仔坑靠近山边的一块荒地上，并在胸环靶左右两边分别挖了一个深2米可以同时容纳2个成年人藏身的潜伏坑，供报靶人在民兵射击时匿藏。在距离胸环靶100米的乌榄树附近的空地上，复员退伍军人们已经用草胚泥块一字排开叠起了10个间隔等距的实弹射击位，每个射击位的靠右位置都放着一支还隐隐约约闪着蓝光的大概有九成新的“五六式”半自动步枪。

民兵队伍就在那片乌榄树底下停下，刘建兴示意大家安静下来后，当即宣布：“下水大队1975年基干民兵训练“五六式”半自动步枪100米距离实弹射击考核正式开始，下面请吴大安同志先给大家讲解实弹射击应该注意的问题。”随后，吴大安便根据自己在部队训练的体会，向大家提出了几点要求：1. 严格遵守实弹射击现场纪律，坚决服从命令，听从指挥。2. 进入“射击预备位置”后，要高度集中精神，当听到进入“射击位置”的口令后，迅速进入射击位置。3. 领取子弹后，要按照要求全部装入弹匣，并关上“保险”。4. 指挥员下达射击命令后，先打开“保险”再进行射击。5. 在射击过程中，如发现意外情况，例如出现“臭弹”或者发生卡壳等，要立即中止射击，关上武器“保险”，并举起右手及时向指挥员报告。6. 射击完成后要立即向指挥员报告，并且继续保持卧姿，待全部人员射击完毕、听到指挥员“起立”的口令后再站起来。最后又强调了两点，一是各人领取的子弹必须全部装入弹匣，严禁私自截留匿藏，违者要严肃处理；二是无论在什么情况下，都严禁枪口对人，严禁用武器开玩笑。

出于安全考虑，队伍解散之后全体民兵就在射击阵地后面的乌榄树下休息待命。

此次考核的内容为“五六式”半自动步枪 100 米距离实弹射击，子弹 10 发，总分为 100 环。实弹射击的次序为 1 排 1、2、3 班（下水片），2 排 1、2、3 班（中寨片），3 排 1、2、3 班（下坑片），最后是负责指导、报靶、警戒以及后勤人员。

吴大安手拿花名册，从 1 排 1 班开始，一个一个点名，被点到名字的民兵依次进入“射击预备位置”，对着射击位一字排开站立，然后，全部按照射击规范动作进行实弹射击，很快，1 排 1 班全部顺利打完子弹。第二轮就到谢银梅他们所在的 1 排 2 班，他们当中有刘日荣 、刘木火、李金丽、李月芳等人。由于大部分民兵都是第一次参加实弹射击，大家心中不免有点紧张。随着吴大安一声“卧姿装子弹”的口令，全班民兵立即按照前几天学到的军事知识卧倒，接着就由 2 名复员军人将 10 发金灿灿的子弹发放到大家手里。李金丽拿到子弹后，便小心翼翼地将子弹握在左手手心，然后用右手拉开枪栓，一发一发地将子弹压进半自动步枪的弹槽。这时候，站在一旁观察的刘建兴竟不由自主地将目光投到了李金丽的身上，他深深地被金丽的英姿所吸引——她的那头浓密的黑发用红头绳轻松地挽着，发梢很自然地披散在身后，一直延伸到腰际，曲线分明的臀部也分外惹人注目，显示着一位妙龄少女的青春魅力。看着近在咫尺的曾经的心上人的美妙身影，一阵淡淡的伤悲竟然不期然地从刘建兴的心底涌了上来，他恨自己无能，像陈玉乔这样优秀的女子看不上自己也就罢了，就连李金丽这样小学毕业文化水平的女子自己都留不住，更觉得脸上无光。就在刘建兴思想开小差之际，金丽已经装弹完毕，正举手向吴大安报告。这时候，右边有人打响了第一枪，紧接着，又响起了一阵乒乒乓乓的枪声。从未参加过实弹射击的金丽就像怀里揣了一只活蹦乱跳的野兔，呼呼直跳。她深深做了一个深呼吸，努力平静一下自己的心情，然后就按照吴大安在指导大家练习瞄准时介绍的"不要黑，不要白，只要中间灰白色"的射击经验，瞄准目标，扣扳机，子弹并没有打出去，这时她才想起自己忘了打开保险，于是急忙打开保险，再次稳住枪身，瞄准目标，扣动了扳机，打出了第一发子弹，接着，又连着扣了9次扳机，直到弹仓盖自动打开。

实弹射击的结果出乎刘建兴的预料，全连98个民兵仅有3个人的成绩不合格，优秀率达到35%。其中谢银梅所在的1排2班除了刘日荣1人的成绩为合格之外，其余人的成绩都在良好以上，就连大家并不看好的李金丽也取得了优良成绩。

训练总结就在乌榄树下进行，吴大安说了几句开场白之后，就由刘建兴作总结讲话。

刘建兴在总结讲话中，首先简要概括了这次训练的经验、成绩以及不足，然后口头表扬了在训练中涌现出的好人好事以及在射击考核中获得优秀成绩的民兵。最后，刘建兴强调："这次训练和实弹射击考核之所以能够取得巨大的成功，是我们大队全体民兵遵照伟大领袖毛主席关于'民兵工作要做到组织落实，政治落实，军事落实'最高指示，招之即来，来之能战，战之能胜的具体行动；是我们严格要求，刻苦训练，按照民兵军事训练和实弹射击的操作规程，认真领会动作要领，规范训练和实弹射击动作，反复训练的结果；同时也是我们大队全体复员退伍军人发扬部队优良光荣传统、言传身教，认真耐心进行战术和技术指导的结果。在整个训练和实弹射击过程中，大家都能够以高昂的政治热情、严谨的工作作风、虚心好学的学习态度，一切行动听指挥，'团结紧张、严肃活泼'，圆满完成了此次训练和射击考核任务，不仅进一步打牢了我们民兵的军事知识基础，提升了队伍的实战能力，而且增进了我们各班各排民兵的团结和友谊，达到了预期的目的和效果。在此，我代表下水大队党支部和民兵营对大家表示热烈的祝贺！希望大家再接再厉，在今后的生产和军事训练中，劳武结合，劳逸结合，进一步将我们大队的民兵工作‘三落实’抓好落实并推向一个新的高度，同时为我们大队‘抓革命、促生产’做出新的更大的贡献！最后，我提议，让我们以一曲嘹亮的《打靶归来》来结束我们的这次军事训练！”

随即，民兵们的嘹亮歌声便响彻了辽阔的西江河畔。

第 22 章

1

下水大队部，一项最难以定夺落实的会议议程使得这次队长以上干部会议陷入了僵局，也给公社下乡驻队干部杨秀珍出了一个难题，在研究准备于一周后召开的批判资本主义道路现场大会的批判对象时，队长们对支委研究初定的批判对象初选名单产生了巨大的反响。

队长们普遍认为，批判资本主义的会议已经开得太多了，仅去年一年来就开了 3 次，该批判的人已经批判了，该说的话都说过了，该喊的口号也都喊过了，下周召开的全体社员会议，重点应该是发展经济农业和林业生产问题，至于批判的对象，大部分队长建议，由黄振明书记和杨秀珍同志在会议上点名批评教育一下，而不一定要让他们出来站波台，这样对上有了交待，对下也说得过去。针对有几个队长提出的大队采育场与有关几个生产队出现的产权归属、林地界纠纷以及采育场的利益分配等问题，支部委员、妇女主任李兆芳当场表态支持这几个队长的意见，认为只有把这些问题都解决好了，得到了群众的全力支持，才能保证采育场的健康有序发展，壮大采育场的经济实力，保证林业资源的永续利用。此外，还有个别队长反映发现有生育多胎的妇女，特别是纯女户的婴儿刚出生，家人就对外宣称婴儿因先天不足死亡或者病死，这种情况九成九存在溺婴、弃婴问题，明眼人一看就清楚，长此以往，将造成男女比例严重失衡，并且对女婴非常不公，严重侵犯妇女儿童的权益，手段非常残忍和恶劣，要求大队了解清楚并在大会上公开严惩，以儆效尤。然而，大多数干部都认为溺婴、弃婴问题涉及计划生育和妇女儿童权益保障等问题，并且此类现象也不仅仅是我们下水才出现，具有普遍性和广泛性，因此，对此类事情的处置应该十分慎重，目前不宜“揽屎上身”，自找麻烦。

一队队长九叔显得尤为偏激，他说：“我认为，溺婴、弃婴问题的产生，既有受传宗接代封建思想的影响，也有人为因素的影响。就是因为一些地方盲目追求低生育率，滥用计划生育政策，把提倡计划生育变成了强制计划生育，甚至不惜以‘株连九族’的方式和野蛮行为来对待育龄夫妇及其亲属所致。另外一个原因，就是没有相应制定和落实一些安抚措施，解决好无儿无女户和纯女户的后顾之忧，即养老问题，致使他们对今后的生活十分担忧。在这种情况下，如果把溺婴弃婴者治重罪，那么，对十月怀胎即将临盘的孕妇强行采取打胎流产，是不是也应该治罪？实质上，这种情况与弃婴溺婴没有任何区别！据我了解，经打胎出来的婴儿，没断气的还会啼哭，小手小脚还会乱动，看到这种情形，就连实施手术的医生和护士都于心不忍。难道自然分娩出来的婴儿是人，被人打胎处理出来的就不是人吗？溺婴、弃婴要治罪，把胎儿从母亲的肚子里弄死取出来却不用治罪，这道理我想不通！再说，但凡实施溺婴、弃婴的人全部都是在自己家里秘密进行的，基本上都难以取证，拿不出有力的证据，就很难对其作出处理。所以，对这个问题，我认为最好的办法就是睁一只眼闭一只眼，不告不理。”

九叔的发言，得到了几个队长的赞同。但驻队干部杨秀珍却另有看法，当即就指出他的发言过于偏激，代表了落后群众的观点，并提醒他今后在群众当中，不要发表这种观点的言论，以免造成不良影响。同时要积极做好正面宣传教育，引导广大群众特别是育龄夫妇自觉配合做好节育工作，把我们大队的计划生育工作做得更好。

鉴于此类问题比较敏感，大家意见不一，一时又争持不下，黄振明书记便与杨秀珍商量了一下，决定先休会半个小时，由党支委根据大家的意见进行商量，统一思想后再继续开会。

在支委会上，根据杨秀珍和李兆芳等人的建议，大家一致认为：一，批判会一定要开，批判对象也不能够缺，但是在人数上可以调整，由原计划每片抓 2 个批判对象改为 1 个，即抓 3 个反面典型，这样既可以减少打击对象和打击面，也达到了批判教育和警示震慑的目的。二，对于采育场的问题，建议由治保主任黄西昌负责组织有关人员成立一个专门小组进行深入调查，通过走访老土改根子及辈分高、年纪大的老人以及查阅历史档案资料等方法，搞清楚历史上采育场现有林地的归属，全面掌握情况，形成初步的意见和建议，再提交支委们研究。三，对于溺婴、弃婴问题，提议由妇女主任李兆芳深入调查了解，查明原因，如果证据不足，查无实据，此事就此了结，假如证据确凿，由党支部专门讨论研究，提出处理意见，不纳入本次批判会内容。

会议继续召开，支部书记黄振明宣布了支委会研究的结果，得到了绝大多数队长的赞成，最后确定的批判对象是：下水片刘水竹，主要错误是大搞资本主义，怠工旷工；中寨片黄水生，主要错误是一门心思打鱼，影响生产；下坑片叶树虎，主要错误是盗伐木材、打猎，破坏林业生产。会议还明确了负责跟进人员：刘建兴负责跟进刘水竹，黄西昌负责跟进黄水生，叶文荣负责跟进叶树虎，3 人的主要任务就是督促他们改正错误，在星期天的会议上作深刻的检讨。对于采育场的问题，溺婴、弃婴问题，短时间内解决不了，就从长计议，积极想办法解决。

2

一周后，下水大队批判资本主义道路现场大会如期在中寨小学召开。

早上还不到 7 点钟，刘建兴就来到刘水竹家，催促他早点出门。刘水竹此时已经将一大锅猪食煮熟，正往两只大木桶里舀，见到刘建兴来，就说："请大侄子稍等一会，容我把猪食拿去倒进猪兜就出发。"说着，就挑起两桶猪食出了门，往右拐进了房屋旁边的一排猪舍，刘建兴也跟过去看究竟，只见猪舍分成四栏，大猪、中猪、小猪、母猪分别圈养，大概有近 30 头，另外还有一窝 12 只未断奶的猪崽，后面一块空地，是猪们的活动场地。刘水竹刚把猪食倒进猪兜，刚才还在哼哼的大猪小猪们立即发疯似的奔跑过来抢吃。

临出门时，刘水竹吩咐他老婆稍后与儿子和儿媳妇一起出门，如果猪食吃完了，再添加一点，让猪吃饱，谁知道会议要开到什么时候呢。

刘建兴和刘水竹来到 4 队的田垌附近时，下水片的社员们已经三三两两沿着西江岸边一直往东走去，2 队队长邱惠莲和 1、2 队的社员走在最前面，他们是最早出发的一群社员。当中有刘建兴本家的五叔公、林树汉、谢朝恩、二根嫂、谢银梅、叶木凤、刘日荣、刘木火、李金丽、李月芳、曾阿全和曾大昌等人。平日大家都是朝见口晚见面，无话不谈的，但是今天的情况有点例外，气氛有点严肃，大家似乎都在回避着什么，尤其是那些敏感的话题。就连平时爱说爱笑的谢银梅也变得寡言少语。

叶木风故意靠近邱惠莲，悄悄打听今天会议的内容，问今天要批斗什么人。

邱惠莲反问："要批斗什么人啊？"

叶木风说："我要知道，还用得着问你吗？"

邱惠莲说："你问我，我也不知道！"

叶木风说："你别给我装糊涂，其实你们队干部早就知道了！"

邱惠莲说："我知道什么啊，我什么都不知道！真的。"

叶木风说："不知道就算了！都要开会了，还保什么密！用得着吗？"

邱惠莲说："我说不知道就是不知道，我保哪家子的密啊？"

叶木风说："算了，别再说了，就当我没问过。"

叶木风在邱惠莲身上打听不到会议的内容，转而就跟林树汉和谢朝恩他们搭起讪来。

其实，对于今天会议的具体内容，邱惠莲确实不知道，因为那天她刚好请假去娘家喝喜酒，到第二天才回来。后来几天，刘建兴因为忙于工作，也没有向邱惠莲转达那天会议的精神。

队长以上干部会议结束后，刘建兴一直忙于准备民兵军事训练工作，直到前天晚上，刘建兴才去了刘水竹的家，十分难为情地跟他说了批判资本主义道路大会大队党支部让他去检讨的事情。刘水竹说："其实此类事情我早就已经司空见惯，大侄子，你千万别难为情，后天我一定准时到场，不会让你为难。"刘水竹这样说，刘建兴自然高兴，还应邀在刘水竹家喝过一杯茶，吃了几颗花生米，方才离去。

算起辈份来，刘建兴应该叫刘水竹阿伯，但不是亲房。至今，刘建兴清还楚记得，在孩童时代，刘水竹经常会逗自己开心，偶尔也会给他一两颗水果糖吃。有一次，村里卖猪肉的在肉台案板上留下了几小块"金鸡头"（没有肉的猪脊碎骨头），刘水竹一一捡起来，用两根水草绑好，让刘建兴拿回家，刘建兴高高兴兴地拿了回去叫母亲煮了吃，弄得母亲哭笑不得。

刘建兴和刘水竹就一直跟在邱惠莲他们一拨人的后面，始终保持着一段距离。

刘建兴问："水竹伯，我听队里有人说你是孤寒（吝啬）鬼，养了这么多猪肯定攒了不少钱，不但自己舍不得吃，就连亲戚乡邻也从来没有大大方方招待过，你怎么看？"

刘水竹说："大侄子，其实，队里的人不清楚，难道我自己不清楚？我是'哑子吃黄连，有苦说不出'。是，名义上我刘水竹每年有二三十头猪出栏，还有一窝猪仔上市，可是，你想一想，一头猪除了饲料成本之外，还能有多少钱赚？无非赚点辛苦钱罢了，能有30元左右就很不错了。别看我每年有上千元的收入，但我的开销也不少，光是买玉糠、要酒店下脚料和餐厨垃圾，还有打猪针防瘟疫什么的，就花费了我一大笔钱。大侄子，你说，这些糊涂账，我能满大街去跟人家说吗？自己不想活了，难道还要拖累人家？"

刘建兴若有所思，说："水竹伯，听你这样说，你真的不容易，真的是有点冤枉。但是，社员们误解你、在背后里说三道四，难道你一点都不生气吗？"

刘水竹说："我干吗要生气？人家要说就让他们说好了，我自己的亲戚朋友该怎样招待我心里有数，犯不着跟人家生气。再说，让人家说说也不会掉几斤肉，何必跟人家较真？"

刘建兴说："对呀，水竹伯，难得您有这样的胸怀。其实，依我看来，您一点都不吝啬。反而还觉得你是为社会做了大贡献！"

刘水竹说："说贡献就过奖了。但在你面前，我才敢实话实说，有一句说一句，要是农民多养几头猪、几只鸡都要作为走资本主义道路来批判，以后谁还敢发展养殖业，养殖业受限制，那城里人还有肉吃吗？"

刘建兴说："是呀，你不敢养、我不敢养，不要说城里，就是农民自己都没有肉吃。记得我读高中一年级的时候，连续几个月都没有吃过一片猪肉，包括中秋节！还有，在一次三级干部会议上，刘知秋副书记也在会上讲过，有一次他们去广州开会，连肉都没得吃，真的！"

刘水竹说："我说就是嘛。其实，一条大棍那样直的道理，连我们普通民众，甚至那些光屁股的小屁虫都懂得，那些当官的怎么就不懂?！这边，你多养几头猪，他要整你，多养几只鸡，他也要整你，你多开一分几厘地，他更要整你；那边，却每年都要向我们下发派购鸡的任务，你没有也要想办法，即使高价买也要拿来顶数，还有卖头猪肉票都要四六分成，卖头100元的肉猪，只返还给我们农民40元的肉票，你说这算怎么回事？"

刘建兴看了看太阳，就说："水竹伯，你已经说得很明白了。其实，大道理大家都懂，只是因为政治需要，大家才上行下效，装疯卖傻，抿着良心去办事。一方面要吃肉，要派购，另一方面要批判资本主义，割资本主义'尾巴'，限制私人种养；这边要搞'四个现代化'，尊重知识，尊重人才，恢复高考，那边又推出个'白卷英雄'张铁生出来捣乱，还让一名无知的小学生出来大喊什么'不学 ABC，照样闹革命'，搞乱好不容易才恢复正常的教育秩序；还有，计划生育，一边要保护妇女儿童的权益，一边却恣意践踏育龄妇女的尊严，像这些自相矛盾的事情，实在是太多了。好了，不说了，队长他们已经走远了，时间也不早了，我们快点赶上他们吧。今天的话，只是我个人的一点想法，就到此为止，要不，我们都有麻烦。"

刘水竹说："建兴侄子，你能这样看待我、信任我，跟我说了这么多知心话，我打心里感激你，在外面，我不会乱说。就冲你这份真心，等会在会场里，我一定好好'检讨'，不会让你难做。"

刘建兴说："等会在会上检讨，您就尽量深刻一点、诚恳一点，当作演一场戏给大家看，争取大家的谅解、宽容，好吗？"

刘水竹说："好，一言为定。"刘水竹发完牢骚，只觉得自己的心胸开阔了许多，脚步也显得格外的轻松。

会场设在中寨小学运动场，校长黄志祥和几位老师正带领一帮四年级的学生布置会场，将学校的 100 多张条凳搬到运动场上摆放好，靠教室那边摆放着 3 张课桌，也就是今天会议的主席台，课桌中间放着一个座咪，座咪连接着一台收扩两用的收音机，电源从校务处接出来，主席台上方用黄麻绳拉挂着一条用整张旧报纸书写的黑体字大横标语——"下水大队批判资本主义现场大会"。篮球架上悬挂着的高音大喇叭被调整到最大的音量，正在播放革命歌曲《社会主义新生事物好》。这是一首风靡全国的歌曲，有记性好的年轻人就在那里跟着哼——向阳的花，春天的苗，社会主义新生事物好，文化大革命洒春雨，马列主义阳光照，毛主席支持咱支持，反帝反修立场牢……

邱惠莲他们来到会场时，中寨和下坑的许多社员已经来到会场。一位年约六旬的阿婆挑来满满两篮金黄的大蕉，摆放在靠路边一侧的球场边沿上招揽生意，中寨和下坑许多人都认识她，就向前与她打招呼，有称呼她二嫂的，也有称呼她二叔婆的，很快就在她身边围了一圈人。有人问："二叔婆你的大蕉多少钱一斤?"老人回答："我不带秤，按捆算，每捆 2 毛，我在家里称过了，每捆都在一斤以上。"于是，就有人开始掏钱买大蕉。等到各个生产队的人差不多到齐，阿婆的大蕉也差不多卖完了。这时，大喇叭就叫人们赶快集中，找位置坐好，准备开会。支部副书记叶文荣拉了刘建兴一起走过来，对阿婆说："二嫂，我们马上就要开会了，你去别的地方摆卖吧。"阿婆说："好，文荣，你们开会，我这就走。"

阿婆走后，叶文荣就悄悄对刘建兴说："刚才那老人叫傅四妹，是我们队的人，人挺好的，老公已经去世几年了，自己没有生养。西水林场有个罗定籍的职工，他有个外甥女，是个孤儿，家里也没有直系亲人，就带来给她收养，取名字叫叶小英，如今已经 18 岁了，样子不错，性格也好，人也勤快，你要是还没有女朋友，托人跟她说说。对了，傅四妹有个干儿子在你们队里，让他老婆给你拉拉线。"

刘建兴说："女朋友我还没有，她要没意见，见见面也无妨。"

叶文荣说："这就好办，等会散了会，我介绍你们认识一下，"

这时候，李兆芳走了过来，叫他们两人回到主席台上就座，开会了。

会议由治保主任黄西昌主持。他简要介绍了今天会议的议程、内容和会场纪律，然后宣布下水大队批判资本主义现场大会开始，第一项议程，请大队党支部书记、革委会主任黄振明同志讲话，然后把座咪挪到了书记的面前。

黄振明习惯性地吹了吹座咪，感觉良好，就开始讲话，他说："各位革命群众，贫下中农，社员们，按照公社革命委员会的部署，今天，我们在这里召开批判资本主义道路现场大会，会议的内容，刚才治保主任黄西昌已经跟大家说了，主要就是批判资本主义思想，通过反面典型教育，让大家深刻认识走资本主义道路的危害性，自觉抵制资本主义侵蚀，坚决走社会主义康庄大道，将社会主义革命和社会主义建设进行到底。今天要批判的对象有 3 个，一个是下水片下水 2 队的刘水竹，他的主要错误是大搞资本主义，上工迟到早退，怠工旷工时有发生，违规开荒，逢乸必养，猪乸、狗乸、鸡乸、鸭乸、鹅乸一大帮；另一个是中寨片松山队黄水生，主要错误是热衷于搞资本主义，一门心思打鱼电鱼，破坏西江渔业资源，深水笼，箩蒲、虾笼、小眼尼龙网、拉醅网、缯头船、电鱼机，应有尽有；还有一个是下坑片坑尾队的叶树虎，主要错误是怠工旷工，盗伐集体和国家林木，违规打猎，山猪、黄猄、狐狸、穿山甲，飞禽走兽，大小通杀，全大队范围以及周边西水林场林地的野兽基本上让他赶尽杀绝，严重破坏林业生产和自然生态。这几个人的共同特点就是热衷于走资本主义道路，大搞个人发家致富行当，甚至不惜挖社会主义墙脚来达到自己发财致富的目的。下面，请治保主任黄西昌将这几个人带到前面来，让他们分别作深刻的检讨。检讨的顺序就按我刚才点名的顺序进行，刘水竹你先检讨。”

刘水竹就顺从地走到会场的前面，面对群众开始检讨：“各位干部，各位群众，我叫刘水竹，现在由我向大家作检讨。我的主要罪行是大搞资本主义，上工迟到早退，消极怠工，甚至有时会旷工。为什么呢，刚才书记已经说了，因为我逢乸必养，猪乸、狗乸、鸡乸、鸭乸、鹅乸一大帮，为了照料这些狗东西，我就要花时间，要花时间，就得迟到，怠工，甚至旷工，这样就严重影响了集体生产；而为了提供饲料给这些狗东西吃，我就要违规开荒，大种青饲料，大种苞米木薯，不然，这些狗东西就要吃西北风。我搞资本主义的目的，就是要发家致富，有了钱，以后就可以盖新房子，甚至像城里人一样盖洋楼房，就可以餐餐有干饭，顿顿有肉吃，过上自己认为是幸福的生活。但是，我却忘记了一点，就是把毛主席他老人家‘只有社会主义才能够救中国’的最高指示给忘了，就是把我们各级干部经常挂在口头上的警世名言‘走资本主义道路只有死路一条’给忘掉了。正如那个外国人马先生（马克思）主义的道理一样，千头万绪，归根结底，就是一句话，我刘水竹忘本了！现在想来，这是多么危险、多么可怕的事情。想当年，我家三代单传，到了我这一代，还成了孤儿。后来解放了，我翻了身，娶了老婆，当家做主，还有了儿子和女儿，儿子还当了赤脚医生，生活逐步有了好转。既然‘老婆孩子热床（炕）头’都有了，我还图什么呢？既然大家都可以粗茶淡饭，青菜萝卜，勒紧裤带去干社会主义，我为什么要贪图富贵，只顾自己发家致富，一门心思往资本主义道路上跑呢？这不是忘本又是什么？好在，在这次会议之前，大队妇女主任李兆芳和民兵营长刘建兴及时提醒了我、警告了我，苦口婆心地教育了我，帮助了我，使我意识到问题的严重性。我恨自己忘了本，我恨自己落后，差点就滑进资本主义的泥潭里不可救药。我一定要痛改前非，坚决与资本主义决裂。现在，我在这里表个态，为了表示我改正错误的决心，我决定，第一，坚决接受大队党支部和革命群众对我的批判，服从大队对我的处罚，我和家人绝对不会产生任何的怨恨和不满情绪。第二，散会以后，尽快对我养的那些牲畜做出处理，把饲养量减少三分之二。肉猪达到150斤和120斤以上的，分别在15天之内和一个月之内，全部卖给食品站，120斤以下的，如果有社员愿意买回去养，一户一只统统按市场价的八成卖给本生产队的社员，对于成年的鸡，按照公社安排我们下水2队21户的派购任务，我分担一半，按派购价卖给食品站。第三，刚才来开会的时候，我发现下水小学的篮球架已经坏掉，我一次性出钱修理好。以上决定，我刘水竹说到做到，请大队领导、下乡同志和全体革命群众监督。我检讨完了。谢谢!”

刘水竹在群众的一片掌声中回到了自己的座位。

随后，黄水生和叶树虎也分别做了检讨。叶树虎检讨时，有几个人拿了大蕉皮往他的身上扔。

接下来进行第二项议程，下乡驻队干部杨秀珍讲话。

杨秀珍说：“尊敬的下水大队的革命群众、父老乡亲们，上午好！受大队党支部书记黄振明的邀请，我在这里讲几句话。刚才大家都听到了，也看到了，刘水竹、黄水生和叶树虎，就是财迷心窍、一门心思走资本主义道路的典型代表，是与社会主义唱对台戏的小丑，我们今天批判他们，就是要及时警告他们，要悬崖勒马，回头是岸，一心一意走社会主义道路；就是要提醒我们，无论任何时候，任何情况下，我们都要同资本主义和资产阶级思想划清界限，坚决斗争，坚定不移地沿着社会主义的康庄大道奋勇前进。

“当前，我们下水大队的革命形势和生产形势大好，粮食年年增产，社员收入不断增加，大家的生活正逐步得到改善。但是，我们也应该看到，在我们大队，还存在一些与社会主义极不相适应的东西，除了刚才批判的之外，还存在种种干扰和破坏社会主义的现象，比如有的人迷恋靡靡之音，偷偷收听香港、澳门的电台，甚至是台湾的反动电台，有的乱搞男女关系，调戏妇女，伤风败俗，甚至诱奸幼女，摧残青少年，还有的破坏计划生育，私自为育龄妇女取节育环，造成极为恶劣影响。这些现象表明，‘树欲静而风不止’，在我们大队还存在阶级斗争，资本主义还在与我们争夺阵地。因此，我们绝不能掉以轻心。我们一定要紧密团结在以毛主席为首的党中央周围，认真按照公社和大队的战斗部署，抓革命，促生产，坚决与资本主义作殊死的斗争，为建设社会主义新农村做出更大的贡献!”

会议的最后一个议程，到西江河边当众烧毁黄水生和部分社员超出规定标准的渔具。按照大队的规定，一个家庭只准拥有 3 只深水笼，8 只箩蒲，30 只虾笼。多余的全部在现场当众销毁。当黄西昌宣布请全体社员移步到小学后面的西江河边焚烧渔具时，大家立即离开会场，争先恐后地往河边涌去。

在河边的沙滩上，叶文荣找到了阿英，阿英正和她的义嫂子二根嫂走在一起。叶文荣就说："正好，二根嫂也在，省得我分头找你们，散会后有件事情要与你们商量，你们在学校门口篮球架下面等。"阿英和二根嫂也不问什么事，就答应了。

河滩上，提前收集起来的待烧毁的深水笼、箩蒲和虾笼一大堆，还有十几张小网眼尼龙网，看到人们已经到齐，杨秀珍就叫黄西昌点燃了预先放在鱼笼底下的干草，霎时间，一百多只竹制的渔具和尼龙网就燃成了熊熊大火，成了资本主义的牺牲品。

3

会议结束以后，叶小英和二根嫂就在篮球架下面等叶文荣。

二根嫂说："其实叶文荣副书记是专门找你说事的，看见我在场，又把我叫上，跟我有什么关系呢？"

叶小英说："我也不知道，估计是叫我们去帮忙做什么事情吧。"

二根嫂说："帮忙做事叫你就行了，我又不是下坑的人，怎么会叫上我呢？我想，八成是要给你介绍对象，叫我参场。"

叶小英说："不会吧？平时从来没有听他说过要给我介绍男朋友的。"

二根嫂说："你别不信，我估计九成是说你的事。说实话，阿英妹，在下坑，有没有让你看中的人？"

叶小英说："二嫂，看你说的，我才多大啊！"

二根嫂说："你别不好意思，要是有了的话，就当面与陈书记讲清楚。"

叶小英说："我说没有，你信吗？二嫂，这种事，我连想都没有想过。"

二根嫂说："你是我妹子，我怎么会不相信呢？我信！是了，说好了散会就在这里等的，怎么还不见人！"

叶小英说："他们干部事忙，稍等一等吧。"

二根嫂说："不知道契妈的大蕉卖完了没有？也不见她人。"

叶小英说："大概已经回家了吧，刚开会的时候都卖得差不多了。"

说话间，阿英看见刘建兴已随着叶文荣从学校里走出来，步子迈得很快，来到阿英2人跟前。

叶文荣说："对不起，让你们久等了。这样吧，现在公社有人来了，等会儿还要开会商量事情，我和建兴都得参加。本来，我是想趁今天这个机会介绍建兴与阿英相识的，既然建兴和二根嫂都是同一个生产队的，阿英和二根嫂又是亲戚，以后联系也方便，这样，我的任务就交给二根嫂来完成了。刘建兴，你抓紧时间与阿英聊几句吧，我先走了。"

事情有点突然，叶小英压根就没有想到文荣哥是介绍大队民兵营长给自己认识，而刘建兴也不知道卢二根有这样一个漂亮的义妹。虽然，在前几天组织民兵训练时，叶小英也曾经引起过刘建兴的注意，但事后却没有把她放在心上，也从未想过会在这里与她见面。

刘建兴说："二根嫂，怎么会是你呢，我从来未听你说过有个契妹的。"

二根嫂说："你一年到头都没有到过我家，你怎会知道呢。阿英，他就是我曾经跟你提过的男子刘建兴。"

叶小英脸红红的，说："我知道啦，刘营长嘛！民兵训练那阵，他还指点我练过枪呢。"

二根嫂说："真的，那你们也算是认识过了。"

刘建兴说："我想起来了，是有这么回事。"

叶小英说："这才想起来，没心肝！"

刘建兴说："是，我真是没心肝！以后，你要是不反对，我多点关注你就是了。好吗？"

叶小英说："我不知道，你问我二嫂吧。"

刘建兴问："这是什么意思？"

二根嫂说："枉你这么聪明，这还不明白嘛！她说不知道，就是说她没有意见，愿意跟你交朋友。"

刘建兴说："真的？那就一言为定。这样吧，时候不早了，你们就先回去，我还要继续开会，以后再见面。二根嫂，拜托你了。"

刘建兴匆匆地走了。阿英和二根嫂也要回家，二根嫂说："过一段，你要有时间，就到我家来，我约建兴与你认真谈谈。"阿英满口应承。

4

就在大家前往河边看焚烧渔具的时候，公安特派员祝北山和派出所的王所长也来到中寨小学。他们把自行车停放在教务处门口，也不上车锁。正在清理会场的黄志祥校长和几位老师看见了，就放下手头的工作，热情邀请他们到校务处，让座、斟茶然后说，大家都去西江河边割资本主义尾巴——焚烧渔具去了，让祝北山和黄所长稍等一会儿，他们很快就回来。

待老师们都出去了搬台凳时，祝北山问黄校长："老黄，你也是老革命了，最近有没有听说过你们中寨发生了什么事没有？"

黄校长想了一下，压低声音对祝北山和王所长说："大概10多天前，我听有人私下议论，黄西昌的堂叔黄二苟拿糖果诱奸了吴姓的一个小女孩。"

祝北山问："后来呢？"

黄校长说："听说黄西昌出面停调，想让黄二苟出点钱赔给吴家私了，但是受害人的家属不答应，坚持要告状。"

祝北山说："哦，原来是这样的。老黄，这件事暂时还要保密，就当我没有问过。"

黄校长说："知道，我是一名老党员，请你相信我好了。"

祝北山说："对，老革命，我不信你，信谁？对了，下水片这边，你有没有听说过什么？"

黄校长说："下水片倒是没有听说。"

祝北山说："没听说就算了，我只是随便问问。"

黄校长说："那我就出去帮忙了，你们坐，随便喝茶。"

祝北山说："好吧，你去忙你的吧。"

黄振明他们回到学校，见了祝北山和王所长。黄振明说："我说今天我的眉头为什么老是跳，原来来了两位武官。"

祝北山也风趣地说："你没有做亏心事，心虚什么？再说，我和王所长今天也不带配枪。”

黄振明说：“你们要是带着枪来，我们大队可能就有人要遭殃了。”

祝北山笑了笑说：“不带配枪也可能有人遭殃。”

过了一会儿，祝北山说：“好了，玩笑也开过了，说正经的，今天来找你们，真的有重要事情商量。”

黄振明说：“这么说，你们一时还走不了。这样吧，我们稍等一会再商量。西昌，我们都还没有吃午饭，干脆，你去义昌家，叫他准备8个人的饭菜，一个小时后我们过去吃饭。”

黄西昌问：“今天没人打鱼，吃什么菜？”

黄振明说：“简单点，弄只鸡，再搞几条鲮鱼干和青菜就行了。”

黄西昌走后，叶文荣和刘建兴也借故走了，教务处只剩下黄振明、李兆芳、杨秀珍和祝北山、王所长5人。

祝北山就说：“他们都出去了，我先跟你们几个交个底，县公安局决定我们公社在下个星期的圩日召开一个刑事犯罪宣判大会，下水片那个汪穆楠以及中寨片的黄二苟都要站波台，还要拘留。”

李兆芳问：“可能会判刑吧。”

祝北山又说：“那是肯定的。黄振明，中寨片的黄二苟，你有没有跟黄西昌说了？”

黄振明说：“早就已经说过了。西昌开头还想保，我说事情已经到了这种地步，想掩盖也掩盖不了，还要不要当这个党员干部了。后来他就表示不管他了，让他自作自受。”

祝北山又说：“既然这样，那就好办了。下一步我们要做的工作，就是要注意这两个人的行踪，不能让他们外出，保证到时候能够要人。”

黄振明说：“没问题。我们落实专人监视。我看这样吧，李兆芳和刘建兴负责监视汪穆楠，黄西昌和民兵排长吴大安负责监视黄二苟，我自己也注意着点。李主任，这样安排怎么样？”

杨秀珍说：“就不用黄西昌监视了吧，叫他监视自己阿叔，别难为他了。”

黄振明说：“好吧，我就另外交代两个人注意一下，都这把年纪了，谅他也跑不到哪里去。那就这样定吧，祝特派员、黄所长？”

祝北山和黄所长都说没意见。

黄振明接着说："既然祝特派员和黄所长都没有意见，等会叶文荣、黄西昌和刘建兴他们回来，我再重头说一遍，过一过会。因为事情比较重大，支部委员还要表决一下，做个决议，以示负责。"

祝北山说："那就按照你的意思去办，你主持会议，我和王所长列席。"

叶文荣他们回来以后，黄振明就说："今天开个支委会，研究一项重要工作，因为情况有点特殊，今天的会议还邀请祝特派员、黄所长和杨秀珍同志列席。刘建兴，你做一下记录。"

支委会基本上把刚才几个人初步商议的事情重复了一遍，最后，5个支委都在记录簿上签了名。

5

为了照顾老弱病残和考不上中学的小学毕业生，既让他们适当参加劳动，免得他们无所事事，又让他们为集体和家里做点贡献，3队队长与社员们商量决定专门成立一个老幼组，安排他们做一些轻松的力所能及的工作。苦妹就被安排在老幼组里。苦妹年方二八，出落得如花似玉，身材丰满，可谓秀色可餐。遗憾的是，年幼的时候，因为父母的疏忽，苦妹半夜发高烧，得不到及时治疗，落下了智障的毛病。初夏的一个上午，老幼组被安排到葫芦塘（地名）为桑树除草。中间休息时，早就对苦妹垂涎三尺的汪穆楠趁大家不注意，将苦妹骗到了百米之外的黄梨树下实施了诱奸。此后，汪穆楠又伺机作案，多次对苦妹性侵。

四个月后的一天中午，正在吃午饭的苦妹突然对母亲说，肚子里面有东西在动。母亲仔细检查了女儿的肚子，发现已经怀孕几个月。经过盘问，苦妹就将事情的经过告诉了母亲。

东窗事发，人证物证俱在。当李兆芳和刘建兴配合公安特派员祝北山审问他时，汪穆楠无法抵赖，只好乖乖招供。有关情况很快就上报到了县里。

转眼间就到了公社召开刑事犯罪宣判大会的日子，刘建兴起了个大早。按照党支部的决定，今天上午，他将把汪穆楠押送到公社宣判大会会场。虽然当初也是他和李兆芳审问了汪穆楠，但临到真正要执行押送汪穆楠的任务，亲手将一个人带走送进监狱时，他多多少少也有点于心不忍的感觉。然而，为难归为难，既然自己已经端上了这个饭碗，既然自己已经入了党、当了民兵营长，就得以党和人民的利益为重，爱憎分明，立场坚定，坚决抛弃小资产阶级的思想感情，坚决维护人民群众的利益，积极支持惩戒违法犯罪分子，敢于与一切违法犯罪分子作斗争。

刘建兴一边想，一边手脚麻利地洗锅、生火、煮红薯、熬大米粥，还抽空到河边挑了3挑水回来。

刘建兴来到汪穆楠家门前时，汪穆楠的妻子群娣正在门口的空地喂鸡。刘建兴跟她打招呼时，分明看见她那双眼睛红红的。刘建兴努力控制住自己的情绪，尽量使自己表现得平静些、温和些。

刘建兴问："群娣伯母，穆楠伯在家吗?"

群娣已经知道刘建兴来自己家的目的，就说："在家，正在吃早餐呢，你进去叫他吧。"

刘建兴就走进屋里，看见汪穆楠正在吃早餐。那张面板已经发黑的满是陈年污垢的杉木板饭桌上摆放着一小瓦盆可以照得见人影的稀米粥，一只大海碗里装着大半碗以花生叶子为原料腌制而成的咸菜，几只苍蝇在上面飞来飞去，围绕着那盘米粥和那碗咸菜打转，伺机俯冲下去"分一杯羹"。汪穆楠手里端着半碗缺少油腥和配料的清水挂面，正在慢慢咀嚼。看见刘建兴进来，就立即放下碗筷打招呼。

"大侄子，你来了，坐吧。"

"不用坐了，我站着就行。"

"那就随你吧。你看我这个家，要多肮脏就有多肮脏，站着会舒服些。"

"穆楠伯，你不要客气，你是看着我长大的，牛粪鸡屎甚至大粪我都下手抓过，我不会介意的。"

"那是那是！不是我恭维你，如今我们村里的年轻人当中，就数你最能吃苦耐劳，既有文化，又懂得体贴人关心人，最受群众拥戴。要不然，大家怎会推荐你当了民办教师，然后又让你当大队干部呢。"

"穆楠伯，你过奖了。不说那么多了，你就快点吃面条吧。"

"我不吃了，哪里还吃得下啊。"

"还是尽量多吃一点吧，你慢慢吃，不用焦急，我等你。"

汪穆楠听了刘建兴的话，又端起碗筷，接连夹了两次面条塞进嘴里，然后又喝了一口面汤，就放下筷子。

“建兴大侄子，现在想来，我真是该死！我不该作孽啊，贪图一时之快(活)，害人害己，不单自己临老不得过世，更苦了老婆、孩子和苦妹，还麻烦了你们干部。我不如一头撞墙死掉算了。”汪穆楠说着，两行浑浊的老泪夺眶而出。刘建兴分明觉得，自从出事以后，汪穆楠的精神状态就一直萎靡不振，原先还算健硕的身体也明显消瘦了，给人一种风烛残年的感觉，心头便禁不住掠过一丝同情和怜悯。

“穆楠伯，都到这时候了，你就不要再想那么多了，无论如何你都要想开一点，振作起来。不管怎样说，活着就会有希望，只要你活着，伯母和孩子们才会有盼头，才会有寄托，才有过日子的动力和意义，你说是吗?”

“我知道。建兴大侄子，谢谢你能这样安慰我，我心领了。不瞒你说，我自己知道自己事，这次出门，我这把老骨头很有可能就要撒在外面了，以后，请你多多安慰和关照我的家人，拜托你了，大侄子!”汪穆楠说着，就站了起来，又扑通一下跪在了刘建兴的面前。

汪穆楠的这一突然举动，让刘建兴始料不及，他连忙把汪穆楠扶了起来，安慰他说：“穆楠伯，别这样，从今往后你要听党的话，痛改前非，好好改正错误，重新做人。至于你的家人，有什么困难，我和李主任一定会尽力去帮助他们的，你放心吧。”

“大侄子，你就不用安慰我了，我明白。我也信得过你，今后，我的家人就有劳你关照了。”汪穆楠在说这话时，已经老泪满面，惹得刘建兴的眼眶也红了起来。他连忙走出门外，对群娣说：“穆楠伯已经吃饱了，正准备出门，伯母你还有什么话，就回屋里跟他说吧。”群娣就立即回到屋里。

南江公社刑事犯罪宣判大会会场设在南江公社中心小学，小学正面是一座两层高的教学楼，进入校园，中间是一片活动场地，两边分别是一排平房教室，平房的尽头是一个舞台。舞台后面连着篮球场和跑道。舞台上方拉挂着一条白纸黑字横标，中间靠前位置上，放着一个讲坛，讲坛上面放着一只麦克风、一把椅子，舞台前沿两边分别安放着一只高音大喇叭。早上9点，离开会时间还有半个小时，会场上已经人头涌涌。刘建兴领着汪穆楠来到距离舞台西侧最近的一个教室，把他交给了负责统一看押犯罪嫌疑人的民警和武装民兵，然后就在教室附近与兄弟大队押送犯罪嫌疑人前来会场的干部们聊天。

9点30分，宣判大会开始。主持人祝北山首先要求大家安静下来，宣布了几条会场纪律，然后就威严宣布："南江公社刑事犯罪宣判大会现在开始，请派出所民警和武装民兵将刑事犯罪分子押到舞台上来。"

紧接着，10多名刑事犯罪分子就被民警和武装民兵从舞台西侧鱼贯押上了舞台，排成一行，面向参会群众。

随后由分管政法工作的公社革委会副主任余大河讲话。余副主任在讲话中，首先说明南江公社革命委员会是受县公安局的委托召开的刑事宣判大会，对南江公社一批违法犯罪分子进行宣判处理，然后指出："在伟大领袖毛主席的无产阶级革命路线指引下，在'无产阶级文化大革命'的胜利凯歌声中，在全公社革命群众抓革命促生产取得节节胜利的大好形势下，社会上一小撮阶级敌人和违法犯罪分子冒天下之大不韪，顶风作案，大搞资本主义，大搞封建迷信，破坏农业学大寨，破坏革命生产，盗窃国家、集体和个人财产，收听境外反动电台，向往资产阶级腐朽生活方式，思想道德败坏，奸淫幼、少、妇女，因私愤报复伤人，危及他人人身安全，扰乱社会秩序，严重危害社会，造成极其恶劣的影响。前段时间，经过我公安机关的缜密侦查，陆续破获了多宗阶级敌人的破坏案件和刑事犯罪案件，揪出了一小撮阶级敌人和违法犯罪分子。为了更加有力地打击他们的嚣张气焰，震胁一切胆敢与人民为敌的害群之马，下面就要在这里对一批违法犯罪分子进行公开宣判，以充分宣示我们无产阶级革命政权的尊严，切实维护广大革命群众的利益。伟大领袖毛主席教导我们，'阶级斗争，一抓就灵'，对阶级敌人和违法犯罪分子，我们绝不能手软，必须狠狠打击，不获全胜，绝不收兵。下面，请公安特派员祝北山同志宣读县公安局对一批人犯的宣判处理决定。"

宣判处理的结果，下水大队汪穆楠和黄二苟因奸淫少女被逮捕。

宣判结束后，被执行逮捕的人犯全部集中在公社拘留室，吃过午饭后就押送县城看守所，有家属和亲人在场的就要求送些衣服和吃的来。汪穆楠的家属没有到宣判大会现场，刘建兴问他有什么要求，汪穆楠就说想吃鸡肉，刘建兴征得祝北山的同意后，就立即赶回村里，向汪穆楠的妻子群娣转达了汪穆楠的要求，群娣流着眼泪点了头。

第 23 章

1

陈玉乔到指挥部后，先在指挥部办公室跟班工作，协助余大汉和叶小倩处理办公室的日常事务，收发文件，接听电话，熟悉一下办公室的工作流程。一个星期后，张前进副总指挥对她说，指挥部决定安排她担任《向阳战报》的记者，上午到工地采访，下午在指挥部写稿，傍晚还要兼职和一位师傅去工地拉架临时供电线路，为上夜班的民兵和工人照明。张前进副总指挥还说："《向阳战报》的专职编辑老庞办报写作经验很丰富，你能够来指挥部担任《向阳战报》的记者，就是老庞看了你写的几篇报道之后，觉得你的写作底子好，向我提议要你过来的。你要虚心向她学习，尽快提高自己的业务水平。"陈玉乔就表示，一定好好干，不辜负领导的期望。

《向阳战报》由县印刷厂印刷，每个星期出版一期，一个专职编辑，3 个兼职记者，由张前进兼任总编辑。这份工作对于陈玉乔来说，任务并不算重。张前进副总指挥所指的专职编辑老庞，是一位女同志，名字叫庞玉贤，中山大学的高材生，可谓才貌双全。据说她原先是《广州青年报》的编辑，后来因为上级号召搞大鸣大放，她就大胆向领导和上级组织提意见，针砭时弊，善意进谏，言辞犀利，入木三分。没想到有朝一日秋后算账，被划成右派分子，不仅含冤下放到郁南县劳动改造，丈夫还与她离了婚，3 岁的儿子留在广州。后来庞玉贤获得平反，被就地安排在郁南县文化部门工作。

陈玉乔担任记者后的第一个采访任务就是采写一篇关于引水隧洞工程连先进事迹的通讯。事前，她主动向庞编辑请教。庞编辑说："写作通讯并没有固定的模式和方法，但是，当你确定主题之后，至少要掌握以下三方面的情况：

一要全面掌握工程的情况，包括工程的全过程、目前进度、计划完成的时间和一些必须反映的数据；二要深入了解几个有代表性的人物，比如领导、技术骨干、工作积极分子、有特殊贡献或者经历的人物，了解他们的工作情况，解决困难或者问题的方法、措施，对工作的态度，有可能的话，还应该了解他们的家庭情况等；三要了解一些劳动场景、细节和环境氛围，这样写出来的通讯才能打动人。”

陈玉乔来到隧洞工地之后，首先找到工程连的连长，说明了采访的目的、方法和时间，要求予以支持配合。连长是附城人，叫蔡鼎龙，原来是铁道兵部队的一个排长，在部队干了9年，前年转业回来，刚好碰上建设向阳水库，然后就被安排来参加水库建设，负责组建引水隧洞工程连，担当起了开凿引水隧洞工程的重任。他通情达理，表示一定大力配合。采访就从连长开始，他首先介绍了自己的情况，然后又详细介绍了引水隧洞工程的整个过程，并简要介绍了连队几个典型人物的先进事迹，建议陈玉乔重点采访他们。随后，陈玉乔就分别进行了采访，一个上午的采访，光采访记录就写满了她半个笔记本。最后，陈玉乔要求蔡鼎龙带她进入隧洞里面，教她学习一下如何使用风钻。在隧洞深处，虽然有电灯照明，但昏暗的灯光却使陈玉乔一时难以适应，正在当班打炮眼的青年民兵们眼尖，看见连长带着一位女子进来，个个显得相当兴奋，发出一阵愉悦的欢呼声。蔡鼎龙从一个民兵手上拿了一把风钻做示范，教陈玉乔掌握基本要领，提醒她一定要挺直腰杆，双脚前弓后箭，双手紧紧握住把手，稳住钻身。陈玉乔打开风钻，转头刚刚接触到岩石，一股强劲的反弹力立即将她往后面推出，几乎将她击倒，好在蔡鼎龙早有防备，迅速把她扶住。

采访结束后，陈玉乔足足花了3天时间才把4000多字的通讯初稿写了出来，稿子拿给庞大姐看，庞大姐提了些修改意见，陈玉乔又作了一些修改补充。修改后的稿子庞大姐非常满意，经张前进副总指挥审阅同意后，决定在下周的《向阳战报》刊登。

一周之后，陈玉乔写作的通讯《敢于向岩石叫板的勇士》在《向阳战报》的头版头条位置刊登，在向阳水库引起了不小的轰动。

紧接着，陈玉乔又根据自己所了解到的阿珠的情况，写了一篇报道，反映阿珠为了向阳水库建设，舍小家顾大家、两次推迟结婚日期的先进事迹。报道在《向阳战报》刊登后，还被庞玉贤推荐到上级的报刊发表。

3 个月后，县里发出通知，在新一年元旦举行全县农业学大寨文艺汇演，指挥部决定成立向阳水库文艺宣传队，排练节目参加汇演。在公开挑选宣传队队员时，陈玉乔以一首《能挑千斤担，不挑九百九》的歌曲以及一个自编的独舞《挑水》，博得了包括张前进、覃孝严两位副总指挥在内的 5 名考官的一致好评，如愿参加了宣传队。每天早晨天刚放亮，她就和队员们去指挥部附近的山坡上吊嗓子，练习唱歌，吃完早餐后，就在指挥部的会议室里排练歌舞节目。就这样，全体队员通力合作，苦苦排练了 3 个星期，就代表向阳水库参加县里的新年大汇演。在汇演中全体演员大展身手，发挥出色，他们表演的集体舞蹈和女声小组唱分别获得同类演出作品的第一名，载誉而归，受到指挥部的嘉奖，并批准全体宣传队员补假 3 天。

休假期间，陈玉乔搭了工地运输建筑材料的顺风车回了一趟家。回到水库后，继续回指挥部工作。第二天下午，陈玉乔正在指挥部办公室誊写一则报道稿，张前进副总指挥便从他的办公室里走出来，问陈玉乔有没有时间，说是要与她到工地上走走。陈玉乔说："报道稿还有几行字没抄写好，张副总指挥请稍等片刻。"

陈玉乔很快就把稿子抄写好了，认真校对了一遍，交给了广播站的同事，然后就陪同张前进副总指挥走出指挥部，沿着通往水电站大坝工地的凹凸不平的泥石路缓缓前行。

张前进说："小乔，今天叫你出来，主要是想和你谈谈心。"

陈玉乔说："好啊，张副总指挥是不是有什么事情要吩咐我去做？"

张前进说："没有事情要你做。小乔，我们相识也有半年多了吧？"

陈玉乔说："是呀，我们是去年 6 月 30 日来建设水库的，刚好半年时间。"

张前进感慨地说："不经不觉就过了半年了！你看，水坝的基础也基本打好，各项工作都走向了正轨。小乔，这半年多来，你觉得我对你怎么样？"

陈玉乔说："很好啊。张副总指挥对我爱护有加，关怀备至，悉心教导，是我今生遇到的最好的领导。"

张前进看了陈玉乔一眼，说："小乔你过奖了，'爱护有加、关怀备至，悉心教导'，还有'最好的领导'，简直让我无地自容。说实话，我只不过是想做一个'伯乐'而已。你贤淑貌美，聪明伶俐，按照你的智慧和才干，本应该有更大的作为才是。"

陈玉乔说："像我这样一个农村来的小女子，默默无闻，能够承蒙张副总指挥提携，安排我到指挥部里工作，我已经很满足，也是非常荣幸了。真不知该如何报答您才好。"

张前进说："区区小事，何足挂齿！况且我这都是为了革命工作，力求做到人尽其才罢了。再说，你任劳任怨，工作出色，也为我争了气，证明我张前进没有看错人！"张前进叹了一口气，"可惜呀，以后我恐怕再也不能像以前那样经常看到你了。"

陈玉乔心头一震，问："张副总指挥为什么这样说？莫非您要调走？"

张前进说："也不能说是调走——不过也跟调走差不多。前天接到肇庆军分区通知，过几天我就要到桂林步兵学校去学习，时间半年，学习结束之后也不一定再回指挥部工作。还有，原定在民兵骨干中培养干部苗子的计划看来也要落空了。"

张前进副总指挥的话，让陈玉乔感到非常失落，说："真的？那就太遗憾了！"

张前进说："是呀。不过，你放心，虽然我去了学习，但你依然会留在指挥部工作。摊开跟你说吧，其实，你在指挥部工作的表现和成绩，大家都是有目共睹的。对于这一点，就连平时爱挑剔的覃孝严副总指挥都予以充分肯定。在我离开之前，县里会安排另外一位领导同志前来接替我的工作，他也是我在武装部的拍档，我会跟他打招呼照顾好你的，在有条件的情况下帮帮你。"

陈玉乔鼻子酸酸的，说："不管换了谁来，在我的心目中，都不能和您相比。您就是我陈玉乔今生遇到过的最好的好人，最值得信赖的领导，也是我的良师益友。张副总指挥，我真的很舍不得您离开，很想一直在您的身边工作。"

张前进说："小乔，承蒙你能够这样信任我。我们部队里有一句很流行的话，'铁打的营房流水的兵'，干部队伍里人事调动是很正常的事，你大可不必难过！今后，我们虽然不能再在一起工作，但我们可以成为好朋友，我们可以多多联系沟通，写信，甚至打电话交流都可以。还有，我有一个想法，不知你是否愿意听？"

陈玉乔说："什么想法？您说吧。"

张前进说："是这样的，我有一个弟弟，现在家乡的公社里当干部，比你大三四岁，人长得也不错，是个帅男子，性格也很好，如果你觉得可以考虑的话，我想让你当我的弟妇，结婚以后，再想办法给你找一份工作。”

一点思想准备都没有的陈玉乔万万没想到张副总指挥会突然提出这种让她感到为难的问题，竟一时语塞，答不上话来。

大概是看到陈玉乔面有难色，一副犹豫不决的样子，张前进不无遗憾地说：“当然，如果你不打算考虑的话，刚才这话你就当我没有说过。”

陈玉乔如释重负，说：“谢谢张副总指挥这样看得起我，这样抬举我。恕我不能答应您的要求，因为，我已经有了男朋友，也是部队上的干部。”

张前进感到惊讶：“是真的吗？怎么一直没有听你说起过？”

陈玉乔说：“说句心里话，我是觉得自己还年轻，还不想太早结婚，所以暂时还没有做最后的决定。再说，这种事情岂有到处张扬的道理？”

张前进说：“噢，原来是这样。对不起，打搅你了。”

陈玉乔说：“张副总指挥，应该是我说声对不起您才对，是我辜负了您的期望。”

张前进说：“这是哪里话？怎么能够说辜负了我呢，你我都是为了革命工作嘛。”

说话间，两人已经来到堤坝工地。张前进就对陈玉乔说：“这样吧，小乔，我在工地上再看看施工的情况，检查一下工程的质量。你就在工地上随意转转，抓些第一手材料，尤其是注意一下优质施工的先进典型，然后回去写一篇有关堤坝工程质量的专题报道，再鼓鼓士气。”

陈玉乔说：“好吧，那我就先到负责夯土那边的连队看看。”

看着陈玉乔渐渐离去的矫健身影，张前进不由得深深地叹了一口气，自言自语地说：“太可惜了，多好的一个姑娘！”

2

1976年的春天夹杂着风霜雪雨姗姗而来，又匆匆离去。期间，周恩来总理逝世，原计划各地召开的周恩来同志追悼会突然被叫停；不久，“4·5”天安门事件发生，接着又是“反击右倾翻案风”。尽管这一连串的事件或多或少地影响了向阳水库指挥部的政治风向标，但是，对于参加向阳水库建设的全体基层民兵来说，只是多开了几次会议而已，水库建设依旧按部就班进行，总体上并没有影响工程的进度。经过了将近一年的施工，向阳水库大坝基础工程即将完工，随着大坝的逐步升高，建设大坝的作业面逐渐缩小。同时，向阳水库工程最重要的项目之一穿山引水隧洞也即将打通，大部队作战大规模施工的阶段即将结束。4 月初，县革命委员会决定大量缩减参加向阳水库建设的民兵，除了那些技术工种人员和必要的后勤保障人员之外，其余人员最迟在 5 月底以前撤离工地。

不出张前进所料，指挥部原计划培养的 50 名干部苗子并没有得到重用，大部分都是从哪里来回哪里去，只留下了少数几个有背景、有关系的人，被安排到县里部门和公社当干部，吃上了“国家粮”。

在向阳水库劳动了 10 个月以后，陈玉乔和陈月桂又回到了原来的出发点，在生产队里继续从事日复一日的农耕劳作。而更令陈玉乔深感遗憾和失落的是，直到自己离开向阳水库，张前进副总指挥都没有再回到指挥部来。

“五一”国际劳动节前，陈月桂来到陈玉乔家，约她劳动节那天去连滩玩，陈玉乔很爽快地答应了。

连滩是郁南县除了县城之外的首要重镇，位于郁南县东南部，东与坝东公社隔江相望，南与河口公社交界，西与历洞公社接壤，北与南江公社相邻。公社驻地连滩圩，是本公社和周边地区经济文化交流的汇聚地，逢公历 2、5、8 圩日以及民间传统节日和国家法定重大节假日，邻近乡民便会相约成群、扶老携幼前来凑热闹，会亲友，或者带着当地的土特产、小手工艺品前来推销，赚几元人民币揣在怀里，再买些许油盐酱醋、火柴、针线带上，然后，有粮票的到国营饭店酒馆吃米饭、炒米粉，再喝上二两，没有粮票的随便在街边的小食摊吃几块杂粮饼干、木薯糍粑充饥，然后再花 1 角 5 分钱买瓶沙士汽水解解渴、过过口瘾；外地商贾跌打游医，更是不辞劳苦，风尘仆仆，负重跋涉，抓住难得的商机，在大街小巷找个人多聚集的地方，凭借三寸不烂之舌，天上有地下无地推销商品以及药油、跌打丸。

陈玉乔和陈月桂在连滩车站下了车，就直奔圩镇的中心地带。因为是“五一”国际劳动节，分布在沿街各处的邮政、税务、粮管所等国有部门以及国营的或者公私合营的商店门前都摆放着“庆祝‘五一’国际劳动节”的节庆标语牌。陈玉乔和陈月桂毫无目的地转来转去，这里看看，那里站站，看见熟人就打个招呼，有时候又附在对方的耳边上说两句悄悄话。她们在闹闹哄哄的街市中间流连，就像两只美丽的蝴蝶，在熙熙攘攘的人群中飘来飘去，吸引了不少人的目光。

来到连滩人民戏院附近，陈玉乔就对陈月桂说去看看今天有没有放电影，陈月桂也说好久没有看过电影了，于是两人就直奔电影院。

电影院就在连滩派出所斜对面，前面有一个偌大的广场。节日的广场也成了农副产品的集散地，人声鼎沸。两人穿过广场，来到戏院门口，看见售票窗口前排着长长一溜队伍，人们正在焦急地等待买电影票。

陈玉乔和陈月桂看了电影预报栏里县电影大机队贴出的海报：今天中午12 点正放映战斗故事片《战火中的青春》。陈玉乔就说，我们在向阳水库已经看过了，不看也罢！陈月桂也觉得炒冷饭没什么意思。

电影没看成，两人不免有点失落。陈月桂就提议到东胜街那边走走。东胜街人流相对少一点，两人又在东胜街逛了一个来回。陈玉乔看了商店的挂钟，就说："已经 12 点多钟了，我们不如去东胜饭店吃饭吧。"

两人进了饭店，看到进店吃饭的人并不多。陈玉乔争先在服务台买了两个3 两米的黄瓜炒肉片饭菜，拿了饭票，就与月桂在靠窗户的一张小方桌旁边坐下，边聊边等待服务员送饭菜上来。不久，就听到有人叫月桂的名字，原来是隔壁台来了两个男人，其中较年轻一位是陈月桂的熟人，正跟月桂打招呼。

陈月桂颇感意外，立即站起来，问："于文化，你怎么也在这里？"

于文化说："是呀，事情就是这么巧！怎么样，不想见到我？哟，旁边还有一位这么漂亮的姑娘！"于文化拿眼打量了陈玉乔一下，然而陈玉乔却不理睬他。

陈月桂说："于文化，你说话不要这么尖酸好不好？"

于文化说："尖酸，我还刻薄呢。就快一年了，连你的鬼影子都没见过。到处找你也找不到，你跑去哪儿快活了？"

陈月桂说："快活什么！没一句正经话。我去了向阳水库建设水电站，你上哪去找我？"

于文化说："怪不得，原来找了份好差事。"

陈月桂说："你不了解就不要信口雌黄，什么好差事，那是活受罪，每天挖土拉土，累得要死。"

于文化说："你陈月桂这么健硕的人都说要累死，估计也好不到哪里去！好了，既然这样，那就不要说什么向阳了。我们说点别的，请问这位靓女是——？"

陈月桂说："这是我的同姓姊妹，叫玉乔，一个大村子的。敢问这位帅哥怎样称呼？"

于文化连忙介绍身边的男子，说："他叫黄文志，我们朋友都叫他'文哥'。"

黄文志就客气地与月桂和玉乔打了招呼。

于文化问："你们买了饭票没有？"

陈月桂说："已经买了。要不，我们怎么会坐在这里聊天呢。"

于文化说："那也是。不吃饭进饭店来干什么。"说着，又拿眼睛来扫陈玉乔。凭着女子的直觉，陈玉乔明显感觉到于文化火辣辣的目光已经定格在了自己的胸脯上，让她感到很不自然。

几个人的饭菜先后端了上来，大家互相客气了一下，就开始吃饭。

众人吃过饭，就要离开饭店的时候，于文化竟然依依不舍，说："相见不如偶遇，陈月桂，这么长时间没有见面，我母亲都念叨你好几次了，今天就去我家做客，怎么样？"

陈月桂说："今天就不去了，以后吧。再说，你也有朋友自远方来，我就不打搅你们了。"

于文化眼睛看着陈玉乔，心猿意马，说："一回生，两回熟嘛，以后，文哥也会成为你们的朋友的，也就是说，你们也会是我们的朋友的。"

陈月桂说："于文化，看你说的，什么你们的我们的朋友，像说绕口令一样，你说我们都会成为好朋友的不就成了？一副神不守舍的样子！"

于文化说："对，还是我们月桂厉害，一针见血！"

于文化的神态和举动，自然瞒不过已经经历过一次失败恋爱的陈月桂，她知道于文化的本性，心里十分清楚于文化邀请她去做客是'醉翁之意不在酒'，他想通过自己拉线搭桥，把年轻美丽的陈玉乔弄到手，便说："好了，于文化，我不跟你闲扯了，我们该回去了，再见。"说着，就拉起陈玉乔的手急急脚离开了于文化和黄文志。

3

推荐工农兵上大学的工作又摆到了南江公社教育组的案头。按照县教育局的通知，今年的大中专学校招生，实行推荐与考试相结合的办法择优挑选。即由下而上推荐参加考试的考生名单，由县教育局负责出题，由各公社教育组负责组织考试，再由县教育局统一组织评卷，综合考生的文化成绩与组织考察评定成绩，最后确定入学名单。

县里分配给南江公社的考生名额只有 23 个，平均每个大队不到 2 个名额，这让身为公社教育组组长的周锦俊犯了难。为此，他专门来到分管教育工作的陆雨航副主任那里请示，陆雨航副主任说，此事事关重大，必须请示谭大权书记定夺。

陆雨航副主任和周锦俊来到谭书记的办公室，谭大权书记正在办公室翻阅向阳水库建设指挥部近期寄来的《向阳战报》。谭书记说："你们来得正好，来，老陆，你是管宣传教育的，你来看看这份《向阳战报》，向阳水库建设指挥部表彰了一批先进工作者，我们南江公社有 5 个民兵受到表彰，你认识几个？"

陆雨航副主任拿过来看了看，说："前面 2 个和后面那个我都认识，刘军泉，是下水大队复员军人，在向阳水库担任我们南江民兵连副连长，陈玉乔是古渡大队的那个土改根子陈什么的女儿。对了，他们高中毕业那年全县中小学文艺汇演，回来举行庆功会，张老师向我们介绍几个主要演员时，我们不是跟她聊了几句吗？你还问她是不是在戏院演出《沙家浜》被刁小三抢包袱的女子。"

谭书记说："不错，是有这么回事，个子不太高，扎一对粗鞭子，人长得很漂亮。记得有一次，张前进副政委——副总指挥经过我们这里，我接待吃饭时，张副政委还特意跟我提到过她，就是陈玉乔。"

周锦俊组长也说："这事我也记得。陈玉乔就是黄榄根村陈庚田的女儿。当年我在古渡小学教学，开夜校'扫盲'的时候，夫妻俩带着一个小丫头来参加学习，这丫头就是陈玉乔。"

谭书记说："看来，这陈玉乔是个人才，《向阳战报》每期我都要看，陈玉乔这个名字经常出现，写了不少通讯报道。"

陆副主任说："是呀，我也有同感。"继而，又将话题一转，"谭书记，我和周组长来找你，是有件事要向您请示。"

接着，两人就把今年推荐工农兵学员上大学的事情向书记作了汇报，并请书记作指示。

谭大权书记听了汇报后说："我看这样安排好不好，原则上每个大队安排1个考生名额，人口比较多的大队可以安排2个，由各大队推荐名单上来，其余的作为机动名额，由教育组统筹安排。这样，既兼顾了全面，又发挥了下面的积极性，体现了公平公正原则。"

周组长问："由教育组统筹安排的名额怎么把握，要不要定出一个标准条件?"

谭书记说："还记得我以前跟你们说过的话么？对高中毕业的拔尖人才，包括在文艺和体育方面有特长的，要作为重点对象加以培养，在条件允许的情况下，遴选补充一些后备干部到公社各部门工作，或者进入大队领导班子。当然，也包括推荐到大中专学校去学习深造。"

周组长说："为了稳定民办教师队伍，让他们有个奔头，我想也应该安排几名年轻有为、教学成绩比较显著的民办教师参加考试。他们的名额也由教育组统一安排，择优推荐。"

谭书记说："我同意。按照分工，推荐考试人员和挑选学员的工作由陆副主任负责组织领导，周组长你负责具体抓落实。总体要求是，在上级文件硬性规定条件的基础上，要特别注意物色那些高中毕业之后安心农村工作，自觉接受贫下中农再教育，在农村广阔天地里刻苦锻炼并且做出优异成绩的回乡知识青年。另外，在建设向阳水库工作中表现突出的，也要推荐两三个代表参加考试，不占大队的名额。还有，西水林场的名额怎样安排?"

周组长说："推荐名额由县教育局直接下达到林场，在我们公社考场参加考试。"

谭书记说："那就好。我看这件事情就这样决定吧。等到确定录取人选时，我们班子成员再集中研究。"

推荐考试工作按部就班进行，陈玉乔幸运地作为南江公社参加向阳水库建设的两个优秀代表之一参加考试。据教育组通知，考试的科目是语文，而且重点就是作文，这消息对于一直笔耕不辍的陈玉乔来讲，无疑大大增加了取胜的筹码。

笔试在南江中学进行。考试当天，陈玉乔的母亲早早起床为女儿做好了早餐。陈玉乔吃过早餐，就让弟弟用自行车载她到古渡班车上落站，乘搭从连滩开出的班车，下了车，就直奔学校。正值暑假，老师和学生们都已经放假，校园显得格外静谧，就连清晨的空气也似乎清新得有点甘甜。1972 年高中毕业，时隔四年重回母校，陈玉乔不禁百感交集：校园还是那个黄墙青瓦绿树成荫的校园，校道还是原来的石灰砂浆石子校道，教室、宿舍、饭堂还是原来的老样子，但是那些曾经属于她的快乐与艰辛相伴的高中时期的学习生活以及自己曾经拥有过的酸涩与甜蜜交融的朦胧爱情，早已像当年那滔滔东去的西江河水激荡起来的浪花一样一去不复返了，唯有那些最熟悉的老师和同学的面孔、身影还深深地烙印在她的记忆深处。

陈玉乔首先来到原先高二 2 班的教室，透过紧闭着的已经沾上薄薄一层灰尘的窗玻璃，她一眼就找到了自己曾经坐过两年的座位，那黑板、那教坛、那书桌，似乎还是老样子。睹物思人，她蓦然想起了本班和宣传队的同学，他们一起学习、劳动，一起排练、演出……无数往事就像电影一样从她的眼前闪过。

正当陈玉乔望着自己曾经的课室和座位陷入深沉回忆的时候，一阵脚步声和话语声把她从回忆中拉回了现实，她循声望去，原来是班长刘明洋和 3 个年轻人正向着她走来。

陈玉乔轻声打招呼：“刘班长，你好！”

刘明洋回应说：“玉乔，你好，你也是回来参加考试的吧？怎么来得这么早？”

陈玉乔说：“是呀，你们不也是挺早的吗？”

刘明洋说：“我们？我们跟你不同，我们只隔了一道南江河，连同过渡，总共 10 来分钟也就到了。可你们古渡离这里有 10 多公里的路程呢。”

陈玉乔说：“10 多公里算什么，搭班车出来不也就 10 来分钟么？”

刘明洋说：“那也是！”

陈玉乔问："刘班长，你看见我们班的同学了么？"

刘明洋说："没有，同学和老师都没看到。"

陈玉乔说："不知道我们班同学来考试的人多不多。"

刘明洋说："我也不大清楚，估计也就三几个吧。其实，我也是昨天傍晚才从工区里赶回来的。天天待在工区的山旮旯里，消息很闭塞。"

陈玉乔本来想问问刘明洋有没有见过刘建兴，可话到嘴边又打住了。这时候，刘明洋就向陈玉乔介绍了与他同来的肇庆、广州两个知青考生以及下水小学的民办教师曾彩虹。然后说："现在时间尚早，我们一起去操场那边走走吧。"于是，陈玉乔就随刘明洋他们往运动场那边走去。

刘明洋告诉陈玉乔，他昨天晚上去了刘建兴家，刘建兴说他没有份参加考试。

陈玉乔问："为什么？他可是大队民兵营长，公社里数一数二的大红人。"

刘明洋说："是因为一些事情得罪了公社的领导。听说大队原本是想推荐刘建兴的，但公社主要领导发了话，不能推荐刘建兴，就算推上去了也要刷下来，大队就推荐了别人。具体情况曾老师可能会更清楚。"

曾老师就把刘建兴的情况说了。原来，南江公社决定利用原西江公社的办公楼房建立蚕种场，发展养蚕业，下水片几个生产队长的队长和一些老干部就推举刘建兴出面，要求公社先归还西江公社的债务，刘建兴本来也不想出面，无奈队长们一意孤行，说要是再不把过去的债务追回来，大家都不当这个队长了，刘建兴无奈，就拿封条把旧办公楼房给封了，还把所有的房门给锁上了。这事把谭书记和余副主任都激怒了，还在全公社三级干部大会上公开点了刘建兴的名。

陈玉乔说："真可惜。刘建兴这个人就是这样，有时固执起来，真是'死牛一面颈'，怎么拉都拉不转的。"

刘明洋说："就是嘛，与他同学多年，他的性格我最清楚不过了，人挺老实，什么事情都爱钻牛角尖，可到头来，吃亏的还是他自己。"

刘明洋几个人绕操场转了一圈，陆陆续续就有考生到了学校，其中与刘明洋同级的有唐伟容、邱大贵、黄志德、郭炳新、黄月新等人。久别重逢，大家都很兴奋，自然就有说不尽的话题。

唐伟容说话最直接："刘明洋，你这个无情无义的东西，毕业之前我们说得好好的，要多多写信联系，可在毕业之后，你竟然连个字条都没有写给我。”

刘明洋回应说：“唐伟容，我还没有说你呢，毕业之后，我去工区之前给你写了一封信，你却一直都没有回信给我。”

唐伟容一脸惊讶，说：“你说的是真的？”

刘明洋说：“我什么时候骗过你？”

唐伟容说：“这就奇了怪了，我怎么会没有收到你的信呢？”

刘明洋说：“难道是有人把信给毁了不成？”

唐伟容说：“可是，谁会这样做呢？毁掉人家的信件是违法的呀！”

陈玉乔说：“大概你得罪什么人了吧？”

唐伟容想了一下，茅塞顿开，说：“我想起来了，一定是他，这个无赖！”

陈玉乔问：“无赖？你是指谁？”

唐伟容说：“是我们村的，你们都不认识。刚刚高中毕业回村那阵子，我们村里有一个形象猥琐的大龄青年曾经死命地追求我，遭到拒绝后，就使用一些卑劣的手段来诋毁我，还常常当面给我难堪。”

一想到可能是这个无赖拿去了信，唐伟容只好对刘明洋表示歉意。然而，此时的刘明洋并不太在乎唐伟容是否表示歉意。因为他心里十分清楚，他一直都是从同学和好友的角度来与她相处，根本就没有想过与她有更深的交往，更没有与她有过任何超出同学关系之外的言行。当年他之所以会给唐伟容写信，只是出于同学之间的友谊和礼貌。而唐伟容则不同，表面上她对刘明洋好像并不在乎，但内心却在一直暗恋着刘明洋，梦想着有朝一日能够与他共结连理，终生厮守。对于这一点，刘明洋自然心如明镜，就连陈玉乔等几个很要好的女同学也看出了个中就里，只是她们都知道唐伟容故作矜持，不动声色，而刘明洋却故意装作不知罢了。

考试分单人单桌进行，题目相当简单，只要求考生写一篇有关劳动的记叙文章。

陈玉乔拿到试卷后，稍加思考，就确定了文章的基本思路和架构，然后根据自己在向阳水库的劳动实践和体会，一气呵成，写出了一篇3000多字的记叙文。文章写完后，她又认认真真地看了一遍，对个别地方做了必要的修改，之后就在座位上安静地待着，等待交卷。

考试结束后，刘明洋就热情地邀请同届的几个考生、曾老师和西水林场的插队知青一起到街上南江饭店吃午饭。唐伟容问刘明洋，你哪来那么多的钱和粮票，刘明洋就说，在工区劳动几年，队里利用林地间种了许多木薯杂粮，经常吃杂粮，就把餐费和粮票给节省出来了。于是，大家也就不客气，嘻嘻哈哈地走进了饭店。

南江公社南江港是粤西地区重要的交通枢纽，水陆路交通十分繁忙，一年四季在此中转的旅客和各类货物不计其数。水路向西直通德庆、罗旁、都城、封开、梧州、苍梧、南宁等地，向东可直达六都、肇庆以及江门、广州等珠三角沿江地区重要城镇，向南可从南江通航连滩、大湾、罗定等地；陆路更是四通八达，可通省内各地重要城镇以及周边各省邻近地区。南江公社的这一地域优势，也带旺了当地的饮食和搬运等服务行业。

南江饭店位于南江主要街道的中间位置，东临农资商店，西邻南江戏院，北面是隔街相望的新华书店和国营百货商店，是港口街上唯一的一间国营饭店，席位全部设在一楼大厅，可以同时容纳三四百人就餐，二楼、三楼就是旅店，与饭店同属国有企业。

正值中午时分，来吃饭的客人很多，为了减少噪音干扰，刘明洋一干人选择了靠里的一张桌子落座。大家刚坐下，唐伟容就向在附近忙着开菜单的年轻女服务员招了招手，服务员点了点头，很快处理好手头的工作，然后拿着菜牌款款走了过来。

服务员看着唐伟容问："请问你们是想吃饭还是炒沙河粉？"。

唐伟容问刘明洋，刘明洋问陈玉乔，陈玉乔说："刘班长是你做东，你决定吧。"刘明洋就说："我看这样吧，不炒沙河粉了，点几个菜，大家都吃饭。好不好？"大家众口一词说好。

服务员又问："吃几两的？"

刘明洋回答："全部都要半斤的。"

唐伟容说："我们女的要 4 两就够了，多了吃不完，浪费。"

刘明洋说："那就要 6 个半斤，4 个 4 两的。"

服务员一边在空白菜单上写字，一边问："吃什么菜？"

刘明洋问："有什么菜？"

听了服务员的介绍。刘明洋就说："1 碟猪上肉，1 碟猪头皮，2 斤西江虾，3 斤西江鲩鱼，1 碟青菜、1 盆枸杞叶子猪肝汤。"

服务员一一记上之后，又问："要不要来一瓶五加皮助兴？"

刘明洋又问大家喝不喝酒，大家都说不喝。

席间，大家一边吃饭，一边聊天。从同学们互相提供的信息里，大家得知了许多同学的消息：周炳去了县剧团，洪月倩、严梅华、黎艳霞、陈少雯等人先后被推荐到大中专和师范学校学习，有的已经毕业出来工作；冯新荣、刘志勇被抽调参加县里组织的路线教育后就地安排在当地公社担任团委书记；谭桂鸾当上了大队赤脚医生；李锦标、欧晓明参了军，还上了军校；吴少英政治学徒期满后留在公社工作；朱良泰在公社电影队放电影；蔡国铧、刘建兴、冯炯秋、钱耀楠当了大队干部；林树荣、黄炳照当了民办教师；冯新荣和吴红芬的恋情没有结果，吴红芬嫁给了上山下乡广州知青刘宁恒，不久就随丈夫到了广州生活；陈硕宁从向阳水库回来以后一直在生产队里参加生产劳动。

吃过午饭后，大家边互相约定：今后无论录取与否，都要加强联系，"苟富贵，勿相忘"，永远记住今天这个难忘的日子和难得的聚会，永远对得起刘明洋慷慨招待的这顿丰盛的午餐。

分手的时候，刘明洋说时间尚早，问唐伟容和陈玉乔去不去他家做客，顺便去探探刘建兴。唐伟容本想说去，但陈玉乔却首先推说家里还有事，要先回去，婉言谢绝了。唐伟容知道陈玉乔拒绝的真正原因，不想勉强，只好作罢，便不无遗憾地对刘明洋说，以后有机会再去吧。于是，大家就在南江饭店门前分手。

4

离开南江饭店后，黄月新说有事要办先行离开，刘明洋、曾彩虹和两个知青往东向下水方向走去；陈玉乔、唐伟容、黄志德、郭炳新和邱大贵 5 人向西往港务所、车站方向走去。

黄志德、郭炳新和邱大贵 3 人走在前面，与唐伟容和陈玉乔拉开了十几步的距离。

唐伟容和陈玉乔两人勾着手窃窃私语，走得很慢。唐伟容说："刚才刘明洋提议一起去下水看刘建兴，我以为你会答应一起去的。"

陈玉乔说："去看人家做什么？我还要赶回去参加下午的劳动。"

唐伟容说："你还惦记着下午劳动？好不容易出来一趟，考完了试，趁机休息半天，放松一下，和老同学叙叙旧，会有人打你屁股么？"

陈玉乔说："不时不候的，去向他炫耀我们参加了考试，让他伤心吗？我没有心情。再说，我和你不同。"

唐伟容说："你和我有什么不同？不都是高中同学吗？"

陈玉乔说："不说了，说出来你会生气的。"

唐伟容说："平白无故，我生什么气了？说吧。"

陈玉乔说："是你要我说的。我就说了。其实呀，你并不是真心想去看刘建兴，你的目的是去刘明洋家，拿我来过桥，是吧？"

唐伟容说："陈玉乔，你个死鬼，净把我往坏处想。可我并不是你想象的那样。"

陈玉乔说："你敢发毒誓？"

唐伟容说："发誓就发誓，你听好了——如果我唐伟容……"

陈玉乔噗嗤一笑，说："算了，跟你开玩笑的，你倒紧张起来了。就算是你中意他，也无可非议！"

唐伟容说："我们俩现在是一点那个意思都没有，不像你，表面上装作若无其事似的，说不定还在跟刘建兴藕断丝连。"

陈玉乔说："你不知道就不要乱说，我现在跟他一点关系都没有。"

唐伟容说："那么，你是一心归向要嫁给那个军官了？什么时候请我们吃喜糖？"

唐伟容这么说，倒让陈玉乔认真起来，说："不瞒你说，我现在正在为此事苦恼呢。虽然说他条件不错，可我心里总感觉不太踏实。"

唐伟容说："为什么？"

陈玉乔说："我也说不出为什么，凭直觉吧。"

唐伟容说："起码也得有个理由吧？"

陈玉乔说："从他毕业分配到兰州部队开始，我的心就觉得不踏实。"

唐伟容说："你是嫌他工作的地方太远？"

陈玉乔说："有这个因素。但也不完全是。你想想，我现在还是农业户口，要是嫁给了他，随他去了兰州，要户口没户口，要粮食没有粮食，要工作没工作，千里迢迢，寄人篱下，还有生活也不习惯，都不知道以后日子该怎么过；要是不随他去兰州呢，又要长期分居，牛郎织女的，怎么熬呀?”

唐伟容说：“那你就做专职军官太太生儿育女呗。再说，也许今年你就考上中专大学，过三四年就可以出来工作。”

陈玉乔说：“问题是，他能不能够再等我三四年!”

唐伟容说：“那就没有办法。这样看来，你有两种选择，要么快点嫁人做军嫂，要么去读书，出来工作以后再作打算。”

陈玉乔说：“那你这个团支部书记给我说说，我该怎么办才好。”

唐伟容说：“叫我说，就先看看这次考试录取结果，能够上学，就上学，要是落选，再作打算。”

陈玉乔说：“目前也只能这样，见一步算一步了。”

到了车站门口，黄志德就进去买车票。

唐伟容说：“好了，你要去车站搭车了，我们还得走路。邱大贵、郭炳新，你们等等我。”

邱大贵和郭炳新就停了下来，等她们两人走近。

陈玉乔说：“郭生再见，‘刁德一’再见!”

邱大贵和郭炳新也异口同声地说：“玉乔再见！希望你能考上好的大学。”

陈玉乔说：“那就承你们贵言，我也希望你们能够考上自己心仪的学校。”

最后，唐伟容依依不舍地拉着陈玉乔说：“再见了，好妹妹，有空就来探我。”

陈玉乔说：“你也是，我会想你的。”

陈玉乔目送着唐伟容他们折向了右边通往东瑶大队的公路，自己才转身走进车站。

买票的人不多，陈玉乔来到候车大厅时，黄志德已经买好了两张下午两点钟的车票。陈玉乔拿了车票，把车票钱给黄志德，黄志德不要，说一毛几分钱，算了。陈玉乔就把钱塞进了黄志德的上衣口袋里。

5

考完试10多天后的一天中午，公社教育组关老师骑着自行车风尘仆仆来到黄榄根村，打听一番之后，来到陈玉乔家门口。刚好陈玉乔和父母亲也从队里收工回来，一家人正准备吃午饭，饭桌上摆着一瓦盆大米粥和一笊篱红薯。大家就热情把关老师迎进屋里，让座并拿给他一把蒲扇。

关老师坐下后，一边扇凉，一边说："我可终于找到你们家了。"

陈玉乔读高中时就认识关老师，彼此都很熟络，问："是什么事情劳烦关老师大老远的亲自跑来?"

关老师说："是来通知你们入围的考生明天去体检的。不知怎么搞的，你们大队的电话从昨天上午开始就一直打不通，学校又放了暑假，电话没人接，时间又那么紧急，只好我自己来通知了。对了，你们大队还有个考生叫黄志德的，等会我还要去通知他。"说着，就从挂包里拿出1张体检通知书给了陈玉乔。

陈玉乔说："您这么远跑来也不容易，黄志德在另外一个村子，就让我去通知他吧。"

关老师说："还是我去通知吧，反正都来到这里了，骑自行车几分钟就到了，就不影响你参加生产队里劳动了。"

陈玉乔说："好吧，既然关老师这么体谅我，就再辛苦您了。"

关老师说："没什么，我年轻力壮，骑几公里车小菜一碟！对了，你还要交2张免冠1寸黑白照片，是现在交给我还是明天体检再交给我?"

陈玉乔说："我现在就拿来给您吧。"说着，就回自己房间拿照片。

趁玉乔去找照片的机会，玉乔父亲就舀了一碗大米粥，叫关老师坐到饭桌旁边吃。

关老师说："那我就不客气了，老实说，今天早上喝了两碗稀粥，肚子也开始抗议了。"于是就把木凳子挪到饭桌旁边。

玉乔父亲说："下乡干部都是吃百家饭的，有粥吃粥，有饭吃饭，你客气就要挨饿。"

玉乔母亲也说：“是呀，跟我们客气就是看不起我们，您不客气，我们就高兴。再说，一碗稀粥，两三条番薯，根本就值不了几分钱。”

陈玉乔拿了两张去年向阳水库劳动之前在连滩照相馆照的一寸照片出来给关老师看，问：“您看这两张行不行？”

关老师说：“行，这么漂亮，够标准！我想，无论哪所大学的招生人员看到你的照片，都会录取你。”

陈玉乔说：“那就承您贵言了，谢谢！”说着，就撕了一张干净的作业本纸把照片包好，写上名字，放在关老师面前。

关老师匆匆忙忙吃了一碗粥和两条红薯，就说已经吃饱了，要起身到厨房里洗手。

玉乔母亲就说：“关老师您真的是跟我们客气啦，这么大个人只吃这么一点点东西就吃饱了？”

关老师说：“真的是吃饱了。我也是农村出身，我怎么会客气呢。”

陈玉乔说：“妈，关老师是实在人，他说吃饱了就是吃饱了，何必要强求呢。”

关老师说：“玉乔说得对，我不会说假话。好了，我该去找黄志德了。”

关老师起身到厨房里洗了手，拿了照片放在随身携带的草绿色挂包里，就告辞陈玉乔一家人，骑车走了。

关老师走后，陈玉乔才认真看了公社教育组的通知，通知说，参加 1976 年高等（中专）学校招生考试成绩入围的同学分南、北两片参加体检，其中北部片考生安排在郁南县人民医院体检，南部片考生安排在连滩医院体检。

关老师带来的消息令全家人感到十分兴奋，好像大学的大门已经为陈玉乔打开。陈玉乔本人更是乐不可支，无论走到哪里都可以听到她那欢快的歌声。当天晚上更是激动得久久不能入睡。

第二天，天刚蒙蒙亮，陈玉乔的父母就起了床，利用生产队开工之前的一段时间为自留地农作物除草施肥，陈玉乔就起床为家人做早餐。她手脚麻利地洗铁锅、淘米、加水、架柴、生火煮米粥，接着又洗红薯，下锅，再架柴、生火煮红薯，然后就拿张木凳坐在炉灶前不时往灶膛里添加一两根木柴。过了大半个小时，红薯溢香，米粥糜烂，陈玉乔走出厅堂看了看墙上的挂钟，才 7 点一刻，就回厨房把柴撤了，把火熄灭。弟妹们还没有起床，黄志德却来到了她家门口，约陈玉乔一起搭车去连滩体检。

黄志德在门外探头往里面看了看，不见厅里有人，就向屋里喊话：“陈玉乔在家吗?”

陈玉乔听出是黄志德的声音，一边走出来一边应答：“我在家，老同学，进来吧。”

黄志德进了屋，就跟陈玉乔说：“我们早点出发吧，迟了比较难上中途车。”

陈玉乔问：“你有没有喝水吃东西?”

黄志德说：“体检之前是不能吃喝的。”

陈玉乔说：“这就对了，我也没有吃早餐，否则检查结果不准确。”

陈玉乔和黄志德在古渡班车上落站上了车，看见当日参加考试在一起吃饭的几个同学都在车上，还有两个是下一届的同学，也是去连滩医院体检的，就与他们打了招呼。两人看到后排还有几个座位空着，就走到后面，并排坐在一起。

黄志德问：“最近有没有见过洪月倩?”

陈玉乔说：“刚毕业回来时见过她两三次，现在不知去了哪里。你呢，见过她么?”

黄志德说：“我也是刚毕业回来时见过，最近一直没有看见她，大概去了男朋友家吧。”

陈玉乔说：“没听说她有男朋友啊。”

黄志德说：“听说在都城找有一个，是文化单位的。”

陈玉乔说：“你是说在文化馆里搞美术的那个连滩仔？她会看得上吗？听说年龄比她大了将近10岁。”

黄志德说：“中意两个字，很难说。”

陈玉乔说：“说来也是，‘情人眼里出西施’，不管怎么说，人家也是个文化干部，才子，还有最重要的一条，有都城镇户口，单位也有房，许多人都高攀不起呢。”

黄志德深有感触，说：“就是嘛！总之，‘农业户口’几个字，不知难倒了多少痴男怨女，也成就了许多原本八竿子也打不着的权宜夫妻。”

陈玉乔说：“是呀，‘人往高处走，水往低处流’。假如日后你读了大学出来，在城里工作，你会讨一个‘农业户口’的女子做老婆吗?”

黄志德说：“这可不好说，看缘分吧。”

陈玉乔说：“这就对了，现在连你都不敢肯定回答我的问题，你还指望别人跟你在农村里‘滚一身泥巴，干一辈子革命’吗?”

陈玉乔知道，自打高中毕业之后，黄志德一直在苦苦追求洪月倩。即使洪月倩去了师范读书，但仍然不想放手，还在痴心等待他和洪月倩的爱情之树能够开花结果，至于他从何知道洪月倩在县城找了一个男朋友，陈玉乔却不得而知。

汽车很快就到达连滩车站，陈玉乔和一班同学下了车，就直奔连滩医院。到了医院，已经有许多考生在查阅体检人员名册、填写体检表，然后走程序体检。他们看了体检人员名册才知道，参加考试的同学大概有三分之二以上的人入围参加体检，而当天在南江饭店吃饭的同学全部都榜上有名，并且全部都通过了体检。

第 24 章

1

处暑过后，公社发来追“三类禾”的紧急通知，要求各地抓紧做好田间管理工作，千方百计夺取晚造粮食大丰收。同时决定 8 月下旬在古渡大队召开田间管理现场会议，队长以上干部全部都要参加。按照公社办公室安排，下水大队与港口大队的参会人员早上 8 点整在公社门口乘坐同一辆车前往。由于连接中寨的电话线路不通，所有通知都要靠人递送。刘建兴接到通知后，一时找不到中寨和下坑前来趁圩办事的人传递通知，就与李兆芳主任打了招呼，自己赶往中寨，将通知送到支部书记黄振明家里。书记看了通知，立即决定会议当天全体队长和大队干部早上 7 点半钟准时在大队部集中出发，中寨片和下坑片由书记本人负责通知，刘建兴负责通知下水片的干部。临离开时，黄振明一再强调，一定要向大家讲清楚，集中时间只能提前，不能迟到，更不能够缺席。

离开支部书记的家，刘建兴立即返回下水。本来，刘建兴以为书记会叫他直接把通知送到下坑叶文荣副书记手上，这样他就可以顺便去看看叶小英，没想到书记会亲自送去，于是他也就断了去看阿英的念头。

召开会议的当天早上，刘建兴 7 点钟就回到了大队部，刚开门，本家三叔就拿着几张单据来报销医药费，刘建兴看了单据，总共 30 多元，按照村里合作医疗规定的 70% 的报销比例，应该报销 20 元多，就说：“三叔，对不起，我手头没有这么多现金，一会儿又要去古渡参加公社召开的田间管理现场会议，很快就要出发，我明天去信用社取了钱回来再给您报销好吗?”

三叔问：“真的没有钱?”

刘建兴拉开了办公桌的抽屉，说：“真的是没有，不信您看看我这抽屉，我口袋里也只有 10 块钱。再说，这些钱也是公家的，我没必要放着不给你报销，况且，您还是我三叔。”

三叔满脸不高兴，埋怨说：“真倒霉，为了这么点钱，我都来两趟了，还是报销不了。”

三叔这样说，刘建兴估计他前天也来找过他，碰巧他送开会通知去了中寨，便说：“三叔，实在对不起，麻烦您明天再来一趟吧。”

三叔也不回话，很不开心地走了。

三叔刚离开，队长们就陆陆续续来到大队部。不到 7 点半，干部们已经到齐，黄振明书记就叫大家出发。

路上，大家说说笑笑，无拘无束。叶文荣找了个机会问刘建兴：“最近与阿英相处得怎么样了。”

刘建兴说：“还不错，大家都有意思，谈得来，估计会成功。”

叶文荣说：“这样就好，我也替你和阿英开心。”

刘建兴说：“多谢文荣哥。”

叶文荣说：“大家同事，何必说客气话，你不嫌弃阿英土，我就高兴了。”

刘建兴说：“我怎么会嫌弃呢，其实她是一个很不错的女子。她对我说，在下坑，甚至中寨，有好几个人都想向她提亲，只是她看不上，再说，她还年轻，还不想这么快结婚。”

叶文荣说：“阿英人聪明，品行也好，做工勤快，将来会旺夫益子的，她能够喜欢你，是你的福气，以后你一定要好好地对待她。”

刘建兴说：“文荣哥说的话，我会记住的。”

过了横水渡，一辆客车已经等在公社门口，驻下水干部杨秀珍已经等在车门口，看到大家到来，就叫大家上车，自己坐了前面的位置。一会儿，港口大队的干部也都来了，杨秀珍就叫司机开车出发。

上了车，大家一下子就热闹起来，谈队里生产的有，聊家常的也有，还有的在开玩笑。

港口大队的周鹏书记问杨秀珍：“杨书记，今天中午在哪里吃饭?”

杨秀珍说：“吃饭地点分两处，你们港口、下水以及沿西江几个大队的人员回公社饭堂吃，深坑、红岗、河东、古渡等几个大队的人员在古渡饭店吃。”

黄振明说：“老周一上车就提吃饭问题，难道今天没有吃早餐吗?”

周鹏说："民以食为天嘛，不讲吃饭，大家何必这么辛苦！杨书记，你说是么？"

杨秀珍说："周书记太客气了，我这个团委书记摆不上台面的，再说，我还是个晚辈，以后叫我秀珍就行了。"

周鹏说："团委书记也是书记，你别不好意思，说不准等几年你就当上党委书记了，大家说对吗？"

大家纷纷附和："对呀，杨书记年轻有为，大把机会！"

杨秀珍说："大家在这里说说也就算了，要让谭书记听到了，还以为我要抢他书记的位置坐呢。"

周鹏说："这一点你就少担心，谭书记也想提拔到县里的嘛，共产党的领导干部，总不会老待在一个地方工作的！"

黄振明也说："老周说的没错，谭书记提拔到县里当领导是迟早的事，杨书记以后一定会有机会，我觉得你当个党委副书记绝对没有问题！"

李兆芳也说："何止当副书记绝对没有问题，就是当个一把手秀珍也完全可以胜任。"

杨秀珍说："李主任，你也太看得起我了，假如你当上了组织部长，我就很可能会有机会。"

李兆芳说："那你就比心机（耐心）等待好了。"

李兆芳说话时，汽车驶过了石崎岭坳，进入了下坡路段古渡大队的区域。

杨秀珍说："好了，玩笑就到此为止。汽车马上就要到古渡圩了。说正经的，等会散了会，大家还是坐我们现在这辆车回去。大家记住车号，不要搭错车。"

周鹏说："记不记车号都没关系，有你杨书记领队，我们绝对不会搭错车的。"

汽车很快就在古渡圩边的公路上停了下来，干部们下了车，公社办公室主任欧吉祥手里拿着一只干电池扬声器，正指挥参会的人们到红岗路口集中，先行休息，等人到齐了就开会。

运送参会人员的几辆汽车陆续到来，大家都下了车，欧吉祥主任就宣布开会，先请公社副书记刘知秋讲话。

刘副书记在讲话中指出："根据县革命委员会的部署，为确保晚造粮食大丰收，实现亩产超千斤目标，从现在起，在全县范围内掀起一场田间管理大会战，因此，我们公社党委决定，全社上下立即动员起来，奋战 15 天，全力投入秋季田间管理和积肥大运动，各个大队、生产队乃至机关企业、学校都要积极行动起来，大积绿肥、土杂肥、草皮泥、旧砖头泥，千方百计挖掘一切可以利用的有机肥料，为晚造丰收打好基础，誓将晚造丰收夺到手。”

刘副书记讲话完毕，古渡大队党支部书记洪申接着简要介绍了古渡大队抓紧田间管理工作，大力开展积肥运动的情况。

洪申书记介绍完毕，就带领大家去看积肥现场。人们从古渡街圩附近出发，然后沿着通往红岗大队的道路一路参观前行。沿途的水田都有社员在为水稻施肥耘田，许多人在路边将一捆捆臭草和鸭脚木叶等绿肥斩碎，然后挑到田里均匀地撒落在水田上。

参观的队伍经过旧铺寨，来到当年暑假刘建兴和刘军泉挑米休息的龙眼树下，这使刘建兴想起了陈少雯的弟弟在树上撒尿的情景。

最后参观的一个现场黄榄根生产队，将这次现场会推向了高潮。除了村边堆放着一堆堆绿肥和土杂肥之外，最引起干部们注意的是，人们正在拆除一间1 座 5 间的老旧泥砖屋。全队社员分工合作，青壮男人负责拆墙，将一块块泥砖搬到附近的空地上，年纪大的社员负责用锤子或者锄头将已经发黑的大泥砖敲碎，然后由年轻力壮的妇女挑到村前的水田里施放。

参观的队伍进入黄榄根村时，陈玉乔与队里的妇女们刚好挑着满满一担泥砖肥走出村口，与参会的干部队伍擦肩而过，走在队伍后面的刘建兴只看见了陈玉乔的背影，没有来得及与她打招呼。

按照现场会议程，黄榄根生产队队长现场给大家介绍了他们队积肥的经验，最后还介绍了泥砖肥料的功效：一百斤泥砖肥料大约相当于 5 斤尿素或者10 斤碳胺的功效，而且，泥砖肥是有机肥，可以改良土壤，而化肥施多了则会破坏土壤结构，使土壤板结，所以，有条件的话，建议大家多施绿肥、土杂肥和泥砖肥。

打从进入黄榄根村时起，刘建兴就一直惦记着陈玉乔，希望能够找个机会与她聊上几句。直到队长介绍完毕，欧吉祥主任宣布现场参观结束，队伍陆续离开，才看见陈玉乔挑着一对畚箕从田垌里走回来。此时的陈玉乔一副村姑打扮，高卷着裤腿，白嫩的双腿沾满了黑色的泥巴，健硕美丽，淳朴可爱。

刘建兴故意磨蹭了一会儿，等参观的人们全部离开，才走到陈玉乔跟前与她打招呼。

刘建兴说："刚才你们挑着肥料出了村口，我只看到你的背影，我还以为找不着机会与你说话呢？"

陈玉乔说："其实，我也早就看见你了，只是刚才人多，不好意思停下来与你打招呼。"

刘建兴说："自从你去向阳之前在公社见了面，到现在一直没有见过你，你还好吧？"

陈玉乔说："好啊，有什么不好？天天参加生产队劳动，日出而作，日落而息，吃得睡得，无病无痛。你呢？"

刘建兴说："我还是那样，值班、跑腿，有时间就回队里参加劳动，挣点工分，平平淡淡、忙忙碌碌过日子。"

陈玉乔说："考试那天听刘明洋和你们村曾老师说，你被穿了小鞋，推荐读书被刷了下来。"

刘建兴说："是呀，无所谓了，本来我就不指望会推荐我。你呢，有录取消息没有？"

陈玉乔说："到现在为止，一点消息也没有。"

刘建兴说："按理录取通知书应该下发了。据我所知，刘明洋等人几天前就已经收到通知了。"

陈玉乔说："是吗，知道是什么学校吗？"

刘建兴说："刘明洋是被铁道学院录取的，我们大队黄月新和曾彩虹也收到了通知，一个是农业学校，一个是师范学校。"

陈玉乔说："唐伟容、黄志德，还有其他人呢？"

刘建兴说："听说唐伟容被省外语学院录取，黄志德、郭炳新分别被地区农业学校和县农业学校录取。据说参加了体检的同学大部分都已经收到录取通知书，具体是什么学校就不太清楚。"

陈玉乔说："这样看来，我的录取通知书应该到了大队的。"

刘建兴说："我想，早就应该到了。你应该去大队查一查。"

陈玉乔说："如果有通知的话，大队干部一定会通知我的。"

刘建兴说："你还是自己去打听、了解一下好，即使有什么问题也好及时跟进。要不然，中途出了什么岔子，错过了时间，要补救就很难了。好了，他们已经走远，我不跟你说了，我得去追赶他们了。你保重，再见!”说着，就一溜烟似的跑去追赶参加现场会的干部队伍。

望着刘建兴渐渐远去的背影，陈玉乔突然间觉得极其烦恼、懊悔和迷茫。

2

眼看学校开学的日期就要来临，陈玉乔的入学通知仍然未有踪影，她的心情变得越来越沉闷，她深切地感觉到，自己读大学的希望极有可能会变成泡影。

田间管理现场会那天上午见了刘建兴，收工之后她就直接去了古渡大队部打听招生录取的情况。大队干部们刚刚在古渡饭店吃了饭回来，洪书记就问陈玉乔有什么事要办，陈玉乔说自己是来了解有没有录取通知书的。洪书记就问大家有没有收到过陈玉乔的录取通知书，大家都说没有收到陈玉乔的，黄志德倒是有一份，是肇庆农业学校的，已经拿回去好几天了。陈玉乔感到事情可能不妙，于是无精打采地离开了大队部。

在回家路上，她回顾了高中毕业以来自己的工作经历，自己无论是从政治思想表现和工作表现来看，还是从这次考试成绩的角度来看，她都觉得自己不应该落选。可是，至今为止，该上学的都已经去上学了，而她却连录取通知书的踪影还没有看见，这就令她百思不得其解。她还记得去向阳水库之前，洪书记亲自找她谈过的话 ，说是先让她去向阳水库锻炼一年，如果表现好的话，回来之后就吸收她入党，培养她当大队妇女主任。既然大队这样看重自己，就没有理由扣押她录取通知书。

陈玉乔就这样闷闷不乐地回到家里，草草吃了一点东西，就回房间里待着，不知不觉地眼眶里竟涌出了几滴泪珠。

此后接连几天，陈玉乔每隔两天就去大队部打听消息，但每次都是失望而归。就在陈玉乔处于十分彷徨和失落之时，于文化突如其来闯进了她的生活。

田间管理已告一段落。逢古渡圩日，来古渡趁圩的人逐渐多了起来。陈玉乔刚从大队部打听消息出来，还是没有学校的录取通知书，只觉得心灰意冷，也不想立即回家，就在街上东瞧瞧，西看看，随着人流闲逛。来到古渡农业生产资料门市部门口附近，只见前面一大帮人围在那儿，好像在欣赏表演，走近一看，原来是几个月前在连滩东胜饭店吃饭时陈月桂介绍她认识的于文化。此时于文化正凭着自己的三寸不烂之舌，唾沫横飞地在推销老鼠药，他的面前铺着一张白色尼龙薄膜，上面摆了一堆不知用什么材料做的“老鼠药”，旁边还放着二三十条老鼠干尾巴。

有围观的人问：“阉鸡仔，你说你的老鼠药厉害，你凭什么保证你卖的不是假药?”

于文化说：“就凭我是‘阉鸡仔’！这位大哥，风水佬骗你要十年八年才能验证，可我卖出的老鼠药今天晚上就可以见效。你花两毛钱拿一包回去，今天晚上开两三调羹清水浸泡一把大米，再放到老鼠经常出没的地方，明天你要看不到死老鼠，下个圩期你再来找我退钱——当然，家里没有老鼠的例外——来吧，区区两毛钱，有它不多，没它不少，不用犹豫，不用怀疑，也不用左思右想，赶快出手，包你物有所值，包你满意。”

于文化讲完，就有人带头拿钱出来，一下子就卖出了20多包。

陈玉乔看了一会儿，正要离去，于文化立即拿话拦住她：“我说这位姑娘，请你稍等一下再走好吗？等我把药卖给他们了，有话跟你说。”

陈玉乔并不想搭理他，抬腿就走。于文化又说：“待会我去找陈月桂，让她带我去找你。”

听了于文化这样说，陈玉乔反而停了下来，转过身来看于文化卖老鼠药。等到买药的人都走开了，于文化说：“陈小姐，久违了，这几个月来，我一直都想找你。没想到在这里见到你。”

陈玉乔说：“于文化，我跟你并不熟，你找我干什么?”

于文化说：“一回生，两回熟嘛，再说，你我都是陈月桂的好朋友，聊聊天总可以吧?”

陈玉乔说：“你跟她是朋友，可我不是你朋友。你有话就说，有屁就放，我没有工夫跟你在这里磨牙!”

于文化说：“要说也确实没有什么事，就想和你交个朋友，去你家看看。”

陈玉乔知道于文化在打她的主意，就说：“于文化，我告诉你，我们家不欢迎你。”

于文化说：“陈小姐，你不要用这样的态度对我好不好？不就交个朋友吗？用不着拒人于千里之外吧？”

陈玉乔说：“交个朋友，别想坏你的脑，我朋友多的是！好好卖你的老鼠药吧。”

陈玉乔说完，头也不回走了。于文化还是在她的后面加了一句：“以后我一定会去找你的。”

于文化虽然碰了钉子，讨了个没趣，却并不懊恼。他知道，越是烫手的山芋，就越好吃，他有的是耐心！

3

刘建兴父亲的病情一直没有好转，并且变得越来越严重，发病剧痛的频率越来越高。作为长子，尽快想办法筹钱让父亲住院治疗、防止病情进一步恶化，已经成为了刘建兴的一块心病。

刘建兴从古渡现场会回来，还没走到家门口，就听见家里传来父亲忽高忽低的呻吟声。听着这痛苦的叫喊，刘建兴感觉好像被人用一把钝刀子在慢慢地切割他的心肝脾肺，苦不堪言。于是就转身往街上走去，到村卫生院买了几片止痛片回来，马上让父亲吃了 1 片，然后就在父亲的床前站着陪父亲，等父亲的叫唤慢慢减弱下来，就开始做晚饭。

吃过晚饭，在回大队部值班之前，刘建兴便把自己的想法向父母提出来。

刘建兴说：“父亲生病已经不是三两年了。这样拖下去不是办法。现在我们家已经有了几十块钱的积蓄，我想另外再找舅舅和其他亲戚朋友们借一点，尽快去人民医院治疗。”

父亲说：“去医院就得做手术，加上其他费用，估计最少也要 200 元左右，我们去哪里借这么多的钱？”

刘建兴说：“黄月新以前曾经对我讲过，他可以借几十块钱给我们，现在，他们家的经济条件比以前好多了，去找他商量，估计向他借五六十元不成问题。”

父亲说：“借钱难，还钱更难，我们家年年超支，也没有其他生钱收入，到时候不知道拿什么来还给人家。”

母亲也说：“我就是这个意思。再说，亲戚和朋友们个个都那么穷，哪里有钱借给我们？”

刘建兴说：“一家借二三十来元，多借几家就可以了。只要借到了钱，把父亲的病治好了，能够正常参加劳动，家里的经济状况就一定会改变。就这样决定了，你们不用担心，借钱的事由我来想办法。”

父亲说：“既然你这样有把握，就按你的意思去办吧，反正也没有其他更好的办法。”

第二天一早，刘建兴就来到了黄月新家，把来意与黄月新说了。

黄月新已经收到了县农业学校的《录取通知书》，正在做上学准备。他说：“幸亏你早来两天，再过两天你可就要到农校去找我了。记得在中学时我就对你说过么？你父亲的病只有做手术才能根治，长期拖下去绝对不是办法。”

刘建兴说：“有头发谁愿意当癞痢头啊？那时候确实没有办法。虽然当时你曾应承借几十块钱给我，但考虑到你们家经济也不宽裕，把钱借给了我，你家生活周转也困难。再说，当时我家也确实凑不足那住院做手术的钱，就耽搁下来了。”

黄月新说：“那也是实情。这样吧，长话短说，你想借多少？”

刘建兴说了一个数。黄月新说：“再加一点吧，凑足整数。太多的钱我拿不出，这个数，没问题！”

刘建兴说：“这怎么行呢，你自己也要去读书了，也要花钱，再说，你父母会不会有意见？”

黄月新说：“怎么不行！无论如何，你的忙我一定要尽最大的能力来帮。这事你放心，我父母会听我的。”

刘建兴说：“那就真的太感谢老同学了。”

黄月新说：“别客气，我们俩谁跟谁呀？你就放心陪你父亲去治病好了。”

黄月新一边说，一边走回房间取钱，出来就把一小叠10元面额的人民币交给了刘建兴，刘建兴就说要给他写张借条。

黄月新说：“不用，老友一场，我信得过你。”

刘建兴说：“人情归人情，数目要分明，规矩还是要讲究的。况且，这钱也不算少。相当于我 4 个月的工资了，要不然，我拿着这钱也不安心！”

黄月新说：“你就别客气了，老同学，在我的同学和朋友当中，最实在、最信得过的就是你，如果连你都信不过，那我还算是你的老友吗?”

最终黄月新还是坚决不让刘建兴写借条，刘建兴只好作罢。

接下来，两人又聊了一会儿。黄月新告诉刘建兴：“我们班郭炳新同学也被这个学校录取了，我们约定后天一起搭江都船去学校。”

刘建兴说：“那你就代我向他问好，衷心祝贺你们。你们读的虽然不是什么名校，但起码有了希望，有了在新的起点上赛跑和拼搏的机会，为以后的事业打牢基础，值得祝贺。好了，就这样吧，我得回去了。”

黄月新：“老同学，以后就要好长时间才见面了，不如在这里聊聊天，吃了午饭再回去吧。”

刘建兴说：“吃饭就不必了，我还要顺便去一下黄书记那里请个假，然后早点回去做准备。”

黄月新就说：“既然这样，我就不留你了。祝你父亲手术顺利，早日康复！”

刘建兴说：“我也祝你和郭炳新身体健康，学业有成，毕业之后，在新的工作岗位大显身手，再见。”

刘建兴说完，就离开黄月新家，去找黄振明书记。恰好书记在家。

黄振明问：“这么早来，有么要事么。”

刘建兴说：“公事倒是没有，是私事，来找黄月新借了些钱，准备送父亲去县人民医院做手术。同时向您请几天假。”

黄振明说：“请假没有问题。不过我却有个建议，你父亲的病也有一定的年头了，是老大难问题，与其去县级医院做不如去肇庆地区人民医院做，毕竟，那里的医疗设备条件都比较好，医生的医术水平也比较高，去地区人民医院做手术比较稳妥。”

刘建兴说：“家里手头比较紧，钱大都是借来的，去地区医院水路比较远，花钱也会多一些。”

黄振明说：“既然这么多钱都借了，就不在乎多借一点了，这样吧，我个人也借几十元给你，如果还不够，回去再向其他人借一点。以后，等你父亲医治好病回来了，我再出面争取公社拨点救济款给你们家。”

刘建兴说："那就感谢书记的关心了。"

黄振明说："区区小事，不足挂齿，再说，你父亲也是个老队长，你也是我的好拍档，帮助你也是应该的。"说完，就当即在钱包里拿出 4 张"大团结"给了刘建兴，并说："我这钱也不多，借条就不用写了，等以后你手头松了再还给我吧。现在我也不留你了，早点回去做准备吧。"刘建兴也不客气，拿了钱，就与书记告辞。

刘建兴和父亲乘船到达肇庆港的时候，已经是晚上 10 点钟。他们父子都是第一次来肇庆。离船上岸之前，刘建兴就在船上打听了前往地区医院的方向路径，上了岸，他们就直奔城中路地区人民医院。

医院住院部值班室，一位看上去年龄 20 岁出头的姑娘热情招呼他们。刘建兴掏出大队出具的介绍信交给她，她迅速浏览了一眼，就把证明放到了办公台的抽屉里，接着简要询问了病人的情况，然后对刘建兴说："请您先交 30 元住院押金，20 斤粮票。"刘建兴就拿出 30 元人民币和 20 斤粮票交给她，姑娘手脚麻利地办好了住院手续，就带着刘建兴父子去住院大楼外科病房，安排他们住下。姑娘离开病房时，还特意嘱咐病人明天早上要抽血验血，不要吃早餐，不要喝水，父子就连声应允。

第二天，主治李医生来到病房，仔细询问了刘建兴父亲的病情，叫他躺下来，用手指按压他的腹部各处，问疼不疼。回到医生办公室后，医生很快就开出一份病历。过了一会儿，护士就拿着病历，让刘建兴父亲跟着她去检查身体。量血压、抽血验血、喝钡餐、做胃部透视，待所有项目检查完毕，差不多就到吃午饭的时间。

下午，检查结果出来：病症，重度胃溃疡。第二天早上，医生来病房诊疗，刘建兴问医生能不能够保守治疗，医生说："病人情况已经很严重，如果再不及时做手术，估计不出两个月，极有可能会出现胃穿孔现象，到时候麻烦就大了，后天做手术吧，准备好手术医疗费。"刘建兴就问："估计需要多少钱?"医生说："估计到出院，总费用在 150 元左右。"刘建兴想想自己身上还带着 180 多元，钱应该没有问题，于是就对医生说："那就后天做手术吧。"医生就告诉刘建兴父亲一些手术前要注意的问题，手术前一天要控制饮食，晚饭过后不能喝水。

手术那天，刘建兴父亲早早就起床洗漱，准备做手术。早上 8 点，护士拿来一份《手术协议书》，让刘建兴在家属签名一栏的空格上签了字，随后，就叫病人去清洁消毒、做手术准备。

护士把父亲带进手术室后，刘建兴就在手术室门外的排椅上静坐等候。手术一直进行到中午 12 时，刘建兴就在手术室门外的排椅上度过了焦虑紧张而又漫长的 4 个小时。

4

刘建兴的父亲出院回家不到 1 个星期，中国人民就经历了中华人民共和国成立以来最伤心、最悲痛欲绝的时刻。

1976 年 9 月 9 日，刘建兴在大队部值班。由于没有要紧的事务处理，下午 3 点多，刘建兴就打开收音机收听中央人民广播电台的广播。收听不久，突然，中央台播音员以极其沉重的声音播出了极为震惊的消息——毛主席于 1976 年 9 月 9 日 0 时 10 分在北京逝世。

这是继今年 1 月 8 日周恩来总理逝世和 7 月 6 日朱德委员长逝世之后的第三次特大噩耗。

突然听到这一令人心碎的消息，刘建兴的头脑里一片空白！他不敢相信这消息，可是，这是中央人民广播电台播发的消息，他经常收听中央人民广播电台的广播，这播音员的声音他熟悉，错不了。一阵伤悲突然涌上他的心头，两行泪水便不由自主地夺眶而出，他颓然坐在了那张竹制长沙发上。收音机不停地播放哀乐，刘建兴觉得应该及时把这一消息传送出去，就打开了连通阳台高音喇叭的开关，收音机播放的沉重悲痛的哀乐立即响彻了下水村街巷的上空。

随后，中央人民广播电台还播放了全国人民哀悼的时间、方式和规定，从 9 月 9 日起至 9 月 18 日全国下半旗志哀，停止一切娱乐活动，11 日至 17 日在人民大会堂举行吊唁，18 日下午 3 时在天安门广场举行隆重的追悼大会，各地都要组织群众收听收看追悼大会的实况，然后由本地区负责人致悼词。

按照公社的部署，9 月 18 日下午，各大队都要组织全体群众、学生集中收听天安门广场隆重举行的追悼大会实况，进行悼念。经请示公社党委和革命委员会同意，下水大队分别在下水片和中寨片两个地方设立悼念分会场。连日来，在驻队干部杨秀珍的指导和协助下，干部们忍受着悲痛进行着追悼会的准备工作：召开队长以上干部会议，宣布上级有关悼念活动的决定和要求，安排民兵在悼念活动期间值班，通知群众参加追悼会，落实有关人员去百货商店购买黑布、白纸，做黑纱，做纸花，砍榕树枝和松、柏树枝制作花圈，请小学老师制作悼念会场的横额，准备音响和遗像，布置会场。

18 日下午 2 时，下水片悼念会场布置完毕。会场一片肃穆，校园围墙上方，悬挂着一条黑底白字横额：极其沉痛地悼念伟大的领袖和导师毛泽东主席！横额下方，白布幕中间挂着毛泽东主席的遗像，遗像下面依次摆放着中共下水大队党支部、下水大队革命委员会、下水 4 个生产队、下水小学、下水供销社、下水竹器厂等单位敬献的花圈。2 时 30 分，按照预定安排，全体群众以生产队为单位排队，由队长带领进入会场，公社单位驻下水部门人员随后。上至耄耋老年，下至一年级小学生，人人臂戴黑纱，胸佩白花，神情悲恸，缓缓地进入会场。

2 时 50 分，中央人民广播电台宣布毛泽东主席追悼大会开始并奏起了哀乐。全体默哀 3 分钟，向毛主席遗像三鞠躬，致悼词。与此同时，全国各地分会场都在同一时间与天安门广场的悼念活动同步进行，道上车辆、河流轮船同时拉响了沉重的汽笛，路上行人就地肃立默哀。

从致悼词开始，会场里就有人开始低声哭泣，后来，哭声越来越悲恸也越来越大，致悼词结束时，人们的悲恸情绪就像决了堤的洪水一般倾泻而出，会场里几百人的哭喊声连成一片。山峦俯首，万物肃静，就连滚滚东流的西江河水似乎也被人们对伟大领袖和导师毛主席的真挚感情感动，悄无声息地哀悼毛泽东这位功勋卓著的开国领袖、世界伟人！

追悼会结束，人们在《东方红》和《国际歌》的乐曲声中陆续离场。刘建兴和李兆芳、杨秀珍及工作人员开始清理会场，当刘建兴亲手取下毛主席遗像的时候，在心里默默地祈祷：敬爱的伟大领袖毛主席，愿您老人家一路走好，我们一定要继承您的遗志，将无产阶级革命事业和社会主义建设事业进行到底！